LA CATEDRAL DE LA MEMORIA

LA
CATEDRAL
DE LA
MEMORIA

La historia secreta de
LEONARDO DA VINCI

Traducción:
EDITH ZILLI

JACK DANN

EDITORIAL ATLANTIDA
BUENOS AIRES • MEXICO • SANTIAGO DE CHILE

Adaptación de tapa: Silvina Rodríguez Pícaro

Título original: THE MEMORY CATHEDRAL
Copyright © 1995 by Jack Dann.
Copyright © Editorial Atlántida, 1997.
Derechos reservados. Segunda edición publicada por
EDITORIAL ATLÁNTIDA, S. A. Azopardo 579, Buenos Aires, Argentina.
Hecho el depósito que marca la Ley 11.723.
Libro de edición argentina.
Impreso en España. Printed in Spain. Esta edición se terminó
de imprimir en el mes de abril de 1998 en los talleres gráficos de
Rivadeneyra, S. A., Madrid, España.

I.S.B.N.: 950-08-1862-O

*A la memoria de
Joey LoBrutto, Judy Roberts Vescovi,
Becky Levy, Jean Lindsley,
y a la de mi bienamado padre,
Murray I. Dann*

El autor desea agradecer a las siguientes personas su apoyo, ayuda e inspiración:

Richard Alverson, Gary Barnes, el capitán y la tripulación del buque de vela *Bounty*, que parte de Sidney (Australia), Susan Casper, Edith Dann, Lorne Dann, Patrick Delahunt, Gardner Dozois, Greg Feeley, Jim y Louise Feeney, Keith Ferrell, Lou y Liz Grinzo, David Harris, Merrilee Heifetz, John Kessel, Rob Killheffer, Tappan King, Trina King, Bernie y Beth Levy, Mark y Lillian Levy, Joseph Lindsley, Pat LoBrutto, Barry N. Malzberg, Beth Meacham, Howard Mittelmark, Kim Mohan, Pamela Sargent (cuya ayuda fue valiosísima), mi hijo Jody Scobie, Jeanne Van Buren Dann, Lucius Shepard, Janna Silverstein, John Spencer, de la librería Riverow, al personal de The Bookbridge, al de la Vestal Public Library y la Binghamton University Library, a Norman Stillman, Michael Swanwick, Bob y Karen Van Kleeck, Fred Weiss, Sheila Williams, George Zebrowski... y a Janeen, por supuesto.

Y un agradecimiento especial a Jennifer Hershey, mi correctora, y Lou Aronica, mi editor, por su fe y su paciencia.

La gran ave alzará su primer vuelo
a lomos de su gran cisne,
llenando el universo de maravillas...
—Leonardo da Vinci

Lenta, lentamente, él nada por el espacio
gira y desciende, pero yo sólo puedo sentirlo
por el modo en que asciende el viento,
junto a mi rostro.
—Dante Alighieri

Personajes del relato

Il Moro, véase *Sforza, Ludovico*
Il Neri, apodo de Guglielmo Onorevoli

Kuan Yin-hsi, esclavo y mnemotécnico

Leonardo, véase *Vinci, Leonardo da*
Luca, servidor de Simonetta

Maquiavelo, Nicolás, joven aprendiz de Leonardo
Médicis, Lorenzo de, gobernante y Primer Ciudadano de Florencia, conocido con el apodo de El Magnífico
Médicis, Giuliano de, hermano de Lorenzo
Médicis, Clarise de, esposa de Lorenzo
Melzi, Francesco, estudiante y compañero de Leonardo
Miglioretti, Atalante, violista y cantante, amigo de Leonardo
Mirandola, Pico de la, filósofo y teúrgo, amigo de los Médicis

Nicolini, Luigi di Bernardo, rico mercader y amigo de la familia Pazzi
Nori, Francesco, amigo de los Médicis

Onorevoli, Guglielmo, joven patricio; véase *Il Neri*

Pasquino, Bartolomeo di, aurífice, amigo de Il Neri
Pazzi, Jacopo de, patriarca de una antigua familia de banqueros florentinos, enemiga de los Médicis
Pazzi, Francesco de, hijo de Jacopo
Pazzi, Giovanni de, hijo de Jacopo
Pazzi, Guglielmo de, hijo de Jacopo
Pazzi, Bianca de, hermana de Lorenzo de Médicis y esposa de Guglielmo de Pazzi
Peretola, Zoroastro da, mistificador, conjurador y amigo de Leonardo
Perugino, Pietro, artista, aprendiz avanzado de Verrocchio
Poliziano, Angelo Ambrogini, poeta y confidente de Lorenzo de Médicis
Polo, Agnolo di, aprendiz avanzado de Verrocchio
Pulci, Luigi, poeta y satirista, amigo de los Médicis

Raffaello, cardenal y sobrino del papa Sexto IV
Ridolfi, Antonio, amigo de los Médicis

Saltarelli, Giovanni, hermano de Jacopo Saltarelli
Saltarelli, Jacopo, modelo de artistas
Salviati, Francesco, arzobispo de Florencia
Sansoni-Riario, Raffaello, véase *Raffaello*
Scala, Bartolomeo, humanista y amigo de la familia Médicis
Sforza, Ludovico, hermano de Galeazzo, duque de Milán, que más adelante asumió personalmente el título y el poder. También conocido como Il Moro

Simone, Francesco di, capataz de Verrocchio
Smeralda, sirviente de Verrocchio
Stufa, Sigismondo della, amigo de los Médicis

Tista, aprendiz de Verrocchio y Leonardo
Tornabuoni, Marco, joven patricio florentino
Toscanelli, Paolo del Pozzo, médico, astrónomo y geógrafo

Ugo, aprendiz de Toscanelli

Verrocchio, Andrea del, artista, aurífice, escultor y maestro de Leonardo
Vespucio, Américo, explorador y protegido de Toscanelli
Vespucio, Simonetta, amante de Lorenzo de Médicis
Vinci, Leonardo da, artista, inventor, aprendiz avanzado de Andrea del
   Verrocchio, maestro de máquinas y capitán de ingenieros
Vinci, Piero da, padre de Leonardo, notario
Vinci, Francesco da, tío de Leonardo
Vinci, Alessandra da, tía de Leonardo

Zoroastro, véase *Peretola, Zoroastro da*

Tierras del califa y los turcos

al-Latif, Abd, maestro de artillería y eunuco mameluco
Angiolello, Giovan María, embajador de Venecia ante el Imperio de los
   Turcos

Calul, hijo de Ussun Cassano
Cassano, Ussun, gobernante de Persia

Fāris, eunuco, emir mameluco

Gutne, esclavo de Zoroastro

Hilāl, eunuco, emir mamelucho de alto rango

Ka'it Bay, califa de Egipto y Siria

Mehmed, gobernante de Turquía
Mithqal, joven eunuco mameluco
Mustafá, hijo de Mehmed

Unghermaumet, hijo de Ussun Cassano
Ussun Cassano, véase *Cassano, Ussun*

Zeinel, hijo de Ussun Cassano

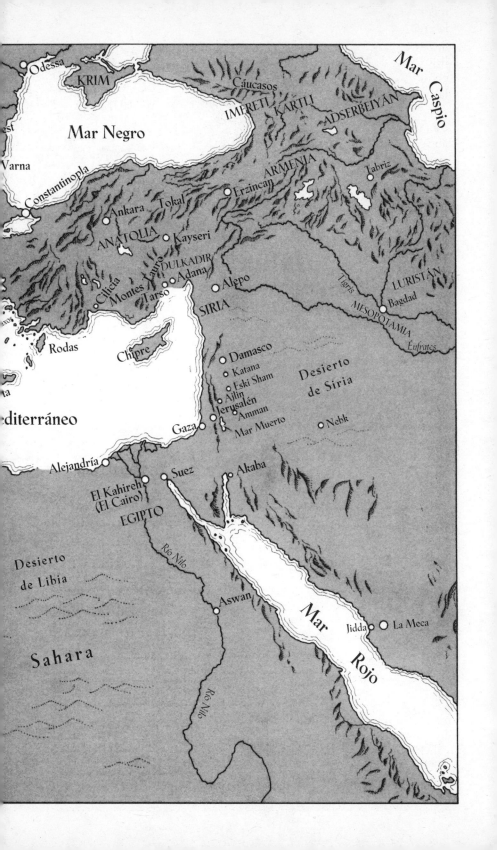

La
catedral
de la
memoria

Prólogo: la catedral de la memoria

En el transparente crepúsculo primaveral de Amboise, Francia, el maestro Leonardo de Vinci, sentado frente a una pequeña hoguera, dejaba caer las páginas de uno de sus folios más preciosos en las llamas de tonos anaranjados. El fuego chisporroteó, pues las gotas transpiradas por la leña verde se evaporaban en el calor con un chasquido; las páginas se rizaron como flores que se cerraran y, ennegrecidas, estallaron en llamas.

Aunque aún le quedaba un último vestigio de fuerza, ya sentía la proximidad de la muerte. ¿Acaso el brazo derecho no estaba ya muerto? Pendía laxo contra su rodilla, como si fuera un apéndice ajeno, carente de sensaciones. Cuanto menos, como el último ataque no le había afectado el brazo izquierdo, podía pintar un poco, aunque su cuadro final, el voluptuoso y desnudo *San Juan Bautista*, estaba ya terminado, bajo la dirección de Francesco Melzi, su joven discípulo y compañero.

Por las ventanas altas y estrechas se filtraba una luz mortecina, refractada por los paneles centrales del ojo de buey como si fueran prismas mal construidos; a la distancia se veían praderas y árboles que descendían hacia el verde fulgor del río Amase. Los muros encalados del gran dormitorio presentaban vetas de hollín, dejadas por alguno de los experimentos de Leonardo. Últimamente eran pocos; aunque la mente del maestro era rápida y seguía llena de ideas, el cuerpo le fallaba como la cuerda de una polea que soportara demasiado peso. Había libros, papeles y hojas enrolladas acumulados a lo largo de las paredes y en largos escritorios; diseminados por las mesas y también en el suelo se veían mapas, papeles, instrumentos, lentes y diversos artefactos de su propia invención: un calorímetro para medir la expansión del vapor, probetas de formas extrañas para sus experimentos hidromecánicos, balanzas de marcos plateados semicirculares, un higrómetro para medir la humedad de la atmósfera, espejos curvos y un adminículo para hacer la demostración del eclipse, según ideas presentadas por Joannis de Sacrobusto en su *Sphera Mundi*.

Todo eso estaba concentrado en su dormitorio, aunque la casa rural de Cloux era más que espaciosa: tenía bibliotecas, cuartos para la mañana, dormitorios, balcones, atrios, salas de estar y salas de recibo; era un pequeño castillo que le había sido asignado por Francisco I, rey de Francia.

Sonriendo, Leonardo arrancaba cuidadosamente página tras página y las iba echando al fuego. Pero la suya era una sonrisa irónica, nacida de la desesperación. Contempló una de esas hojas antes de entregarla a las llamas. Había hecho ese boceto durante su viaje secreto a Siria, pero estaba ejecutado con tanto detalle y esmero que parecía un plano. Representaba una máquina voladora de largas alas fijas, como las de un murciélago; bajo el esqueleto del fuselaje se veía una figura humana con arnés, con los brazos extendidos y las manos asidas a ciertos artefactos instalados bajo las alas, como un Cristo en el aire.

Arrancó la página para echarla al fuego. La siguiente parecía más un esbozo hecho para una pintura que un croquis; representaba a las máquinas voladoras en el aire, dotadas de vida como si se las viera por un catalejo; por sobre los aparatos alados flotaban globos de tela renegrida, llenos de aire caliente: grandes bolsas que se elevaban hacia las regiones desconocidas del fuego y las sucesivas esferas separadas de los planetas.

También eso a las llamas.

Había fracasado, aunque tuvo su terrible y glorioso momento de altura, cuando los cielos se llenaron de esas máquinas voladoras diseñadas por él. Recordó el frío del aire en la atmósfera más elevada y enrarecida, que estaba cerca de la esfera del fuego elemental; por un instante perfecto creyó que el antiguo Pitágoras se hallaba en lo cierto, que existía una música de las esferas: la imposible fricción de los cielos. Había pasado por encima de las nubes, que eran países de aliento frío, hielo e imaginación; sin embargo, a diferencia de Ícaro, no se elevó demasiado hacia la destructiva esfera del fuego; tampoco buscó la ayuda de los demonios ni fue recompensado con una fractura de cuello, como Simón el Mago.

Leonardo recordaba con exactitud cómo se veía la tierra desde el aire; aun ahora podía visualizar las montañas, los ríos y los valles, los sembrados, las fortificaciones y las aldeas, que parecían maquetas en una mesa. Por debajo de él, los terroríficos ejércitos de Mehmed, el Conquistador (el Gran Turco que amenazaba a Siria y Asia Menor) eran sólo columnas de hormigas; los castillos y las fortificaciones, no más grandes que dibujos.

Los recuerdos eran potentes, claros... y dolorosos.

Y recordaba... recordaba...

Se había dejado convertir en prostituta y asesino al empleo del Sacro Sultán de Babilonia. Había matado tan irreflexivamente como cualquier criminal (sólo que eran millares las almas atormentadas que le pesaban en la conciencia) y lo único que podía hacer ahora para expiarlo era quemar sus preciosos diagramas, sus dibujos, sus planos, para que nadie más pudiera utilizar tan mal como él sus conocimientos, adquiridos con tanto trabajo.

Pero destruir un conocimiento puro y perfecto era también una especie de asesinato.

Leonardo cerró los ojos, como si de ese modo pudiese dejar afuera el pasado. Pero demasiado tarde había aprendido que el sentido primordial no era la vista, sino la memoria. Era la memoria, fría, oscura y eterna, lo que pendía sobre él como una cota de malla. Sólo la memoria le quedaba de su vida y sus empresas. Y la culpa era el ojo de la memoria, un ojo que no se podía cerrar. La maldición de Leonardo era el recordarlo todo, pues mucho tiempo atrás Paolo Toscanelli, el gran físico y geógrafo, le había enseñado a construir su propia catedral de la memoria, según la gran tradición de Simónides de Ceos, Quintiliano y Tomás de Aquino. Una sagrada casa de la memoria, en la que nada se pudiera perder.

Leonardo trató de arrancar sus pensamientos de esa catedral imaginaria: un sitio más familiar para él que el cuarto donde se encontraba, un recurso mnemotécnico que había llegado a ser tan grande y complejo como una ciudad, con diversos añadidos para albergar su última experiencia. Pero no pudo. Sólo podía contemplar las llamas y ver las páginas rizadas. Su obra. Su vida. Su fracaso.

Lleno de enfado, vergüenza y frustración, arrojó al fuego lo que restaba de su carpeta. Ése era el castigo que se autoimponía por lo que había hecho. Tal vez la Santa Iglesia Católica lo perdonara... la misma Iglesia que él había desdeñado a lo largo de toda su vida. Ahora, en la enfermedad y la vejez, recibía los santos sacramentos de los mismos clérigos a los que, en otros tiempos, había tachado de fariseos.

—¿Qué haces, maestro? —exclamó Francesco Melzi al entrar en la habitación.

Dejó caer la bandeja con sopa y pan, y corrió al fuego para intentar el rescate de las últimas páginas, pero fue inútil.

—Deja —advirtió Leonardo, con voz serena—. Vas a quemarte.

—¿Por qué has hecho semejante cosa? —preguntó Francesco, arrodillándose frente a él—. Hemos trabajado tanto para reunir y ordenar tus notas...

El maestro suspiró.

—Lo que destruí no formaba parte de las notas.

—Ahora no, por cierto —contestó Francesco, sarcástico, mientras se levantaba.

Pese a su aspecto plácido, el joven tenía su temperamento; por leal que fuera, a veces Leonardo había considerado la posibilidad de mandarle retornar a Milán. Era un enigma: ya servidor humilde, casi obsequioso, ya insolente, como si recordara de súbito su privilegiada posición social.

—Me obligaste a jurar que conservaría tus folios sanos y salvos, que no los dejaría vender ni destruir. Y lo juré porque los creía inapreciables, capaces de mejorar el mundo.

Leonardo apoyó la cabeza contra el alto respaldo del sillón y cerró los ojos.

—Juraste porque me creías moribundo.

—Y porque te amaba.

El maestro aceptó aquello con un gesto afirmativo. Tenía una sensación de calor y escozor en el brazo derecho, como si se le hubiera dormido. El calor se convirtió poco a poco en dolor.

—Destruir esas páginas es como un asesinato —dijo Francesco.

—Si supieras lo que es el asesinato no dirías eso. —Después de una pausa, Leonardo agregó: —No obstante, te aseguro que esas páginas no formaban parte de mi obra. No eran otra cosa que divertimentos sin importancia.

Mientras hablaba, el dolor le trepó por el brazo hasta el hombro, como una corriente de agua fría que, era imposible, corriera hacia arriba, dejando detrás de sí una oleada de entumecimiento. No hubo ninguna reacción exterior; que la muerte se estirara hacia él no era sorpresa. Pero todavía no estaba listo para recibirla; jamás lo estaría, pues aún no había comenzado siquiera a comprender la materia del mundo y del cielo.

—Eso es mentira —protestó Francesco, irritado como sólo se puede estarlo a esa edad—. Eran tus notas para el vuelo. Las leí. Sé que has volado por el aire. Leí todas las notas. Y las cartas.

Leonardo dilató los ojos. ¿Acaso Francesco había revisado todos sus cajones y sus armarios, buscando notas en trozos de papel?

—Sólo fábulas —dijo—. Relatos para entretener a un rey.

—¿A Francisco? Yo estaba contigo cuando hablaste con él y...

—Fue para el entretenimiento de Ludovico Sforza, mi joven e incrédulo amigo, y sucedió hace unos treinta años. Yo no era mucho mayor que tú ahora. Cuando descubrí que mis propuestas para instrumentos bélicos no interesaban en absoluto a Su Ilustrísima Señoría, me vi en la bochornosa necesidad de mantener mi posición en la corte gracias a mi facilidad para el laúd y las narraciones. Mis habilidades para la invención, la arquitectura y la pintura no lo impresionaban mucho. Ludovico, Il Moro, era hombre sin paciencia y de intelecto limitado, pero adoraba la música y los relatos exagerados. ¿Recuerdas lo que te conté sobre una lira de plata, que construí con la forma de un cráneo de caballo?

Francesco asintió como si lo hiciera contra su mejor criterio. Estaba obviamente frustrado por su maestro, que parecía perdido en sus propias cavilaciones. La voz de Leonardo, por lo general sonora, se había reducido casi a un murmullo.

—Él me incluyó en su corte por ese instrumento, que le encantaba Y me convertí en poco más que un inventor de juguetes para sus grandes mascaradas, festivales y fiestas de boda. ¿Has leído mis notas para *Il Paradiso*, que diseñé para los esponsales del duque Galeazzo? Para eso inventé un polea que elevara el Clavo Sagrado.

Leonardo se iba entusiasmando con el relato; el dolor del brazo y el hombro cedía como si el discurso y el engaño fueran la cura. Pero de pronto sintió frío. Sin embargo, no se sentía moribundo. Tal vez había eludido la guadaña una vez más.

—He leído vuestras cartas al Devatdar de Siria. Sé del terremoto, de la gran invasión mameluca, de tus bombas de cáñamo y...

Leonardo rió entre dientes, si bien con algún esfuerzo.

—Sandeces, todas ellas. Nunca estuve en Oriente. Cuentos para Il Moro, entretenimientos, ideas que recogía de monjes viajeros, exploradores y esclavos venidos de Nubia, Rusia y Circasia.

—Pero ¿y todos esos dibujos, los inventos, las notas...?

—Todas las semanas me disfrazaba para leerlas a Il Moro y a sus amigos, durante las comidas. Y les mostraba los bocetos y los diagramas. Eso les encantaba.

—No lo puedo creer, maestro. Si es cierto, ¿por qué no quemaste las fábulas que reunimos?

—¿Quién ha dicho que no sea ésa mi intención? —preguntó Leonardo, con un dejo burlón en la voz. Vestía una bata de damasco blanco, cuya tersa simplicidad parecía acentuar su rostro pálido y surcado, las facciones fuertes, casi duras, que la gravedad de los años había tironeado hacia abajo.

En su juventud, la cara angélica de Leonardo había servido de modelo para algunas de las más sublimes esculturas de Verrocchio. Ahora las arrugas de la vejez la dividían y surcaban, como si fuera una *tabula rasa* atacada, durante la noche larga, por un demonio que hubiera experimentado con la punta de plata. Su boca, antes suave, casi femenina, se había endurecido al curvarse hacia abajo las comisuras del fino labio superior, extendidas por la barba larga y blanca. Pero con los años sus ojos se habían convertido en el rasgo más impresionante, que tomaba por sorpresa a amigos, cortesanos y reyes. Eran de un azul claro, profundamente hundidos en la cara orgullosa y desgastada; causaban una impresión inquietante, como si él fuera un joven robusto que usara una máscara griega.

Ahora, no obstante, ese rostro estaba quieto; de alguna manera los ojos se habían opacado, concentrados en algún punto de perspectiva que ardía en el hogar. Después de una pausa dijo:

—No, no quemaré más páginas. —Y volvió a cloquear irónicamente, en tanto el dolor volvía con más fuerza que antes. Pero mantuvo la estratagema. Como si ésa fuera otra comedia representada para Francisco, Ludovico Sforza o el ingrato Lorenzo de Médicis. —La obra es demasiado importante. Por eso te confié mi propiedad.

—¿Por qué, pues?

—Quemé lo que era frívolo y peligroso, porque es preciso que la sustancia de mi obra sea tomada en serio. Las fábulas son obras de arte legítimas, no prestidigitación. Pero tú mismo creíste que yo había viajado en secreto al Oriente, ¿no? Y lo mismo sucedería con otros. Si se descubriera que todo eso era pura fabulación (y se descubriría, sin duda), el resto de mi obra tampoco sería tomada en serio. Si un príncipe hiciera construir una de mis máquinas fantásticas y el volador cayera hacia su muerte como Ícaro, cosa que no dejaría de suceder, yo sería recordado como un prestidigitador y un charlatán cualquiera, igual que mi viejo compañero Zoroastro da Peretola, que Dios quiera recibir en su seno.

—Podrías haber agregado una nota a esos folios, explicando lo que acabas de decirme —sugirió Francesco.

—¿Tú lo creerías? —Leonardo sintió que el dolor le circulaba por el brazo, el hombro y el pecho, como si el cosquilleo y el entumecimiento anteriores hubieran sido un vacío que esperara ser llenado con él.

Francesco bajó la vista.

—No, ahora mismo no te creo.

—Ya lo ves, Francesco. Dudas de tu maestro en sus últimas horas. *Quod erat demonstrandum.* Y ahora ayúdame a acostarme, joven amigo —pidió Leonardo, haciendo un esfuerzo como si estuviera sin aliento—. Luego llama a nuestro ilustrísimo médico real... y a un sacerdote, para que me administre los sacramentos.

El dolor, intenso y familiar, se tornó más insistente. Tuvo la extraña idea de que su pecho se abriría en un estallido, como el de cierto león que él había construido dos años antes, con fieltro y metal.

En ese momento vio a Francesco como si estuviera suspendido en el aire, como si todo movimiento hubiera cesado; su discípulo permanecía inclinado hacia él, en una posición que nadie habría podido mantener por más de un instante. Pero la mantenía. Luego Leonardo vio que su aristocrático amigo y servidor desaparecía, como suele suceder en los sueños cuando las escenas y los personajes cambian sin secuencia causal, y se encontró de pie frente a la catedral de la memoria que él mismo había construido.

Era más grande y amplia que el gran Duomo de Florencia o el Santo Spirito de Brunelleschi. Era una iglesia de muchos domos que se elevaban de una base octogonal; alrededor de ellos se veían cúpulas proyectadas hacia un cielo florentino de puro azul. Tenía las formas perfectas de un teorema geométrico, pues en verdad se trataba de una estructura viviente de matemática pura. Era muy blanca, lisa como piedra pulida, y daba forma a todas las ideas arquitectónicas de Leonardo: la perfección que nunca había podido expresar plenamente fuera de su ojo mental.

Como tantas otras veces, Leonardo entró en la catedral, pero en esta ocasión no reflexionaba ni buscaba un hecho oscuro: estaba ingresando en la estructura donde se encontraban todos los tesoros que constituían su vida. El maestro Toscanelli le había enseñado bien, pues ahora, ya al final, Leonardo tenía el refugio seguro de la memoria perfecta donde aislarse del dolor y el miedo a la muerte. Toscanelli le había indicado, mucho tiempo atrás, que construyera en su imaginación una iglesia, un sitio donde guardar imágenes por millares y millares, que representarían cuanto deseara recordar.

Una iglesia para toda su experiencia, para todos sus conocimientos, sagrados o profanos.

Y así Leonardo había aprendido a no olvidar. Captaba la materia evanescente y efímera del tiempo y la atrapaba en ese sitio: todos los acontecimientos de su vida, todo lo que había visto, leído y escuchado; todo el dolor, la frustración, el amor y el gozo estaban con pulcritud guardados y ordenados dentro de patios, capillas, sacristías, porches, torres y cruces.

Pasó bajo grandes relieves y los círculos de terracota (cada figura, cada línea, una imagen y una pista para la memoria) hasta entrar en la torre del norte por la puerta principal. Ante él se erguía la estatua broncínea de un demiurgo tricéfalo, como para bloquearle el paso. Una de las cabezas era la de su padre: el mentón fuerte, la expresión flamígera, la nariz ganchuda y prominente; junto a la de su padre, la cara de Toscanelli: un semblante sereno y suave, ojos cansados y hondos que miraban con compasión a Leonardo; la tercera cabeza era la de Ginevra de Benci, el rostro más bello que Leonardo hubiera visto jamás. Una vez, siendo joven, había ardido de pasión por ella y hasta comprometido para desposarla. Pero eso fue antes de su acusación y su humillación públicas.

Ginevra tenía los mismos ojos de párpados gruesos que Isabella d'Este, a quien Leonardo había pintado como *La Gioconda*, aunque su rostro tenía la redondez de la juventud y un halo de rizos. Pero era su boca, a la vez apretada y petulante, lo que le daba una cualidad de sensualidad a un tiempo terrestre y sublime. Sus ojos, en vida, habían sido reflejos de la roja cabellera, como si una diosa feral hubiera descendido al Jardín del Edén.

Leonardo estaba contemplando las caras del conocimiento revelado, los temas que todo estudiante universitario debía recitar de la *Margarita*

Philosophica de Gregor Reisch. Él no tenía estudios universitarios, pero había leído el libro y recordaba la portada, que representaba las tres ramas de la Filosofía: *materia*, lo que es natural o material; *mens*, lo que corresponde a la mente, y *caritas*, que representa al amor. Todo surgía de esas tres cabezas que lo miraban inexpresivas, como lo hacían cuandoquiera que él entraba en sus dominios para recuperar alguna información.

Pero entonces la encantadora cabeza esculpida de Ginevra surgió lentamente a la vida; la cara expresiva cobró movilidad; los pómulos altos se arrebolaron, en tanto los ojos se tornaban pálidos y de un color extraño, tal como él los había pintado cierta vez. La cabeza giró, fijándose en él con una sonrisa. En su rostro y en sus ojos, Leonardo vio un reflejo de sí mismo tal como había sido en otros tiempos: egoísta, sensual, obsesionado consigo mismo, incapaz de amar. Ella era un espejo cruel para el viejo penitente.

Mientras se aproximaba a ella, la cabeza de su padre surgió a la vida, y también la de Toscanelli.

—¿Qué buscas aquí? —preguntó con severidad el padre, como si aun muerto siguiera siendo el notario que amonesta a sus clientes.

Tomado por sorpresa, Leonardo no encontró respuesta. La estatua avanzó hacia él, obstruyéndole el paso por completo.

—Aquí no hay santuario para ti.

—Para un asesino sodomita, jamás —agregó Ginevra con los ojos vidriados como por lágrimas.

—Yo no era sodomita —protestó Leonardo, elevando a un grito su voz cascada.

—Ya no importa —replicó Toscanelli, quedo—. La memoria es para los vivos.

—No puedes quedarte aquí —dijo su padre—. Para ti sólo resta el infierno.

—Te guiaremos hasta allí —dijo Ginevra—. Ven...

Y la bestia se estiró para abrazarlo, franqueando el portal de caoba oscura.

Leonardo se echó atrás y así escapó apenas a su pétreo abrazo; luego huyó de ese monstruoso Gerión, cuyas caras eran las que él más había amado y odiado.

Cruzó corriendo el atrio hacia la nave, por pasillos divididos en espacios abovedados y puertas de bronce sobredorado que conducían a baptisterios; éstos contenían sus experiencias, sus libros y todas las personas que él hubiera visto o conocido en su vida. Dejó atrás ventanas oscuras, coronadas por cornisas que prometían todas sus ideas para cuadros, esculturas e inventos. Atravesó a la carrera esos pasillos, capillas y coros. No eran sólo múltiples datos e informaciones consignados a la memoria, sino la sustancia espectral de su vida misma: fríos muros y frisos de miedo; tapices de amor familiar o sensual; pequeñas capillas de seguridad y meditación pura, lúcida, lóbregas cámaras de odio, ambición y culpa.

Pasó por decenas de capillas y ábsides, hasta llegar a una sala con altas columnas y cúpula, iluminada por gruesas velas de cera. Desde su antipendio parecía elevarse un altar en el que se estaba diciendo misa, pero Leonardo sólo oyó estas palabras en el espacio vacío:

—A Dios, nuestro Señor, Amo y Soberano, a la Gloriosa Virgen María, a Monseñor San Miguel y a todos los bienaventurados ángeles y santos del Paraíso...

Una entrada, a su derecha, conducía a una galería. Leonardo se estremeció, pues sabía lo que era. Había diseñado un mausoleo más magnífico que cuantos se hubieran concebido hasta entonces, pero nunca fue construido, como la mayoría de sus proyectos. Conocía todas sus terrazas, puertas y salones sepulcrales, cada uno de los cuales contenía quinientas urnas funerarias, cada bóveda construida como los túmulos etruscos. Los pasillos eran tan laberínticos como los de la pirámide de Keops o el tesoro de Atreo en Micenas.

Al caminar a paso rápido por un corredor, frío el suelo granítico bajo la planta de los pies, Leonardo pasó ante el cuarto oscuro en el que no podía mirar, porque sabía que se encontraría a sí mismo en uno de los sarcófagos por él diseñados.

La revelación era escalofriante, pero no lo sorprendió, pues sabía cuál de los pasillos conducía afuera; saliendo de la tumba estaban los peldaños en terraza que descendían hacia las calles de Florencia, hacia esa luz tan diáfana de la ciudad de su juventud. Aunque avanzaba de prisa y sin vacilaciones por la catedral cuya construcción le había costado la vida entera, por sus salones y mausoleos, no pudo menos que detenerse ante esas últimas habitaciones. ¿Cómo podría liberarse de ellos aun ahora, en el momento de la muerte? Al mirar hacia adentro vio ángeles que lanzaban fuego sobre ejércitos, desde lo alto. Se vio a sí mismo haciendo el amor tras una pintura de su amante; vio que los ángeles lo observaban desde el techo de una cámara de torturas, mientras él sacrificaba a su amigo por falta de una palabra. Contempló su gran pintura de *El Juicio Final*, ejecutada en óleo y barniz a la manera holandesa, y se vio nadando por las nubes del cielo eterno, con el esclavo de un rey; se vio flotar, volar y caer en artefactos diseñados por él mismo. Y abajo, en vastos mares, sus compatriotas se ahogaban, encadenados a los remos. Se vio respirando bajo el agua y en campos de batalla, más allá de los mares, sus máquinas que estallaban y disparaban, derribando a los soldados. En el centro mismo de la pintura, como si fuera un efecto visual, se vio a sí mismo deshaciendo a golpes de puño los ojos de los muertos. Y vio los fantasmas del cielo ardiendo en los ojos de una moribunda.

Luego Leonardo encontró y abrió la puerta de bronce que conducía afuera. De pie en los anchos peldaños, en esa luz suave, casi azulada, que se produce justo antes del oscurecer, sintió las frescas brisas perfumadas y contempló a Florencia allá abajo, a su alrededor.

"No puedo estar muerto", pensó, mientras aspiraba los aromas de jacintos, lirios, pollos, higos, habichuelas, pescado y humo, seguidos por los vahos penetrantes de caballos, heces y orina: todos los olores familiares de la ciudad a la que amaba. Desde allí se veía la gran cúpula de cobre del Duomo; junto a ella, el Baptisterio y el Campanario. Era la patria. Allí corría el Arno, amarillo verdoso, como si fuera el tiempo mismo; allí estaban las antiguas murallas que cercaban el perímetro de la ciudad; debajo de él se extendían los edificios apiñados, depósitos, iglesias, casas de campo, inquilinatos; huertas y olivares, estanques de lirios y reinas de los prados; los castillos y las casas de los ricos, con sus columnatas. Las calles atestadas de mercaderes y sembradas de basuras; las ventanas cubiertas de pergaminos, los festivales...

Un momento después se encontró caminando por las calles, joven otra vez, deteniéndose en los mercados, las ferias y los bazares, abriéndose paso por entre la multitud de vendedores callejeros, artesanos, mendigos y mercaderes de seda y satén. Contempló a los hombres altos, de pelo rubio y nariz larga; a las mujeres lujuriosas y civilizadas, que se ataban el pelo y usaban ropajes de fino brocado dorado y colores de pavo real. Los vendedores voceaban sus mercancías y chismorreaban con los clientes; los mendigos bailoteaban por un *denaro*; niños harapientos correteaban, asustando con sus gritos a las veladas esposas de los burgueses, que se daban prisa para llegar a su casa antes del toque de queda del atardecer.

Los runrunes corrían en derredor de él como las aguas calientes y túrgidas del baño: un joven boloñés fue arrestado en el día de San Giovanni por cortar las borlas a los cinturones de los hombres; un hombre fue ahorcado en el patíbulo, pero no murió y fue preciso ahorcarlo otra vez; un oso, propiedad de alguien residente en la ciudad, masacró a la hija de Giovacchino Berardi (¡pero ella sobrevivió, gracias a Dios!); el Palagio de'Signori fue alcanzado por un rayo y en Venecia nació un monstruo con un cuerno en la frente y la boca partida hasta la nariz.

Cruzó el Ponte Vecchio, un puente bordeado de puestos malolientes: carniceros manchados de sangre y cerdos que chillaban.

Las calles empezaban a oscurecerse... y a quedar vacías. Leonardo oyó los quejidos y los gritos de sesenta campesinos a los que se había pagado para marchar tras el ataúd en un cortejo fúnebre, iluminado por las antorchas. Algunos de ellos se detenían junto a los postigos de las grandes mansiones y los palacios que daban a la calle, a fin de comprar una botella de vino agrio. Tal era la costumbre florentina.

Leonardo comprendió que marchaban tras él, pero huyó por el laberinto de callejuelas claustrofóbicas, sombreadas por arcos y muros voladizos. Los edificios, que olían a moho y humedad, eran como enormes creaciones crepusculares, seres vivientes atrapados entre alientos infinitos. Sus cerámicas, sus paredes de estuco quebrado, estaban cubiertas por siglos de *graffiti*, así como la piel de los esclavos traídos desde el Oriente estaba cubierta de fantásticos tatuajes. Pero las runas cinceladas de Florencia, sus groseros retratos, nombres, cruces e indicadores de amor pubescente sobrevivirían tanto como su piedra.

Caminó por las arcadas, ya desiertas, y por los pasadizos azulejados de los artesanos; pasó junto a puestos de peleteros, herreros y vendedores de frutas y verduras; casi todos se hallaban vacíos de productos, y los escaparates estaban cerrados por seguridad, pues eran cerca de las siete de la noche.

Cruzó el distrito de los aurífices, dejando atrás el taller de Botticelli, hasta que al fin llegó a la *bottega* gris de Andrea del Verrocchio, tres plantas para casa y taller, en la Via dell'Agnolo. A la distancia se alzaba la gran catedral de Santa María del Fiore, la obra más grandiosa de la ciudad más grandiosa del mundo.

Leonardo había vivido diez años allí, como aprendiz. Durante ese tiempo, Verrochio había asumido con frecuencia los papeles de padre, maestro, amigo, colaborador y confesor. Se oía su voz aguda, entre otras, por las ventanas abiertas del segundo piso. Discutían sobre la paradoja de Donatello: que algo pueda ser bello aun siendo feo.

Leonardo no pudo sino sonreír, pero las proclamas de los heraldos, en las calles desiertas, empezaron a perturbar su ensoñación.

En pocas horas se levantaría el toque de queda, aunque las puertas de la ciudad permanecerían cerradas a todos, salvo a unos pocos. Soldados y policías saldrían en masa a proteger a los buenos ciudadanos de Florencia. Era víspera de Pascua; a medianoche se harían brotar chispas de los antiguos pedernales del Santo Sepulcro, traídos de la Tierra Santa durante las Cruzadas, y una fiera paloma alzaría vuelo desde el Duomo, la gran catedral. Las calles adoquinadas desbordarían de campesinos y burgueses deseosos de contemplar la gran procesión de los Pazzi, a la luz de las antorchas. Mercaderes y carteristas practicarían sus respectivos oficios.

Esa noche, por poco rato, se detendría la hora terrible de la vida cotidiana, en tanto reinaran la fantasía, el júbilo y, por supuesto, el peligro. Tal era la magia de las festividades, aun las aureoladas de reverencia, como la Pascua.

Pero en esos momentos todo estaba a oscuras, a no ser por el resplandor amarillo de las velas que parpadeaban en las ventanas de la ciudad, creando una bruma luminosa que parecía flotar hacia el cielo de estrellas opacas.

Cuando abrió la gruesa puerta de roble, a la que aún no se le había echado el cerrojo, oyó un sonar de campanillas en toda la casa y el estudio. Verrocchio siempre le dejaba la puerta sin traba, pues Leonardo llegaba siempre tarde. Aunque el vestíbulo estaba oscuro y caldeado, con olor a humedad, allí se sintió nuevamente a salvo. Después de correr el cerrojo, avanzó por la oscuridad hacia la escalera; ya percibía ese olor delicioso, aunque algo rancio, a higos, frutas azucaradas y faisán asado. Pero lo detuvo un súbito y potente aroma a perfumes...

Después de una larga pausa, Verrocchio, que había oído las campanillas, lo llamó por su nombre.

Por fin Leonardo estaba en casa.

Donde todo había comenzado...

Ved ahora la esperanza y el deseo de regresar al
país natal o retornar al caos primordial, como el
de la polilla a la luz, del hombre que, con ansia
perpetua, está a la gozosa expectativa de cada
nueva primavera y cada nuevo verano, de los
meses siguientes y de los años nuevos, juzgando
que las cosas deseadas tardan mucho en llegar,
sin percibir que está ansiando su propia
destrucción...

–Leonardo da Vinci

Detalle de Sandro Botticelli de
La adoración de los Santos Magos

Parte uno

Caritas

. . . .
. . . .
. . . .
. . . .
. . . .
. . . .
. . . .
. . . .
. . . .
. . . .
. . . .
. . . .
. . . .
. . . .
. . . .
. . . .
. . . .

Retrato de Ginevra Benci

1
Fantasía
dei Vinci

Lo que me hagas a mí, eso te haré.
–Lema de Ludovico Sforza

—*E*spera, Leonardo —susurró una voz en la oscuridad. Hubo un susurro de sedas; después, Ginevra de Benci rodeó con sus brazos el cuello de Leonardo. Era una joven alta y rolliza, de diecisiete años recién cumplidos. Su cara de luna estaba pegajosa de sudor; olía deliciosamente a almizcle.

—¿Qué haces aquí? —preguntó Leonardo—. Esto parece un horno.

La besó con fuerza, como si por la mera presión pudieran convertirse en espíritus y penetrarse mutuamente; luego la llevó abajo de la escalera, al sitio que siempre había sido su refugio seguro, desde que llegara allí como aprendiz, a los doce años. En otros tiempos, ese armario de cedro le había parecido tan grande como una de las pequeñas cabañas de su aldea natal de Vinci. Se preguntó si aún seguirían escondidas allí las velas que en otro tiempo robaba en la Cofradía de los Pintores, junto con sus primeros cuadernos.

Diestramente, pese a la ansiedad, le alzó la camisa y la *gamurra* de seda, apretándola contra sí. Habían practicado esa danza más de una vez (en cierta ocasión, en el propio dormitorio de la muchacha, en el palacio de su padre) y nunca se cansaban de ella.

—Basta, Leonardo, me estás aplastando —protestó ella, pero se dejó acariciar—. No te esperaba aquí para que... para esto. Y tu maestro Andrea acaba de llamarte. ¿Qué piensas hacer con él?

—Maese Andrea —gritó Leonardo, levantando el mentón para mirar hacia arriba, aunque sólo había negrura—. Subiré en un momento.

—¿Qué estás haciendo allí abajo, Leonardo? —preguntó Andrea desde arriba—. ¿Gozando con alguno de los gatos?

Se oyeron risas en el estudio, que también oficiaba de sala. Siempre había seis o siete gatos en la *Bottega* de Andrea; él aseguraba que eran más inteligentes y mejores compañeros que su hermana viuda o todo su séquito de aprendices y parientes pobres.

Ginevra apartó a Leonardo de un empujón y lo golpeó con fingido enojo.

—Estoy preparando algo interesante para ti y tus invitados; sólo necesito algunos minutos para pensar. Ten paciencia, viejo.

Leonardo tenía fama de prestidigitador, malabarista y mago; aunque su latín era apenas pasable, lo invitaban a todas las fiestas.

—¡"Viejo"! —gritó Andrea—. Esta noche busca tu pan en casa de algún Médicis. Quizá te deje vivir en sus jardines, entre las estatuas que no me has ayudado a reparar. —Leonardo oyó el crujir de las maderas, en tanto Verrocchio se alejaba para comentar con sus amigos: —¿Oyeron lo que me ha dicho ese joven descarado...?

Leonardo abrazó a Ginevra, pero ella se apartó.

—Papá está arriba, con Messer Nicolini. He dicho a todos que iba a dormir una siesta y vine a esperarte porque tengo algo que decirte. Es importante.

Leonardo retrocedió al oír mencionar a Luigi di Bernardo Nicoloni, socio del padre de Ginevra, que comerciaba con sedas. Nicolini era un viejo agrio, arrugado y calvo. Y muy, pero muy rico.

—¿Sí...?

Oyó que ella exhalaba con fuerza, nerviosa. Después de una pausa dijo:

—Es sobre mi familia y sus... problemas.

—Hablas de dinero.

—Sí, pero es mucho peor de lo que te dije. Papá no puede pagar lo que debe sin vender sus propiedades.

—Bueno, tal vez sería lo mejor. De ese modo podría...

—No voy a permitir que cause la deshonra de nuestra familia —le espetó ella.

—¿Y en qué se relaciona todo esto con Messer Nicolini? —preguntó Leonardo, acalorado por la ansiedad. Sus glándulas parecieron abrirse, descargando un torrente de emociones que quemaban como ácido sobre cinc. El corazón le palpitaba como si tratara de huir por la garganta.

—Messer Nicolini ha ofrecido mil florines de oro en préstamo, para que papá pueda ofrecer una dote adecuada.

—Ah, conque de eso se trata —musitó Leonardo, frío—. Un "préstamo" que jamás sería devuelto.

Ginevra no respondió.

—¿Te prometerían a su hijo? —preguntó Leonardo, sondeando.

—A él —susurró la muchacha.

—Es lo que yo pensaba. Ese viejo mugriento. ¿Y lo nuestro? ¿O eso no te interesa?

—Tengo un plan, Leonardo —dijo ella, en voz baja.

Fue como si él no hubiera oído.

—Sin duda, tu padre sabe lo que sentimos.

—No. Cree que somos buenos amigos, nada más.

—¡Pero habíamos acordado que se lo dirías!

—No pude.

—Porque soy bastardo.

—Porque eres pobre... por ahora. Y él está endeudado hasta el cuello.

—Puede pedir prestado. Es un hombre acaudalado.

—Esto ha llegado demasiado lejos. Por eso le dije que éramos sólo amigos y que tendría en cuenta a Messer Nicolini. Papá me ama; además, lo inquieta que yo siga soltera a los diecisiete años.

—Bueno, todo está dicho —repuso Leonardo, que de pronto se sentía entumecido y frío.

—No hay nada dicho, Leonardo. ¿No comprendes? Es una triquiñuela, como las de tus conjuros. En cuanto papá reciba el dinero, en cuanto se designen los intermediarios, le diré que te amo. Le diré que no me había percatado antes y que no puedo seguir adelante con ese casamiento.

—Por entonces será demasiado tarde —observó él, humillado pese al alivio. La cólera ocupaba el vacío dejado por la aflicción, pero no podía apartarse de ella para dar rienda suelta a su enojo; todavía no, porque en ese caso la perdería por completo. —En el mejor de los casos, tu padre tendría que devolver el dinero de la dote a Messer Nicolini. Habría escándalo.

—Para ese momento los asuntos de papá ya estarían en orden. Podría devolver el dinero. Sólo necesita tiempo. —Ginevra rió con suavidad, pero aquello sonó forzado. —No habría ningún escándalo, mi querido Leonardo. ¿Qué hombre admitiría haber regalado una dote como "préstamo" a fin de procurarse una novia?

—No me gusta nada —protestó Leonardo, tragando bilis.

—Comprendo lo que sientes, pero debe ser así —afirmó Ginevra—. Tú puedes excusarte ante tus amigos, decirles que te cansaste de mí. Con la reputación que tienes, te creerían sin dificultad. Yo, en cambio, no puedo elegir. —Se controlaba bien; Leonardo supo que no podría disuadirla. —Te amo, pero mi familia está primero... hasta que nos casemos. Luego tú serás mi vida entera. Te lo prometo.

Se levantó la camisa y avanzó hacia él, dejando oír un frufrú de sedas. Le encantaban la emoción y el peligro. Por mucho que Leonardo la amara (y sabía que, pese a todo lo demás, ella le correspondía), no ignoraba que era peligrosa. Pero lo dominaba por completo. Para ambos era el primer amor.

—Te amo —dijo Ginevra—. Me carcome en todo momento, esto de quererte. No me casaré con él; te lo prometo.

Él quería creerlo. Después de todo, Ginevra siempre se había enorgullecido de ser sincera. En ese aspecto se consideraba igual a un hombre, pues, a su modo de ver, la sinceridad era la brida del honor. Ese ardid debía de resultarle difícil. Aun así Leonardo tenía la sensación de estar hundiéndose en arena.

La muchacha se apretó contra él, acariciándolo, y tomó el papel de agresora. Leonardo, por su parte, la tocó en los sitios secretos que más la complacían, masajeándola hasta lograr que se abriera, de rodillas ambos en el suelo polvoriento, lleno de telarañas. Y sintió que él era como agua que corría, golpeaba y se estrellaba en una carne tan suave, firme y pura como la piedra.

———

Leonardo dejó que Ginevra subiera sola por la escalera posterior hasta el dormitorio del maestro Andrea, donde supuestamente estaba durmiendo, mientras él efectuaba su grandioso ingreso en el taller interior. Esa habitación se hallaba casi libre del polvo que impregnaba los cuartos exteriores, donde se guardaban los moldes y se enyesaban los lienzos. Estaba vestido como de fuego: jubón de color heliotropo y carmesí sobre una *camicia* rojo sangre, de ricos hilos y terciopelos. Era alto y de buena contextura; le sentaban bien esas prendas ceñidas, creadas para delinear el ideal griego de los músculos y la forma física. Pero no podía llevar el corazón en la mano, como un campesino de luto, de modo que se alisó con los dedos el desaliñado pelo castaño rojizo y dio un paso teatral hacia el interior de la sala.

Andrea, cuyo salón se había convertido en uno de los más importantes de Florencia, tenía un abundante y augusto grupo de invitados. Se conversaba mucho y en voz alta; el suelo estaba manchado por las botellas de vino que se habían apoyado en él, a falta de mesas cómodas, para voltearlas luego con un paso mal calculado.

El anciano Paolo del Pozzo Toscanelli, quien había enseñado a Leonardo matemática y geografía, estaba sentado junto a una enorme vasija de terracota y un modelo del lavabo que instalarían en la antigua sacristía de San Lorenzo. Detrás de él, como una sombra, se veía a un muchacho de ojos brunos, apasionados, y tensa boca acusadora. Leonardo no lo había visto nunca; tal vez no hacía mucho que Toscanelli había recibido en su casa a ese expósito.

Sentados junto a Toscanelli se hallaban sus discípulos y protegidos, Américo Vespucio y Benedetto Dei. Vespucio, un joven alto, esmirriado y de apariencia torpe, miró a Leonardo con una gran sonrisa, pues ambos habían sido compañeros de estudios. Los otros aprendices estaban de pie junto a los muros, escuchando con discreción e intercalando una palabra aquí o allá. Normalmente el maestro Andrea instaba a sus aprendices a trabajar (mucho tiempo atrás había renunciado a hacerlo con Leonardo, el mejor de todos, que trabajaba cuando le venía en ganas), pero aquella noche había cerrado el taller, pues pronto se iniciarían las festividades. Lorenzo di Credi, que siempre lucía como si acabara de despertar, lo saludó con la cabeza, igual que Pietro Perugino. Perugino era aprendiz avanzado y pronto sería maestro de su propia *bottega*.

—Ven, Leonardo, necesitamos tu ayuda —llamó Verrocchio—. Te estábamos esperando para que nos asombres con uno de tus "milagros", pero antes debes ayudarnos a resolver un desacuerdo filosófico.

Verrocchio tenía treinta y tres años; era robusto y habría podido pasar por cura, gracias a su cara ancha, bien afeitada, y su túnica oscura; estaba de pie junto a Amerigo de Benci, el padre de Ginevra, y su asociado Nicolini.

Muy cerca de ese círculo inmediato se veía a Sandro Botticelli, huésped predilecto del estudio de Verrocchio. Aunque Leonardo no lo veía tan a menudo como a los otros aprendices, lo consideraba su mejor amigo... su único amigo. En ciertos aspectos, parecía una versión más joven de maese Andrea, pues tenía el mismo tipo de cara ancha y carnosa; pero su mandíbula era más fuerte y sus labios, gruesos y sensuales, no delgados y tensos como los de Verrocchio. Sin embargo era Botticelli quien tendía hacia el ascetismo, aunque su obra fuera lozana y vibrante.

Sandro le apretó el brazo y Leonardo respondió con una sonrisa. Trataba de mostrarse confiado y sociable, pero le costaba concentrarse y tenía la respiración agitada, como solía sucederle cuando algo lo alteraba. Saludó a maese Andrea y a Amerigo de Benci, fingiendo la calidez que normalmente habría sentido, y dirigió un movimiento de cabeza a Nicolini. Éste, ya entrado en años, estaba arrugado y era de facciones fuertes; sus orejas habrían sido el orgullo de un elefante, se dijo Leonardo. Aunque algunos lo habrían considerado apuesto, él lo encontraba repelente.

—No soy filósofo —respondió Leonardo a Verrocchio—, sino un mero observador. Deberían haber invitado a Messer Ficino o a alguno de los brillantes caballeros de su academia, que tienen un profundísimo conocimiento de lo que han dicho los difuntos.

Esa pulla dirigida a los humanistas no pasó inadvertida para Toscanelli, que tenía por costumbre fingirse sordo para que no se lo interrumpiera en sus estudios, aunque oía perfectamente. A diferencia de Leonardo, a quien se excluía por no saber conversar en latín con fluidez, Toscanelli tenía fuertes vínculos con la Academia Platónica. A su modo de ver, la reciente y popular *Theologia platonica*, de Marsilio Ficino, podía compararse con las obras del mismo Platón. Leonardo había argumentado que era una frívola manera de malgastar tinta y papel.

—Esto te gustará, Leonardo —dijo Toscanelli, sarcástico—, ya que es muy "frívolo".

Benedetto Dei festejó con una risa el comentario de su maestro; Américo Vespucio sonrió apenas. En cambio, el mozo que estaba de pie detrás de Toscanelli miró a Leonardo con apasionada atención. Y Sandro se limitó a contemplarlos como si no le incumbiera lo que sucedía a su alrededor; sin embargo esperaba... como si pronto le tocara salir al escenario.

Nicolini giró hacia Toscaneli, objetando:

—No me parece que sea frívola una discusión sobre la materia misma del espíritu.

El maestro se limitó a asentir con la cabeza.

El padre de Ginevra sonrió a Leonardo, diciendo:

—Es sólo una discusión teológica amistosa sobre los espíritus. Mi amigo, Luigi di Bernardo Nicolini, cree que sólo pueden ser almas individuales. Pero Platón no dice absolutamente nada sobre la situación de las almas en estado de aislamiento con respecto al cuerpo.

—Pero sí dice que el alma es, en sí, el principio del movimiento —apuntó Nicolini—. El alma siempre ha existido y es independiente del mundo material. Y esas almas aisladas, o espíritus, sean divinas o demoníacas, pueden manifestarse, por cierto, en nuestro reino mortal. Simplemente no dependen de la materia, como nosotros. ¿Acaso los ángeles necesitan beber o comer? No más de lo que un rayo de luz necesita un plato de gachas para brillar.

"No somos sino instrumentos en su conflicto entre el bien y el mal. ¿Creerían que Satanás no puede dársenos a conocer en esta misma sala, sólo por no ser mortal? ¿No tendrían a Cristo en el Clavo porque...?

—Pero amigo mío —intervino Amerigo de Benci—, Cristo participaba tanto en lo mortal como en lo eterno.

—¡Exacto! Y por ende, ¿confinarían al Espíritu Santo?

—Bueno, Leonardo —preguntó Verrocchio—, ¿puedes resolver este asunto?

—Con el perdón de todos —dijo el joven—, debo manifestarme de acuerdo con Messer de Benci. El espíritu, por definición, debe ser invisible en sustancia, pues dentro de los elementos no hay cosas incorporadas. Donde no hay cuerpo tiene que haber vacío, y no puede existir ningún vacío en los elementos, pues sería llenado de inmediato. Por lo tanto, un espíritu generaría constantemente un vacío y, de modo inevitable, volaría constantemente hacia el cielo, hasta que abandonara el mundo material. Por esa razón encontramos tan pocos espíritus por aquí.

Esto provocó risas y aplausos aislados; ahora todos escuchaban.

—¿Y por qué ha de ser el espíritu invisible en sustancia? —preguntó Nicolini que, es obvio, se encontraba allí en aguas demasiado hondas. Se irguió en toda su estatura, como si pudiera ganar la discusión por la sola postura. —El espíritu es sustancia verdadera. Puede presentarse en cualquier forma.

—En ese caso estaría envuelto en carne mortal, como nosotros —dijo Leonardo—. Nadie lo discutiría. Pero si no fuera así, el espíritu se encontraría a merced del viento más leve. Y aun en el instante en que pudiera presentarse a usted, ¿cómo hablaría?

"La respuesta es que no podría hacerlo. Un espíritu no puede producir voz sin movimiento de aire. Y no hay nada de aire en él; por ende, no puede emitir lo que no tiene. —Leonardo hizo una reverencia. Hubo nuevos aplausos.

Nicolini meneó apenas la cabeza, clavando en Leonardo una mirada imperiosa.

—Creo que en eso hay una pizca de blasfemia, mi joven señor.

—La palabra que está buscando parece ser "lógica", Messer. Creo que ni Dios ni Platón lo pondrían en tela de juicio.

—¿Dónde está nuestra Ginevra? —preguntó Amerigo de Benci, pasando a un tema más grato.

—Todavía durmiendo, tal vez —respondió Andrea—. Hace mucho calor para ser Pascuas. Mandaré a uno de los aprendices que la despierte.

¡Tista! —Llamó a un muchacho rubio, que estaba reclinado contra la pared—. Ve a mi dormitorio, donde descansa Madonna Ginevra, y toca a la puerta con suavidad. Con suavidad, ¿me has entendido? Di a la rubia Penélope que sus pretendientes la esperan con impaciencia.

El muchacho, arrebolado por el azoramiento, salió de prisa.

Nicoloni dijo, ya ablandado:

—¿Debo lanzarme contra ellos sin compasión, a flecha y espada?

—Quizá después. Sería mejor que primero le pusieras un anillo en el dedo —aconsejó Amerigo de Benci, con cordialidad.

Leonardo sintió que le ardían las orejas, pero rogó que no le subiera al rostro ningún color que revelara su enojo y su mortificación. Una vez más, Sandro le apretó el brazo con afecto. "Él está enterado", pensó Leonardo.

Pero apenas pasó un minuto antes de que entrara Ginevra de Benci, vestida con una *gamurra* de seda carmesí, con brocado de flores doradas y mangas de perlas. Llevaba una capa turquesa muy angosta, casi una chalina, y la cabellera roja echada hacia atrás, descubriendo la cara pálida y suave. Apretados rizos servían de marco a los ojos soñolientos y los pómulos altos, que le daban un aire altanero. No tenía pintura en los labios: nada que restara importancia a sus ojos, que reflejaban los toques luminosos del pelo. Sonrió a todos, obviamente complacida por ser el centro de atención general, a lo que estaba acostumbrada. Adoptó una pose y un mohín del labio inferior que resultó afectado, al menos para Leonardo. Todos los demás quedaron encantados.

Su mirada se encontró con la de él; por un instante hubo un saber, un compartir, y Leonardo vio su interior. Comprendió que ella estaba actuando, sólo eso, y que él debía hacer lo mismo si deseaba dominarla y poseerla.

—¿Puedo hacer el anuncio? —preguntó el padre a Andrea.

—¡Claro, por supuesto! —respondió el maestro.

Y pidió atención a todos los presentes. Amerigo de Benci dijo:

—Mis queridos amigos, tengo el placer de anunciar el compromiso de mi bella hija Ginevra con mi amigo y socio Luigi di Bernardo Nicolini. Están todos cordialmente invitados a la recepción que brindaremos a la novia en su nuevo hogar, que será, por supuesto, el magnífico palacio familiar de Nuestra Ilustrísima Señoría. ¡Y aseguramos que será grandiosa!

"También me gustaría anunciar —continuó cuando cedieron los aplausos— que vamos a encargar un retrato de mi hermosa hija para conmemorar su inminente casamiento. —Se volvió hacia Leonardo. —He hecho todos los arreglos con el maestro Andrea para que seas tú quien la pinte. ¿Aceptarás?

Leonardo sintió que Sandro le oprimía con suavidad dos dedos contra la espalda.

—Sí, por supuesto, Messer de Benci —respondió—. Será un honor.

Hubo nuevos aplausos, pues Leonardo ya tenía la reputación de ser uno de los pintores más promisorios de Florencia. Se rumoreaba que pronto abandonaría la *bottega* de Verrocchio para instalar su propio taller.

—Nadie pinta como Leonardo —afirmó Ginevra—. Salvo Sandro, quizás, un poquito —se apresuró a añadir, dirigiendo una sonrisa a Botticelli.

—No pinto como Leonardo en absoluto —aseveró Sandro, con fingida petulancia—. Él y Paolo Uccello sólo se interesan por la perspectiva. Por mi parte, puedo hacer esos paisajes arrojando contra el lienzo una esponja llena de pigmentos y dedicarme a la parte importante de la pintura.

Leonardo no mordió el anzuelo. Miraba a Ginevra, pero ella desvió los ojos. En ese momento él tuvo la certeza de que no lo amaba. Sin embargo sabía que no era verdad. Las emociones se le estaban volviendo en contra, nada más. ¿Cómo pretender que ella lo mirara?

—Leonardo, ahora debes tutearme, como lo hace tu padre —dijo Amerigo de Benci, abrazando a su hija—. Después de todo, ahora eres el pintor de la familia.

La muchacha le dirigió una sonrisa vacilante, pero había palidecido y de pronto parecía a punto de desmayarse.

—¿Te sientes bien, Ginevra? —preguntó Leonardo, que habría querido abrazarla y poner fin a esa comedia.

—Sí —aseguró ella, a modo de advertencia—. Estoy bien. —Miró a su padre y a su maduro prometido. —¡Estoy bien, de veras!

Entonces Nicolini la atrajo posesivamente hacia él para susurrarle algo al oído. Ella respondió sacudiendo la cabeza, pero aun así él la retuvo junto a sí. Por unos cuantos segundos miró con severidad a Leonardo, como para dejar sentado que era el único dueño de la muchacha. El joven se sintió furioso y humillado, pero apartó la vista.

El gentío se agolpó en torno de Ginevra, su padre y Nicolini para presentar sus congratulaciones. La muchacha volvía a mostrarse animada y vivaz. Amerigo de Benci estrechó las manos de los amigos, aceptando las felicitaciones. Luego dijo a Leonardo:

—Tu padre mandó decir que lamentaba no poder asistir a esta fiesta, pero está fuera de la ciudad, por asuntos de Su Señoría.

—Ah —asintió el joven, mientras los presentes se arracimaban en derredor, a codazos. No tenía idea de las actividades de su padre desde que Ser Piero da Vinci había tomado a una tercera esposa, la joven Margherita di Guglielmo, con la esperanza de que ella le diera un heredero legítimo. Aunque seguía mostrándose gentil y decoroso en las reuniones familiares, Leonardo sabía que ya no se lo acogía bien en la casa paterna, sobre todo ahora que Margherita estaba embarazada.

Permitió de buen grado que Sandro se lo llevara a un rincón menos poblado del estudio y aceptó un trago del vino espeso, picante de tanino, que su amigo le ofrecía.

—Parece que has dejado escapar a Ginevra —comentó Sandro.

Él asintió con la cabeza, sin comprometer una verdadera respuesta.

—Es mejor ser libre —continuó su amigo, sonriente—. Después de todo, tienes que mantener tu reputación.

—Sí, por cierto. —Leonardo se sirvió más vino.

Sandro se inclinó hacia él.

—No temas pasar bochorno, querido amigo. Quienes te aman sabrán comprender; los otros conocidos supondrán que la has dejado por otra o que decidiste cambiarla por una dote decente.

—Te agradezco el apoyo, viejo —dijo Leonardo—. Pero es preciso tener en cuenta que Ginevra se casa con uno de los hombres más ricos de toda Florencia. Temo que ni siquiera tú podrías persuadir a nuestros amigos y conocidos de que la he abandonado. Sería como tratar de convencerlos de que los gallos ponen huevos.

—Bueno, corren ciertos rumores, como cabría esperar. Todo el mundo quiere y respeta a Amerigo de Benci, pero ni siquiera sus amigos pueden hacer oídos sordos a los susurros del... comercio.

Leonardo sonrió con amargura. Conque los rumores habían llegado a la calle.

—Sé lo mucho que ella te interesa —continuó Sandro—. Pero todos te seguiremos el juego, te lo aseguro. No será la primera vez que salgas de situaciones desventajosas a fuerza de arrogancia. Eso es algo que nunca te ha faltado. Y ahora debes aprovecharla.

—Sandro, ¿qué crees tú?

—Creo que ella te ama, pero está entre la espada y la pared. En estos tiempos, es algo bastante habitual.

—Se casará conmigo —insistió Leonardo. Pero se arrepintió de esas palabras en cuanto las hubo dicho.

Sandro pareció desconcertado, pero se repuso.

—Mientras tanto —dijo—, será muy grato tenerte con nosotros, para variar. Te has vuelto algo tedioso desde que Cupido te capturó. Te hará bien volver a salir de jarana con tus amigos... aunque sólo sea para salvar la imagen ante el público, por supuesto. —Su enorme sonrisa resultaba contagiosa.

—Tienes razón, por supuesto —respondió Leonardo—. Gracias.

Ya podría tomar desquite más adelante, cuando la reconquistara.

—¡Bah! Pero te aconsejo que no sigas consumiendo el vino local de maese Andrea, si no quieres cagarte en los pantalones.

Sandro hacía referencia a los calzoncillos, pues el jubón de Leonardo era bastante corto y revelador.

—No te preocupes —dijo Leonardo—. No los tengo puestos.

—Ah, por eso tus reverencias son tan poco profundas —bromeó Sandro, quebrando la tensión.

Aun así, Leonardo tenía la sensación de que todas las risas y los murmullos se referían a él, como si fuera un cornudo. Parte de la ira por lo que había hecho Ginevra se le convertía en un nudo helado dentro del pecho.

Resolvió que, en cuanto terminaran las festividades, se sumergiría en su trabajo. Tenía por terminar un altar para la capilla de San Bernardo, y dos pinturas de Nuestra Señora en distintas etapas de conclusión; además, había diseñado su Gran Ave y necesitaba prepararla para el primer vuelo.

Tenía cosas de sobra con que mantenerse ocupado.

Se oyó un tintineo de campanillas en todo el estudio y el golpeteo apagado del gran llamador de la puerta. El sistema de campanillas era invento de Leonardo, pues maese Andrea nunca oía el llamador de hierro y le preocupaba la posibilidad de ofender a alguno de sus importantes mecenas.

—¿Quién puede ser, a esta hora? —preguntó Verrocchio, mientras mandaba a uno de los aprendices a averiguarlo.

Un momento después el muchacho, sin aliento, anunció que un grupo de ilustrísimas damas y caballeros esperaba abajo; eran los hermanos Lorenzo y Giuliano de Médicis, que gobernaban Florencia. Pero antes de que Verrocchio pudiera correr escaleras abajo para saludar a sus importantes huéspedes, se oyó la voz de Lorenzo, que subía la escalera cantando a todo pulmón, desafinadamente, una de sus propias composiciones.

> *Venid, disfrutemos*
> *Mientras se pueda*
> *Lo bello es flor que dura poco;*
> *La juventud se hizo para los gozos*
> *Y entonces amar es un deber...*

Él y su hermano Giuliano entraron los primeros, bufando y riendo; luego iniciaron otra estrofa. Lorenzo, que en realidad era Primer Ciudadano desde la muerte de su padre, Pedro el Gotoso, amaba las diversiones; adondequiera que fuera, allí iba su círculo de chistosos, poetas y filósofos. Y Lorenzo era un poeta genial: componía *ballate, canzoni di ballo ballate, canzoni di ballo* y *canzoni carnascialesche*. Ejercía su influencia sobre toda la vida artística de Florencia. También le encantaban los versos licenciosos, las obras teatrales, las mascaradas y los banquetes. Los florentinos lo amaban, pues con mucha frecuencia convertía la ciudad en un carnaval.

—¡Ajá! —exclamó, al entrar en el salón—. Mi pintor Andrea ofrece una fiesta y no nos invita. ¿Y quién podría amarte más que los Médicis, dime?

Lorenzo gesticuló con los brazos, estrechando a Andrea como si en verdad fuera de la familia. Era magnético, cautivante, carismático y feo. Vestía de manera informal, pero lujosa, *in zuppone*, es decir, en mangas de camisa. Los campesinos y los burgueses que esperaban el desfile en las calles lo considerarían uno de los suyos. Tenía facciones toscas, dominadas por la nariz grande y aplanada. Además, estaba afectado por uno de sus periódicos ataques de eccema; una pasta de color carne le cubría el mentón y las mejillas. Tenía cuello de toro y pelo castaño, largo y lacio; no obstante, su porte era tan elegante que parecía sobrepasar en estatura a quienes lo rodeaban. Su rasgo más llamativo eran los ojos, quizá, pues lo observaban todo con amistoso apasionamiento, como si quisiera penetrar en cosas y personas por igual. Su hermano Giuliano, por el contrario, era sumamente apuesto, de cara algo femenina y pelo castaño rizado.

Junto a ellos iban Angelo Ambrogini Poiziano, poeta, filósofo e íntimo amigo de los Médicis, y el poeta y compositor Luigi Pulci. Ludovico Sforza, hermano del duque de Milán y huésped de los Médicis, acompañaba a la hermosa Simonetta Vespucio. Se rumoreaba que ella era la amante de Lorenzo, pero nadie podía asegurarlo; sin duda, Julián estaba prendado de ella.

—Quiera Dios que Simonetta no tenga nada que ver con ese cerdo de Sforza —dijo Sandro—. A su hermano le encantan los cadáveres. Según los rumores, encerró a su última aventura en un cajón claveteado, estando todavía con vida, y montó guardia personalmente hasta que oyó sus estertores de muerte. ¿Crees que este hermano será diferente?

Dicho eso, Sandro abandonó a Leonardo para correr hacia Simonetta. No era ningún secreto que él también estaba enamorado de ella. Se había convertido en su obsesión. Leonardo se preguntaba si Sandro podría pintar alguna cara que no fuera la de ella, pues la joven aparecía en todas sus obras recientes como si fuera una firma. Era una Venus florentina, la mujer más admirada de la ciudad. Las damas la admiraban tanto como los hombres, pues era suave y etérea, dechado de virtudes mundanas y belleza clásica. No se pintaba las cejas, que eran casi invisibles, y eso daba a su rostro una expresión de sorpresa constante. Vestía un revelador traje de seda, de mangas abiertas, al estilo veneciano, que destacaba su tez pálida y su busto generoso, y un collar de oro y zafiros, con una diadema haciendo juego en la abundante cabellera rubia, imagen viva de la moda.

Miró directamente a Leonardo, sonriendo.

Sandro Botticelli, que era íntimo amigo de los Médicis, abrazó a Giuliano y ejecutó unos pasos de danza con Lorenzo, exhibiéndose ante Simonetta, que le permitió abrazarla.

—Bueno, Andrea —dijo Lorenzo a Verrocchio—, veo que tienes aquí a tu músico.

—Ah, ¿te refieres a mi aprendiz Leonardo? —Andrea se volvió hacia el joven y le hizo una seña impaciente para que se uniera a la fiesta. —Está trabajando conmigo en tus jardines, en la reparación de las estatuas.

—Eso tengo entendido. —Lorenzo sonrió a Leonardo. —Dios le ha otorgado sus dones en abundancia, pero se dice que la curiosidad suele apartarlo del trabajo. Sé que los buenos monjes de San Bernardo están impacientes por verte continuar tu brillante obra en su altar. Pero ya ves, querido Ludovico —agregó Lorenzo, palmoteando a su invitado en el hombro—, qué sucede cuando Dios es demasiado generoso con sus dones.

Luego se dirigió al mismo Leonardo:

—Según me dicen, has construido una lira que no se parece a ninguna otra. Por eso hemos venido... y también para ver a nuestros queridos amigos, por supuesto. Pero la encantadora Simonetta deseaba ver ese milagro y escucharte tocar. ¿Cómo no obedecer sus órdenes?

Leonardo hizo una reverencia a sus mecenas, que lo presentaron a Ludovico; éste era corpulento, de estructura cuadrada y piel olivácea; su pelo oscuro tenía las puntas quemadas, de modo que formaba un casco pulido en torno de la cabeza. Simonetta tomó a Leonardo de la mano y, ante las miradas celosas de los otros, dijo:

—Ven, Leonardo. Muéstrame ese instrumento tuyo.

En ese momento aparecieron dos jóvenes detrás de Leonardo; ambos tenían más o menos su misma edad. El más alto, de pelo negro ya ralo, piel cetrina y ojos azules muy hundidos, duros como guijarros, llevaba un paquete de terciopelo purpúreo. Su nombre era Tomaso Masini, pero gustaba llamarse Zoroastro da Peretola y aseguraba espuriamente ser hijo ilegítimo de Bernardo Rucellai, pariente lejano de los Médicis. Vestía como un petimetre, aunque de manera incongruente: camisa negra y anaranjada, jubón, calzas y gregüescos. El otro mozo, algo mayor que Leonardo, era Atalante Miglioretti, también bastardo. Aunque tímido, era uno de los mejores violistas y cantantes de Florencia.

Con un gesto amplio y exagerado, Zoroastro da Peretola entregó el paquete a Leonardo.

—¿Cuándo llegaste? —preguntó Leonardo, sorprendido—. ¿Y cómo supiste que debías traer mi...?

—Quien es omnisciente y omnipotente no necesita responder a esas preguntas —contestó Zoroastro. Pero no lo miraba a los ojos y parecía nervioso, azorado.

—Les ruego que disculpen a este idiota amigo mío —dijo Leonardo.

Aunque Peretola solía ser víctima de sus bromas, tenía la astucia de una comadreja. Se destacaba por su talento para la mecánica y era un aurífice brillante, pero se daba aires de aventurero, mago y prestidigitador. Había aprendido a hacer malabares y, aunque el maestro era Leonardo, él le había enseñado su gastada treta de crear llamas iridiscentes vertiendo vino tinto en un platillo con aceite hirviendo. Mendigos y campesinos aceptaban posar horas enteras para Leonardo sólo por ver ese milagro.

Zoroastro debía de haberse escondido en algún lugar del estudio. Quizás hubiera construido algún tipo de artefacto para escuchar.

—No hay necesidad de disculpar a tu joven amigo —dijo Lorenzo en tono sarcástico, aunque con humor—. Al fin y al cabo es un Médicis, ¿no?

Al aludido se le arrebolaron las mejillas y el cuello, pero se inclinó con el exagerado garbo de siempre.

Leonardo echó una mirada a Ginevra y vio que ella lo vigilaba, celosa... mientras Nicolini hacía lo mismo con ella. La joven giró rápidamente hacia sus admiradores, pero su prometido miró a Leonardo; su cara tensa y aguileña no podía disimular la ira. Leonardo, sintiéndose más o menos vengado, sacó la lira de su funda de terciopelo. Estaba hecha de plata, con la forma de un cráneo de caballo, y moldeada a la perfección, pues él había aprendido mucho de su maestro Verrocchio. Los dientes del caballo servían de clavijas, lo cual encantó de modo especial a Lorenzo y a Simonetta. El agrio Ludovico Sforza hizo un gesto de apreciación, diciendo:

—Es bellísima. En nuestro ducado siempre se necesitan artesanos destacados.

A Leonardo no se le pasó por alto el peso de este comentario; tampoco a Lorenzo, presumiblemente, a quien iba dirigido.

—No dudo de que la sublime artesanía de nuestro Leonardo embellecería vuestra encantadora ciudad —dijo—, pero temo que por ahora tiene responsabilidades y obligaciones que cumplir aquí, en Florencia.

—Y Florencia es mi patria —añadió Leonardo—. Es la fuente de mi inspiración.

Eso estaba dedicado a Lorenzo, aunque la invitación de Sforza no sentaría nada mal a su reputación florentina. Quizás algún día necesitara un favor de ese hombre. Por ello le sonrió como si Ludovico fuera Simonetta.

—Oh, por favor, toca esa lira tuya —pidió ella.

Leonardo tocó y cantó, a dúo con Atalante Miglioretti, cuya voz era grave y sonora como una campana. En el salón todos estaban atentos. La canción, compuesta por Leonardo en los tiempos en que holgaba sin preocupaciones por las calles todas las noches, resultaba ahora peculiarmente apropiada.

> *El que no puede hacer lo que desea*
> *Debe ansiar lo que puede. Desear es tonto*
> *Cuando no existe facultad de hacer.*
> *Sabio es quien no desea lo imposible.*

Simonetta aplaudió antes que los demás. Entonces Angelo Poliziano, el principal poeta de Florencia, compuso una estrofa propia para la misma melodía.

> *Blanca es la dama y blanco su vestido,*
> *Con pimpollos y abigarradas rosas.*
> *Velados rizos de oro le coronan*
> *Con orgullo la frente pudorosa.*

Mientras él cantaba, Ginevra se apartó de su grupo para acercarse a Leonardo, que la notó enfadada... como si ella fuera la humillada. Todos los hombres presentes le hicieron reverencias y la cubrieron de halagos, al igual que Simonetta, quien elogió sus ropas y su encantadora cabellera. Ginevra pareció calmarse, puesto que la otra muchacha se mostraba sinceramente feliz de compartir las atenciones con ella. No obstante, pese a que la hermosura de Ginevra resultaba más obvia, aquélla era la corte de Simonetta, suyo el dominio, suyo el amor de los hombres más creativos y poderosos de Florencia.

Entonces Leonardo cantó para Simonetta, que era pálida, rubia y etérea como el aire, pero lo hizo girando hacia Ginevra de modo tal que sus palabras y su mirada la abarcaran también. Por ese instante fue él quien tuvo el dominio, como si se lo hubiera arrebatado a la recién llegada. Ya no era el cornudo, el bastardo, el artista sin fortuna. Cantaba y tocaba su lira equina, no para Simonetta, sino para Ginevra:

> *Serena posa, con suave majestad,*
> *Y con su frente calma la peor tempestad.*

Cuando hubo terminado, Simonetta lo besó en la mejilla. Leonardo percibió su olor almizclado, no muy distinto del de Ginevra, aunque en éste había un dejo salvaje, casi masculino, como si ella también acabara de hacer el amor. Luego miró a Ginevra y supo que ella lo deseaba; en verdad, no tenía nada que temer de esa superchería suya. La muchacha, cuya cara tensa manifestaba quizás una mezcla de celos y enfado, le tocó el brazo para expresarle sus cumplidos. Estaba arrebolada, como cuando hicieron el amor en la casa de su padre, bajo las mismas narices de los sirvientes y la familia.

En ese momento apareció Nicolini, en busca de su prometida. Leonardo percibió de inmediato la tensión entre Nicolini y la corte de los

Médicis, pues él tenía vinculaciones económicas y políticas con la aristocrática familia Pazzi. Los Pazzi eran los más encarnizados competidores de los Médicis en el negocio bancario y odiaban sobre todo a Lorenzo, a quien culpaban de negarles todos los cargos públicos.

Se hicieron las presentaciones y el debido intercambio de gentilezas antes de que Nicolini pudiera llevarse a Ginevra fuera de ese noble círculo. La impulsó hacia adelante, gesto que enfureció a Leonardo, en tanto susurraba:

—Joven maestro, ¿podemos cambiar unas palabras en privado?

Leonardo no pudo sino asentir con la cabeza y excusarse con los demás. Cuando Sandro Botticelli le preguntó adónde iba, él se encogió de hombros. Sandro los siguió hasta que Nicolini se volvió hacia él, diciendo:

—Messer Botticelli, ¿tendrías la bondad de escoltar a mi encantadora dama hasta la ventana, para que pueda tomar un poco de aire, puesto que se queja de sentirse algo indispuesta? Te quedaré muy agradecido, ya que el calor también me está afectando a mí y tendré que sentarme un momento con maese Leonardo, si es que él acepta hacerme compañía.

Nicolini señaló dos taburetes acolchados. Ginevra parecía nerviosa, pero salió con Sandro; no podía permitirse el capricho de armar una escena. Para encontrar una ventana, su compañero tendría que llevarla a uno de los talleres exteriores. Al parecer, el prometido era muy capaz de manejarla.

Pero Nicolini, en vez de tomar asiento, permaneció de pie ante Leonardo. El joven percibió su olor fétido, que ni las finas aguas perfumadas podían disimular. Olía a sudor y comida descompuesta, pues tenía los dientes picados y desparejos, aunque sólo se notaba al observar bien. Sin embargo, en eso no se diferenciaba de la mayoría de los florentinos, incluidos los patricios; era Leonardo quien tenía la manía de la limpieza y se lavaba todo el cuerpo con ayuda de una jofaina, tres veces por semana.

—Joven maestro —dijo Nicolini—, voy a decirte esto una sola vez. Luego quedará olvidado, como si nunca hubiera sucedido.

—Sí —replicó Leonardo, en un tono desafiante, mientras retrocedía apenas para apartarse de ese imponente patricio.

—No te engañes tomándome por estúpido, hijo. Puedo estar entrado en años, pero no soy sordo, mudo ni ciego. ¿Crees que no conozco tus relaciones con Ginevra? —Después de una pausa continuó: —Bueno, conozco la mayor parte.

Leonardo le sostuvo la mirada.

—Sé incluso cuándo se acostaron en casa de su padre. —Su voz era grave y cruel. —Sé que la gozaste abajo, hace apenas una hora, pequeño cachorro bastardo.

El joven sintió que le ardía la cara: Nicolini los había hecho seguir. Su mano izquierda fue hacia el puñal que llevaba en el cinturón.

—Sería muy indecoroso de tu parte tratar de matarme aquí.

El viejo echó un vistazo a la derecha, hacia un hombre corpulento, impecablemente vestido, que se acercaba con una sonrisa. Nicolini permaneció impávido, como si estuviera habituado a imponer tratos con el filo de la espada.

—Éste es un juego en el que no puedes ganar. Voy a casarme con Ginevra, pese a las supercherías que ella trame para engañarme en favor de su padre. ¿Y sabes por qué?

—¿Has terminado? —preguntó Leonardo, dominándose. El secuaz de Nicolini se había detenido detrás de él.

—Porque la amo y porque dispongo de los medios para hacerlo. No debes volver a verla y no lo harás, exceptuando el tiempo que deba posar para su retrato. Puedes estar seguro de que irá debidamente acompañada. Si tratas de verla, te arruinaré. Te haré eliminar, si es preciso. Lo único que podrías lograr es hacer desdichada a Ginevra, que viviría prisionera en su propia casa, la mía. ¿Queda entendido?

—Excúsame, señor —replicó Leonardo en voz alta, poniendo fin a esa humillación del mejor modo posible—. Tengo ciertos asuntos que atender por cuenta de maese Andrea.

Leonardo le volvió la espalda, sólo para encontrarse con que Zoroastro lo observaba con una vaga sonrisa, como si se regodeara. No obstante, su cara pasó de inmediato a expresar preocupación.

—Deberías ser más cuidadoso, Leonardo —comentó.

—¿Qué quieres decir? —preguntó el joven, luchando por dominar las lágrimas de cólera y frustración.

—No pude dejar de oír tu conversación con Messer Nicolini.

—Quieres decir que no pudiste dejar de escuchar.

—Soy tu amigo. Estaba preocupado...

Toscanelli interrumpió esa conversación al llamar a Leonardo, quien se disculpó para ir al encuentro de su viejo maestro y el muchacho que lo acompañaba, un moreno de labios finos.

—Me alegra verte tan bien y lleno de vida —dijo, aunque su voz sonaba a hueco.

—Tú, en cambio, pareces haber visto a uno de esos espíritus que Messer Nicolini defendía con tanta inexperiencia —observó Toscanelli—. Tienes suerte de que casi todos los hombres de la academia estén mejor preparados en retórica y lógica que tu vetusto adversario.

Leonardo sonrió contra su voluntad. Ansiaba con desesperación estar solo para recobrar la compostura, pero trató de concentrarse en la cháchara de Toscanelli, olvidando su humillación. Después de todo, aquél era un gran hombre que merecía el mayor de los respetos. Poco habría sabido Leonardo sobre la geografía de los cielos y el mundo, fuera de Florencia, a no ser por aquel anciano.

Necesitaba confesarse con alguien, pero ¿con quién?

Ginevra estaría tan bien custodiada, como si Nicolini la tuviera ya prisionera en una de sus torres. Quizá pudiera conversar con Sandro, pero sólo más tarde. Y por entonces, con la ayuda de Dios, ya estaría lo bastante compuesto como para resolver sus problemas por sí mismo.

—Pero quiero presentarte a un joven con el que tienes mucho en común —prosiguió Toscanelli—. Como tú, es hijo de un notario que lo ha puesto a mi cuidado. Nicolás es hijo del amor, también como tú, y tiene mucho talento para la poesía, la dramaturgia y la retórica. Se interesa por todo y parece incapaz de terminar nada. Pero, a diferencia de ti, Leonardo, habla muy poco. ¿No es verdad, Nicolás?

—Soy perfectamente capaz de hablar, Ser Toscanelli —dijo el jovencito.

—¿Cómo te llamas? —preguntó Leonardo.

—Ah, perdona mis malos modales —se disculpó Toscanelli—. Maese Leonardo, te presento a Nicolás Maquiavelo, hijo de Bernardo de Nicolás y Bartolomea Nelli. Tal vez hayas oído mencionar a Bartolomea; es una poetisa religiosa de gran talento.

Leonardo le hizo una reverencia, al tiempo que decía con un toque de sarcasmo:

—Me siento honrado de conocerte, joven señor.

—Me gustaría que ayudaras a este joven con su educación —dijo Toscanelli.

—Pero yo...

—Eres demasiado solitario, Leonardo. Debes aprender a ser generoso con tu talento. Enséñale a ver como tú, a tocar la lira, a pintar. Enséñale de magia y de perspectiva, de las calles, las mujeres y la naturaleza de la luz. Muéstrale tu máquina voladora y tus bocetos de pájaros. Y te aseguro que él te lo pagará.

—¡Pero si es sólo un niño!

—Messer Toscanelli —intervino Nicolás—, creo que será menos problemático que yo me quede aquí y trate de hacerme útil para el maestro Verrocchio.

—¿Qué? —preguntó Leonardo.

—He acordado con el maestro Andrea que este niño pase los próximos meses aquí. De mí ya ha aprendido lo suficiente. Ahora es preciso nutrir su talento para la vida pública; mi casa es un sitio demasiado solitario para él.

—¡Pero si te visita todo el mundo!

—Cuando le hayas mostrado algo de la vida, me lo llevaré otra vez. Necesita algo más que libros y mapas. ¿Te ocuparás?

—Podría ser... peligroso para él.

Toscanelli se apoyó contra la vasija de terracota de Verrocchio.

—Bien —repuso, sonriendo. Sólo cuando sonreía se notaba que le faltaban dos dientes. —Pero te advierto, joven maestro, que maneja la espada tan bien como tú. Ahora habla con él.

Dicho eso, Toscanelli empujó débilmente a Maquiavelo hacia Leonardo, y se levantó. Américo Vespucio y Benedetto Dei, que estaban de pie al otro lado del salón, corrieron hacia él.

—Aquí hay demasiado alboroto —les dijo—. Tengan la bondad de llevarme a casa antes de que las calles entren en erupción con el festival.

—Quizá te veamos más tarde —dijo Benedetto a Leonardo—, después de...

—Después de que hayan depositado a este viejo, sano y salvo, en brazos de Morfeo —los interrumpió Toscanelli, sonriendo—. Ahora ayúdenme a llegar hasta los Médicis, para que pueda desearles felicidades antes de retirarme.

—Nos encontraremos en el Ponte Vecchio durante la procesión —aclaró Benedetto—. Tienes que unirte a nosotros. Casi todos tus conocidos estarán allí. Será una juerga.

Leonardo asintió con la cabeza. Volvía a sentirse nervioso y solitario; se encontraba atrapado en aquel distinguido cortejo con el niño que habían puesto a su cuidado. Buscó a Ginevra entre el gentío, pero no la vio. Nicolini se hallaba de pie junto al padre de ella, Amerigo de Benci, recibiendo saludos como si el casamiento ya se hubiera realizado y estuviera a punto de consumarse. Leonardo no soportaba la idea de que ese hombre se insertara en Ginevra, pero no lograba liberarse de esa imagen, que le cruzaba la mente como una luz intensa: ella forcejeando, dominada por el viejo calvo de piel de gallina.

Como siempre, hasta podía visualizar la alcoba donde se produciría la violación (porque eso sería): el lecho, sobre una plataforma de cajones que servirían de asientos y para guardar sábanas; los cobertores carmesíes, igual que las cortinas. La cabellera de Ginevra se perdería contra el cubrecama. Su piel blanca, contrastando con el carmesí; los ojos cerrados con fuerza, como si fuera tan fácil anular la realidad como la vista. Y Nicolini, de brazos débiles, aplastándola con su peso. Tampoco tenía por qué preocuparse por la comodidad de su esposa. Le bastaba con lograr su propia satisfacción, como si ella fuera una prostituta de la que servirse.

Por fin se le despejó la mente. En cierto modo, resultaba un alivio que Ginevra hubiera abandonado la habitación, pero debía buscarla. Lo más probable era que hubiese escapado a uno de los dormitorios de Maese Andrea, para tener intimidad. Quizá sentía tanto pánico como él. Leonardo conocía bien la casa, cuanto menos. Pero la idea de buscarla se evaporó al ver que el guardaespaldas de Nicolini lo estaba vigilando.

Tendría que esperar su oportunidad.

Nicolás Maquiavelo, de pie ante él, lo miraba con expectación, como si estuviera preocupado. Era un niño apuesto, alto y desgarbado, pero la severidad de su rostro resultaba antinatural en alguien tan joven.

Sin embargo, no parecía incómodo por hallarse solo en un lugar extraño. Apenas curioso.

—¿Cómo te llaman? —preguntó Leonardo, interesado.

—Nicolás.

—¿No tienes ningún apodo?

—Me llamo Nicolás Maquiavelo. Ése es mi nombre.

—Bueno, yo te llamaré Nico, jovencito. ¿Tienes algo que objetar?

Después de una pausa, respondió:

—No, maestro. —Pero un centelleo de sonrisa le comprimió los labios delgados.

—Parece que el nuevo nombre te complace —observó Leonardo.

—Me resulta divertido que te parezca necesario acortar mi nombre. ¿Eso te hace sentir más grande?

Leonardo se echó a reír.

—¿Qué edad tienes?

—Casi quince.

—Pero en realidad tienes catorce, ¿no es así?

—Y tú eres sólo un aprendiz de maese Andrea, aunque en verdad seas un verdadero maestro, según me ha dicho maese Toscanelli. Puesto que estás más cerca de ser un maestro, ¿no te gustaría más que te trataran como a tal? ¿O prefieres que te traten como aprendiz, como el encargado de escanciar el vino? ¿Y bien, maese Leonardo...?

Leonardo volvió a reír, cautivado por ese niño inteligente, capaz de actuar como si tuviera el doble de edad.

—Puedes llamarme Leonardo —dijo.

—¿Y dónde me hospedarás... Leonardo?

—Tendremos que decidirlo. —Miró alrededor, como si buscara una vez más a Ginevra. "¿Dónde está Sandro?", se preguntaba.

En verdad se estaba haciendo tarde. Muchos se retirarían para reunirse en el Palazzo Pazzi y seguir la procesión, encabezada por Jacopo de Pazzi, hasta los Santi Apostoli, la iglesia más antigua de Florencia. Había sido un Pazzi el que trajera, en 1099, los pedernales sagrados de la tumba de Cristo, durante las Cruzadas. Y otro Pazzi los llevaría desde Santi Apostoli al Duomo, para la ceremonia del Scoppio. Los hermanos Médicis, naturalmente, no tendrían ninguna prisa por asistir a la procesión hasta que los pedernales estuvieran en las cercanías del Duomo, la iglesia más magnífica de la Cristiandad. La iglesia de los Médicis.

La sacralidad de Florencia dependía de reliquias antiguas y raras, como esos pedernales provenientes del Santo Sepulcro, que protegían a la ciudad de las enfermedades y la ruina de la guerra. Aunque habría bastado con que las iglesias tuvieran la Hostia, las reliquias y las imágenes no venían mal para manifestar también la presencia viviente del Espíritu Santo. Las *cose sacre,* las cosas sagradas, eran como imanes de santidad. Una iglesia florentina que se preciara albergaba el cuerpo de Cristo, ángeles custodios y santos.

Leonardo llamó a Verrocchio, que acudió de prisa. Andrea estaba encantado por el hecho de que los Médicis hubieran honrado su *bottega*, con su importante presencia en esa noche especial; tenía rubor en las mejillas, señal segura de su excitación. Leonardo siempre adivinaba cuando su maestro había logrado una buena transacción, porque las mejillas se le enrojecían, como si un apretón de manos y un contrato verbal fueran tan embriagadores como el vino.

—Debía darte un mensaje, pero con todo lo que está sucediendo lo olvidé por completo —dijo Andrea. Obviamente, no tenía idea de que Leonardo estuviera enamorado de Ginevra. —Perdona, por favor.

—¿Qué mensaje era ése?

—Sandro llevó a Madonna Ginevra a su casa. No quería que te preocuparas. Y te esperará a las nueve en punto junto a los bancos, cerca del Palazzo Pazzi. Dice que no te preocupes, que él se encarga de todo.

—Eso me tranquiliza mucho —aseguró Leonardo, no sin sarcasmo.

—Más tarde, quizá mañana, cuando estemos solos —al decirlo, Andrea miraba al joven Maquiavelo—, tú y yo tendremos que hablar. Es mucho lo que necesito saber y lo que debo decirte. Tenemos buenas noticias de Lorenzo.

—Era fácil de adivinar. Pero tienes razón: podemos discutirlo mañana. ¿Qué haremos con este joven caballero?

—Ah, sí, el aprendiz de Messer Toscanelli. ¿Cómo estás, caballerito?

—Muy bien, maestro Andrea.

—Bien, en primer lugar lo presentaré a Tista, nuestro aprendiz joven, que compartirá su cuarto con él.

—¿Maese Toscanelli no te dijo nada más sobre el niño? —preguntó Leonardo.

—Sólo que es sumamente rápido y brillante —respondió Verrocchio—. Debo enseñarle todo lo que pueda y devolvérselo. Como tiene habilidad para el dibujo, tal vez esté destinado al arte.

—Maese Toscanelli me ha pedido que... cuide de él.

Verrocchio repuso, riendo:

—¿Eso no se parece un poco a ponerle veneno en la leche?

Miraba a Leonardo, quien no pudo menos que sonreír.

—Me aseguraré de que no frecuente los *bagnos* —dijo Leonardo.

—Pero los burdeles deberían formar parte de mi educación —objetó Nicolás, muy serio—. Maese Toscanelli es demasiado viejo para llevarme, pero he ido con Messer Dei.

—Ah, conque has ido —comentó Verrocchio.

—¿En qué otro lugar se puede aprender sobre política del Estado?

—¿Y quién te ha dicho eso? —inquirió Verrocchio.

—Eso puedo responderlo yo —intervino Leonardo—. Parecen palabras de maese Toscanelli, pero las dijo en broma.

—No, Leonardo, no es así —aseveró Nicolás—. Dijo que las calles y los *bagnos* son los mejores maestros, pues los hombres son viles y se los encuentra siempre intentando satisfacer su lujuria. Basta con observar y escuchar a los hombres importantes cuando están pasados de copas. Pero también es preciso conocer las opiniones de los campesinos para saber cómo funciona el mundo. Y se necesita protección...

—El chico puede quedarse en mi cuarto —dijo Leonardo, meneando la cabeza, pero sin dejar de sonreír—. Mandaré decir a Toscanelli que le ponga un colchón en el suelo.

—Excelente —resolvió Verrocchio—. Pero es hora de que actúes; se está haciendo tarde y los invitados querrán salir a la calle. —Dirigió a Maquiavelo una sonrisa irónica. —Prometiste hacer un conjuro, Leonardo, y tenemos huéspedes importantes.

—Sí, pero necesito unos minutos.

—Escúchenme, todos —gritó Verrocchio enseguida—. Tenemos entre nosotros al consumado mago y prestidigitador Leonardo da Vinci, quien ha ideado una máquina capaz de llevar a un hombre por el aire, como un pájaro, y sabe crear la combustión echando vino sobre otro líquido sencillo, sin fricción ni fuego ajeno.

A su vez, fue interrumpido por Lorenzo de Médicis. Aunque la idea de una máquina voladora hizo reír a muchos de los presentes, Lorenzo no rió. Apartándose de su grupo, se detuvo en el centro del salón, cerca de Andrea del Verrocchio y Leonardo.

—Mi dulce amigo Andrea me ha hablado con frecuencia de tu inventiva, Leonardo da Vinci —dijo, con leve sarcasmo en la voz—. Pero ¿cómo presumes lograr ese milagro del vuelo? No ha de ser, sin duda, por medio de tus manivelas y poleas. ¿Conjurarás a la bestia voladora Gerión, tal como lo hizo Dante, para descender sobre su cuello a las regiones infernales? ¿O piensas simplemente llegar al cielo a fuerza de pintura?

Todos rieron. Leonardo, que no se atrevía a robarle la atención general, explicó:

—Ilustrísima Señoría: se puede ver que, batiendo las alas contra el aire, una pesada águila se sustenta en la atmósfera más elevada y escasa, cerca de la esfera del fuego elemental. También podrás ver que, en el mar, el aire en movimiento llena las velas e impulsa a los barcos con sus grandes cargas. De igual modo, un hombre que tuviera alas lo bastante grandes y conectadas como es debido podría aprender a superar la resistencia del aire y conquistarla, elevándose por sobre ella.

"Al fin y al cabo —continuó Leonardo—, un ave no es sino un instrumento que funciona de acuerdo con leyes matemáticas; está dentro de la capacidad humana el reproducirlo con todos sus movimientos.

—Pero un hombre no es un ave —objetó Lorenzo—. El ave tiene tendones y músculos incomparablemente más poderosos que los del hombre. Si el Todopoderoso nos hubiera construido para tener alas, Él mismo nos las habría provisto.

—¿Crees, por lo tanto, que somos demasiado débiles para volar?

—En verdad, creo que las evidencias conducirían a todo hombre razonable a esa conclusión.

—Pero sin duda —dijo Leonardo— has visto halcones llevándose un pato o águilas cargando una liebre; en ocasiones esas aves de presa deben duplicar su velocidad para seguir a la víctima. Pero sólo necesitan un poco de fuerza para sustentarse y mantener el equilibrio sobre las alas, batiéndolas en el camino del viento para así dirigir el curso de su vuelo. Un leve movimiento de las alas es suficiente; cuanto mayor es el tamaño del ave, con más lentitud las mueve. Lo mismo sucede con los hombres, pues poseemos en las piernas mucha más fuerza de la que requiere nuestro peso. De hecho, tenemos el doble de la fuerza necesaria para sostenernos. Para demostrar esto basta con observar cuánto se hunden los pies de un hombre en la arena de la playa. Si luego ordenas a ese hombre que cargue a otro sobre sus hombros, notarás que las huellas se tornan mucho más profundas. Pero retírale la carga y ordénale que salte tan alto como pueda, y verás que sus pies dejan así una impresión mucho más profunda donde ha saltado que en el sitio donde cargaba a su compañero. Eso es doble prueba de que el hombre tiene más de dos veces la fuerza necesaria para sostenerse. Es más que suficiente para volar como los pájaros.

Lorenzo se echó a reír.

—Muy bien, Leonardo. Pero tendría que ver con mis propios ojos esa máquina tuya que convierte a los hombres en aves. ¿En eso has estado malgastando tu precioso tiempo, en vez de trabajar en mis preciosas estatuas?

Leonardo bajó la mirada al suelo.

—Pero no —interrumpió Verrocchio—. Leonardo ha estado conmigo en tus jardines, aplicando su talento a reparar las...

—Múestrame la máquina, pintor —pidió Lorenzo al joven—. Me vendría bien un artefacto así para confundir a mis enemigos, sobre todo a los que usan los colores del sur. —Era una referencia velada al papa Sixto IV y a la familia florentina Pazzi. —¿Está ya en condiciones de uso?

—Todavía no, magnificencia —respondió Leonardo—. Aún estoy experimentando.

Todos rieron, incluido Lorenzo.

—¡Ah, conque experimentando! Bien, te encomiendo que te comuniques conmigo cuando esté terminado. Pero, a juzgar por vuestro desempeño anterior, no creo que debamos preocuparnos.

Leonardo, humillado, sólo pudo desviar la vista.

—Dime, ¿cuánto tiempo calculas que requerirán tus... experimentos?

—Creo poder asegurar que mi aparato estará listo para volar dentro de dos semanas —dijo Leonardo para sorpresa de todos, sacando ventaja—. Pienso lanzar mi gran ave desde la montaña del Cisne, en Fiesole.

El estudio se convirtió en un rugido de asombrada conversación. Leonardo no había tenido más remedio que aceptar el desafío del Primer Ciudadano; de lo contrario, éste podía arruinarle la carrera. Tal como estaban las cosas, resultaba obvio que Su magnificencia lo tenía por un aficionado, un genio enciclopédico que nunca llegaba a cumplir con sus encargos. Pero había algo más, pues en ese momento Leonardo tenía la sensación de haberlo perdido todo; podía permitirse un gesto arrojado. Tal vez ese valor jactancioso le permitiera reconquistar a Ginevra... y quizás hubiera un modo de perfeccionar su máquina voladora para Lorenzo.

—Perdona mis cáusticos comentarios, Leonardo, puesto que todos los presentes respetamos tu bonita obra —dijo Lorenzo—. Pero te tomo la palabra: dentro de dos semanas viajaremos a Fiesole. Y ahora, ¿vamos a ver ese conjuro o no?

—Claro que sí, ilustre —aseguró Leonardo. Y retrocedió haciendo una reverencia. —Si tienes un momento de paciencia, haré manifiesto un argumento teológico que tuve el privilegio de presentar a nuestro novio, Messer Nicolini. —Alzó la voz para que todos oyeran. —Ser Nicolini, si tienes la bondad de dar un paso adelante, te mostraré... ¡un alma!

El gentío empujó a Nicolini hacia adelante, en apariencia contra su voluntad. Por el momento, el joven los había intrigado a todos. Nadie saldría allí hacia el festival, aunque el ruido que venía de la calle no dejaba de crecer. Leonardo recorrió la habitación con la mirada hasta ver a Zoroastro da Peretola, quien le hizo un gesto de asentimiento y desapareció por otra puerta.

Necesitaría la ayuda de Zoroastro.

—¿Puedo acompañarte? —preguntó Nicolás Maquiavelo.

—Ven.

Ambos salieron del estudio hacia uno de los cuartos auxiliares, que se empleaba como depósito. Había herramientas, estantes y cajas de embalaje alineadas contra las paredes, y bolsas de arena por todas partes; era preciso caminar esquivando trozos de piedra y mármol a medio tallar, que los aprendices dejaban cerca de la puerta porque la pereza les impedía llevarlos más adentro de lo necesario. Contra el muro opuesto había una estatua de bronce de David, con la cabeza cortada de Goliat entre los pies. Era sobrecogedora, quizá la mejor obra de Andrea, y atraía todas las miradas.

—¿Ése eres tú? —preguntó Maquiavelo, muy impresionado.

Era, en verdad, un Leonardo idealizado.

—Como el maestro no logró hallar una figura decente que le sirviera de modelo, tuvo que usar a Leonardo —intervino Zoroastro, que entraba en la habitación.

—No tenemos tiempo que perder —protestó Leonardo, impaciente, mientras rebuscaba en las estanterías. Pero luego añadió: —Cuanto menos, parece que has vuelto a tu manera de ser habitual.

—¿Qué quieres decir? —inquirió Zoroastro, cauteloso.

—Cuando te presentaste ante Il Magnifico parecías más nervioso que un gato. ¿Qué hiciste? ¿Le robaste el anillo?

Zoroastro hizo un garboso ademán con la mano, como si hiciera aparecer el anillo del Primer Ciudadano por arte de magia.

—¿Qué es ese asunto de las almas? —preguntó, cambiando de tema.

—¿Dónde está ese inflador que construimos? Sé que lo guardamos aquí adentro.

—Ah, vas a hacer el truco del cerdo.

—¿Teñiste y cosiste los intestinos, como te pedí?

Zoroastro rompió en una carcajada.

—¿Ésa va a ser el alma conjurada? ¿No es algo sacrílego? —Rió otra vez. —Pero sí, amigo mío; hice lo que me pediste, aunque ignoraba que ibas a utilizar ese truco frente a un público tan... valioso.

—Ayúdame a buscar lo que necesitamos —ordenó Leonardo.

—Está aquí, querido amigo. Guardé todo junto. —Luego Zoroastro indicó al joven Maquiavelo que llevara el inflador, mientras él levantaba una caja pintada con colores intensos. —Espero que tengas brazos fuertes, jovencito. —Luego, a su amigo: —¿Cuál es la señal?

—Daré una sola palmada.

Dicho eso, Leonardo abandonó el cuarto para hacer una entrada grandiosa en el salón. Los invitados estaban impacientes. Nicolini permanecía por delante de los otros, con expresión consternada. Es obvio que aquello le resultaba humillante.

—Y ahora —le dijo Leonardo—, he aquí una demostración de lo que sucedería de modo inevitable a un espíritu que no estuviera protegido por la carne mortal.

—¡Blasfemia! —objetó Nicolini.

Leonardo dio una palmada y abrió la puerta de par en par. De inmediato, una membrana lechosa en expansión se proyectó hacia la sala. El bullicio del salón impedía oír el siseo de la bomba de aire, pues en verdad esa membrana estaba llenando todo el vano de la puerta y amenazaba continuar creciendo, hasta llenar hasta el último rincón.

Leonardo se apartó con destreza, dando al alma en expansión espacio para crecer.

—Ya ven: debe generar un vacío y elevarse, elevarse. Pero, al igual que nosotros, los seres mortales, ella tampoco puede escapar a los confines del mundo físico... ¡esta sala!

El grupo retrocedió; algunos gritaban de miedo; otros reían, nerviosos. Nicolini retrocedió, demudado, pero fue Lorenzo quien, sacando un alfiler de la manga, hizo estallar esa puerca alma. En el aire quedó un leve olor a pintura, cola y grasa animal.

El Primer Ciudadano comentó, sonriente:

—Y así despachamos a este buen espíritu a su propio reino.

Nicolini se abrió paso entre la gente para salir de la habitación, seguido de prisa por Andrea del Verrocchio siempre buen anfitrión. Pero Su Magnificencia parecía complacido, pues no le gustaban las vinculaciones de Nicolini con los Pazzi.

—Espero con ansias el momento de nuestra cita —dijo a Leonardo—. Recuerda: dentro de quince días.

Simonetta, que se hallaba de pie entre Lorenzo y Julián, se adelantó para abrazar al pintor y le dio un beso ligero en la mejilla.

—Eres mago de verdad —dijo. Luego se volvió hacia todos los presentes. —¿No es hora de ir al festival? ¿Vuestra Magnificencia? —añadió, dirigiéndose a Lorenzo para que abriera la marcha.

Mientras el salón se vaciaba en torno de él, Leonardo tuvo la sensación de que a su alrededor había caído un telón oscuro y se estremeció, como si acabara de despertar.

2

La paloma ardiente

Pajarillo encantador, el martirio está
sobre mí...

–Tullia d'Aragona

Todo instrumento debe ser hecho por medio
de la experiencia.

–Leonardo da Vinci

*E*l oscuro Arno reflejaba las procesiones de antorchas que avanzaban por los puentes. Los campesinos provenientes de la campiña flagelaban con correas y cadenas sus cuerpos cubiertos de polvo, mientras sus sacerdotes trasladaban reliquias preciosas de las húmedas iglesias, custodiando los huesos de santos y las astillas arrancadas de mil cruces cristianas. Y todos caminaban hacia el palpitante corazón de Florencia. Lo mismo hacían los florentinos que atestaban las avenidas adoquinadas y los callejones de la ciudad, salvaje, calidoscópicamente iluminados por millares de antorchas.

Enormes sombras saltaban y reptaban por los mellados muros de los edificios, las puertas bordadas, los arcos saledizos bajo techos artesonados, como si fueran espíritus y demonios de los reinos tenebrosos que se hubieran manifestado. Impregnaba el aire una miríada de olores, deliciosos o nocivos: carnes asadas, madreselva, el efluvio de las velas de cera, densas de recuerdos de la infancia, desperdicios y orina, ganado y caballos, el vaho del vino y la sidra. Y por doquier, el sudor y los vapores agrios del perfume aplicado al cuerpo sin lavar. El griterío, las risas, el caminar-correr-susurrar de las multitudes resultaban ensordecedores, como si una enorme ola humana se hiciera sentir por toda la ciudad. Las prostitutas habían salido con toda la pompa, abandonando su distrito, que se extendía entre Santa Giovanni y Santa Maria Maggiore, para pasearse entre la gente como los carteristas y los asaltantes, hijos de las calles florentinas. Los mendigos se colgaban de los plebeyos rurales y los pequeños artesanos, implorando un *denaro*, y saludaban el paso de las rojas *carroccias*, con sus largos estandartes escarlatas y sus caballos vestidos de encarnado. Mercaderes, banqueros y artesanos ricos pasaban montados en grandes caballos o cómodamente instalados en sus carruajes, mientras los sirvientes caminaban adelante para abrirles paso, con amenazas y brutales empellones.

De las calles iluminadas por las antorchas, como almenares en torno de una cúpula celestial que, de algún modo, hubiera sido en forma errónea asentada en una materialización del infierno dantesco, se elevaban el Duomo, el Baptisterio y la Piazza della Signoria. Estaban iluminadas a pleno y festoneadas de banderas, pero su luz era casi líquida, del color de la manteca caliente. Las velas ardían detrás de pergamino aceitado y vidrios claros o vitrales, testimonio del milagro de la Ascensión en el Carmen; pues era la víspera de Pascua y Florencia no estaba todavía bajo la interdicción papal.

Leonardo se abría paso entre el gentío rumbo al Palacio Pazzi. Las calles ruidosas y enloquecidas reflejaban su frenético estado interior; caminaba de prisa, con la mano desembozadamente apoyada en el pomo de su afilado puñal, para ahuyentar a los ladrones y a quienes eran capaces de abrir el vientre a un transeúnte por pura diversión. Junto a él caminaban Nicolás Maquiavelo y Zoroastro da Peretola. Iban del brazo, con Nicolás en el centro, pues el jovencito había insistido en acompañar a Leonardo. Como la *bottega* de Verrocchio iba en pleno hacia el Palazzo Pazzi, ese mocito precoz, al encontrarse sin vigilancia, se habría lanzado solo a las calles en busca de prostitutas y opiniones de campesinos y patricios.

Se abrieron paso entre la muchedumbre hasta llegar a la Via del Proconsolo y el Palazzo Pazzi, festoneado de estandartes azules y dorados que pendían de la *logia* y de las balaustradas. El palacio, con sus elegantes muros de juntas biseladas, sus medallones de cruces heráldicas y belicosos delfines de dientes agudos (el escudo de armas de la familia), ocupaba toda una manzana.

La procesión ya se había iniciado, pues Leonardo vio a la familia Pazzi encabezada por su patriarca: el astuto y altanero apostador Jacopo. Era un anciano corpulento, muy erguido a lomos de un enorme caballo de combate, ricamente enjaezado. Junto a él cabalgaban los hijos varones: Giovanni, Francesco y Gugliemo. Gugliemo se había casado con Bianca de Médicis, la hermana favorita de Lorenzo, que los seguía en una litera de brocado dorado, rodeada por un séquito de sirvientes de los Médicis, que llevaban en el jubón los símbolos de la *palle* y la flor de lis francesa; con excepción de esos criados de librea, la ausencia de los Médicis era notoria. Todos los Pazzi vestían lujosamente de azul y dorado; Jacopo lucía una sobrepelliz cubierta de delfines bordados en hilo de oro. Las libreas de los palafreneros también ostentaban los colores de la familia, así como la simbólica guardia de caballeros, que sumaba sesenta hombres con armadura completa. La procesión parecía extenderse por más de un kilómetro, como si toda la clerecía florentina formara parte de ella. Curas, priores, monjes y monjas, de túnica negra o gris, eran como espíritus santificados que flotaran juntos al impulso de las brisas nocturnas, raramente cálidas. Mantenían en alto sus cirios para no quemar a los ciudadanos que se agolpaban en derredor, y la luz de las velas se convertía en una nube luminosa, como la que, según se dice, pendía ante los antiguos israelitas para guiarlos a través del desierto.

Su Gran Eminencia, el arzobispo, estaría esperando a Jacopo en Santi Apostoli, que quedaba cerca del Ponte Vecchio. A diferencia del Gran Duomo, esa iglesia era sólo parroquial, pero se aseguraba que había sido fundada por Carlomagno y que su tabernáculo de terracota vidriada había sido diseñado por Giovanni della Robbia. El arzobispo en persona sostenía los trozos de pedernal provenientes de la tumba de Cristo. Con gran pompa y ceremonia, entregaría al anciano esas astillas ya opacas, pero sacrosantas.

Sin embargo, estaban destinadas al Duomo, la iglesia donde esperaba la familia Médicis. Aquella noche el espíritu de Cristo ardería entre las murallas de Florencia, simbolizado por esas piedras y por una mágica ave de fuego, que traería suerte a la ciudad más afortunada del mundo.

—¿Ves a Sandro? —gritó Leonardo a Zoroastro da Peretola, en tanto sujetaba con fuerza a Nicolás, por miedo a perderlo entre el gentío. Los bancos estaban atestados por una mayoría de mujeres y niños; no lograba encontrar a Botticelli en la vecindad.

Cerca de él se había sentado una mujer madura y elegante, de facciones finamente cinceladas, que llevaba las mangas recogidas hasta el hombro, al estilo clásico, y la oscura cabellera retorcida y envuelta en velos estrechos. Conversaba enojada con su vecina de asiento, una matrona que, es obvio, simpatizaba con los Pazzi. Todo el chismorreo del mes se centraba en las arbitrarias acciones iniciadas por Lorenzo contra la desafecta familia Pazzi. Dos allegados a la familia Médicis habían impugnado la herencia de cierta Beatrice Borromeo, esposa de Giovanni de Pazzi, quien reclamaba la fortuna de su padre, que había muerto intestado. Pero Lorenzo había utilizado su influencia para hacer aprobar por el concejo una ley retrospectiva en favor de sus amigos. Según esa nueva ley, la propiedad de un padre que muriera sin hacer testamento no pasaba a la hija, sino al pariente masculino más cercano. Francesco, hijo de Giovanni, se había enfurecido tanto por la promulgación de esa ley que había abandonado Florencia para establecer residencia en Roma.

—Bueno, debo reconocer que me sorprende ver que Francesco ha venido de Roma para estar en la procesión —dijo la mujer elegante.

—No sé por qué —objetó la matrona—. Es obligación suya honrar a su familia.

—A menos que los Médicis rescindan esa onerosa ley, habrá disturbios entre las dos familias, recuerda lo que te digo. ¿Y no crees que será sufrimiento para todos, en especial para las mujeres?

—Ah —resopló la matrona, mirando a su alrededor—, para sufrir fuimos creadas. Creo que Su Magnificencia estaba fastidiado porque, este año, el hermanito perdió la carrera del palio ante un Pazzi. Ésa es mi opinión.

—Bueno, recuerda lo que te digo: habrá disturbios.

El joven Nicolás Maquiavelo, que obviamente había estado escuchando el diálogo, dijo a Leonardo:

—No creo que Su Magnificencia perjudicara a una familia tan importante como los Pazzi por una carrera de caballos, ¿verdad?

—Vamos —dijo Leonardo, distraído. ¿Dónde estaría Sandro? Y a propósito, ¿dónde estaba Zoroastro? Comenzaba a pensar lo peor. Tal vez algo le había sucedido a Ginevra. Recorrió una vez más el perímetro de los bancos; la muchedumbre había raleado, pero apenas. Entonces notó que Nicolás se le había escapado. Presa del pánico, gritando su nombre, pasó junto a un grupo de doce jóvenes, todos con la librea de una familia noble; tal vez eran miembros recientes de una confraternidad patronal: *armeggiatori*.

Sin embargo, esos muchachos no portaban armas.

—Estoy aquí —anunció Nicolás, abriéndose paso por entre los jóvenes—. Estaba escuchando a las mujeres. Hablaban de transformar la piel para eliminar las arrugas. ¿Quieres saber qué decían?

Leonardo asintió, sorprendido por la animación que mostraba ahora su joven pupilo, pero aún estaba distraído. Sandro no se encontraba allí, sin duda. Buscó entonces a Zoroastro, mientras el jovencito hablaba. Sandro debería haber estado ahí.

Nicolás hablaba como si los pensamientos tuvieran prisa por franquear la boca. Su rostro adoptó la movilidad y las expresiones de un niño, en vez de la apretada máscara de madurez que había exhibido en el primer encuentro. Parecía considerar a Leonardo de igual a igual, alguien con quien podría sentirse cómodo tras los largos días y meses de estudio concentrado con maese Toscanelli y sus discípulos.

—Esas mujeres aseguraban que uno debe tomar una paloma blanca, desplumarla y quitarle las alas, las patas y los intestinos. Eso se arroja a la basura; después se toman cantidades iguales de jugo de uvas y aceite de almendras dulces, y el orégano necesario para dos palomas, bien lavado. Se destila todo eso junto y se usa la solución para lavar la cara. Aunque esas mujeres parecían de alta cuna, no decían más que disparates como ésos.

Sonreía con desdén, pero aun así era una sonrisa.

—Quizás haya un elemento de verdad —objetó Leonardo—. ¿Cómo puedes ridiculizarlas por ignorantes sin haber puesto a prueba lo que decían?

—Pero es una tontería —insistió Nicolás.

Leonardo lo tomó por el codo.

—Ven. No puedo pasarme la noche esperando a Zoroastro. Ha desaparecido otra vez, ¡maldito sea!

Miró otra vez en derredor y creyó ver a Zoroastro hablando con un hombre que se parecía a Nicolini. Los dos estaban de pie cerca de un carruaje, pero la oscuridad y la distancia eran excesivas; además, la luz de las antorchas resultaba engañosa.

Leonardo se abrió paso entre la gente, buscando a sus amigos, hasta que Nicolás gritó:

—¡Allí está!

Señalaba a una silueta que agitaba los brazos, llamando a Leonardo. Ambos se acercaron a Zoroastro.

Éste parecía sorprendido.

—Conque no es cierto lo que se dice de tu vista maravillosa, al fin y al cabo; no es cierto que puedes ver en la oscuridad. No, Leonardo, no pude acercarme a Messer Nicolini ni a Madonna Ginevra. Pero tu amigo sí. Mira.

Señalaba los primeros carruajes de la procesión, que avanzaban con lentitud hacia el sudoeste, rumbo al palacio de la Signoria y a la antigua iglesia de Santi Apostoli.

Leonardo distinguió a un hombre que podía ser Sandro, dentro de un suntuoso coche que exhibía un estandarte Pazzi y otro azul y blanco. Pero la luz parpadeante de las antorchas parecía cambiar la naturaleza misma del movimiento, como si separara la causa del efecto.

—Es Sandro. Y la dama que va a su lado, Ginevra —aseguró Zoroastro—. Azul y blanco son los colores de la familia Nicolini.

—¿Qué hace en el coche de ese hombre?

—Nicolini va a caballo tras los hermanos Pazzi. Es probable que entre en la iglesia con ellos y toque los pedernales sagrados. Todo un honor.

—Así que no pudiste acercarte lo suficiente para hablar con ellos —dijo Leonardo. Aunque la procesión avanzaba a paso lento, era imposible, caminando entre la multitud, mantenerse a la par del carruaje que llevaba a Sandro y a Ginevra.

—Nadie puede acercarse; los *armeggiatori* de los Pazzi me atravesarían con las lanzas. Pero Sandro me vio saltar y hacerle señas.

—¿Y...?

—Me gritó que te esperará en la Esquina del Diablo, después del vuelo del ave. Supongo que allí te lo explicará todo.

—¿Y Ginevra? —preguntó Leonardo, impaciente.

Su amigo se encogió de hombros.

"¿Podremos encontrarnos todos más tarde?", pensó él. Pero entonces ese carnicero de Nicolini llevaría a Ginevra con una soga al cuello.

—¿Ella parecía estar bien, Zoroastro? Dime eso.

—Es difícil ver, Leonardo. Sólo por milagro reconocí a Sandro. —Zoroastro hizo una pausa, como sopesando lo que iba a decir. Luego añadió: —Pero me pareció que había estado llorando, pues tenía la cara húmeda. Aun así, ¿quién sabe? Las antorchas crean efectos extraños.

—Tengo que verla —dijo Leonardo, ardiendo de ira. "Nadie me detendrá —pensó—, y mucho menos Ser Nicolini." Pero aun en medio de su ira, que teñía con tonos de pesadilla cuanto pensaba y veía, sería necesario esperar el momento.

Mientras caminaban hacia el norte, rumbo a la gran cúpula del Duomo, Nicolás seguía parloteando, como es obvio excitado por su flamante libertad y por el frenesí de las festividades sacras. De manera milagrosa, volvía a ser niño.

—Escuché más disparates de esas mujeres —comentó, estirando el cuello para no perderse una sola escena de la calle arremolinada.

Un caballo enorme se alzó de manos, arrojando a su jinete a los adoquines, en su origen puestos por los romanos. Quienes lo seguían, que formaban parte de la procesión, continuaron como si él fuera sólo un capote que algún viajero hubiera dejado caer. Leonardo tenía su cuaderno de dibujo colgado de la cintura, golpeando contra su pierna, pero no lo usaba. Sus pensamientos pasaban febrilmente de Ginevra a Nicoloni.

—Tal vez algo de eso pueda interesarte, maese Leonardo —dijo Nicolás—; sobre todo, una fórmula casera para preparar una tintura capaz de dar cualquier color a *corni*, plumas, pieles, cueros, pelo y otras cosas. ¿Querrías poner a prueba esas supersticiones?

¿Había un dejo de sarcasmo allí? Sin esperar respuesta de Leonardo, el chico prosiguió:

—Se debe tomar agua de lluvia o de pozo y orina de un niño de cinco años. Eso se mezcla con vinagre blanco, cal viva y ceniza de roble, hasta que el líquido se reduzca en una tercera parte. Luego se filtra la mezcla con un trozo de fieltro. Por fin se agrega a la solución un poco de alumbre y un color molido, y se sumerge el objeto en la tintura por todo el tiempo necesario.

Leonardo no pudo menos que escucharlo, aunque a medias, y archivar la información en su catedral de la memoria, tal como le había enseñado Toscanelli. Había dado a su catedral mnemotécnica la forma del gran Duomo, aunque su estructura imaginaria, comparada con la brillante estructura del Giotto y Brunelleschi, corona de Florencia, constituía el ideal platónico: era la perfección.

Guardó la receta en un nicho del baptisterio, donde coloreó de rojo el agua de una fuente trabajada en rocalla, que brotaba de la fruncida cara del prometido de Ginevra.

Pues sus ideas eran de sangre.

En la via de Pecore, próximo al gueto de los judíos y los inquilinatos de las prostitutas, pero también cerca del Baptisterio y de la gran catedral de Santa Maria del Fiore, conocida como Duomo, había una advertencia clavada a un poste. Una diadema de antorchas iluminaba la proclama.

Los magníficos y potentes Signori etc., habiendo tenido noticias por ciertos ciudadanos florentinos de que se va a celebrar en la ciudad de Florencia una *armeggeria* montada, que entienden como gran concurrencia de jinetes, anuncian y notifican que: si ocurre un caso accidental en el que una persona, cualquiera sea su condición o situación social, resulta herida, muerta o magullada en forma alguna por dichos *armeggiatori* con las lanzas y sus caballos, en el mencionado día o en la víspera de Pascua en la ciudad de Florencia, ningún funcionario ni oficina de la comuna de Florencia se hará responsable, ni se podrá constituir proceso ni entablar procedimiento alguno contra ellos. Pues así ha sido solemnemente deliberado y provisto por la Signoria.

Leonardo no prestó mucha atención a la proclama, pues siempre se fijaban esos carteles a los postes callejeros en días sacros o en las festividades de las que participarían las brigadas. No obstante, él y sus amigos llegaron a duras penas hasta el Duomo, aun tras haber abandonado la procesión de los Pazzi para entrar directamente en la iglesia.

Las calles y los callejones atestados, en torno de la Via dei Servi, hedían a estiércol; cientos de devotos de los Médicis cabalgaban en *armeggeria*. La procesión de los Médicis avanzaba lentamente hacia la catedral, desde la dirección opuesta a la de los Pazzi. Estaba compuesta por unidades de brigada, cada una de las cuales no superaba los doce hombres (doce, el número de los Apóstoles), tal como requería la ley.

La función de la *armeggeria* era demostrar el poder de las brigadas. A menudo un choque de unidades de familias adversarias convertía la fiesta en batalla. Con bastante frecuencia eran los espectadores los que resultaban aplastados o pisoteados contra el suelo, en vez de los *messeres* en riña. Allí estaban, portando los colores de los Médicis, todos los vástagos de las grandes familias que los respaldaban: los Neroni, Pandolfini, Acciaiuoli, Alberti, Rocellai y Alamanni, entre otros. También Lorenzo y Giuliano, los grandes señores, montados en rucios idénticos, presente del rey Ferrante de Nápoles.

Pronto llegaría desde el sur una avanzada de la procesión de los Pazzi; ya se oían sus trompetas, tocadas por jóvenes pajes.

—Sandro puede haberse puesto en peligro al integrar la procesión de los Pazzi —comentó Leonardo a Zoroastro, mientras se acercaban a la catedral—. Eso lo compromete, siendo amigo de los Médicis. Esto no me gusta nada. Y me preocupa Ginevra, en especial. Espero que Su Magnificencia pueda dominar a sus hombres, pues estoy seguro de que esta noche tienen ganas de verter un poco de sangre Pazzi.

—¡En vísperas de Pascua! ¡Dios no lo permita! —exclamó Zoroastro.

—Ignoraba que tuvieras tanta sensibilidad religiosa —comentó Leonardo, sarcástico.

—Son pocos los que saben de mi profunda espiritualidad. —La sonrisa insinuada del joven pasó inadvertida en la oscuridad.

—Creo que los pedernales proporcionarán bastante seguridad, pues tanto los Médicis como los Pazzi respetan al menos los objetos sacrosantos. —Leonardo soltó a Nicolás, a quien llevaba sujeto con fuerza por el brazo, y le dijo: —No quiero tener que buscarte en esta muchedumbre. No te alejes de nosotros, ¿has entendido?

El chico asintió con brusquedad, pero su atención estaba fija en las brigadas y los temibles Compañeros de la Noche, respaldados por los Médicis; eran frailes dominicanos de sombrías vestimentas, que ostentaban el título informal y odiado de *inquisitore*. Los miembros de brigadas, engalanados con suntuosidad por la familia principal, lucían armaduras y libreas de terciopelo rojo y dorado. Lanzas y espadas centelleaban a la luz rojiza de las antorchas. Los caballos exhibían ricas mantas de la misma tela que sus jinetes. Más de cincuenta portadores de antorchas, vestidos de damasco azul y esclavinas con los blasones de Médicis, precedían y seguían a las brigadas, encabezadas por Lorenzo y Giuliano. Éste, siempre apuesto, iba envuelto en seda bordada en perlas y plata y llevaba en la gorra un rubí gigantesco. Su hermano Lorenzo, no tan gallardo, pero imponente en la procesión, se había puesto una armadura liviana sobre las mismas ropas que había llevado a la fiesta y un gran manto de terciopelo, con el escudo de lirios, *palle* y la inscripción: *"Le tems revient"*. Sin embargo, como concesión a la pompa, portaba su escudo, que contenía "Il Libro", un enorme diamante evaluado en dos mil quinientos ducados. Estaba bajo el escudo de los Médicis, de cinco rondelas y tres flores de lis, honor concedido al abuelo de Lorenzo por Luis, rey de Francia.

Delante de los hermanos Médicis marchaba una falange de sacerdotes vestidos de blanco, canónigos, capellanes, monaguillos, trompeteros y penitentes, en torno de una carroza envuelta en níveo damasco, sobre el cual descansaba la imagen de una santa: una pintura. Multitudes de obreros, peones, pequeños mercaderes, campesinos y artesanos exclamaban: "¡Misericordia!" e imploraban el perdón de sus pecados al paso de la carroza.

—Es Nuestra Señora de Impruneta —dijo Zoroastro, refiriéndose a la sacra imagen llevada por los dominicanos en una litera devocional—. Es conocida por muchos milagros. Los Médicis deben de necesitar mucho sus beneficios para haberla sacado de su iglesia rural.

El clero proclamaba que la había pintado San Lucas en persona y no negaban la versión de que esa imagen afectaba milagrosamente el clima. El pueblo de Florencia adoraba a Nuestra Señora de Impruneta, pues era la manifestación misma del amor de Dios, un portento tangible entre ellos. Tenían pruebas absolutas de los poderes sobrenaturales de ese cuadro: no se recordaba que hubiera llovido una sola vez cuando la Impruneta formaba parte de la procesión. Desde luego, Dios jamás permitiría que Sus lágrimas cayeran sobre la santa imagen.

Pero aun mientras Zoroastro decía eso, se inició una llovizna que pronto se convirtió en aguacero. Se hizo un repentino silencio, seguido un instante después por el nervioso rumor de miles de personas que susurraban, como con miedo de que se los oyera. Luego estallaron los gritos; se iniciaba el pánico. Los espectadores corrían a refugiarse bajo arcos, tejados y portales; el adoquinado de las calles centelleaba como un arroyo, reflejando la luz de las antorchas siseantes. Quienes formaban parte de la procesión miraron en derredor, como si de pronto les faltara la autoridad, aunque Lorenzo y Giuliano trataban de reconfortarlos y los instaban a mantener el ánimo en alto.

Después de refugiarse bajo una arcada con Leonardo y Nicolás, Zoroastro dijo, sin aliento:

—Es mal presagio.

—Tonterías —aseveró Nicolás. Pero aun así desvió una mirada de soslayo hacia Leonardo, en busca de confirmación.

—El niño tiene razón —dijo Leonardo—. Pura casualidad, aunque desafortunada para los Médicis.

—Creo que Nuestra Señora se resiste a que los Médicis la usen con fines egoístas —sugirió Zoroastro—. Esta noche es de los Pazzi.

—Hablas de un cuadro como si fuera la Madonna misma —objetó su amigo—. Como los campesinos, crees que la imagen es más real que la vida. Una pintura no puede ver ni sentir; tampoco cambiar el tiempo. Si pudiera, yo sería un taumaturgo respetado y bien remunerado, no un pintor pobre.

Pero se contuvo al comprender que estaba tratando a su compañero con mucha dureza.

—Más blasfemias —apuntó Zoroastro con tono sarcástico. Pero no parecía enojado; estaba representando otro papel, quizá para disimular lo hondo de sus sentimientos; hablaba en voz baja y se mantenía inmóvil como la piedra. —Considerando que has convertido los pinceles y los pigmentos en tus únicos objetos de adoración, no me sorprende que te cueste realizar la transición a la verdad de Cristo. Creo que has pasado demasiado tiempo con Toscanelli y esos judíos que viven en el distrito de las rameras.

—Maese Toscanelli va a misa y comulga a diario —señaló Nicolás—. ¿Siempre equiparas las ideas originales con blasfemias?

Leonardo sonrió, pero por poco tiempo.

—Sostengo que la suprema verdad está sólo en los libros sagrados —dijo en voz baja—. Pero debo confesar que no me tomo en serio los inventos de los frailes, quienes viven a costa de los santos difuntos. No gastan sino palabras, pero reciben grandes obsequios porque se atribuyen el poder de asignar al Paraíso almas sensibles como la tuya.

—Recuerda esas palabras cuando estés en tu lecho de muerte, Leonardo.

Mientras Zoroastro decía eso estalló una reyerta en la calle. Algunos jóvenes habían arrancado de su caballo a uno de los *armeggiatori* de Médicis. Lorenzo se metió en lo más denso, y rodeó a los muchachones y a su caído *signore*, líder de una brigada, para gritar a todos que, si se derramaba sangre en presencia de Nuestra Señora, la desgracia caería sobre toda la ciudad y su población.

Leonardo contemplaba aquello preocupado por la procesión de los Pazzi, que aparecería muy pronto; habría disturbios, sin duda alguna; Ginevra y Sandro podían encontrarse en medio de la reyerta. Pero Lorenzo y su hermano Julián estaban distrayendo a la multitud. Hicieron venir a las carrozas, que debían ser descubiertas ante el gentío, para su entretenimiento y asombro, sólo después de que la paloma volara hacia la *piazza*.

Aparecieron los carros decorados como si surgieran de la nada, sacados de sus estratégicos escondites. Mientras se las llevaba a la piazza, los trabajadores de la procesión iban retirando las colgaduras negras, para dejar al descubierto las escenas religiosas modeladas con minuciosidad, algunas de las cuales habían sido creadas y construidas en el estudio de Verrocchio. Había carros festoneados de velas que simbolizaban las Estaciones de la Cruz, en tamaño mayor que el natural; carros con escenas y símbolos religiosos y florentinos; un *dernier cri* que superaba los dieciocho metros de altura, con un corazón sangrante en llamas sobre su *trionfo*, y una almadía con tres vasos de vidrio, cada uno del tamaño de un hombre; uno estaba lleno de un líquido del color de la sangre; otro, lleno a medias; el último, vacío. El vaso lleno simbolizaba la nueva Dispensa; el lleno a medias, la Antigua Dispensa; el vacío representaba el fin del mundo. Todo eso se basaba en el Libro de Isaías, salvo las bellas jóvenes que iban de pie en la carroza, con bonitos ropajes de seda y el pelo coronado de guirnaldas; llevaban en alto antorchas y picas cruzadas: tres encarnaciones de la diosa Palas. Pero la carroza que concentraba la atención general consistía en una enorme estatua de Nuestra Señora de Impruneta, que la representaba tal como era en la mágica pintura sacra.

—Esa carroza de Nuestra Señora parece obra tuya, Leonardo —observó Zoroastro.

—Mía y de muchos otros.

En ese momento la lluvia se redujo de nuevo a una llovizna y luego cesó, como por milagro, como por el santo poder de la enorme Madonna develada.

La muchedumbre aplaudió, gritando:

—*Miracolo... in nomine Patris, et Filii, et Spiritus Sancti. Amen.*

Algunos cayeron al suelo y, llorando, agradecieron a Dios y a la Madonna sagrada. La tensión se quebró de inmediato, dejando sólo el olor húmedo y penetrante que suele impregnar las calles después de un chaparrón. Leonardo también se sintió aliviado, pues Ginevra y Sandro podrían entrar sanos y salvos en la catedral.

—Bueno, maese Leonardo —dijo Nicolás—, parece que eres realmente un tau... —Se interrumpió, tratando de completar la palabra.

—Taumaturgo —dijo Leonardo—. Proviene de las palabras griegas *thauma*, que significa milagro, y *ergon*, trabajo. ¿Acaso el viejo Toscanelli no te enseñó nada?

—Es obvio que maese Toscanelli le enseñó a blasfemar —comentó Zoroastro.

—Te pareces demasiado a Ser Nicolini —le espetó Nicolás.

Leonardo no pudo contener una risa sofocada.

—¿No crees que Nuestra Señora hizo cesar la lluvia? —inquirió Zoroastro al jovencito—. Lo has visto con tus propios ojos.

—No, no lo creo.

—¿Por qué? ¿No te han dado una educación religiosa como es debido?

—Mi madre es muy religiosa. Escribe poemas excelentes. Pero yo no creo en Dios.

A Leonardo no le sorprendió demasiado que Zoroastro respondiera:

—Yo tampoco, hijo.

Y con un resonar de trompetas, la procesión de los Pazzi anunció su presencia.

Leonardo buscó el carruaje de Ginevra.

En ese momento las calles parecieron bañarse de sangre, pues los miles de antorchas que llevaban los penitentes, tanto de los Pazzi como de los Médicis, refulgieron de un modo extraordinario, como si hubieran captado un fuego más potente de las piedras sagradas provenientes de la propia tumba de Cristo.

Leonardo había visto a Ginevra y a Sandro, pero se hallaban demasiado lejos para oír su llamado. Los esperaría allí, junto al mismo carruaje, en el borde de la *piazza* atestada y llena de guirnaldas. Se mantenía a cubierto entre la multitud, pues el coche estaba rodeado por varios hombres armados, con los colores de la familia Nicolini. Su plan consistía en interceptar a Ginevra cuando volviera de ver los fuegos artificiales. El joven Maquiavelo quería ir con Zoroastro, que estaba empeñado en acercarse todo lo posible al carro de los fuegos artificiales, frente a la escalinata de la catedral, pero Leonardo tenía miedo de que el chico resultara herido.

La iglesia se elevaba en el cielo oscuro y nublado como una montaña, tan oscuras sus capillas, cúpulas, ábsides y tribunas como la arquitectura soñada por Leonardo. Se estaba cantando la misa y todo el mundo guardaba silencio. Por las grandes puertas abiertas se oía el Paternoster.

Luego, el Sacramento:

—*Agnus Dei, qui tollis peccata mundi: miserere nobis.*

Oraban las masas reunidas en la *piazza*; algunos, de rodillas, mientras otros esperaban, observando con curiosidad cómo se desarrollaba una vez más el gran misterio y milagro de la Resurrección. Cantó el coro; las palabras y la melodía se filtraron por las ventanas, las puertas, la piedra misma, como antiguos perfumes. Había incienso en el aire: mirra, canela, nardo, azafrán.

De pronto surgió un fuerte grito, que fue repetido por las muchedumbres. Elegantes jóvenes de ambos sexos, pertenecientes a las familias aristocráticas, salieron corriendo de la iglesia hacia los peldaños ribeteados de negro. Los seguían los principales ciudadanos de Florencia, que colmaron el atrio para ver mejor la colorida pirotecnia.

Y Ginevra apareció en los peldaños, con Nicolini a su derecha y Sandro a su izquierda. Al menos, ésa fue la sensación de Leonardo, pues apenas tuvo tiempo de reconocerlos antes de que desaparecieran entre la multitud.

—Llegó la hora —dijo a Nicolás—. Ahora verás.

Invisible desde donde ellos estaban, el arzobispo encendió el cohete escondido en la gran paloma de cartón piedra. Un cable especial se extendía a lo largo de toda la catedral, cruzando las puertas hacia la *piazza*. La chisporroteante paloma recorrería toda su longitud para encender un nido de satén, lleno de fuegos de artificio, trayendo así la buena suerte, por un año más, a los millares de fieles y afortunados espectadores.

De pronto el ave se disparó a través de la puerta, despidiendo fuego rojo y amarillo, humo negro. Todos los que estaban cerca de su trayectoria agacharon la cabeza y lanzaron un grito a su paso. Era tan brillante que, por un momento, Leonardo sólo pudo ver las imágenes residuales que le dejó suspendidas en el campo visual, como nubes en tonos de pastel.

Se oyó una gran ovación, que de pronto se convirtió en exclamaciones de horror: el cable se había cortado. El ave se detuvo mucho antes de llegar al nido y cayó, como si la hubieran arrojado, dentro de una gran carreta que contenía todos los fuegos artificiales del festival, amontonados como cañones en un lecho de tablas. Sus alas quemadas se curvaron hacia atrás, convertidas en carbón.

En pocos segundos el fuego prendió en los cohetes de la carreta. Se oyó una explosión atronadora, seguida por el *staccato* de aquellos cilindros de pólvora, uno tras otro. El carro volcó, derramando centenares de cohetes que, al estallar, se dispararon hacia todos lados, iluminando la iglesia de blanco fosforescente, carmesí, azul eléctrico, viridio. Mil sombras profundas y cortantes danzaban como casquivanos. Los cohetes se estrellaron contra las paredes y los vitrales, lanzando lluvias de color seguidas por grandes estruendos. Las chispas se arremolinaban en el suelo de la *piazza*, bañando de fuego a los frenéticos espectadores. Ardían las ropas de los niños y las madres trataban de apagarlas a palmadas, entre alaridos. Un hombre obeso, vestido con tosco delantal, recibió un cohete en el medio del pecho; una explosión de chispas y llamaradas iluminó su danza de muerte. Todo era ruido y fulgor cinetoscópico. Las bengalas aterrizaban en los tejados de los edificios cercanos, que empezaron a arder. Se incendió un balcón improvisado en un primer piso, cuyos toldos teñidos de festivos colores cayeron en llamas sobre la multitud de abajo. El acre olor de la brea se mezcló al dulce residuo del incienso.

Leonardo corrió hacia la plaza atestada, llamando a gritos a Ginevra. Otros gritos parecían responderle, en tanto él empujaba, asía y manoteaba para abrirse paso entre el gentío, en dirección al Duomo. Recibía golpes de quienes corrían despavoridos como animales atrapados en un incendio forestal, pero no sentía nada. Era como si estuviera soñando con un océano de melaza oscura; sus movimientos eran pesados, como si el tiempo mismo se hubiera hecho lento; pronto se detendría como un reloj sin cuerda.

Nicolás lo llamaba.

¿Pero no le había dicho que permaneciera junto a los carruajes?

Agachó la cabeza cada vez que estallaba otra batería de cohetes, corrió en busca de refugio, sin dejar de rezar ni de buscar a Ginevra. Se mantenía agachado, listo para arrojarse al suelo en caso de peligro. Esquivó a una joven que oraba, arrodillada en medio de la plaza, ajena a los cohetes y al apiñamiento de cuerpos que la rodeaban. Las bandas de carteristas y raterillos se movían a la rastra, mientras desafiaban el fuego para quitar las joyas a quienes habían caído y se mantenían acurrucados en tierra. Golpeaban con los puños y con los pies; si la infortunada víctima se resistía, a veces la apuñalaban. Un ladrón que tenía una cicatriz entre el labio y la mejilla levantó la hoja hacia Leonardo, pero se echó atrás al ver que éste también había desenvainado su arma.

Leonardo tenía que hallar a Ginevra. Lo demás no importaba. Habría destripado a ese ratero, de ser necesario.

Los fuegos artificiales seguían estallando con ruido atronador; chispas y llamas se disparaban en cualquier dirección. Leonardo buscó con desesperación hasta encontrar a la muchacha con Sandro, protegidos tras una barricada de carros volcados. Ella temblaba, llorosa; Sandro la abrazaba con gesto protector, aunque se lo veía ceniciento a la luz de las antorchas y las explosiones fluorescentes.

—Estaba muerto de preocupación por ti, Ginevra —dijo Leonardo. Y saludó a su amigo con la cabeza, al tiempo que le tocaba apenas un hombro.

—Tienes que salir de inmediato de aquí —dijo ella. Se dominaba una vez más, como si acabara de vencer a algún terrible demonio particular. Dejó de temblar; sus lágrimas se mezclaron con la transpiración que le brillaba en la cara.

—Ven, Sandro y yo te sacaremos de aquí.

—No —replicó ella. Lo miraba, pero no a los ojos. —Déjame en paz, por favor.

—Oye, Sandro, ella no puede quedarse aquí.

—Mi prometido vendrá en cualquier momento —dijo Ginevra—. ¡Déjame en paz, por favor!

—¿Tu prometido? —gritó Leonardo—. ¡Maldito sea tu prometido, ese putañero maloliente!

—Así que ahora me crees prostituta —dijo ella. Y a Sandro, suplicante: —Es preciso que se vaya.

Simonetta la miró con nerviosismo; luego, a Leonardo, como esperando una orden.

—Tu... prometido no me intimida.

—Eso no viene al caso —contestó ella—. Ya elegí. Voy a casarme con Messer Nicolini.

—Por miedo —adujo Leonardo, acercándose a Ginevra. Se le había destrenzado la cabellera; unos hilos de largo pelo rojo se adherían a la cara resuelta, ensombrecida. Pero se la veía vulnerable. Leonardo la deseó por esa misma vulnerabilidad, que lo excitaba.

La *piazza* parecía un horno. Redoblaban las campanas, en tanto los ciudadanos corrían a sofocar los peligrosos incendios de tejados, que podían amenazar a toda Florencia.

—La decisión ha sido forzada, por cierto —reconoció Ginevra—, pero es mi propia decisión. Y puedo asegurarte que no la tomé por miedo, sino por lógica. Humillaste a Messer Nicolini... y a mí. En verdad, tus travesuras egoístas y celosas humillaron a toda mi familia, revelando a todos que éramos amantes.

—¡Pero si lo somos!

—Lo éramos. —Ella aspiró hondo, con un ruido sibilante. Luego dijo sin mirarlo: —Es irónico que lo trates de putañero, cuando eres tú, por tus actos, el que me hace quedar como una ramera.

—Exageras. Yo...

—Lo humillaste con las entrañas de un cerdo.

—Me amenazó de muerte —adujo Leonardo—. Cuando le pidió a Sandro que te acompañara a tomar aire. Y también amenazó con hacerte encerrar.

—Si me amaras habrías prestado atención a esas amenazas, en vez de ponerme también en peligro.

Leonardo apoyó una mano en la de ella. Estaba fría. Ginevra no la retiró, pero eso tampoco la estimulaba. Parecía de piedra.

—Sandro —murmuró Leonardo, indicando a su amigo que necesitaba intimidad.

El otro hizo un gesto afirmativo, con aparente alivio, y se alejó de ellos.

Las explosiones habían cesado. Ahora sólo se oían gritos, gemidos... y el parloteo de diez mil lenguas.

—Nos hizo espiar por alguien —dijo Leonardo.

—Me lo ha contado todo, Leonardo —respondió ella, que miró fijo hacia adelante, como si fuera ciega—. Es muy sincero.

—Ah, conque lo absuelves por su sinceridad, ¿no?

—Sabe que hicimos el amor en casa de maese Verrocchio. Somos nosotros los que necesitamos absolución.

—¿Nosotros? —repitió él, furioso—. Te toma por la fuerza, Ginevra. —Y una vez más le acudió a la mente la imagen de Nicolini violándola entre sábanas escarlatas. —No puedes resistírtele con argucias. Es más fuerte que tú. Te obligará a ese casamiento.

—Soy suya, Leonardo.

—Pero hace unas pocas horas eras mía.

Ella lo miró de frente.

—Estoy decidida.

—Voy a decirle a tu padre que lo haces por defenderlo. Él jamás lo permitirá.

—Está hecho, Leonardo —aseguró ella, reduciendo la voz a un murmullo—. Ya se acabó. Lo siento.

—No debes permitirlo. Hay una solución.

—Debe ser así. —Había un temblor en la voz de Ginevra, pero seguía mirando de frente.

—Tu familia puede salir del paso.

Ella no respondió.

—Mírame de frente y dime que no me amas —la desafió Leonardo, tomándola con suavidad por los hombros para girarla hacia él. Era difícil mantenerla a la distancia de un brazo. Llegaba a oler el perfume de su pelo, pero estaba tan remota como la claraboya del Duomo, allá arriba. Ginevra lo miró a los ojos.

—Sí que me amas —afirmó él.

—Voy a casarme con Messer Nicolini. Y te amo, sí. Pero eso ya no importa.

—¿Que no importa...? —Leonardo trató de abrazarla, pero ella se echó atrás. La sintió fría. —Estoy decidida —agregó Ginevra en voz baja—. Y ahora déjanos, por favor.

—No puedo. Te amo.

Leonardo se sentía descompuesto, como si estuviera en un barco atrapado por la tempestad; el estómago le daba vueltas y tenía la garganta como si hubiera tragado lejía. Aun cuando percibía la desesperación en su propia voz, no conseguía dominarla. Eso era una pesadilla. No podía ser verdad. Ella lo amaba; bastaría con quebrar su resolución. Pero Leonardo experimentaba una sensación de cosa ya vivida. Sabía lo que iba a suceder, pues la conocía bien. Y los terribles momentos siguientes estaban tan determinados como la rotación de los planetas en sus cristalinas órbitas celestiales.

—Si te entrometes y perjudicas a mi familia, voy a despreciarte —dijo Ginevra—. Me he entregado a Messer Nicolini. Con el tiempo llegaré a amarlo. Si en verdad me quieres como yo creo, déjame en paz, por favor.

—No puedo. —Le dolía el mentón de tanto apretar los dientes.

Ella volvió a estremecerse, aunque no dejó de mirarlo a los ojos.

—No quiero ver a mi padre en bancarrota, con *pitture infamanti* de él en las calles y en la Signoria. —A menudo se colgaban en lugares públicos pinturas grotescas de quebrados, traidores y perjuros, a los que se insultaba con escupidas, heces y *graffiti* de todo tipo. Ella susurró: —No puedes arrancarme del destino, Leonardo. Debes dejarme atrás, pues no me casaría contigo en ninguna circunstancia.

—Abandona ahora todo esto y dentro de un año estará olvidado —insistió él—. Te lo prometo. Por muy grave que sea la deuda, tu familia no quebrará. En el peor de los casos...

—En el peor de los casos quedaríamos en la indigencia. El deshonor nunca se olvida. Yo no podría olvidarlo. Tú y yo hemos acarreado deshonor a mi familia. Juré no volver a hacerlo, sobre la tumba de mi santa madre y por la vida de mi padre. Y eso, Leonardo mío, es más fuerte que mi amor por ti.

—Ginevra —suplicó Leonardo—, todo esto es sólo una conspiración para que tu padre no pierda la solvencia.

—Pero ahora es también una cuestión de honor.

—Y el honor debe tener preeminencia sobre el amor y la gratificación sensual —intervino Nicolini, que se acercaba a ellos.

Estaba de pie junto a Sandro, como un aparecido; vestía el azul y dorado de los Pazzi: jubón de damasco azul y larga túnica de terciopelo, con marsopas bordadas en hilos de oro. Transpiraba; tenía el pelo apelmazado por el sudor. Pero un hombre de su delicada posición social (en un pie de igualdad con las más encumbradas familias patricias) debía estar dispuesto a aceptar la incomodidad de esas gruesas prendas, ricas y emblemáticas, si quería impresionar a la familia que cortejaba. Saludando a Sandro con la cabeza, caminó hacia Ginevra y le alargó las manos, diciendo:

—Cuando se produjo ese accidente de mal agüero sentí pánico por ti. Gracias a Dios estás a salvo, Madonna.

Ella le estrechó las manos y se dejó levantar. Nicolini miró a Leonardo sin malicia visible, puesto que había conquistado a Ginevra como si fuera un botín.

—¿Pero cómo puedes retener tu propio honor, sabiendo que Madonna Ginevra me ama a mí? —preguntó Leonardo, provocándolo adrede para que desenvainara la espada—. ¿Sabiendo que estaba haciendo el amor conmigo mientras tú estabas arriba?

La muchacha le volvió la espalda y Nicolini se ubicó entre ella y Leonardo.

—El honor se manifiesta en las apariencias —dijo con frialdad, sin morder el anzuelo—. ¿Acaso no abunda el disimulo en una sociedad cortés, como la nuestra? ¿El gran señor no trata con amabilidad al inferior, como si ambos estuvieran en un mismo plano? *Humilitas seu curialitas*, si recuerdas tu latín, joven Ser. Pero no son iguales, por cierto. De esa manera la sociedad conserva el buen trato y se mantiene.

—De esa manera lo falso funciona tan bien como lo auténtico —replicó Leonardo. El rostro le ardía como si se lo hubiera quemado con vapor de agua. —Y a ti no te importa qué clase de moneda tienes en la mano.

—Quizá yo también sea mago, como tú... o mejor aún: alquimista. Pues verás, maese Leonardo —dijo Nicolini, con suavidad—, que transformaré en amor el respeto y la cortesía de Madonna Ginevra. —Luego agregó, mirándola: —Siempre que Madonna abra su ser más íntimo a mis afectos.

Ella bajó los ojos, humillada.

Esa insinuación de Nicolini no pasó inadvertida a Leonardo, que desenvainó la espada. Los guardaespaldas de su rival no estaban allí; sería un combate justo.

—¡No, Leonardo! —exclamó Sandro.

Pero fue Ginevra quien aplicó la estocada al joven, pues hizo sentir su decisión llevándose a Nicolini a tirones de manga, como a un niño dócil, con lo que dejó plantado a Leonardo.

Nicolini se detuvo para volverse hacia él.

—No necesitaré de guardaespaldas para que me protejan de tu acero, joven Ser. Pero haz lo que Madonna te pide, por favor, tanto por tu bien como por el nuestro.

Dicho eso, se llevó a Ginevra y ambos se perdieron de vista tras las barricadas, en la *piazza* atestada. Leonardo quedó petrificado, con la espada en la mano.

—Ven —dijo Sandro—, vayamos a la Esquina del Diablo. Una copa nos vendrá bien a todos... y podremos conversar.

Su amigo no respondió. Miraba a los millares de personas arrodilladas en dirección a la litera que contenía la sacralísima pintura de Nuestra Señora de Impruneta. Un cura pronunciaba un sermón desde allí, como si la litera fuera un púlpito, mientras sostenía el cuadro contra el pecho. Detrás de él, como una aparición gigantesca, se veía la estatua de cartón piedra de Nuestra Señora, la carroza que Leonardo había ayudado a crear. Destacada su grandeza por miles de antorchas alzadas, la estatua se transformaba en materia de espíritu puro y santo. ¿Cómo era posible que una imagen tan perfecta y ejemplar estuviera compuesta de madera vulgar, pintura y papel? Los penintentes, ricos y pobres por igual, oraban pidiendo perdón. Muchos exhibían crucifijos; las genuflexiones parecían coreografiadas: gemían y gesticulaban, buscando la *virtú* de espíritu que se había perdido... peticionaban, propiciaban el favor de la sagrada pintura, cuyas lágrimas habían llovido sobre Florencia, inundándola de desgracias.

—No habrías podido vencer a Nicolini, Leonardo —contestó Sandro.

Leonardo se volvió hacia él como si quisiera atacarlo con la espada destinada al otro.

—No es ningún tonto —continuó su amigo—. Tenía a tres hombres apostados a la sombra, detrás de mí.

Leonardo sólo pudo asentir con la cabeza. Por disimular su humillante frustración, volvió la espalda a Sandro. Nicolás estaba de pie ante él.

—Nico —dijo, aturdido—, ¿no te ordené quedarte junto a los carruajes? ¿Qué vas a decirme en tu defensa?

Nicolás desvió la mirada sin responder.

—Explícame por qué me desobedeciste —insistió Leonardo.

—No te desobedecí, maestro —contestó el jovencito, sin alzar los ojos oscuros, como si tuviera miedo de mirarlo—. Pero tú huiste dejándome allí. Sólo quería ayudarte... pues aquí hay peligro.

—Perdona —susurró Leonardo, avergonzado.

Entonces el joven Maquiavelo le buscó la mano para estrechársela con fuerza, como si comprendiera la naturaleza de ese dolor que estaba lejos de sus pocos años.

3
Simonetta

Qué suave es el engaño...
–Nicolás Maquiavelo

—*V*amos, Leonardo, no podemos quedarnos eternamente aquí —dijo Sandro.

Pero Leonardo siguió en la contemplación del patio del Duomo, como si su amigo no hubiera pronunciado una palabra.

El Duomo, el Baptisterio y el Campanario, conectados por las sombras y la penumbra, parecían ondular en la noche encapotada, encendida de antorchas, como embozados en un miasma neblinoso. El Duomo era ahora verde y rojizo; elevaba sus arcadas por encima de las puertas de Brunelleschi y reflejaba en sus ventanas, como espejos, las fogatas de los penitentes que pasarían toda la noche en la *piazza*, orando. Aunque las llamas se habían apagado, los techos cercanos aún humeaban. Muertos y heridos, después de haber recibido la bendición, habían sido llevados al interior de la iglesia; las monjas atendían las necesidades de los vivos y rezaban por los que habían sido "llevados al cielo en brazos de Nuestra Señora".

Aunque Lorenzo y Julián no estaban a la vista, los *armeggiatori* de los Médicis y los Compañeros de la Noche, manejados por la misma familia, recorrían la zona a caballo, para purgarla de ladrones y canalla. Mientras blandían pulidas espadas en la mano extendida, pasaban por entre los grupos de devotos como soldados divinos que vinieran a restaurar la voluntad del pueblo mediante el terror y la violencia. Cualquiera que no estuviera orando o haciendo las debidas genuflexiones corría peligro. Casi todos los ciudadanos habían huido al estallar los fuegos artificiales, pero quedaba un millar de personas, cuyas guirnaldas de flores y velas de altar serpenteaban en torno de la catedral como un rosario ardiente. Artesanos, amas de casa, campesinos, patricios, prostitutas y Magdalenas rezaban por igual a la *virtú* de la Madonna, y pedían su intervención para disipar el mal augurio que el ave flamígera había lanzado sobre Florencia con su caída. En el centro de la *piazza* se hallaba aún la pintura de Nuestra Señora, fuertemente custodiada por hombres de los Médicis; la habían retirado de la litera devocional, dañada por uno de los cohetes, para trasladarla a un *carroccio* decorado con un palio dorado y con leones tallados sobre sus cuatro ruedas.

Aún supervisaría los procedimientos con sus ciegos ojos pintados.

Llevado por las brisas débiles y erráticas, el perfume de los lirios se mezclaba con los acres olores del humo.

—Maese Leonardo, ¿ves algo allí que nosotros no veamos? —preguntó al final Nicolás, soltándole la mano.

—¿Qué, por ejemplo, joven Nico? —preguntó Leonardo, después de una pausa.

—Si supiera la respuesta no necesitaría hacerte la pregunta.

—Miraba dentro de mí mismo. Aunque mis ojos veían todo lo que está ante nosotros, sólo percibía mis pensamientos. ¿Lo entiendes?

—Por supuesto. Tengo una tía que duerme con los ojos abiertos, como los búhos; sin embargo, no dejaría de roncar aunque uno le orinara los pies.

Leonardo sonrió; luego dirigió la mirada hacia Sandro, y le ofreció una muda disculpa con un gesto de la cabeza.

—Pero cuando yo miro sin ver es porque estoy en... penumbras —continuó Maquiavelo. —Leonardo lo miró con indulgencia, pero Nicolás continuó: —La penumbra está dentro de mi alma; me siento como si estuviera a punto de caer desde lo alto de un barranco muy liso hacia la oscuridad absoluta y eterna. No obstante, en ocasiones tengo deseos de caer. —Miró a su custodio con atención, como cuando lo había visto por primera vez, en el estudio de Verrocchio. —¿Es eso lo que sientes ahora por esa mujer, Ginevra?

Leonardo se levantó y dijo con suavidad, con respeto:

—Sí, Nicolás. Eso es con exactitud lo que siento. —Y a Sandro: —Debes revelarme todo lo que sabes. No puedo aceptar lo que ella me ha dicho.

—Temo que debes hacerlo, amigo —repuso Botticelli. Mientras hablaba hubo un gran alboroto en torno de la litera devocional. —Parece que la Virgen está disconforme, en verdad. Deberíamos salir de aquí antes de que haya más problemas.

—Estoy de acuerdo —convino Leonardo—, pues debemos hablar.

Pero en ese momento Nicolás gritó que regresaría en un momento y se escurrió por entre la multitud, rumbo a la litera con ruedas de león. Leonardo lo llamó, furioso.

—Soy mal niñero —le murmuró a Sandro—. Ven, vamos por él. Luego nos iremos. Una vez lo dejé solo en esta muchedumbre; no volveré a hacerlo.

Por el momento, al menos, había olvidado en parte su ansiedad y su tormento amoroso.

Ambos se abrieron paso entre el gentío, que se convertía en un anillo apretado e impenetrable en torno de la carroza. Los *armeggiatori* y los *inquisitore*, con sus armaduras y sus túnicas carmesíes, formaban el círculo interior; quien se atreviera a acercarse sería derribado por curas demasiado nerviosos y partidarios de los Médicis que buscaban honores: el romance florentino con la *virtú*. Costaba ver lo que sucedía adelante; oírlo era otra cosa, pues los rumores se esparcían entre la turbamulta como tintura en el agua.

Un joven campesino, del vecindario de los Sieci, se había escondido dentro de la iglesia tras el desastre de los cohetes. Después de entrar en la nave, subió corriendo al altar de Nuestra Señora para golpear la imagen de mármol con un cincel de picapedrero. Le rompió el ojo derecho y a continuación, descubriéndose los genitales, orinó desde el antipendio. Los guardias, furiosos, lo habían sacado de la iglesia a la rastra para desmayarlo a golpes.

—Tenemos que encontrar a Nicolás —dijo Leonardo, afligido. Temía por el chico. La turba se había puesto cruel y él se sentía atrapado en un mar hirviente, iracundo. Todo el mundo pedía sangre a gritos, aullando: "*Ebreo, ebreo, ebreo*", lo cual significaba "judío".

De pronto la muchedumbre estalló en un frenesí de alaridos. El joven campesino fue subido a la carroza ya atestada, a la vista de Leonardo y Sandro.

Le habían cortado la mano derecha, que fue arrojada a la multitud en un arco, chorreando sangre en su caída, sólo para ser de nuevo arrojada. El chico era flaco y desgarbado, de largo pelo castaño apelmazado. Tenía la cara ensangrentada y ya tumefacta por el castigo recibido. Como es obvio, la nariz estaba triturada. Llevaba el brazo rígido extendido, y la boca abierta, sin entender. Era como si acabara de despertar y se encontrara con que le habían amputado la mano. Su rostro se había convertido en una mueca de calavera.

Las antorchas lo rodearon en un nimbo luminoso. Los inquisidores y los *armeggiatori* observaban todo sin desmontar; ellos no intervendrían. Mientras una mujer desdentada, de pelo blanco y escaso, levantaba el cuadro, para que Nuestra Señora pudiera presenciar lo que iba a suceder, cinco hombres sujetaron al joven por los brazos, las piernas y. el pelo. Un verdugo de aspecto sucio, que acaso no era sino un vulgar ratero, le jaló la cabeza hacia atrás. Otro hombre agitó el cincel del muchacho ante los vítores de la multitud. Sin duda no era campesino, pues llevaba una chaqueta sin mangas, decorada con piedras preciosas y adornos metálicos. Después de ejecutar una genuflexión ante la pintura, hizo la señal de la cruz con el cincel y lo utilizó para arrancar un ojo al muchacho.

Una vez más la muchedumbre estalló en un frenesí de gritos jubilosos. El ojo del chico a cambio del ojo de la Virgen; la mano que la había profanado estaba ya amputada. Por ende, la Santa Virgen ya debía de estar satisfecha.

Tal vez así era. Pero Leonardo sabía que eso no era suficiente para la turbamulta. Se abrió paso entre la gente, acompañado por Sandro, enloquecido de preocupación por Nicolás, que podía resultar herido con facilidad en los inminentes disturbios. El corazón le palpitaba de prisa y por su mente cruzaban imágenes febriles: Ginevra, siempre Ginevra, ya poseída por Nicolini, ya mutilada por esa turba, convertida en una bestia de mil cabezas con una sola idea y un solo propósito rapaz.

No podía cerrar el ojo de la mente. Veía a Ginevra expuesta, engrillada, sufriente.

Y él, impotente.

Miró al muchacho campesino, a quien habían estirado como a una vela de barco; la sangre se le acumulaba en la cuenca del ojo derecho y le chorreaba por la cara. Luego creyó estar viendo a Nicolás, como si fuera a él a quien le habían arrancado un ojo, como si fuera la mano de Nicolás la que volaba como un pájaro por sobre la multitud.

Pero también sentía el poder, el ardor, la atracción del gentío. Quizá fuera en verdad Nuestra Señora la que mandaba, y esa pintura iluminada por teas fuera la real manifestación de su espíritu sacro, flagelante.

—Por fin te encuentro, Leonardo —gritó Zoroastro—. Mira con quién nos hemos encontrado.

Él y Benedetto Dei llevaban sujeto a Nicolás, haciéndolo avanzar por entre la gente. Aliviado al ver al chico sano y salvo, Leonardo respondió con otro grito y se abrió paso hacia ellos, seguido por Sandro.

La concurrencia estaba llegando al frenesí. Una joven de obvio buen pasar lloraba, rezaba y mostraba el puño en alto, gritando contra el muchacho que había profanado a la Santa Madre. Los rizos húmedos se le pegaban a la cara delgada, pero hermosa. De pronto quedó inmóvil, como en trance. Leonardo, reflexivo, hizo un esbozo mental de la muchacha y lo guardó en su catedral de memoria: la expresión boquiabierta; los puños apretados, exangües; el collar de perlas y el *vestito* de paño purpúreo, ribeteado de rubíes; los corpulentos servidores que la custodiaban. De pronto ella gritó: *"Deo gratias!"* y se prosternó en el suelo; sus sirvientes, blandiendo cuchillos, cerraron de modo protector el círculo en torno de ella.

Nicolás se desprendió de Zoroastro y Benedetto Dei para correr hacia Leonardo, pero pasó demasiado cerca de uno de los hombres que custodiaban a la joven y fue empujado con rudeza. Leonardo detuvo su caída; otra mujer gritó tras él y la multitud retrocedió, como si lo hiciera por apartarse de Leonardo y Nicolás.

Pero era la mano cortada, que aún continuaba arrojada de un lado a otro como una pelota, lo que había hecho retroceder a la gente.

La mano sangrante cayó junto a Nicolás.

El campesino que había empujado al muchachito corrió hacia él. Leonardo, con expresión dura y espada en mano, le bloqueó el camino.

—Un paso más, grandísima bestia, y perderás la pierna del medio.

—Disculpa, señor; sólo quería recoger la mano del judío. No tenía intenciones de hacerte daño.

El hombre tenía, más o menos el tamaño de Leonardo, pero el pelo y la barba eran rojos y tan densos que parecían cubrirle la cara hasta los ojos, oscuros y bizcos. Iba de gorra, jubón sencillo, aunque limpio, calzas estrechas y gregüescos.

—Tampoco tenía intenciones de hacer daño a tu joven amigo, señor —añadió, mientras echaba un vistazo a Maquiavelo—. Disculpa si fui algo rudo cuando se me acercó. Es que protegía a mi ama, Madonna Sansoni.

—¿De un niño?

El hombre se encogió de hombros.

—¿Puedo pasar?

Leonardo dio un paso al costado, le permitió recoger la mano, blanca como masa de pan, pese a la sangre, y envolverla en un pañuelo satinado.

—¿Para qué quiere ella semejante cosa? —preguntó.

—Si se la queda, la puerca alma de ese maldito no podrá llegar siquiera al purgatorio. Quedará atrapado para siempre aquí. —Y levantó el envoltorio, como para asegurarse de que en verdad estaba en su poder. En cuanto él se llevó la contaminada diestra del *ebreo*", el gentío volvió a cerrarse.

—Esa mano los meterá en problemas —comentó Leonardo a sus amigos.

En efecto, los servidores de Madonna Sansoni ya gritaban y gesticulaban ante los curiosos que pretendían apoderarse del despojo por la fuerza, ahora que estaba bien envuelto. Un instante después se trabaron en lucha con una banda de mugrientos árabes callejeros que venían cruzando la multitud.

La mano cortada del campesino se había vuelto valiosa de buenas a primeras.

Mientras tanto, la carroza de Nuestra Señora de Impruneta, diseñada por Leonardo, se convertía en improvisado patíbulo. Instalaron un madero entre los brazos extendidos, de cartón piedra reforzado, al cual ataron la soga de esparto con su nudo corredizo. A los ojos de la multitud era como si esa Madonna de tamaño descomunal hubiera ordenado en realidad aquella ejecución.

Con un gesto a Zoroastro y Benedetto, Leonardo se llevó a Nicolás a la rastra. Sólo se detuvieron cuando el peligro quedó atrás, en el extremo de la estrecha Via dei Servi. Las paredes en sombras, de persianas cerradas, rodeaban la calle como una barricada; la catedral y su cúpula se elevaban por sobre las casas como una empalizada natural de mármol perfecto. Pero en ese ambiente claustrofóbico el aire era fétido, como si estuviera cargado con el miasma psíquico colectivo de la ciudad.

Allí había pocas señales de vida, cosa extraña en una noche de fiesta sacra; pero los vecinos, demasiado prudentes para bajar a las calles, sacaban medio cuerpo por las ventanas y los balcones, y trataban de ver todo lo posible. Las persianas rojas, azules, amarillas, verdes y anaranjadas, estaban abiertas de par en par, como las puertas de una prisión durante una amnistía.

Entonces se elevó un grito y un aplauso repentino, ensordecedor.

Aunque la improvisada horca no era visible desde ese extremo de la Via dei Servi (los edificios, de tres y cuatro pisos, ocultaban la parte inferior del Duomo), Leonardo no necesitaba estar en la *piazza* para saber que acababan de ahorcar al "*ebreo*".

Nicolás, que caminaba junto a él, apretó los brazos contra el pecho, como para protegerse.

Al llegar a la Piazza della Santissima Annunziata, Leonardo se detuvo.

—Si no tienen objeciones —dijo a Zoroastro y a Benedetto Dei—, Sandro y yo debemos discutir algunos asuntos. Nos reuniremos con ustedes más tarde... donde gusten.

—Íbamos a reunirnos... Francesco, Atalante, Lorenzo di Credi y Bartolomeo di Pasquino, el aurífice que vive en Vacchereccia... en el Ponte Vecchio después de la procesión. Pero ya se ha hecho muy tarde. No estoy seguro de encontrarlos todavía allí —dijo Benedetto. Era un hombre excepcionalmente alto y delgado, cuyo abundante pelo castaño dorado asomaba bajo la gorra carmesí. Tenía ojos soñolientos y separados, pómulos altos y labios gruesos. —Tu fastidioso amigo, Il Nori, dijo que tenía una sorpresa para todos, no sé qué fiesta relacionada con Simonetta.

—¿Qué puede ser? —preguntó Sandro, con evidente interés.

—No sé nada más —respondió Benedetto—. Él se guardó el secreto. Pero podemos ir a ver qué pasa. ¿Y si apostáramos allí a tu aprendiz Maquiavelo, para que te espere?

Aunque Sandro estaba impaciente por averiguar lo de Simonetta, dijo:

—Así Leonardo y yo tendríamos tiempo de conversar. No creo que lleguemos mucho después que ustedes. Sólo necesitamos un poco de intimidad.

—No quiero dejar solo a Nicolás —insistió Leonardo—. Plantado allí, en el Ponte Vecchio.

—El lugar es bastante seguro —aclaró Zoroastro.

—Esta noche no hay ningún lugar seguro.

—Entonces apostaremos a Zoroastro —propuso Benedetto, sonriendo.

El mencionado, a su vez, hizo una mueca. Pero Nicolás parecía inquieto. No hizo ademán alguno de acompañarlos.

—¿Nicolás? —lo azuzó Sandro.

Maquiavelo se acercó un poco más a Leonardo para preguntar:

—¿No podría ir con ustedes, maestro?

Leonardo, al ver su desasosiego, asintió con la cabeza. Sandro no dijo nada, aunque su sorpresa era obvia.

La mayor parte de lo que dijeran sería incomprensible para el chico, pensaba Leonardo, y lo que comprendiera no se convertiría en chisme. Estaba seguro de él y, aunque su maestro Toscanelli lo regañaba a menudo por su propensión a la arrogancia, se tenía por buen conocedor del carácter. Pero descubrió que, sobre todo, deseaba la compañía del chico.

Benedetto tenía razón, por cierto: Nicolás se había convertido en su aprendiz. Toscanelli era un sagaz hombre de ciencia, que consideraba la psique humana tan pasible de ser diagramada como el firmamento, y había comprendido que Leonardo y Maquiavelo eran muy semejantes, en cuanto a temperamento e intelecto.

Zoroastro y Benedetto se adelantaron, cantando a gritos los famosos versos del poeta Sacchetti: "Cada uno grita de alegría ¡y muerte a los que no canten!". Caminaban bamboleándose, como invadiendo la calle.

—Tu amigo Zoroastro no parece muy sensible a tus problemas —observó Sandro.

—A esta altura ya deberías conocerlo —contestó Leonardo—. Así es él. Pero ha estado actuando de un modo extraño; ese tunante se trae algo entre manos. Aun así, hizo lo que pudo por ayudarme a encontrarlos, a ti y a Ginevra.

—A mi modo de ver, es una *scagliola*.

Leonardo frunció los labios en una levísima sonrisa.

—Pero es un auténtico fraude y tiene habilidad para los artefactos mecánicos.

—Ah, conque ahora la habilidad para la mecánica se ha convertido en una medida para evaluar el carácter —objetó Sandro.

Nicolás caminaba muy cerca de Leonardo, pero iba como perdido en sus propios pensamientos. Él le dio una palmada en el hombro; luego dijo a Sandro, con voz enronquecida:

—Bien sabes que estoy loco de miedo y preocupación por Ginevra. ¿Qué está pasando? ¿Cómo pudo cambiar su decisión de ese modo? Me ama a mí, pero... Tú pasaste la velada con ella, eres su confidente...

—Tanto como lo soy tuyo —apuntó Botticelli.

—Cuéntame, pues. —Ahora que Leonardo podía bajar al final la guardia, experimentaba ese vacío especial que había sentido con frecuencia en su niñez. Pensó en Caterina, su madre. ¡Cuánto deseaba regresar a Vinci, verla, ver a su buen esposo, Achattabrigha!

—Sabes tanto como yo, amigo mío —dijo Sandro, paciente—. Ginevra es causa perdida. No hay nada que puedas hacer para impedir su inminente casamiento. Ha caído en su propia trampa.

—¡Pero no tiene por qué ser así!

—Si deja a Nicolini, él destruirá a toda la familia para salvar su propio honor. En realidad, no tendría otra salida.

—¡Sandeces!

—Usa la razón, Leonardo —dijo Sandro, sin duda frustrado—. Ginevra debe casarse con ese hombre.

—No lo hará.

—Nicolini te tiene entre la espada y la pared, Leonardo. ¿Qué puedes hacer? Si ella se le opone, causará el deshonor y la ruina de su familia. Tú no permitirías semejante cosa; su padre es amigo tuyo.

—Es justo por eso que me escucharía. Hay una solución, una alternativa. Nicolini no es el único hombre adinerado de Florencia.

Botticelli hizo una pausa; sus ojos se encontraron con los de Nicolás. Era como si ambos comprendieran algo que estaba más allá del entendimiento de Leonardo.

—Amerigo de Benci no podría ni querría escucharte —dijo—. Ginevra se enorgullece de su honestidad. ¿La acusarías de engaño? Sería como decir a su padre que la consideras una prostituta.

—¿Pero qué siente ella? —inquirió Leonardo—. No lo ama. ¿Cómo puede seguir adelante con esto?

—Me dijo que esas heridas cicatrizarán, mientras que el honor y la familia son eternos.

—Sólo las estrellas fijas son eternas.

—Dijo que tú comprenderías... con el correr del tiempo.

—Pero no es así. No comprenderé.

—Dice que hables con tu madre, con tu verdadera madre.

—¿Por qué?

—Porque las situaciones de ambos son similares. Así como tu padre no pudo desposarla...

—No digas más —pidió Leonardo—. ¡Basta! —Le ardía la cara y estaba hirviendo de cólera. —Puede que mi madre sea una campesina, y yo, un bastardo, pero...

—Lo siento, Leonardo.

—¿Ella te pidió que me repitieras eso para hacerme sufrir?

—Quizá para ayudarte a entender.

—Bueno, jamás esperaría que ella se casara con alguien socialmente inferior —replicó Leonardo, sarcástico.

Como si la realidad fuera sólo un reflejo de su ira, se toparon con dos corpulentos mozos que estaban riñendo e insultándose. Jugaban al *civettino*, cuyo objetivo era, de manera ostensible, derribar el sombrero del adversario. Un grupo de rufianes se había reunido a apostar a quién ganaría. Cada uno de los hombres tenía el pie derecho extendido; el más alto pisaba a su contrincante. Quienquiera que apartase primero el pie perdería el combate. Los dos tenían la cara ensangrentada, pues se trataba de un deporte brutal. Hasta era posible que uno de los dos muriera antes de terminar, ya que muy a menudo esos enfrentamientos se intensificaban hasta convertirse en batallas callejeras. Y no se podía contar con que los espectadores lo impidieran, por cierto.

Cuando giraron en la esquina, dejando a los combatientes atrás, Nicolás dijo:

—Lamento mucho que estés afligido, Leonardo.

Éste le dio unas palmadas en el hombro, sin decir nada. La ira se había congelado dentro de él; tenía la sensación de entumecerse; casi podía imaginar grandes bloques de hielo que lo separaban del mundo: una catedral de escarchado hielo azul, majestuosa, invulnerable. Buscó alivio a su dolor al escapar hacia los claustros familiares de su catedral de la memoria, reconfortándose con los objetos de su infancia, pero se mantuvo bien lejos de los cuartos caldeados que contenían sus recuerdos, sus sentimientos, su concepto mismo de Ginevra.

—Yo también estoy afligido —dijo Nicolás. Y al cabo de un segundo, como Leonardo no respondía, le tironeó de la manga. —¿Leonardo?

Eso rompió el ensueño.

—Lo siento, Nico. Dime por qué estás afligido. Sin duda es por el muchacho al que mutilaron y ahorcaron.

Maquiavelo asintió.

—Puedo entender la violencia de la turba, pues una turba no es otra cosa que una bestia. Pero ese muchacho, ¿por qué pudo cometer semejante locura?

—Bueno —dijo Sandro—, si era judío tiene algún sentido.

—¿Por qué?

—Porque los judíos mataron a Cristo. Por puro odio y malicia. Para los judíos, toda la cristiandad es el enemigo. Para ellos somos como los sarracenos. Odian a la Iglesia, a ti y a mí. Odian todas las pinturas religiosas y las Vírgenes de yeso. Por eso Pater Patriae, que en paz descanse, les hizo coser distintivos amarillos en los sombreros y en las mangas: para proteger a sus vecinos. A nosotros.

—Eso lo convertiría en un mártir de su fe —observó Nicolás.

—Yo no diría justo eso...

—No le encuentro sentido —dijo el chico—. Ayúdame, Leonardo.

—No tengo respuestas para ti —dijo su mentor—. Si acaso existe alguna, lo más probable es que no la hallemos jamás.

—¿Crees que fuera judío?

Leonardo se encogió de hombros.

—Tal vez sí, tal vez no. Pero a todo el que no nos gusta lo llamamos judío. ¿Qué significado tiene? —Viendo la agitación de Maquiavelo, añadió: —Puede que el mozo estuviera loco, sólo eso, o quizá pensaba que la Madonna había violado algún acuerdo con él. Tal vez fue un asunto sentimental, una muchacha; es frecuente que los jóvenes quieran convertirse en mártires cuando alguien los rechaza o los engaña. —Leonardo no pudo evitar una mueca ante tal revelación de sí mismo. —¿No recuerdas ese relato de Arlotto sobre el viejo que rezaba por su joven esposa, que estaba muriendo de tisis, frente a una estatua de Cristo? —Como Nicolás meneó la cabeza, él continuó: —Este hombre era un verdadero cristiano y muy devoto de esa estatua desde hacía más de veinte años. Se podría haber iluminado el mundo entero con las velas que ponía ante ella. Pero esa imagen de Cristo no cumplió con su parte del trato, pues la esposa del anciano tuvo una muerte horrible, pese a las plegarias y a las promesas. Enfurecido, el hombre arrancó los ojos al Cristo y gritó, para que lo oyeran todos los que estaban en la Iglesia del Santo Spirito: "Eres una burla, una desgracia".

—¿Y qué le sucedió? —preguntó el chico.

—Según el cuento, sus hermanos lo destrozaron.

—¡Blasfemia! —exclamó Sandro—. Los cristianos temerosos de Dios no profanan las imágenes sagradas. Haces mal en enseñar al niño mentiras herejes y ficciones blasfemas. —Asió a Nicolás por el brazo para concentrar su atención, y concluyó: —Arlotto no era sino un mentiroso y un alcahuete. —Pese a todo su buen humor y a la sensual vivacidad de sus pinturas, en Botticelli había una vena pacata que sólo aparecía de vez en cuando.

—Amigo mío —dijo Leonardo—, si continúas pintando esas voluptuosas imágenes de nuestra encantadora Simonetta, la gente puede tomarte por un libertino. Entonces dirán que eres hereje... o judío.

Eso hizo reír a Maquiavelo y quebró la tensión, pues Sandro, ante la mera mención de Simonetta, estaba dispuesto a convertirse en santo o a dedicarse al libertinaje en plena calle, si con ello despertaba en la muchacha la más leve señal de afecto.

En cuanto a Leonardo, en él había surgido, de manera callada y triste, una revelación, vacua y definitiva: que Ginevra no lo amaría jamás.

※

El Ponte Vecchio, que había sido reconstruido por completo tras la gran inundación de 1333, se hallaba a oscuras en su mayor parte; pero el Arno, sobre el cual cruzaba, reflejaba las luces del festival. El río en sí era como una llama de cirio: ondulaba, como si titilara al reflejar las lámparas, las velas y antorchas que ardían en las calles y los edificios adyacentes. La mayoría de las tiendas construidas sobre el puente estaban cerradas, pues ése era el sector de los carniceros, y hedía. Pero aún quedaban unos cuantos puestos abiertos que vendían golosinas, castañas asadas, habichuelas y vino barato. Prostitutas de aspecto fatigado trajinaban la zona, recorrida en especial por los turistas y los ciudadanos que iban a recibir los sacramentos y a admirar los festejos en torno del Palazzo Vecchio. Muchos iban también a visitar el palacio Médicis; esa noche en los patios, abiertos a todos, se asaban lechoncillos en número suficiente para alimentar a toda una aldea.

—Hola, maese Leonardo, ¿eres tú? —preguntó un muchacho apostado en el antiguo adoquinado del Oltrarno, cerca de la entrada del puente.

—¿Sí? —Leonardo reconoció al mozo; era Jacopo Saltarelli, aprendiz de aurífice que a menudo servía de modelo en la *bottega* de Verrocchio. Él lo había dibujado y pintado con frecuencia; Jacopo tenía buen cuerpo, pero sus facciones eran toscas, de nariz ancha; su piel, cetrina y llena de granos. La barba, que tal vez se volvería más tupida con la madurez, era todavía escasa y despareja; en cambio tenía una melena rizada y abundante, que usaba larga y desaliñada.

—Los señores Dei y da Peretola me pidieron que te esperara para llevarte adonde ellos están —dijo Jacopo.

—Quieres decir que te pagaron para que nos esperaras, ¿no? —preguntó Sandro, en una broma punzante.

—Como gustes, señor.

—¿Y adónde vamos?

—A la Via Grifone.

—¿Sí...?

—Un gran banquete, señor, en L'Ugolino. Maese Guglielmo Onorevoli da una fiesta en honor de Madonna Simonetta Vespucio.

—Si la fiesta ha sido organizada por Il Neri —observó Sandro—, es seguro que nos divertiremos.

Al adinerado vástago de la familia Onorevoli se lo llamaba Il Neri porque siempre vestía de negro; era su firma, su manera de causar efecto.

—A mí me parece extraña esa fiesta —comentó Jacopo mientras caminaban—. Toda la *villa* está más oscura que un sótano, a excepción de las lámparas del portón.

—¿Por qué? —preguntó Sandro.

Y demoró el paso para conversar con Leonardo; Nicolás los imitó. Indicaron por señas a Jacopo que continuara su camino mientras ellos mantenían una buena distancia; no resultaba difícil, pues en esa zona las calles no estaban tan atestadas.

—Me extraña que Simonetta asista a una reunión pública ofrecida por Il Neri —continuó Sandro.

Leonardo se volvió hacia él, interrogante.

—Il Neri tiene relaciones políticas peligrosas.

—¿Te refieres a los Pazzi? —preguntó Leonardo.

Todos lo creen demasiado loco —repuso Sandro—. Pero Simonetta... frecuenta mucho a Giuliano y Lorenzo de Médicis. No es prudente que mantenga relaciones con sus enemigos. Me preocupo por ella.

—Harías bien en guardarte tus preocupaciones —dijo Leonardo, con suave sarcasmo—. La belleza permite a Simonetta elevarse por encima de la moral y la política.

—Es la virtud en persona, su esencia misma. Pero aun así me preocupo por ella —dijo Sandro—. Y también por su salud.

Leonardo se echó a reír, como si por un instante volviera a ser el de siempre.

—¿No deberías dejar su salud en manos de los médicos?

—La he oído toser. No me gusta cómo suena su tos; parece surgir desde el fondo de los pulmones.

—Aléjate de la *bottega* de Antonio del Pollaiuolo —aconsejó Leonardo—. Los que pasan demasiado tiempo junto a su mesa de disección terminan creyéndose médicos.

—No necesito trinchar un cadáver para detectar una tos... ni para pintar mejor la figura humana —replicó Sandro, irritado.

—Me disculpo —musitó Leonardo, dando unas palmadas a su amigo en el hombro.

—Madonna Simonetta es amante de los hermanos Médicis, ¿verdad? —preguntó Nicolás, para sorpresa de ambos.

—Son amigos, Nicolás —corrigió Sandro.

—Los rumores no dicen eso —observó Maquiavelo.

—No creo que debamos discutir estas cosas delante del niño. Nicolás parece tener el oído pegado a todas las fábricas de rumores.

—Bueno, ¿qué esperabas? —contestó Leonardo—. Es uno de los aprendices más brillantes de Toscanelli. Ese estudio es un mercado de informaciones.

—De calumnias.

—A veces las dos cosas son lo mismo —opinó Leonardo—. Y Simonetta es amante de ellos, por supuesto, Sandro. Pero tal vez tenga alguna pequeña reserva de amor con que alimentarte.

Botticelli, arrebolado, emitió un gruñido.

—Pueden hablar como gusten —se disculpó Nicolás—. No voy a escuchar.

Y se adelantó para alcanzar a Jacopo Saltarelli.

Cuando Leonardo y Sandro llegaron a la finca de Onorevoli, cuyo acceso era muy poco acogedor (una angosta senda que serpenteaba colina arriba, entre muros derruidos que, a su vez, conducían a un pasillo muy alto y amplio), Jacopo y Nicolás los estaban esperando. Pero antes de que el primero pudiera continuar la marcha, Leonardo dijo:

—He cambiado de idea, Nico. Éste no es buen lugar para ti.

Si bien Leonardo se preocupaba por el joven Maquiavelo, lo que lo acobardaba era la perspectiva de parlotear y entretener a los diversos (y quizá perversos) invitados de Il Neri. De pronto se sentía descompuesto, como si la desesperación y el mal de amor fueran una enfermedad que se presentara en oleadas, como las náuseas después de una mala comida.

—Ya estamos aquí, Leonardo —objetó Nicolás—. Tengo hambre. Aquí debe de haber comida. ¿Y acaso mi maestro Toscanelli no te pidió específicamente que fueras mi mentor, para que yo pudiera experimentar la vida? Bueno, la vida está detrás de esa entrada. —Señalaba la fachada oscura de la casa. —Por favor. A ti también te hará bien, maestro. El estímulo apartará tus pensamientos de los asuntos del corazón.

—De la boca de los niños... —dijo Sandro—. Tiene toda la razón. Vamos.

Leonardo los siguió, mientras trataba de dominar su inquietud; pero era como un oscuro y rabioso perro de caza que lo siguiera. Detrás de la entrada había un prado perfecto con su jardín, verdadero *tapis vert*. Las altas murallas estaban cubiertas de jazmín trepador; un salón se ensanchaba en una terraza desde la cual se veía toda la ciudad, que era una constelación de luces. En ese lugar moderno, pero eterno, se alzaba un peristilo de columnas corintias, como si fueran ruinas antiguas. Relumbraban lámparas en vasos y urnas, distribuidos alrededor de gigantescas matas podadas con formas geométricas.

Leonardo y sus amigos siguieron a Jacopo escaleras arriba hacia la casa, que estaba a oscuras, exceptuando una vela pequeña que ardía en una mesita de aspecto pesado, frente a la puerta.

—Ya ven, es tal como les dije —indicó Jacopo—. Ahora síganme.

—¿Sabes adónde vas? —preguntó Sandro.

—He recibido instrucciones de maese Onorevoli.

El muchacho les hizo subir un tramo de escaleras y bajar otro; luego cruzaron un espacio que parecía abismal, por falta de iluminación, y llegaron a una puerta negra. Nicolás se mantuvo pegado a Leonardo hasta que éste lo tomó de la mano.

—Parece que Il Neri ha convertido la casa en un reflejo de su alma —comentó Sandro.

—Lo más probable es que nos espere una noche de grotescos —opinó Leonardo.

—Valdrá la pena, por pasar una velada con Simonetta.

—¿Estás asustado, Nicolás? —preguntó Leonardo.

—No —respondió Maquiavelo, enfático. Pero su voz sonaba débil.

De pronto se apagó la luz y Jacopo desapareció.

Con la imposibilidad de ver siquiera una sombra en la oscuridad, que parecía tener densidad propia, Leonardo buscó a tientas la puerta que había visto delante de sí.

—Nico —ordenó—, no te muevas. ¿Sandro?

—Aquí estamos.

—Si encuentro a ese Jacopo... —dijo Nicolás.

—No hace más que cumplir órdenes. —Leonardo encontró el picaporte y abrió. —Listo.

Nicolás lanzó un alarido.

Leonardo le apretó el hombro. Estaban en una habitación cubierta de cortinados negrísimos. Las velas, instaladas en candelabros de pared, lanzaban una luz mortecina y espectral. En las paredes había pequeños nichos, cada uno de los cuales contenía un cráneo humano iluminado. En los cuatro rincones pendían sendos esqueletos enteros, también iluminados por velas para lograr un efecto intimidante. Ocupaba la parte media de la habitación una mesa larga, cubierta por un paño negro. Como centro de mesa, otro cráneo descansaba en un plato de madera, rodeado por cuatro vasos, de madera también. Il Neri vestía el ropaje negro de los sacerdotes; tenía la cara empolvada de tiza y los labios pintados de carmesí.

—Caballeros —dijo, dirigiéndose a Leonardo con voz casi femenina—, éste es sólo el primer plato en toda una noche de delicias. Tomen asiento, por favor, pues cuando hayamos terminado aquí pasaremos a la siguiente... estación.

—¿Dónde están nuestros amigos, Neri? —preguntó Leonardo.

—Les aseguro que están aquí, pero algo más adelantados que ustedes en el descubrimiento de los placeres de esta velada. Esta noche, Leonardo, voy a superar la mejor de tus prestidigitaciones. Siéntense, por favor.

Una vez que todos estuvieron junto a la mesa, los cráneos giraron sin ningún mecanismo visible; como por arte de magia, de sus cuencas oculares brotaron salchichas; en cada plato apareció un faisán aderezado.

—Muy bueno, Neri, pero ¿quién se atreve a comer esto? —preguntó Sandro.

—Eso queda a tu entera cuenta, querido amigo. —Il Neri tomó asiento y se dedicó a trozar su faisán.

Pero el ave servida en el plato de Leonardo olía a heces.

—No coman nada —indicó, dirigiéndose en especial a Nicolás—. Será mejor que salgamos por donde vinimos.

—Ah, qué mal deportista eres, Leonardo —protestó Neri—. Pero cuando exhibes uno de tus trucos esperas que todo el mundo te exprese la debida deferencia.

—Nunca he puesto mierda delante de tus narices.

—Mi comida no parece tener nada de malo —observó Nicolás.

—La mía tampoco —añadió Sandro.

En ese momento se produjo un súbito ruido por encima de ellos. Todos dieron un brinco, pero no era sino una distracción, pues cuando bajaron los ojos a la mesa notaron que el faisán y los embutidos habían sido reemplazados por grandes ensaladeras de plata.

Sandro lanzó una exclamación de disgusto y se apartó de la mesa, con tanta brusquedad que estuvo a punto de caer.

—¿Qué pasa? —preguntó Leonardo.

—Mira tú mismo.

Lo hizo y vio las larvas de mosca moviéndose entre las verduras.

—Esto ya es demasiado, Neri. Nicolás, Sandro, salgamos de aquí.

—Vamos, vamos, amigos míos, no tienen sentido del humor —objetó Neri, apaciguador—. Todo está pensado para divertir, para causar efecto. Y deben admitir que el efecto es bastante bueno.

—No es buen momento para cosas tan grotescas —protestó Sandro—. Y hemos venido con un niño.

—Es cierto que hay un jovencito entre nosotros, pero ¿acaso no está aquí con el fin de conocer la vida y sus misterios?

—Conque has hablado con Zoroastro y Benedetto —dedujo Leonardo.

Neri asintió con una sonrisa.

—¿Y qué noche mejor que ésta para lo que tengo planeado? —dijo a Sandro—. Una noche sacra, la víspera de la Resurrección. Una noche para recordar el frío y la humedad de la tumba, para contemplar el sueño eterno y los gusanos que consumen la carne. Si el milagro del divino Cristo fuera mundano, si no fuera pavoroso por sí mismo, en su aspecto puro y sobrenatural, no sería digno de Nuestro Señor. ¿No es eso lo que debemos enseñar a nuestros niños?

Se oyó otro ruido repentino y agudo, esta vez más distante; aun así Nicolás dio un salto y buscó refugio cerca de Leonardo.

—Nos vamos, Neri —anunció éste.

—Oh, no, por favor. Los conduciré de inmediato adonde están sus amigos, en un ambiente menos terrorífico.

—No, gracias.

—Pero no podrían salir sin un guía, queridos amigos. Sin luces.

De pronto se apagaron las velas, dejando sólo impresiones en la retina.

—Bueno —continuó Neri—, ¿vamos a reunirnos con el grupo? Les prometo que se divertirán.

—¿Y el chico? —preguntó Leonardo.

—Ya no soy un chico —protestó Nicolás.

—¿Y bien...?

—Les juro solemnemente —dijo Neri— que, si ocurre algo indecoroso, el jovencito no lo verá. Haré que lo acompañen a casa. Cualquiera de ustedes puede llevarlo a casa, si así lo prefieren. Pero les aseguro que no querrán retirarse. De este banquete se hablará por años enteros. Y te aseguro, Sandro, que está en concordancia con esta sagrada ocasión.

—Tenía entendido que esta fiesta era en honor de Simonetta —comentó Sandro.

—Y así es.

—¿Dónde está?

—Aquí, te lo aseguro. Pero a ti te corresponde ir en su busca. —En la mano de Il Neri se encendió una vela, otra vez, como por embrujo. —Ahora síganme, por favor.

Y abrió una puerta para salir de la habitación.

Leonardo y Sandro no tuvieron más alternativa que seguirlo; ambos llevaban a Nicolás de la mano.

—Henos aquí —anunció Neri.

Los hizo cruzar una puerta de nogal, con montura de bronce, que conducía a un gran salón abovedado, con enormes hogares de *pietra serena* y altas ventanas de cornisa recubiertas de paños negros. En la habitación había tantas lámparas y velas que Nicolás exclamó, encantado:

—¡Es un mundo de estrellas!

Por lo menos un centenar de invitados, muchos ya ebrios, rondaban las largas mesas cubiertas de velas y comida: faisanes, perdices, carne de vaca y de cerdo, fruta, condimentos y hortalizas. Los huéspedes formaban un grupo dispar y exótico; claro que eso había llegado a ser de rigor en cualquier fiesta memorable. Había varios cardenales, ataviados con el lujurioso color de su cargo, provenientes de la Santa Sede; ricas cortesanas que vestían esas camisas muy reveladoras, de un blanco virginal, populares en Venecia y en Milán; humildes prostitutas, de aspecto grasiento y tímido, que hablaban en voz demasiado alta el dialecto toscano de las calles, y adinerados caballeros que representaban a las grandes familias de Florencia. Al parecer, sólo los Médicis estaban ausentes. Había forasteros de atuendos extravagantes, provenientes de Famagusta, Bejaia, Túnez y Constantinopla; agentes y mercaderes de Sevilla, Mallorca, Nápoles, París y Brujas, venidos para el festival. Un delegado del Sagrado Sultán de Babilonia, con un turbante blanco y un elegante traje florentino; usaba una media roja en la pierna derecha y una azul en la izquierda; hasta los zapatos eran de diferente color: amatista y blanco. Pero el ejemplar más exótico era un chino alto y de aspecto robusto, que vestía túnica y calzaba zapatillas de seda purpúrea. Los sirvientes, hombres y mujeres en su mayoría mozos, se cubrían con batas de gasa muy tenue; en realidad, lo mismo habrían podido estar desnudos. Iban y venían llevando bandejas de vasos llenos de vino.

—Me están haciendo daño —le dijo Nicolás a Leonardo, que lo sujetaba con fuerza por el brazo.

—Entonces no trates de alejarte de nosotros.

—Suéltame. No eres mi padre.

—No me pongas a prueba, Nico —advirtió Leonardo—. Una palabra más y te llevo a casa ahora mismo.

—¿A la *bottega* de Ser Toscanelli?

—Fuiste tú quien quiso ser mi aprendiz. Y ahora seguirás siéndolo.

Nicolás dejó de retorcerse y sonrió a su mentor como si eso fuera todo lo que deseaba oír. Leonardo lo soltó para volver su atención a Neri.

—¿A todos los presentes se los honró con una cena tan íntima como la nuestra? —preguntó Leonardo.

—Sólo a los invitados muy especiales, a quienes yo deseaba impresionar en especial.

—A los buenos prelados no, sin duda, ni al hombre de ojos rasgados —sugirió Leonardo.

—A los buenos prelados más que a nadie —corrigió Neri, con astucia—. Y ahora, por favor, coman y beban a voluntad. Les aseguro que todas las vituallas serán de su agrado.

En un rincón del inmenso salón de baile se produjo una explosión de luz; luego, aplausos. Una muchedumbre se había reunido en torno de un hombre que se parecía a Leonardo.

En realidad, era exactamente igual a él.

—¿Quién es ése? —preguntó Leonardo a Neri.

Éste se echó a reír.

—Caramba, eres tú.

—Eres tú —repitió Sandro, encantado—. Y mira, ha hecho el truco de crear fuego vertiendo vino tinto sobre aceite hirviente. Se puede comprender que esa magia surta efecto en la chusma, pero éstos son ciudadanos importantes. Aun así... supongo que el truco es bueno.

—Ven, te presentaré —dijo Neri, con una sonrisa exagerada, pues tenía los labios estirados con pintura como un payaso.

—¿A mí mismo? —preguntó Leonardo, en realidad divertido.

Siguieron a Neri hasta el rincón donde el *doppelgänger* de Leonardo entretenía a la gente con un cuento ingenioso. Tenía la misma estatura que Leonardo; sus ropas, limpias y planchadas, eran iguales a las que él llevaba puestas: un ceñido jubón de heliotropo, *camicia* carmesí y calzas, con sólo un trozo de cuero pegado a la parte inferior para proteger la planta de los pies. Pero fue el rostro lo que fascinó a Leonardo. Era como mirarse al espejo; las facciones eran perfectas, o así lo parecían, al menos, en el mantecoso fulgor de las velas.

"¿Cómo lo hizo?", se preguntó el joven. Sólo la voz era diferente, demasiado gutural. Aun así...

—¿Leonardo? —preguntó Zoroastro, que se hallaba a poca distancia del falso personaje, presenciando sus conjuros—. ¿Eres tú?

Y se acercó a su amigo, extrañado. Pero Neri concentró la atención de sus invitados al efectuar las presentaciones.

—Leonardo, me gustaría presentarte a... Leonardo.

—¿Son gemelos? —preguntó alguien.

—Imposible, amigo mío, pues sólo hay un genio que se llame Leonardo da Vinci —contestó Neri.

—Entonces uno es un impostor.

—Pero... ¿Cuál?

—¿Quién eres? —preguntó Leonardo, admirando al hombre que tenía ante sí.

Zoroastro, que sin duda se había dejado engañar, lo interrumpió para decirle:

—Aunque este hombre parecía no ser otro que tú, la voz me sonó extraña. Demasiado ronca, cascada. —Se volvió hacia el doble, acusando:

—Y tú me dijiste que estabas resfriado.

—Y es cierto —respondió el hombre, sin amilanarse.

Sin poder resistir la tentación de bromear, Leonardo dijo a Zoroastro:

—¿Tan seguro estás de que yo soy el verdadero Leonardo?

—Viniste con Nicolás y Sandro —explicó el otro, esforzándose con desesperación por mantener una actitud ecuánime—. *Facta, non verba*.

—Porque les pedí que hicieran una diligencia mientras yo me adelantaba —dijo el doble, captando el pie como si fuera un actor en el escenario.

—Es cierto, maese Leonardo —reconoció Nicolás, mirando al doble con aire tan sombrío como si estuviera diciendo la verdad—. Insististe en caminar solo para pensar.

Zoroastro replicó:

—Por lo que a mí concierne, los dos pueden ser.

—Excelente idea —reconoció el sosia—. Maese Leonardo, te propongo que combinemos nuestros considerables talentos. Acabo de concretar la construcción de una máquina voladora. ¿No querrías conducirla en su vuelo inicial?

Eso acalló a todos.

—Será propulsada por ángeles —continuó él—, puesto que esos seres son, por naturaleza, más livianos que el aire. Ellos impulsarán mi máquina más allá de la Esfera de la Luna, más allá de la Esfera de las Estrellas Fijas, hasta la Esfera Cristalina, hasta el mismo Primum Mobile.

—Y luego, por supuesto, hasta el Paraíso Empíreo —acotó Leonardo.

—Por supuesto. ¿Dices que tú también estás dedicado a una aventura similar?

—Por cierto. Pero aun si no lo estuviera, ¿podría discutir con sensatez con alguien de tal estatura que es capaz de dominar la sagrada potencia de los ángeles? Temería que se me acusara de incredulidad y herejía.

Ante eso, el sosia de Leonardo rió; era una risa bonachona, que al joven le resultó familiar. Sin embargo, no llegaba a identificarla.

—Si has construido tu propia máquina, no podría pedirte que piloteáras mi humilde artefacto.

—*Au contraire* —replicó Leonardo, sonriente—, sería un honor. No muy a menudo se nos invita a volar con los ángeles.

Pero en aquel momento Neri lo tomó por el brazo y anunció que ese Leonardo, con la excusa de los presentes, iba a retirarse de la fiesta.

—No puedo ni quiero dejar aquí al chico —susurró él.

Echó una mirada fulminante a Nicolás, que se había aproximado en exceso a una muchacha de hermosos ojos de gacela, una de las siervas de Neri. La joven le sonrió; él enrojeció, quizá por su desnudez. No reparó, por cierto, en el gesto desaprobador de su maestro.

Neri cambió unas pocas palabras con Sandro, quien se comprometió a cuidar de Nicolás por un rato y, en caso necesario, evitarle peligros alejándolo de lechos y sirvientas.

—Ya ves —dijo Neri—. *Alea iacta est.* Y ahora, ¿te confías a mis manos?

—No soy tan tonto.

—Pero debo mostrarte por qué te invité.

—Yo pensaba que era para presentarme a mi gemelo.

—Ya te lo he presentado.

Después de intercambiar unas cuantas palabras con Nicolás y Sandro, ya seguro de que todo estaría bien, Leonardo se dejó llevar a través del salón. Los pocos curiosos que intentaron seguirlos fueron con habilidad desviados por los servidores de Nicolás. Una vez fuera del salón abovedado, dos jóvenes servidores caminaron ante ellos para iluminarles el trayecto por la casa.

—Es gratificante verte tan preocupado por tu joven aprendiz —comentó Neri—. No sabía que te interesara algo que no fuera tu trabajo; pero ahora que lo pienso, tienes reputación de pícaro. ¿Por qué otro motivo asistirías a una fiesta de este tipo?

—Vine por Sandro —aclaró Leonardo.

—¡Ah, sí, por Sandro! —repitió Neri, con un sarcasmo raro en él—. Pero yo haré lo posible por distraerte. Antes de que acabe la noche te presentaré a alguien que te encantará, según creo.

—¿Estás insinuando que no nos reuniremos con tus invitados en toda la noche?

—Eso depende de ti, Leonardo —respondió Neri, con tono misterioso.

—Y ese alguien, ¿es mi otro yo?

—No; es un visitante que viene de muy lejos. Ambos tienen algo en común.

—¿Qué es?

—No diré más, por no arruinarlo todo.

—Basta ya, Neri —dijo Leonardo—. Debes decirme quién es mi doble.

—Esta vez tendrás que ser tú quien se deje guiar por otros para hallar las respuestas —repuso Neri, sonriendo, mientras caminaba detrás de sus sirvientes, cruzando salas y corredores bajo las fijas miradas de lúgubres retratos de mercaderes, damas ancestrales y grotescos efectos visuales: centauros, náyades y sátiros. Bajaron un tramo de escaleras y luego otro, hasta llegar a una gruesa puerta. Los sirvientes se instalaron a cada lado de la entrada, en actitud heráldica; si hubieran tenido lanzas las habrían cruzado.

—Neri, creo que estás llevando este juego demasiado lejos —protestó Leonardo, de repente nervioso.

—Dejaré que tú mismo lo juzgues... dentro de un momento.

El anfitrión abrió la puerta para entrar en una alcoba bien iluminada, pero pequeña y sin más lujo que la cama: un gran mueble de dosel, cuyos postes estaban tallados en forma de plumas de avestruz en la parte alta; las cortinas de rico terciopelo, con grifos rojos estampados, pendían hasta el piso de tablas toscas. En las cuatro esquinas ardían candelabros. En una mesa de buen tamaño se veía una lámpara y, junto a ella, una jarra de vino, vasos, un cuenco de porcelana blanca, jabón y una pulcra pila de toallas de hilo azul, con bordados de plumas y grifos. Neri escanció un vaso de vino para Leonardo y se lo ofreció.

—Siéntate —dijo, señalando la cama con la cabeza—. Sólo me llevará un momento prepararme.

—Muéstrame de una vez para qué me trajiste, Neri —ordenó Leonardo, ya impaciente.

Apartando la capucha oscura, el otro se arrancó un cubrecabeza muy ceñido. Sobre la casulla cayó una cabellera de rizos dorados.

—¿Quién eres? —inquirió Leonardo, espantado por haberse dejado engañar.

El imitador se estaba quitando de la cara una capa de material delgado: piel de animal, tal vez. Tras una aplicación de agua y jabón y un buen restregado con las toallas, la cara recién descubierta resultó más pasmosa que cualquiera de los efectos visuales pintados en el corredor.

Era Simonetta.

Su tez, ya desprovista del maquillaje, era blanca como el marfil, pero no pálida. Lo miraba con intensidad, grave, sin una sombra de frivolidad, petulancia o vileza. Sus ojos permanecían inmóviles, insondables; mientras contemplaba a Leonardo, desató sus vestiduras para dejarlas caer alrededor de los pies. Sólo los pechos, que ahora parecían pequeños, estaban pintados con un tinte de bermellón y rosa contra el blanco.

—No, por favor, no te pongas nervioso, Leonardo —dijo con su propia voz, muy diferente en registro y resonancia que su imitación de Neri. Se acercó a la mesa para servirse una copa de vino y tomó asiento a su lado.

—Tengo que irme —murmuró Leonardo, azorado.

—¿Por qué? Estás enfermo de amor. Si te vas no habrá curación. Pero si te quedas, quizá...

Sonreía, pero no había malicia en el gesto. Sólo tristeza. Se sentó a su lado, sin tratar de cubrirse; parecía sentirse cómoda.

—¿Qué quieres de mí? —preguntó Leonardo.

—Siempre te he deseado, Leonardo —respondió ella con suavidad, sin rodeos.

—Si Lorenzo o Giuliano nos descubrieran aquí...

Entonces Simonetta sacudió la cabeza, riendo. Su cabellera parecía de gasa a la luz de las velas.

—Por mí no importaría mucho, Leonardo, pero para ti sería el fin de todo.

—Y también para ti. Anda, salgamos —insistió él. La frustración era evidente en su voz.

—Sé lo que te ha sucedido —dijo Simonetta, acercándose a él.

Leonardo bajó la vista al suelo, evitando su desnudez, aunque su olor y su proximidad lo excitaban.

—¿A qué te refieres? —preguntó.

—Sé lo que te sucede con Ginevra y ese viejo cascajo de Nicolini.

Él levantó la vista, sorprendido.

—He hablado con Sandro.

—¿Y él te contó mis asuntos privados? —se extrañó Leonardo.

—Me lo dice todo... porque sabe que soy digna de confianza. ¿Y sabes por qué?

—No, no lo sé —manifestó él, furioso y humillado.

—Porque me estoy muriendo. Sandro lo sabe, aunque no puede admitirlo, porque me ama.

—No creo que te estés muriendo —replicó Leonardo, mirándola como si ella fuera Ginevra.

—Es cierto, pero no voy a toser hasta escupir los pulmones para demostrártelo. —Luego lo abrazó y agregó: —Esta noche los dos nos estamos muriendo.

Leonardo se sentía atrapado, aun sabiendo que podía levantarse y salir de allí. Sin embargo, Simonetta lo excitaba. Lo había sorprendido en el momento de mayor fragilidad. Era ella, no él, la autora de los encantamientos, los conjuros, la taumaturgia. Parecía haberlo liberado de súbito (imposible, irresistiblemente) del mundo, como si ahora los sueños y las pesadillas estuvieran hechos de la misma materia que el fuego, el agua, las sillas y los muros, esos muros, ese suelo, esa cama, esa mujer que lo acariciaba.

Pero lo que en realidad lo había atrapado, logrando aun distraer sus pensamientos de Ginevra, era su profunda tristeza. Era cierto: se estaba muriendo; no podía ser de otro modo.

Contempló las manos de Simonetta, que se deslizaban por sus piernas, tocándolo, liberándolo del gregüesco. Tendría que haberla detenido, pero parecía haber olvidado cómo funcionaban los músculos necesarios para apartarse. ¿Qué importaba? Era libre, en verdad, pero esa libertad era en sí una pesadilla. Antes de que pudiera desprenderse de ese sueño... o pesadilla... Simonetta se arrodilló en el suelo para tomarle el miembro en la boca. Leonardo se mantenía quieto, como paralizado; sólo el corazón le latía como un trueno en la garganta. Pensó en agua, en la superficie del mar, en Ginevra, siempre Ginevra. Y la boca de Simonetta estaba caliente contra su miembro, que él imaginaba duro y frío como el hielo. O como piedra. Como si él fuera algún malhadado Lot que, por no resistir la tentación de mirar hacia Sodoma, se hubiera endurecido en piedra fría e implacable. Pero ella succionaba, haciéndolo entrar en calor como si fuera una caldera, derritiéndolo, hasta que él la atrajo hacia la cama para besarla, para olerla. Y los dos empezaron a sudar y a pujar el uno contra la otra, como lubricadas máquinas de carne y hueso.

Mientras él la besaba con hondura, descubriendo, degustando, ella lo ayudó a quitarse toda la ropa; quería estar cerca de su piel. Leonardo le buscó la lengua, dejando que le llenara la boca. Y cuando ella se tendió de espaldas, abierta, le deslizó la lengua por la clavícula y mamó de sus pechos, como si fuera un niño que tratara de extraer la leche de sus pezones erectos.

Leonardo apretó la cara entre sus piernas, olfateando la agria humedad de la tierra. Los recuerdos de la infancia pasaban en tropel: una súbita imagen soleada de las laderas del monte Albano, por sobre Vinci; las minas de ocre de Val d'Elsa; las flores y las hierbas, las estratificaciones de la gruta oscura de Vinci, su gruta, donde había pasado tantas horas solitarias; aún ahora recordaba los aromas a salvia, tomillo, menta y bayas. Se acordó de su madre y de su primera madrastra, la joven y bella Albiera di Giovanni Amadori, que no era mucho mayor que él mismo; ¡cuántos días interminables había pasado Leonardo en la gruta, deseándola! Ahora Leonardo se elevó sobre ella para penetrar más hondo en su cuerpo. Ella exhaló con aspereza y lo miró, casi espantada. Lo miró con la cara tensa, como si tratara de no revelar un tormento secreto. Era bella, en verdad; su abundante cabellera rubia rodeaba como un nimbo de gloria la cara suave y aristocrática. Pero esa cara contenía todo el dolor, todo el aspecto herido de quien ha perdido a un ser amado.

Era, a un tiempo, vulnerable... y mortífera.

Una Virgen de pureza.

Una madre doliente, arrancada a su familia.

Una fría y hermosa prostituta.

Simonetta hizo una mueca, al borde del orgasmo; por un instante Leonardo vio en ella a la Medusa. Cuando niño había pintado una cara así, que su padre vendió por trescientos ducados. En ese instante, en ese alucinatorio segundo antes de la eyaculación, imaginó su lustrosa cabellera transformada en doradas serpientes que se retorcían, y quedó petrificado. Una de esas bestias de lenguas veloces se le envolvió al cuerpo, en tanto él se apretaba contra ella. La succión de la piel mojada era como el sonido apagado de lejanas criaturas a quien alguien uniera y desgarrara.

De pronto Leonardo sintió que Ginevra lo estaba observando, como si lo hiciera desde algún rincón periférico de su catedral de la memoria. Como si fuera él quien estaba cometiendo el pecado.

Y en ese frío, acuoso y solitario momento de éxtasis, Leonardo se descubrió mirando los ojos grises de Simonetta.

Los ojos de Ginevra...

Ella estaba llorando... igual que él.

4
El secreto de la flor dorada

Tenemos tres almas, de las cuales la más cercana a Dios es llamada *mens* por Mercurio Trismegisto y Platón, "espíritu de la vida" por Moisés, "parte superior" por San Agustín, y "luz" por David, cuando dice: "En tu luz veremos la luz". Y Mercurio dice que, si nos unimos a esa *mens*, podemos comprender, a través del rayo de Dios, que está en ella, todas las cosas presentes, pasadas y futuras; todas las cosas, digo, que existen en el cielo y en la Tierra.

–Giuliu Camillo

Quien desee regocijarse, que lo haga; no hay certeza del mañana.

–Lorenzo de Médicis

*L*eonardo contemplaba el alto cielo raso, imaginando todo tipo de rostros, bestias y escenas en sus sombreadas imperfecciones. Estas diversas escenas y personajes, que él veía con todo detalle, cambiaban en forma constante como nubes que flotaran en un cielo gris y opaco. Allí, la curva perfecta de un hombro llevaba, con matemática exactitud, a la pendiente suave de un pecho; aquí, el detalle de una fortificación, con bastión, foso y puerta de rejas: un plano. Un escorpión se transmutaba en el pelo rizado de un querube, cuya cara parecía girar: un Cupido ebrio y macabro. Vio Vírgenes someramente esbozadas, como en sus cuadernos de apuntes: una *caritas* se parecía a Albiera, su primera madrastra, que había muerto cuando él tenía apenas doce años; otra se asemejaba a Francesca di Ser Giuliano Lanfredini, su segunda madrastra, que había muerto cinco años atrás. Esas esposas de su padre eran poco más que niñas... y Leonardo había sentido por ellas deseos culpables.

El cuarto se hallaba en silencio, a excepción de la respiración de Simonetta, ronca, pero rítmica. Estaba tendida de espaldas a su lado, con un brazo que descansaba sobre los ojos, como para impedirles, hasta en el sueño, echar un vistazo al hipnótico paisaje onírico del techo. En el aire pendía una espesa fusión de olores rancios: vino, perfume, transpiración, sexo, aceite de lámparas. Leonardo pensó en abrir una ventana, pero tuvo miedo de despertar a Simonetta y de que los miasmas de la noche le dañaran los pulmones.

Ella lo buscó, aun dormida. Quizá percibía que él estaba despierto y podía abandonarla, pues giró hacia él y cruzó una pierna sobre las suyas, buscando su brazo y su pecho. Mientras la observaba (tan rubia y pálida como un espectro al que se hubiera dado carne) Leonardo podía imaginar que la realidad se había detenido, en realidad, por unas pocas horas.

Pero ahora Leonardo estaba despierto; tenía la boca agria, le dolía la cabeza y se sentía solo por completo. El encantamiento estaba quebrado.

De pronto Simonetta empezó a toser, una y otra vez; la tos parecía empujarla de un lado a otro. Despertó de inmediato, con ojos dilatados, mirando directamente hacia adelante; trataba de tomar aliento, con los brazos apretados contra el pecho. Leonardo la sostuvo; luego le dio a beber un poco de vino. Ella sufrió otro ataque de tos, que al final cedió.

—Lamento perturbarte así, bello Leonardo —dijo, limpiándose la boca con la sábana de damasco que sujetaba a su alrededor.

—Ya estaba despierto.

—¿Desde hace mucho?

—No, mucho no.

—Nuestro grupo aún debe de estar activo. ¿Quieres volver?

—Simonetta, tosiendo otra vez, abandonó la cama. Después de peinarse la abundante cabellera rubia, que le llegaba a las nalgas, abrió un cajón de la plataforma que rodeaba la cama y retiró un vestido de color añil, ceñido a la cintura y sin camisa. Dejaba al descubierto los hombros, pálidos como el claro de luna bajo el tejido de seda, adornado de cuentas de oro y piedras preciosas.

Sólo Ginevra podía superar en belleza a Simonetta.

—¿No tienes preguntas que hacer? —preguntó ella, con una sonrisa.

—Ibas a decirme quién era mi doble —recordó Leonardo, que aún se sentía incómodo. Siguiendo su ejemplo, se vistió.

—¿Leonardo?

—¿Sí?

—Pareces tan... distante...

—Lo siento.

Ella se le acercó.

—Puedes confiar en mí. En mis manos tu corazón está seguro. Y tal vez pueda ayudarte.

Leonardo sintió que las glándulas se le abrían adentro, vertiendo glacial adrenalina. Quizá fuera posible vencer a Nicolini y recuperar a Ginevra.

—¿Pero cómo puedo corresponder a tus favores? —preguntó.

—No puedes.

—¿Entonces por qué...?

—Porque voy a morir y quiero ser generosa. Porque tengo miedo y no puedo mostrarme tal como soy ante los poderosos. Y no puedo, por cierto, confiar en otras mujeres. Pero en ti puedo confiar, querido Leonardo.

—¿Cómo puedes estar segura? —preguntó él con cautela.

—Confío en Sandro, que te quiere como a un hermano.

—En ese caso, ¿no sería mejor que lo escogieras a él? Vive sólo por ti.

—Justamente. Y me ama. Yo no haría sino fomentar sus esperanzas para luego destrozarlas. No puedo permitir que intime mucho conmigo. Bastante trabajo te dará así, cuando yo me vaya.

—Simonetta, no debes... —Pero Leonardo se interrumpió. No había nada que pudiera decir; ella estaba bien preparada para lo que Virgilio había llamado "el día supremo y la hora inevitable". Después de una pausa dijo: —Supongo que tienes razón con respecto a Sandro.

Simonetta se le acercó; tuvo que levantar la cabeza para mirarlo, pues él era alto.

—No se trata sólo de hacer el amor —dijo—. Eso es lo de menos; lo tengo de sobra. Pero estoy completamente sola.

—Toda Florencia te adora —observó Leonardo.

—Aun así...

Él la abrazó, mientras lamentaba que no fuera Ginevra, pero feliz de sentir su calor, su proximidad, su perfume sudoroso... y quizá, sólo quizá, hubiera un bálsamo en Gilead, después de todo.

Quizás ella pudiera ayudarlo...

Leonardo sintió que se excitaba otra vez, pero Simonetta retrocedió, riendo.

—No sé si puedo tenerte tanta confianza, al fin y al cabo.

—Bueno, dime quién era el que pasaba por mí.

Ella se sentó en la cama y sorbió un poco de vino.

—Caramba, era Neri, por supuesto.

—Ya me parecía. —Leonardo se sentó a su lado. —Debo reconocer que hizo una buena imitación.

Ella se echó a reír.

—Bueno, querido Leonardo, si es cierto que toda Florencia me adora, como dices, la verdad es que Neri te adora a ti.

—Nunca pensé que yo le interesara, salvo como condimento para sus fiestas.

—Es un pintor frustrado. Pero tiene buen ojo para coleccionar. Hasta posee algunas obras tuyas.

—¿Qué?

—Sólo esbozos, Leonardo. Eres difícil de coleccionar. Según rumores, ni siquiera la marquesa Isabella d'Este pudo obtener una de tus pequeñas Vírgenes.

—Pinto con mucha lentitud, Madonna Simonetta. Pero estoy trabajando mucho en varias Vírgenes pequeñas.

—No espero tener mejor suerte que la marquesa —comentó Simonetta.

—No se puede decir que los mecenas estén aporreando las puertas de Andrea para encargarme obras.

—Te has hecho una mala reputación por no cumplir con encargos anteriores, pero Lorenzo se interesa por ti. Veré qué puedo hacer.

—Bueno, debo decir que tanto tú como Neri me engañaron —comentó él.

—¿De veras?

—Si fue él quien arregló tu cara y la suya, es muy bueno, en verdad. Tal vez me convendría hacer un aprendizaje con él.

Simonetta rió con suavidad.

—Supones automáticamente que el pintor fue Neri.

—Si no fue él, ¿quién?

—¿No se te ocurre que pude ser yo? —preguntó ella.

—Estoy estupefacto.

—Sólo porque eres hombre, Leonardo. También le enseñé a imitar tu voz, porque croaba como una rana. —Después de hacer una buena imitación de Neri, continuó: —¿Conoces a un artista llamado Gaddiano?

—Por supuesto —respondió Leonardo—. Se dice que es de Siena; quienes desean adquirir obras suyas deben ponerse en contacto con él por intermedio de su notario, un hombre llamado Mazzei. Gaddiano esculpió una magnífica Cibeles de terracota que está en los jardines de los Médicis, en Careggi. ¿Me equivoco?

—Eres muy observador. En efecto, esa obra es de Gaddiano. —Luego se levantó para hacerle una exagerada reverencia. —Y Gaddiano soy yo.

—¿Tú?

—No debería parecerte tan increíble, considerando que hace pocas horas me tomaste por tu amigo Neri.

—Perdona mi sorpresa, pero a la mayoría de los mortales nos cuesta bastante manejar una sola vida, y tú manejas dos —apuntó él, intrigado—. Es como estar... en dos lugares al mismo tiempo.

Simonetta, riendo, citó al poeta Horacio:

—Nadie vive contento con su condición.

—Bajo el disfraz de Gaddiano has establecido una envidiable reputación de escultor y pintor. Pero no todo el mundo tiene tamaña habilidad para transformarse. Tal vez seas el pájaro de fuego de Paracelso. Convertirte en Neri y a él en mí debió de parecerte un juego de niños.

—¿Qué habría debido hacer, en tu opinión? —preguntó Simonetta.

—¿A qué te refieres?

—¿Podrías tú vivir sin pintar, sin esculpir la piedra? Ah, tal vez sí, mientras tuvieras la ciencia y pudieras recrearte con las invenciones.

—Mientras tenga vista, tanto podría recrear los ojos en la naturaleza como en el arte.

—Pero yo no podía, querido Leonardo. Tampoco podía pintar y darme a conocer con mi verdadero nombre... como Simonetta.

—Una obra tan bella... esas pinturas, esas esculturas... no harían más que honrarte.

—Como mujer, me considerarían una aficionada. Nadie me tomaría en serio; no me encargarían ni la obra más humilde. Pero como hombre... como hombre puedo competir en un pie de igualdad. Puedo dirigir el corazón y la mente de otros hombres. Como mujer sólo puedo manejar por breve tiempo sus corazones y sus miembros erectos.

—Puede que subestimes el poder de la mujer sobre el hombre.

—Creo que, de todas las mujeres de Florencia, soy la que menos puede equivocarse en eso —replicó Simonetta—. Pero no importa lo que pienses; las mujeres, aun las que se encuentran en buena situación, son sólo sirvientas. Yo quería tener la oportunidad de ser inmortal. *Carpe diem*. A diferencia de ustedes, yo tenía un tiempo limitado.

—Pero Gaddiano pinta desde hace...

—Con exactitud tres años, aquí en Florencia —apuntó Simonetta. Fue tres años atrás cuando comprendí que iba a morir. El pasado de Gaddiano es una creación mía; lo fabriqué con rumores, con cuadros datados después y unos cuantos antecedentes inventados. Oh, pensé en la posibilidad de utilizar mis vínculos con gente poderosa, pero, al igual que a Bartolomea, la madre de tu joven amigo Maquiavelo, jamás me habrían tomado en serio.

—¡Pero si ella es una poetisa respetada!

—Sí, como poetisa religiosa, pero ¿se la lee en las iglesias? ¿En las calles? Le iría mejor como partera.

Simonetta empezó a pasearse como los leones enjaulados de Lorenzo. Leonardo se levantó para tomarle las manos. Ella bajó la vista al suelo, como si él fuera su padre y no uno de sus muchos amantes.

—No tenía idea de que encerraras tanta ira en tu interior —dijo Leonardo.

Ella le apretó las manos, y dijo:

—Ahora conoces todos mis secretos... tanto como yo los tuyos. Más de lo que piensas.

—De cualquier modo —continuó él, maldiciendo a Sandro para sus adentros—, no tienes por qué permitir que esa ira te envenene. Como Gaddiano tienes asegurado para siempre un lugar en Florencia. Te aseguro que es la verdad. —Eso pareció complacerla. —Y como Simonetta, se te recordará por ser el rostro de Venus y de tantas Madonnas.

—Gracias a Sandro —acotó ella, con una leve sonrisa. Luego se apartó de él para acercarse a la puerta. —Te dejaré un sirviente como guía. No conviene que nos vean bajar juntos; nuestros invitados podrían imaginar una relación indecorosa.

Sonrió otra vez, con sarcasmo, y salió.

Leonardo aguardó unos minutos antes de seguir al sirviente por los pasillos oscuros, susurrantes y laberínticos; descendieron aquellos peldaños de frío mármol, que sólo podían corresponder a una escalera secreta. Habían pasado varias horas desde que él y Simonetta entraran en esa habitación, y los numerosos cuartos de la casa estaban ocupados por los huéspedes. Cada descansillo, cada corredor se colmaban de ruidos nocturnos, como si Leonardo siguiera a su guía a través de alguna selva mágica. Una luz tan tenue y fantasmal como el aliento de un dragón o un fuego fatuo brillaba en las hendijas, entre las puertas y sus marcos.

Leonardo se detuvo junto a una puerta del que parecía ser el tercer descansillo: había creído reconocer una voz. Le aseguró al sirviente que podía continuar solo, escuchó desde allí un poema cantado en voz alta y clara, acompañado por una lira y el parloteo discordante de varias conversaciones bulliciosas.

Alguien gimió como en éxtasis. La canción continuaba:

> *...y las flores combinan*
> *sus tonos más alegres por compartir sus pasos.*
> *Con sonriente gracia y formas divinas*
> *tres sumisas ninfas reciben la bendición de la extraña*
> *y con un manto rutilante sus miembros envuelven.*

Era la voz de Atalante Miglioretti.

Leonardo abrió la puerta, con intención de cantar con él esa canción popular, pero entonces vio a Il Neri, todavía con el traje y el maquillaje con que lo había representado. Cerró la puerta detrás de sí.

—Deberías quitar mis facciones de tu cara, Neri —dijo.

El dueño de casa estaba sentado en uno de varios sillones recubiertos de terciopelo verde y dorado; el joven Jacopo Saltarelli, arrodillado entre sus piernas abiertas, le practicaba un *fellatio*. El muchacho estaba completamente desnudo y pintado, como si fuera algún tipo de bestia carmesí. En la habitación había muchas personas más, varias de ellas desnudas. Una joven de túnica negra y banda bermellón en torno de la cabeza yacía en el suelo, junto a Neri; la poseían en forma simultánea, por delante y por detrás, dos hombres de edad madura a quienes Leonardo no reconoció. Las velas ardían con espasmos en altos candelabros, creando luces enfermizas y sombras largas. Aunque el decorado era suntuoso (reluciente porfirio, tallas, finos tapices que representaban las escenas más voluptuosas de la mitología clásica: Io transformada en vaquilla, Europa y el toro, Danae y la lluvia de oro), aquello no era más que una vulgar orgía. Sólo la dulce voz de Atalante y su experta ejecución distinguían esa multitud de juerguistas de cualquier otra reunión decadente.

Leonardo no pudo menos que reparar en las tres parejas, en diversas posturas de penetración, que ocupaban el único lecho situado bajo la ventana; no le sorprendió notar que una de las mujeres (una niña, en verdad) era la sirvienta de quien Nicolás se había enamorado horas antes.

¿Dónde estarían Sandro y Nicolás? Tendría que buscarlos.

Atalante lo saludó con una sonrisa, ofreciéndole el laúd. Leonardo lo rechazó. Un jovencito, que llevaba un botellón de vino, le preguntó si deseaba beber; él negó con cortesía. Reconocía a muy pocos de los presentes: Bartolomeo di Pasquino, buen aurífice; Baccino, el sastre de Neri; Giordano Bracciolini, miembro principal de la Academia Platónica y autor de un comentario sobre el *Triunfo de la fama*, de Petrarca; el endeudado aventurero Bernardo de Bandini Baroncelli, que se deshacía en elogios a una de las siervas desnudas de Neri, como si ella fuera la misma Simonetta, y Giovanni, el hermano de Jacopo Saltarelli, un hombre bajo y de facciones duras, que se había sentado a solas y estaba masturbándose. En apariencia ajenos a la orgía que se desarrollaba en derredor, varios jóvenes patricios de las familias Bardi y Peruzzi, con impecables vestidos, discutían con entusiasmo sobre la perversión de la Signoria controlada por los Médicis, los comités de elección de Balia y la impotencia del Parlamento; de todos ellos, uno de los jóvenes dijo, con tono pomposo, que eran *"contra bonos mores"*.

Atalante volvió a cantar, escogiendo uno de los poemas toscanos de Lorenzo.

—Bueno, ¿te han comido la lengua los ratones? —preguntó Leonardo a Neri.

—No es la lengua lo que me han comido —replicó el aludido, sonriendo.

Luego procedió a quitarse de la cara aquel recubrimiento que parecía piel y ordenó a Jacopo que le alcanzara un lienzo, con el que se limpió los restos del maquillaje. Sin molestia ni vergüenza visibles, Jacopo continuó su trabajo con el miembro de Neri, ahora algo fláccido.

—Ya ves, mi buen invitado —dijo el dueño de casa—. Tu menor deseo es mi mayor placer. Ahora tú eres, en verdad, Leonardo, y yo soy, en verdad... ¿Quién soy? —preguntó, mirando a Jacopo. —Luego se dirigió a Leonardo. —Ajá. Soy *mala in se*... inherentemente malo. ¿Y qué he hecho como encarnación tuya, Leonardo? Citar a Quinto Horacio Flaco: *"Exegi monumentum aere perennius".*

Se echó a reír, pero Leonardo enrojeció, humillado, pues no entendía el latín cuando se lo hablaba tan de prisa. Al menos ahora sabía leerlo bastante bien, pero los hombres "educados" podían citar a todos los poetas antiguos y hablar esa lengua muerta tan bien como Lucano, Quintiliano o Claudiano. En ese aspecto, su deficiencia era grave.

—Es una broma, Leonardo. Sólo dije que "he levantado un monumento más perdurable que el bronce". Sólo eso significa. Por favor, perdóname si...

Pero Leonardo, excusándose, salió de allí. No tardó en perderse en la casa a oscuras. Recorría los pasillos guiándose por las astillas de luz que rodeaban las puertas; extendía las manos para tocar las paredes y mantener un contacto fugaz con la casa, como si fuera un ciego que caminaba por callejones desconocidos. Los recuerdos parecían acudirle de súbito, como hechos de la misma materia que la sombra: Ginevra, Nicolini, el muchacho ejecutado. Había perdido a Ginevra para siempre, pero eso era imposible, no podía haber sucedido. Tampoco era posible que hubiera estado hacía poco en el cálido lecho de la hermosa y bienamada Simonetta. Ella no podía ser Gaddiano... así como Neri no podía ser Leonardo. Sin embargo, aquella noche todo lo terrible y lo exquisito parecía posible. Y él no pudo evitar la sensación de que todo era un portento, que el destino lo guiaba hacia adelante.

Cuando llegó a la escalera vio lámparas encendidas en las paredes. Luego oyó un estallido de aplausos, seguidos por gritos: *"Bravissimo!"*, *"Evviva!"* y *"Valete ac plaudite!".* Corrió hacia allí; estaba ante el gran salón abovedado donde había dejado a Sandro con Nicolás. Tras la penumbra que parpadeaba en el corredor, la sala parecía ser la esencia misma de la luz, su concentración total, y Leonardo se sintió como si escapara de los fuliginosos laberintos del infierno para entrar en la más luminosa esfera del Paraíso.

Al entrar él, Simonetta se apartó del grupo de huéspedes, que parecían magnetizados por la nueva atracción: un chino vestido de seda color ciruela, de pie tras una mesa larga, con el brazo extendido con gran dramatismo frente a los ojos. Mientras ella caminaba hacia Leonardo, varios de sus pretendientes se volvieron a observarla. Su aspecto era regio: cuerpo generoso, facciones suaves y espalda recta; daba la impresión de deslizarse por el suelo sin tocar esa miserable madera.

Dejó que Leonardo le besara la mano y enlazó su brazo al de él, diciendo:

—Ahora te presentaré al invitado del que te hablé antes de que... —Le sonrió, como para recordarle que eran amantes. —No dudo de que ambos encontrarán muchas cosas en común.

Leonardo se sintió incómodo, pero de pronto Nicolás corrió hacia él.

—No te vi entrar —dijo, tomándolo por la mano. Como es obvio estaba excitado, pues tenía la cara enrojecida.

Sandro venía tras él. Aunque saludó a su amigo con cordialidad, se lo veía agitado, como si en presencia de Simonetta se sintiera vacilante, inseguro de sí mismo. Quizá temía que ella lo viera como uno de tantos pretendientes ansiosos y egoístas.

No obstante, Leonardo percibió algo más: celos... enojo.

Por cierto, si Sandro se enteraba de que él había estado esa noche con Simonetta, perdería los estribos. Leonardo sintió una pluma helada que le recorría la espalda. ¿Sería visible la culpa en su cara?

—Tienes que ver las cosas que sabe hacer ese hombre extraño —dijo Nicolás, con evidente prisa por reunirse con la muchedumbre del extremo. No dejaba de mirar hacia allí, como si se estuviera perdiendo las palabras de trueno y fuego que Dios había pronunciado en Sinaí. —Se llama Cuán Yo Sí.

Simonetta, riendo, le revolvió el pelo.

—No, joven Nico; se llama Kuan Yin-hsi; según me dijo, significa "El maestro del Paso".

—Me parece demasiado dramático —comentó Leonardo al observar sus movimientos exagerados—. No creo que la gente de su raza actúe así, en su mayoría.

—Pero es como tú, Leonardo —dijo Simonetta, volviéndose a él, pues había tomado a Nicolás de la mano y éste la arrastraba hacia el chino—. Es mago, genio, hechicero, actor, encantador... y astrólogo.

—Yo no soy astrólogo.

Ella levantó la mano del chico, riendo.

—Ya ves, pequeño Nico: tu maestro me corrige cuando lo califico de astrólogo, pero admite todo lo demás.

Leonardo y Sandro se mantuvieron aparte.

—¿Estás bien, Botellita? —preguntó el primero, susurrando. Leonardo era uno de los muy pocos amigos que podían llamar a Sandro por el apodo burlón que le había puesto su padre, cuando era un niño obeso.

—¿Qué problema puedo tener, salvo el que me hayas dejado con ese voluptuoso de catorce años?

—¿Nicolás?

—¿Quién, si no?

—¿Qué hizo? —preguntó Leonardo. De inmediato agregó: —Ah, la criada. La vi arriba, con las piernas abiertas como si deseara recibir *a trentuno reale*.

—No creo que esa pequeña pudiera sobrevivir a setenta hombres —repuso Sandro—, pero se devoró a nuestro pequeño Nicolás, por cierto.

—O viceversa.

—Tuve que buscarlo a tientas en la oscuridad, ante la puerta. Ella es ruidosa.

—¿Y...?

—Bueno, era obvio que él ya había comenzado; me pareció mejor dejar que terminara.

Leonardo se echó a reír.

—Bueno, Nico hablaba muy en serio cuando dijo que las prostitutas debían formar parte de su educación, según Toscanelli.

—¡No lo puedo creer!

—En realidad, yo tampoco, pero tratándose del viejo, nunca se sabe.

—Leonardo...

—¿Sí, amigo mío?

—¿Dónde pasaste todo este tiempo?

—Me viste salir con Neri —respondió Leonardo, incómodo—. Quería mostrarme todo a la luz de las velas; terminamos arriba, en una orgía en la que no participé.

—No soy gazmoño —dijo Sandro—. Tu vida personal es cosa tuya. No tienes por qué darme explicaciones.

—¿Qué pasa, Sandro?

—¿Quién era tu doble, entonces?

Leonardo comprendió que, tarde o temprano, su amigo descubriría que había sido Neri quien lo imitara.

—Has descubierto el cabo suelto, Botellita. Mi doble era Neri, quien se hizo representar por otra persona. Me reuní con él más tarde.

—Pasé casi toda la noche buscando a Simonetta —dijo Sandro, con intención.

—Y por los arreboles de tu cara, amigo mío, diría que pasaste el resto de del tiempo empinando el codo.

—Sólo he tomado una copa de vino.

Leonardo no insistió.

—Vi a Madonna arriba —dijo, quebrando el hielo. Tendría que esquivar la verdad lo mejor que pudiera. —Es como un gato.

Sandro frunció el entrecejo. Él agregó:

—Sin intención de insultar. En realidad, hablamos de ti.

—¿Sí? —exclamó Botticelli, más animado.

—Está convencida de que tus pinturas le han dado la inmortalidad. ¿Qué don mejor podría ofrecerle un hombre?

—Por cierto. ¿Te dijo algo más?

—Sólo que no quiere que sufras.

—¿Qué significa eso? —Sandro se puso rojo.

—Que se interesa por ti, claro.

—Si así fuera...

—Pertenece al Primer Ciudadano, amigo mío —le recordó Leonardo, por no dar a su amigo falsas esperanzas. Pero de nada serviría: él seguiría deseándola por encima de toda lógica.

—¿Estaba acompañada por... alguien?

—¿Viste a Il Magnifico Lorenzo o a cualquier otro de los Médicis, en esta velada? —preguntó Leonardo, confundiéndolo.

—No.

—Bueno, allí tienes tu respuesta.

Nicolás volvió corriendo y los interrumpió:

—Vengan, van a perderse todo.

Simonetta dirigió hacia Sandro un sutil movimiento de cabeza; luego volvió su atención al hombre llamado Kuan Yin-hsi. Los tres jóvenes cruzaron el salón y se detuvieron a su lado.

Kuan Yin-hsi era alto y proporcionado, pero la boca fina y sensible, los ojos oblicuos y separados, le daban un aspecto frío y altanero. Una cicatriz le cruzaba una mejilla como un desgarrón, desde la comisura del ojo izquierdo, hasta desaparecer en una barba densa e inmaculada.

—¿Podría alguna de las adoradas y honorables damas prestarme una aguja o un alfiler? —preguntó.

Aunque su pronunciación del dialecto toscano era exacta, la entonación resultaba monótona e inexpresiva.

Simonetta se acercó con tranquilidad entre el gentío para entregar al oriental el broche de oro con que sujetaba su *mantello*.

—Toma, Kuan. ¿Bastará con esto?

—Perfectamente, Madonna Vespucio —respondió él, aceptando el broche con una reverencia.

Luego retiró el saco rojo que cubría una pila de grandes volúmenes encuadernados en cuero. En la mesa, ante él, quedaron a la vista: *De Arithmetica*, de Boecio; *Res rustica*, de Varro; *Sobre las ocho partes del discurso*, de Donato; *De Ponderibus*, de Euclides; uno de los *Siete libros de historias contra los paganos*, de Orosio, y un delgado volumen, de autor anónimo, misteriosamente titulado *El secreto de la flor dorada*; la última era una enjoyada Biblia, de reciente traducción del latín al idioma vernáculo.

Leonardo miraba con mayor interés. Había leído todos esos libros, con excepción del Orosio y el título anónimo, que lo fascinó. Quería estudiar ese librillo y extraer su epónimo "secreto", pero para eso debía esperar a que ese hombre hubiera terminado su truco de magia.

Kuan Yin-hsi empujó la Biblia para acercarla a Simonetta.

—Por favor, Madonna, ¿me harías el honor de escoger una página?

—¿Deseas alguna en especial? —preguntó ella.

—No, Madonna; cualquier página servirá. Basta con que cierres los ojos y marques una página y una línea. Pero antes debo estar cegado. —Tomó el grueso saco que antes cubría los libros y se lo puso en la cabeza. Luego se ubicó de espaldas a Simonetta. —No te ofendas, Madonna, por favor. Ya puedes elegir tu página.

Simonetta abrió el libro y, con los ojos cerrados, hojeó las gruesas páginas de pergamino.

—Listo —dijo, y abrió los ojos.

Todo el mundo aplaudió, como si ella acabara de resolver un difícil acertijo.

—Ten a bien decirme la página y el número de línea en que comienza tu selección —pidió Kuan Yin-hsi. Luego, con una cháchara tan desenvuelta como la de cualquier prestidigitador occidental, añadió: —Debería decir a todos, ya que me han demostrado tanta paciencia, que estos libros, con excepción de mi volumen secreto, me han sido prestados con amabilidad por el gran maestro Toscanelli, conocido y apreciado muy lejos de su propia tierra, en lugares que acaso ustedes conozcan.

Mientras Kuan hablaba, Simonetta iba contando las líneas de la página. Por fin dijo:

—Página trescientos dieciséis. Línea... veinticinco.

—Buena elección, querida señora —repuso Kuan—. Dice, exactamente: "¿No lo has sabido. Lo hice hace tiempo. En tiempos antiguos lo ideé. Ahora lo he realizado. Sí, está hecho: que ciudades fortificadas fueran reducidas a montículos de ruinas. Por lo tanto, sus habitantes tuvieron poco poder. Estaban desconcertados y confundidos...". ¿Debo continuar? —preguntó—. Puedo seguir citando la Escritura tanto como mi voz resista.

Dicho eso giró en redondo, con el contorno de la cabeza desfigurado por la capucha. Todo el mundo aplaudió, elogiándolo a gritos.

—Aún no, amables amigos —señaló él—. Todavía no hemos concluido.

Luego devolvió a Simonetta su broche, le pidió que escogiera una palabra y la pinchara con el alfiler.

—Temo que eso pueda interpretarse como un pequeño sacrilegio, Kuan —objetó Simonetta. Se volvió hacia los cardenales de la Santa Sede para inquirir: —¿No es así, Vuestras Eminencias?

—Podría ser... o no —respondió uno de los cardenales, un corpulento joven con las facciones bastas de la *campagna*. Pero tenía claros el pelo y la piel; los ojos eran de un asombroso azul.

Su compañero, un hombre mayor, de ojos soñolientos y mentón prominente, preguntó:

—¿Eres cristiano, buen señor?

—Creo en el santo Cristo —respondió Kuan Yin-hsi, girando hacia los prelados.

—Aunque eso sea cierto, ¿no es verdad que quienes leen el Corán también pueden creer en Cristo? —preguntó el cardenal joven.

—¿Permitirías que fuera cristiano alguien que supo de Jesús por los pobres adherentes de Nestorio, patriarca de Constantinopla?

—Ese patriarca fue condenado por hereje —sentenció el cardenal joven.

—No obstante, así fue como se conoció a Cristo en la tierra donde habito.

—Pero sabiendo que fuiste convertido por una secta hereje, no deberías oponerte a una conversión auténtica, a la verdadera fe romana —insistió el prelado, untuoso.

—¿Cómo rechazar la conversión, Vuestra Eminencia? La aceptaría de buen grado.

El cardenal, sorprendido, quiso saber:

—¿Estarías dispuesto a desechar aquellas de tus creencias que fueran heréticas?

—Si la Santa Sede las considera incorrectas, renunciaría a ellas.

El prelado más joven miró a su compañero, quien dijo con gravedad:

—Haremos los preparativos necesarios.

—Te lo agradezco mucho —manifestó Kuan Yin-hsi—. Quizá podamos continuar con esta demostración en una fecha posterior.

El salón zumbó con el desencanto de los invitados. Después de una breve consulta, el mayor de los purpurados dijo:

—Hemos decidido darte permiso para que concluyas tu demostración.

Cuando se acalló el ruido (pues los huéspedes ovacionaron a los cardenales), Kuan dijo:

—Les doy las gracias, Vuestras Eminencias. Y ahora, Madonna Simonetta, presiona tu alfiler en el pergamino sagrado, por favor.

—Ya está.

—Perfora tantas páginas como puedas... o como gustes. ¿Has terminado, Madonna?

—Sí.

—Ten la bondad de decirme cuál era la palabra en la que introdujiste el alfiler.

—*Antico.*

—Ahora, Madonna, cuenta las páginas que el alfiler ha perforado.

—Cuatro páginas.

—Si buscas la palabra que el alfiler pinchó en la cuarta página, creo que es "Gerusalemme".

—¡Correcto! —exclamó Simonetta, palmoteando.

El chino se quitó el saco de la cabeza y, sin mirar la Biblia, recitó:

—"Y los altos lugares que estaban delante de Jerusalén, que estaban a la derecha del monte de corrupción, construidos por Salomón, el rey de Israel, para Astaroth"...

Sus ojos lucían duros como porcelana negra; permanecían fijos en la multitud, pero era como si estuvieran viendo a través de quienes lo escuchaban.

Los invitados se apretaron en torno de Simonetta para ver las palabras perforadas por el alfiler, pero abrieron paso a los cardenales, quienes examinaron con cuidado las páginas. Luego hicieron un gesto afirmativo, dando así su *imprimatur* a la fantástica prueba de Kuan... y también a él.

El chino hizo una generosa reverencia.

Los espectadores estaban atónitos, como si se encontraran en presencia de un sagrado talismán viviente. Cortesanas, gentileshombres y damas lo honraron por igual cruzando las manos, haciendo la óctuple señal de la cruz y murmurando padrenuestros.

En verdad se habían producido dos milagros: uno, el de la memoria; el otro, una inminente conversión.

Luego todos se agolparon en torno de Kuan para cubrirlo de elogios y preguntas, hasta que Simonetta lo extrajo con destreza de entre sus admiradores, pero no antes de que él hubiera guardado esos libros preciosos en el saco rojo.

En el salón se produjo una conmoción: habían aparecido los músicos, con violas, cornos, laúdes y hasta una gaita; mientras tanto, los sirvientes iban y venían, poniendo en las mesas bandejas con pasteles y dulces de formas delicadas, junto con utensilios para comer hechos con azúcar hilada, que parecían de vidrio. Aunque los músicos eran "jóvenes imberbes", tocaban y cantaban con sutileza y humor; dos de los cantantes no eran siquiera muchachos, sino *castrati* de voces puras como el tañer de las campanas. "¡*Danzare*!", gritaron. Y los huéspedes pronto comenzaron a bailar, en tanto la música se hacía cada vez más alta y frenética, más sugerentes las letras, pues eran canciones de prostitutas y cortesanas.

> *Cosí dolce e gustevole divento,*
> *quando mi trovo in letto,*
> *da cui amata e gradita me sento*
> *che quel mio piacer vince ogni diletto...*

> *Tan dulce y complaciente me torno*
> *cuando me encuentro en el lecho*
> *con alguien de quien me sienta amada y bien recibida*
> *que mi placer sobrepasa todo deleite...*

Y el aire pareció convertirse en música, como si se caldeara, cargándose con el calor de los cuerpos.

Leonardo, Simonetta, Nicolás y Kuan Yin-hsi estaban en la penumbra, entre dos lámparas que parpadeaban contra la pared. Sandro se mantenía a incómoda distancia, como si se sintiera intruso en una conversación privada.

—Ven Sandro —dijo Leonardo—. ¿Eres ya demasiado famoso para codearte con tu humilde aprendiz?

—Nicolás no es aprendiz mío —objetó Botticelli, agregándose al círculo.

—Me refería a mí mismo.

—¿Crees que no tengo ninguna capacidad para la ironía, Leonardo? —preguntó Sandro, sonriente. Cuando Simonetta lo tomó del brazo, él pareció relajarse.

—Quedé muy impresionado por tu hazaña mnemotécnica, señor —dijo Leonardo a Kuan.

Éste respondió con una sonrisa y una reverencia.

—¿Tienes un sistema tal como el que se describe en *Ad Herennium*?

—Por cierto, señor —respondió Kuan—. Al igual que el reverenciado Cicerón, nosotros ponemos nuestros primeros pensamientos en un patio imaginario; luego imaginamos un cuarto, que con el tiempo se va llenando de imágenes memorizadas. Pero tal como ustedes construyen grandes catedrales de memoria, nosotros creamos templos, mezquitas... ciudades enteras. ¿Tú utilizas tu catedral de la memoria para conocer los tres tiempos?

—No estoy seguro de entender tu pregunta.

—San Agustín escribió que hay tres tiempos: el presente de las cosas pasadas, el presente de las cosas presentes y el presente de las cosas futuras. Mi sistema de aprendizaje permite al adepto recordar épocas anteriores a la suya, rememorar el pasado no vivido... y el futuro.

Leonardo se impacientó, como le sucedía siempre ante las supersticiones religiosas.

—Y ese sistema... ¿podría estar enumerado en el libro que tenías ante ti?

—*El secreto de la flor dorada* —dijo Kuan—. Es sólo un esbozo. —Después de hurgar en el saco, entregó el libro a Leonardo. —¿Te gustaría tomarlo en préstamo? Se refiere a la memoria y a la circulación de la luz, tema que te interesa, según me ha dicho maese Toscanelli.

—Siento algún interés por la óptica —reconoció Leonardo, mientras examinaba el libro—. Pero esto es demasiado valioso...

—Si ya no estoy en Florencia cuando hayas terminado de leerlo, puedes devolverlo a Messer Toscanelli. En estos últimos días he sido beneficiado con su generosa hospitalidad.

—Como gustes —repuso Leonardo—. Y gracias. Ten la tranquilidad, de que lo devolveré.

Kuann rió, como si percibiera la incredulidad del joven.

—Fue mediante ese sistema que Ludolfo de Sajonia determinó el número de las heridas de nuestro Salvador: cinco mil cuatrocientas noventa. ¿No has leído la *Rhetorica Divina*?

—Debo confesar que no —admitió Leonardo, picado.

—Se diría que en la Cristiandad es más difícil conseguir libros —comentó Kuan, mirando a Simonetta con una sonrisa—. Si menciono ése es sólo porque ejemplifica un sistema similar al mío. La *Rhetorica Divina* nos permite presenciar y experimentar la Crucifixión.

—Pero habría que poner mucho cuidado, pues nuestra Iglesia ha cuestionado esos textos —interrumpió el joven cardenal, entrando en el círculo. Parecía interesarle en especial Simonetta, y se quedó junto a ella. Sandro, cortés, dio un paso atrás, pero subió el rubor a sus mejillas. —Muchos de nuestros teólogos más eruditos creen que esas supuestas penetraciones en reinos divinos son falsas, meras fantasías, y que esos ejercicios espirituales, como los llaman, no son más que tráfico de misterios. Si esos hermanos están en lo cierto, tu entretenimiento sería una herejía.

Kuan Yin-hsi se inclinó ante el purpurado.

—Eso me inquietaría mucho, pues quienes me han precedido también pasarían a ser herejes: el angelical Tomás de Aquino y Agustín, el doctor de la gracia.

Lo malicioso de esa provocativa insinuación no pasó inadvertido a Leonardo... ni al cardenal.

—Hasta esas comparaciones son una blasfemia —afirmó el prelado—. Tienes un alma pecaminosa, *signore*; haré lo posible para que, en el futuro, no puedas contaminar con tanta libertad nuestras fuentes cristianas.

Simonetta lo tomó por el brazo.

—Has entendido mal a Kuan, Vuestra Eminencia. Es un buen hombre, por cierto, defensor de Cristo y merecedor de elogios. —Mientras se lo llevaba, dijo: —¿Tendrás la bondad de hacerme compañía por un rato?

El cardenal dio unas palmaditas al libro que Leonardo tenía en las manos:

—Temo por tu alma, *signore artista*, si te expones a estas expurgaciones.

Luego se fue con Simonetta.

Al otro lado del salón, unos musculosos sirvientes estaban arrimando las diversas partes de una pista de baile, decorada con tapices y bancos para las personas de alcurnia. Por fin hubo un resonar de cuernos y un grupo de bailarines inició la danza; eran hombres y mujeres, con sugestivos vestidos del color de las flores de durazno.

Los invitados abrieron sitio para Simonetta y el cardenal, que ocuparon sus asientos; los bailarines les hicieron una reverencia.

—Ven, vamos a mirar —le dijo Nicolás a Sandro.

Éste, con expresión inquieta, se excusó ante Leonardo y Kuan.

—Tu compañero parece cautivado por la bella señora —comentó el chino.

—Ésa es la cruz que debe cargar —confirmó Leonardo.

—Hablando de cruces... Quizá fuera mejor que devolvieras el librito que te he dado, en vez de arriesgarte a la ira del sacerdote.

—No se puede decir que sea un sacerdote —comentó Leonardo, sonriendo a su pesar—. Pero ¿por qué lo has hecho enfadar?

—No era ésa mi intención, por cierto. Ya tenía más que suficiente enfado y pomposidad antes de posar los ojos en mí.

—Podría ser un enemigo poderoso.

El chino se echó a reír.

—No necesito enemigos.

—Se diría que te has ganado uno.

—Pero no voy a demorarme mucho tiempo en tu hermoso país, maese Leonardo. Pronto estaré en lugares donde nunca se ha oído tu bella lengua.

—¿Dónde?

—¿No has hablado con maese Toscanelli? —preguntó Kuan, sorprendido.

—¿Sobre qué?

—Ah —musitó, como si eso fuera una respuesta.

—¿Cómo conociste al maestro? —inquirió Leonardo.

—Maese Toscanelli y yo mantenemos correspondencia desde hace ya algún tiempo. Intercambiamos libros e informaciones útiles. Visito tu tierra con cierta regularidad, y debo decir que me ha sido muy provechoso comerciar con sus autoridades, aunque no es ésa mi verdadera vocación.

—¿Y cuál es la verdadera?

—Soy un viajero, un buscador de conocimientos, como el famoso Marco Polo. Y como tú, maese Leonardo, soy también ingeniero. El maestro *pagholo* Medicho me ha hablado de ti.

A Leonardo lo impresionó que Kuan conociera tan íntimamente a Toscanelli, pues sólo los íntimos lo llamaban "*pagholo* Medicho".

—Estábamos predestinados a encontrarnos, tarde o temprano —continuó Kuan.

—Ah... ¿y has sabido de este destino "recordando" tu futuro?

El chino inclinó un poco la cabeza, con una sonrisa.

—¿Adónde irás? ¿De retorno a tu tierra?

—Eso depende del maestro y de cierto teniente del sultán de Babilonia. Es el Devatdar de Siria. Él también está aquí, en la fiesta. —Kuan señaló a un hombre de turbante y finas ropas florentinas, al que Leonardo ya había visto. En ese momento Simonetta lo estaba presentando al joven cardenal. El chino comentó, riendo: —Su Eminencia y el Devatdar no parecen muy afines.

—Por cierto —repuso Leonardo.

Después de dedicarle una sonrisa y una reverencia, Kuan se alejó hacia el cardenal y Simonetta; Leonardo sentía curiosidad, pero no lo siguió, puesto que no había sido invitado.

Cuando el extranjero se reunió con Simonetta y el cardenal, que se habían sentado en la plataforma, Nicolás los dejó para correr hacia Leonardo.

—Ven, tienes que ver a los bailarines. Son tan ligeros y hermosos como sílfides, capaces de flotar en el aire mismo.

—Por lo que me dice Sandro, ya has disfrutado de suficiente belleza por esta noche.

Nicolás desvió la vista.

—¿Vas a quedarte aparte, maestro?

—Por un rato, Nico.

—¿Aún estás triste?

Leonardo le estrechó el hombro, sonriendo.

—Y tú... ¿aún estás asustado?

—Ese muchacho ejecutado me dará pesadillas. Pero por ahora no necesito pensar en él.

—Práctica, tu filosofía.

—Sí. Y tú tampoco deberías pensar en tu...

Pero Simonetta apareció de repente, diciendo:

—Ven, Leonardo; es hora de retirarse. ¿Me harían ambos el favor de acompañarme a casa?

—¿Y el baile? —preguntó Leonardo.

—Nuestro amigo de Oriente bailará su propia danza con Su Eminencia y el teniente —respondió, riendo—. Creo que el cardenal tendrá mucho que hacer con nuestros dignatarios visitantes. Gracias a la Santa Madre, en estos momentos está demasiado ocupado como para dirigir hacia mí sus afectos, sin duda eclesiásticos.

—¿Dónde está Sandro? —preguntó Leonardo—. Supongo que él...

—Salió por sus necesidades —dijo Simonetta—. Sería mejor que nos retiráramos ahora, antes de que regrese.

—Eso podría herirlo —observó él.

—Ya está herido. —Simonetta pidió a Nicolás que le diera un puñado de dulces. Cuando el chico se alejó hacia las mesas, ella continuó: —Esta noche Sandro se ha dejado dominar por los celos. Bebió demasiado y ha estado interrogándome como si fuera mi esposo. Mañana, supongo, estará recuperado y contrito. Pero esta noche no es el de siempre.

—¿Pensará que...?

Simonetta lo miró.

—Sí. Piensa que tú y yo tenemos una aventura.

—¿Pero cómo?

—Tal vez Neri haya inventado algo. Eso le encanta.

Volvió Nicolás con las golosinas.

—¿Nos vamos? —preguntó Simonetta.

Salieron del salón, precedidos por sirvientes que portaban velas; pero en la resonante oscuridad oyeron el llamado de Sandro.

—¡Simonetta! ¡Simonetta!

Una voz tan esfumada como un dulce recuerdo.

5
El sueño
de la
Gran Ave

Cuando el hombre concibe un objeto
material por medio de la imaginación,
ese objeto adquiere existencia real
(*spiritus Imaginarius*).

—Al-madjriti

Concentrando los pensamientos, uno puede
volar; concentrando los deseos, uno cae.

—*El secreto de la flor dorada*

Te verás caer desde grandes alturas...

—Leonardo da Vinci

asi era posible imaginar que la Gran Ave estaba ya en vuelo, suspendida en la luz de gasa de la mañana como un enorme, imposible colibrí. Era algo quimérico, que pendía del alto techo del taller que Leonardo tenía en la *bottega* de Verrocchio: una tabla ahusada, con manivelas, correas de cuero bien curtido, pedales, tornos, remos y silla. Al extremo más ancho de la tabla se conectaban unas grandes alas de murciélago, hechas de caña, fustán y tafeta almidonada. Estaban teñidas de rojo intenso y dorado, los colores de los Médicis, pues eran ellos los que asistirían a su primer vuelo.

Tal como Leonardo había escrito en su libreta: "Recuerda que tu ave debe imitar sólo al murciélago, pues su tejido forma un armazón que da fuerza a las alas. Si imitas las alas de las aves, descubrirás que sus plumas son desunidas y permeables al aire". Había redactado las notas hacia atrás, de derecha a izquierda, en una escritura de espejo inventada por él, pues no quería que otros le robaran sus ideas.

Aunque estaba pintando, sentado ante una tela, le ardían los ojos por los miasmas del barniz, el aceite de lino y la trementina. Echó una mirada nerviosa a su invento; llenaba toda la parte alta de la gran habitación, pues alcanzaba una envergadura superior a los quince metros.

Desde hacía algunos días Leonardo tenía la certeza de que algo no estaba del todo bien en su Gran Ave, pero no lograba imaginar qué era. Tampoco había dormido bien, pues tenía pesadillas, consecuencia de sus aprensiones con respecto a la máquina voladora, con la que debería lanzarse desde lo alto de una montaña en sólo diez días. El sueño era siempre el mismo: caía desde una gran altura... sin alas, sin arnés... a un vacío apenas luminoso, mientras en lo alto giraban, vertiginosas, las soleadas colinas y montañas familiares que rodeaban Vinci.

Se había separado de su máquina para dedicar las primeras horas de la mañana a pintar una pequeña Madonna para Lorenzo, que se la había encargado como regalo para Simonetta. Ambos querrían ver cómo marchaba el cuadro, sobre todo ella. Leonardo le había dicho que la *caritas* estaba casi terminada: una mentira, por supuesto, puesto que se ocupaba demasiado de la Gran Ave como para completar ninguno de sus encargos.

Alguien llamó a la puerta de un modo característico: dos toques leves seguidos por un golpe fuerte.

—Pasa, Andrea, antes de que despiertes a los muertos —dijo Leonardo, sin levantarse.

Verrocchio entró de manera tempestuosa, seguido por Francesco di Simone, su capataz: un hombre fornido, carigordo, de edad mediana, cuyo musculoso cuerpo comenzaba a perder el buen estado. Francesco traía una bandeja de plata con carnes frías, fruta y dos vasos de leche, que depositó en la mesa, junto a Leonardo. Tanto Verrocchio como Francesco habían pasado horas enteras trabajando, tal como lo atestiguaban la cal y el polvo de mármol que les manchaba la cara y caía de sus ropas. Venían sin afeitar y cubiertos con delantales de trabajo, aunque la de Verrocchio era casi una sotana. Leonardo se había preguntado, muchas veces, si Verrocchio se veía a sí mismo como sacerdote del arte.

—Bueno, al menos estás despierto —dijo Andrea, al tiempo que echaba una mirada apreciativa a la pintura. Luego dio una palmada, haciendo un ruido tan fuerte que Nicolás, que dormía profundamente en su colchón, junto al de Leonardo, despertó con un grito. El maestro rió entre dientes y dijo: —Vaya, buenos días, joven *messer*. Tal vez algún otro de los aprendices pueda encontrarte trabajo suficiente para mantenerte ocupado durante lo mejor de la mañana.

—Te pido disculpas, maestro Andrea, pero el maestro Leonardo y yo trabajamos hasta entrada la noche. —Nicolás se quitó el gorro de dormir, de lana roja, y se puso con rapidez una bata que recogió del suelo.

—Ah, conque ahora Leonardo es maestro, ¿no? —observó Andrea, de buen humor—. ¿Por qué no acompañas a mi buen amigo Francesco? No dudo de que él te encontrará otro recado.

Andrea guiñó un ojo a Francesco, quien rió por lo bajo. Nicolás, en cambio, no parecía divertido; un intenso rubor se le extendió por la cara.

—¿Qué pasa, Nicolás? —preguntó Leonardo.

—Ayer, cuando saliste a la ciudad, encargamos un recado a tu joven aprendiz —explicó el maestro—. El mismo que te encomendamos cuando ingresaste aquí.

Leonardo sonrió ante el recuerdo. El encargo había consistido en ir a la Via Tornabuoni, al estudio de cierto fabricante de colores, de donde debía traer una pintura especial, que tenía la cualidad única (e imposible) de ser rayada.

—¿A ti también te hicieron eso, Leonardo? —preguntó Nicolás. Pero seguía de pie junto a su jergón, como si la vergüenza le impidiera acercarse.

—Pero tu maestro se las compuso para traer exactamente lo que le habíamos encargado —continuó Francesco—, mientras que tú, joven Ser, volviste con las manos vacías.

—¿Cómo es posible? —preguntó el chico a Leonardo.

—Anda, Leonardo, cuéntaselo —pidió Andrea—. Y siéntense a desayunar, los dos. Hoy me siento feliz. Tengo buenas noticias.

—Bueno, ¿de qué se trata? —preguntó Leonardo.

—Primero cuenta a Nico tu anécdota.

—Yo tengo trabajo pendiente —dijo Francesco—. Ya he celebrado bastante por hoy. Hay un estudio que atender y quince aprendices que están sentados abajo, dando vueltas a sus pulgares.

—Debes aprender a descansar cuando tu amo lo ordena —objetó Verrocchio.

—Me gusta ver la cara a mi familia cuando menos una vez al día, Andrea. Pero tú... hoy trabajarás hasta muy tarde. Te conozco.

Dicho eso, Francesco hizo una seca reverencia y se retiró. Andrea tomó una manzana y dijo, con la boca llena:

—Si tuviera diez más como él, sería rico. No es como tú, Leonardo, que sólo trabajas cuando te viene en ganas, aunque técnicamente eres todavía mi aprendiz.

—Tú y mi padre han sacado buen provecho de mis trabajos e ideas —protestó Leonardo—. Hasta venden mis inventos mecánicos a buen precio.

—Tu padre y yo no ganamos tanto como quieres creer. Mi parte, por cierto, no basta para alimentar a la gente de esta casa durante una semana.

—Si tuvieras menos parientes...

—Come algo de fruta mientras cuentas a Nico lo de tu inspirada solución —sugirió Andrea, radiante—. El chico debe tener conciencia de sus limitaciones.

Leonardo se volvió hacia Nicolás.

—Yo también caí en esa tontería, siendo un joven aprendiz. Igual que tú, fui a la tienda de pinturas. Cuando expliqué el propósito de mi visita al fabricante, éste se descompuso de risa. Luego me dijo que el maestro Verrocchio me había hecho víctima de una de sus bromas. No le creí, pues temía que, si no regresaba con la pintura rayada, Andrea me enviaría a casa de mi padre, para que me metieran a notario. Por cierto, ser aprendiz (aun de alguien tan vil y despreciable como Andrea) era más deseable que vivir encadenado a un escritorio de notario.

Verrocchio hizo oír un carraspeo y tomó asiento junto a Leonardo.

—Pedí al fabricante que me entregara las materias primas con las cuales podría fabricar esa pintura, y allí mismo, en el suelo de su tienda, mezclé aceite de lino con amarillo hanseático, óxido de cromo, carmesí, añil y cobalto. De ese modo obtuve los colores primarios. Fue cosa de nada verter estos colores uno junto al otro, fusionándolos en un arco iris, pero cuidando de que cada uno no se mezclara con los otros. Luego bastó con echar clara de huevo sobre los pigmentos y llevarlos con cuidado a mi maestro.

—Casi se me saltaron los ojos de las órbitas al ver esa mezcla —dijo Andrea—. Tenía esperanzas de que siguieras los pasos de tu mentor, Nico, pues ningún otro aprendiz ha hallado nunca una solución tan creativa.

Nicolás parecía abatido.

—Ven a comer —lo urgió Leonardo—. Ya te he dicho que tienes un temperamento demasiado rígido. No es posible resolver un problema con pensamientos tan controlados. Debes permitir que vuelen como los pájaros; sólo así podrás atraparlos. Pero si tratas a la ciencia, la pintura y la poesía como lo haces con las mujeres tendrás más éxito.

—¿Qué significa eso? —quiso saber Andrea.

—Nuestro Nico es todo un *amoroso*. Parece haber aprendido de maese Toscanelli el arte de seducir a las sirvientas.

Andrea se echó a reír.

—No creo que haya aprendido esas tretas de Toscanelli. Pero quizás el viejo maestro tuvo razón al poner a este chico a tu cuidado, Leonardo. *Pares cum paribus*... Dios los cría y ellos se juntan, como dicen. Empero, como escribió nuestro bienamado Virgilio: "*Amantes amentes*". Es cierto, mi querido Leonardo: los amantes son lunáticos. —Hizo una mueca burlona al nombrado. Luego dijo a Nicolás: —Bien, señorito, ¡ven a la mesa a desayunar!

Nicolás, obediente, comió como un león y volcó leche en su regazo.

—Nadie diría que proviene de una buena familia —comentó Andrea al verlo comer a dos carrillos.

—Se ha soltado un poco —aclaró Leonardo—. ¿Recuerdan lo agrio y formal que era cuando el maestro Toscanelli nos lo trajo?

—Es verdad.

—Bueno, ahora cuéntame las novedades.

—Il Magnifico me ha informado que mi *David* ocupará un lugar prominente en el Palazzo Vecchio, junto a la gran escalinata. —Andrea no pudo contener una gran sonrisa.

Leonardo asintió.

—Pero ya sabías que Lorenzo buscaría un sitio de gran honor para tan genial obra de arte.

—No sé si tus cumplidos son para mí o para ti mismo, Leonardo —replicó Andrea—. Al fin y al cabo, tú serviste de modelo.

—Te tomaste grandes libertades —acotó Leonardo—. Aunque hayas comenzado con mis facciones, creaste algo sublime desde lo vulgar. Mereces todos los cumplidos.

—Presiento que estas agradables frases van a costarme dinero o tiempo —advirtió el maestro.

Leonardo se echó a reír.

—Es cierto; hoy debo salir de la ciudad.

Andrea contempló la máquina voladora.

—Nadie te culparía si abandonaras este proyecto o, al menos, si permitieras que otra persona piloteara tu artefacto. No necesitas demostrar nada a Lorenzo.

Nicolás lo miró con seriedad.

—Yo pilotearé tu ave mecánica, Leonardo —se ofreció.

—No. Debo hacerlo yo.

—¿No estás seguro de que funcione? —preguntó Andrea.

—Estoy preocupado —confesó Leonardo—. En mi Gran Ave hay algo que está mal, pero no llego a determinar qué. Es frustrante.

—¡En ese caso no debes probarla!

—Volará, Andrea. Te lo prometo.

—Tienes permiso para tomarte el día libre —dijo Verrocchio.

—Te quedo muy agradecido. —Los dos rieron, sabiendo que Leonardo habría salido aun sin ese permiso. —Y ahora cuéntame tus noticias.

—Esta misma mañana, Il Magnifico visitó nuestro estudio.

—¿Estuvo aquí? —preguntó Leonardo, ofendido—. ¿Y no me llamaste?

—Mandé a Tista por ti, pero Lorenzo ordenó que no se te molestara, por si estabas pintando su pequeña Madonna.

Leonardo gruñó.

—Aunque Lorenzo asegura que sus medios no lo permiten —continuó el maestro—, va a comprar la Villa Castello y necesita decorarla. Él, Ángelo Poliziano y un muchacho extraño, llamado Pico de la Mirandola, invadieron esta humilde *bottega* como langostas, para encargar todo lo que puedas imaginar: fuentes, tenedores, copas, tapices, bancos de jardín y *cassone*. Terminado todo, se decidió que Pietro Perugino haga todos los arcones; nuestro querido Sandro pintará un cuadro grande. Parte del trabajo quedará a cargo de Filippino Lippi. Pero queda trabajo en abundancia, la mayor parte para nosotros.

—Para ti, no para mí —corrigió Leonardo, fastidiado por el hecho de que Lorenzo no le hubiera encargado nada.

—Por Dios, Leonardo, no pongas esa cara —protestó Andrea—. Il Magnifico no se olvidó de ti. En realidad, tengo una estupenda noticia, pero debo confesar que soy culpable de haberte atormentado adrede. Debes perdonarme.

—¿Sí...? —inquirió Leonardo, picado en su curiosidad.

—Lorenzo me preguntó si estaba dispuesto a desprenderme de ti. —Verrocchio hizo una pausa dramática. —Quiere que vivas y trabajes en los jardines de los Médicis. Y está desesperado por que repares su antigua estatua del sátiro Marsias. Tendrás que recrearla por completo con piedra antigua.

—Pero tú estás trabajando en...

—Tengo demasiado que hacer —lo interrumpió Andrea—. Pero tú, mi buen ex aprendiz y futuro embajador ante el Primer Ciudadano, pasarás a formar parte de la casa de los Médicis. Como tu amigo Sandro, serás de la familia.

—¿Y yo? —interrumpió Nicolás—. ¿Iré contigo, Leonardo, o debo quedarme con el maestro Andrea?

—¿Qué preferirías? —le preguntó Verrocchio.

Nicolás bajó la vista a la bandeja de comida.

—Creo que haría mejor en acompañar al maestro Leonardo, ya que ése era el deseo de maese Toscanelli.

—Asunto arreglado, pues —repuso Leonardo, complacido.

—¿Eso significa que prefieres la compañía de Leonardo a la nuestra? —inquirió Andrea.

Nicolás siguió mirando la mesa, con tanta intensidad como para chamuscarla.

—Está bien —dijo el maestro, riendo—. Tienes permiso para sacar la cabeza del plato.

—¿Venía Sandro con Lorenzo? —preguntó Leonardo, con aire culpable, pues no hablaba con su amigo desde que había abandonado la fiesta de Neri con Simonetta y Nicolás.

—No —respondió Andrea, suspirando—. Lorenzo me ha dicho que pasó por su casa, pero ese tonto enamorado se negó a levantarse de la cama. Está en otra de sus lloraderas por Simonetta. Tal vez tú puedas alegrarlo un poco y ser el portador de esta buena noticia.

—Lo haré, por cierto.

—Y tú, ¿cómo estás?

—Bien —mintió Leonardo, pues Andrea se refería a los sentimientos que le inspiraba Ginevra.

—Espero que así sea. —El maestro le entregó una carta. —Esta mañana la trajo un sirviente de Messer Nicolini. ¿El contenido es un secreto?

—Nicolini desea que inicie el retrato de Ginevra —explicó Leonardo—. Quiere recibirme la semana próxima.

Sintió un destello de ira, seguido por una cálida oleada de expectación. Por fin vería a su bienamada Ginevra; pero habría debido ser el padre quien enviara la invitación, no Nicolini. En verdad ese hombre se había adueñado de la casa de los de Benci; el apellido, el honor y las fincas de la familia se convertían en su dote. Cualquiera fuese la suma en florines que el viejo había pagado por Ginevra, era una buena compra. No obstante, Leonardo se dijo que aún cabían esperanzas, gracias a Simonetta, que ya utilizaba sus encantos con Lorenzo en beneficio de él. Algo se podría hacer, sin duda. Al fin y al cabo, Nicolini no debía de ser grato a los Médicis, dada su asociación con la familia Pazzi. Aunque el viejo fuera experimentado en cuestiones de dinero y propiedades, tal vez se lo pudiera superar en asuntos del corazón.

Andrea asintió con la cabeza.

—Es importante que estés aquí a primera hora de la noche, pues Lorenzo quiere traer a Simonetta para que vea el progreso de tu pequeña Madonna. No te alejes demasiado, no vayas a llegar tarde.

Luego echó otro vistazo a la pintura, como transfigurado por el barniz azafranado, que daba una luminosidad dorada a la Madonna, una versión muy joven de Simonetta.

—Bueno, tenemos que salir —dijo Leonardo, pues Andrea parecía dispuesto a pasarse la mañana en contemplación del cuadro.

—Recuerda lo que te dije. Sería muestra de poco juicio no estar aquí para recibir a Lorenzo y a sus amigos, cuando lleguen.

Como si continuara sus reflexiones sobre la pintura, salió sin despedirse de Nicolás.

—Vamos, Nico —dijo Leonardo, de pronto lleno de energía—. Vístete.

Mientras el chico lo hacía, él dio unos toques finales a la pintura y se apresuró a limpiar los pinceles. Luego se colgó el cuaderno de apuntes del cinturón y, una vez más, echó la cabeza atrás para contemplar el invento colgado del techo. Necesitaba una respuesta, pero aún no había formulado la pregunta.

Al salir, Leonardo tuvo la sensación de haber olvidado algo.

—Tráeme el libro que me prestó maese Kuan, Nico. Tal vez quiera leer cuando estemos en el campo.

—¿En el campo? —repitió Nicolás, mientras guardaba con cuidado el libro en el saco que llevaba bajo el brazo.

—¿No te gusta la naturaleza? —preguntó Leonardo, sarcástico—. *Usus est optimum magister*... y en eso coincido de todo corazón con los antiguos. La naturaleza es, en sí, la madre de toda experiencia; y la experiencia debe ser tu maestra, pues he descubierto que hasta el mismo Aristóteles puede equivocarse sobre ciertos asuntos.

Mientras salían de la *bottega* continuó:

—Pero los discípulos del maestro Ficcino andan por ahí, ufanos y pomposos, repitiendo como loros los eternos aforismos de Platón y Aristóteles. Me desprecian por ser inventor, pero ¿no son ellos más culpables por no serlo, esos presumidos recitadores de obras ajenas? Dijeron que mi lente de aumento era un truco de magia, ¿y sabes por qué? —Antes de que Nico pudiera responder, él mismo dijo: —Porque consideran que la vista es el menos confiable de los sentidos, cuando en realidad es el órgano supremo. Claro que eso no les impide usar secretamente sus gafas. ¡Hipócritas!

—Pareces muy enfadado, maestro —observó el chico.

Avergonzado por haberse lanzado a esa diatriba, Leonardo se rió de sí mismo.

—Tal vez, pero no te preocupes, joven amigo mío.

—El maestro Toscanelli parece respetar a Messer Ficino.

—Respeta a Platón y a Aristóteles, como corresponde. Pero no enseña en la academia, ¿verdad? No; en cambio da sus lecciones en la escuela de Santo Spirito, para los hermanos agustinos. Algo debes deducir de eso.

—Deduzco que tienes intereses propios que defender, maestro... y eso es también lo que me dijo maese Toscanelli.

—¿Qué más te dijo, Nicolás?

—Que yo debía aprender de tus puntos fuertes y de tus debilidades. Y también que eres más inteligente que ningún miembro de la academia.

Eso hizo reír a Leonardo, que dijo:

—Mientes de modo muy convincente.

—Viene con el carácter, maestro.

Las calles estaban muy transitadas y ruidosas; el cielo, que parecía perforado por la masa azulejada del Duomo y el palacio de la Signoría, tenía el azul de los zafiros, sin una sola nube. En el aire flotaba el olor dulzón de las salchichas pregonadas desde los puestos por mercaderes jóvenes, casi niños. Ese mercado se llamaba Il Baccano, el lugar del bullicio. Leonardo compró algo de carne cocida, habichuelas, frutas y una botella de vino barato para los dos.

Continuaron caminando por diferentes vecindarios y mercados. Pasaron junto a moros españoles, con sus séquitos de esclavos, provenientes de la Costa de Marfil; mamelucos envueltos en túnicas y con turbantes planos; tártaros moscovitas y mongoles de Catay. También había mercaderes de Inglaterra y Flandes, que habían vendido ya sus paños de lana e iban hacia el Ponte Vecchio, con el propósito de comprar abalorios y naderías bonitas. Pasaron junto a elegantes y hermosas "mariposas de la noche", de pie junto a sus amos mercaderes, a la sombra de los toldos; Nicolás era todo ojos y movimientos ante esas rameras y mantenidas, que exhibían guirnaldas enjoyadas y costosas vestiduras en tonos de violeta, carmesí y durazno. Fueron dejando atrás puesto tras puesto, desprendiéndose de jóvenes tenderos y viejos mendigos destrozados por las enfermedades. Se dejaban llevar por el torrente de vendedores callejeros, ciudadanos y visitantes, como si fueran restos de un naufragio en el mar. Había mozos de buen pasar, vestidos con jubones cortos, que se bamboleaban como muchachas, riendo, cantando y exhibiéndose con prepotencia, esos privilegiados. Nicolás no pudo menos que reír ante los eruditos y los estudiantes que venían de Inglaterra, Escocia y Bohemia: aunque su *lingua franca* era el latín, lo hablaban con acentos extravagantes y forzados.

—Eh, Leonardo —gritó un vendedor, luego otro, al girar ellos en la esquina.

Entonces oyeron gritos de pájaros, pues los vendedores de aves sacudían las pequeñas jaulas de madera, atestadas de palomas silvestres, búhos, alcaudones, abejarucos, picaflores, cuervos, tordos azules, currucas, papamoscas, lavanderas, milanos, halcones, águilas y todo tipo de cisnes, patos, pollos y gansos. Cuando Leonardo se acercó, los pájaros hacían más ruido que todos los vendedores y los parroquianos.

—Aquí, maestro —gritó un pelirrojo, de jubón pardo manchado y mangas desgarradas. Sacudía dos jaulas con sendos milanos; uno era marrón, de cola bifurcada castaña; el otro, más pequeño y negro. Ambos se golpeaban contra los barrotes de madera, haciendo sonar de manera peligrosa el pico. —Compra éstos, maestro artista, por favor. Son justo lo que necesitas, ¿no? Y mira cuántas palomas tengo. ¿No te interesan, buen maestro?

—Los milanos son buenos especímenes, por cierto —comentó Leonardo, acercándose, mientras los otros vendedores lo llamaban a gritos, como si fuera portador del Grial—. ¿Cuánto?

—Diez *denaros*.

—Tres.

—Ocho.

—Cuatro. Y si eso no basta, puedo tratar con tu vecino, que está agitando las alas como si él mismo pudiera volar.

—De acuerdo —accedió el vendedor, resignado.

—¿Y las palomas?

—¿Por cuántas, maestro?

—Por todo el lote.

Leonardo era muy conocido en ese mercado; a su alrededor comenzaba a formarse una pequeña multitud de vendedores callejeros y simples curiosos. Los primeros aprovecharon la ocasión para ofrecer sus mercancías a quien pudieran.

—Está más loco que una cabra —rezongó un viejo que, por haber vendido unos cuantos pollos y palomas, estaba tan animado como los delincuentes y los jóvenes mendigos que lo rodeaban—. Compra todos esos pájaros para soltarlos. Esperen y verán.

—Dicen que no come carne —comentó una matrona a otra—. Suelta los pájaros porque siente compasión por esos pobres animales.

—Bueno, por mayor seguridad, no lo mires de frente —aconsejó la otra, haciendo la señal de la cruz—. Tal vez sea hechicero. Podría ponerte el mal en el ojo para que te entrara hasta el alma.

Su compañera se persignó, estremecida.

—Nico —gritó Leonardo a su aprendiz, que se había alejado por entre la gente—, ven a ayudarme.

Cuando el chico reapareció, él le dijo:

—Si dejaras de buscar prostitutas por allí, podrías aprender algo sobre la observación y los recursos de la ciencia.

Metió la mano en la jaula llena de palomas y sujetó una, que hizo un ruido de susto. Al sacarla del encierro, sintió el latir de su corazón contra la palma. Luego abrió la mano y observó a la paloma mientras volaba. El gentío, entre risas, vítores y aplausos, pidió más. Leonardo sacó otra ave de la jaula y la soltó, entornando los ojos hasta casi cerrarlos para observarla. Batía las alas con tanta fuerza que, a no ser por el bullicio, se podría haber oído el golpeteo. Leonardo parecía perdido en sus pensamientos.

—Ahora, Nico, quiero que sueltes a los pájaros uno a uno.

133

—¿Por qué yo? —preguntó Nicolás, que detestaba tener que tomar las aves en las manos.

—Porque quiero dibujar. ¿Te parece demasiado difícil la tarea?

—Te pido perdón, maestro —dijo el chico, y metió la mano en la jaula.

Le costó bastante apresar una paloma. Leonardo parecía impaciente, y sordo a los gritos y las pullas de la multitud. Nicolás soltó un pájaro; luego otro, mientras su maestro dibujaba, muy quieto, en trance; tan sólo su mano se movía sobre la página, como un hurón, como si tuviera vida propia.

Mientras su aprendiz soltaba otra paloma, él dijo:

—¿Ves, Nico? El ave, en su prisa por ascender, junta las alas extendidas por sobre el cuerpo. Ahora mira cómo usa las alas y la cola, tal como el nadador usa los brazos y las piernas en el agua; es el mismo principio. Busca las corrientes de aire que se arremolinan, invisibles, en torno de los edificios de nuestra ciudad. Y allí frena su velocidad abriendo y desplegando la cola... Suelta otra. ¿Ves cómo separa las alas para dejar pasar el aire?

Y anotó, con su escritura invertida, bajo uno de los bocetos: "Haz el artefacto de modo tal que el ala, al elevarse, esté perforada, y al caer, toda unida".

—Otra —pidió a Nicolás.

Cuando el ave hubo desaparecido, él sonrió como si su alma acabara de escapar en el aire, como si al final se hubiera liberado de sus problemas. Y tomó otra nota: "La velocidad se controla por la abertura y la extensión de la cola. Además, al abrir y bajar la cola, y al extender de modo simultáneo las alas en toda su envergadura, frena su rápido movimiento".

—Se acabaron —anunció Nicolás, señalando las jaulas vacías—. ¿Quieres soltar a los milanos?

—No —respondió Leonardo, distraído—. Nos los llevaremos.

Ambos se abrieron camino por entre el gentío, que ya empezaba a dispersarse. Como si reflejara el cambio de humor de Leonardo, el cielo se oscureció de nubes y las calles lóbregas, sembradas de desechos, adquirieron un aspecto más peligroso. Los otros vendedores de aves lo llamaban, pero él los ignoraba tanto como a Nicolás. Caminaba observando con atención su cuaderno, como si tratara de descifrar antiguas runas.

—¿Leonardo? —preguntó el chico—. ¿Leonardo...?

—Sí. —Dejó caer el cuaderno junto a la cadera, pues estaba sujeto a su cinturón por un cordón de cuero.

—Pareces... enojado otra vez. ¿Estás enojado?

—No, Nicolás. Sólo pienso.

—¿En la máquina voladora?

—Sí.

—¿Y en Sandro?

Eso desconcertó a Leonardo.

—Caramba, sí, Nico; estaba pensando en él.

—Entonces ¿vamos a visitarlo?

—Sí, pero más tarde.

—¿No quieres verlo ahora? Nos queda de paso.

Leonardo vaciló. No podía ir; aún no estaba listo para enfrentar a su amigo.

—Todavía no he hallado la manera de ayudar a Sandro —contestó.

Pasaron junto a la rueda de los quebrados. Eran hombres vencidos, sentados en torno de un solado de mármol construido en la *piazza*, con forma de rueda de carro. Allí se había formado una multitud para ver a un deudor al que, completamente desnudo, izaban hasta el techo del mercado por medio de una cuerda, sólo para dejarlo caer en la pulida y fría superficie de mármol. Un cartel, pegado a un poste del mercado, decía:

> Presta mucha atención a las pequeñas sumas que gastas en la casa, pues son ellas las que vacían la bolsa y consumen la riqueza, y se prolongan en forma continua. Y no compres todas las ricas vituallas que ves, pues la casa es como un lobo: cuanto más le das, más devora.

El hombre arrojado al suelo había muerto.

Leonardo rodeó con un brazo los hombros de Nicolás, como para protegerlo de la muerte. Pero de pronto tenía miedo: miedo de que su propia "hora inevitable" no estuviera muy lejos. Y recordó el sueño recurrente en que caía al abismo. Se estremeció, pues en un plano profundo creía que los fantasmas venenosos de los sueños eran reales. Si se apoderaban del alma de quien soñaba, podían afectar todo su mundo.

Vio que su Gran Ave caía y se destrozaba.

—¿Leonardo? *¡Leonardo!*

—No te preocupes. Estoy bien, joven amigo mío.

Hablaron muy poco hasta que se encontraron en el campo, en las altas tierras montañosas, al norte de Florencia. Allí había praderas, valles y grutas secretas, pequeñas sendas transitadas por carretas de bueyes y caravanas de mulas, viñedos y cañaverales, oscuros bosquecillos de pinos, castaños y cipreses, olivos que reverberaban como colgaduras plateadas cada vez que el viento alentaba entre sus hojas. Las tejas muy rojas de las granjas, las columnatas de un rosado pardusco de las villas, parecían formar parte de la línea y el tono del paisaje natural. Habían desaparecido las nubes que oscurecían las calles de Florencia; el sol, ya alto, bañaba la campiña con esa luz dorada característica de la Toscana:

una luz que purificaba y clarificaba como si fuera, en sí, la manifestación del deseo y el espíritu.

Y ante ellas, pálido azul grisáceo a la distancia, se alzaba el monte del Cisne. Medía trescientos noventa metros hasta la cima.

Se detuvieron en una pradera perfumada de flores para contemplar la montaña. Leonardo sintió que sus preocupaciones cedían, como solía sucederle cuando se hallaba en el campo. Aspiró muy profundo el aire embriagador y su alma despertó, animándose ante el mundo natural y el *oculus spiritalis*, el mundo de los ángeles.

—Ésa sería una buena montaña para probar tu Gran Ave —comentó Nicolás.

—Eso pensé yo también, pues está muy cerca de Florencia. Pero he cambiado de idea. Vinci no queda muy lejos y allí también hay buenas montañas. —Después de una pausa, agregó: —Y no quiero morir aquí. Si mi destino es la muerte, deseo que sea en un sitio familiar.

Nicolás asintió, tan grave y serio como cuando Leonardo lo había conocido. Una vez más, en el niño parecía habitar un anciano.

—Vamos, Nico —dijo Leonardo, mientras dejaba la jaula en el suelo para sentarse junto a ella—. Disfrutemos de este momento, pues ¿quién sabe qué nos espera más adelante? Comamos.

Extendió un mantel y dispuso la comida como si fuera una mesa. Los milanos aletearon, golpeándose contra los barrotes de madera. Leonardo les arrojó un pequeño trozo de salchicha a cada uno.

—En la *piazza* de los vendedores oí decir que no quieres comer carne —dijo Nicolás.

—¿Ah, sí? ¿Y qué opinas?

El chico se encogió de hombros.

—Bueno, nunca he visto que comieras carne.

Leonardo mordió un trozo de pan con salchicha y lo bajó con vino.

—Ahora lo has visto.

—Pero entonces, ¿por qué dice la gente que...?

—Porque por lo general no la como, es cierto. Creo que el exceso de carne provoca una acumulación de lo que Aristóteles define como bilis negra y fría. Eso, a su vez, afecta el alma de melancolía. Ficino, el amigo del maestro Toscanelli, cree lo mismo, pero por motivos equivocados. Para él, la magia y la astrología tienen prioridad sobre la razón y la experiencia. Sea como fuere, debo poner mucho cuidado; de lo contrario acabarán creyendo que adhiero a los cátaros y me marcarán como hereje.

—Apenas los he oído nombrar.

—Siguen las enseñanzas del papa Bogomil, quien cree que todo nuestro mundo visible fue creado, no por Dios, sino por el adversario. Por ende, para no ingerir la esencia de Satanás, se prohíben la carne. Sin embargo, comen hortalizas y pescado. —Leonardo, riendo, hizo una mueca como para indicar que estaban locos. —Cuando menos, podrían ser coherentes.

Comió de prisa, según su costumbre, pues daba la impresión de no saborear los alimentos como los demás. Para él, comer y dormir eran simples necesidades que lo apartaban de su trabajo.

Y había todo un mundo que palpitaba al sol, en derredor. Como los niños, quería investigar sus secretos. Ése era su trabajo, la pasión de su vida.

—Ahora observa —dijo a Nicolás, que seguía comiendo.

Soltó uno de los milanos. Mientras el ave se alejaba volando, Leonardo tomó notas y hacía garabatos con la mano izquierda.

—¿Ves, Nico, cómo busca ahora una corriente de aire? —Soltó el restante. —Estas aves aletean hasta que alcanzan el viento, que debe de soplar a gran altura, puesto que ellos se remontan tanto. Luego permanecen casi inmóviles.

Estudió a los milanos que describían un círculo en lo alto, para luego deslizarse hacia las montañas. Se sentía transportado, como si también él estuviera deslizándose en las alturas empíreas.

—Ahora apenas mueven las alas. Reposan en el aire como nosotros en un colchón.

—Tal vez deberías seguir su ejemplo.

—¿Qué quieres decir? —preguntó Leonardo.

—Fijar las alas de la Gran Ave. En vez de batir el aire, permanecerían estacionarias.

—¿Y de qué modo se propulsaría la máquina? —inquirió el maestro.

Pero se respondió solo, pues de inmediato le vino a la mente la rosca de Arquímedes. Recordó haber visto a niños que jugaban con hélices de juguete: tirando de un cordel, la hélice se elevaba con libertad en el aire. Su mano dibujó como si pensara sola, esbozando una serie de hojas que se deslizaban hacia atrás y hacia adelante al caer al suelo. Dibujó varias roscas y hélices. Tal vez allí hubiera algo útil...

—Si pudieras captar la corriente, quizá no necesitarías de la energía humana —observó Nicolás—. Podrías hacer que tu ave se elevara... de algún modo.

Leonardo le dio una palmada en el hombro, pues en verdad el niño era brillante. Pero eso estaba mal; sonaba mal.

—No, joven amigo mío —dijo, empecinado, como si se hubiera topado con una pared que le bloqueaba el pensamiento—. Las alas deben poder remar en el aire, como las de un pájaro. Tal es el método de la naturaleza, la manera más eficiente.

Inquieto, casi apresurado, Leonardo vagaba por las colinas. Por fin Nicolás, quejándose de cansancio, se instaló cómodamente a la sombra de unos cipreses que olían a musgo.

Leonardo continuó su marcha a solas.

Todo era perfecto: el aire, la tibieza, los olores y los sonidos del campo. Casi podía aprehender las formas puras de cuanto lo rodeaba, los fantasmas reflejados en el *proton organon*: los espejos de su alma. Pero no del todo...

Algo estaba mal, por cierto; en vez de la bienaventuranza que solía experimentar en el campo, se sentía frustrado... perdido.

Mientras pensaba en la caída de la hoja, que había esbozado en su cuaderno, escribió: "Si un hombre tiene un techo de lienzo impermeabilizado de cuarenta y cinco pies de ancho y cuarenta y cinco pies de altura, podría dejarse caer de cualquier altitud sin correr peligro". Imaginó un paracaídas piramidal, pero le pareció demasiado grande, voluminoso y pesado para agregarlo a la Gran Ave. Luego escribió con precipitación otra nota: "Usar bolsas de cuero, para que un hombre que caiga de una altura de seis *brachia* no se haga daño, ya sea que caiga en el agua o en la tierra".

Continuó caminando sin rumbo. Dibujaba siempre, como si lo hiciera sin pensamiento consciente: grotescas siluetas y caricaturas, animales, mecanismos imposibles, estudios de diversas Madonnas con niños, paisajes imaginarios y todo tipo de flora y fauna reales. Dibujó un diagrama tridimensional de una rueda dentada, un sistema de poleas y un aparato para hacer plomo. Anotó que debía localizar *Sobre el cielo y la tierra*, de Alberto Magno; quizá Toscanelli poseyera un ejemplar. Sus pensamientos parecían fluir como el Arno, de un tema a otro; sin embargo, no conseguía ponerse en el sitio psíquico de languidez y bienaventuranza que imaginaba como el reino perfecto de las formas platónicas.

Cuando pasaba un pájaro en vuelo, él lo estudiaba y hacía febriles esbozos. Leonardo tenía una vista en especial veloz y era capaz de discernir movimientos que otros no veían. Bajo los dibujos escribió en letras diminutas: "Tal como podemos ver que un movimiento imperceptible del timón hace girar un barco de portentoso tamaño con muy pesada carga (y además en tal peso de agua como el que oprime todos sus maderos y pese a los vientos impetuosos que envuelven sus potentes velas) así también los pájaros se sostienen por sobre el curso de los vientos sin batir sus alas. Les basta un leve movimiento de ala o cola, que les sirve para entrar por debajo o por encima del viento, para evitar la caída".

Luego añadió: "Cuando el pájaro permanece en el aire, en posición de equilibrio, sin la asistencia del viento y sin batir las alas, esto indica que el centro de gravedad coincide con el centro de resistencia".

—Eh, Leonardo —gritó Nicolás, que iba corriendo tras él, sin aliento; llevaba el saco marrón, que contenía algún resto de comida y el libro de Kuan. —¡Hace tres horas que te fuiste!

—¿Y eso es mucho tiempo? —inquirió Leonardo.

—Para mí, lo es. ¿Qué estás haciendo?

—Sólo camino... y pienso. —Después de un instante agregó: —Pero tienes un libro. ¿Por qué no lo leíste?

Nicolás sonrió.

—Lo intenté, pero me quedé dormido.

—Conque ahora sabemos la verdad. ¿Por qué no vuelves a la *bottega*, Nico? Yo debo quedarme aquí... a pensar. Y es obvio que tú te aburres.

—No importa, maestro —contestó Nicolás, ansioso—. Si me permites acompañarte no me aburriré. Lo prometo.

Leonardo sonrió a su pesar.

—Dime qué sacaste en limpio del librito amarillo.

—No logro entenderlo... todavía. Parece versar todo sobre la luz.

—Por cierto.

Leonardo se sentó a leer en un olivar; tardó menos de una hora, pues el libro era corto. Nicolás comió algo de fruta y volvió a quedarse dormido, al parecer sin ninguna dificultad.

Casi todo el texto daba la impresión de ser un galimatías mágico, pero de pronto estas palabras le llamaron la atención:

> Hay un millar de espacios, y la flor de luz del cielo y la tierra los llena a todos. Así también la flor de luz del individuo pasa a través del cielo y cubre la Tierra. Y cuando la luz comienza a circular, la totalidad del cielo y la Tierra, todas las montañas y los ríos, todo comienza a rotar con la luz. La clave está en concentrar tu propia flor-semilla en los ojos. Pero sean cuidadosos, hijos, pues si un día no practican la meditación, esta luz saldrá a torrentes para perderse quién sabe dónde...

Quizá se quedó dormido, pues se vio a sí mismo en la contemplación de los muros de su gran construcción perfecta: la catedral de la memoria. Anhelaba estar adentro, retornar al dulce y reconfortante recuerdo para descartar los espectros de miedo que acechaban en sus oscuras catacumbas.

Pero ahora veía la catedral desde una elevación distante: desde la cumbre del monte del Cisne; y era como si su catedral se hubiera convertido de algún modo en una pequeña parte de lo que su memoria contenía y sus ojos veían. Era como si su alma pudiera expandirse para llenar el cielo y la Tierra, el pasado y el futuro. Leonardo experimentó una súbita y vertiginosa sensación de libertad; cielo y Tierra parecían estar colmados por mil espacios, tal como lo había leído en ese antiguo libro: todo rotaba con luz pura... luz cegadora, purificante, que coruscaba por colinas y montañas como si fuera agua de lluvia, que flotaba en el aire como la bruma, que calentaba la hierba y las praderas hasta dejarlas radiantes.

Experimentó la bienaventuranza.

Todo era en lo preternatural claro, como si estuviera viendo la esencia misma de las cosas.

Y de pronto, con desagradable sorpresa, sintió que se deslizaba, que caía de la montaña.

Ése era su sueño recurrente, su pesadilla: caer sin alas ni arnés en el vacío. No obstante, registró todos los detalles: la faz de la montaña, las grietas musgosas, los olores a leña, piedra y descomposición, el chillido de un halcón, el destello de un arroyo abajo, los tejados de las granjas, la demarcación geométrica de los sembrados y las volutas espiraladas de las nubes, que parecían tejidas en el cielo. Pero entonces dio un tumbo y descendió por la oscuridad, hacia un abismo aterrador que no tenía relieve ni fondo.

Leonardo gritó por despertar a la luz del día, pues conocía ese lugar ciego, que el inmortal Dante había explorado y descrito. Pero ahora sentía bajo él la hórrida mole del monstruo volador Gerión, que lo sostenía. Ésa, la misma bestia que había llevado a Dante a Malebolge: el Octavo Círculo del Infierno. El monstruo estaba resbaladizo de mugre y olía a muerte y putrefacción; el aire mismo se hallaba viciado; Leonardo oía sacudirse detrás de sí la cola de escorpión de la bestia. No obstante, también creía oír la divina voz de Dante que le susurraba, llevándolo, a través de las murallas mismas del Hades, hacia una luz cegadora.

Pero ahora lo mantenía en alto la Gran Ave, su propio invento. Leonardo volaba raudo por sobre los árboles, las colinas y las praderas de Fiesole, y luego hacia el sur, por encima de los tejados, los balcones y los chapiteles de la misma Florencia.

Movía los brazos con facilidad, agitando las grandes alas que batían el sereno aire primaveral. Pero en vez de reposar sobre su aparato, ahora pendía debajo de él. Operaba una manivela con las manos para alzar un juego de alas y pateaba un pedal con los talones para bajar el otro juego. Con el collar que le rodeaba el cuello manejaba un timón que era, en efecto, la cola del ave.

Aquélla no era, por cierto, la máquina colgada en la *bottega* de Verrocchio. Sin embargo, ese doble juego de alas lo asemejaba más a un gran insecto que a un pájaro, y...

Leonardo despertó sobresaltado y se encontró mirando fijo un tábano que se alimentaba en su mano.

¿Acaso había estado durmiendo con los ojos abiertos? ¿O soñando despierto? Se estremeció, frío el sudor en los brazos y el pecho.

Después de despertar a Nicolás con un grito, empezó de inmediato a dibujar y escribir en su cuaderno.

—¡Ya lo tengo! —le dijo al chico—. Con alas dobles, como las de la mosca, obtendré la potencia que necesito. Mira, es tal como te dije: la naturaleza provee. El arte y la invención son meras imitaciones.

Dibujó un hombre colgado bajo un aparato, con manivelas y pedales para operar las alas. Luego estudió al tábano que seguía zumbando a su alrededor y escribió: "Las alas inferiores son más inclinadas que las de arriba, tanto en longitud como en anchura. La mosca, cuando se suspende en el aire sobre sus alas, las mueve con gran velocidad y estruendo, elevándolas de la posición horizontal a una altura equivalente a su longitud. Y mientras las eleva las lleva hacia adelante, en posición inclinada, casi como para golpear el aire en el sentido de los bordes".

Luego hizo un diseño para el timón.

—¿Cómo no se me ocurrió que, tal como el barco necesita de timón, también lo necesitaría mi máquina? Actuará como la cola de un pájaro. Y colgando al operador debajo de las alas será más fácil mantener el equilibrio. ¡Listo! —Se levantó y tiró de Nicolás para ponerlo de pie —¡Perfecto!

Cantando una de las creaciones libidinosas de Lorenzo de Médicis, bailó en torno de Nicolás, que parecía confundido por la extraña conducta de su maestro; luego lo tomó por los brazos para hacerlo girar en un círculo alrededor de él.

—¿Sucede algo malo, Leonardo? —preguntó Nicolás, que aprovechó la primera oportunidad para apartarse.

—Malo, nada. Todo es perfecto.

El humor de Leonardo cambió de pronto; se vio a sí mismo tal como lo veía Nicolás: como un tonto. ¿Era posible que la invención hubiera disuelto su dolor? ¿Podía encallecerle el corazón contra Ginevra?

Tal vez sí... por algunos instantes. Pero era una infidelidad, igual que su aventura con Simonetta.

—Quizá tenían razón las mujeres que te veían soltar los pájaros —comentó el chico—. Quizás estás más loco que una cabra.

—Puede ser —repuso Leonardo—, pero tengo mucho que hacer, pues debo cambiar la Gran Ave si quiero que vuele ante Il Magnifico, la semana próxima.

La tarde ya estaba avanzada. Puso el libro de la Flor Dorada en el saco y, después de entregárselo a Nicolás, echó a andar hacia la ciudad.

—Te ayudaré con esa máquina —dijo el jovencito.

—Gracias. Voy a necesitarte para muchos recados.

Eso pareció satisfacer al chico.

—¿Por qué gritaste y reíste de ese modo, maestro? —preguntó, preocupado.

Leonardo, riendo, aminoró el paso hasta que lo tuvo junto a sí.

—Es difícil de explicar. Baste decir que me sentía feliz por haber resuelto el acertijo de mi Gran Ave.

—¿Pero cómo lo hiciste? Te creía dormido.

—Tuve un sueño —explicó Leonardo—. Fue un don del poeta Dante Alighieri.

—¿Él te dio la solución? —preguntó Nicolás, incrédulo.

—En efecto, Nico.

—Entonces crees en los espíritus.

—No, Nico; sólo en los sueños.

Recorrieron en silencio casi todo el trayecto, pues Leonardo estaba perdido en sus ideas. De vez en cuando se detenía a garabatear una nota en su cuaderno o a dibujar lo que le llamaba la atención. Ya en la ciudad, Nicolás preguntó:

—¿Crees en el mal de ojo, maestro?

—¿Por qué lo preguntas?

—Hoy, en el mercado, una mujer dijo que podías ser un hechicero y entrar en el alma de la gente por sus ojos. ¿Puedes hacer eso, Leonardo?

—No, Nico —respondió Leonardo con suavidad—. Que los ojos son los portales del alma, eso no lo discuto. Pero de ellos no puede emanar ninguna fuerza espiritual.

—Vi a un sirviente de Messer Vespucio enfermar y morir por mal de ojo —comentó Nicolás.

—Es probable que te hayas equivocado.

—Lo vi. —Enseguida preguntó: —¿Has olvidado que debemos ir a casa del maestro Botticelli?

—No, Nicolás, no lo he olvidado. Pero debo tratar de terminar la pequeña Madonna antes de que Il Magnífico visite nuestra *bottega* con Simonetta. Cuando ellos se vayan, visitaré a Sandro.

—Creo que tienes miedo, maestro —opinó Nicolás, sin levantar la vista de la calle.

—¿Miedo de qué?

—De haber enfermado al maestro Botticelli. —Nicolás hizo el signo del mal de ojo. —Tú... y la bella mujer Simonetta.

6
Los
vapores

La fascinación es una fuerza emanada del
espíritu del fascinador, que entra por los
ojos de la persona fascinada como un
fantasma y penetra en su corazón. Por lo
tanto, el espíritu es el instrumento de la
fascinación. Emite por los ojos rayos que
se parecen a él y portan una cualidad
espiritual. Por ende, los rayos que emanan
de los ojos legañosos e inyectados en
sangre, al encontrarse con los ojos del
espectador, llevan consigo los vapores
del espíritu y de la sangre contaminada,
extendiendo así el contagio a los ojos
del espectador.

–Agripa de Nettesheim

Tan confundido estaba yo que yacía próximo a
la muerte, ya fuera imaginando, soñando,
sufriendo de visiones o ensoñaciones, y
me parecía que en verdad, Cupido me
había quitado el corazón del cuerpo.

–Renato de Anjou

C uando Leonardo volvió a la *bottega* de Verrocchio, Simonetta lo esperaba en su estudio, sentada ante la pequeña Madonna; la miraba con atención, como si estuviera descifrando runas. Ya avanzada la tarde, el cielo se había encapotado y la luz del alto estudio parecía muerta, gris. Al entrar Leonardo y Nicolás, Simonetta se apartó de la pintura.

—¡Ah, dulce Leonardo, me has pillado! —dijo—. Estaba memorizando cada una de tus pinceladas. Sin duda eres seguidor de los pitagóricos.

—¿Por qué lo piensas? —Para Leonardo era una sorpresa verla tan temprano... y en esa habitación. ¿Dónde estaría Andrea? Simonetta era una visita de especial importancia, y por cierto que merecía la debida atención. Besó la mano que ella le extendía. Allí había algo raro, pero él no podía esquivar la cháchara obligatoria que precedía a las conversaciones serias.

—Bueno, la Virgen, el niño y el gato parecen estar compuestos en triángulo —observó ella—. El mismo Platón, en el *Timeo*, ¿no representa el alma inmortal como un triángulo?

—Lamento desilusionarte, Madonna Simonetta, pero no soy pitagórico... que yo sepa. —La joven rió, mientras Leonardo proseguía: —Pero el triángulo parecía ser la forma correcta para esta pintura. Quizás en este caso el inmortal Pitágoras tenía razón. No podía ser de otro modo que yo te pintara representando la belleza y la pureza del alma virginal.

—¿Y no sería, en alguna pequeña medida, porque quien encargó la obra fue Lorenzo?

Leonardo no pudo menos que reír, pues ella lo estaba provocando de una manera encantadora.

—Espero que no hayas sufrido molestia, pero no esperaba verte aquí hasta el anochecer. Dime, ¿dónde está Il Magnifico? ¿No se me dijo que te acompañaría?

—Está con... —Simonetta se interrumpió. Luego dijo: —Nicolás, ¿tendrías la bondad de traerme un poco de vino? Tengo bastante sed.

El chico le hizo una reverencia cortés y respondió:

—Sí, Madonna. —Pero antes de salir echó con disimulo una mirada odiosa; no soportaba quedar fuera de nada.

Cuando él se hubo ido, Simonetta abrió los brazos a Leonardo, como una madre a su hijo; él se arrodilló ante su falda para recibir un beso; entonces vio cuán cansada y afligida estaba.

—¿Qué pasa, Madonna? —preguntó

—Lorenzo está con Sandro, y también maese Andrea.

—¿Pero por qué? ¿Qué ha sucedido? —preguntó Leonardo, temiendo lo peor.

—Lorenzo, Giuliano y yo habíamos planeado una tarde divertida. Me despertaron al amanecer para ir a Careggi; en el trayecto iríamos a arrancar a Sandro de entre las sábanas, para que me hiciera compañía mientras ellos analizaban a Platón con Joannes Argyropoulos y Marsilio Ficino. Pero cuando llegamos a casa de Sandro comprendimos de inmediato que todo estaba muy mal. En su *bottega* reinaba un desorden total. Había cubierto todas las ventanas, para que sólo penetrara una luz muy débil. Lo encontramos en la cama. Es obvio que no ha estado comiendo, pues ha quedado en piel y huesos. Y había olor a enfermo.

Oprimió la cara contra la de Leonardo, temblando. Luego se apartó para continuar:

—Pero sus ojos... eran luminosos. Al verme apartó la cara, diciendo: "Llegas demasiado tarde; ya te tengo". Parecía completamente racional.

—¿Qué pudo significar eso?

—Temo que se ha infectado con un fantasma... de mí. No se necesita ser médico para saber que está enfermo de amor. Basta con mirarlo a los ojos para saberlo.

—Tal vez sea *melancholia illa heroica* —intervino Nicolás, que acababa de entrar. Se lo veía ruboroso y excitado; es obvio que había escuchado detrás de la puerta. —Es un mal de melancolía causado, en verdad, por el amor. Consume el cuerpo y el espíritu. Tan sólo hay vida en los ojos, pues allí reside el "fuego interno" del alma. Estas cosas me las enseñó el maestro Toscanelli, que tiene conocimientos de medicina y de magia.

—Éste es un asunto privado, Nico —lo regañó Leonardo, áspero.

—Pero yo también me intereso por Sandro —objetó el chico—. Y puedo ayudar. He leído el *Lilium medicinale*. ¿Y tú?

—No seas impertinente. —Pero no había cólera en la voz de Leonardo.

—Deja que se quede, por favor —pidió Simonetta, que se apartó de Leonardo para servirle un vaso del vino que había llevado Nicolás.

—Soy capaz de guardar una confidencia —aseguró el jovencito, con mucha seriedad.

Simonetta le tomó la mano por un instante. Luego fue hacia la ventana.

—La culpable soy yo. Sandro estaba enamorado de mí.

—No puedes culparte, Madonna —dijo Leonardo.

—Esa noche, cuando salíamos de la fiesta de Il Neri, apreté el paso al oír que me llamaba.

—Lo hiciste por su propio bien. El culpable soy yo, que llevo una semana sin visitarlo. Podría haber impedido que se extraviara tanto en su imaginación.

—Debería haberme entregado a él —susurró ella, como si hablara consigo misma—. Me he entregado a otros. —Tras una pausa añadió:

—Lorenzo ha hecho que su médico fuera a la *bottega* de Sandro. Aún está allí, sangrándolo. Pero él mismo sugirió que recurriéramos a un teúrgo.

Leonardo asintió, aunque no confiaba mucho en la magia de los teúrgos.

—Lorenzo se ocupó también de eso —dijo Simonetta.

—Entonces Sandro está al cuidado de ellos.

—Sí. Lorenzo me envió aquí para que te esperara.

—Pero sin duda Sandro querrá verte ante todo a ti —objetó él.

—Después de haberme dicho que llegaba demasiado tarde, se angustiaba cada vez que yo me acercaba a él. De hecho, me impidieron entrar en su habitación, pues en mi presencia se debatía de un modo incontrolable. Trataba de abandonar la cama y estiraba los brazos hacia mí. El médico temió que me hiciera daño. Pero él no dejaba de clamar mi nombre, aunque yo estuviera en otra habitación, tal como cuando salimos de la fiesta. Es una pesadilla, Leonardo. Pero debo confesar que me sentí aliviada cuando Lorenzo me pidió que viniera por ti.

—Es natural —repuso Leonardo.

—No debes volver a la *bottega* de Sandro con nosotros —dijo Nicolás—. Es peligroso.

—¿Por qué? —inquirió Leonardo—. Estaría protegida.

—Si Sandro está infectado con su propio fantasma de Madonna Simonetta, tratará de extraerle el espíritu por los ojos.

—Puede que ella no deba regresar a casa de Sandro, pero ésa es una superstición sin sentido.

—Madonna —preguntó Nicolás—, ¿Sandro cerró los ojos al hablar contigo?

—Sí, sí, los cerró.

—¿Y los tenía abiertos cuando no estaba en sus cabales?

—Sí —confirmó Simonetta—. Me miraba como para devorarme.

—Y dices que estaba frenético y trataba de abandonar el lecho. El doctor Bernardo de Gordon llama a esos síntomas "manía ambulatoria". Y supongo que el pulso del maestro Sandro era irregular.

—Eso dijo el médico, sí.

—Los síntomas de la melancolía son falta de sueño, comida y bebida —aseveró Nicolás, sin poder disimular su entusiasmo juvenil y ufano—. Todo el cuerpo se debilita, menos los ojos. Sin tratamiento, el maestro Sandro caerá en la manía y morirá. Il Magnifico hizo lo correcto al pedir un teúrgo. Pero al verte aparecer, Madonna Simonetta, él cerró los ojos en un momento racional, para que no resultaras contagiada por su "fuego interno".

—Nico, eso es...

—Permíteme terminar, maestro, por favor. Sé que no crees en el fuego interno ni en los rayos ígneos que se proyectan por los ojos. Pero no hago sino aplicar las enseñanzas del maestro Toscanelli. ¿Puedo continuar?

Leonardo hizo un gesto afirmativo y se sentó junto a Simonetta, que lo tomó de la mano. Era preciso respetar a ese chico. En una situación menos grave le habría encantado escuchar su exposición.

—Tu imagen ha pasado a través de sus ojos hasta llegar al corazón; es tan real como sus pensamientos y se ha convertido en parte de su *pneuma*, su alma. La imagen, el fantasma, es un reflejo de ti; pero está envenenada y es venenosa.

—¿Y qué se puede hacer para ayudarlo? —quiso saber Simonetta.

—Si los métodos más suaves no dan resultado, azotarlo. Y quizá placeres sensuales, como el coito con varias mujeres. Si nada de eso lo ayuda, pues...

Simonetta apartó la cara.

—Bueno, veré qué se puede hacer —le dijo Leonardo—. Pero creo que Nicolás puede tener razón con respecto a tu seguridad. Estás afligida. ¿Por qué no descansas un rato aquí? Nicolás te cuidará.

—Pero... —protestó el chico, desencantado por perderse la actuación del teúrgo. Quizá también estaba sinceramente preocupado por Sandro.

—No, Leonardo; debo hacer lo que pueda por ayudarlo —dijo Simonetta. Si me quedara aquí no sentiría otra cosa que remordimientos. Me muero de preocupación por él, ahora más que nunca.

Leonardo miró a su discípulo con severidad, por haber inquietado a la dama.

—Bien, nos esperarás aquí.

—Pero tengo que ir —adujo Nicolás—. Por lo menos sé algo sobre esta enfermedad. Y yo también siento afecto por el maestro Sandro. ¿Qué pueden perder permitiendo que los acompañe?

—Me preocupan las ideas peligrosas que podrías recoger... y que vieras cosas indecentes —contestó Leonardo.

Nicolás expresó su impaciencia y su disgusto emitiendo una mezcla de gruñido y de tos. Luego dijo:

—¿Pero no te dijo el maestro Toscanelli que yo necesitaba contacto con...?

—¡Basta, Nico! Puedes venir, pero sólo con la condición de que no importunes.

—Lo prometo.

Pese a su turbación, Simonetta esbozó una sonrisa. Sin embargo, Leonardo se había retraído, como sumido en sus pensamientos. Mientras caminaban por las calles atestadas hacia la *bottega* de Sandro, los rayos debilitados del sol vespertino parecían exponerlo y excoriarlo.

Simonetta tenía razón: la *bottega* olía a enfermedad. Leonardo percibió la penetrante fetidez en cuanto entró. Todas las habitaciones estaban a oscuras, pues las altas y estrechas ventanas en losange tenían los postigos cerrados. Sólo la puerta de la sala, que daba a un pequeño patio posterior, se hallaba abierta de par en par, a fin de que parte de los efluvios ponzoñosos pudieran salir de la casa.

No obstante, se consideraba demasiado peligroso abrir los cuartos a la luz, no fuera que el alma disuelta de Sandro sufriera su atracción y escapara.

Al pasar junto al patio divisaron a una vieja ramera de *gamurra* harapienta y pelo mugriento, tal vez lleno de piojos. Surgió como una aparición y de inmediato se ocultó a la vista. El grupo subió la escalera hasta el primer piso, dividido en cuatro habitaciones: dos estudios, un dormitorio y un tocador. El suelo era de mosaico lustrado; los cuartos, pequeños, aunque de techos altos y cada uno con su hogar.

Verrocchio, que estaba junto a la puerta, los saludó con un movimiento de la cabeza y una sonrisa tensa.

—¿Te conviene entrar en esta habitación, Madonna? —preguntó a Simonetta.

—Pondré cuidado, Andrea —respondió ella—. Si se produce el más leve alboroto, prometo retirarme.

Aunque Andrea parecía desconcertado, los hizo pasar a la oscurecida alcoba, que también servía como cocina; el aroma embreado de las hierbas y los medicamentos resultaba sofocante. Aquello estaba caldeado como un horno e igualmente cerrado. Una hoguera rugiente lanzaba su luz fantasmal y sus trémulas sombras contra Lorenzo, su hermano Giuliano y su pequeño séquito, que permanecían de pie cerca del lecho. Sandro yacía desnudo, con la cabeza apoyada en un travesero y la vista fija en el techo, mientras dos prostitutas trataban de excitarlo... inútilmente. Cada pocos segundos se estremecía, como siguiendo un ritmo sanguíneo propio.

Leonardo aspiró hondo al ver a su amigo, pues parecía estar en un coma de muerte: tenía la cara untuosa de aceite y del sudor que le provocaban el calor y la fiebre; sus ojos estaban vidriosos y hundidos, ya que había perdido demasiado peso; su respiración era débil. Sangraba por unas heridas recientes y los grandes cardenales de las sangrías se destacaban contra la carne pálida, como arterias sobre piel blancuzca y vieja.

Horrorizado, sin poder contenerse, Leonardo apartó a las prostitutas para cubrir la desnudez de su amigo.

—Botellita... soy yo, Leonardo.

Pero Sandro no pareció oírlo. Murmuraba algo. Al inclinarse hacia él, Leonardo lo oyó susurrar, una y otra vez:

—Simonetta... Simonettaettaetta... Simonetta...

Apoyó una palma en la frente de Sandro; quemaba.

—No te preocupes, amigo mío. La Madonna está aquí, y también yo.

Lorenzo de Médicis lo apartó con suavidad de su amigo. Abrazó a Leonardo y meneó la cabeza, afligido por Sandro.

—No sirve de nada —dijo una de las rameras—. No está para esto. No hay nada de sangre en ese gusano suyo.

Tenía huesos grandes y pechos pendulares, teñidos de rojo; su pelo estaba tan sucio como la bruja que Leonardo había visto fugazmente en el patio; sin embargo, poseía cierta belleza vulgar.

—Si te parece bien, podríamos azotarlo otra vez, *conte* —propuso la mujer, dirigiéndose a un joven, apenas mayor que Nicolás, que se hallaba con los Médicis cerca del peldaño alfombrado que conducía a la alta cama.

Era el conde Pico de la Mirandola, el favorito de la corte de Lorenzo, joven mago y erudito que había desentrañado los secretos de la Cábala judía y escrito el brillante *Discurso platónico sobre el amor*, como comentario a un poema de su amigo Girolamo di Paolo Benivieni. Era, por cierto, un joven agradable; más aún: de una extraordinaria apostura. Tenía la piel muy clara, ojos grises penetrantes, dientes blancos y parejos, físico grande y musculoso y el pelo rubio rojizo, peinado de un modo complejo. Lucía el atuendo tradicional del teúrg: corona de laurel y túnica de lana, de inmaculada blancura. Sudaba mucho, por el calor; los otros hombres, incluidos Verrocchio y Lorenzo, se habían quedado *in zuppone*, en mangas de camisa; los sirvientes iban con el torso descubierto.

—Déjalo; ya has hecho lo que podías —dijo Mirandola.

La prostituta abandonó el lecho junto con su compañera, que tenía el pecho plano; se la habría podido confundir con facilidad con un varón.

—Il Magnifico —dijo la más corpulenta—, ¿deseas que nos quedemos para... ayudar a alguno de tus ciudadanos? —Echó un vistazo a Nicolás y luego a Mirandola. Su piel tenía un lustre grasiento a la luz del fuego. —Por cierto, tu mago parece un poco necesitado, ¿no es verdad, *mio Illustrissimo Signore*?

Mirandola la ignoró, aunque se le encendieron las mejillas.

—No, gracias... por todo —respondió Lorenzo, sonriente. Y puso un florín en la mano a cada una.

Cuando las rameras salieron, Simonetta se acercó, aunque con cautela. Tomó de la mano a Leonardo y a Lorenzo, y preguntó en tono casi suplicante:

—¿Qué podemos hacer? Esto es tan... degradante...

Tenía los ojos llenos de lágrimas y no podía apartarlos de Sandro. Él debió de oírla o percibir su presencia, pues de pronto se despabiló. Lo vieron incorporarse en la cama, con expresión asustada, como si despertara de una pesadilla. Antes de que nadie pudiera impedírselo, saltó al suelo y se arrojó hacia Simonetta, repitiendo su nombre una y otra vez.

Giuliano lo derribó. Pero aquello lo había tomado desprevenido, como a los otros. Leonardo, Lorenzo y Verrocchio lo sujetaron con dificultad, pues pateaba y se debatía; luego, como si hubiera sido presa de un ataque erótico, cayó de nuevo en ese coma de respiración poco profunda y estremecimientos periódicos.

Mientras los hombres lo levantaban con esfuerzo hasta la cama, Mirandola tomó a Simonetta por el codo para conducirla con firmeza a la puerta.

—Madonna Simonetta, ¿no te dije que no entraras en esta habitación? Es demasiado peligroso que estés aquí... peligroso para ti y para Messer Botticelli.

—No te enfades conmigo, Pico. ¿Qué mal puedo hacer ahora? Sólo quiero ayudar. Parece que se está consumiendo, que está habitado por demonios, quiera Dios protegerlo. Temo que muera.

—Tal vez no. Voy a intentar otro exorcismo, Madonna. Si eso falla, recurriré a ti.

—¿Sí?

—Entonces tendrás que tomar una decisión que bien podría poner en peligro tu propia vida.

Ella asintió con la cabeza, pero por su expresión se habría dicho que eso la liberaba de una carga enorme.

Entonces salió de manera discreta de aquella alcoba caldeada.

———※———

Cuando uno de los sirvientes preguntó a Lorenzo si se podía apagar ya el fuego, antes de que alguien se desmayara, Mirandola respondió por Il Magnifico:

—Por el contrario, es preciso avivar el fuego. Pero antes tráenos de inmediato a la ramera vieja.

—¿Para qué sirve el fuego? —quiso saber Leonardo.

—Quizá debamos cubrirlo —reconoció Lorenzo, secándose la transpiración de la cara con un paño—. Este calor no parece ayudar en nada a Sandro.

—Te suplico un poco más de paciencia, Magnífico —dijo Mirandola—. El fuego no es para el maestro Sandro, sino para nosotros. El calor sirve para protegernos de la peligrosa influencia de ese fantasma de Eros.

—¿Y por qué nos protege? —inquirió Leonardo, a quien esa superstición le inspiraba curiosidad.

—¿No conoces la diferenciación que hace Aristóteles entre los vapores fríos de la melancolía y los espíritus puros o calientes?

—Debo confesar que no.

—Bueno, baste decir que el calor impide el contagio de sueños y fantasmas de la melancolía "fría" y, por ende, impura.

Leonardo tuvo la prudencia de no continuar interrogando a Mirandola, por no humillar a ese joven aristócrata pomposo e insolente, sobre todo en presencia de Lorenzo.

—Si la bruja no puede quebrar esas ligaduras —dijo el mozo a Lorenzo y Giuliano, que abandonaron el lecho para acercarse—, eso significa que sólo Simonetta puede ayudarlo.

—¿Cómo? —preguntó Lorenzo.

—El espíritu enfermo de Sandro podría purificarse si lograra restablecer el contacto con el objeto de su obsesión: Simonetta. Pero para eso sería preciso que ella absorbiera el fantasma que está envenenando a Sandro. —Tras una pausa añadió: —Sólo cabe esperar que su alma no esté muerta dentro de él. Si ése es el caso, vive sólo a través del objeto de su obsesión y, de ser así, lo hemos perdido.

—¿Y qué sucedería con Simonetta? —preguntó Leonardo, a quien todo aquello le parecía pura superstición, pero aun así peligroso.

—En efecto, ella estaría recuperándose a sí misma, a su propio fantasma. Pero ese espíritu, que fue generado en el alma de Sandro por la angustia melancólica, está contaminado. No es un verdadero reflejo de Simonetta. Sería como si ella hubiera ingerido veneno.

—En ese caso, no podemos permitirlo —afirmó Lorenzo.

—Pero —continuó Mirandola— existe una fuerte posibilidad de que se la pueda curar, exorcizar, si se efectúa la cura de inmediato. Es muy arriesgado, pero existe un antídoto, por así decirlo.

"También deben comprender que, si el alma de Sandro ya ha languidecido, morirá cuando ella acepte el fantasma por él creado, con tanta certeza como si recibiera una puñalada en el corazón.

En ese momento entró la bruja; Leonardo tuvo que contener una arcada al percibir su fetidez. No era sólo olor a mugre, sino a corrupción, como de carne podrida. Ahora llevaba un *mantello* negro, de tela barata, que le cubría la cabeza y los hombros. Doblando el cuello ante Lorenzo y Mirandola, dijo:

—No prometo nada, señores.

Pero el joven conde se acercó a la cama, sin prestarle atención, y clavó los ojos en los de Sandro... o en el fantasma reflejado en ellos.

—Oh, supremo maestro del santo nombre —dijo—, oh, amo Saturno, tú que eres frígido y estéril, lúgubre y de triste semblante; tú que eres sabio e impenetrable, que no sabes de placeres ni alegrías, que conoces todas las tretas y artimañas del divino engañador, que traes la prosperidad o la ruina, que brindas a los hombres gozos o miserias. Oh, Padre Magnífico, mediante tu bondad y tu benevolencia, concede a tus servidores el favor de curar el alma débil y contaminada de este hombre, librándola de su fantasmagórica enfermedad.

Sandro cerró los ojos con fuerza y se estremeció. Luego sacudió la cabeza de un lado a otro, como si estuviera a punto de sufrir un ataque.

—Átenle las manos y las piernas a la cama —ordenó la bruja—. ¡Pronto, antes de que vuelva a su desmayo!

Leonardo protestó, pero Mirandola hizo una señal a los sirvientes, que cumplieron con lo que la vieja pedía. Mientras ataban a Sandro, Lorenzo dijo:

—Esto es difícil para todos nosotros, Leonardo, pero no hay alternativa, a menos que dejemos morir a nuestro amigo.

Él frenó la lengua, pues sería imposible persuadir a Lorenzo (o a cualquier otro de los presentes) de que esa hechicería no iba a dar resultado; además, sería peligroso oponerse al joven conde Mirandola, el favorito de Il Magnifico.

Cuando terminara toda aquella humillación, sería él quien atendiera a Sandro.

Pero la bruja no perdió tiempo. Arrojó al fuego unas bolsitas atadas con cordel, cuyo contenido crepitó al quemarse, despidiendo vapores que olían a hierbas dulces, perfumes, formaldehído y resina. Además de irritar los ojos, hicieron que se formaran diversas formas y colores en las llamas que las consumían.

Leonardo se sintió mareado, como si hubiera bebido en exceso. En los bordes de su campo visual parecían estallar impresiones retinales. Con la certeza de que los vapores de la bruja estaban destinados a obnubilar a quienes los inhalaran, se apartó del fuego y se cubrió la boca con la manga hasta que se disiparon los vapores, y ordenó a Nicolás que hiciera otro tanto.

La vieja rodeó la cama de Sandro, insultándolo con groserías con su voz ronca. Lo humilló tratándolo de judío y de sodomita; injurió a Simonetta, el objeto de sus deseos, tildándola de puta, ramera y callejera. Luego se inclinó hacia él, echando el *mantello* atrás, y sus tetas flojas quedaron colgando en un grotesco de sensualidad. Luego alzó la voz para gritar, mientras lo zamarreaba por los hombros:

—Tu mujer es una bazofia, una perra de la calle, una mala pécora. —Gateó por la cama, encerrando la cabeza de Sandro entre las piernas flacas. —Mírame el tajo, cara de mierda. —Y agregó, con voz dulce y aniñada: —¿Tu mujer tiene un nido tan bonito como el mío?

Echando su ropa hacia atrás, expuso los genitales, arrancándose el trapo empapado en sangre menstrual (ajena, por cierto) que llevaba atado a la cintura.

—¡Quita las cortinas a las ventanas! —le gritó a Mirandola.

—Eso es para ayudar a la salida del fantasma —señaló Nicolás.

Leonardo meneó la cabeza, disgustado.

—No creo que te convenga seguir viendo estas cosas.

Pero el chico, como si no hubiera oído nada, se alejó hacia el otro extremo del cuarto.

Mirandola retiró las improvisadas cortinas una a una, y decía en cada oportunidad:

—*Deus lux summa luminum.*

La invisible luz de Dios. El débil resplandor de la tarde moribunda impregnó la habitación, tan transparente y diáfana como la luz de las pinturas de Sandro. Leonardo vio una de ellas apoyada contra la pared; era la Primavera, cuyo grupo de Gracias danzarinas, representadas tal como las describía un pasaje de Apuleyo, parecían creadas a base de luz. Pero no se veía en esas figuras existencia física alguna. Eran espíritus luminosos, angélicos, visiones inefables, fantasmas de Simonetta arrancados de la mente de Sandro.

Y tanto las caras como las siluetas de esa *tabula picta* eran, por cierto, las de Simonetta.

Tal vez fue por efecto de los vapores que brotaban del fuego, embrujándole la vista, pero Leonardo imaginó que las Gracias se movían con sutileza, vivas y torturadas, atrapadas en ese espacio atemporal y bidimensional de la pintura.

Al tiempo que agitaba ante la cara de Sandro el trapo ensangrentado y maloliente, la bruja se le sentó en el pecho, emitiendo sonidos sexuales. Le rozó la cara con ese harapo y se lo acercó a la nariz, pronunciando el *malleus maleficarum*:

—La cerda de tu mujer, esa puta tuya, es como esto... como esto. Un pecado de la naturaleza, eso es.

Luego gateó hacia atrás y manipuló el pene para introducirlo en ella.

Sandro tenía los ojos abiertos, clavados en la vieja.

En verdad, sólo sus ojos parecían dotados de vida.

Después de girar sobre él, en una grotesca parodia del coito, la bruja se dio por vencida. Aún agazapada sobre él, como una araña de cuatro patas, se volvió hacia Mirandola y Lorenzo.

—Esto no es un hombre, sino un demonio. ¡No hay manera de ayudarlo!

Y dejó a Sandro para bajar de la cama. Tras envolverse en su *gamurra*, salió de la habitación muy erguida, con la actitud de una mujer de alta cuna que acabara de ser insultada.

Para horror y disgusto de Leonardo, Sandro, que aún temblaba y murmuraba el nombre de Simonetta, tenía una erección.

Cuando Mirandola regresó a la alcoba, llevando a Simonetta, Leonardo no se atrevió a protestar demasiado, por temor a que Lorenzo adivinara la relación que mantenía con ella; sin duda, eso sería más peligroso para ella que todo aquel disparate mágico. Pero al verla entrar, Lorenzo gimió. Luego se puso tan rígido como sus guardias, como si tuviera que dar el ejemplo a los otros. Giuliano permanecía a su lado, en silencio.

—¿Quieres despejar la habitación? —preguntó Mirandola a Lorenzo.

—¿Nuestra presencia podría surtir un efecto perjudicial sobre la... cura de Sandro?

—No lo creo, pero podría resultar peligroso para otros.

—En ese caso, todo el que desee retirarse debe hacerlo ahora —indicó Il Magnifico a los que estaban al alcance de su voz.

El médico, de aspecto exhausto y desaliñado, le hizo una reverencia y abandonó la habitación con sus ánforas de sanguijuelas. Verrocchio dio un gran abrazo a Leonardo, diciendo:

—Aunque mucho amo a Sandro, creo que Madonna y tú, Magnifico, necesitan intimidad. Si me necesitas estaré cerca.

—Será mejor que te lleves a Nico —advirtió Leonardo.

Andrea asintió con una lúgubre sonrisa.

—Vamos —dijo, empujando a Nicolás y a un joven sirviente hacia la puerta.

—¿Estás segura de querer correr este riesgo? —preguntó Lorenzo a Simonetta.

En su voz había un filo de desesperación. Ella hizo un gesto afirmativo y le dio un beso en la mejilla. Lorenzo la abrazó.

—Tiene que haber alguna otra alternativa —dijo.

Mirandola aseguró:

—Lo siento, Magnifico, pero hemos agotado todos los remedios establecidos.

—Habrá que estudiar mejor el asunto. —El Primer Ciudadano apoyó las manos en los hombros de Simonetta. —No puedo permitírtelo, Madonna. Te quiero demasiado.

La estrechó contra sí. Leonardo y Giuliano retrocedieron de manera cortés.

—¿Y qué dices del pobre Sandro? —preguntó ella—. Si no lo ayudamos podría morir. ¿A él no lo quieres?

—Claro que sí. Es como un hermano para mí. Pero no puedo perderte, querida.

—Si no lo ayudo morirá, Magnificencia. Yo no podría vivir con ese remordimiento. Te amo, pero debo hacer esto. Permite que me redima.

—¿Que te redimas? —se extrañó Lorenzo.

—No me pidas explicaciones, pues te diría la verdad, como siempre. ¿Recuerdas tu promesa? Que jamás nos haríamos preguntas. —Luego susurró: —Que sólo nos brindaríamos. ¿No era así?

Lorenzo dejó caer su fea cabezota. Leonardo experimentó una súbita y profunda simpatía por aquel hombre.

—Ahora tengo la oportunidad de poner a prueba mi fe —dijo Simonetta. Lorenzo hizo un gesto afirmativo y logró sonreír. —Ahora salgan todos. Me preocupa su seguridad, pues a todos los amo. —Y sonrió a Leonardo, como compartiendo un secreto.

—Yo me quedaré —dijo Lorenzo.

—Y yo te haré compañía —añadió Leonardo.

—Yo también —dijo Giuliano.

—Giuliano... —Pero Lorenzo se contuvo y dio un gran abrazo a su hermano. Luego descubrió a Nicolás, que había vuelto subrepticiamente a la habitación y estaba tras la puerta, entre las sombras. —Pero tú debes retirarte, precoz jovencito. ¿Acaso vas a desobedecerme a mí también?

El chico salió a la luz y se disculpó con una reverencia. Le ardían las orejas, pero tuvo la suficiente compostura para decir a Simonetta:

—Rezo por que Dios te acompañe en tu empresa, querida señora.

Cuando él se hubo ido, Mirandola dijo a Simonetta:

—No hay mucho tiempo, pues Sandro puede agitarse. Debes atraer su espíritu hacia dentro de ti misma, pero sin permitir que te infeste. Cuando pase a ti, confínalo detrás de los ojos, para que no pueda alcanzar el corazón y circular. Como ya te expliqué, señora, debes visualizar detrás de los ojos un espacio amplio y luminoso, como una catedral bañada de sol.

—Sí, Pico. Lo recuerdo.

—Ve a él, pues.

—Ten cuidado —le susurró Lorenzo. Luego murmuró una plegaria.

Mientras Simonetta se dirigía hacia la cama, Mirandola fue a echar otro leño a la hoguera. La madera crepitó, humeando, pues aún no estaba del todo estacionada. Luego dejó caer un saquito entre las llamas; un vapor picante y sulfuroso llenó la alcoba, como si fuera luz. Una vez más Leonardo se sintió mareado... y expansivo. Aunque resultaba imposible evitar esos efluvios, apretó la manga contra la cara. Por un momento pudo imaginar que era posible ignorar la existencia física, los cuerpos y el espacio, que todo era espíritu, en verdad: imagen separada de la materia.

Eso era lo que Sandro creía...

Simonetta, de pie junto a la cama, tomó la mano de Sandro, que aún estaba atada a un poste del lecho.

—Botellita —susurró—, soy Simonetta; he venido para hacerme cargo de tu dolor. Para liberarte.

—Simonetta... Simonettaetta —murmuró Sandro, en sonsonete.

Un instante después arrugó las cejas y su rostro pareció cobrar vida. Pero cerró los ojos con tanta fuerza que los labios se contrajeron hacia arriba por la tensión, como si ella fuera el mismo Sol, demasiado fulguroso para mirarlo directamente.

Tironeó de las cuerdas, sacudió la cabeza. Luego, de pronto lúcido, dijo:

—¡Vete, por favor! ¡Déjame! No quiero hacerte daño. Mi encantadora Simonetta, Simonetta...

—No me iré —contestó ella, sujetándole la cara entre las manos—. Aquí estoy. Mírame.

Pero Sandro se rehusó a abrir los ojos. Se debatía en la cama, como si el más suave contacto de la joven fuera un hierro de marcar contra su carne. Pero ella, sin dejarse expulsar, se aferró a él hasta que dejó de corcovear.

Y de pronto lo apresó.

Él abrió los ojos por un instante y, al verla, apartó la cara, apretando la sien contra la cama, como si quisiera sepultarse en ella. Pero luego, trémulo por el esfuerzo, luchando con los músculos que no obedecían a su mente, sino a su espíritu, giró hacia la muchacha.

La miró con ojos dilatados, transfigurado, y de pronto se mostró aquiescente.

Caía la tarde. El fuego se había consumido y las ascuas relumbraban en el hogar, muy rojas. Las velas parpadeaban en los candelabros de pared, y arrojaban sombras pálidas y ondulantes; en la mesa y en el banco ardían sendas lámparas. Aunque los humos de las pociones arrojadas al fuego habían desaparecido en el aire sofocante, Leonardo vio como un relámpago, que algo vaporoso pasaba entre Sandro y Simonetta.

Pasó de los ojos turbios de él a los de ella, que estaban claros y luminosos.

Ese vapor era sanguíneo, puro y caliente; fue un destello, una gloria pronto extinguida, tan pálida y sutil como el aura que rodea la luna en las noches brumosas.

Contemplándose mutuamente, trabados en un abrazo que no era físico, se besaron. Mantenían los ojos abiertos, mirándose como con extrañeza y maravilla, en tanto la lengua hurgaba en la lengua.

Actuaban como si no hubiera nadie allí.

Lorenzo, nervioso, pasó el peso del cuerpo de un pie a otro.

—Roguemos que esto no sea su *binsica* —dijo Mirandola.

Leonardo opinaba que la idea del extático beso de muerte era una tontería supersticiosa, pero sintió una pluma glacial que le recorría la columna; sin duda alguna, resultado de los vapores de la bruja.

—*Multiplex semen, multiplex Venus, multiplex amor, multiplex vinculum* —entonó Mirandola, como si una descripción de principios pudiera atarlos a la vida.

—Desátenlo —dijo Simonetta, mientras retiraba del pene erecto el cobertor forrado de ardilla. Mirandola caminó hacia el lecho para cumplir con su deseo. Lorenzo dio un paso para seguirlo, pero se detuvo y meneó la cabeza con un suspiro. Al sentir que Leonardo le apretaba el brazo, hizo un gesto de agradecimiento.

—Ella no sufrirá ningún daño —le dijo, como si tratara de convencerse a sí mismo.

Pero Leonardo comprendió que el Primer Ciudadano sentía el impacto de los celos; él mismo sentía aflorar los suyos.

Mirandola desató a Sandro; Simonetta, como llevada por un sueño, subió a la cama. Sandro la abrazó; luego, con un movimiento abrupto, la puso bajo su cuerpo y empezó a besarla, mientras le subía con apremio la ropa interior. Simonetta lo recibió con un grito; luego copularon salvajemente, mirándose a los ojos. Consumidos por los fuegos internos del alma, se convirtieron en una sola carne.

—No soporto mirar esto —exclamó Lorenzo, y les volvió la espalda. Pero de inmediato giró otra vez, como poseído por la fascinación de lo abominable. Giuliano lo tomó del brazo; Leonardo, que estaba de pie al otro lado, le estrechó la mano. Lorenzo retrocedió, pero sus dos compañeros lo sujetaron hasta que hubo recobrado la compostura.

Ante sus ojos, el *vinculum vinculorum*, la cadena de las cadenas, se quebró.

Sandro se apartó de Simonetta, dejándola tendida en la cama, exánime, sin sangre ni color, con los ojos abiertos y fijos en lo alto. Pero respiraba con lentitud, como si estuviera dormida o en trance. Sandro se frotó los ojos y, sin comprender, miró en dirección a Leonardo.

—¿Qué ha pasado? —preguntó en un susurro. Luego miró a Simonetta y le tocó la cara, llorando. —Dios mío, ¿qué hice?

Leonardo y Lorenzo se acercaron a la cama; mientras el primero calmaba a Sandro, el segundo trató de reanimar a Simonetta.

—Espera, Magnífico —lo atajó Mirandola, y lo apartó con suavidad del lecho—. Debes permitir que la despierte yo. Hay poco tiempo y su alma está envenenada por el fantasma de Sandro. Mira y verás cómo le llena los ojos.

Lorenzo se apartó, con un gesto de asentimiento. Luego Mirandola volvió por un momento su atención a Botticelli.

—Esta mujer te aprecia de verdad, Sandro. Ella te ha curado. Ahora, con la ayuda de Dios, empezarás a recobrar tus fuerzas.

Pero Sandro (que transpiraba en exceso, como si en verdad estuviera exudando todos los venenos) cayó en los brazos de Leonardo, sin sentido.

—Déjenlo —ordenó Mirandola—. Tenemos poco tiempo. Es preciso apartar de Sandro a la Madonna.

Mientras Leonardo y Giuliano la llevaban a un banco de compleja talla, situado en el rincón más alejado, Mirandola sacó con rapidez a los demás de la habitación. Luego les dijo:

—Si no quieren salir, quédense cerca de Sandro. Aun cuando esté desmayado, deben impedir que vea a la Madonna. Tápenle los ojos, si es preciso. No es imposible que este fantasma pudiera restablecerse en su corazón. Entonces tanto él como la Madonna se debilitarían hasta morir. Y ahora, Magnífico, déjanos, por favor.

Leonardo y Lorenzo observaron a Mirandola desde el borde del lecho, sentados de modo de impedir que Sandro pudiera ver a Simonetta, si despertaba. El teúrgo sostenía a la muchacha, para que no cayera de su asiento. La habitación estaba a oscuras, aunque por la ventana entraba un polvoriento claro de luna y las velas goteaban, lanzando una luz amarilla y vacilante. Desde el extremo opuesto del banco en que habían sentado a Simonetta, una lámpara agregaba su propia aura mortecina. Mirandola la acercó hacia sí y rebuscó bajo sus vestiduras hasta sacar un espejo pequeño, que dejó en el banco, al alcance de su mano. Luego sacó un saquito de cuero del que retiró bálsamo, un cubo de azúcar, un amuleto de oro, mirobálano, una fina redoma de rico perfume y unas cuantas piedras preciosas. Después de poner todos esos objetos junto al espejo, dijo:

—Que estos dones del mundo animado, estos *homines phlebotomici*, se conviertan en los receptores del *pneuma* venenoso. Que se transformen en divinas tentaciones y, por su afinidad con el mundo superior, te consigan el apoyo de los ángeles etéreos.

Luego sostuvo la redoma bajo la nariz de Simonetta. Ella echó con brusquedad la cabeza atrás, como si hubiera olido amoníaco; antes de tapar la redoma, él inhaló su contenido, cerrando los ojos como si se sintiera transportado. Luego dejó el recipiente para dar una fuerte palmada ante la cara de Simonetta.

—Despierta —dijo, sosteniendo el espejo ante ella.

La joven tenía los ojos dilatados. Tomó el espejo y miró el cristal con una sonrisa.

—Es encantador —susurró, al contemplar sus ojos reflejados allí. Parecía en estado de bienaventuranza.

—¿Qué ves? —preguntó Mirandola, ansioso.

—El *pneuma* de Sandro... su creación. Me halaga, pues su fantasma es un ángel. ¿Cómo podría yo responder a una imagen tan perfecta?

—No dejes que la imagen te hechice, Madonna —advirtió Mirandola—. Debes expulsarla. ¿Comprendes?

—Puedo ver directamente el mundo superior...

—Madonna, ¡Madonna! ¿Me escuchas?

Ella asintió con la cabeza.

—Si deseas imbuirte de las cualidades del mundo superior, debes permitir que estas cosas que he puesto ante ti se conviertan en tus afines. Permíteles ser los receptores del *pneuma* que has tomado de Sandro; si las cualidades de ese fantasma están contaminadas, ellos las rechazarán... y tu estarás a salvo. Pero para eso debes dejar que el fantasma de Sandro pase al espejo.

—Allí lo veo —dijo ella.

—Muy bien. Ahora cierra los ojos y mira dentro de ti misma, hacia el espacio luminoso que hay detrás de los ojos. Allí es donde atrapaste al fantasma, ¿verdad?

Asintió.

Él le puso las piedras preciosas, el amuleto y el azúcar en la mano que descansaba sobre el regazo.

—Ahora dime, *signora* Vespucio: ¿alguna parte de esa imagen permanece aún en la catedral que creaste en tus pensamientos?

Ella volvió a asentir.

—Entonces debes obligarla a entrar en el espejo. Que los objetos que tienes en la mano te den la fuerza de las presencias superiores. Ahora, abre los ojos. Da el fantasma al espejo.

—Está oscuro. El espejo está oscuro.

—¿El fantasma te ha abandonado?

Simonetta respondió con un gesto afirmativo.

Mirandola tomó el espejo y lo arrojó al suelo para triturarlo con el pie. Luego le hizo abrir la mano, dejando caer las piedras preciosas y el amuleto, y le limpió el azúcar de la palma.

—Hecho —anunció—. Ahora, que los sirvientes se lleven las gemas, los fragmentos de vidrio y los otros afines, que se han vuelto ponzoñosos, y los sepulten. Y el médico debe sangrar con sus sanguijuelas tanto al maestro Botticelli como a Madonna Vespucio. Te devuelvo a tus amigos —agregó, dirigiéndose a Lorenzo con una cálida sonrisa.

Mientras él hablaba, Simonetta miró a Leonardo a los ojos.

Ella también sonrió.

Pero era una sonrisa de disimulo.

De pronto Sandro despertó. Tomó una brusca bocanada de aire, como si se estuviera ahogando y aflorara en la superficie del mar, y miró hacia Simonetta.

—¿Dónde está, Leonardo? ¿Dónde está Simonetta?

—Calla y descansa —recomendó Leonardo, secándole la transpiración de la cara con una punta de la sábana—. Todo está bien.

—¿Y Simonetta? ¿Qué ha sido de Simonetta?

—Como tú, Botellita, pronto estará muy bien —aseguró Leonardo, aunque un escalofrío se abría paso por su columna.

—¿Me aseguras que es verdad, Leonardo?

—Sí, amigo mío —mintió.

7
La cueva
de Dédalo

Ahora, destruido por el tiempo, yaces
pacientemente en este reducido espacio,
desnudos y despojados tus huesos...
                              –Leonardo da Vinci

*E*ra como si los negros miasmas del exorcismo de Sandro se hubieran escurrido por el mundo, envenenándolo, pues al día siguiente, un jueves, una de las campanas pequeñas de Santa Maria del Fiore se desprendió y cayó, y quebró la cabeza a un albañil que pasaba por abajo. El hombre sobrevivió por milagro, aunque fue preciso retirarle un hueso del cráneo.

El viernes, un niño de doce años cayó de la gran campana del Palagio hacia la galería. Murió varias horas después.

Al terminar la semana, cuatro familias de la ciudad y ocho del Borgo di Ricorboli estaban afectadas de fiebre y bubas, las hinchazones características de lo que se había dado en llamar "plaga honesta". A partir de entonces, todos los días se produjeron nuevos casos de fiebre y muerte: la Peste Negra se hallaba de nuevo en las calles, marchando por hogares y hospitales, catedrales y tabernas, prostíbulos y monasterios por igual. Según decían, tenía como compañera a la bruja Láquesis, que la seguía tejiendo, un tapiz de muerte cada vez más largo, registro de "la deuda que todos debemos pagar", creado con su interminable madeja de hilo negro.

Hacia *nella quidtadecima*, la luna llena, en las iglesias y hospitales habían muerto ya ciento veinte personas. Sólo en Santa Maria Nuova hubo veinticinco fallecimientos. Los "Ocho" de la Signoria promulgaron a su debido tiempo una serie de procedimientos sanitarios que todos los florentinos debían respetar; el precio de los alimentos ascendió en forma drástica.

Lorenzo y su séquito huyeron a Villa Careggi o a los alrededores. El grupo estaba formado por su esposa, Clarise, y sus hijos; su hermana Bianca, vinculada por matrimonio con los Pazzi; Giuliano; Angelo Poliziano; Pico de la Mirandola; el humanista Bartolomeo Scala, y hasta Sandro Botticelli. Verrocchio, en vez de salir de la ciudad hacia la seguridad del campo, siguiendo ese ejemplo, prefirió permanecer en su *bottega*. Dio permiso a sus aprendices para abandonar Florencia hasta que cediera la peste, si disponía de recursos, pero la mayoría permaneció con él.

En la *bottega* parecía reinar el fervor.

Cualquiera habría dicho que todos los encargos debían ser entregados al día siguiente. Francesco, el capataz, mantenía a los aprendices a rienda corta, obligándolos a cumplir horarios de doce y catorce horas; trabajaban como cuando habían construido la *palla* de bronce que coronaba la cúpula de Santa Maria del Fiore, como si la rapidez de manos y mentes fuera la única arma contra el tedio generado por la Peste Negra. Francesco se había vuelto invalorable para Leonardo, pues para todo lo mecánico era más veloz que el mismo Verrocchio; él lo ayudó a diseñar un ingenioso plan, por el cual la máquina voladora se podía plegar, desmantelar y camuflar, a fin de ser transportada a Vinci con toda facilidad. Por fin el aparato estaba terminado, una vez más gracias a Francesco, quien se aseguró de proporcionar a Leonardo una constante provisión de materiales y aprendices de espaldas fuertes.

El estudio de Leonardo era un revoltijo, un laberinto de huellas que serpenteaban entre piezas de paño, maquinaria, montones de madera y cuero, frascos de pintura, caballetes y diversos artefactos; la máquina voladora en sí ocupaba el centro de la gran habitación. La rodeaban dibujos, insectos montados sobre tablas, una mesa cubierta de aves y murciélagos en diversas etapas de vivisección y construcciones de las diferentes partes de la máquina rediseñada: alas artificiales, timones y válvulas para el aleteo.

Los vahos tóxicos de la trementina se mezclaban a los diversos olores de la podredumbre. Eso no molestaba en absoluto a Leonardo, pues no hacían sino recordarle los animales muertos que solía llevar a su cuarto en la niñez, para estudiarlos y pintarlos. Todas las otras obras —las pinturas y las esculturas de terracota— permanecían amontonadas en un rincón. Como ya no podían dormir en ese estudio atestado y maloliente, Leonardo y Nicolás habían tendido sus jergones en el cuarto del joven aprendiz Tista.

Pero el sueño de Leonardo era inquieto y no duraba sino unas pocas horas por noche. Estaba nervioso por Ginevra, que había salido de Florencia con su padre y Nicolini, sin una sola palabra. El día en que él debía comenzar su retrato se había encontrado con la casa vacía; sólo quedaba allí un anciano sirviente. Por ende, al igual que Verrocchio, aunque por motivos distintos, se enfrascaba en el trabajo. La Peste Negra le había dado una tregua, el tiempo suficiente para completar y probar su máquina... pues Il Magnifico, al aceptar que la cita fuera en Vinci y no en Pistoia, había postergado la fecha por una quincena más.

En el estudio hacía un calor insoportable; Nicolás estaba ayudando a Leonardo a retirar de la máquina el mecanismo de manivela y "remos" gemelos, para empacarlo en un cajón de madera numerado.

—Se está acercando —comentó el chico, una vez que los componentes quedaron bien afirmados en la caja—. Tista me ha dicho que la fiebre atacó a una familia que vive cerca de la Porta alla Croce.

—Bueno, al romper el día estaremos en camino —dijo Leonardo—. Tú tendrás la responsabilidad de cuidar que todo sea cargado como es debido en el lugar correspondiente.

Nicolás se sintió muy complacido; en realidad, había demostrado ser un trabajador muy capaz.

—Pero aún creo que deberíamos esperar a que los efluvios tenebrosos se hayan evaporado del aire. Cuando menos, hasta después de que los *becchini* hayan llevado los cadáveres a sus tumbas.

—Entonces partiremos después del amanecer.

—Bien.

—Quizá tengas razón sobre el posible contagio de los cadáveres y los *becchini*, pero en cuanto a tus efluvios...

—Es mejor no arriesgarse —dijo Verrocchio, que se hallaba de pie en el vano de la puerta, espiando como un niño al que aún no han sorprendido escurriéndose por la casa. La puerta entornada le servía de marco, como si estuviera posando para un retrato, y el resplandor especial del atardecer parecía transformar y ablandar sus facciones, bastante marcadas.

—Creo que es como dicen los astrólogos: una conjunción de planetas —continuó—. Así fue durante la gran plaga de 1345. Pero ésa fue una conjunción de tres planetas. Algo muy raro. Ahora no será así, pues la conjunción no es tan perfecta.

—En vez de prestar atención a los astrólogos, harías bien en venir con nosotros al campo —replicó Leonardo.

—No puedo abandonar a mi familia. Ya te lo he dicho.

—Tráela, entonces. Mi padre ya está en Vinci, preparando la casa principal para Lorenzo y su séquito. Podrías tomarlo como viaje de trabajo; piensa en los encargos que te harían.

—Creo que ya tengo bastante de eso, por ahora.

—No me parece estar oyendo a Andrea del Verrocchio —bromeó Leonardo.

—Mis hermanas y mis primos se niegan a viajar. ¿Y quién daría de comer a los gatos? —observó Andrea, con una sonrisa. Luego suspiró. Parecía resignado, casi aliviado. —Mi destino está en manos de los dioses... como siempre. Y también el tuyo, mi joven amigo. Pero prometo orar por tu protección. En tu honor, pintaré también un retrato de San Nicolás de Tolentino para el monasterio de Badia. Ese santo es venerado por muchos milagros; se dice que es muy servicial para los marineros, y tú eres algo de eso.

—Agradezco tu cariño, bondadoso Andrea. —Luego Leonardo preguntó: —Y ahora, ¿quiere mi noble maestro entrar en la habitación, por lo menos? ¿O teme contaminarse con la presencia de sus pobres aprendices?

—Como gustes. —Andrea se quitó la gorra negra, descolorida por el polvo de cal. Luego, con aire de súbito travieso, abrió la puerta de par en par, dejando a la vista a Sandro Botticelli, y lo hizo pasar el primero.

—Te suponía en Careggi, Botellita —comentó Leonardo, sorprendido al ver a su amigo, que había recobrado en parte el peso perdido.

A la cara plena y sensual de Sandro había vuelto el buen color característico. Llevaba demasiado largo y desaliñado el pelo rizado, de tono castaño claro, pero sus ojos parecían pesados, como si aún se hallara bajo la influencia de las drogas o la magia. Vestía una túnica con los colores de los Médicis, en vez de los *vestini*, más cortos, habituales entre los más jóvenes. Leonardo se sintió incómodo, pero él se adelantó enseguida para abrazarlo.

—Y allá estuve —dijo, secándose la frente sudorosa con la manga de seda—. Temía que ya te hubieras ido. No hay mucho tiempo, pues Lorenzo también ha iniciado el viaje. Pero yo partí antes para acompañarte, amigo mío. ¿Te cuesta creerlo?

—No, por supuesto —mintió Leonardo.

—Más tarde te lo explicaré todo. Pero no puedo dejar de preocuparme por ti, con ese aparato. Temo que te rompas la crisma tratando de imitar a los ángeles.

—Me alegra mucho tenerte aquí, Sandro. La Gran Ave está lista para volar. Y no tienes por qué preocuparte. Después de todo, la construí yo.

Sandro rió entre dientes, meneando la cabeza; Andrea puso los ojos en blanco. Leonardo les dedicó una gran sonrisa, pero era pura bravata, pues había vuelto a soñar que caía. Luego dijo:

—Si no hay ningún inconveniente, mañana temprano partiremos hacia Vinci. Tú vendrás con nosotros, por cierto.

—Ésa era mi intención. Se me ocurrió que no te vendría mal otro par de hombros fuertes.

Nicolás se había acercado a Sandro, entusiasmado por su presencia.

—Yo he ayudado mucho al maestro Leonardo —dijo.

—Ya lo imagino.

—Ha aprendido mucho, Botellita —dijo Leonardo—. Temo que he llegado a depender de él.

—¿Y está curado de su afición por las prostitutas?

—Nunca pensé que eso fuera una enfermedad —manifestó el chico, sonriendo con nerviosismo, mientras todos reían—. Y tú, maestro, ¿te has curado de tu melancolía?

—Sí, joven amigo mío. Hasta donde es posible curarse de ella.

—¿Y Madonna Simonetta? ¿Ella también se encuentra bien?

—¡Nico! —Exclamó Leonardo, echándole una mirada severa.

—No importa, Leonardo —dijo Sandro—. Es una pregunta legítima. —Luego se volvió hacia Nicolás. —Está bien, sí.

Pero cuando giró hacia su amigo, en los ojos se le veía la culpa y la aflicción, como si fueran verdaderos espejos de su alma.

Con las primeras luces abandonaron la ciudad, manteniéndose a buena distancia de los pocos y mugrientos *becchini*, que volvían de las fosas comunes donde acababan de sepultar, sin ceremonias, a las nuevas víctimas de la Muerte. Aunque en el aire pendía una densa niebla, el día prometía ser claro y transparente, perfecto para viajar. Un grupo de veinte lloronas y trompetas regresaba de un entierro, caminando junto a las aguas agitadas y aceitosas del Arno, sobre el Lungarno Acciaituoli. En esos tiempos en que la peste imponía su propio toque de queda, sólo a los hombres muy dignos —o muy adinerados— se les otorgaban tales honores.

Nicolás y Sandro se persignaron al paso del cortejo, al igual que Zoroastro da Peretola y Lorenzo di Credi, cuyo rostro era tan bello e inocente como uno de los ángeles de Verrocchio. Además de Sandro, Nicolás y Atalante Miglioretti, acompañaban a Leonardo varios de los aprendices de Andrea; todos viajaban en carretas tiradas por dos caballos, en las que iban también, cubiertas por lonas, las partes componentes de la Gran Ave. Leonardo y Sandro caminaban junto a la primera carreta; Nicolás y Tista parecían muy entusiasmados por disponer de todo el vehículo y se turnaban para llevar las riendas.

—Por lo general, el viaje hasta mi casa de Vinci sólo me lleva un día —dijo Leonardo a su amigo, que se mostraba incómodamente remoto—. Conozco un atajo por Vitolini, Carmignano y Poggio a Caiano. Es un viejo y desierto camino de montaña, que vira a la derecha subiendo por el monte Albano. Pero requiere trepar, y con estas carretas no sería posible. Así que estamos obligados a seguir el Arno y soportar que los soldados de Il Magnifico nos interroguen en cada aldea por la que pasemos, a pesar de que tenemos un pasaporte con el sello de Lorenzo.

Sandro parecía perdido en sus pensamientos, pero Leonardo continuó su conversación:

—Mi padre, cada vez que cerraba un negocio importante en Florencia, me mandaba de prisa a casa, con un mensaje para Francesco, que aún maneja sus fincas. Creo que, si lo intentara ahora, quedaría sin aliento. —Después de un segundo agregó: —Estoy preocupado por ti, Sandro.

—No tienes por qué, amigo mío. —Su compañero volvió de repente a la vida. —Todos me dicen que los desconcierto con mis cavilaciones. Supongo que los vapores aún no han abandonado del todo mi alma.

—¿Aún temes por...?

—Aún temo por Madonna Simonetta, sí —confirmó Sandro—. Y por mí mismo. Cuando los médicos terminaron conmigo, sintiéndome ya más fuerte, insistí en acompañar a Lorenzo y a Pico de la Mirandola a la villa de los Vespucio, para verla. Estaba seguro de que ella no se encontraba bien; lo sentía. Lorenzo se mostró con justicia aprensivo, pero le supliqué. Y el joven conde Mirandola dijo que él se ocuparía tanto de la dama como de mí.

—¿Sí...? —lo acicateó Leonardo, viendo que no continuaba.

—Les dije que la pasión se había evaporado, que sólo quedaba la culpa.

—¿Y es cierto?

—Sí, Leonardo. Temo que sí.

—Deberías sentirte agradecido por estar sano otra vez.

—Ése es el problema; no estoy sano. Antes bien, todo lo opuesto. Temo que el conde, al limpiarme el alma, también disolvió sin saberlo mi capacidad para el amor natural, para el éxtasis.

—Es claro que te sientas enervado y vacío de las emociones naturales —dijo Leonardo—. Pero debes descansar la mente y darte tiempo. Aún no estás repuesto.

—De todas maneras, necesitaba probar ante mí mismo que estaba vacío... un eunuco.

—No seas tan duro contigo mismo, Sandro —lo regañó Leonardo.

—Al verla experimenté una gran tristeza —musitó su amigo—. Estaba muy enferma. Fue culpa mía; estoy convencido.

—¿Y el conde Mirandola no pudo ayudarla?

—De eso se trata: él no quiso creer que hubiera algo malo.

—Bueno, es posible que te hayas...

—Me di cuenta de que ella estaba enferma; debes creerme.

—¿Tosía?

—No, no tosía —respondió Sandro—. Se la veía frágil, pero eso es parte de su belleza. Es como un ángel; su carne parece espíritu. Pero me dejaron un momento a solas con ella, pues era evidente que no había peligro para mí y no temían por ella. Entonces lo supe, lo supe.

—¿Qué supiste, Botellita?

—Que Simonetta había absorbido mi fantasma venenoso y no quería rechazarlo. Mirandola la exorcizó, pero fue una patraña; ella retuvo el fantasma, engañando a los médicos.

Aunque Leonardo no podía tomar en serio ese asunto del exorcismo y los fantasmas, trató de comprender a su amigo y de seguirle el juego, pues resultaba obvio que Sandro aún no estaba recobrado de su peligrosa obsesión con Simonetta.

—¿Cómo sabes que ella no lo rechazó?

—Porque no me lo negó. Sonrió, me dio un beso y me imploró que no tocara el tema con Lorenzo.

—Me cuesta creer que...

—Me dijo que iba a morir. Y agregó que mi amor era un tesoro perfecto y exquisito, un bálsamo que calmaba el dolor de su corazón. Pero al hablar de "amor" se refería al fantasma que yo creé a partir de ella. Lo llamó "puerta al mundo superior". —Después de una pausa, Sandro añadió: —Y entonces lo vi. Pude ver el fantasma en sus ojos.

—Creo que has pasado momentos difíciles, amigo mío —repuso Leonardo. De pronto recordó la sonrisa de Simonetta, después de que Mirandola le hubo exorcizado al fantasma, y sintió que se le erizaba el pelo de la nuca.

—Cuando era presa de mi lascivia y mi deseo por ella, pensé que no podría soportarlo, que sería preferible ser una calabaza vacía, libre de emociones.

Leonardo sonrió con tristeza.

—Supongo que todos los amantes piensan así.

—Pero ahora que estoy vacío sólo deseo estar colmado.

Él le dio una palmada en la espalda y lo rodeó con un brazo, sin dejar de caminar.

—Pronto te pondrás bien, te lo aseguro. No habrá campesina que esté a salvo de ti.

—No vuelvas a mentirme, Leonardo —dijo Sandro, al parecer sin malicia—. Ya lo hiciste una vez.

Leonardo se apartó de él. Sandro añadió:

—Sé que tu amistad con Simonetta no es inocente. Pero no te inquietes: jamás les haría daño, a ninguno de los dos. —Su amigo quiso hablar, pero él lo interrumpió. —No te disculpes ni busques excusas, por favor. Ya no hace falta. Ya he percibido la distancia que había entre nosotros. Eso me afligió... por ti, amigo mío. No permitamos que nuestra amistad se enfríe.

Entonces sonrió; fue a un tiempo expresión de intimidad y de afirmación.

—Si no nos tuviéramos el uno al otro, ¿a quién recurriríamos?

Leonardo asintió con la cabeza. Se sentía incómodo, humillado y furioso consigo mismo, pues Sandro era su único confidente. Como él tenía más facilidad para las máquinas y las pinturas que para la gente, había llegado muy cerca de perder el amor de su amigo.

Caminaron en silencio; por fin dijo:

—No me molesta admitir que tengo miedo, Botellita. Una vez más he estado soñando que caía.

—Quizá deberías pedir a Lorenzo que...

—No. Mi Gran Ave volará, sí. No lo dudes.

—Es culpa de Lorenzo, que te provocó. A veces olvida que no es un emperador. Puede ser tan duro como esos tiranos a los que odia. Pero tu vida vale más que eso, querido amigo.

—No te preocupes, Botellita. Ni siquiera debería haberte mencionado este asunto. Mi invención es sólida; no sufriré ningún daño. Lo que experimento es sólo un pequeño terremoto, como cualquier orador antes de dirigirse a la muchedumbre.

—Por supuesto —dijo Sandro por lo bajo, como para calmar a su amigo.

Pero Leonardo había recobrado la compostura... y el humor.

—Y pronto seré un tema para la poesía. —Giró hacia atrás para gritar: —Oye, Atalante, debes componer una canción para tocar mientras yo vuele entre las nubes.

Atalante Miglioretti, que iba sentado junto a Zoroastro da Peretola en la última carreta, alzó la mano para demostrar que había oído y comenzó a tocar con su lira una melodía serena, bastante conmovedora. Leonardo cayó en un silencio pensativo. Al cabo de un rato dijo:

—Triunfaré, porque no estoy dispuesto a convertirme en el hazmerreír de toda Florencia. Ni a perder a Ginevra.

—En ese caso, tengo un mensaje para ti —dijo Sandro.

—¿Cuál?

—Simonetta me encargó decirte que hablará con Il Magnifico.

Entonces fue Leonardo quien omitió responder.

—Creo que se refería a Ginevra —especificó su amigo—. *Audaces fortuna juvat*. Tú eres la prueba de ese dicho.

La fortuna ayuda a los audaces.

La ciudad de Vinci era un torreón fortificado, empequeñecido por un castillo medieval y su campanario, rodeado por cincuenta casas de ladrillo pardusco rosado. Un follaje de castaños, pinos y cipreses cubría los tejados rojos; las vides y los cañaverales llevaban los deleites de la tierra y la sombra hasta sus muros y ventanas. La aldea, con sus paredes desmoronadas y su callejuela única, que circulaba bajo arcadas, se elevaba en el espolón de una montaña; desde ella se veía un valle cubierto de olivos, que tomaban un tono de plata cuando el viento los agitaba. Más allá se extendía el valle de Lucca, una sombra verde y purpúrea, ribeteado de arroyos de montaña. Leonardo recordó que, cuando las lluvias limpiaban el aire, se veían con claridad los picos de los Alpes Apuanos, cerca de Massa y Cozzile.

Al encontrarse de nuevo allí cayó en la cuenta de la nostalgia que había estado sintiendo. El cielo estaba despejado; el aire, luminoso. Pero la agudeza de sus recuerdos le nubló la vista; se imaginó devuelto a los días de su niñez, cabalgando una vez más con su tío Francesco, a quien llamaban *lazzarone*, porque no quería restringir con una profesión su celoso disfrute de la vida. Leonardo y Francesco, mucho mayor en edad, habían sido como dos niños privilegiados, como príncipes que iban de la granja al molino y en derredor del valle, cobrando los arriendos en nombre del abuelo de Leonardo, el suave y puntilloso Antonio da Vinci, patriarca de la familia.

Con un escalofrío de miedo y gozo recordados, pensó en el monstruo que había descubierto en aquella cueva alta, frígida y oscura, en la resbaladiza pendiente del monte Albano. Por entonces tenía trece años; pocos meses después se convirtió en aprendiz de Verrocchio.

Leonardo condujo a su cortejo de amigos y aprendices menores por una ruta adoquinada, que pasaba junto a un palomar rotante, instalado en lo alto de un poste, rumbo a un puñado de casas rodeadas de jardines, graneros, cabañas campesinas, terrenos arados y los uniformes bosquecillos de moreras plantadas por su tío Francesco. "El perezoso" había estado experimentando la sericultura, que podía resultar muy lucrativa, por cierto, pues la hermandad más rica y poderosa de Florencia era el Arte della Seta: los tejedores de seda.

—¡Hola, Leonardo! —gritó Francesco, desde el patio de la casa principal, grande y bien mantenida, que había pertenecido a Ser Antonio. Era de piedra, techada con tejas rojas, y se parecía a las antiguas granjas de los franceses; pero en el hogar de Piero da Vinci, el padre de Leonardo, jamás se alojarían animales.

Como su hermano, Francesco tenía el pelo rizado y oscuro, aunque ya empezaba a encanecer en las sienes y a ralear en la coronilla. Su rostro tenía una expresión apasionada, quizá debido a la boca, curvada hacia abajo, y a la gran nariz aguileña. Profundas arrugas creaban demarcaciones arbitrarias bajo los ojos y en las mejillas abolsadas. Mientras abrazaba a Leonardo, dejándolo casi sin aliento, dijo:

—Has provocado un verdadero caos en esta casa, mi buen sobrino. Mis felicitaciones. No lo había pasado tan bien desde aquella aventura con la muchacha campesina que...

—¡Francesco! Basta ya de tus... *tauri excretio* —lo interrumpió Alessandra, la esposa, desde el vano de la puerta. Su gloria era su cabellera larga y dorada.

—¿No puedes decir simplemente "mierda", amor mío?

—No, por cierto. Aunque me haya comprometido a vivir con un oso que se limita a comer, dormir y...

—Y cagar —completó Francesco.

—... y defecar, yo seguiré siendo una dama.

Alessandra dio un beso a Leonardo e invitó a todos a pasar.

—Tu padre está bastante nervioso —dijo Francesco.

—No lo dudo. —Leonardo entró en el vestíbulo. —Me alegra mucho volver a verte, tío.

Detrás de esa amplia habitación había varios dormitorios, dos hogares, una cocina con su despensa y los cuartos para trabajo, que a veces albergaban a los campesinos empleados en las diversas granjas de los da Vinci. La planta alta se componía de tres cuartos más y otro hogar; diez peldaños más abajo estaba el sótano, donde Leonardo solía esconder los animales muertos que hubiera encontrado. La casa estaba inmaculada; el padre de Leonardo debía de haber presionado mucho a Francesco y Alessandra, no muy limpios, a fin de que la prepararan para recibir a Lorenzo y sus invitados.

En esa habitación se habían dispuesto camas con sus cobertores, arcones, bancos y un gabinete cerrado, donde podrían alojarse varias de las luminarias de menor magnitud. Sin lugar a dudas, Ser Piero cedería a Il Magnífico su propio dormitorio.

—Antes de que te pongas demasiado cómodo, sobrino, tendrás que dar explicaciones a tu padre —dijo Francesco, haciendo una mueca.

Leonardo suspiró; ya sentía el desasosiego que experimentaba siempre en las cercanías de su padre, como si no fuera su hijo, sino su aprendiz.

Piero bajó la escalera desde su alcoba para saludar al hijo. Lucía sus vestiduras magistrales y una *berretta* de seda, como si esperara en cualquier momento la llegada de Leonardo y su séquito.

—Saludos, hijo mío; también para ti, Sandro Botticelli

—Te saludo, Ser Piero —dijo Sandro, inclinándose.

Leonardo y su padre se abrazaron.

—Francesco, ¿tendrías la bondad de atender a los amigos de mi hijo? —pidió Piero. Luego sujetó con fuerza el codo de Leonardo. —¿Puedo apartarte unos momentos de tus compañeros?

—Por supuesto, padre —repuso el joven con cortesía, y se dejó conducir arriba.

Entraron en un estudio, que contenía un largo y estrecho escritorio clerical, una silla y un banco, decorado con dos almohadones de forma octogonal. El suelo era de mosaico ajedrezado. Un empleado, sentado en un taburete detrás del pupitre, escribía con gran pompa en un libro contable con tapas de cuero. Por austera que pareciera la habitación, revelaba el gusto de los nuevos ricos por las comodidades: Piero ansiaba que lo llamaran Messer, en vez de Ser, y llevar espada, prerrogativa de los caballeros.

—¿Nos disculpas, Vittore? —dijo al escribiente.

El joven se levantó y, tras hacerles una reverencia, salió del cuarto.

—¿Sí, padre? —preguntó Leonardo, esperando lo peor.

—No sé si regañarte o felicitarte.

—Preferiría lo último.

Piero sonrió.

—Andrea me ha informado que Il Magnifico te pidió para que trabajaras en sus jardines.

—Así es.

—Eso me enorgullece.

—Gracias, padre.

—Ya ves que yo tenía razón en hacerte trabajar tanto.

Leonardo sintió un ardor en el cuello y en la cara.

—¿Te refieres al hecho de quitarme cuanto ganaba, a fin de que no pudiera ahorrar lo suficiente para pagar mi matriculación en la Hermandad de los Pintores?

—Ese dinero era para mantener a la familia... a tu familia.

—Y ahora tú... es decir, la familia... perderá ese ingreso.

—Mi preocupación no es el dinero ni lo fue nunca —aseguró Piero—. Era formar tu carácter, que aún me inspira ciertas dudas.

—Gracias.

—Lo siento, pero es mi deber de padre... —Hizo una pausa. Luego, como si tratara de mostrarse más conciliador, añadió: —Difícilmente podrías pedir algo mejor que tener a Lorenzo como mecenas. Pero él nunca habría reparado en ti si yo no hubiera hecho posible que permanecieras junto a Andrea.

—No nos dejaste ninguna alternativa, ni a Andrea ni a mí.

—Sea, pero el maestro Andrea se aseguró de que produjeras y completaras los proyectos que te asignaba. Al menos trató de impedir que salieras de juerga con tus amigos, esos degenerados holgazanes.

—¿Consideras degenerado a Sandro Botticelli? —replicó Leonardo, sin poder disimular su enojo.

Piero sacudió la cabeza, impaciente.

—Sandro es aceptable. Pero veo que también has traído al joven Miglioretti. Corren malos rumores con respecto a él; no es mejor que tu amigo Onorevoli, ése al que llaman Il Neri.

—Ah, te refieres a los que no están en el séquito de Il Magnifico.

—No seas insolente.

—Te pido perdón, padre —dijo Leonardo, mientras contenía su irritación.

—Los Onorevoli no son amigos de los Médicis; están enredados con los Pazzi. Harías bien en mantenerte lejos de ellos y otros semejantes. Recuerda lo que te digo: los Pazzi acabarán mal.

—Sí, padre —dijo Leonardo. Pero se había puesto de mal humor.

—Estás poniendo otra vez esa cara.

—Si te ofendo, lo lamento.

—No me ofendes, me... —Hizo una pausa. —Has puesto a nuestra familia en una situación imposible.

—¿A qué te refieres?

—A lo que te trae aquí, con los Médicis.

—¿No te complace albergar al Primer Ciudadano? —preguntó Leonardo.

—Esa apuesta que has hecho con él es una locura y terminarás haciendo el ridículo. Nuestro nombre...

—Ah, sí, desde luego. Eso es lo que te preocupa. Pero no fallaré, padre. Luego podrás sacar partido del honor que yo pueda aportar a nuestro nombre.

—Sólo las aves y los insectos pueden volar.

—Y los que llevan el apellido da Vinci.

Pero Piero no se dejó ablandar. Su hijo suspiró.

—Trataré de no desilusionarte, padre.

Luego le hizo una respetuosa reverencia y giró hacia la puerta.

—¡Leonardo! —Su padre parecía dirigirse a un niño. —No me has pedido permiso para retirarte.

—¿Puedo retirarme, señor?

—Sí, puedes. —Pero de inmediato volvió a llamarlo.

—¿Sí, padre? —preguntó el joven, desde la puerta.

—Te prohíbo intentar ese... experimento.

—Lo siento, padre, pero ya no puedo echarme atrás.

—Yo explicaré a Il Magnifico que eres mi primogénito.

—Gracias, pero...

—Soy responsable de tu seguridad —afirmó Piero. Y luego: —¡Me preocupo por ti!

Después de una pausa, Leonardo preguntó:

—¿Me harás el honor de verme volar en el viento? —Arriesgó una sonrisa. —Será un da Vinci, no un Médicis ni un Pazzi, quien vuele por los cielos, más cerca de Dios.

—Supongo que debo conservar las apariencias —repuso el padre. Luego enarcó una ceja, como si no estuviera seguro de su lugar en esos acontecimientos, y miró a su hijo con una sonrisa triste.

Aunque Leonardo volvía a experimentar la infranqueable distancia que lo separaba de su padre, la tensión se disolvió.

—Puedes hospedarte aquí, si quieres —concedió Piero.

—Habrá muy poco espacio cuando lleguen Lorenzo y su comitiva —señaló Leonardo—. Y necesito tranquilidad para trabajar y prepararme; está acordado que nos hospedaremos con Achattabrigha di Piero del Vacca.

—¿Para cuándo te espera?

—Ya deberíamos partir. Tío Francesco ofreció acompañarnos.

Piero asintió.

—Transmite mis más cordiales saludos a tu madre, por favor.

—Lo haré con gusto.

—¿No sientes ninguna curiosidad por conocer a tu flamante hermano? —preguntó el padre, como si acabara de ocurrírsele.

—Por supuesto, padre.

Piero tomó a su hijo del brazo y lo condujo hacia el dormitorio de Margherita. Leonardo lo sintió temblar.

Y por esos pocos segundos sintió que, en verdad, era hijo de él.

Pese a que el sueño recurrente de la caída lo despertaba todas las noches, Leonardo se sentía renovado al encontrarse en la cabaña de su madre, con suelo de tierra y techo de paja, donde había pasado los primeros años de su infancia. Caterina se desvivía por él. De ella había heredado el dedo torcido; por ella pintaba esa pequeña deformidad en todas sus "pequeñas Madonnas". Tenía una cara estupenda: fuerte y franca, de nariz algo larga, con un pequeño abultamiento en el puente, y labios tristes, cavilosos. Era alta y carnosa, de tez cetrina, poco atractiva. No tenía nada en común con las tres muchachas que el padre de Leonardo había desposado. A no ser por el dedo torcido, habría costado encontrar alguna similitud entre madre e hijo.

Y, a diferencia de Piero, era generosa con su amor, que demostraba de una manera física.

—¡Leonardo! —gritó, agitando los brazos desde la puerta de la cabaña.

En el patio, de pie entre las carretas que contenían la máquina voladora desarmada, se hallaba Achattabrigha, su fornido esposo, que era *fornaciaio*, constructor de hornos. El aparato estaba listo para ser llevado al barranco desde donde volaría. También Achattabrigha gritó, llamando a Leonardo para que regresara.

El joven había pasado a solas esos últimos días, rehuyendo hasta la compañía de Sandro y Nicolás; ellos parecían comprender, pues Leonardo solía actuar así cuando trabajaba. Hacía breves siestas durante el día y por la noche dormía muy poco. Dibujaba y escribía en su cuaderno, a la luz de una lámpara llena de agua, inventada por él, y pasaba horas interminables bajo su máquina voladora, sostenida por una sólida armazón de madera, cortada en el bosque cercano. La Gran Ave era una quimera de brillantes colores. Las alas de libélula habían sido modeladas y aparejadas como las de un murciélago; estaban hechas de lienzo y surcadas por finas bandas de abeto. Bajo las grandes alas, de color azul y oro, estaban el arnés del piloto, los "remos" gemelos, manivelas operadas a mano, un collar conectado al timón, que era como la cola de un pájaro, y un torno con pedales.

Al día siguiente, Leonardo pilotearía su Gran Ave ante Il Magnifico; como señal de que estaba listo, de pronto tenía necesidad de ruido y compañía. Pero aún le quedaba algo por hacer, y deseaba llevar consigo a Nicolás.

Había dejado a Sandro vigilando a los otros aprendices.

—Regresaremos dentro de algunas horas, madre. —Levantó la voz para hacerse oír, pues él y Nicolás ya estaban a buena distancia de la casa.

Caterina agitó las manos, clamando:

—¡Tienes que regresar ahora mismo! Te...

Antes de poder responder, Leonardo vio que Lorenzo de Médicis salía desde el costado de la casa, donde había amarrado su enorme caballo. En señal de respeto, ambos descendieron de inmediato la colina hacia él, pero Lorenzo corrió a su encuentro. Lucía un jubón corto, a la última moda, con calzas y un sombrero de cazador, de seda negra. Su rostro cuadrado y sonriente mostraba buen color y estaba libre de eccema; el sol le hacía entornar los ojos oscuros, que daban un aspecto tan apasionado a la cara, y traía unos mechones de pelo oscuro pegados a la frente. Es probable que hubiera pasado la mañana de caza y ejercitándose con sus amigos.

—Hola, Leonardo. Debo disculparme por interrumpir tu excursión, pero deseaba hablar contigo... a solas, antes de mañana.

Nicolás le hizo una reverencia y, después de recibir su cordial saludo, dijo:

—Te esperaré allí. —Señaló un altozano rodeado de olivos.

—Gracias, Nico —dijo Leonardo.

Cuando el chico se alejó, él se sintió incómodo en presencia del Primer Ciudadano. Pasaron un rato en silencio, escuchando las cigarras.

—Sólo hablé un momento con Sandro —dijo Lorenzo—. Se lo ve mucho mejor que cuando salió de nuestra casa.

—El campo le sienta bien.

—Por cierto. Pero creo que el mérito es tuyo. Tu amistad lo ha restaurado. Me dijo que llevarías al joven Nicolás a una gran recorrida de los lugares que frecuentabas en la infancia.

Leonardo se echó a reír; se sentía intimidado.

—Lo invité a acompañarnos, pero no estaba en condiciones.

—Eso me dijo.

—Si quieres venir con nosotros, Magnificencia, será un placer, desde luego.

Lorenzo sonrió.

—Me encantaría, si no te molesta semejante imposición. Es buen momento para que nos familiaricemos, puesto que pronto formarás parte de mi familia. —Rodeó con un brazo los hombros de Leonardo. —Cuando estamos juntos y solos, como ahora, no tenemos por qué actuar con formalidad. Hace tiempo que envidio a Sandro por su amistad contigo. Ahora tenemos ocasión de forjar otra igual.

Leonardo sintió que enrojecía.

—Y ahora que hemos acordado ser amigos, debo pedirte disculpas.

—¿Disculpas? ¿Por qué?

—No fui justo contigo cuando hicimos nuestra apuesta, en la fiesta de Andrea del Verrocchio. Te obligué a poner tu vida en peligro para salvar el honor. Los dos actuamos sin pensar. —Un momento después continuó: —No puedo permitir que arriesgues la vida.

—Magnificencia...

—Eres demasiado valioso.

—¿Mi padre te habló de esto?

—No, Leonardo —respondió Lorenzo—. Ser Piero ha sido muy amable, pero apenas intercambiamos alguna palabra. Fue Simonetta quien me hizo comprender. Está preocupada por los dos.

—Sandro teme que ella no esté bien —dijo Leonardo, para desviarlo del tema.

Lorenzo asintió.

—Está muy frágil. Es como si dentro de ella ardiera una hoguera que la consume. —Luego dijo: —He decidido encomendar a otra persona el manejo de tu aparato volador... pero el honor será sólo tuyo.

—Agradezco tu consideración, pero sólo yo puedo pilotear la Gran Ave —insistió Leonardo—. A menos que uno haya estudiado con atención los vientos y conozca la ciencia de la luz, una empresa tal sería demasiado peligrosa.

—No hay prisa, Leonardo; no tenemos por qué hacer la prueba mañana. Con tiempo podrías preparar a alguien para que usara tu máquina.

—En mi lugar, Magnificencia, ¿permitirías que otra persona ocupara tu puesto?

—Pero no estoy en tu lugar, Leonardo. Yo soy...

—El Primer Ciudadano.

Lorenzo meneó la cabeza, riendo, pero quedó pensativo.

—Temo por tu vida, Leonardo. Y si te permitiera arriesgar el pellejo por mí, también temería por el estado de mi alma.

—No tienes nada que temer, Lorenzo, en ninguno de los dos aspectos. Pero permíteme probar el invento. Si me reemplazara otra persona, toda Florencia sabría de tu falta de confianza y de mi cobardía. Por favor...

Tras una larga pausa, Lorenzo respondió:

—De acuerdo, Leonardo; el honor será tuyo. Madonna Simonetta también me habló de tu... situación con Messer Nicolini. Aunque no sé exactamente qué se podría hacer, ya veremos. Pero todo será inútil si mañana caes del cielo. Lo prudente sería pensarlo mejor...

Luego echó a andar hacia el altozano donde esperaba Nicolás; Leonardo caminaba a su lado.

Lorenzo parecía agobiado, como si el inminente peligro de Leonardo fuera emblemático de otras preocupaciones.

—*O tempora! O mores!* —entonó Lorenzo, utilizando las antiguas palabras de Cicerón para renegar de esos tiempos inquietantes—. Mi amigo Pico de la Mirandola me asegura que, en Florencia, la peste comienza a ceder. Sin embargo, cuando me marché no lo parecía. Y como si la plaga no fuera mal suficiente, debo vérmelas con Su Santidad, que continúa con sus campañas en la Romagna y en Umbria.

Leonardo se sorprendió al oírlo condenar de forma tan abierta al Papa. Su evaluación era correcta, desde luego: Francesco della Rovere, que había asumido el título de Sixto IV, era hombre instruido y capaz, pero lo consumía la ambición de proporcionar puestos de riqueza y poder a sus familiares y, por lo tanto, amenazaba los intereses y la seguridad de los florentinos.

—Pero basta ya —dijo Lorenzo, al acercarse a Nicolás, que recogió su saco—. Tal como dice el inmortal Boccaccio: "Seamos felices, pues al fin y al cabo fue la infelicidad lo que nos expulsó de nuestra bienamada ciudad". Ésta es, una traducción libre...

—¿Nos acompañas? —preguntó Nicolás a Lorenzo. Como es obvio, el chico estaba excitado.

—Por cierto que sí, joven Ser. ¿Qué llevas en el saco?

—Comida... y antorchas.

—¿Antorchas?

Nicolás se encogió de hombros.

—El maestro Leonardo me pidió que las trajera. Y también pedernal.

—¿Piensas pasar la noche en los bosques? —preguntó Lorenzo a Leonardo.

—No, Magnificencia.

—¿Y bien?

Leonardo sonrió.

—¿Me echarías a perder la sorpresa que he preparado para el muchacho?

El Primer Ciudadano rió en tono cordial. Echaron a andar a buen paso por entre bosques de pino, cedro y enebros, cruzados por torrentosos arroyos de montaña, que arrastraban piedras afiladas, puliéndolas de a poco hasta convertirlas en los guijarros que reposaban en su lecho.

—Casi puedo sentir que los dioses antiguos, sus ninfas y sus dríades nos observan desde el bosque —dijo Lorenzo.

Y compuso una canción, que entonó con voz desafinada:

Ven a mi dulce nido; te espero.
Vulcano ha salido y no puede perturbar nuestro amor.
Ven, que estoy deliciosamente desnuda en mi blando lecho.
No demores siquiera un momento, pues el tiempo vuela.
Tengo los pechos cubiertos de flores carmesíes.
Ven pues, Marte, ven, que estoy sola.

Cuando llegaron a las escarpadas pendientes del monte Albano, el fuerte sol de mediodía arrojaba nítidas sombras en las faces rocosas y las grotescas formas de los barrancos. Mientras Leonardo indicaba el camino, avanzaron con dificultad montaña arriba.

—No esperaba un escalamiento tan agotador —confesó Lorenzo cuando se detuvieron en un risco a descansar, mientras se limpiaba con un paño la frente sudorosa.

Ante ellos se alzaba una cornisa. La tarde estival era calurosa; el cielo estaba despejado por completo, de un azul brumoso.

—Ya casi hemos llegado —anunció Leonardo.

Los guió hasta una muesca de la faz rocosa que se elevaba por sobre ellos, como la pared de un cañón. Se hizo cargo de la bolsa que llevaba Nicolás, quien sólo protestó por exhibirse ante Lorenzo, trepó con cuidado hasta una cornisa cercana y utilizó los mismos puntos de apoyo que había empleado cuando niño.

Allí buscó el agujero que conducía a su caverna secreta.

El vapor brotó en una suave exhalación, como humo de una pipa; allí el aire era de una humedad perceptible. En torno de la abertura se arremolinaban fuertes corrientes de aire; la cornisa en sí era resbaladiza y húmeda. Leonardo regresó para ayudar a Nicolás a subir; después, a Lorenzo.

—Ahora, Nico —dijo, mientras descansaban alrededor del negro agujero—, ¿quieres ser la segunda persona que ingrese en mi lugar secreto?

—¿Quién será la primera? —preguntó Nicolás.

Leonardo rió.

—¡Ya he sido yo!

—Me cuesta creer que exista un lugar así —dijo el chico, al tiempo que se arrodillaba para mirar por la entrada. Se aferró de las piedras exteriores, como si temiera que la caverna pudiera succionarlo. —Está oscuro y es muy estrecho. Uno tendría que arrastrarse como los animales. Además, el ambiente es húmedo. Nunca he visto nada parecido.

—¿Tienes miedo de entrar, Nico?

—¡No, por cierto! Cuando hayas encendido las antorchas, yo entraré el primero.

—¿Tienes miedo a la oscuridad, acaso? —Leonardo sonrió y el chico no tuvo más remedio que entrar a tientas.

—No hay lugar —se quejó.

—Después se ensancha. Sigue adelante y ten paciencia.

—¿No vienes? —preguntó Nicolás. Su voz sonaba a hueco. —¿Con la antorcha?

—Dime qué ves.

—Sólo formas vagas. Y estoy empapado.

—Es húmeda, en verdad —reconoció Leonardo—, pues el fuego que se genera en lo hondo de la tierra calienta las aguas atrapadas dentro de esta caverna. El calor hace que el agua hierva y la convierte en vapor.

—¿Todavía no has encendido las antorchas? —preguntó Nicolás, nervioso.

—Cuando encontré este lugar tenía algunos años menos que tú ahora. Recuerdo haber experimentado dos emociones: miedo y deseo. ¿Qué sientes tú?

—¿Cuál era tu deseo? —preguntó el chico.

—Ver qué maravillas se podían encontrar adentro.

—¿Y tu miedo?

Leonardo golpeó el pedernal contra la piedra para encender las antorchas.

—Temía a la oscuridad, tal como tú ahora.

—Te puedo asegurar que no siento miedo alguno.

Leonardo, con una gran sonrisa, dirigió un guiño a Lorenzo y le entregó una antorcha. Luego se agachó para gatear hacia el interior de la cueva. Nicolás mostró alivio al verlos.

—No te has adentrado mucho —observó su maestro—. Anda, avanza, si no quieres que estas antorchas nos asfixien.

El muchacho se adelantó a gatas hasta que el estrecho corredor se abrió en una caverna enorme. Leonardo se incorporó con la antorcha en alto, mientras iluminaba el vasto espacio y sus grotescas formaciones de roca cristalina: cornisas, bastiones, columnas, huecos, estalagmitas y estalactitas. El lugar parecía vivo por la danza de las sombras; las antorchas arrojaban una luz nerviosa, que lo hacía parecer aun más grande y cavernoso de lo que tal vez era. Lorenzo y Nicolás guardaban silencio, sobrecogidos. Sólo se oía la respiración sibilante y el eco del agua al gotear en los charcos, donde se dibujaban círculos concéntricos. De manera incongruente, el olor parecía el de las calles después de una lluvia: un efluvio robusto, húmedo, gredoso.

—¿Quieres explorar? —preguntó Leonardo a Nicolás, ofreciéndole su antorcha. Su voz levantó ecos en la resonante oscuridad.

—Si vamos... juntos —respondió el chico.

—No permitiremos que te suceda nada malo. Quizá puedas descubrir una sala nueva.

—Temo perderme.

—Si consideramos que andas sin miedo por las calles y los *bagnos* llenos de rufianes, se te nota muy reticente —comentó su maestro.

Y caminó por la caverna, serpenteando bajo un puente de piedra, dejando atrás un estanque cristalino, hasta llegar a la base de la pared opuesta. Allí el techo se curvaba hacia arriba, y formaba con la pared un ángulo agudo. Leonardo iluminó un saliente. Nicolás, asustado, no pudo contener un chillido. Hasta Lorenzo dio un brinco atrás.

Ante ellos se cernía una bestia tan alta como una casa.

Una serpiente... una bestia gigantesca atrapada en la piedra.

Era el mismo Leviatán, que los observaba por entre los velos pétreos de la eternidad: una bestia marina de cráneo alargado y enormes mandíbulas de tiburón. Los huesos blanqueados sobresalían de la roca como un altorrelieve.

—¿Éste es otro de tus conjuros, Leonardo? —preguntó Lorenzo. Parecía enfadado, como si se sintiera objeto de una burla.

—No es uno de mis trucos, te lo juro. El animal está tal como lo encontré cuando era niño, Magnificencia. Pero imagina cuántos reyes, cuántos pueblos, cuántos acontecimientos se han sucedido desde que esta extraña criatura halló su fin en los oscuros rincones de esta caverna.

Y agregó con voz casi susurrante, al elevar la mirada hacia la bestia:

—Aunque el tiempo te haya destruido, tus huesos son la estructura y el puntal de esta montaña.

Una vez más experimentaba el sobrecogimiento, la excitación, el escalofrío de miedo que había sentido cuando niño, al descubrir ese monstruo sin ojos, cuya osamenta era tan vetusta como los colmillos de piedra que pendían del techo. Tocó en el hombro a Nicolás, que a su vez le dio unas palmadas en el brazo, como si entendiera por qué su maestro lo había llevado hasta allí, como si en verdad hubiera captado la muda lección.

Allí estaba la muerte, envuelta de respeto, misterio y eternidad.

Y allí estaban las oscuras fuentes donde se originaba la curiosidad de Leonardo, su creatividad y su genio.

Su primer descubrimiento.

En la frescura familiar de ese vientre de piedra, Leonardo se liberó de sus miedos. Levantó la vista hacia los restos esqueléticos, y comprendió que jamás volvería a aquel lugar.

Mientras tanto Lorenzo examinaba los huesos, antorcha en mano. Al estudiarlos descubrió los restos fósiles de conchillas marinas.

—Mira esto, Leonardo —dijo—. ¿Cómo pudieron existir aquí, tan lejos del mar? Es imposible.

—Parece obvio, Magnificencia —respondió el pintor, sacudiéndose una sensación de tristeza, como si hubiera perdido algo allí—. En algún momento, antes de la historia, esta montaña y esta cueva estuvieron cubiertas por el mar.

—Por supuesto —exclamó Lorenzo, de pronto estimulado—. ¡El Diluvio Universal!

—¿Puedo hablar con libertad, Magnificencia?

—No debería ser de otro modo.

—Dudo que la inundación que se produjo en tiempos de Noé haya sido universal. —Leonardo hizo una pausa antes de agregar: —Si no temes escuchar algo que podría ser tomado como una blasfemia, continuaré. De lo contrario...

—Continúa, Leonardo. Estamos en privado.

—Bien, Magnificencia. Como sabes, la Biblia registra cuarenta días y cuarenta noches de lluvia continua; esa lluvia se acumuló hasta sobrepasar en diez codos la montaña más alta del mundo. Pero si tal fuera el caso, si la lluvia hubiera sido universal, habría formado alrededor del mundo una cobertura de forma esférica, pues ¿no es verdad que la esfera tiene todas las partes de su circunferencia equidistantes del centro?

—¿Sí...?

—Por lo tanto, sería imposible que el agua de la superficie se moviera, pues el agua no puede moverse por sí sola, salvo para descender Ahora bien: si las aguas de esta inundación, la mayor de todas, no tenían la facultad del movimiento, ¿cómo pudieron abandonar la tierra? Y si se retiraron, ¿en qué dirección lo harían, a menos que las aguas fueran hacia arriba? Ya ves que las causas naturales no nos sirven. Sólo podemos convocar un milagro o decir que esa inundación se evaporó bajo el calor del Sol.

Leonardo daba vueltas a una conchilla en la mano.

—¿Magnificencia? —preguntó Leonardo.

—Lo que dices tiene sentido, pero quizá sólo aquí, en la oscuridad. Sólo espero que, cuando salgamos a la luz, se revele una vez más la verdadera razón.

—Sandro suele regañarme por hablar con demasiada libertad —dijo Leonardo, a modo de disculpa.

—Lo que dices es fascinante —aseguró Lorenzo—. Ten la tranquilidad de saber que no repetiré tus palabras. —Se echó a reír, pero su rostro, iluminado por la antorcha parpadeante, parecía fatigado y cínico. —A Su Beatitud le encantaría poder crear otra perturbación en nuestra bienamada Florencia. Te aconsejo cuidar con quién hablas, Leonardo... Y a ti también, Ser Nicolás, pues pronto muchos considerarán que perteneces a la casa de los Médicis, aunque sin sus privilegios y responsabilidades. Quizá no sea tan buen negocio para ti.

Leonardo estrechó el hombro del pintor, y agregó:

—Pronto tendrás legiones de enemigos, y a la mayoría ni siquiera los conocerás. —Volvió a reír. —Quizá te convenga reevaluar a tus amigos. Il Neri, por ejemplo, que mantiene vínculos con familias que no nos aprecian mucho. Y tú también, Nicolás. Presta atención.

Leonardo se limitó a asentir con la cabeza, pero Nicolás, que parecía entusiasmado con los misterios de las rocas y los fósiles, dijo:

—Me enseñaron, Magnificencia, que este tipo de conchillas se crea por influencia de las estrellas.

—Ésa es una de las creencias que fomenta la Iglesia —señaló Lorenzo, mirando a Leonardo con aire esperanzado—. Pero continúa, Leonardo. Edifícanos con tus ideas sobre el tema, sin duda peligrosas.

Leonardo examinó su antorcha, que empezaba a consumirse. Luego comenzó, vacilante:

—Si la Santa Iglesia está en lo cierto, si los astros eternos de los cielos producen, de algún modo, estas conchillas en el fondo de las cavernas, ¿cómo se explica que las conchillas varíen en tamaño, edad y tipo? Creo que la Iglesia estaba más cerca de la verdad al proponer la explicación del Diluvio. Pero la naturaleza suele producir sus efectos, no de manera cataclísmica, sino gradual. Son raros los casos de violencia natural. No: estas conchillas fueron en otros tiempos seres vivos, que resultaron cubiertos por capas sucesivas de lodo; su carne y sus órganos se perdieron, dejando sólo estas... firmas. Y cada capa, cada inundación de lodo y sedimento, sepulta los restos de otra generación de criaturas de Dios.

—Será mejor que salgamos —dijo Lorenzo—, antes de que se nos sepulte aquí como castigo por nuestra impiedad.

Y abrió la marcha. Nicolás hizo señas a su maestro de que los siguiera y se quedó esperándolo, pero Leonardo le indicó con un ademán que se adelantara. Aún permaneció unos segundos en la caverna; la iluminación de su antorcha arrojaba fulgores rojizos contra los resbaladizos muros de hueso y piedra. Dejó caer la antorcha, echó un último vistazo al antiguo animal, el ser fabuloso de su juventud, y abandonó el frío de la caverna.

Más adelante, Lorenzo iba hablando con Nicolás; Leonardo lo oyó pronunciar las palabras *"lusus naturae"*: error de la naturaleza.

Y mientras se arrastraba por la zona lóbrega y penumbrosa de la caverna, hacia la cegadora luz de la tarde, se sintió solo por completo, tan aislado de los suyos como el monstruo que dejaba atrás.

De pie en la cornisa, contempló la aldea de Vinci, a la distancia.

En verdad estaba listo para arrojarse al cielo.

Se puede hacer un instrumento que por
    añadidura vuele, si uno se sienta
    en el medio del instrumento y opera
    una máquina, por la cual las alas,
    artificialmente compuestas, puedan
    batir el aire a la manera del ave
    en vuelo.

–*Sir* Roger Bacon

8
El milano

Y tal como la liebre perseguida por galgos
    y por cuernos, apunta al sitio del cual
    huyó al principio.

–Monje anónimo

...entre mis primeros recuerdos de infancia,
    cuando estaba en la cuna, figura un
    milano que vino a mí y me abrió la boca
    con la cola, para luego golpearme varias
    veces los labios con ella.

–Leonardo da Vinci

*L*a Gran Ave estaba encaramada en el borde de un barranco, en lo alto de una colina seleccionada por Leonardo, cerca de Vinci. Su aspecto era el de una libélula gigantesca; el entramado de lienzo y seda suspiraba al moverse apenas las grandes alas dobles a impulsos del viento. Nicolás, Tista y Achattabrigha, el padrastro de Leonardo, estaban de rodillas bajo ellas, sujetando con fuerza el arnés del piloto. Zoroastro da Peretola y Lorenzo di Credi, a quince metros de distancia, sostenían las puntas de las alas, como si tuvieran los brazos cargados de descomunales pendones en tonos de azul y oro. A ambos se los podía tomar por caricaturas de Il Magnifico y su hermano Giuliano, pues Zoroastro era feo, moreno y de piel curtida, junto a la dulce belleza de Lorenzo di Credi. El mismo contraste presentaban los hermanos de Médicis, que permanecían junto a Leonardo y Sandro, a pocos metros de la Gran Ave. Bajo el sol de la mañana, Giuliano tenía el mismo aspecto radiante que habría presentado Simonetta; Lorenzo, en cambio, parecía ceñudo.

Zoroastro, siempre impaciente, gritó a Leonardo:

—Estamos listos, maestro.

El joven asintió, pero Lorenzo lo detuvo, mientras decía:

—Esto no es necesario. Te querré como a Giuliano, ya decidas volar... o dejar que se imponga la prudencia.

Leonardo replicó, con una sonrisa:

—Volaré *fide et amore*.

Por fe y por amor.

—Tendrás ambas cosas —afirmó Il Magnifico.

Caminó junto a Leonardo hasta el borde del barranco, para saludar con la mano a la muchedumbre reunida allá abajo, al borde del claro natural donde el piloto debía aterrizar, triunfante. Pero el claro estaba rodeado por un bosque de pinos y cipreses que, desde allí, parecían una multitud de lanzas. Se elevó un saludo clamoroso, en honor del Primer Ciudadano: la aldea entera estaba allí, desde los campesinos hasta los señores rurales, invitados para la ocasión por Il Magnifico, que había erigido una gran tienda multicolor. Sus lacayos y asistentes preparaban el festín desde el amanecer. También estaban allá abajo, presidiendo las festividades, su hermana Bianca, Angelo Poliziano, Pico de la Mirandola y Bartolomeo Scala.

Leonardo aguardó a que Lorenzo hubiera recibido lo que le correspondía, pero luego, para no dejarse sobrepasar, él también hizo una reverencia, agitando los brazos en forma teatral. La muchedumbre vitoreó a su hijo favorito, mientras éste iba a instalarse en el arnés de la máquina voladora. Pero no había visto a Caterina, su madre, una diminuta silueta que miraba nerviosa hacia arriba y susurraba plegarias, con la mano curvada sobre los ojos para protegerlos del sol. Piero, el padre, acompañaba a Giuliano de Médicis; ambos estaban vestidos como para una cacería. Piero no dirigió la palabra a su hijo. Su cara, por lo general formidable, estaba ahora demacrada y tensa, como si se encontrara frente a un magistrado, y aguardara un fallo.

Tendido boca abajo en la tabla ahusada, bajo las alas y el mecanismo de torno, Leonardo se ciñó a la cabeza el lazo que controlaba el timón de la Gran Ave; luego probó las manivelas y los estribos, que subían y bajaban las alas.

—Ten cuidado —gritó Zoroastro, retrocediendo ante el aleteo—. ¿Quieres matarnos?

Hubo risas nerviosas, pero Leonardo guardó silencio. Achattabrigha ató las correas que sujetarían a Leonardo a su máquina, y dijo:

—Rezaré por tu éxito, Leonardo, hijo mío. Te amo.

Al girar hacia su padrastro, Leonardo percibió en su ropa y en su aliento los ricos olores de la cocina materna: ajo y cebollas dulces. Al contemplar los claros ojos entornados del anciano, cayó en la cuenta de que amaba a ese hombre, que se había pasado la vida sudando junto al fuego de los hornos y pensando con las manazas de uñas amarillentas.

—Yo también te amo... padre. Y tus plegarias me dan seguridad.

Eso pareció complacer a Achattabrigha, que verificó las correas por última vez. Después de dar a Leonardo un beso y una palmada en el hombro, retrocedió con tanta reverencia como si se apartara de un icono en la catedral.

—Buena suerte, Leonardo —dijo Lorenzo.

Los otros repitieron el mismo deseo. Su padre lo saludó con un gesto de la cabeza y una sonrisa. Y Leonardo se levantó, recibiendo en la espalda el peso de la Gran Ave. Nicolás, Zoroastro y Lorenzo di Credi lo ayudaron a llegar hasta el borde mismo del barranco.

Abajo se elevó una ovación.

—Ojalá fuera yo en tu lugar, maestro —dijo Nicolás.

—Por esta vez limítate a observar, Nico —respondió Leonardo—. Finge que eres tú quien vuela por el cielo, pues esta máquina es también tuya. Así irás conmigo.

—Gracias, Leonardo.

—Ahora apártate, que debemos volar.

Miró hacia abajo, como por última vez, como si cada árbol, cada rostro vuelto hacia arriba aumentaran de tamaño; los olores, los sonidos y los movimientos eran claros y nítidos. De algún modo, el mundo se había dividido en sus elementos componentes, todo en un instante; las ondulaciones y los salientes de la tierra, a la distancia, eran como los de un verde mar, con largas sombras pardas, y sobre esas aguas inmóviles flotaban las diversas construcciones humanas: la iglesia y su campanario, cobertizos, graneros, cabañas y campos arados.

El corazón le palpitaba con fuerza en el pecho. Ansiaba estar a salvo en su catedral de la memoria, donde el pasado era tangible y ni causa ni efecto se hallaban sujetos a cuestionamientos. Se levantó una brisa del noroeste; Leonardo la sintió fluir a su alrededor como un aliento. Las copas de los árboles susurraron; el aire caliente ascendía hacia el firmamento. Las corrientes termales fluían hacia arriba, invisibles, tironeando de él. Sus alas se estremecieron ante las ráfagas. Y comprendió que debía ser en aquel instante, antes de verse arrebatado del edificio sin estar listo.

Se lanzó hacia el precipicio como si se zambullera desde un barranco hacia el mar. Por un momento, en tanto caía, experimentó un regocijo embriagador, seguido por un miedo que le provocó palpitaciones y náuseas. Pese a que forcejeaba con el torno y los estribos, agitando las grandes alas de lienzo, no lograba mantenerse en alto. Las horas de práctica habían hecho que sus movimientos de manos y pies fueran casi reflejos: una pierna empujaba hacia atrás para bajar un par de alas, mientras operaba con furia el torno con las manos para elevar la otra, girando las manos primero hacia la izquierda, luego hacia la derecha. Operó el mecanismo utilizando a fondo la fuerza de cien kilos que había calculado; los músculos le dolían por el esfuerzo. Aunque la Gran Ave podía funcionar como deslizador, había demasiada fricción en el mecanismo para lograr suficiente energía propulsora, y la resistencia del viento era demasiado fuerte. Apenas podía levantar las alas.

Cayó.

El viento frío, cortante, se convirtió en un suspiro sin pausa en sus oídos. Sus ropas flameaban contra la piel, igual que la tela de sus alas fallidas, mientras las colinas, el cielo, el bosque y los barrancos giraban en espiral a su alrededor. Sintió la impresión desalentadora de su sueño recurrente, la pesadilla en la que se veía caer en el vacío.

Pero estaba cayendo en una suave luz, tangible como la manteca. Por debajo de él se extendía la tierra familiar de su juventud, elevándose contra toda lógica, precipitándose hacia arriba para reclamarlo. Vio la casa de su padre y, a la distancia, los Alpes Apuanos y la antigua ruta adoquinada, construida antes de que Roma llegara a ser imperio. Sus sensaciones tomaron la textura de sueños. Oró, y él mismo se asombró de hacerlo, en tanto miraba hacia las sombras purpúreas de los árboles que esperaban para empalarlo. Aun así continuó con el pedaleo, empecinado, operando el mecanismo del torno.

De pronto sintió un sutil estallido de aire cálido a su alrededor. Súbita, imposible, de manera vertiginosa, estaba ascendiendo.

Tenía las alas extendidas, inmóviles. No aleteaban, pero aun así se elevaba. Era como si la mano de Dios lo estuviera alzando hacia el cielo. Entonces recordó los milanos que había liberado: cómo buscaban las corrientes de aire y las utilizaban para elevarse raudos hacia las alturas más encumbradas, con las alas inmóviles.

Así ascendió Leonardo en la corriente de aire cálido, con la boca abierta para aliviar la presión que aumentaba sin cesar en los oídos, hasta que pudo ver la cumbre de la montaña, trescientos metros más abajo. Las colinas, los arroyos, el bosque y las tierras de cultivo habían disminuido, convirtiéndose en un nítido tablero de remolinos y rectángulos, prueba de la obra humana en la tierra. A esa altura el sol parecía más refulgente, como si el aire fuera menos denso en esas regiones atenuadas. Leonardo temía estar acercándose demasiado a la región donde el aire se convertía en fuego.

Giró la cabeza, tiró de la correa conectada al timón, y descubrió que podía manejar el rumbo, dentro de ciertos límites. Pero de pronto dejó de ascender, como si la burbuja de aire caliente que lo contenía hubiera estallado de repente. Sintió un escalofrío.

El aire se volvió frío... y quieto.

Operó con furia el torno, pensando que podría batir las alas como lo hacen los pájaros hasta alcanzar el viento, pero no lograba suficiente avance.

Una vez más cayó, como una flecha en arco.

Aunque la resistencia del viento era demasiado grande para poner las alas de abajo en posición horizontal, había desarrollado velocidad suficiente para sustentarse. Por algunos segundos ascendió, pero no consiguió operar el mecanismo con bastante fuerza para mantenerse. Otra ráfaga lo azotó, castigando la Gran Ave con puños espectrales.

Su única esperanza era encontrar otra corriente termal.

En cambio se descubrió atrapado en un torbellino que era como una ráfaga; la máquina voladora fue impulsada hacia atrás. Leonardo hizo todo lo posible por mantener las alas en posición horizontal porque temía que el viento se las arrancara. Por cierto, las ráfagas erráticas parecían conspirar para impulsarlo hacia la faz rocosa de la montaña.

Era como si el tiempo avanzara con más lentitud. En un largo segundo divisó el claro rodeado por el bosque, como un ojo de buey. Vio las carpas, vio a los aldeanos que estiraban el cuello para mirarlo, con ojos dilatados. Y en ese momento susurrante de ráfagas adquirió, de pronto, una perspectiva nueva y libre de trabas, como si no fuera él quien caía hacia su muerte.

Se preguntó si sus vecinos lo estaban ovacionando. ¿O se sentían estupefactos, horrorizados, al ver que uno de los suyos se precipitaba desde el cielo? Lo más probable era que todos ansiaran en secreto su caída; sus deseos más profundos no se diferenciarían mucho de los de esa muchedumbre que, en días recientes, había instado a un pobre campesino loco de amor a saltar desde un tejado a los adoquines de la Via Calimala.

A su derecha vio un milano. Se preguntó si sería una visión, pero luego recordó su sueño: el milano que se lanzaba en picada hacia él, cuando era niño, y le azotaba la cara con las plumas suaves y oleosas de la cola.

El suelo se encontraba ya a cien metros escasos.

El milano estaba en la misma trampa eólica que Leonardo. Ante su vista, el ave viró, inclinándose hacia un costado, y voló siguiendo el viento. Leonardo equilibró su peso de otro modo, manipuló el timón y alteró el ángulo de las alas. De ese modo logró seguir al ave. Sus miembros parecían peso muerto, pero se aferró a su pequeña medida de control.

Aún caía.

Le llegaban los gritos de la multitud, como parte del apagado murmullo del viento. La gente se dispersaba, abriendo espacio. Pensó en Caterina, su madre.

Y siguió al milano, como si fuera su inspiración, su propia Beatriz.

Caterina.

Ginevra.

Y la tierra se henchía hacia arriba.

Entonces Leonardo tuvo la sensación de estar suspendido sobre el dosel hondo y verde de la selva, pero sólo por un instante. Lo tocó una bocanada de viento cálido y la Gran Ave ascendió a lomos de la corriente termal. Leonardo buscó al milano con la vista, pero había desaparecido como un espíritu, elevándose sin peso a través de las diversas esferas, hacia el Primum Mobile. Trató de dominar el vuelo y fijar sus pensamientos en aterrizar en uno de los sembrados que estaban más allá de los árboles.

La corriente termal lo llevó hacia arriba; luego estalló con la misma brusquedad, como si bromeara con él. Leonardo trató de mantener las alas fijas y planear en el viento por algunos segundos, pero una ráfaga volvió a empujarlo hacia abajo y cayó...

Cayó de nuevo a la tierra.

Arrogancia.

"He vuelto al hogar para morir."

Y se imaginó de pie ante la estatua de bronce que custodiaba la entrada de su catedral de la memoria. Era un demiurgo de tres cabezas. Las caras de su padre, Toscanelli y Ginevra lo miraban con fijeza, pero fue ella quien pronunció las palabras que lo borrarían del mundo, las palabras de Lucas: *"Nunc dimittis servum tuum, Domine"*.

Ahora, Señor, permite que tu siervo se retire.

No, Ginevra, no puedo dejarte. Te amo. Aún no he terminado mi obra, mi...

La cara de su padre lo miraba, ceñuda.

Leonardo había fracasado.

Los árboles giraron bajo él, como si los arrancaran de raíz. Una vez más lo abandonó la secuencia natural del tiempo. Vio rostros familiares, piedras engarzadas como gemas en la áspera tierra negra, briznas de cirros que centelleaban contra el sol, las rocas de la montaña, plantas de hojas largas, surcadas por venas finas y perfectas.

Así se estiraba el tiempo... y se comprimía.

Mientras la oscuridad, detrás de sus párpados cerrados, se convertía en crepúsculo.

"Quizás he muerto."

Nunc dimittis...

Sin embargo, en la reconfortante oscuridad, Leonardo pudo refugiarse en su catedral de la memoria, su iglesia de muchas cúpulas y de salas que aún no había llenado. Estaba a salvo en los confines de su alma. Y voló desde el pórtico a la torre, de la nave a la capilla, a través de una perfecta memoria reclamada, persiguiendo a su milano.

El mismo que había aparecido ante Leonardo.

Mucho tiempo atrás.

Como en un sueño.

Esas almas derrotadas se diseminaron por la
escena, sus rostros vueltos, una vez más,
hacia la montaña donde la Razón acicatea
y la Justicia nos descarna...
—Dante Alighieri

Salvaje es el que se salva a sí mismo.
—Leonardo da Vinci

Retrato de Lorenzo Il Magnifico

Segunda parte
Materia

Retrato de Simonetta Vespucio

9
Memento Mori

Todos los días muero.

–Petrarca, carta a
Felipe de Cabassoles

Como el sol en un vidrio, la doble criatura
brillaba por el hondo reflejo de sus ojos,
ya en la una, ya en la otra naturaleza.

–Dante Alighieri

Aun después de tres semanas los dolores de cabeza continuaban. Al caer en el bosque, entre los densos cipreses purpúreos, desgarrando como papel de seda la madera y el lienzo de las grandes alas, Leonardo había sufrido la fractura de varias costillas y una conmoción cerebral. Cuando los lacayos de Lorenzo lo encontraron, su cara ya se estaba volviendo negra. Aunque se recuperó en la casa de su padre, Il Magnifico insistió en llevarlo a Villa Careggi, donde Pico de la Mirandola podría hacerlo atender por sus médicos. Con excepción del dentista personal de Lorenzo (quien empapó una esponja en opio, jugo de hierba mora y *hyocyamus*, para extraerle el diente roto mientras él dormía, soñando que caía), hicieron poco más que cambiarle los vendajes, sangrarlo con sanguijuelas y trazar su horóscopo.

En Careggi, Leonardo cimentó su relación con Lorenzo. Él, Il Magnifico y Sandro juraron ser como hermanos: leve engaño, pues el Primer Ciudadano podía ser, a lo sumo, lo que el notario Lapo Mazzei había llamado "amigo y no amigo". No cabía alternativa, pues Lorenzo no podía escapar del collar del *padrone* y no confiaba sino en Giuliano y en su madre, Lucrezia Tornabuoni.

Se decía que también confiaba en Simonetta.

En la corte Leonardo forjó otras amistades importantes; por ejemplo, con el mismo Mirandola, que ejercía influencia sobre la familia Médicis. El pintor descubrió, con asombro, que tenía mucho en común con él. Ambos habían disecado cadáveres humanos en los estudios de Antonio Pollaiuolo y Luca Signorelli, que tenían fama de robar tumbas para mantener sus actividades artísticas y pedagógicas. Para Leonardo fue una sorpresa descubrir que Mirandola también había hecho una especie de aprendizaje con Toscanelli.

Aun así, fue un verdadero alivio que la peste por fin cediera lo suficiente como para permitirle regresar a Florencia. Allí lo recibieron como a un héroe, pues Lorenzo había anunciado en forma pública, desde la *ringhiera* del Palazzo Vecchio, que el artista de Vinci había volado realmente como los pájaros. Pero entre los cultos se rumoreaba que, en verdad, Leonardo había caído como Ícaro, a quien se parecía por su arrogancia. La nota anónima que recibió parecía decirlo todo: "*Victus honor*".

Honor al vencido.

Leonardo no aceptó ninguna de las incontables invitaciones para asistir a diversos bailes de disfraz, cenas y fiestas. Lo envolvía un frenesí de trabajo. Llenó tres carpetas de bocetos y notas escritas en espejo. Nicolás le llevaba las comidas; Andrea del Verrocchio subía unas cuantas veces al día para echar un vistazo a su aprendiz, ahora famoso.

—¿No estás harto todavía de máquinas voladoras? —le preguntó en una oportunidad, impaciente.

Anochecía; abajo ya se había servido la cena para los aprendices. Nicolás se apresuró a despejar una parte de la mesa, para que el maestro pudiera depositar los dos platos de carne hervida que había llevado. El estudio de Leonardo estaba tan desordenado como de costumbre, pero la vieja máquina voladora, los insectos clavados en tablas, las aves y los murciélagos disecados, los diversos diseños de alas, timones y válvulas, habían sido reemplazados por nuevos dibujos, nuevos mecanismos para probar diseños de alas (pues ahora las alas permanecerían fijas) y varios modelos en gran escala de hélices de juguete, que estaban en uso desde el siglo XIV. Experimentaba con conos invertidos (roscas de Arquímedes) para burlar la atracción de la gravedad, y estudiaba la geometría de los juguetes para niños, a fin de calcular el principio de la hélice. Así como una regla que gira velozmente en el aire guía el brazo por la línea del borde de la superficie plana, así imaginaba Leonardo una máquina operada por una hélice voladora. No obstante, no podía evitar pensar que mecanismos tales iban contra la naturaleza, pues el aire era un fluido, como el agua. Y la naturaleza, el prototipo de toda creación humana, no había inventado el movimiento rotatorio. Leonardo tiró del cordel de un helicóptero de juguete y la diminuta hélice de cuatro hojas se elevó en el aire, como si desafiara todas las leyes naturales.

—No, Andrea, no he perdido el interés por ésta, la más sublime de las invenciones. Il Magnifico ha escuchado mis ideas y está persuadido de que mi próximo aparato se mantendrá en vuelo.

Verrocchio observó la hélice roja, que se deslizaba de costado hasta un montón de libros.

—¿Y Lorenzo te ha ofrecido alguna recompensa por estos... experimentos?

—Un invento así revolucionaría el carácter mismo de la guerra —insistió Leonardo—. También he estado experimentando con arcabuces mejorados. Y tengo un diseño para fabricar una ballesta gigantesca, de un tipo nunca antes imaginado. Y he desarrollado un cañón con muchas hileras de caños que...

—Qué bien —lo interrumpió Verrocchio—. Pero te advierto que no es prudente depositar tu confianza en los entusiasmos pasajeros de Lorenzo.

—El interés del Primer Ciudadano por los armamentos no es pasajero, por cierto.

—¿Por eso ha ignorado tus informes previos, esos en que le proponías estas mismas ideas?

—Eso fue antes. Ahora es otra cosa. Si Florencia entra en guerra, Lorenzo necesitará de mis inventos. Así me lo ha dicho.

—Ah, claro —repuso Andrea, moviendo afirmativamente la cabeza. Luego de una pausa agregó: —Deja estas tonterías, Leonardo. Eres pintor; un pintor debe pintar. ¿Por qué no has querido trabajar en ninguno de los encargos que te ofrecí? Y has rechazado muchos otros ofrecimientos buenos. No tienes dinero y te has hecho una mala reputación. Ni siquiera has terminado la *caritas* para Madonna Simonetta.

—Cuando el mundo vea que mi máquina voladora se eleva al cielo, tendré dinero en cantidad más que suficiente.

—Estás vivo por pura suerte, Leonardo. ¿No te has visto en el espejo? Y podrías haberte quebrado la columna. ¿Tan empecinado estás en hacerlo otra vez? ¿O te alcanzará con matarte? —Meneó la cabeza, como si estuviera furioso consigo mismo. Luego añadió con suavidad: —Tal vez sea cierto que necesitas una mano fuerte. Me considero culpable. Nunca debí permitir que iniciaras todo esto. —Señaló las máquinas de Leonardo. —Pero estaba en juego tu honor. Y Lorenzo me aseguró que no llegarías a hacerlo; en verdad estaba cautivado por ti.

—¿Quieres decir que ahora no lo está?

—No hago sino describir su temperamento, Leonardo.

—El culpable de que haya cambiado de idea soy yo. Pero tal vez debería ponerlo a prueba. Fuiste tú quien me dijo que Lorenzo ofrecía darme alojamiento en sus jardines.

—No te rechazaría —dijo Andrea—. Pero tampoco tendrá paciencia contigo. Ni con ninguno de nosotros, en realidad.

—¿Qué estás diciendo?

—Galeazzo Sforza ha sido asesinado. Lo apuñalaron en el portal de la Iglesia de San Esteban. ¡En una iglesia! —Verrocchio meneó la cabeza. —Acabo de enterarme.

—Eso augura un mal futuro para Florencia —comentó Nicolás, que, hambriento, había estado comiendo furtivamente la carne hervida llevada por Verrocchio.

—Así es, muchacho —confirmó el maestro—. Con Milán en el caos, la liga ha muerto. A Florencia sólo le queda Venecia, un aliado muy caprichoso. Los enviados de Lorenzo han ido a Milán para hablar con la viuda de Galeazzo, pero ella no podrá controlar a sus cuñados. Y una vez que Milán esté bajo la influencia del Papa..

—... se acabará la paz en Italia —completó Leonardo.

—Creo que eso es mucho decir —manifestó Andrea—. Pero será difícil lograr ventaja para Florencia.

—Il Magnifico es un buen negociador —afirmó Nicolás.

Andrea asintió con la cabeza.

—El pequeño tiene razón.

El joven Maquiavelo echó una mirada ceñuda a Andrea, pero no dijo nada.

—Temo estar en lo cierto con respecto a la paz de Italia —insistió Leonardo—. Pronto habrá terminado. ¿Acaso no hemos perdido ya a Federico de Urbino, nuestro mejor *condottiere*, que se pasó a la Santa Sede? Ahora, más que nunca, Lorenzo necesita un ingeniero militar.

Andrea se encogió de hombros.

—Yo soy un simple pintor —dijo. El sarcasmo de su voz revelaba su frustración por Leonardo. —Pero sé tan bien como tú que Lorenzo ya tiene un ingeniero. Emplea a Giuliano da Sangallo.

—Sangallo es mal pintor y pésimo ingeniero —evaluó Leonardo.

—Se ha distinguido en varias campañas, y Lorenzo lo escogió a él.

—Te equivocas. Lorenzo no se olvidará de mis inventos.

Andrea chasqueó la lengua contra el paladar.

—Te deseo buenas noches. Come, Leonardo, antes de que la comida se enfríe. —Pero se detuvo ante la puerta. —Ah, Madonna Vespucio te solicita una audiencia.

—¿Cuándo? —preguntó Leonardo, sin prestar atención al sarcasmo de su maestro.

—Mañana, a la una en punto de la tarde.

—Andrea...

—¿Sí?

—¿Por qué te has vuelto contra mí?

—Porque te quiero. Olvida los inventos, las municiones y los juguetes voladores. Eres pintor. Pinta.

De acuerdo con el consejo de su maestro, Leonardo pasó la noche pintando. Pero llevaba demasiado tiempo lejos de los vapores del ácido acético, los barnices, el aceite de lino y la trementina. Le lagrimeaban los ojos y le dolía la cabeza. No obstante, estaba pintando como en sus mejores momentos. Sentía un fuerte cosquilleo en los senos nasales y en los ojos y le costaba respirar por la nariz, pero los cirujanos de Pico de la Mirandola le habían asegurado que esas molestias desaparecerían cuando la sangre purificara, de manera natural, esas "hinchazones internas". Mientras él trabajaba, Nicolás le aplicaba en la frente una receta de Pico: paños empapados con una mezcla de aceite de rosas y raíz de peonía.

Atalante Miglioretti fue a visitarlo y llevó a un amigo para que lo animara: Francesco de Nápoles, que tenía fama de tocar el laúd como nadie. Leonardo les pidió que le hicieran compañía mientras pintaba; además, necesitaba enterarse de noticias y rumores, pues debía estar preparado para la visita a Simonetta, al día siguiente. Francesco, que era menudo, lampiño y de contextura delicada, demostró su habilidad con el laúd; Leonardo pidió a Nicolás que diera a Atalante una lira con forma de cabra, similar al instrumento que había regalado a Il Magnifico.

—Mi intención era forjar esta lira en plata, como lo hice con la otra —le explicó a Atalante—. Pero la plata no me alcanzó.

—El metal cambia el tono del instrumento —señaló Atalante.

—¿Para mejor? —preguntó Leonardo.

Atalante calló por un segundo. Luego respondió:

—Debo confesar que prefiero la madera... como ésta.

Caviloso, el pintor dijo:

—Tal vez Lorenzo quiera comprar la cabra como compañera para su caballo de plata. Si me suministrara el metal, el resto sería mi paga.

—Quizá lo haga. Y a ti te quedaría el original. —Atalante hizo una pausa. —Pero si entramos en guerra no habrá plata para nadie... ¿Sabes que han asesinado a Galeazzo Maria Sforza? Ya se habla de eso en las calles.

—Sí.

—La viuda ya está suplicando al Papa que otorgue al duque la absolución póstuma de sus pecados.

—¿De eso también se habla en las calles? —preguntó Leonardo.

Su amigo se encogió de hombros.

—Dicen que ella se pasará al Papa y que eso causará una guerra.

—Ni siquiera sabemos si las riendas del poder quedarán en sus manos —observó Nicolás—. Puede que Milán se convierta en república... como Florencia.

Los hombres sonrieron, pues Florencia era república sólo de nombre. Pero Atalante no se mostraba en absoluto condescendiente cuando dijo a Nicolás:

—Es cierto que los conspiradores eran republicanos, joven amigo mío. Pero el pueblo milanés amaba a su tirano y lamenta su muerte. Lampugnani, el líder, fue muerto en el acto y arrastrado por toda la ciudad. A los otros se los aprehendió poco después; los torturaron de una manera horrible. No, allí no habrá república. Y aun si la hubiera, ¿quién sabe si Milán continuaría siendo aliada nuestra? ¿Qué piensas tú, Francesco?

El violista se encogió de hombros, como si la política lo impacientara y sólo quisiera continuar haciendo música.

—Creo que ustedes, los florentinos, hallan presagios de guerra y escándalo debajo de cualquier piedra. Malgastan un tiempo precioso en preocuparse por los grandes designios de sus enemigos... y acaban muriendo de pura vejez.

Leonardo se echó a reír; no podía menos que sentirse atraído por ese músico cínico, que no parecía mucho mayor que Nicolás.

—Vamos, hombre —protestó Atalante.

—Nadie quiere la guerra. Sixto, menos que nadie —aseveró Francesco.

—Es ambicioso —apuntó Atalante.

—Pero cauto. En todo caso, el asesinato es un mal presagio. Sienta un mal precedente, pues ya no son seguros ni aun los santuarios de Dios. Y ahora, ¿podemos tocar para Messer Leonardo?

—Por supuesto —dijo Atalante—. Temo que no hemos cumplido con nuestra misión. Todo lo contrario.

—¿Y cuál era esa misión? —preguntó Nicolás.

—Levantar el ánimo a tu maestro.

—Tarea casi imposible —opinó Sandro Botticelli, que acababa de entrar—. Pero hasta Leonardo, Señor Supremo, puede ser vencido.

—¿Es que Andrea deja entrar a cualquiera en su *bottega*? —Inquirió Leonardo, de buen humor—. ¿Ninguno de ustedes teme a los guardias de Il Magnifico, que salen a las calles después del toque de queda?

—No recuerdo que eso te haya preocupado nunca, Leonardo —replicó Atalante.

—¡Ay! Hasta yo he sabido cometer tonterías juveniles —respondió él. Luego, dirigiéndose a Sandro: —¿Qué quisiste decir?

—¿Con qué, Leonardo?

—Con eso de que yo podía ser vencido.

—*Victus honor.*

—Conque fuiste tú quien envió esa nota.

—¿Qué nota? —preguntó Sandro, con aire alegre.

—Bueno, ya veo que te sientes mejor.

—Por lo menos ya no soy una botella vacía. —Aun así había en él una tristeza subyacente, como si en verdad estuviera como decía no estar: vacío, solitario y angustiado. —Toca, Atalante, con tu amigo. Leonardo y yo podríamos cantar.

—Eso suena a amenaza —comentó Leonardo.

—¡Por los clavos de Cristo! Entonces no cantaré.

—He compuesto una melodía para un poema de Cátulo —anunció Atalante—. ¿No es tu favorito, Leonardo?

—Sí, por cierto. Aunque pueda parecer una blasfemia, tengo afición por algunas de las obras de Marco Tulio Cicerón y Tito Lucrecio Caro. En cambio, debo confesar que me impacienta tu honradísimo Virgilio, lo mismo que Horacio y Livio. Estoy harto de que se haga poesía sobre la poesía. Deja que tus amigos de la corte citen a Cicerón. Cátulo, en cambio... ése es alguien cuyas palabras resonarán por toda la eternidad. Dime cuál es el poema y yo te acompañaré.

—*Lesbia me dicit* —respondió Atalante.

Hizo una señal a Francesco y ambos comenzaron a tocar y cantar. Atalante entretejía su voz dulce, bastante suave, a la de Leonardo, que era más resonante, pero limitada en su registro.

Lesbia se queja siempre.
Habla de mí
Para atravesarme el corazón.
Pero yo he hecho a un lado
Su engaño y su arte,
Soy yo quien he atravesado su corazón.

La melodía era lenta, aunque las palabras sonaban ligeras. Pasaron de una canción a otra, a nuevas creaciones de Atalante sobre poemas de Cátulo:

> *Odi et amo...*
> Odio y amo.
> Me preguntas cómo.
> Me falta respuesta.
> Me tienes en el potro de los tormentos.
> *Odi et amo...*

Sandro sirvió el vino y Leonardo se dejó emborrachar un poco. También permitió que Nicolás bebiera su parte. Cuando se fueron Atalante y su amigo veneciano, el chico dormía profundamente en su jergón, con una gran carpeta de poemas romanos en los brazos. Parecía un Baco en reposo, concebido y esculpido a la manera de Praxíteles, pues el denso pelo rizado le caía en desaliño sobre la frente.

—Es tarde. Yo también debería irme —dijo Sandro en un susurro, para no despertar a Nicolás.

Luego retiró la tela que cubría el retrato de Simonetta y dijo, con una sonrisa:

—Tú retratas la carne y muestras el espíritu. Yo pinto el espíritu y muestro la carne.

—Estás ebrio —dijo Leonardo.

—Es cierto. Y tú también, amigo mío. Veo que has puesto a Simonetta en Vinci. —Se refería a la pintura de la Madonna con el gato. —Pintes lo que pintares, las montañas y los arroyos de Vinci están siempre allí, ¿verdad? Pero sigues encaprichado con la técnica flamenca. Creo que te has vuelto más diestro en ella que tu competidor, Van der Goes.

—¿Eso es todo lo que ves en mi pintura, Botellita? ¿Destreza?

—No, Leonardo. Veo a Simonetta en carne y hueso. Casi puedo leer sus pensamientos, pues le has dado vida. Eso no puedo negarlo.

—Gracias. Tenemos nuestras diferencias, pero...

—No tantas, quizá.

—Como pintores, quiero decir.

—Ah... —repuso Sandro. Pero seguía en la contemplación del cuadro de Leonardo como si estuviera bajo un hechizo. Como cuando su mirada se había cruzado con la de Leonardo, durante el exorcismo.

—¿Me estás ocultando algo, Botellita?

Sandro, sonriente, volvió a cubrir con cuidado la pintura.

—Debes poner mucho cuidado al llevarla. Estará húmeda.

—¿Sandro? —insistió Leonardo, que empezaba a preocuparse.

—Mañana —dijo su amigo, sin dejar de mirar con intensidad la tela, como si aún viera el retrato escondido abajo.

Esa tarde, Leonardo llegó a casa de Simonetta con puntualidad, algo desacostumbrado en él. Aunque la mayoría de los artistas eran tan puntillosos en sus compromisos como los mercaderes, los médicos y otros profesionales, Leonardo no podía entenderse siquiera con ese rasgo fundamental de la burguesía. El retardo había pasado a ser una de sus características menos afortunadas. Sin embargo, aquel día no lo distraían la guerra ni las máquinas voladoras; tampoco la ciencia natural; ni siquiera la pintura y el juego de luces y sombras, aunque sostenía con cuidado su retrato de Simonetta, asegurándose de que el paño de seda no tocara las veladuras aún frescas de aceite de lino y barniz.

Sus pensamientos se concentraban en Simonetta y en lo que ella quería de él. Sintió un escalofrío de culpa al recordar lo que habían vivido en la perversa fiesta de Il Neri. No obstante la consideraba su amiga, una verdadera amiga, tan absoluta y candorosa como ella lo había prometido. Experimentaba una confusa mezcla de culpa y atracción... y también preocupación, pues Sandro insistía en que Simonetta había absorbido su fantasma ponzoñoso, pese a los cuidados de Pico de la Mirandola.

¿Qué más le ocultaba Sandro?

¿Y si su amigo (Dios no lo permitiera) aún estaba afectado por ciertas manifestaciones de la bilis negra fría, *melaina cholos*... la melancolía mortífera?

Tras cruzar un portón de hierro forjado, descendió por una calle estrecha; no era más que una callejuela, pero la custodiaban grifos de mármol, sátiros, náyades, guerreros de físico perfecto y la misma Diana cazadora. Por fin llegó al patio y a la galería abierta de los Vespucio; era una casa de dos plantas.

Llamó a una pesada puerta vidriada. Un sirviente lo condujo por habitaciones bien ventiladas, decoradas de frescos, alcobas de adornos grotescos, estudios y pasillos de paredes ocres, hasta salir a un patio trasero donde los pavos reales vagaban en libertad. Allí estaba Simonetta, con una leve sonrisa en la cara pálida y pecosa, contemplando desde su asiento, por sobre un muro cubierto de enredaderas, las calles y los senderos de abajo. Sus cejas depiladas eran dos líneas finas; tenía la boca fruncida, con el labio inferior algo adelantado, y parecía sumida en una profunda contemplación. La brisa, aunque muy leve, agitaba los cabellos de bebé, escapados de la rubia cabellera, trenzada en forma muy compleja. Lucía una *gamurra* de satén carmesí, con mangas abullonadas de seda, muy escotada en el corpiño; alrededor del cuello, una cadena con un colgante; en el centro del disco dorado se veía un trozo de asta de unicornio: el antídoto universal para los venenos.

Era, en verdad, una figura etérea; por un instante Leonardo tuvo la sensación de hallarse ante una de las pinturas alegóricas de Sandro. Simonetta era la Venus-Humanitas de Botticelli surgida a la vida.

—Me estás mirando fijamente, Leonardo. ¿Me ha brotado acaso una verruga en el mentón?

—No, Madonna. Estás encantadora.

—Y muy feliz de ver, querido Leonardo, que apenas tienes en la cara la sombra de un moretón. Sandro exageró la importancia de tus lesiones. Pero debes prometerme que no volverás a correr tales riesgos.

Leonardo le hizo una reverencia, como agradecimiento a su amabilidad.

—Debo decirte que Sandro ha captado, en una pintura que me mostró, la esencia de tu belleza perfecta.

A las mejillas de la joven subió un ligero rubor.

—¿Qué pintura es ésa?

—Se llama "Alegoría de la primavera". Según me dice, se inspiró en parte en un fragmento de cierta obra de Marsilio Ficino.

—¿Conoces esa obra?

—Me avergüenza decir que no.

—¿Tan poco crédito te merece su academia?

—Parece que sus empresas intelectuales están por encima de mí —respondió Leonardo, irónico—. Pero tú eres la idea fija sobre la cual él modela todas las figuras de su cuadro. Su descripción de las Tres Parcas no es sino tus diferentes expresiones. Ningún hombre podría contemplar esa pintura sin enamorarse por completo de ti.

—En ese caso, temo que se trata de un cuadro peligroso.

Leonardo rió.

—Sandro me lo ha mencionado —dijo ella—, pero es demasiado tímido para permitirme que lo vea.

—Sólo porque no lo ha terminado, Madonna. En realidad, él da más vueltas con sus pinturas que yo con las mías. Sin embargo, soy yo quien se lleva la mala reputación.

Entonces fue Simonetta quien rió, pero Leonardo tuvo la sensación de que con suavidad, quizá con amor, lo estaba tratando como a un tonto. Después de una pausa, ella preguntó:

—¿Tienes miedo de acercarte a mí? ¿Y qué escondes bajo esa tela? ¿Será quizá la pintura que he estado esperando?

Leonardo le hizo una reverencia.

—En comparación con la diáfana representación de Sandro, mi presente es sombrío, por cierto.

Ella le abrió los brazos, riendo.

—Bueno, tráemelo. Seré yo quien juzgue.

El pintor apoyó la tela contra la pared y retiró el paño que la cubría. Simonetta se inclinó hacia él, como si fuera corta de vista.

—Es bello, Leonardo. Has cambiado todo desde la última vez que lo vi. ¿Es posible que yo luzca tan frágil y virginal? Es como estar viendo a la mujer que me habría gustado ser. Como el doble espejo de Sinesio, que refleja a un tiempo el mundo superior y el nuestro. Y allí... —Señaló una representación casi geométrica de árboles y colinas en la pintura. —Allí veo el paisaje del cielo, iluminado por la luz celestial.

Sonrió. Leonardo se sintió cautivado por esa sonrisa melancólica, pero serena y enigmática. La memorizó, aun pensando que la violaba, pues en alguna ocasión pintaría esa sonrisa antes que a Simonetta.

—Es simplemente la región de mi niñez, Madonna.

Ella se volvió a mirarlo.

—Gracias, Leonardo.

—El barniz aún no está seco.

—Tendré cuidado. No puedo evitar la temerosa idea de que sólo ahora se me permite verme así, como si fuera en el cielo. Pero no quiero que tu espejo mágico oscurezca, como en la canción infantil.

—¿A qué te refieres? —preguntó él.

Pasando por alto la pregunta, ella tocó una campanilla para convocar a su lacayo, un niño de unos doce años escasos.

—Debes llevar esta pintura adentro y tratarla con el máximo cuidado —indicó al niño, mientras la envolvía. Y a Leonardo: —Temo que el polvo del aire pueda adherirse a esta obra perfecta.

Cuando el chico se hubo retirado, Leonardo repitió su pregunta, pero ella meneó la cabeza, pidiendo:

—Siéntate a mi lado y abrázame.

Él echó una mirada a las calles.

—No te preocupes —lo tranquilizó Simonetta—. Nadie puede vernos.

Abrazó estrechamente a Leonardo, oprimiéndole la cabeza contra su seno. Él sintió la piel suave, algo húmeda, y la gruesa textura del terciopelo; percibió su olor, mezclado con perfume de violetas. Su respiración sonaba áspera y poco profunda; el ruido se magnificaba al pasar de la carne a su oído, como olas que se estrellaran contra las rocas. Luego ella le alzó la cara y Leonardo volvió a experimentar pasión. Pero de pronto Simonetta fue presa de los espasmos de la tos. Quiso apartarse de él, mortificada, pero Leonardo la retuvo, abrazándola. Entre toses y jadeos, medio sofocada, trató de recobrar el aliento. Estaba trémula, exhausta, y tensaba el cuerpo con cada acceso, como si fuera la cuerda de un arco. Él imaginó que algo delicado se rompía dentro de ella. Su saliva le empapaba la camisa.

Entonces descubrió que surgía mezclada con sangre.

Cuando cedió la tos ella se apartó. Tenía los ojos cerrados con fuerza, como concentrándose, como si a fuerza de voluntad pudiera transformarse en un fantasma de salud. Y eso era con exactitud lo que estaba haciendo, pensó Leonardo. Se enjugó la cara, blanca como carne muerta, y se limpió la boca con un pañuelo carmesí, donde las manchas de sangre pasaban inadvertidas.

Lo miró de frente. Tenía los ojos brillantes, al borde de las lágrimas. Entonces Leonardo supo que Sandro estaba en lo cierto. Los ojos, aunque claros, con el azul del océano, parecían acosados por fantasmas.

Él creyó estar mirando a través de velos transparentes, como si ella estuviera perdida para él y para el mundo.

Un instante después volvió a ser la de siempre: aplomada, pese al azoramiento. Le estrechó las manos con fuerza; tenía las palmas secas; las de él, en cambio, estaban sudorosas.

—No me hagas preguntas, Leonardo, pues ahora ya lo sabes.

—Madonna, yo...

—Y te he arruinado el *gonnellino*. Al menos es oscuro, como mi pañuelo. La sangre no se notará mucho.

—No tiene importancia —repuso Leonardo—. ¿Puedo traerte algo de beber?

—Sandro te lo ha contado todo, ¿no? —preguntó Simonetta—. No, quizá no todo, dulce Leonardo.

—No quiero jugar a este juego.

—Pero así son todas las relaciones, ¿verdad? —dijo ella, sonriendo. El color había vuelto a su cara, normalmente pálida. En cambio, sus ojos parecían arder con un fuego interno, azul claro, un desborde fantasmagórico: un *miracolo gentil*.

—Y bien, ¿qué te ha dicho Sandro?

—Nada, Madonna, salvo que está preocupado por ti.

—Me iré pronto. —Ante su risa, Leonardo sintió frío. —En cierto sentido, querido amigo mío, ya me he ido.

—Necesitas descanso y quizás un cambio de clima. —Él se sentía incómodo, fuera de su elemento. —Deberías volver al campo en vez de respirar los miasmas tóxicos de la ciudad.

—¿No te dijo Sandro que no he liberado la visión perfecta que él tenía de mí? La he adoptado como propia, como consuelo.

—No comprendo.

—Claro que comprendes. —Simonetta le apoyó la cabeza en el hombro. —¿Qué importa que el amor me sofoque, si voy a morir pronto? Mi alma es eterna, ¿no? Pronto estaré en *morte di bacio*. En mi arrebato celestial rezaré por ti, Leonardo. Y por Sandro. Pero ¿no temes que te robe algo, como lo hice con él?

—Simonetta...

—¿No puedes sonreír, amigo mío? —preguntó ella, levantando la vista—. Tu alma y tus ideas están perfectamente a salvo conmigo.

—Esto no me parece divertido —protestó él, apartándose.

—Pobre Leonardo —musitó ella—. Te he inquietado bastante. Tengo miedo de morir. Tengo miedo de estar sola.

—No morirás, al menos antes de alcanzar la edad natural. Y no tienes por qué estar sola.

—Te equivocas en ambas cosas, Leonardo.

—¿Cómo lo sabes?

Ella sonrió con tristeza.

—Tal vez porque he tenido una visión.

—¿Y el Magnífico? ¿Qué me dices de él?

—No sabe nada, ni siquiera que toso. Por eso no he podido verlo con frecuencia en los últimos tiempos. Temo que él y Giuliano comiencen a inquietarse.

—En ese caso deberías permitirles que cuidaran de ti.

—No. Que me recuerden hermosa, si eso soy todavía, no como voy a terminar. Los amo a ambos, tal como amo a Sandro. —Después de una pausa añadió: —Le he permitido venir a mi lecho.

Leonardo se horrorizó.

—Eso significa que lo sabe todo.

—Lo nuestro y lo de mi salud, sí, por supuesto. Pero le hice prometer que no pensaría demasiado en mi enfermedad ni en mi muerte inminente. —Rió. —Le dije que tengo espías en todas partes, que no puede confiar en nadie. Ni siquiera en ti, querido Leonardo. Y que, si vuelve a dejarse vencer por la influencia de Saturno, le cerraré mis puertas.

—¿No temes que esto vuelva a enfermarlo? —preguntó Leonardo.

—No voy a permitir que sufra daño. Me ama como ningún otro; al menos puedo darle este tiempo. De cualquier modo va a sufrir. Y a ti, dulce Leonardo, te tocará cuidar de él. Lo harás.

—Por supuesto.

—No debería parecerte una perversión que yo desee poner mi vida en orden, pagar las deudas y, tal vez, cumplir alguna penitencia antes de morir. Es tan natural como la cópula.

—¿Es por eso que me has mandado llamar?

—Quizá —respondió Simonetta—. Pero se te ve enfadado, Leonardo. ¿Estas enojado conmigo?

—No, por supuesto que no. Sólo...

—¿Escandalizado? —lo interrumpió ella.

—No sé —reconoció Leonardo, azorado—. Me siento tan inerme... e impotente.

—En general no es ése el efecto que causo en los hombres.

Le sonreía con aire travieso. Leonardo acabó por devolverle la sonrisa. La tensión se quebró; abrazados, contemplaron juntos la calle, sin hablar por algún tiempo. Leonardo contempló con maravilla esa abundante mata de pelo rubio. La tenía tan cerca que, en verdad, habría podido enamorarse de ella, como casi todos los hombres que tenían el privilegio de conocerla. Sin embargo, aun en aquel instante no pudo menos que pensar en Ginevra. Por mucho que deseara a Simonetta, se moría por Ginevra.

—Y ahora, Leonardo —dijo ella, casi en un susurro—, debes contarme lo de tu vuelo por el firmamento, pues sólo sé lo que me han dicho otros.

Un leve toque interrumpió sus recuerdos, como desde muy lejos.

—Ha de ser algo importante, o Luca no nos molestaría —dijo Simonetta.

E hizo una seña para que el sirviente entrara; era el mismo niño que había llevado la pintura al interior de la casa.

—¿Quieres que te hable al oído, Madonna? —preguntó, echando un vistazo a Leonardo, el intruso. Luego bajó la vista. Llevaba un pequeño envoltorio de brocado dorado; su nerviosismo era obvio.

—No, por cierto. Creo haberte enseñado mejores modales, Luca. ¿Qué tienes ahí?

Él le entregó el paquete, diciendo:

—Me ordenaste que te avisara de inmediato si Il Magnifico...

—¿Está aquí?

Leonardo experimentó un arrebato de miedo. Si al Primer Ciudadano se le prohibía la entrada en esas habitaciones privadas, ¿qué excusa tenía él para estar allí?

—No, Madonna. Fue su lacayo quien trajo el paquete. ¿Hice mal en interrumpirte?

—No, Luca, estoy muy satisfecha contigo. ¿Ha llegado la otra visita?

—Sí, Madonna.

Simonetta asintió con la cabeza.

—Ahora retírate.

Y procedió a leer la nota incluida en el paquete.

—¿Hay algún problema, Madonna? —preguntó Leonardo. Preguntar por el visitante de Simonetta habría sido un atrevimiento. Imaginó a Sandro, impaciente y enamorado, esperándola en la alcoba.

—No, por supuesto. —Ella abrió el paquete, que contenía tres anillos de oro entrelazados y circundados de diamantes: el diseño heráldico de Lorenzo, que simbolizaba la fuerza y la eternidad.

—Son muy bellos —dijo Leonardo.

—Sí —murmuró ella—, y estaban en el dedo del propio Lorenzo. Su esposa no dejará de notar la falta.

—Temo que, en verdad, hayas puesto en peligro a Sandro, Madonna.

—Y también a ti.

—No era eso lo que pensé.

—Lo sé, pero tienes razón, Leonardo. Lorenzo tiene ojos y oídos en todas partes, y temo que son demasiados los que se inclinan hacia esta casa. —Rió con suavidad. —Pero no puedo mantenerlo a raya; no serviría de nada, pues según esta nota piensa sitiar mi fortaleza mañana por la tarde. Lo cierto es que lo extraño. Lo amo más que a ningún otro hombre. Y así se lo diré, antes de que muera sin haber podido explicarme.

—Vivirás —insistió Leonardo.

—Eso requeriría un milagro. —Pero Simonetta miró a Leonardo de soslayo, agregando: —No es que descrea de ellos, pues he realizado uno para ti.

206

—¿A qué te refieres? —inquirió Leonardo.

Ella le apoyó un dedo en los labios.

—Los milagros son para saborearlos, no para que se los devore como a la carne el hambriento. —Acercó su cara a la de él para preguntar: —¿Qué es lo que más deseas en el mundo?

Leonardo enrojeció.

—A Ginevra, ¿verdad?

—Sí.

—Está aquí, Leonardo.

10
Velos
del alma

Los que nacen bajo la misma estrella tienen una disposición tal que la imagen del más hermoso entre ellos, al entrar por los ojos en el alma de los otros, se conforma absolutamente con una imagen preexistente, impresa al comienzo de la procreación en el velo celestial del alma, así como en el alma misma.

–Marsilio Ficino

¿No sabes que tus planes han sido descubiertos?

–Cicerón

*P*ermíteme ya que la vea.

—Antes debes recobrar la compostura —dijo Simonetta—. Y saber qué vas a hacer.

—¿Con qué pretexto la trajiste? ¿Está con sus servidores?

Simonetta sonrió:

—Por cierto. En este momento la acompañan, pero pronto iré a ocuparme de ellos, pues Gaddiano, a diferencia de otros pintores de la corte, insiste en trabajar a solas con su modelo.

—¿Gaddiano? —exclamó Leonardo, sabiendo que era ella misma.

—Por supuesto. El mismo Lorenzo encargó al artista que retratara a Ginevra como regalo de bodas. Y yo ofrecí mis habitaciones para que posara.

—¿Lorenzo está enterado?

—¿De que yo soy Gaddiano? No. Pero desea ayudarlos. Le gusta mucho la idea de engañar a Nicolini, que no le inspira ningún afecto. El viejo es un sicofante de los Pazzi.

—Y Ginevra, ¿sabe de ti?

—Nadie más que tú lo sabe, querido Leonardo.

—¿Y qué he de hacer? —preguntó él, excitado y sin aliento, como si hubiera estado corriendo.

Simonetta le sonrió con indulgencia.

—Sería una presunción de mi parte darte instrucciones en asuntos de tan inviolable delicadeza. —Se levantó. —Pero ahora entraré para sacar de la casa a los lacayos de Nicolini; parecen más que satisfechos de pasar las tardes en la Posada de la Mala Cocina. Cuando regresen encontrarán a Gaddiano en persona pintando a la encantadora Ginevra. Y la pobre Simonetta, ¡ay!, estará descansando en sus habitaciones. Mientras tanto ella será toda tuya.

—Estoy en deuda eterna contigo —dijo Leonardo, poniéndose de pie, aunque a cierta distancia de ella.

—Bien, quizá te dé la ocasión de retribuirme, si vivo lo suficiente, pidiéndote un delicado favor. —Simonetta se acercó para rozar con los dedos el moretón ya descolorido del pómulo. Luego le dio un beso. —Dije a tu bella Ginevra que tú y Gaddiano eran íntimos amigos, por lo que estabas de acuerdo en que ese retrato fuera una especie de colaboración. Por lo tanto, no podrás dedicar a los abrazos todo ese tiempo precioso. Es preciso avanzar un poco en la pintura, para no despertar las sospechas de los hombres que envía Nicolini.

—¿Ginevra no te ha preguntado cuál es tu parte en todo esto?

—Sabe que somos amigos; nada más. No debes temer sus celos. Pero no te preocupes, Leonardo. Te aseguro que ella estará demasiado atareada como para interrogarte en detalle. Dentro de algunos minutos, Luca vendrá por ti.

Dicho eso, Simonetta se fue.

Luca cerró la puerta del estudio detrás de Leonardo, que quedó petrificado al ver a Ginevra. La habitación abovedada, con su enorme hogar de *pietra serena* y sus altas ventanas, era perfecta para pintar; la iluminaba el sol de la tarde, que convertía todas las superficies en pátinas doradas y desleía las sombras, tan discretas como gatos escondidos. Ginevra estaba sentada con aire rígido en un *cassone*, en el cual se habían puesto varios almohadones para mayor comodidad suya. Miró a Leonardo con franqueza, con los labios apretados; esos bellos ojos de párpados gruesos, que siempre parecían soñolientos, eran ahora penetrantes.

—¿No vas a entrar, Leonardo? —preguntó. Su cara redonda parecía impasible.

El joven se acercó al caballete que sostenía el retrato de Ginevra, pero no le echó siquiera un vistazo. Temblaba y el corazón le latía de prisa. Sin embargo, por un instante se sintió entumecido, como si un exorcismo, al igual que a Sandro, lo hubiera limpiado de todas las emociones, consumiendo su amor por Ginevra. Estaba purificado. Pero entonces, ¿por qué temblaba? ¿Por qué el corazón se le trepaba a la garganta?

—Se te ve bien —comentó, incómodo.

—También a ti —respondió ella, sin moverse. Parecía confinada al *cassone*, como si tuviera que mantener la pose para el artista. —Tenía miedo de que...

Pero se interrumpió, desviando la mirada. Lucía encantadora con su sencillo vestido de mangas rojas, sobre una camisa sutil. Llevaba una chalina negra sobre las partes descubiertas de sus hombros pecosos y, sobre la nuca, un encaje negro también. Su cabellera roja y rizada, en desaliño, quebraba la simetría casi demasiado perfecta de su delicado rostro oval.

—¿Te gusta la pintura que comenzó tu amigo Gaddiano?

Sólo entonces observó Leonardo el cuadro de Simonetta. Había captado de modo admirable el encanto especial de Ginevra; en verdad la pintura era la luz misma; abundaba en exactas veladuras, al estilo del propio Leonardo, y era profunda y serena como una tarde de domingo en el verano.

—Es un buen retrato, por cierto —comentó, impresionado. Después de una pausa preguntó, enrojeciendo mientras hablaba: —Ginevra, ¿por qué... estás aquí?

—Tenía la idea de que tú lo deseabas.

Leonardo se mantenía a distancia.

—Deseaba estar contigo desde que...

—Y yo contigo —confirmó ella, ruborizada.

Viendo que sus manos temblaban, las cruzó con fuerza. Por lo demás se la veía muy quieta y aplomada. Leonardo tenía la sensación de estar hablando con su imagen, no con ella misma, que era juventud, carne y pasión.

—No he podido verte antes —continuó— porque me han tenido virtualmente prisionera. Sin duda lo imaginabas. —Se miraba con fijeza las manos. Las abrió, como para liberar algo precioso que tuviera atrapado. —Te amo, Leonardo. ¿Por qué otro motivo estaría aquí?

Él sólo pudo asentir con la cabeza, conmovido. Pero se encendió como una rama seca, avivado por una emoción que no era distinguible de la cólera. Sin embargo la deseaba de nuevo, con la inmediatez de siempre. Bastaba con que ella se abriera para que su cuerpo respondiera a sus palabras igual que a sus caricias. Pero no podía dejarse llevar; una parte de él, presuntuosa e incrédula, había emergido para apoderarse del mando.

—Si eso es verdad, ¿por qué hablaste como lo hiciste junto al Duomo, después de que la paloma encendió los fuegos artificiales?

Ella se mostró dolida.

—Porque sabía que Messer Nicolini tenía espías en todas partes. ¿Acaso no se presentó como una aparición, justo cuando terminamos nuestra conversación? ¿Lo has olvidado, Leonardo? ¿No se te ocurre que él estaba deseoso de escuchar lo que yo iba a decirte?

—Podrías habérmelo hecho saber... de algún modo. En vez de torturarme.

—No podía poner en peligro a mi familia. —Su voz sonaba trémula, pero desafiante. Leonardo comprendió que había sufrido tanto como él mismo. —Y cuando traté de hacerte llegar un mensaje, fue imposible. A no ser por tu amiga, Madonna Simonetta, no sé qué habría podido hacer.

—Yo también te amo —dijo Leonardo.

—Van a entregarme el anillo de Luigi di Bernardo —continuó ella. Eso significaba que su "contrato" con Nicolini sería pronto consumado en el lecho del viejo. Aún lo miraba de frente, pero ahora con cierta expectación.

—¿Y qué piensas hacer? —preguntó Leonardo. Él también temblaba. Habría querido abrazarla, pero era como si hubiera echado raíces allí. Las palabras de esa hueca conversación resonaban como en un gran salón vacío.

—No puedo casarme con él si... si aún me quieres. Pensé que podría, por el honor de mi familia.

Leonardo asintió.

—Planteé a papá la posibilidad de no pronunciar mis votos para con Messer Nicolini.

—Y él... ¿qué dijo?

—Lloró, Leonardo. —Ginevra hablaba con lentitud, como si se limitara a recitar los hechos. Sus ojos se iluminaron, llenos de lágrimas que no desbordaban. —Pero...

—¿Sí?

—Entiende que no sufriría la desgracia pública. Ya ha recibido la... dote. Nicolini no podría reclamar su devolución, pues entonces sería suyo el deshonor. Ahora no debemos nada y la familia no corre peligro, aunque tardaríamos dos o tres años en pagarle. Pero aun así he deshonrado a mi padre. Le he fallado; lo he convertido en falso y mentiroso. —Brotaron las lágrimas. —Es que no pude seguir adelante. Soy demasiado egoísta. No podría vivir con él. —Se estremeció. —Me sofocaría hasta morir, me...

—¿O sea que pensabas seguir adelante?

—No sé, Leonardo. Por un tiempo no lo pensé; luego sí. Me pareció que debía hacerlo por papá. ¿Por qué me torturas? —preguntó, con evidente enfado en la voz y en los ojos entornados.

—Porque tengo miedo —confesó él.

—¿De qué?

—De perderte otra vez, pues quedaría como Sandro.

Ella esbozó una sonrisa preocupada.

—Puede que yo esté ya así. Pensé que, si moría por la melancolía del amor, al menos tendría dentro de mí, para siempre, el reflejo de tu alma.

—No digas locuras.

—Es que somos cada uno la imagen del otro, Leonardo —insistió ella—. Cuando soñaba que tú me hacías el amor, veía el rostro del arcángel Rafael sobre nuestras cabezas. Él me susurraba que nos curaría, que se nos creó a cada uno a la imagen del otro, que esa imagen era la suya.

—Pero él es el patrono de los ciegos, mi dulce Ginevra —dijo Leonardo, con una sonrisa irónica.

—Prometí encenderle una vela todos los días si...

—¿Si...? —preguntó Leonardo, de pie ante ella.

Ginevra levantó la mirada, nerviosa.

—Si podíamos estar juntos —susurró.

Se arrodilló ante ella, como para presentar su propio *ex voto* en el altar. Ginevra se inclinó y apoyó en él todo su peso, dejándose besar. Pero los labios apenas se tocaron, como si se prohibieran hasta ese pequeño éxtasis para no perderse en la progresión. Continuaban mirándose a los ojos, como si buscaran los reflejos del alma. Pero aunque los dos exploraban con las manos, sólo quebraba el silencio la aceleración del aliento y el susurro de la seda. Por fin, por alguna mutua decisión de cuerpos y corazones, se tironearon de la ropa. Demasiado impacientes para buscar dónde acostarse, comenzaron a mecerse y resbalar, aferrados en los fríos e incómodos mosaicos del suelo. Aunque pusieron cuidado en no dejarse marcas, trataron de penetrarse mutuamente, besándose, mordiendo y succionando, como si de pronto se sintieran incómodos en los confines de los propios huesos.

—Cosa bellisima —musitó Ginevra, apartando los gregüescos de Leonardo.

Maniobró hasta poder encerrar el pene con la boca, dándole así el último y más íntimo de los placeres. Nunca antes lo había hecho; el calor de su boca lo redujo a ser sólo esa parte que tenía entre las piernas, ardiendo como una brasa. Pero luchó contra sus propias sensaciones para contemplar la obra de su amante, que era tan pura, santa y bella como la voz del cielo. Lo estaba adorando con un amor distanciado de la lujuria, esa forma perfecta soñada por Platón... o quizá por Rafael, el más sacro de los ángeles.

Y Leonardo respondió besándola, degustando sus secreciones saladas. Luego reptó sobre ella; el pene erecto era un ancla que buscaba reposo. Y mientras se hundía en Ginevra, tan hondo como era posible, cada uno observó la expresión del otro. Llegaron muy pronto a la satisfacción, pues sus emociones eran demasiado intensas como para refrenarse: sobre todo las de Leonardo, que no pudo contener su eyaculación. Pero siguió presionando contra ella, pues, aunque estaba por el momento saciado, con el pene ya laxo e insensible, quería devolverle en su plena medida el placer que había recibido. La trabajó como si fuera una piedra a cincelar, hasta que ella se entregó, susurrando una y otra vez que lo amaba, tensa, arqueando la espalda contra el suelo mojado de sudor. Como si no tuviera la menor conciencia de sí misma, por un instante se disolvió en el más puro y líquido amor y placer.

Leonardo descansaba, no del todo dormido, sino en alguna región entre el sueño y la vigilia, estrechando con fuerza a Ginevra. Ella, despierta, lo observaba.

—Leonardo... ¿Leonardo?

—Sí —dijo él. Su voz sonó sofocada, pues tenía la cara apretada contra el pecho de Ginevra. Se apartó para incorporarse sobre un codo, mirándola de frente.

—¿Alguna vez hiciste el amor con Madonna Simonetta? —De pronto se mostraba seria, pero también infantil. No obstante, en ese momento sus ojos parecían meros reflejos del pelo rojo.

—No —dijo él. Lo había tomado por sorpresa. Forzando una risa, se sentó. —Por supuesto que no. ¿Cómo se te ocurre?

Ginevra se encogió de hombros, como si ya hubiera olvidado la pregunta, y lo atrajo hacia sí. Pero Leonardo se sintió pillado.

—¿Cuántas mujeres se han inclinado ante ti como lo hice yo? —preguntó ella, refiriéndose a su dulce fellatio.

—¡Ginevra! ¡Qué preguntas!

—Ah, ¿tantas que no puedes responder? —sugirió ella, traviesa.

—Un número incontable, por cierto —confirmó él, ya relajado.

Empezó a acariciarle la cara, el cuello y el hombro; luego, los pechos, en tanto ella lo tocaba. Ambos estaban dispuestos; la pasión se había amortiguado, pero apenas. Había recobrado a Ginevra, gracias al milagro de Simonetta.

Pero mientras hacían el amor, como orando ruidosamente, un fantasma le ensombrecía los pensamientos: Simonetta. No podía evitar el pensar en ella, como si no fuera la auténtica Ginevra quien se hallaba bajo él, sino Simonetta, rozándolo con su pelo rubio... la pálida tez de Simonetta, sudando y pujando contra la suya. Como si se hiciera presente para atormentarlo, atrayéndolo hacia su antiguo y acuoso torbellino de éxtasis.

Leonardo cerró los ojos con fuerza, tratando de alejar la espectral presencia de Simonetta. Pero había llegado al orgasmo y su culpa se unió al placer.

Así de perverso puede ser el más ardiente de los amantes.

Mueren más por obra de la boca que por
la espada.
                          –Leonardo da Vinci

11
La cabeza
del león

¿A quién amarás ahora? ¿Y por qué nombre
te llamarán?
¿A quién besarás? ¿Qué labios morderás
con afecto?
Cátulo, debes ser decidido y severo.
                          –Gayo Valerio Cátulo

Y desechando todos sus temores,
[el unicornio] irá hacia la doncella
sentada y caerá en profundo sueño
en su regazo, y así lo tomarán
los cazadores.
                          –Leonardo da Vinci

*L*os días siguientes fueron tan agradables y lánguidos como los del verano, pero sin el calor ni la humedad de éste. Por un tiempo Leonardo se sintió más feliz que nunca. Si bien inventaba y dibujaba máquinas sin cesar, el trabajo había dejado de ser su gran pasión. Pero así como soñaba con Ginevra, así también las ideas se formaban en su mente y en sus manos de modo natural, sin voluntad suya; sus máquinas de destrucción tenían la misma valencia que sus pinturas de Vírgenes, como si su facultad de crear —y amar— fuera tan ciega como el destino.

Vivía de día en día, esperando que Lorenzo lo convocara para trabajar en los jardines de los Médicis y reparar la estatua del sátiro Marsias. Mientras tanto ayudaba a Andrea; aceptaba encargos fáciles de terminar, como el de decorar la faz de un reloj para los gentiles monjes de San Donato; paseaba por los barrios de Florencia con Nicolás, dibujando y tomando notas en su cuaderno de tapas de cuero; visitaba a Sandro y hasta a Pico de la Mirandola, cuya amistad había profundizado.

Era la temporada del carnaval; los florentinos encontraban un gozo especial, casi feroz, en asistir a esos ritos terrestres de la primavera: las justas, los festines, los partidos de pelota y los incesantes desfiles que llenaban las *viales* de carrozas descomunales y ejércitos de *armeggeria* con trajes espectaculares.

El Primer Ciudadano no era la excepción. Aunque Lorenzo ignoraba con empecinamiento los insistentes informes de Leonardo sobre máquinas voladoras, armas de guerra y técnicas militares, no perdió tiempo en invitarlo a integrar su equipo de pelota, pues el pintor había ganado fama por su fuerza y su agilidad. Era todo un honor, pues los jugadores pertenecían a las familias florentinas más aristocráticas y los partidos se cargaban de tanta pompa como cualquier justa.

Junto con los tambores, los árbitros, las trompetas y los portadores de estandartes, además del arrojador de pelota, había veintisiete hombres en cada equipo. A Leonardo le gustaba lucir el rojo y el oro de los Médicis: zapatos livianos, traje de seda y terciopelo, calzas largas, jubón y gorra. Para convencer a Lorenzo de sus méritos como ingeniero militar esperaría la ocasión. Mientras tanto formaba parte de la sociedad del Primer Ciudadano; era un *sconciatore*, como Giuliano: a ambos les correspondía atacar a los corredores adversarios, uno de los cuales llevaba la pelota.

Era, por cierto, un deporte rudo; con frecuencia había miembros distendidos o quebrados; los cráneos se fracturaban con facilidad. No era inaudito que los jugadores murieran en la cancha, como en batalla. Y eso fue lo que sucedió cuando el equipo de Lorenzo se enfrentó al de los Pazzi. Fue un accidente desafortunado, pues un joven *corridore* de la importante familia Nerli murió con la columna fracturada. Vestía los colores de los Pazzi. El golpe fue aplicado (de manera accidental, por supuesto) por el propio Giuliano. Los Pazzi armaron mucho alboroto, pues últimamente estaban capitalizando su odio hacia los Médicis. Lorenzo pagó a la familia Nerli y, gracias a su personalidad, se aseguró la lealtad de sus miembros.

Pero aunque Leonardo parecía vivir cada instante como si el tiempo fuera una comida puesta ante un famélico, vivía para Ginevra, para esos bienaventurados días en que el lacayo de Simonetta se presentaban en la *bottega* de Verrocchio para llevar a Leonardo a la residencia Cattaneo-Vespucio. Allí pasaba una hora a solas con Simonetta, como dos hermanos, antes de que ella se transformara en Gaddiano... un hombre. Bajo ese disfraz, Leonardo había llegado a tratarla como si lo fuera, tal como trataba a Sandro, Andrea, Zoroastro o el mismo Nicco.

Y ella le daba a Ginevra, como si estuviera en su poder otorgar la vida y el amor.

Durante esas horas Leonardo pintaba y hacía el amor. Había tomado por su cuenta el retrato; algunos habrían podido decir que expresaba a Leonardo, aun cuando representara a Ginevra, pues supo transformar el óleo y el barniz de Simonetta en la materia misma de sus sueños; sin embargo, cada detalle estaba al servicio de un todo coherente. Simonetta había pintado con destreza, con luminosidad, pero Leonardo convirtió su obra en un poema de luz, una visión, una oda encarnada. Tras el rostro dorado de Ginevra, que parecía irradiar su propia luz nominal, como si fuera la Virgen misma, Leonardo pintó enebros, que parecían contener como en un marco la gloria carnal, pero también espiritual de la muchacha. Eligió el enebro como juego de palabras con su nombre, pues los franceses llamaban *genièvre* a ese árbol. En sus manos largas y finas puso la flauta *brachino* de Santa Bibiana; se decía que, con ese instrumento, la santa podía ablandar los corazones más duros y perversos. Pero con excepción de Ginevra, el resto de la pintura parecía perdido en una bruma rojiza; en esa bruma, en la penumbra de las colinas distantes, Leonardo había pintado su propia catedral de la memoria.

Pues había tenido un sueño sobre ello.

Sin embargo, el contenido del sueño se le escapaba.

—¿Cuándo hablará tu padre con Nicolini? —preguntó a la muchacha, que posaba sentada en su *cassone*—. Si espera mucho tiempo más, el retrato quedará terminado.

Estaba pintando con exquisitos detalles las agujas del enebro que formaban su halo oscuro. Ella se acomodó el pelo; aunque había pasado más de una hora desde que hicieran el amor, aún tenía la cara algo enrojecida y con aspecto hinchado, como si su tez hubiera recibido una presión demasiado fuerte, sin llegar a magullarse.

—No me habla de esas cosas —dijo.

—¿Le has implorado?

—¿Me pondrías en esa posición? Ya tiene demasiadas dificultades. ¿No puedes tener un poco de paciencia, Leonardo? Tendremos toda la vida para estar juntos.

—Pero ahora debemos vernos como ladrones.

—Y eso somos —replicó Ginevra, como para sus adentros.

—Lo siento. No dudo de que tu padre hará lo que sea mejor, a su debido tiempo.

—Él quiere que seamos felices. Ya sabes lo que siente por ti, pero todo este asunto está fuera de su alcance. No es hombre de dobles intenciones, sino una persona sencilla y honrada, un buen comerciante... Mejor dicho: un excelente comerciante. Fue la mala suerte lo que estuvo a punto de arruinarlo, pero te aseguro que jamás se dejará atrapar por la pobreza.

Mientras hablaba fue alzando la voz, como si fuera Leonardo quien estaba en falta; de pronto se contuvo y apartó la cara, pues comenzaba a llorar. Él abandonó la pintura para arrodillarse a su lado.

—Puedo esperar —susurró, acariciándola—. No volveré a interrogarte.

—Perdona —dijo ella, y se limpió los ojos y la nariz con la manga. Pero cuando las caricias de Leonardo tomaron un carácter más sexual, ella se apartó con suavidad. —No, no hay tiempo. Pronto vendrá Messer Gaddiano a reemplazarte.

Leonardo asintió, pero estaba preocupado. Simonetta no había podido recibirlo antes de que viera a Ginevra. ¿Habría algún problema? Desechando esos pensamientos, preguntó:

—¿Has dicho que Gaddiano me reemplazaría? —Se apretó a ella con exagerado ardor.

Ginevra rió como una niñita.

—Caramba, ya has hecho lo suficiente. No puedes quedarte quieto.

—¿Te interesaría medir la vara que esconden mis gregüescos?

—No me atrevo. Podría romperla. —Lo empujó con aire juguetón. —Por favor, Leonardo.

—¡Pero si te lo pasas pidiéndome pruebas!

—¿Pruebas? ¿De qué?

—De mi fidelidad —dijo él—. ¿Estaría tan hambriento de ti si tuviera otras amantes en mi lecho?

—Por lo que se cuenta de ti, no me sorprendería.

—¿Hablas en serio? —inquirió él, con expresión dolida.

—No. —Ginevra se levantó y, tomándolo de la mano, lo llevó hacia el caballete. —Quiero ver qué has hecho hoy.

—He violado a una hermosa doncella.

—Por cierto —dijo ella, mirando fijamente la pintura—. ¿Qué es esto? —preguntó, señalando el contorno difuso de la catedral de la memoria, que Leonardo había instalado en la bruma verdiazul de las colinas.

—Una catedral.

—¿Conque ahora soy tu altar? —preguntó Ginevra con una sonrisa, mirándolo de soslayo.

—Eres todo eso.

Pero al contemplar el retrato, el trabajo hecho ese día, Leonardo sintió que un escalofrío le recorría la espalda. El vago recuerdo de un sueño.

Ella palmoteó.

—Entonces nos casaremos allí mismo —dijo—. En nuestra catedral propia.

Él se obligó a sonreír, pero en ese momento, de pie junto a Ginevra, percibiendo el perfume de su pelo, que apenas enmascaraba el olor dulce y penetrante del sudor retenido después de hacer el amor, el sueño volvía a él con la claridad terrible de las alucinaciones. Estaba dentro de su catedral de la memoria, tratando de pasar por una puerta, custodiada por una estatua de bronce que tenía tres cabezas. Una era la de su padre; otra, la de Toscanelli. Pero la tercera lo asustaba más que ninguna, pues era la de Ginevra. Cuando los ojos de gruesos párpados se clavaron en los suyos, vio que estaban desprovistos de pasión... y de amor.

La había perdido.

Los ojos lo acusaban, pero ¿de qué?

—Aquí no hay santuario para ti —dijo su padre, en tanto la estatua avanzaba hacia él, alargando los brazos para estrujarle la vida.

Leonardo cerró los ojos por un instante. Luego recogió un pincel para pintar sobre la catedral, creando un feo borrón de tierra de Siena tostada en la esquina superior derecha.

—¿Por qué hiciste eso? —preguntó ella, con obvio desasosiego.

—Lo siento, Ginevra. Es que recordé un mal sueño.

—Pero ¿por qué...? —Ella interrumpió su pregunta. —¿El sueño trataba de mí?

Leonardo no le respondió.

—¿Leonardo?

—Soñé que ya no me amabas, que me acusabas de...

—¿De qué?

Él se encogió de hombros, volviendo la espalda a la pintura, pero sin mirarla.

—No sé.

—Bueno, pues te amo y...

Pero la interrumpió un toque a la puerta. Era hora de que Gaddiano hiciera su entrada. Ginevra miró a Leonardo con tristeza, como para transmitirle un mudo mensaje. Luego se acomodó los rizos y volvió a su *cassone*.

—Pasa.

Y Simonetta, disfrazada de Gaddiano, entró en la habitación. Este Gaddiano, de porte estudiado y maquillaje aplicado con esmero, se parecía un poco a Leonardo, en la cara finamente definida, casi dulce, que Andrea del Verrocchio había utilizado como modelo para su *David*. La barbilla era similar; los labios, plenos pero apretados; la nariz, angosta, casi aristocrática. Pero en la cara de Gaddiano no podía dejar de traslucirse la de Simonetta: la traicionaban sus ojos acosados; en contraste con los de Leonardo, eran mucho más suaves y menos penetrantes, pues en él había un aire severo, casi iracundo.

En ese momento, los ojos del artista Gaddiano expresaban cansancio.

—Hola, dulces tórtolas —dijo, con una voz que no se habría podido distinguir de la de un hombre. Sonrió a Ginevra y, después de una somera reverencia, se acercó a la pintura.

Leonardo percibió de inmediato que algo andaba mal. Pese al disfraz, se la veía débil e insegura.

—Bueno, veo que nuestra colaboración marcha bien —dijo a Leonardo—. Pero ¿qué es este borrón?

—Un cambio de idea —explicó él.

Simonetta lo miró con extrañeza; luego se sentó en el taburete, ante el retrato, y tomó un pincel para aplicar pintura al borrón.

—Leonardo, amigo mío, ¿no deberías retirarte antes de que lleguen los hombres de Nicolini?

—Sí, por supuesto. Adiós, Gaddiano, gracias. —Se inclinó hacia Ginevra para besarla como si estuvieran solos. —No dudes de mí, por favor. Te amo más que...

Sonó una campanilla tras la puerta: Luca les advertía que los hombres de Nicolini habían llegado para llevarse a Ginevra.

En el momento en que Leonardo estaba por salir, Simonetta tosió. Un instante después se doblaba con los espasmos. Sus aspiraciones eran un sonido sibilante, como si tuviera la garganta cerrada. Él giró en redondo para correr a su lado, seguido por Ginevra. Leonardo alargó un brazo para sostenerla, pero ella lo empujó. Como por un acto de voluntad, contuvo la tos. Pero su respiración seguía siendo áspera y flemática.

—Messer Gaddiano, estás demasiado enfermo para quedarte aquí —observó Ginevra, afligida—. Haré llamar a Madonna Simonetta.

—No, no, Madonna; ella está indispuesta. Ya pasará; es sólo una infección de los pulmones que contraje la semana pasada, por el aire nocturno. Su sirviente se ocupará de mí; pero tú, Leonardo, debes salir de inmediato; de lo contrario ambos nos las veremos con las lanzas de Messer Nicolini.

—Pero si sus servidores no saben quién soy...

—Son los mismos que acompañaban a Messer Nicolini durante la celebración de la Paloma Ardiente, en el Duomo —señaló Ginevra, con seriedad—. Ellos te vieron.

—No eres desconocido en Florencia —añadió Simonetta, siempre en su carácter de Gaddiano; aun en esos momentos podía recurrir al sarcasmo—. ¿Tan decidido estás a hacernos correr peligro?

Sufrió otro acceso de tos, pero lo sofocó a fuerza de voluntad. Luego se limpió la boca con un pañuelo bermellón, ya húmedo y oscurecido por la sangre. Su rostro había perdido el color.

—Tiene razón, Leonardo —observó Ginevra—. Vete ya, por favor.

Él obedeció apenas a tiempo: en el momento en que se escabullía por la puerta hacia un pasillo oyó a los lacayos de Nicolini. Bien lubricados tras haber pasado la tarde en la taberna, se mofaban del joven sirviente Luca.

Pero en ese momento Ginevra gritó y Leonardo se detuvo como si ante él hubiera caído una reja.

—¡Auxilio! ¡Vengan!

Acudieron Luca y los lacayos de Nicolini, que corrieron al estudio. Leonardo también regresó hasta donde le pareció prudente. Frustrado, jurando por lo bajo, prestó atención: Simonetta tosía como para expulsar los pulmones. Después se hizo el silencio.

—Levántenlo —ordenó Luca.

Uno de los lacayos lanzó un gruñido.

—Síganme, que llevaremos a Messer Gaddiano a una cama. Y tú... ve al palacio de Médicis por Messer Pico de la Mirandola.

—¿Por un artista? —preguntó uno de los hombres.

—Es amigo del Primer Ciudadano. ¡Dense prisa! —intervino Ginevra, imperiosa e impaciente, como si fuera ella y no Nicolini quien mandaba en su destino.

Luego — de repente, al parecer— la densa oscuridad de esa casa enorme se tragó las voces y las pisadas. Leonardo quedó solo, de pie en un pasillo sin ventanas; los únicos ruidos eran su acelerada respiración y el pavoroso palpitar de su corazón.

"No debes morir, Simonetta. No puedes morir."

Pensó en Ginevra.

Pensó en su tenue relación con su patrono, Il Magnífico. En las máquinas de guerra que deseaba construir para él.

"Simonetta, me has permitido atravesar la maquinaria de Florencia para llegar a los Médicis... y a Ginevra. Te necesito. Debes vivir. Te amo, hermana mía."

Sintió necesidad de Simonetta, de su larga blancura. Ansiaba su pasión curadora, la melancolía que compartían sin decir nada.

Ella era a un tiempo instrumento y refugio.

Pero la había utilizado; no era mejor que un ladrón, pues aun ahora, aunque sólo fuera en sus pensamientos, pecaba contra ella y su bienamada Ginevra.

Fue unos pocos días después cuando los tenebrosos Compañeros, los Ufficiali di Notte, irrumpieron en el taller donde Leonardo trabajaba en una Virgen de terracota y un unicornio para Verrocchio.

Los enfrentó con sorpresa y conmoción; tenía un martillo en una mano y un cincel en la otra, como si fueran armas con que pudiera rechazar a esos sacerdotes de sotanas negras. Esos soldados —la Policía de la Moral Pública, los Oficiales de la Noche y de los Monasterios— lucían las vestiduras de los dominicos, que contaban con el apoyo de los Médicis; eran los lobos de la Iglesia: inquisidores, guardaespaldas, verdugos y mensajeros. La gran ironía era que actuaban como guardaespaldas del propio Lorenzo. Al parecer, una mano más sutil que la de ellos los volvía contra los de su propio bando.

—Estamos aquí, Leonardo —dijo Pico de la Mirandola, preocupado, agitando la mano desde atrás de los soldados clericales, en un intento de llamar la atención de su amigo—. No hagas nada precipitado. Sandro y yo hemos venido a ayudarte. —Luego se volvió hacia el capitán, un viejo soldado de cara picada de viruelas, más alto que los otros. —Ilustrísimo Signore Capitano, ¿me concederías un momento a solas con Messer Leonardo da Vinci?

—He recibido órdenes de llevarlo directamente a San Marco —dijo el capitán, en cuya voz se podía detectar cierta deferencia—. Si gustas, puedes acompañar al *signore* da Vinci en el carruaje, pero temo que tu amigo... —señaló a Sandro con la cabeza.

—No te preocupes. Te seguiré en uno de los otros coches —dijo Sandro—. Si el capitán está de acuerdo.

El hombre hizo un seco ademán de asentimiento.

—¿Puedo preguntar a qué viene todo esto? —preguntó Leonardo, sin poder disimular su enojo. Se hablaba de él como si fuera un mueble que hubiera que trasladar.

—Se te ha acusado de un crimen, *signore*.

—¿Y qué crimen es ése? —preguntó él, con un filo de sarcasmo en la voz.

—Leonardo... —advirtió Pico.

—Sodomía —respondió el capitán, bajando la voz como por discreción, aunque todos los presentes pudieron oírlo.

—¿Qué? —gritó Leonardo, con voz ronca de furia—. ¿Y quién ha hecho semejante acusación?

—Ten a bien acompañarnos, *signore* Leonardo, por favor —pidió el capitán, con voz serena. Por cierto, estaba habituado a ese tipo de situaciones. —¿O preferirías acaso soportar la mordedura de nuestros grilletes en las piernas?

Algunos de los Compañeros desenvainaron las espadas y amenazaron a Leonardo apuntándolas hacia él.

—Ahora, por favor, deja tus herramientas, buen señor, o acabaré por perder mi cristiana paciencia.

Leonardo aún enarbolaba el martillo y el cincel, pues la ira parecía haberle hecho olvidar el miedo a las consecuencias.

—Debo saber quién ha hecho esa maliciosa acusación.

—Todo se aclarará muy pronto. —El capitán hizo una seña a los hombres más cercanos y luego retrocedió.

—¡Debo saberlo ahora!

—Deja tus herramientas, Leonardo —imploró Pico—. No queda otro remedio que acatar la orden. Yo iré contigo para atender tu caso y hablar con las autoridades.

El pintor iba a hablar, pero lo pensó mejor y, con un gesto de asentimiento, entregó a Pico el martillo y el cincel.

—Ven —dijo uno de los Compañeros, tocándole el muslo con el plano de la espada.

—¿Conque tú y Sandro sabían de esta... acusación? —preguntó Leonardo a Pico.

—Nos dieron aviso, pero... demasiado tarde, como es obvio. Fue encontrado esta mañana en la *bocca di leone*.

—Ah —repuso Leonardo, entornando los ojos. Su corazón latía con fuerza; las lágrimas le velaron por un instante la visión.

No era raro que informantes anónimos dejaran cartas de acusación en un receptáculo con forma de cabeza de león, instalado fuera del Palazzo Vecchio. En aquellos tiempos de conspiraciones, rivalidades y odios mezquinos, esos delatores difamatorios operaban sin restricción. Leonardo, que vivía temiendo conspiraciones contra su propia casa, permitía la existencia de esos infames *tamburi*, cajas de denuncias, pues en ellas podían encontrarse informaciones importantes y hasta vitales.

—Tengo una idea de quién podría cometer una treta tan pérfida —dijo Leonardo a Pico, al salir de la habitación, mientras se dejaba conducir por las escaleras hacia los fúnebres carruajes negros.

Los estandartes de las carrozas pendían lacios, pues apenas había alguna brisa en esa tarde calurosa y seca. Se permitió que Pico acompañara a Leonardo en el carruaje cerrado, aunque iban apiñados, pues con ellos viajaban dos soldados; ambos eran jóvenes, de cara rubicunda y llena de granos, y los vigilaban como hurones, con las espadas prestas en centelleante ángulo sobre las rodillas.

—Yo seré tu abogado —dijo Pico.

Pese a su poca edad se lo veía formidable con su túnica blanca de teúrgo. Era la quintaesencia del petimetre; su pelo, naturalmente rubio

223

rojizo, estaba ahora teñido de negro, como el de Francesco Sforza, y daba marco al rostro pálido y a sus penetrantes ojos grises.

—Tendrás que sufrir algunas indignidades, amigo mío, pero eso no se puede evitar.

—Dime lo que sepas —pidió Leonardo.

—Sólo que esta fea acusación ha sido lanzada contra otros, además de ti.

—¿Por quién? —quiso saber Leonardo, exasperado.

—Los *tamburi* son el receptáculo de los cobardes. Nunca he visto firma alguna en las acusaciones que se encuentran adentro. Tampoco creo que la haya en este caso. —Pico se encogió de hombros. —Pero Lorenzo no quiere pasarlas por alto.

—¿Quién más está involucrado?

Meneó la cabeza.

—Lo siento, pero eso es todo cuanto sé.

—¿Y qué sabes de si...?

Pico apretó su pierna a la de Leonardo, a modo de advertencia.

—Lorenzo podría haber impedido esto —dijo el pintor, pese a todo.

Su amigo señaló a los soldados con la vista, para evitar que fuera demasiado franco frente a esos desconocidos.

—Ni siquiera el Primer Ciudadano puede frustrar los procedimientos cívicos —dijo. Después de un segundo añadió: —Sin embargo, no dudo de que está enterado de tu aprieto...

Leonardo trató a conciencia de dominar su trepidación. ¿Quién podía haberlo acusado? ¡Y de sodomía, la más vil de las acusaciones! ¿A quién habría pagado Nicolini para eso? De que él estaba enredado, Leonardo no tenía duda.

Estaba atónito. Sin duda había perdido a Ginevra.

Irrevocablemente.

"No, no la he perdido —se dijo—. Me la han robado."

Se obligó a apartar de su mente esos pensamientos coléricos y angustiados. No debía pensar en las consecuencias. Sobre todo, no debía pensar en Ginevra. Pronto tendría que defenderse de la calumnia de Nicolini. "Que Dios me ayude", pensó.

—¿Cómo está Madonna? —preguntó a Pico, velando su referencia.

El teúrgo comprendió que se refería a Simonetta.

—Está enferma y piensa abandonar la ciudad, pues sus miasmas la debilitan.

—¿La has visto? —Leonardo se sentía como si estuviera en medio de una pesadilla muy lúcida, nítidamente definida; aun así parecía observarlo todo desde lejos, fuera de sí mismo. Habría podido intentar fugarse del carruaje, pero sin armas no tendría éxito, y hasta podía suceder que su amigo resultara herido en el intento.

—¿Y bien? —insistió, puesto que Pico no respondía.

224

—Se niega a recibir visitas, pero eso no significa nada. —De inmediato agregó: —No es la primera vez que rechaza a Lorenzo.

—Me cuesta creerlo.

El monasterio de San Marco apareció a la vista. Leonardo sintió que se le aceleraba el corazón. Sólo deseaba causar una buena impresión, conservar un mínimo de orgullo. Al pensar en Piero, su padre, ardió de vergüenza. Pero la pérdida de Ginevra... eso era insoportable.

Al fin lo había perdido todo.

Ocultó su cara a Pico.

—Leonardo...

—¿Sí?

—Te exonerarán.

Él rió con amargura.

—¿Porque soy inocente? ¿Crees que eso importa, acaso? Y de cualquier modo, el daño ya está hecho. ¿Podrá mi padre, en adelante, servir de notario a los franciscanos o a los dominicos? ¿Podrá trabajar para los Mercatanzia? Creo que no. Y yo mismo, ¿podré...?

Iba a decir "casarme con Ginevra", pero se tragó las palabras como si fueran beleño.

En verdad ya estaba envenenado.

Aun antes de la acusación.

Mientras bajaban del carruaje, los guardias bloquearon el paso a Leonardo y le apuntaron con las espadas. Pico dijo apresuradamente:

—Si el magistrado ordena que te encarcelen, Leonardo, no temas. Lorenzo le prometió a Simonetta que te haría liberar.

La cárcel....

Leonardo tuvo la sensación de haber recibido un golpe en el pecho; al mismo tiempo se sintió estúpido. La cárcel, por supuesto. Y se oyó decir, como si la situación no le preocupara:

—Entonces hablaste con nuestra Madonna...

Lo escoltaron por las galerías sombreadas, atemporales, hasta el monasterio-mazmorra fundado por los silvestrinos en 1299. Ahora era un centro de actividad para los Médicis; los jardines circundantes habían sido comparados con los del propio Edén.

Resultaba irónico que lo llevaran allí. Como si los Médicis fueran impotentes para detener a sus propios enviados.

Leonardo no dejó de reparar en el fresco de la Crucifixión, pintado por Fra Angelico, que estaba frente a la entrada de la *piazza*, ni en su pintura de San Pedro Mártir, con una daga clavada en el hombro y el índice contra la boca, ordenando silencio y secreto.

Pero no había silencio ni secreto donde se lo llevaba. Mientras lo conducían con apresuramiento por pasillos lustrados y desnudos, oyó un furioso zumbar de voces, como si hubiera una muchedumbre reunida en las calles. Se detuvo, pero el capitán lo obligó a seguir. Dejaron atrás varias puertas románicas, dispuestas a intervalos iguales; el capitán abrió una e indicó a Leonardo que entrara. Era una celda.

—¿Cuánto tiempo debo esperar aquí? —preguntó, experimentando una sensación claustrofóbica.

—Voy a ver qué puedo hacer —prometió Pico—. No te aflijas. No corres peligro. No te sucederá nada mientras yo te acompañe, amigo mío.

Escaso consuelo.

Sandro estaba pálido, como si fuera él quien debiera ser enterrado allí.

—¿Puedo quedarme con él? —preguntó al capitán.

—Espera en la sala del capítulo, *signore*, con los otros —dijo el capitán.

Leonardo se encontró solo, encerrado en esa pequeña celda monacal; un rayo de luz atravesaba el suelo como un pilar caído. Se sentó en el banquillo ofrecido, mientras contemplaba el único decorado de esos muros: un crucifijo grande, con la figura de Cristo tallada en detalles realistas, hasta macabros.

Pasaron las horas; el cuarto se llenó de la luz mortecina del atardecer. Por fin abrieron la puerta y tres Compañeros lo escoltaron hacia la sala del capítulo, convertida en tribunal.

Alguien saludó desde atrás:

—¡Hola, Leonardo! —Era Il Neri, vestido de negro y también escoltado por guardias. Se lo veía pálido y asustado.

Leonardo lo saludó con la cabeza, sintiendo el rubor de la humillación. Detrás de Il Neri le pareció ver a alguien conocido, pero los guardias ya lo empujaban hacia adelante. Se encontró en la sala de capítulo, cerrada y fétida.

Para su humillación, tuvo que pasar junto a improvisadas galerías colmadas por los buenos ciudadanos de Florencia: los mendigos, los curiosos, los ociosos y una variada congregación de caballeros rurales, tenderos y patricias, que habían ido a recoger rumores frescos. Leonardo mantuvo la vista fija hacia adelante, tan concentrado y rígido como si él también fuera soldado.

La muchedumbre era ruidosa. Uno de los diversos oficiales de la corte, que vestía la sotana de los dominicos, caminó a lo largo de la galería y se limitó a alzar una mano. Todos los murmullos cesaron de inmediato.

Leonardo quedó de pie ante el magistrado, que ocupaba un asiento en lo alto de un estrado, protegido por un andamiaje de madera. Su toga era blanca; la cara larga, de papadas colgantes, parecía caer como si la carne arrugada pesara mucho. Mostraba una expresión aburrida. Con obvia miopía, acercó a la cara un papel que ostentaba el sello de los Médicis.

En ese momento llegó Il Neri y se instaló a la derecha de Leonardo; se lo veía nervioso. Quiso hablar, pero uno de los guardias ordenó:

—¡Silencio! Ten en cuenta ante quién estás, criminal.

Se refería al magistrado, por supuesto. Il Neri bajó la vista a sus pies.

Los guardias llevaron a Bartolomeo, el aurífice, y a Baccino, el sastre. Leonardo los conocía de manera superficial, pues ambos eran amigos de Il Neri. Pero fue una sorpresa y, hasta cierto punto, un alivio ver entrar a Marco Tornabuoni, flanqueado por dos Compañeros, como si en verdad fuera su capitán y no su cautivo. Era un joven de buena cuna, que había entablado amistad con Leonardo, y portaba uno de los mejores apellidos de Florencia. Su familia tenía vinculaciones comerciales con los Médicis. Quizá su presencia en el grupo actuara como bálsamo.

Cruzaron una mirada de reconocimiento y eso fue todo. Pero ¿por qué se los reunía a todos allí? Luego Leonardo sintió la mano reconfortante de Pico de la Mirandola, pero no se atrevió a interrogarlo.

Con él habían entrado dos hombres más, como es obvio para defender a Il Neri y a Marco Tornabuoni. El de Neri era un hombre menudo, de ojos pegados a la nariz y grandes orejas, exageradas por la descomunal gorra que usaba. Leonardo reconoció al otro hombre, un conocido de su padre, y lo saludó con la cabeza. Luego apartó la cara, con el pretexto de echar un vistazo a las galerías. Allí estaba Sandro, de pie en la parte trasera, con aspecto avergonzado, como si fuera culpa suya que Leonardo hubiera caído en esa red. Verlo allí fue una alegría.

—¿Éstos son, pues, todos los acusados? —preguntó el magistrado al capitán, que estaba entre el estrado y la galería.

—Sí, Reverendísima Señoría.

El magistrado asintió con la cabeza y miró al grupo y dijo:

—Ahora les leeré el texto de su acusación, hallada por nuestros prelados el día ocho de abril en el tambor instalado en el Palazzo Vecchio.

"Sepan, padres oficiales, que en verdad Jacopo Saltarelli, hermano de sangre de Giovanni Saltarelli (quien vive con él en la casa que el aurífice posee en Vacchereccia, frente al Buco, y tiene diecisiete años de edad), que el mencionado Jacopo, habiendo sufrido muchas desgracias, consiente en satisfacer a las personas que extraen de él ciertos placeres malvados, siendo uno de ellos la sodomía. De este modo ha tenido ocasión de hacer muchas cosas, es decir: de servir a varias decenas de personas de las que sé bastante. Para mencionar sólo a algunas de ellas, diré que son: Bartolomeo di Pasquino, el aurífice, quien vive en Vacchereccia; Leonardo di Ser Piero da Vinci, quien vive con Andrea del Verrocchio; Baccino, el sastre, domiciliado en Orto San Michele; Marco Tornabuoni..."

El magistrado miró por sobre el papel al joven mencionado y meneó la cabeza antes de continuar:

—"...y Guglielmo Onorevoli, llamado Il Neri, que viste siempre de negro."

"Jacopo Saltarelli", pensó Leonardo. El que los había conducido a casa de Il Neri en víspera de Pascua. El que se había pintado esa noche de carmesí, el que tenía en la boca el miembro de Il Neri, disfrazado de Leonardo. Pero Saltarelli sabía que no estaba practicando la *fellatio* con Leonardo, pues Il Neri se había quitado el maquillaje, revelando su identidad.

Comprendió que, si se encontraba allí, no era por casualidad.

—Bien, jóvenes criminales —dijo el juez, dando vueltas al papel que tenía en las manos—, sé de la mejor fuente que no respetan en absoluto el toque de queda en nuestra ciudad. Que corren por las calles blandiendo espadas y gritando: "¡Muerte a quien se interponga en nuestro camino!". Que se embriagan y llevan una vida libertina, con mujeres y hombres por igual. ¿No se reunieron acaso en Víspera de Pascua, para blasfemar contra Cristo en una orgía donde sometieron al joven Jacopo Saltarelli? ¿No adoraron a Satanás esa misma noche, en la casa de Onorevoli, que se ha convertido en un nido de fornicación?

El juez alzó la voz, como si su propia arenga lo estimulara más y más.

—Y tú, joven Onorevoli, ¿no le abriste las nalgas, a pesar de ser un niño? Tú, que te revelas aprendiz de Satanás hasta por tus negras vestiduras. Pronto descubrirás que tu único privilegio será un trapo con el cual limpiarte.

Ante eso la galería lanzó un bramido.

Luego el magistrado miró a Marco y a Leonardo.

—¡Qué vergüenza, Marco Tornabuoni y Leonardo di Ser Piero da Vinci! Marco, de una antigua familia patricia. Leonardo, hijo de un notario de buena reputación, conocido mío. ¡Ser lascivos con los niños! ¡Que la vergüenza de la pederastia caiga sobre ustedes!

—¡Yo no soy pederasta! —gritó Leonardo, sin poder dominarse más—. ¡No soy ningún sodomita!

Los guardias cayeron de inmediato sobre él, pero Pico intervino con calma, disculpándose ante el juez en su nombre, y le susurró:

—Nada de estallidos; llegaremos a un arreglo, pero si provocas al juez no podré hacer nada.

—Pero esta humillación...

—No tiene remedio. Hay que soportarla.

—Silencio —ordenó el magistrado.

Y continuó con su enumeración de pecados y perversiones atribuidos a quienes permanecían ante él, petrificados. Leonardo aplicó toda su voluntad a no escuchar la voz del juez ni las pullas de la galería. Una vez más soñó con su catedral de la memoria, contó nombres, lugares y acontecimientos. Y tuvo una rápida, vertiginosa sensación de cosa ya vivida: de papeles quemados y aridez levantina, temblores de tierra y temblores del corazón, de sangre, asesinato y destrucción cataclísmica. Así soñaba despierto, como si su ensoñación fuera un armario, y él, un niño escondido adentro, mirando por una hendija el humo y las llamas de un incendio que todo lo consumía.

Sintió calor, como si tuviera un punto ardiente en el costado derecho de la cara, en la mejilla y en el cuello; como si alguien concentrara la luz allí con una lente. Tuvo la sensación de que una mirada se clavaba en su carne; eso no podía sorprenderlo, pues la galería estaba colmada. Pero no pudo menos que observar otra vez a sus acusadores, esa gente que lo creía culpable, fuera verdad o no. Y vio a su padre de pie cerca de la puerta, con la palidez de los enfermos.

Ser Piero da Vinci permanecía erguido, con su toga de notario, disparando hacia su hijo, con los ojos entornados, emanaciones concentradas de su fuego interior.

No era una mirada ordinaria; era odio puro.

Y en el instante en que sus ojos se encontraron, Leonardo sintió que lo quemaban vivo.

—Pero no tienes defensa, Leonardo —dijo Pico, durante un receso ordenado por el juez.

Era tarde y el sol ya se ponía. Leonardo se sentía agotado, pues no había habido respiro en su humillación.

—Fue Il Neri quien se disfrazó de mí, no...

—Comprendo lo que me dices y no lo pongo en duda. Pero nadie te creerá. Y conozco a este juez; no le caerá bien que culpes a otro.

—¡Pero si es lo que sucedió!

Pico miró a su amigo y se encogió de hombros.

—¿Qué debemos hacer? —preguntó Leonardo.

—Ya he cerrado un acuerdo.

—¿Sí...?

—Trataremos de comprar tu libertad. Il Magnifico ha puesto una suma de dinero a nuestra disposición.

—Pero eso no limpiará mi nombre —protestó Leonardo con amargura—. Lorenzo podría haber impedido todo esto.

—Ya lo hemos discutido —señaló Pico, irritado—. Él te habría salvado del *tamburo*, si hubiera podido. Pero no es un tirano, sino el Primer Ciudadano. Pienses lo que pensares, no puede actuar como le venga en ganas.

—No dudo de que tienes razón, Pico. Perdona. Has sido más que amable.

—No puedo garantizarte nada. Hasta es posible que debas pasar uno o dos meses en prisión. Pero no más, sin duda...

—¿No dijiste que Lorenzo me haría liberar?

—Sí, pero llevará tiempo.

Leonardo cerró los ojos. Luego asintió con la cabeza, como si la sentencia ya hubiera sido pronunciada.

Leonardo estaba de pie en la sala del tribunal, ante el magistrado que iba a leer su decisión. Una vez más sintió la mirada dolida de su padre clavada en su nuca. Apretando las manos trémulas, soportó los gritos burlones de la galería.

Pico abogaba por él:

—El culto de la hermosura del efebo es por entero platónica... en el mejor de los sentidos. ¿Qué otra cosa, sino una exaltación de la belleza de la camaradería y la amistad...?

El juez asintió con la cabeza, impaciente, pero pareció disfrutar cuando se pasó a analizar la brillante y controvertida *Apologia de moribus platonis*, de Ficino, y la defensa de Sócrates hecha por Pomponio Leto. Como cualquier actor pagado, el juez representaba un papel ante la galería.

Y lo hacía muy bien, por cierto.

Por fin Pico consideró apropiado proponer:

—Quizá se pudiera acordar una fianza adecuada. Hemos reunido doscientos florines...

En la galería hubo silbidos y exclamaciones, pues se trataba de una suma grande.

Leonardo aspiró hondo. Si tenía que ir a prisión, iría. Recobrada la voluntad, sus pensamientos partieron a la deriva. En esos largos segundos, antes de que el juez decidiera su destino, recordó un juego de la infancia. Un santo padre de Vinci le había enseñado a visualizar a Cristo encarnado y ver a través del tiempo... ver como había visto el monje Ludolfo: "Y debes proceder con devota curiosidad. Debes avanzar a tientas. Debes tocar cada una de las heridas de tu Salvador".

Leonardo había contado seiscientas sesenta y dos heridas.

Pero Ludolfo había contado cinco mil cuatrocientas noventa.

Una vez más, Leonardo contó las heridas del Salvador, sintiendo que la angustia se abatía sobre su alma.

12
La rama
de olivo

Al hombre que está desesperado se lo debería
representar volviendo el cuchillo contra
sí mismo y desgarrándose las prendas con
las manos, y una de sus manos debería
estar abriendo la herida. Hacedlo con
los pies separados, las piernas algo
flexionadas y el cuerpo igualmente
doblado hacia el suelo, y con el pelo
revuelto y al viento.

–Leonardo da Vinci

El ojo, al que se llama ventana del alma...

–Leonardo da Vinci

*¿E*ra posible que todo hubiera sido un mal sueño, una pesadilla febril, un fantasma?

Aunque la corte había aceptado la fianza, por lo que Leonardo escapó de ser puesto en prisión, aún pesaban sobre él la acusación pública y la humillación. Eso debía de ser la materia del *Ars notoria* de Mirandola: la magia demoníaca de la desesperanza, de *melaina cholos*. Los hechos habían perdido su realidad familiar; se convertían en portentos, formas, símbolos, propósitos ocultos. Hasta el tiempo había perdido su equilibrio: las horas pasaban con torturante lentitud, mientras que los días desaparecían con rapidez, cayendo uno tras otro, como si fueran brasas arrojadas a un foso oscuro. El tiempo y los hechos se habían teñido con el aura de las pesadillas y, aunque Leonardo se moría por despertar, no era posible.

¿Habría cambiado el mundo, en verdad?

¿Era cierto que lo habían arrestado y acusado?

Estaba sentado ante una mesa de su estudio. La habitación se hallaba en penumbras, con excepción de una lámpara de agua puesta en la mesa: un invento de Leonardo, que magnificaba la mecha empapada de aceite e irradiaba una luz constante. Aún faltaba para el oscurecer, pero el cielo estaba encapotado y gris; la luz disponible parecía ensombrecer y oprimir ese estudio por lo general despejado.

En la mesa y en el suelo se veían dibujos anatómicos diseminados, casi todos con manchas parduscas, salpicaduras de carne y sangre. Los frascos, las redomas y el equipo de disección ocupaban la mayor parte del espacio: bisturíes, pinzas, pipa de arcilla y cera, un serrucho de dientes finos para los huesos, un cincel, tintero y cortaplumas.

Había convertido el estudio en un laboratorio, en una sala de disección.

En varios calentadores hervía un líquido viscoso: clara de huevo, en la que se cocían ojos de bueyes y cerdos. Esa misma mañana Leonardo había estado en el matadero, donde el asistente del carnicero arrojaba a los despavoridos animales al suelo ensangrentado, donde el matarife les asestaba una diestra puñalada de estilete en el corazón. Como allí lo conocían, le habían permitido retirar los ojos para llevárselos sin cobrarle.

Al bailar, subiendo y bajando en el cuenco metálico, esos ojos parecían huevos, a su vez, por blancos y esponjosos.

Leonardo compuso una carta, aunque tenía las manos sucias. La escribió en el papel que había a su lado, junto a ciertas notas para una cámara oscura y bocetos donde se veían los ojos seccionados de diversas aves y mamíferos. Escribió de prisa, de derecha a izquierda, como lo hacía siempre cuando se trataba de un primer borrador. Peticionaría a

Bernardo di Simone Cortigiani, un viejo amigo de su padre, *gonfaloniere* de la Hermandad de los Tejedores: un hombre importante, que apreciaba a Leonardo y a su obra y comprendía su aprieto.

Tal vez Piero da Vinci no lo hubiera envenenado aún contra su hijo. Piero había vuelto la espalda a Leonardo, lleno de enojo y humillación. Fue inútil que el joven le escribiera; había llegado a presentarse en casa de su padre, sólo para que los sirvientes le impidieran entrar.

"Como sabes, señor, porque te lo he dicho antes —escribió—, no hay nadie que se ponga de mi parte. Y no puedo sino pensar que, si no existe el amor, ¿qué resta de la vida? ¡Amigo!"

Leonardo se detuvo. Luego, como si lo pensara mejor, rodeó de garabatos la última palabra. Al final arrancó la página con un juramento y la arrugó en el puño.

Había escrito a todos los que pudieran ayudarlo, incluido su tío, con la esperanza de que él pudiera ablandar a su padre.

Francesco no logró nada.

Era como si Leonardo hubiese muerto, como si fuese un fantasma sin efecto. En verdad se sentía fantasma, pues el estudio estaba casi desierto: Andrea se había ido al campo con sus aprendices y sus parientes, al final convencido de que había peligro, cuando una familia de la misma calle pereció por la peste. Sandro y Mirandola partieron con Lorenzo hacia Careggi, para aguardar el fin del calor y de la plaga. Y Leonardo había enviado a Nicolás a casa de Toscanelli. Si lo acusaban de pederasta, ¿cómo podía seguir siendo maestro de un joven aprendiz?

—Ginevra —dijo. Era una queja, pero apenas susurrada. Apoyó los codos en la mesa y se cubrió la cara con las manos grandes, torcidas, casi femeninas.

Ella había partido con su padre hacia la casa de campo, el día después de que se leyera la acusación contra Leonardo. Oró por ella: por que le fuera fiel y no permitiera a Nicolini...

Lo amaba, sin duda. En eso podía confiar. A él le correspondían los reproches, por dudar de ella.

Pero la había perdido, de manera irrevocable. Lo sabía, lo sentía como un vacío oscuro y glacial que iba creciendo en él.

En esos momentos no le habría sorprendido que esa enfermedad del alma se manifestara de golpe, como la peste. Habría sido muy adecuado. Imaginó la presión de las bubas bajo los brazos; visualizó su propia muerte. Una imagen apareció flotando en su mente: la virgen de la plaga, odiosa gemela de la suave diosa Flora. En vez de guirnaldas esparcía ponzoña en las calles y en los campos.

Leonardo hizo un esbozo de ella y anotó abajo una referencia.

Luego se levantó y, estirándose por sobre la mesa, retiró los globos oculares de la clara hirviente, con una espumadera. Después de apagar la llama de los calentadores, dispuso los ojos ante sí. Estaban sólidos como huevos duros. Escogió un bisturí de entre sus ordenados instrumentos, apartó el papel de notas y comenzó a cortarlos de manera transversal, para que el centro no pudiera escurrirse. Como si fuera presa del frenesí, disecaba, tomaba notas y esbozaba detalles anatómicos en los papeles manchados de sangre.

"Es imposible que el ojo proyecte de sí mismo, por rayos visuales, el poder visual", escribió. Mientras tanto sintió que le ardía el rostro al recordar la feroz emanación de la mirada dolorida y cargada de odio de su padre.

Luego garabateó al costado de un diagrama copiado de *Opus Maius*, de Roger Bacon: "Y aunque el ojo estuviera compuesto por un millón de mundos, no podría dejar de consumirse en la proyección de su poder. Y si este poder, esta emanación, viajara por el aire como lo hacen los perfumes, entonces los vientos se lo llevarían a otro sitio...".

Sin duda alguna, Platón, Euclides y Vitruvio, el mismo John Peckham y hasta Roger Bacon estaban equivocados.

El ojo no podía emitir rayo alguno.

Su padre no podía haberlo quemado con la mirada.

Así, Leonardo disecó los ojos, uno tras otro. Su cólera se fue disipando a medida que la mesa se tornaba viscosa de sangre e icor. Hablando para sus adentros, iba volcando sus ideas en el papel. Le interesaba en especial la lente del ojo en sí: "La naturaleza ha creado la superficie de la pupila con forma convexa, para que los objetos puedan imprimir sus imágenes en ángulos mayores de lo que sería posible si el ojo fuera plano".

Pero cuando estuvo agotado, cuando los ojos de cerdos y bueyes quedaron hechos pasta en la mesa, sus pensamientos se volvieron hacia la filosofía o, antes bien, hacia sí mismo, pues escribió: "Quien pierde los ojos condena su alma a una prisión oscura, donde no hay esperanza de volver a ver el sol, la luz del mundo".

Ginevra...

En ese momento se oyó un fuerte golpe a la puerta.

—Maestro Leonardo —gritó la voz cascada y masculina de Esmeralda, la más vieja de las sirvientas, que se había negado a abandonar la *bottega* con Andrea.

—Te dije que no me molestaras, Esmeralda. No tengo hambre.

—No te pregunté eso —dijo ella, abriendo la puerta con insolencia—. Por otra parte, poco me importa.

Era una mujer fornida, de vestido tosco y delantal, cargada de amuletos: un cráneo de sapo, una cáscara de castaña rellena de mercurio, la lengua de una serpiente venenosa. Olía a resina, ámbar, clavo de olor: todos ésos eran remedios y protecciones seguras contra la peste y otras desgracias. También escribía a diario ciertas plegarias en un papel, que luego plegaba siete veces y comía en ayunas. Por ende, no tenía motivos para temer a la peste ni el inconstante temperamento de Leonardo. Pero al ver que el joven había estado otra vez haciendo disecciones en la mesa, se persignó muy apurado siete veces. Luego murmuró alguna fórmula y dijo, torciendo el gesto:

—Este lugar apesta. Es como si quisieras hacer entrar a la bailarina tenebrosa.

—¿Qué pasa, Esmeralda?

Ella se llevó un amuleto a la boca.

—En la puerta hay alguien que te busca.

—¿Quién?

La mujer se encogió de hombros.

—¿Una dama?

Otra vez el mismo gesto.

—Seguramente sabes quién es.

—¿Recibirías a un visitante?

—¿Es Sandro...? ¿Pico de la Mirandola?

Ella parpadeó.

Leonardo lanzó un juramento, impaciente.

—Y volveré para traerte algo de comer, también —dijo la mujer, que dejó allí el amuleto para que limpiara el ambiente.

—Es peor de lo que yo esperaba —dijo Sandro al entrar—. ¡Tienes un aspecto horrible! —Echó una mirada de asco a su alrededor; luego, contempló incrédulo la mugre de la mesa y preguntó: —¿*Autophaneia*?

Leonardo sonrió débilmente. Era su primera sonrisa en varios días, quizás en las últimas semanas.

—Hoy no encontrarás aquí ningún demonio. Los invoco sólo en las fiestas sabáticas.

—¿Y qué es todo esto? —Sandro se acercó a la mesa, pero retrocedió.

—Son restos de los órganos más perfectos que existen. Son... es decir, eran... las ventanas del alma. ¿No tienes ojos para verlos?

No quería mostrarse sarcástico, pero no pudo evitarlo. Sin embargo, no deseaba quedarse solo; era una alegría ver a su amigo. Eso, en sí, no lo sorprendió.

—Hay que limpiar todo esto —dijo Botticelli—. Y necesitas aire fresco.

—Por cierto —convino Leonardo, en un susurro.

Su amigo abrió las ventanas con mucho orden. Luego preguntó:

—¿Por qué no has respondido a mis cartas? ¿Las recibiste? Estabas invitado a casa de Lorenzo.

—Si pudiera salir de Florencia, ¿no crees que habría seguido a Ginevra? No puedo presentarme en sociedad hasta que esto... haya terminado.

Aún estaba bajo fianza y no podía abandonar los límites de Florencia. Si se lo veía fuera de la ciudad, quien lo acompañara podría ser acusado de complicidad; era un paria, legalmente y de hecho.

—Eso no importaba. Lorenzo no te habría rechazado. Habrías estado bajo la protección del Primer Ciudadano.

—Tampoco me invitó. Si la memoria no me falla, fuiste tú quien extendió la invitación.

—Bueno, ya no importa. Todos hemos vuelto a casa. Parece que en Florencia ya no hay peligro, con excepción quizás de este nido de efluvios.

—¿Y Ginevra? —preguntó Leonardo, mirando con atención a su amigo, como si pudiera leerle la respuesta en la cara—. No dices nada de Ginevra.

—No la he visto. A poco tiempo de llegar a Careggi, Madonna Clarise soñó que la virgen de la peste la acechaba. Como eso la asustó mucho, nos mudamos a Cafaggiolo. Había demasiada distancia.

Al oír mencionar a la esposa de Lorenzo, Leonardo hizo un gesto afirmativo.

—¿No has tenido ninguna noticia de Ginevra?

Sandro parecía incómodo.

—Le escribí, al igual que tú.

—¿Y...?

—Respondió con la gracia de costumbre. Ella está bien, pero dice que fue preciso sangrar a su padre para aliviarlo de la gota. ¿No has sabido nada de ella?

—Ni una palabra —respondió Leonardo, con evidente amargura. Había tratado de justificarla, pero no podía negar la verdad: ella le huía como si él mismo fuera la peste.

Sandro le apretó el brazo. Luego sacó de la manga una carta sellada con lacre y se la entregó.

—He aquí un presente del hombre a quien cargas de reproches.

—¿A quién te refieres?

—A Il Magnifico.

—Yo nunca he...

—Abre la carta —indicó Sandro, en tono de regaño. Pero su expresión, en general plácida, no podía disimular su excitación.

Leonardo abrió la carta. En una hoja del papel de Lorenzo, con bordes dorados, se leían sólo las palabras: "absoluti cum conditione en retamburentur".

Se habían retirado los cargos.

Leonardo, lanzando un grito, trituró a Sandro en un abrazo de oso.

—¡Basta! —dijo éste, riendo—. Soy sólo el mensajero. Una vez libre continuó: —Lorenzo acaba de enterarse. Le pregunté si podía traerte la buena noticia.

—Me alegro de que lo hicieras. Tengo que ver a Ginevra.

Y tomó la gorra y el manto, como para salir.

—Por favor, Leonardo —pidió su amigo—. Bríndame un poco de cortesía, pues tengo otra sorpresa para ti. Pero ten un poquito de paciencia ¿de acuerdo?

Leonardo aceptó esperar, pero comenzó a pasearse como si la mera tardanza de un segundo pudiera hacerle perder todo. Por fin alguien llamó a la puerta. Esmeralda entró con una gran bandeja de comida y vino, seguida por Nicolás.

—¿Qué es esto? —preguntó, mientras dejaba caer su bolsa de ropas y sábanas, para señalar la mesa.

—Un experimento —respondió Leonardo, sonriéndole.

Un instante después el chico estaba en brazos de su maestro. Aunque sólo en ese momento lo comprendía, Leonardo había sentido mucho su falta. Nicolás era de verdad su pupilo.

—¿Puedo quedarme contigo, Leonardo? —preguntó el jovencito, empinándose para parecer más alto de lo que era. Por cierto, poco le faltaba para ser un hombre. —El maestro Toscanelli me ha dado permiso.

—No sé si te conviene.

—Pero te conviene a ti, Leonardo —dijo Sandro.

—Eso no viene al caso.

—Toscanelli piensa que sí. Imaginó, con razón, que estarías demasiado encerrado en ti mismo.

Leonardo emitió un gruñido.

—Te escribí desde la Romagna —dijo Nicolás—, pero no me respondiste.

—Estaba enfermo, Nico. Parecía sonámbulo. ¿Recuerdas cuando Sandro estuvo enfermo? Algo así.

—No soy un niño, Leonardo. Puedes hablarme igual que a Sandro.

—No obstante, la explicación parecía satisfacerlo. Echó otra mirada a la sustancia que se endurecía en la mesa. Como si aseverara un hecho indiscutible, dijo: —Melancolía. Pero impura.

—No, Nicolás —refutó Sandro—, no es lo que piensas. No ha estado induciendo demonios. Pero está enfermo, aun ahora.

—Estoy tan sano como tú —contradijo Leonardo, ofendido.

Su amigo asintió sin comprometerse. Luego pidió a Nicolás que llamara a Esmeralda. La mujer apareció en seguida, pues había estado escuchando tras la puerta.

—Hay que limpiar este cuarto —le dijo Botticelli—. De inmediato.

La sirvienta se persignó.

—No seré yo quien lo haga —replicó, y salió con aire ofendido.

Al ver que Nicolás picoteaba los trozos de carne y col hervida que la mujer había llevado, Leonardo sintió súbito apetito. Empero, como al juerguista que se recupera de los efectos de su francachela, le dolían la cabeza y los miembros y tenía la boca seca, algodonosa. Aun así comenzó a comer la col hervida y un poco de carne, hasta que le advirtieron que se anduviera con parsimonia si no quería enfermar. Mientras bebía algo de vino, dijo:

—Debo ver a Ginevra para darle la noticia. Y mientras no lo haga...

—Deja que te acompañe —pidió Nicolás.

—Por mucho que me alegre verte, aún no puedo enfrentar la responsabilidad de...

—Los dos iremos contigo —dijo Sandro, por darle gusto—. Pero no será hoy. Mañana, cuando estés más fuerte.

De pronto cansado, aliviado por saberse al fin libre de los cargos, Leonardo accedió. Mientras él dormía, Sandro y Nicolás retiraron los restos orgánicos de sus disecciones. Sólo entonces aceptó Esmeralda volver a la habitación para limpiar el suelo, cambiar las sábanas y poner orden en el estudio.

Cuando Leonardo despertó, después de haberse remojado en una tina de agua caliente (no se había bañado a fondo durante varias semanas), insistió en salir a las calles estrechas y atestadas. Sandro y Nicolás no tuvieron más alternativa que seguirlo, pues rebosaba de energías. Era como si las hubiera acumulado durante los dos meses últimos y ahora estallaran todas a un tiempo.

—¿Adónde vas? —le preguntó Nicolás, que se esforzaba por seguir el paso a su maestro.

Éste lucía ropa limpia al mejor estilo de los petimetres: una *veste togata* con *cappuccio* echada sobre el hombro, zapatos rojos y azules y una *beretta* bicolor haciendo juego.

—A ninguna parte... a todas partes —respondió Leonardo, dándole una palmada en el hombro—. ¡Soy libre!

Aspiró hondo, pero los hedores de la calle eran tóxicos, pues durante el reciente pánico por la plaga, que podría haberse llevado a buena parte de la población de Florencia, la basura y los desechos se habían acumulado; había más de lo que los perros podían comer. En algunas zonas, la suciedad tornaba las calles intransitables. Dondequiera que Leonardo y sus amigos pisaban, el suelo estaba resbaladizo por los residuos orgánicos: un denso limo negro azulado parecía mancharlo todo, desde los muros hasta los puestos de venta.

Los artesanos y los comerciantes habían salido en tropel. En las calles atestadas había una atmósfera de fiesta. Hacía calor, a pesar de la desacostumbrada bruma, y aún restaba una hora de luz natural. Por doquier reinaban el ruido y el color: de las ventanas pendían estandartes y había toldos de colores intensos en los balcones. Ricos y pobres por igual eran como cardúmenes refulgentes de peces, que nadaran en aguas quietas y opacas. La muchedumbre parecía galvanizada, pues pronto entraría en vigencia el toque de queda. Era como si los gritos, las compras y ventas, el amor, el conversar y el caminar tuvieran que concentrarse en ese período indeciso entre el atardecer y la oscuridad. Pronto, en los barrios más pobres y en el gueto judío, la gran mayoría no tendría más remedio que acostarse a dormir o sentarse a oscuras, pues las velas de sebo — y aun las de grasa, malolientes y más baratas— eran más costosas que la carne.

Cuando pasaron ante un destrozado puesto de pescado, Nicolás se tapó la nariz. Sandro se llevó un pañuelo a la cara. Un gentío se burlaba de un hombre rubio, que soportaba el ridículo junto a su puesto; llevaba un collar de pescado podrido y un cartel con la palabra "Ladro": ladrón. Era el castigo tradicional para los comerciantes deshonestos. Miraba calle abajo, con los brazos y las piernas sujetos por toscos grilletes, y sólo gritaba cuando algún joven rapaz le acertaba en la cabeza con una piedra.

Leonardo abría la marcha por esas vías transitadas. Las calles de los príncipes no se diferenciaban mucho de las otras arterias comerciales. Las grandes casas, con sus fachadas planas y sus *sporti* de piedra y ladrillo, se elevaban de las mismas aceras que sus primas pobres, pues las grandes familias se adueñaban de calles y vecindarios como si fueran reinos. Pasaron frente al palacio de la hermandad de la lana, bajaron por la Via Cacciajoli, la Calle de los Queseros, y por la Via dei Pittori, donde vivían y trabajaban a la par artistas plásticos, tejedores, tallistas de muebles y alfareros.

Excitado, ignorante de adónde los llevaba Leonardo, Nicolás parloteaba muy alegre:

—Cuéntale a Leonardo lo del festival del Marzocco, Sandro.

—Lorenzo quiere que te unas a él para el festival —dijo Botticelli. Parecía incómodo con el paso impuesto por Leonardo. Tal vez sabía que iban hacia el castillo de Benci. Pero el tema no se mencionó. —Desde luego, notificaré a Il Magnifico que deberá entregarte en persona su invitación.

—Basta, Botellita.

—Habrá animales por todas las calles —dijo Nicolás—. Cerdos salvajes, osos y leones, todos enfrentados entre sí.

—¿Por qué ese festival? —preguntó Leonardo, aunque su actitud era todavía distante, como si estuviera lejos de todo, salvo de su intención.

—Sí que te has aislado —exclamó su amigo—. Toda Florencia celebra que dos de las leonas del zoológico han tenido cría.

El Marzocco, el león heráldico, era el emblema de Florencia. Desde hacía cientos de años, la Signoria criaba leones en las mazmorras del palacio. Contaban con la protección del Estado; se lloraba su muerte y se celebraban los nacimientos. Un alumbramiento prefiguraba la prosperidad; un deceso, la guerra, la peste y todo tipo de malos tiempos y catástrofes.

—Es muy lógico, por cierto, celebrar el milagro del nacimiento matando y destrozando —comentó Leonardo—. ¿Cuántos animales murieron en la pista durante el último festival? ¿Y cuántos hombres?

Pero el entusiasmo de Nicolás no disminuía.

—¿Podemos ir, Leonardo? Por favor...

Su maestro no le prestó atención.

—En esa carnicería que tanto detestas —observó Sandro—, podrías obtener varios especímenes para disecar: panteras, osos pardos, onzas, tigres...

—Tal vez —dijo Leonardo. Deseaba estudiar los receptáculos del olfato en el león, estudiar y comparar sus nervios ópticos con otros animales que ya había analizado. —Tal vez —repitió, distraído.

Nicolás guiñó un ojo a Sandro, pero no obtuvo respuesta, pues éste dijo a su amigo:

—Simonetta no está bien.

Leonardo aminoró el paso casi hasta detenerse.

—¿Es la tos que ha empeorado?

—Sí. Ha vuelto a Florencia, pero estoy muy preocupado por ella.

—Lo siento, Botellita —dijo Leonardo, sintiendo una súbita punzada de culpa, por no pensar siquiera en ella durante las últimas semanas—. La visitaré en cuanto pueda.

—No recibe visitas... pero estoy seguro de que a ti querrá verte.

—Aquí está la casa de Ginevra —anunció Leonardo, como si no hubiera oído esa última frase.

A través de la arcada que se abría ante ellos, vio las paredes rústicas y las ventanas románicas del *palazzo* de Benci. Pero de pronto lanzó un juramento y se arrojó hacia la balaustrada.

—¿Qué pasa, maestro? —gritó Nicolás, que corrió tras él.

Sandro, en cambio, se quedó un momento atrás, como si no pudiera soportar lo que se avecinaba.

En todas las ventanas se veía una vela y una rama de olivo, rodeada por una guirnalda de gladiolos. El gladiolo simbolizaba la santa serenidad de la Virgen, tal como la describía el apócrifo *Libro de Juana*; la rama de olivo era símbolo de la felicidad terrenal. Juntos, ambos anunciaban al mundo que allí se había consumado un matrimonio.

Ginevra se había casado con Nicolini. Leonardo quedó fuera de sí por la ira y el dolor.

Descargó los puños contra la puerta, pero ésta no se abrió. Como se había vuelto costumbre en esos tiempos, un sirviente espió por una mirilla de la puerta y preguntó quién llamaba.

—Informa a Messer Amerigo de Benci y a su hija, Madonna Ginevra, que su amigo Leonardo desea ser recibido.

Pasó un rato incómodo. El sirviente, al regresar, dijo:

—Lo siento, maestro Leonardo, pero en este momento están indispuestos. El amo te hace llegar sus saludos y te pide perdón, pues desea veros en cuanto...

—¿Indispuestos? —repitió Leonardo, mientras enrojecía de ira y humillación—. ¿Indispuestos? ¡Abre esta puerta, basura!

Y aporreó la puerta artesonada. Luego utilizó el hombro como ariete.

—¡Basta, Leonardo! —gritó Sandro. Pero cuando trató de contenerlo, su amigo giró hacia él, furioso. —De nada servirá. No puedes derribar esa puerta. Yo mismo no podría. Ven, vamos. Allí adentro no hay nadie que te escuche.

Pero Leonardo no se dejó mover.

Llamó a Ginevra a gritos, bramando, con la sensación de haber caído otra vez en la pesadilla de los últimos meses. Un sudor frío le cubría el torso, aunque sentía la cara ardiente. Pero se vio con piedad apartado, apartado de la calle, del ruido, de sus propios gritos, apartado hasta de sí mismo. Todo aquello era un sueño, y él, quien lo soñaba.

—¡Ginevra! ¡Ginevra!

Sandro intentó contenerlo una vez más, pero él se desasió.

Como reunida por algún procedimiento alquímico, en la calle se formaba una multitud, peligrosa y mal entretenida, que lanzaba silbidos y gritos burlones.

—Déjenlo en paz —dijo alguien.

—Sí —añadió otro.

—Abre la puerta, ciudadano, o por Dios que lo ayudaremos a entrar.

Se rendía al dolor y a la obnubilación de su furia, Leonardo rabiaba en forma amenazadora.

—¿Por qué me has hecho esto? —gritó.

Ya se encontraba más allá de la dignidad o la humillación. Su orgullo, su compostura, habían desaparecido junto con su razón. ¿Cómo era posible que Ginevra y Nicolini lo hubieran derribado con sólo unas cuantas ramas de olivo seco?

Pero Leonardo era un espectáculo. Era magnífico, estaba poseído y encadenado. Tenía el alma emponzoñada, pero no por el fantasma de la *morte di bacio* que había envenenado a Sandro ni por visión alguna del amor perfecto.

Estaba poseído por la bestia. Por su propia furia. Por la pérdida. Pues había perdido a todos cuantos amaba: a su padre, a su madre. Y ahora, por último, a Ginevra.

Era casi un alivio.

Al abrirse la puerta, la multitud celebró con gritos de júbilo.

En el umbral apareció el padre de Ginevra, un hombre alto, que en otros tiempos había sido fornido. Ahora se lo veía consumido y enfermo; a Leonardo le costó reconocerlo. Amerigo de Benci sonrió a su amigo y dijo:

—Pasa, Leonardo. Te echaba de menos.

Saludó con la cabeza a Sandro y a Nicolás, pero no los invitó a acompañar a su amigo.

El gentío comenzó a dispersarse.

Leonardo hizo una reverencia al padre de Ginevra y le pidió disculpas, pero Amerigo de Benci lo tomó del brazo para conducirlo por un patio de columnatas; luego cruzaron un portal de roble, con goznes de bronce, para entrar en una sala abovedada.

—Toma asiento, Leonardo.

Amerigo señaló una silla tras una mesa de juego. Leonardo quedó deslumbrado por el retrato que pendía por sobre un escritorio de caoba: era el que había pintado junto con Simonetta. Ahora le parecía que había representado a Ginevra con frialdad, como si su cálida carne fuera piedra. Ella lo miraba desde el otro lado de la habitación, dentro de su marco, con ojos fríos como el agua de mar: un ángel radiante, con un halo de enebros oscuros.

—Sí, tú y Ser Gaddiano la retrataron muy bien —continuó el padre—. Ginevra me lo ha contado todo.

Se lo veía triste y bastante nervioso. Se sentó junto a Leonardo. Un sirviente entró a servirles vino.

Leonardo contempló el tablero de ajedrez que tenía a su lado: las figuras talladas, blancas y rojas.

—He sido absuelto de todos los cargos, Amerigo —dijo.

—Nunca lo puse en duda.

—Siendo así, ¿por qué hay ramas en las ventanas? —preguntó Leonardo, mirándolo de frente—. Dices que Ginevra te lo contó todo. ¿No te habló de sus sentimientos por mí? ¿No te dijo que iba a casarse conmigo?

—Sí, Leonardo.

—¿Y qué pasó?

—Por el amor de Dios, Leonardo, estabas acusado de sodomía.

—Eres un hipócrita.

—Y además eres hijo bastardo —apuntó Amerigo con suavidad, sin rencor—. Tu padre es amigo mío, igual que tú. Pero mi hija... Pertenecemos a una familia muy antigua. Hay ciertos aspectos de la vida que estarían cerrados para ti.

—¿O sea que has hecho esto porque no fui admitido en la universidad?

—Leonardo...

—Necesito ver a Ginevra. No puedo creer que ella pusiera con libertad el cuello en semejante yugo.

—Eso es imposible —se negó Amerigo—. Está hecho. Es una mujer casada.

—Se podría anular. Se anulará.

—No se podría ni se hará, por cierto —corrigió Nicolini, al pie de una escalera doble, que terminaba en la habitación delante de la cual se hallaba Leonardo—. Ya ha sido consumado como se debía, buen señor.

El pintor se irguió para enfrentarlo. Se estremeció al recordar un sueño, la imagen que con tanta frecuencia le cruzaba la mente: Ginevra forcejeaba, sin poder resistirse a Nicolini, que la aplastaba con su peso al poseerla.

—Por favor —dijo el hombre—, no tengo ningún deseo de luchar contigo. Y aunque me mataras, Ginevra no te aceptaría, pues sólo acarrearías nuevas humillaciones a su familia.

—Creo que debe ser Ginevra quien me lo diga.

—¡Es imposible! —protestó Amerigo.

—Me parece que no —dijo Nicolini—. Tal vez sea tiempo de poner a prueba su fibra. —Y ordenó a un joven sirviente que fuera en busca de su señora.

—¿Qué pretendes? —preguntó Amerigo a su yerno, como es obvio, inquieto. Giró para seguir al muchachito, pero Nicolini lo detuvo.

El sirviente, al regresar, dijo:

—Madonna Ginevra te pide disculpas, Messer Nicolini, pero en este momento no puede bajar.

—¿Sabe ella que estoy aquí? —preguntó Leonardo.

—Sí, maese Leonardo. Se lo he informado.

—¿Y ella dijo que no bajaría?

El sirviente asintió con nerviosismo. Luego dio un paso atrás y giró sobre sus talones.

—Bien, creo que ahí tienes tu respuesta —dijo Nicolini a Leonardo. Pero su expresión, aunque severa, no expresaba triunfo ni jactancia.

—Ésa no es respuesta alguna. Quiero oír de sus propios labios que ya no me ama.

—Se acabó, Leonardo —dijo Amerigo—. Ahora está casada. Accedió sin coerción: *spontanea, non coacta*.

—No puedo creerlo.

Nicolini enrojeció.

—Creo que ya es suficiente. Se te ha tratado con más cortesía de la que mereces, y eso tan sólo por las relaciones que mi suegro mantiene con tu familia.

—Yo lo tenía por amigo, sí —manifestó el pintor, con intención.

—Y soy tu amigo, Leonardo —aclaró Amerigo—. Las circunstancias dictaron mi manera de actuar. Lo siento mucho por ti... pero no podía hacer nada, te lo aseguro.

—Creo que ya le has dado lo que le correspondía —sentenció Nicolini.

—Tengo que ver a Ginevra.

—Ella no quiere verte, Leonardo.

—Que me lo diga ella.

—Esto debe terminar. —Nicolini se volvió hacia un costado, haciendo un gesto con el brazo, y dos corpulentos servidores entraron en la habitación. Era obvio que estaban esperando esa señal, pues venían armados y dispuestos.

—Luigi —le dijo Amérigo—, no creo necesario...

Pero Leonardo desenvainó su espada al mismo tiempo que los guardaespaldas de Nicolini.

—¡No! —gritó el dueño de casa.

—No importa —susurró Leonardo, hablando consigo mismo. Percibió que sus glándulas vertían líquidos purificadores en el pecho, para darle fuerzas. Ya no se sentía vulnerable. Aunque eran tres contra su espada, ya no le importaba morir. El dolor lo había elevado, resucitándolo. Y si ése iba a ser su último aliento, llamó a gritos a Ginevra. Uno de los sirvientes retrocedió, sorprendido; luego avanzó con el otro.

—Envaina esa espada, Leonardo, por favor —pidió Amerigo—. Esto ha llegado demasiado lejos.

—¡Basta ya, Leonardo!

Era la voz de Ginevra, que entraba en la habitación. Nicolini y sus sirvientes le dieron paso. Se la veía ojerosa y menuda con esa camisa al estilo morisco, ricamente trabajada.

Leonardo la abrazó, pero ella se mantuvo rígida, como si estuviera cautiva. Nicolini no se entrometió. Al cabo de un instante, el joven la soltó.

—¿Conque eso es todo?

Ella bajó la vista al parqué del suelo.

—¿Por qué no respondiste a mis cartas? —inquirió él.

Ginevra se volvió hacia su padre.

—Nunca las recibí. —Su enfado se manifestaba sólo en el modo de mirar a su padre. Pasó de inmediato, como si sólo por un instante se hubiera quitado el disfraz de serenidad. Amerigo desvió la vista. Ella miró de nuevo a Leonardo. —De cualquier manera, eso no habría cambiado las cosas. Un sacerdote había dicho ya *la messa del congiuonto*. Pertenezco a Messer Nicolini. Enviaste tus cartas a una mujer casada.

—Por eso las retuve —explicó Amerigo.

—¿Me creías culpable? —preguntó Leonardo.

—No —aseguró ella con suavidad—. Ni por un momento.

—¿No podías esperar... a darme una oportunidad?

—No, Leonardo. Había ciertas circunstancias...

—¡Ah, sí, las circunstancias! Y ahora, ¿puedes mirarme a la cara y decirme que no me amas?

—No puedo, Leonardo. Te amo —respondió ella, tiesa—. Pero eso no importa.

—¿No importa? —repitió Leonardo—. ¿Que no importa? Eso lo es todo.

—Eso no es nada —replicó Ginevra—. Merecías algo mejor que lo que te ha tocado. —Ahora hablaba para los oídos de Nicolini, pues parecía fría, muerta y carente de toda emoción. —Pero tomé una decisión por el bien de mi familia y respetaré mis obligaciones.

Estaba resuelta. Leonardo supo que la había perdido, con tanta seguridad como si ella se hubiera enamorado de Nicolini. Se volvió hacia su rival, diciendo:

—Fuiste tú quien pusiste aquello en el *tamburo*.

Nicolini le sostuvo la mirada, sin negar la acusación.

—¿Ginevra? —Leonardo la tomó del brazo. —Ven conmigo.

—Debes retirarte —dijo ella, desasiéndose—. Aunque tu humillación es la mía, no puedo arrojar mayor desgracia sobre mi familia. Nuestras heridas curarán. Algún día comprenderás.

—¿Pero puedes casarte con el hombre que me acusó?

—Vete, Leonardo. Jamás faltaré a la promesa hecha a Dios.

Ante eso, Leonardo embistió contra Nicolini, con la espada en alto. El otro, que lo esperaba, dio un paso atrás y desenvainó. Uno de sus guardias atacó a Leonardo desde atrás; el otro lo golpeó con fuerza en el costado de la cabeza, con el puño de la espada.

Leonardo se tambaleó. Sentía una vibración sonora, como la de una cuerda de laúd al romperse. Mientras caía vio aún la cara de Ginevra.

Era piedra.

En verdad, todo cuanto estaba en su campo visual se había convertido en un friso. Y luego, como si hubiera enfocado sus pensamientos en otra cosa, en otra cuestión, todo desapareció...

En la oscuridad que precede a la memoria.

13
Marzocco

Cuando la leona defiende a su cría de la mano del cazador, a fin de que no la asusten las lanzas mantiene los ojos fijos en el suelo, para que su huida no deje prisioneros a los cachorros.

—Leonardo da Vinci

Al separarme de ti te dejo mi corazón.

—Guillaume de Machaut

acia el final de esa semana la cara de Leonardo era todavía un hinchado cardenal amarillo y purpúreo. El golpe había roto la piel; el médico le dijo que aquel duro episodio le dejaría una cicatriz; era como si en la cara le hubieran estampado algún sello misterioso y profano.

Después de lavar la herida con vino, el médico unió los bordes con una sutura y la vendó. No apoyaba la idea, por entonces en boga, de que la naturaleza cerraría la lesión por sí sola, produciendo un fluido viscoso. Requirió que se mantuvieran las ventanas cerradas y advirtió a los sirvientes de Amerigo de Benci que no debían comer puerros ni cebollas, para no contaminar el aire. Para los dolores de cabeza le recetó un emplasto de fuerte olor, preparado con una mezcla de raíz de peonía y aceite de rosas; en forma periódica lo visitaba para inspeccionar y cambiar los vendajes. Aunque la espada del sirviente de Nicolini penetró en lo profundo, no había afectado ningún órgano vital.

Así se recuperaba Leonardo en el Palazzo de Benci.

Pero Ginevra lo había abandonado para iniciar su vida de esposa en el castillo de Nicolini.

Leonardo tenía fiebre; la espalda le quemaba como si estuviera acostado sobre atizadores puestos al fuego. Soñaba con Sandro, con Nicolás, pero no con Ginevra. De modo extraño, ella estaba lejos de sus pensamientos, como si hubiera abandonado la catedral de sus sueños por el castillo de Nicolini. Leonardo parecía haber sido purgado, más o menos a la manera de los flagelantes que seguían a la Muerte en procesión, rescatados de entre los muertos y resurrectos, los que hablaban con la Virgen y bebían con Cristo... los que habían sido vaciados del mundo, de la enfermedad, el amor, las preocupaciones y los ardores del corazón. En verdad, también soñó que caminaba por las diversas salas de su catedral de la memoria; pero todas estaban oscuras y desiertas, con excepción de un cuarto: un salón abovedado, refulgente de velas encendidas, que contenía un sarcófago: su propio sarcófago. Allí yacía él, muerto, descompuesto en cenizas mojadas. Pero tuvo la escalofriante revelación de que se había levantado como Cristo, aunque vacío como una calabaza en invierno. Soñaba que estaba flotando en un mar blanco, cuyas olas eran ondulantes sábanas de hilo; la henchida masa del océano, un colchón de plumas.

Despertó con un respingo, sofocado, agitando los brazos como si se ahogara. Todo se hallaba a oscuras. Una lámpara brillaba como un ojo feral, emitiendo un olor aceitoso que se mezclaba con el hedor febril del propio Leonardo; una sola vela ardía en el candelabro de la pared, frente a los pesados tapices.

Amerigo de Benci, de pie junto a la gran cama adoselada, tenía un aspecto cadavérico, espectral. Su rostro blando, pero tenso, revelaba las facciones nobles que en Ginevra habían alcanzado su perfección: los ojos de párpados gruesos, la boca plena, el pelo rizado, la nariz larga y bastante plana. Lanzó un suspiro de alivio.

—Gracias, Cristo bendito. —Se persignó.

—Tengo sed —dijo Leonardo, con voz apagada.

Amerigo le sirvió un poco de agua de la jarra del lavabo.

—Te curarás, ahora que ha brotado el sudor. Así me lo dijeron los médicos.

Leonardo bebió el agua.

—¿Cuánto tiempo llevo aquí?

—Más de dos semanas —respondió Amerigo, tomando el vaso que le devolvía—. Llamaré a tu amigo Botticelli y al joven Maquiavelo, que están abajo, cenando en la cocina. Durante toda tu fiebre no se han apartado de tu lecho.

—Te agradecería que los llamaras, pues no quiero continuar aquí —susurró Leonardo.

Trató de incorporarse, pero de inmediato se sintió débil y mareado.

—Estuviste muy enfermo... Nos preocupaste mucho, Leonardo —explicó Amerigo, aún a su lado, como deseoso de conversar y con resistencia a moverse—. Tu padre ha preguntado por ti.

—¿Estuvo aquí? —se extrañó Leonardo.

—No, pero debió viajar a Pisa por asuntos del *podestá*. Se espera que regrese pronto.

El joven no respondió.

—Todo fue culpa mía, Leonardo —dijo el anciano.

—Basta, Amerigo. La culpa nunca es de una sola persona.

—Pero no quiero que culpes a Ginevra. Ella me rogó que la entregara a ti y no a Nicolini.

—Podría haberse negado.

—Soy su padre.

Leonardo le volvió la espalda, exhausto. Sólo entonces Amerigo dijo:

—No, Leonardo. Me temo que ella no tuvo oportunidad de escoger.

———✦———

Leonardo se miró en un cuenco de agua que tenía junto a la cama: la cicatriz de su rostro era todavía un cardenal rojo, estigma de su locura. Desde allí oía el apagado ruido del martillo contra el cincel, pues la *bottega* de Verrocchio bullía de trabajo. Francesco, el capataz, hacía trabajar a sus aprendices distribuidos en turnos; el mismo Andrea corría de un lado a otro a toda hora, como si no durmiera nunca. Había demasiado trabajo por hacer; sus muchos encargos estaban tan retrasados como sus cuentas impagas. Exhausto, cubierto de polvo, en los últimos tiempos parecía más un picapedrero que el maestro de una gran *bottega*.

Y las semanas siguientes prometían aún más tumulto, pues Andrea había aceptado a tres aprendices más y un nuevo encargo de Lorenzo: un relieve en terracota de la Resurrección.

Nicolás, como era de esperar, declaró que los aprendices no tenían talento.

—Ni siquiera los gatos están a salvo de ellos —le dijo a Leonardo—. Atraparon a Bianca, la gatita gris, y la dejaron caer por el pozo de la escalera.

—¿Se hizo daño?

—No, pero eso no viene al caso.

Leonardo agitó el agua; luego se pasó por el pelo las manos mojadas; no soportaba verse así. Aún le dolía levantar los brazos, forzando la espalda herida.

—¿Por qué te alteras tanto, Nico? Son sólo muchachitos; con toda seguridad, el *signore* Francesco no tardará en mantenerles las manos ocupadas.

Nicolás se encogió de hombros.

—¿Temes no poder quedarte, ahora que han venido ellos? —preguntó.

—Son tres bocas más que alimentar.

—El maestro Toscanelli envía a Andrea dinero más que suficiente para pagar tu alojamiento y tu comida. Te aseguro que no corres peligro.

—Has sufrido más esta vez que cuando caíste del cielo —comentó Nicolás.

—¿Desde que caí en desgracia? —murmuró Leonardo.

Pero el chico no captó la ironía.

—Se te puede reparar la cara. Hice averiguaciones.

—¿De veras? —inquirió su maestro, batante cáustico.

—Sí. Existe un cirujano, un judío que vive cerca de San Jacopo oltr'Arno, que puede corregir todo tipo de deformidades. Hace milagros. Reforma la carne como si fuera arcilla.

—¿Y cómo realiza esos milagros?

Nicolás se encogió de hombros.

—Según me contó su aprendiz, a este cirujano le llevaron a un niño al que le faltaba parte de la nariz. Al parecer había nacido con ese defecto y todo el mundo lo compadecía, porque tenía aspecto de monstruo.

—Nicolás...

—Él le modeló una nariz nueva practicando un corte en el brazo, en el que insertó directamente la nariz del niño. Luego aplicó un vendaje muy ceñido, de modo que el niño no pudiera mover siquiera la cabeza, y así lo dejó por veinte días. Pero cuando cortó la nariz para separarla del brazo, un trozo de carne quedó adherido a ella. Entonces esculpió las fosas nasales con tanta habilidad que nadie pudo detectar dónde había estado unida. Comparado con eso, Leonardo, quitarte la cicatriz sería juego de niños.

—¿Cómo supiste de ese cirujano? —preguntó Leonardo, interesado, pues nunca había oído hablar de tal técnica.

—El maestro Toscanelli me envió a él con un recado. Se llama Isaac Brancas. Recuerdo su dirección y puedo...

—No harás nada —replicó Leonardo, con aspereza—. Mi cara cicatrizará a su antojo.

—Pero, Leonardo...

—Y si queda cicatriz, que quede. Eso me recordará que no debo ser estúpido. —Se frotó la frente, reflexivo; sentía la carne entumecida, extraña y fría. De igual modo su *pneuma*, su espíritu, se había vuelto tan frío como el agua turbia y maloliente de su cuenco. Si el aterimiento del corazón y las arterias no curaba la enfermedad del alma, al menos era efectivo para calmar el dolor.

Así se cerró al recuerdo.

—Bueno, Nico —continuó—, ¿no dijo Sandro que, si a estas horas no había llegado, debíamos salir sin él? —Se había iniciado el festival del Marzocco; el mercado estaría bullendo. —Pero hoy está obligado ante todo con Il Magnifico, que tal vez lo necesite.

Nicolás lo estudió por algunos segundos.

—¿Hablas en serio? ¿Saldrías sin él?

—¿Si saldría solo contigo, quieres saber? Por supuesto, Nico. Eres un amigo tan querido como Sandro. Como un hijo. ¿Tan mal te he tratado en estos días?

—No —respondió el chico de prisa, con aire azorado.

—Claro que sí. Pero eso ya pasó. Te prometo que hoy serás el centro de mis atenciones. Cargaremos contra las bestias más feroces, arriesgando la vida a cada instante.

Nicolás asintió.

—¿Tantos hombres han muerto en Marzocco?

—Bastantes —dijo Leonardo—. Si quieres cambiar de idea, comprendo...

—No. Quiero ir.

—Te llevaré, pues. Pero sé por experiencia que protegerte de los animales salvajes de cualquier tipo puede ser una gran responsabilidad.

Leonardo no pudo dejar de acompañar con una sonrisa esa velada referencia a la predilección del chico por sirvientas, rameras y fregonas.

Nicolás se echó a reír. Luego arrugó la cara.

—Nos has asustado a todos, Leonardo. Tus amigos estamos preocupados.

—Ya pasará.

—Sandro cree que has...

—¿Qué, Nico?

—Que te has envenenado, como él lo hizo con Simonetta.

—¿Y tú piensas lo mismo?

—No, yo no.

—¿Por qué?

—Porque se te ve demasiado... iracundo.

Mientras caminaba con Nicolás hacia el mercado, bordeando el gueto judío, frente al *palazzo* del arzobispo, Leonardo pensaba en Simonetta. Había tratado de visitarla en cuanto recobró sus fuerzas, pero fue cortésmente rechazado; su joven sirviente Luca le dijo que ella dormía y que, de cualquier modo, estaba demasiado débil para atender a nadie. Sin embargo Leonardo sabía que recibía a Sandro. Su enfermedad consumía las fuerzas de Botticelli, aunque Leonardo descubrió con sorpresa que eran considerables.

Pronto vería a su amigo, y se prometió ofrecerle toda la ayuda posible. Sin embargo, con ello no hacía sino enmascarar su preocupación por Simonetta. Ella era su espejo; sólo ante ella se había descubierto por completo. Y aunque se vieran muy poco, no soportaba la idea de perderla.

Justo ahora, después de lo de Ginevra...

Se acercaban al Mercato Vecchio; las calles estaban allí tan transitadas que debieron desviarse por vías secundarias. Aun en feriado los vendedores callejeros, de pie tras sus cabinas portátiles, voceaban carne, aves, frutas y verduras. Sus carteles estaban decorados con cruces toscamente pintadas. Un vendedor desplumaba pollos vivos; a su lado, una mujer gorda y medio calva los asaba ensartados en una varilla, sobre una fogata crepitante de grasa, y los vendía en su improvisado mostrador, junto con panecillos dulces, habichuelas y rosquillas de miel. Los ramilletes de perejil, romero, albahaca e hinojo perfumaban las calles sembradas de basuras. Había jaulas con pájaros vivos, gatos y conejos a la venta. Un mercader exhibía varios lobos, por los que pedía un precio exorbitante; pero tenía buenas perspectivas de venderlos, ya que había quienes deseaban imitar al Primer Ciudadano y ganar *virtú* pública enfrentando a sus propios animales. En otra calle se exhibían varios objetos sacros y todo tipo de animales tallados, en particular leones heráldicos tallados en piedra, madera o forjados en oro o plata. También estaban allí los aurífices, siempre cautelosos, acompañados por soldados a sueldo para que los custodiaran, junto con sus mercancías.

Leonardo y Nicolás serpentearon por laberintos de *piazzas* y callejones. Las casas, construidas con los restos de antiguas torres que en otros tiempos pertenecieran a nobles señores guerreros, se alzaban como muros de prisión, casi bloqueando el sol. Antes de haber llegado siquiera al mercado central, oyeron gritos de ciudadanos y gemidos de animales. Leonardo tomó a Nicolás de la mano, para evitar que algo los separara, y ambos se abrieron paso por entre la multitud.

Por fin llegaron al perímetro del Mercato Vecchio, bordeado por cuatro iglesias en las cuatro esquinas y convertido en una pista de circo. Los puestos de los vendedores habían sido cerrados muy rápido con tablas. Los enormes palcos improvisados alcanzaban la altura de esos viejos edificios. Desde los puntos más altos, así como de torres y tejados, pendían estandartes con emblemas del Marzocco y los colores y *palle* de los Médicis.

—¡Mira! —gritó Nicolás, con la cara arrebolada por el entusiasmo y el miedo.

De pronto el gentío se abrió entre chillidos. La gente corría en dirección a ellos, perseguida por los cerdos salvajes más grandes que Leonardo viera en su vida. Los animales habían escapado de la pista; estaban a cargo de uno de los *armeggiatori*, las confraternidades patronales. Unos quince jóvenes de librea corrían tras ellos, tratando de matarlos cuanto antes; de ese modo quizá mitigaran la vergüenza que habían lanzado sobre sí mismos y sus patrocinadores.

Pero los cerdos estaban peligrosamente frenéticos: medio muertos de hambre, asustados, espumajeando por la boca.

Leonardo sujetó con firmeza a su joven compañero y ambos empujaron para apartarse hacia el costado de la calle. Alguien trató de asestar un coscorrón a Nicolás, pero Leonardo desvió el golpe.

—Ten calma, Nico —dijo.

Un momento después se vieron empujados hacia atrás, como embestidos por la cresta de una ola enorme. El maestro logró mantenerse de pie, rodeando al chico con los brazos, para que no lo arrollaran.

—Puedo arreglármelas, Leonardo —dijo Nicolás, mientras trataba de ver por sobre la cabeza de los que estaban adelante.

La tuba volvió a pujar contra ellos. Un cerdo había masacrado a una criatura de unos diez años antes de que uno de los *armeggiatori* pudiera herirlo de muerte. La bestia siguió embistiendo a la muchedumbre, aun con una lanza plantada en el cuello. Leonardo lo vio por un instante: la boca abierta, los dientes enrojecidos por su propia sangre, giraba la cabeza hacia uno y otro lado, mientras el muchacho de librea lo lanceaba. Sus gruñidos sonaban tan humanos que resultaban siniestros. Por fin cayó, quebrándose el colmillo al chocar el hocico contra los adoquines de la calle, construida por los romanos. Cayó otro cerdo; un mozo de piel cetrina le cortó el cuello y de inmediato dio un salto atrás, asqueado, en tanto la bestia orinaba y defecaba sobre él, en los estertores de la muerte. Los otros cerdos, uno de ellos ensangrentado, pasaron a toda carrera, perseguidos por los *armeggiatori*.

Un momento después, cerdos y muchachos desaparecieron, como si las calles se los hubieran tragado. El peligro inmediato había pasado.

La noticia circuló entre la multitud. Hubo gritos de alegría. El niño muerto fue retirado por dos muchachos de librea y por su padre, cuyo rostro era una dura y sudorosa máscara de dolor. Entonces el gentío se volcó otra vez hacia la sanguinaria orgía de muerte y sacrificio que se llevaba a cabo en el Mercato Vecchio.

Nicolás se prendió con fuerza de Leonardo y ambos se dejaron llevar hacia la pista y los palcos. Varios hombres armados de lanzas, protegidos dentro de caparazones móviles de madera que llamaban "tortugas", azuzaban a los osos. Otros soltaban a tigres y leopardos, instándolos a luchar entre sí. Los cadáveres destripados hedían en el calor de la arena. En verdad, el mercado se había convertido en un matadero, en un terrible festival que recordaba los tiempos romanos. Había setenta u ochenta animales en la pista, que rondaban, observaban a la multitud, olfateaban los embriagadores efluvios de la sangre y se acechaban para matarse. Las calles y las sendas que desembocaban allí habían sido valladas. Dos trabajadores que lucían los colores azul y oro de los Pazzi reparaban, con cara de miedo, la abertura por la cual habían escapado los cerdos salvajes.

—Fueron los *armeggiatori* de Pazzi quienes soltaron a los cerdos —observó Nicolás—. ¿Crees que pudo ser un accidente?

Leonardo se encogió de hombros.

—Si hubieran planeado cazar en la calle, habrían colocado algunos hombres delante de las bestias. Tú mismo viste la cerca rota.

—Tal vez era un portón y ahora que se rompió han decidido clausurarlo. Pero Sandro quedará complacido, sin duda.

—¿Por qué?

—Porque el deshonor recae sobre los Pazzi. ¿No sabes lo que está sucediendo?

—Temo que no.

—Los Pazzi y los Médicis han estado combatiendo en las calles. El problema empeora.

En realidad, Leonardo había estado fuera del mundo.

—¿Cómo es eso? —preguntó, intranquilo.

—La Santa Iglesia está de parte de los Pazzi, pero Sandro dice que Lorenzo está ciego a todo.

De súbito Nicolás pareció tan abatido que Leonardo lo rodeó con un brazo. No era más que un niño, aunque a veces fingiera a la perfección la conducta de un hombre. En ese momento parecía fascinado por el comportamiento de un animal grande y peludo, que se mantenía en su sitio, mientras balanceaba la cabeza con aire amenazador ante todos los que se le acercaban.

—¿Qué es eso? —preguntó.

—Un búfalo —explicó Leonardo.

Contempló con tristeza los animales masacrados que sembraban la arena, como desechos tirados al descuido. Si lograba obtener algunos de esos cadáveres para disecarlos y estudiarlos, el desperdicio no sería tan grande. Pero resultaba peligroso demorarse allí, pues la muchedumbre pedía a gritos otro espectáculo, otra demostración. Lo más probable era que liberaran a tigres o cerdos salvajes para perseguirlos por las calles.

De ese modo el populacho tendría emociones suficientes, por el momento. Paseó la mirada alrededor del estadio improvisado: había allí unas treinta mil personas, para presenciar las orgías de sangre. Al frente, cruzando la plaza abierta, se levantaba el palco de honor reservado a los Médicis. Estaba construido en forma de castillo, con su foso seco, sus torrezuelas y falsos parapetos almenados. De las murallas pendían, laxos, decenas de estandartes: *palles* y flores de lis rojos sobre campo dorado. El aire se mantenía inmóvil y pesado, sin alivio contra la fetidez del sudor y la muerte.

—Ven, Nico —dijo Leonardo—. Y date prisa. Aquí no estamos seguros.

Tuvieron que abrirse paso alrededor de la pista, a empujones, con reyertas ocasionales. Leonardo llevaba bien sujeto a Nicolás.

—Mira allí —dijo el chico, señalando un rincón apartado de la pista. Un oficial de la *podestá* acababa de dar la señal para que se soltara a los leones de una gran jaula con persianas; varias hembras avanzaron con desconfianza, protegiendo a los cachorros, que aún conservaban en el pelaje las manchas con que habían nacido. Los machos las siguieron; las abundantes melenas parecían casi negras en contraste con el cuerpo esbelto y amarillo. Varios hombres, dentro de sus "tortugas", se mantenían a distancia, custodiando en vez de incitar, por miedo a que alguno de los cachorros resultara lastimado.

El gentío gritaba de gozo.

—Sigue avanzando —indicó Leonardo.

—¿Viste los cachorros?

—Sí, pero si sufren algún daño las consecuencias serán terribles.

—Entonces crees en los presagios, Leonardo, después de todo.

—No, Nico, pero creo en la existencia de los supersticiosos. Si ellos creen que van a sufrir algún mal, no descansarán hasta ocasionarlo.

—Me parece que es lo mismo.

Leonardo rió sin ganas. Fue una risa extraña, hueca. Sin embargo, se sentía lleno de vida, como si la carne y los tendones apenas pudieran contener la tormenta que estallaba dentro de él. La oía tronar con suavidad en sus oídos, con el mismo trueno que solía oír cuando niño, después de haber llorado.

—Eso es —dijo Nicolás, con raro orgullo—. Ya ves, Leonardo, que reír es posible.

—Sí, por cierto. —Leonardo se obligó a sonreírle y le rodeó los hombros con un brazo. De pronto se sentía ligero, casi aliviado; no obstante, también notaba la tensión de sus miembros y la sensación de que unas mariposas batían sus alas de gasa dentro de su estómago, pues era esa misma tensión la que lo protegía de su propio dolor.

—Debes tratar de ser el de antes —aconsejó Nicolás—. Ése es el Leonardo al que todos aman.

—¿Y tú?

—¿A qué te refieres?

—¿Amas sólo al antiguo Leonardo y no al que soy ahora? —Al ver el genuino desasosiego del chico, el pintor agregó: —Lo siento, Nicolás, pero el viejo Leonardo se ha ido para siempre.

—Entonces tendrás que aprender a reír otra vez.

—El viejo Nicolás también se ha ido —observó Leonardo.

Nicolás giró hacia él, y se detuvo en medio de la gente con aire interrogante, pero su maestro lo impulsó a continuar.

—Desde que... enfermé, pareces haberte convertido en hombre. ¿Preferirías volver a ser niño?

—No —respondió Nicolás—. Pero te echo de menos. No puedo evitarlo.

—Estoy aquí mismo, contigo.

No hubo respuesta. Nico presionó para avanzar hacia el improvisado castillo de los Médicis, que se alzaba ya ante ellos. El único acceso a los bancos escalonados, desde donde se veía todo el mercado, se hallaba bajo la custodia de soldados que lucían yelmos emplumados y los colores de los Médicis.

—¡Ah, están aquí! —gritó Zoroastro da Peretola, asomado por la ventanilla de una torreta de madera. Luego se dirigió a uno de los que montaban guardia abajo: —Ha llegado el maestro Leonardo con su amigo, Antonio. Tráelos sin demora. Bajaré en seguida.

Un guardia los miró, parpadeando. De inmediato, como si hubiera reconocido a Leonardo, los condujo hacia el castillo de madera. Arriba, las galerías estaban colmadas de amigos, sirvientes y allegados de los Médicis. El ruido era como el bramido del mar. Leonardo y Nicolás tuvieron que apartarse de un salto para no recibir un chorro de orina.

—¿No hay un lugar más protegido? —preguntó Leonardo al guardia, al tiempo que levantaba la vista hacia los bancos. Vio mil piernas y sus pies. Trocitos de papel y de comida caían como maná de algún cielo pecaminoso.

—Hay que mantenerse alerta.

—Quiero subir —gimoteó Nicolás.

Desde allí se veía parte de la pista. Un lobo dio la impresión de mirarlo directamente, pero desapareció un instante después. El campo visual era estrecho y el polvo arremolinado irritaba los ojos.

—Esperemos un momento a Zoroastro.

—Podría habernos hecho acompañar hasta la torreta —protestó Nicolás—. Desde allí veríamos algo de lo que está pasando.

Rugió una leona, pero apenas se la pudo oír por sobre el bramido de la muchedumbre. De pronto surgió a la vista, arrastrando por el cuello a un lobo que se debatía; quizá fuera el que Leonardo había visto un momento antes. A la leona se unieron un macho de gran melena y dos cachorros, para alimentarse del animal muerto.

—Ahí tienes algo para ver, Nicolás.

Pero el jovencito apartó la vista, pálido.

—Leonardo —saludó Zoroastro, acercándose. Vestía gregüescos y jubón, el uniforme del elegante; su cara, amarillenta, brillaba de grasa o transpiración.

—¿Cómo lograste que te invitaran? —preguntó Leonardo, señalando el castillo.

—Soy un Médicis, ¿no? —replicó Zoroastro, con aire ofendido.

—No quiero discutir tus derechos naturales. —¿Era posible que alguien, en aquella familia, estuviera de veras convencido de que Zoroastro era pariente de ellos a través de los Rucellai?

—Gracias, pero...

—¿Dónde está Sandro? —preguntó Leonardo—. ¿Arriba, con Lorenzo?

—No. Il Magnifico me pidió que te esperara para entregarte un mensaje.

—¿Il Magnifico?

—Bueno, Sandro. Me pidió que te acompañara al *palazzo* de Madonna Simonetta. Está enferma.

Leonardo sintió el corazón destrozado, pero mantuvo la compostura.

—Nicolás, puedes quedarte aquí, con Zoroastro, si quieres.

—¡Pero si yo debo acompañarte! —insistió el otro.

—Quiero ir contigo, Leonardo —dijo Nicolás, y se acercó más a su maestro.

Él hizo un gesto de asentimiento. Luego se volvió hacia su amigo:

—Quiero pedirte un favor.

—¿Sí?

—Sandro me sugirió que tratara de conseguir algunos de los animales muertos. —Leonardo señaló la pista.

—Ah, sí, Nicolás me ha dicho que practicas la *autophaneia*...

El chico recibió una mirada intimidante.

—Sólo necesito los cadáveres para disección, Zoroastro. Para estudiar. No se trata de magia, sino de ciencia.

El otro se mostró desencantado, pero dijo:

—Me encargaré de que retiren algunos especímenes para ti.

—No lo harán, a menos que tú mismo lo supervises.

—Debo ir contigo —insistió Zoroastro.

—Tu presencia podría incomodar a Il Magnifico. No es buena idea, sobre todo si se considera que parece tenerte afecto.

—Así es, por supuesto —afirmó Zoroastro, pomposo.

—Entonces, ¿me harás este favor?

—Al parecer, no tengo alternativa. ¿Pero la presencia de tu aprendiz no molestará al Primer Ciudadano?

Leonardo, sin responder, saludó a su amigo y abandonó las galerías de los Médicis, llevando a Nicolás del brazo. Una vez que estuvieron bien lejos del Mercato Vecchio, las calles llenas de desperdicios y las callejuelas serpenteantes parecieron quedar desiertas.

—¿Te sientes mal, Leonardo? —preguntó Nicolás—. Estás muy pálido.

—Estoy bien, Nico.

—Podríamos detenernos a descansar. —El chico señaló un *arco da bottega* que vinculaba dos torres altas, con sendos bancos de piedra instalados en el estrecho y sombreado pasaje.

—No, gracias.

Leonardo tenía la sensación de que no había tiempo que perder.

De pronto se oyó atrás un rugido, como si alguien hubiera levantado el Arno para dejarlo caer sobre Florencia; era una marejada de gritos humanos.

Nicolás dio un respingo y se volvió, pero Leonardo se limitó a menear la cabeza.

—¿Qué pasa? —preguntó el jovencito.

—Es posible que Zoroastro me consiga un león, después de todo —murmuró Leonardo. Tras un segundo continuó: —Yo diría que han matado a uno o más de los *marzocchi*.

—Sería muy mal presagio.

—Sí, Nico. Muy mal presagio.

—¿No dijiste que no creías en esas cosas?

Pero Leonardo no respondió, pues sus pensamientos se centraban en Simonetta.

Il Magnifico y su séquito, nerviosos, esperaban ante el dormitorio de Simonetta, como si estuvieran dispuestos a bloquear el paso de un visitante mortífero e implacable: la muerte. Una luz mortecina se filtraba hacia el salón abierto, que era una especie de *chambre des galeries*, por una serie de altas ventanas vidriadas; el aire mismo, con su danza de polvo, no era sino un reflejo de la agitación que reinaba entre los afligidos amantes y admiradores de Simonetta. Allí se hallaban Pico de la Mirandola, Angelo Poliziano, Giuliano, Sandro y Luigi Pulci, poeta y satirista, uno de los favoritos de Lorenzo. Otros grupos de sicofantes, amigos y parientes hablaban en voz baja; algunos lloraban; cortesanos, filósofos, poetas y matronas se mezclaban en ese lugar en exceso caldeado.

Un sacerdote de suntuosas vestiduras custodiaba la puerta de Simonetta como un Cerbero de sotana; era uno de los Compañeros de la Noche. Mientras rezaba, manoseaba nervioso las cuentas negras y rojizas de su rosario y movía los labios; sus ojos grises miraban como perdidos; tal vez contaba las heridas de Cristo o calculaba los favores que podía esperar de Il Magnifico. Pero al entrar Leonardo lo miró directamente, como si lo reconociera. El pintor, al verlo, le volvió la espalda con aire humillado: era el capitán de la compañía que lo había arrestado.

Leonardo hizo una reverencia al Primer Ciudadano, pero éste se apartó como si estuviera enfadado, dejándolo aun más ansioso e intranquilo. Se sentía incómodo, expuesto.

En actitud misericordiosa, Sandro le salió al encuentro. Después de dar una palmada en el hombro a Nicolás, abrazó a Leonardo y susurró:

—Está muy mal, amigo mío. —En su voz había un temblor notable; se lo veía frágil, como si la muerte lo hubiera apresado junto con Simonetta. —Ella está... —pero no pudo continuar.

Leonardo se limitó a asentir, como si se lo hubiera dicho todo.

Una vez que hubo recobrado la compostura, Sandro lo llevó aparte de los otros para poder hablar en privado. Pero Nicolás no se apartó de su maestro.

—Ahora está con el médico —dijo Sandro—. Él no permite que la acompañe más de una persona. Le está administrando *Agnus Scythicus*. Es nuestra última esperanza. Dicen que tiene virtudes medicinales milagrosas.

—Es como el asta del unicornio... e igualmente costoso —comentó Nicolás.

—Mucho —confirmó Botticelli.

—¿Por qué Il Magnifico me volvió la espalda, Sandro? —preguntó Leonardo, tratando de disimular su preocupación.

—Yo también lo vi, pero no sé. Tal vez Simonetta le haya dicho algo.

—Tal vez. Pero tú, amigo mío, ¿estás bien?

—Soy más fuerte de lo que crees.

—Por el contrario, Sandro; creo que tienes grandes reservas.

—Sólo porque fui infectado con la *vita nova* de Simonetta... porque fue preciso exorcizarme...

—Botellita...

—Pero su espíritu fluía de sus ojos, de su boca, como perlas líquidas, como humo de la madera más fragante.

—¡Domínate, Sandro! —exclamó Leonardo, estrechándole la mano como para serenarlo.

Los ojos de su amigo se llenaron de lágrimas. Él se las enjugó con impaciencia, sonriendo.

—Soy un mal argumento.

—Pero un buen amigo.

—Más importante es que sea amante de ella —susurró Sandro.

—Y lo eres.

—Creo que ella era la buena amiga, Leonardo, pues se me entregó como un médico puede entregarse a un paciente.

—Cualquiera podría considerarse afortunado por tener un médico así.

Sandro asintió con una sonrisa.

—Basta. Quizá soy demasiado duro conmigo mismo. Pero no soporto que ella muera, Leonardo. No puedo...

Se llevó las manos a la cara, apretando con fuerza, como para triturarse los huesos. Leonardo lo abrazó, lo llevó hacia la pared, para que no lo vieran así, y lo sostuvo como a un niño hasta que los sollozos cesaron.

Una vez compuesto, Sandro se apartó.

Se abrió la puerta de la alcoba y el médico salió al salón. Lorenzo y Pico de la Mirandola, que vestía la túnica blanca del teúrgo, avanzaron hacia él. Después de conferenciar brevemente, Lorenzo fue a reunirse con Simonetta, sólo para regresar un momento después e indicar a Sandro que entrara. Una vez más, Il Magnifico volvió la espalda a Leonardo.

Cuando Botticelli los dejó, Nicolás dijo:

—¿No deberíamos presentar nuestras condolencias a Su Magnificencia?

Leonardo le espetó, estremecido:

—Madonna aún no ha muerto. ¿Tanta prisa llevas, hasta para la muerte?

—Perdón, Leonardo. No hubo mala intención. Sólo pensaba que quizá, si le hablabas, dejaría de mirarte tan mal.

Pero Leonardo estaba mirando hacia la puerta de la alcoba. Pensaba en Sandro, que sin Simonetta se derrumbaría.

"En verdad, ¿cómo viviremos sin ti, Simonetta?

"¿Quién nos amará?

"¿Quién escuchará nuestros secretos?

"¿Quién traerá en adelante el mundo hasta nosotros?

"Te amo, hermana mía."

Sandro, al volver, parecía haber visto a María en persona. Estaba embelesado, pese a su devastación, como si el dolor pudiera ser la doncella del éxtasis. Fue de inmediato hacia Leonardo para decirle que Simonetta deseaba verlo.

—¿Qué ha sucedido, Sandro? —preguntó su amigo.

Pero él no respondió. Los ojos se le llenaron de lágrimas.

En el cuarto de la enferma Leonardo percibió el olor sofocante y dulzón de la muerte. Pero encontró a Simonetta sentada en el gran lecho de dosel. Las almohadas estaban húmedas de transpiración, al igual que el cubrecama; en las manos cruzadas sostenía un rosario y un pañuelo de hilo carmesí. Había estado tosiendo. Aunque el color del pañuelo disimulaba las manchas de sangre fresca, se veía una pequeña salpicadura de saliva roja en uno de los dedos. Recibió a Leonardo con una sonrisa, indicándole por señas que cerrara la puerta.

—Ven, Leonardo; siéntate a mi lado —pidió—. Lorenzo insistió para que los médicos me administraran este... helecho de Arabia. Como si alguna medicina, algún encantamiento, pudieran separarme de la eternidad. —Señaló la plataforma de la cama, donde descansaba una copa llena de poción, junto a un manchado mortero con su mano. —Ahora me muero de descompostura, aunque los ángeles me están llamando.

Cerró los ojos, sonriendo, y se estremeció. Leonardo dio un respingo.

—No te preocupes, dulce amigo. —Volvía a mirarlo. —Aún no estoy lista.

Él se sentó en la plataforma, pero Simonetta le alargó la mano, pidiéndole que se acostara junto a ella, en el colchón. Vestía sólo un camisón de damasco blanco, bordado en oro; le habían peinado la larga cabellera rubia, rizándola y entretejiéndola con perlas. Su rostro encantador estaba consumido por la enfermedad que le robaba la vida. El saludable rubor que le encendía las mejillas era engañoso, pues tenía fiebre.

Pero fueron sus ojos los que lo asustaron. Su intensidad era la del fuego mismo; eran reflejos del alma ardorosa que la animaba.

—Pero están aquí —dijo Simonetta, rozando con los dedos la cicatriz que él tenía en la frente.

—¿Quiénes?

—Los ángeles. Presencias superiores. ¿No los ves?

—No, Madonna.

—Es una pena, porque son bellos... Como tú, Leonardo. Pobre Leonardo. —Lo contempló sin dejar de acariciarle la cara. —Sandro me ha contado todo. Y también Ginevra.

—¿Sí? —preguntó Leonardo, impresionado—. ¿Qué te dijo ella?

—Traté de ayudarla, pero no había nada que hacer. Ganó Messer Nicolini. Es un hombre sagaz y peligroso. Habría destruido a la familia Benci como cuestión de honor, aunque eso lo deshonrara. Hablé de él con Lorenzo.

—¿Y qué dijo él?

—Lorenzo no quiere incomodar a los Pazzi, y Nicolini está muy vinculado a ellos. —Simonetta suspiró. —Igual que mi suegro. —Calló, con la mirada fija hacia adelante, como transportada. Después de un rato dijo, como si hablara consigo misma: —He advertido a Lorenzo que hay peligro. Con los Pazzi. Los he tratado y temo por él. Pero Lorenzo cree que todo el mundo lo ama. Es como un niño. Leonardo...

—¿Sí?

—Acércate más. —Se acostó en el lecho, girando hacia él.

—¿Y si entrara alguien, Madonna? —objetó él.

—No te preocupes. Hasta el Primer Ciudadano respeta a los moribundos.

Obedeciendo a su pedido, él se tendió a su lado. Simonetta se apretó contra él y levantó una pierna para apoyarla contra la suya.

—Madonna...

—¿Me quieres, Leonardo? —Lo miraba. Él la sintió temblar entre sus brazos.

—Eres mi hermana.

—¿Nada más?

—Te amo, Madonna.

—Como yo a ti, Leonardo. ¿Me acariciarías, aun en la muerte? ¿Por amor?

Lo besó. Tenía agrio el aliento y olía a rosas.

Se abrió el camisón, descubriéndose, y lo estrechó contra sí hasta que él temió sofocarse. Lloraba por lo bajo. Después, al soltarlo, le observó con atención el rostro, como si debiera memorizar cada uno de sus rasgos.

Así se llevaría su imagen al Mundo Superior.

Leonardo la sostuvo mientras tosía y le limpió la sangre de los labios y el mentón, de la mano, del anillo que le había regalado Lorenzo.

—Leonardo —susurró ella, demasiado débil para hablar—, tendrás que cuidar de Sandro.

—No te preocupes, Madonna.

—Resistirá mejor de lo que imaginas.

—¿Qué le dijiste? Parecía tan... diferente cuando te dejó...

Ella sonrió.

—Quizá vio los ángeles que tú no ves. —Y echó un vistazo al costado, como si en verdad un ángel se hubiera posado junto a ella.

—Quizá.

—Otra cosa, Leonardo... —añadió, ansiosa.

—Sí, Madonna.

—Prométeme que también protegerás a Lorenzo, como si fuera de tu propia sangre.

Eso lo tomó por sorpresa.

—Ni siquiera me dirige la palabra, Madonna. Temo que lo he ofendido.

—No, Leonardo, tú no. Fui yo quien lo ofendió.

—No puede ser.

—Le dije que fuiste mi amante —explicó ella, como si no tuviera importancia, mirando más allá de él. —Me lo preguntó y no pude negarle la verdad. Acordamos no mentirnos jamás.

Leonardo aspiró hondo.

—Eso explica su conducta. Jamás me perdonará, pues lo he traicionado.

—Ya se le pasará, Leonardo, te lo aseguro. Le dije que la seducción corrió por mi cuenta. —Reía con suavidad. —Y que el culpable era él.

—¿Cómo?

—Le dije que estaba dolida porque él no me prestaba suficiente atención; que él había hecho el amor con Bartolomea de Nasi y yo lo sabía. Cree que te usé para hacerlo sufrir.

—¿Y no se enojó contigo?

—Tal es el divino poder del amor, Leonardo —repuso ella, coqueta.

En ese momento, contemplando su cara animada, a él le pareció imposible que se hallara próxima a la muerte. Por un instante se atrevió a pensar que podría curarse.

—Pero dijiste que tú y Lorenzo habían acordado no mentirse.

—No fue mentira.

Leonardo se apartó un poco, pensativo. Simonetta le tocó la mano.

—Pero eso no afecta mi amor por ti, Leonardo. También se lo dije a Ginevra.

—¿Por qué? —exclamó él, espantado y furioso.

—No, Leonardo, no me mires así. Lo hice para ayudarla a liberarte, pues Nicolini tendió una trampa que no se podía deshacer. Lo hice por puro amor, Leonardo. Lo de ustedes habría sido imposible. Yo...

De pronto su semblante quedó... vacío.

—¡Simonetta! —la llamó Leonardo, asustado.

—Sí, Leonardo. Lo siento, pero me cuesta impedir que mis pensamientos vagabundeen.

—Es preciso que te cures. No soporto perderte.

Ella lo miró con tristeza.

—Es a Ginevra a quien no soportabas perder, dulce Leonardo. Yo soy, como has dicho, tu hermana.

—Te amo.

—Pero no como yo a ti.

—¿Por qué te negabas a recibirme, entonces, mientras que permitías la entrada a Sandro?

—Es que, si te hubiera visto, tal vez habría querido vivir.

—Ahora estoy aquí, Madonna.

Ella sonrió.

—Ya he entrevisto el Empíreo y el Primum Mobile. De veras, Leonardo. He contemplado los pétalos de la rosa celestial. He visto el río de luz y los santos en el cielo. Aun ahora puedo ver los ángeles y los tronos. Aunque me amaras como a Ginevra, ya no podrías retenerme aquí. —Le acarició la cara, le peinó con los dedos el pelo rizado. —Si me miras a los ojos, quizá tú también veas a los ángeles. Mira... ¿Los ves?

Leonardo asintió por darle el gusto.

Ella apartó la cara y volvió a toser, pero apartó a Leonardo cuando trató de sostenerla. Al ceder la tos se limpió la boca; tenía manchas de sangre en el mentón y en la mano.

—No podía pedirte que te profanaras —dijo—. Pero cuando esté libre del mundo, muy pronto, ¿serás tú quien me lleve al cielo de Venus, ángel perfecto?

—Simonetta... —murmuró él, afligido.

—Ah, me equivoco. —Le tocó la cara. —No eres un ángel. —Lo observó como si fuera un estudio para una pintura. —Eres Leonardo... y ya debes retirarte.

Cuando él trató de abrazarla, Simonetta meneó la cabeza.

—Quizá seas el ángel —dijo—. ¿Prometes hacer lo que te pedí?

—Sí, Madonna —susurró Leonardo.

Simonetta fue llevada a la iglesia de Ognissanti en un ataúd abierto, con un vestido blanco de mangas anchas. Tenía la cabellera trenzada, pero sin adornos, y la cara empolvada, blanca como el marfil. Descansaba en un lecho de flores, que formaban una sombra celestial a su alrededor. Más aún, las flores llenaban el aire mismo, como suave papel picado. Los deudos llorosos se asomaban por las ventanas para arrojar pétalos al paso de la procesión.

Simonetta era una santa a la que transportaba la *armeggeria* del propio Lorenzo, formada por los hijos de los florentinos más prominentes. Los apuestos mozos vestían los colores prescriptos para el luto: distintos tonos de morado, verde y pardo. En tanto la larga procesión serpenteaba por las calles atestadas, pero silentes, Florencia lloraba por su reina de belleza. Los ciudadanos gemían y se desgarraban las prendas, como si hubieran perdido a una hija, a una hermana.

Leonardo y Nicolás caminaban junto a Sandro y seguían a un fiel amigo de Lorenzo: Gentile Becchi, obispo de Arezzo.

Pero Il Magnifico esperaba en los oscuros confines de la iglesia, por respeto a Clarise, su esposa. De pie frente al altar, miraba hacia la nave y el presbiterio, más allá de las columnas corintias y los arcos semicirculares de *pietra serena*, la piedra azul grisácea de Florencia. Lucía una chaquetilla oscura de tela basta, con cinturón; tenía la cara brotada de eccema, pero no se había aplicado ninguna crema para disimularla.

Leonardo presenció el oficio, aunque se sentía lejos de todas las voces, las oraciones, el arrastrar de pies, los murmullos. Oía el rugir constante de su propio trueno, el sonido de su dolor privado. Pero no habría lágrimas. Se sentía tan frío y muerto como las piedras azules de la iglesia. Al igual que Simonetta, había encontrado su propia liberación.

La de ella era un Primum Mobile de pura y eterna luz.

La de él, una tenebrosa tierra de muerte, donde el amor, el pesar y el dolor no eran sino fenómenos observables, ideas tan distantes y frígidas como las formas perfectas de Platón.

El Purgatorio.

Y mientras contemplaba a Simonetta, que de carne se había transformado en mármol, oraba por ella y por sí mismo. Oraba pidiendo que ascendiera, que sus conceptos de ángeles y seres superiores fueran verdad. Oraba por que ella, como por milagro, pudiera convertirse en su Beatriz y alejarlo de los lugares muertos de su propio corazón.

Pues su corazón era un tormento lejano. Pertenecía a Simonetta y a Ginevra, pero a él no.

Sandro y Nicolás lo tomaron de las manos, pues lloraba, aunque pareciera imposible. Con el pecho convulso y la respiración sofocada. Tragaba la sal de las lágrimas.

El oficio había terminado. Lorenzo se hallaba de pie ante él. Abrazó a Sandro. Luego miró a Leonardo

—Era una buena amiga tuya, Messer artista —dijo, ensanchando los labios en una sonrisa leve, pero irónica y cruel—. Y yo soy hombre de palabra. Respetaré la promesa que hice a nuestra Madonna, aunque por el momento no soporto verte la cara.

Leonado sólo pudo asentir; no era buen momento para franquear la distancia entre ambos.

Lorenzo se fue, llevando consigo a una muchedumbre de cortesanos, amigos y parientes. Fueron reemplazados por nuevos admiradores que deseaban ver a la Madonna. La procesión de dolientes fluiría durante toda la noche, como el mismo Arno, y dejaría un residuo de papeles, comidas y flores pisoteadas en el suelo de mármol.

Sin prestar atención a la gente apiñada en derredor, Leonardo miró a Simonetta.

El sueño de amor de Florencia.

Ahora, una *pietra serena* de carne fría.

—¿Simonetta te mostró sus ángeles? —preguntó a Sandro.

—Sí.

—¿Y los viste?

—Vamos, Leonardo. Debemos salir.

—¿Los viste? —insistió él.

—Sí —musitó Sandro—. ¿Y tú?

Leonardo sacudió la cabeza. Por fin permitió que Sandro y Nicolás lo arrastraran fuera de la iglesia.

14
Asuntos
privados

Sé de alguien que, habiéndome prometido
mucho, pero menos de lo que me
correspondía, desilusionado de sus
presuntuosos deseos ha intentado
privarme de todos mis amigos. Y al
encontrarlos prudentes, indóciles a su
voluntad, me ha amenazado con que,
por haber hallado medios para
denunciarme, me privaría de mis
benefactores.

–Leonardo da Vinci

Cuando sepultaron a Simonetta, se vieron saltar llamaradas en el claro cielo de primavera.

Leonardo fue testigo de la tormenta que cruzó de repente el cielo, acompañada por cegadores relámpagos y un olor penetrante y característico, que saturó el aire. Mientras se hallaba de pie ante la sepultura con Nicolás, Sandro y Pico de la Mirandola, la lluvia y el granizo cayeron sobre los deudos, muchos de los cuales se golpeaban el pecho e invocaban la presencia divina. La granizada, que chispeaba con el fuego de los diamantes, quedó tendida en el césped mojado y en los cuidados arbustos. Se decía que, dentro de cada pedrisco, estaba atrapada la repulsiva imagen de los demonios que habitaban el mundo natural: salamandras, silfos, ondinas, gnomos, escarabajos, batracios, víboras, murciélagos, saurios blindados y reptiles alados.

Por ende, aquel chubasco fue interpretado por eruditos, teúrgos y filósofos como presagio lúgubre y pernicioso, presente de los reinos de los demonios y las estrellas vivientes. ¿Acaso el mismo Santo Tomás de Aquino no proclamaba como dogma de fe que los demonios pueden producir vientos, tempestades y lluvias de fuego?

Hasta Pico de la Mirandola sugirió que las influencias malévolas dominaban los destinos de hombres y países. ¿Il Magnifico no se había visto políticamente comprometido por el *condottiere* Carlo da Montone, quien atacaba a Perugia y amenazaba la paz de Italia? ¿Las relaciones de Il Magnifico con el ambicioso Sixto IV no estaban al borde de la ruptura, sobre todo desde que aquél se negaba tercamente a permitir que Francesco Salviati, el arzobispo escogido por el Papa, tomara posesión de su sede florentina? Ahora toda Florencia vivía temiendo la excomunión y la guerra. Corrían rumores de que el doliente Lorenzo había dejado los deberes de Estado a su gabinete, a sus confidentes Giovanni Lanfredini, Bartolomeo Scala, Luigi Pulci y a su madre, la sabia y experimentada política Lucrecia.

Leonardo respetó las promesas hechas a Simonetta. Cuidaba de Sandro como de Nicolás y trató de reconciliarse con Lorenzo. Pero el Primer Ciudadano no lo recibía, no respondía a sus cartas ni aceptaba sus presentes: inventos asombrosos, artefactos y juguetes, y una pintura luminosa, la representación del cielo más perfecta que los mortales tuvieran la esperanza de ver. Lorenzo no permitía siquiera que Sandro pronunciara su nombre.

—Ya se ablandará —insistía Botticelli—. No es él quien habla, sino su dolor.

Pero el dolor de Lorenzo, al parecer, era agudo.

Leonardo se hundió en un frenesí de trabajo; era su única manera de escapar a los terrores internos y los peligros exteriores. Pero ya no soportaba la idea de aplicar el pincel a la tela, de reproducir con pigmentos, trementina y técnica la dulce carnalidad de todo lo que había perdido.

No quería pensar en Simonetta... ni en Ginevra.

En cambio se obsesionó con la matemática, los inventos y la anatomía. Cuando dibujaba era sólo para representar claramente sus ideas mecánicas o para registrar las capas de carne eviscerada y tendones, puesto que los huesos y los artefactos mecánicos no podían atribularlo con emociones ni influencias.

Había creado para sí mismo un lugar frío y hueco. Sin embargo, exteriormente se mostraba tan curioso y gregario como siempre. Su estudio se había extendido a los pasillos y cuartos vecinos, para fastidio de los jóvenes aprendices que los habían ocupado. Sus diversas maquinarias tornaban peligroso el tránsito, pues estaban sembradas por todas partes, como si una tormenta hubiera asolado el interior. El estudio parecía ahora más un taller de herrería que una *bottega* de artista, pues había grúas y mecanismos de cuerda, pesas colgadas de aparatos especialmente diseñados, brújulas y herramientas de su propia invención, poleas, trituradoras, lijadoras, tornos y serruchos mecánicos operados con pedal, instrumentos para pulir lentes y montajes sobre cojinetes. Lo fascinaba la transmisión de la potencia mecánica, por medio de ruedas dentadas y poleas de todo tipo. Por doquier se veían anotaciones y esbozos de válvulas y resortes, ruedas libres, palancas y varillas de conexión, tornillos, llaves y ejes. Aunque tenía aprendices *de facto*, que ejecutaban sus máquinas y modelos, no permitía que nadie de la casa limpiara esas habitaciones, temeroso de que alguien le robara las ideas.

Pero por sobre sus máquinas, modelos, herramientas, libros y cuadernos diseminados pendía una nueva máquina voladora, aunque incompleta. Parecía tan liviana y frágil como si el lienzo, la seda, la madera y el cuero fueran el elemento constitutivo del amor y la felicidad.

—Ven a la mesa, Leonardo —gritó Andrea del Verrocchio desde abajo, impaciente.

El sol estaba ya bajo y dorado en el cielo; el comedor improvisado, que normalmente servía de taller, parecía brumoso como una ensoñación, pues los rayos inclinados iluminaban el polvo que flotaba en el aire. En una larga mesa de trabajo, cubierta por un mantel, se habían distribuido cuchillos, platos, tazas y jarras de boca estrecha que contenían un vino fuerte. Los aromas de la carne asada, las frituras y los frascos de confituras abiertos se confundían con el vaho constante de la trementina y el olor indefinible de las canteras, pues aun en esos momentos se estaba tallando, en los estudios exteriores, la suave piedra de Volterra y Siena. El ruido se sentía en la piel.

—¿Tanta prisa tienes por terminar tus encargos, que haces trabajar a tus aprendices sin darles de cenar? —preguntó Leonardo al entrar.

Esa noche sólo se habían sentado a la mesa Andrea, con su habitual séquito de hermanas, primos y sobrinos, Lorenzo di Credi, Nicolás, el capataz Francesco, Agnolo di Polo y Nanni Grosso. Agnolo y Nanni eran aprendices adelantados, los favoritos de Andrea.

—Me pareció que podíamos cenar en familia —dijo Andrea, con aire incómodo—. Y es cierto, Leonardo, que tengo prisa por completar nuestros encargos... sobre todo el altar para los buenos monjes de Vallombrosa.

Eso provocó una risa nerviosa en Agnolo di Paolo, que no mantenía buenas relaciones con Leonardo. Aunque de temperamento similar, el de Vinci tenía más talento y Agnolo no podía disimular su envidia.

—Pero si ese proyecto marcha muy bien —adujo Lorenzo di Credi, que había estado pintando el panel de *San Donato y el recolector de impuestos* para Leonardo.

—Y tú, Leonardo —preguntó Andrea—, ¿has estado trabajando en ese altar?

Su voz tenía cierto filo, como si estuviera enfadado con Leonardo... o provocándolo.

El joven enrojeció.

—He terminado la *predella* de San Donato, exceptuando la cabeza de Eustaquio. Nuestro querido Lorenzo di Credi tuvo la bondad de aplicar su considerable talento al proyecto, mientras yo estaba ocupado con mis... invenciones.

—Tu responsabilidad es para con la *predella* —advirtió Andrea, con poco habitual altanería.

—Mi responsabilidad es para con tu *bottega* y para contigo —respondió Leonardo, devolviéndole la jugada.

—¿Qué?

—Estos inventos están trayendo bastante dinero a tu regazo, maestro. ¿Por qué pretendes hacerme pintar, si Lorenzo puede hacer ese trabajo tan bien como yo?

—Porque no es trabajo de Lorenzo, sino tuyo. Eres el aprendiz más avanzado.

—¿Y cómo pasaste el día de hoy, si no has pintado ni esculpido? —preguntó Agnolo a Leonardo.

Éste le respondió sin sarcasmo evidente:

—Estuve haciendo estudios de anatomía en el hospital, *signore* Agnolo. ¿Sabes que, cuando un hombre de pie extiende el brazo con la palma hacia abajo, es algo más corto que si la palma está hacia arriba? Disequé un brazo y conté treinta huesos: tres en el brazo y veintisiete en la mano. Entre la mano y el codo hay tres huesos. Cuando se pone la mano hacia abajo, así —demostró con la izquierda—, los dos huesos se cruzan de modo tal que el de afuera queda oblicuamente superpuesto al hueso interior. Ahora bien: ¿no te parece que quien pinta o esculpe debe saber estas cosas?

Agnolo frunció el entrecejo, meneando la cabeza. Tenía pelo negro, largo y graso, y la frente alta.

—¿Con qué fin?

—Para pintar o esculpir bien.

El otro se puso rojo.

—Creo que tu propósito es rehuir por completo el trabajo de la pintura.

Todos los comensales rieron.

—En el hospital hablé con un anciano —continuó Leonardo, dirigiéndose a Andrea—. Tenía la piel dura como el pergamino; se quejaba de frío y debilidad. Murió pocas horas después de hablar conmigo. Al disecarlo descubrí la causa de su frío y su debilidad, y por qué su voz era tan aguda. La tráquea, el colon y todos sus intestinos estaban encogidos; en las venas que pasan por debajo de la clavícula tenía piedras del tamaño de castañas. Y de las venas pendía una sustancia similar a la escoria.

—Tío Andrea, creo que voy a vomitar si el maestro Leonardo continúa hablando así —dijo una de las sobrinas de Verrocchio, que sólo tenía doce años.

—Bien, será mejor que llenes tu plato y te lo lleves a otra habitación —replicó Andrea, con voz suave. Después de sonreír a la niña, indicó a Leonardo que prosiguiera.

—Las arterias eran gruesas; algunas estaban cerradas por completo —dijo Leonardo, como si nadie lo hubiera interrumpido.

—¿Sí? —musitó el maestro.

—Creo que, si los ancianos sienten frío y debilidad, es porque la sangre ya no puede circular libremente por las vías bloqueadas. Los médicos aseguran que esto se debe a que la sangre se espesa con la edad, pero se equivocan. Ellos creen poder saberlo todo leyendo *De medicina* y *De utilita*.

Andrea asintió, interesado, aunque dijo:

—Simpatizo con esas empresas tuyas, Leonardo, pero temo que, una vez más, estés provocando muchas habladurías en la ciudad.

—No soy el único artista de Florencia que estudia anatomía —se justificó el joven.

—Pero hay quienes dicen que no temes a Dios.

—¿Quién dice esas cosas?

—Yo, para empezar —respondió Agnolo.

Leonardo giró bruscamente hacia él, pero Andrea intervino:

—Agnolo, retírate de inmediato de la mesa.

—Pero...

—Ahora mismo. —Una vez que Agnolo se hubo retirado, Andrea continuó: —Cuando hayamos terminado, me gustaría cambiar algunas palabras con Leonardo.

Era la señal que ponía fin a la cena, pero antes de que nadie pudiera levantarse, el dueño de casa indicó con un gesto que debían permanecer sentados.

—Antes debo hacer un anuncio. Como todos ustedes forman parte de mi familia —al hablar echó un vistazo a Leonardo y a su capataz—, quise que fueran los primeros en conocer esta noticia.

Francesco se inclinó hacia adelante, nervioso.

—Todos conocen los problemas que he tenido con los venecianos —prosiguió el maestro.

Se refería a la estatua ecuestre del *condottiere* Bartolomeo Colleoni, que había sido encargada a Verrocchio. Cuando éste ya estaba trabajando en la armadura para vaciarla en bronce, los venecianos cambiaron de idea y encargaron la figura a Vallano da Padova. Verrocchio sólo debía hacer el caballo. Al enterarse de esta noticia, Andrea rompió su modelo, haciendo pedazos la cabeza del caballo, finamente forjada, y abandonó la ciudad. Los venecianos, al enterarse, hicieron saber que, si alguna vez volvía allí, le cortarían la cabeza.

—Bueno, al parecer han decidido pagarme el doble si acepto volver a su ciudad y hacer la estatua —completó Andrea, sonriente.

Todos los comensales quedaron sorprendidos, en especial Francesco, que preguntó:

—¿Cómo pudo ser? ¿No te habían sentenciado a muerte?

—Así es, capataz. Y yo respondí a su amenaza diciéndoles que cuidaría de no pisar jamás esa maloliente ciudad, pues sin duda alguna no sabrían cómo volver a colocar una cabeza, una vez que la hubieran cortado, mucho menos si era tan grandiosa e incomparable como la mía.

Hasta Francesco sonrió.

—Más aún, les dije que yo sí habría podido reemplazar la cabeza de ese caballo, y aun hacerla más hermosa. —Andrea se encogió de hombros. —Según parece, mi contestación no los disgustó.

—¿Cuándo partirás? —preguntó su hermana, con aire atribulado.

—No será hasta dentro de un mes, por lo menos.

—Entonces deberemos poner en orden los diversos encargos —dijo el capataz—. Tendremos que trabajar en estrecha colaboración con Leonardo... pues supongo que, en tu ausencia, el maestro será él.

Andrea pareció incómodo, igual que antes, y dijo:

—El maestro será Pietro Perugino.

Todo el mundo quedó atónito. Por algunos segundos no se dijo una palabra, hasta que Francesco rompió el hechizo.

—¿Pietro no está en Perugia?

—Volverá en el curso de este mes. Y ahora discúlpennos, a Leonardo y a mí. Tenemos algunos asuntos que discutir.

Salieron todos menos Nicolás, que permaneció sentado junto a Leonardo.

—Por favor, maestro, permíteme quedarme —pidió.

—Creo que es un asunto privado —adujo Andrea.

—Tan privado como un ahorcamiento —replicó Leonardo, ventilando al fin su frustración—. Déjalo.

—Como gustes. —Luego de una pausa, el maestro continuó: —Lo siento, Leonardo, pero no me dejaste alternativa.

—¿Que no te dejé alternativa?

Andrea se acomodó en la silla mirando hacia el techo, como si musitara una plegaria.

—Si no te hubieran acusado de sodomía, si hubieras pintado y esculpido de acuerdo con tu rango y tu preparación, en vez de concebir inventos y maquinarias que la gente cree pecaminosos, si no hubieras rondado a los vendedores de libros, tal vez yo habría podido decidir otra cosa. Pero no te molestas siquiera en respetar a la Iglesia cristiana. Tienes dinero para comprar caballos, pero no para pagar tu derecho de pertenencia a la confraternidad de los pintores ni para contribuir con cinco *soldi* a la fiesta de San Lucas. —Andrea iba alzando la voz.

—¿Así que has puesto al Perugino por encima de mí porque no rezo mis cinco Padrenuestros y mis cinco Avemarías todos los días?

—Lo he puesto por encima de ti porque los monjes de Vallombrosa no seguirán pagándonos si tú sigues asociado a su altar. Han llegado a pedir que se vuelva a pintar toda tu obra, como para purificarla.

—¿Qué?

—Y hay otros patronos disgustados contigo.

—El que está detrás de todo esto es Lorenzo —conjeturó Leonardo, sin rodeos.

—Eso no importa.

—¿Te parece?

—Toda Florencia sabe que te odia —dijo Andrea—. ¿Qué le hiciste, Leonardo? Él te tenía aprecio.

El joven se limitó a sacudir la cabeza.

—Por ocuparte tanto de tus máquinas no has visto lo que estaba sucediendo a tu alrededor.

—Mis máquinas se venden. Eso no sería posible si Lorenzo hubiera cerrado el puño... por completo.

—Se venden, sí. ¿Pero entre quiénes? ¿Entre los enemigos de los Médicis? —Andrea hizo una pausa. —Estás ciego, Leonardo.

Él se miró las manos; parecían las del anciano al que había disecado: eran masas frías y muertas, vinculadas a sus muñecas. Las sintió adormecidas, hormigueantes, como si el corazón hubiera dejado de bombear sangre hasta sus extremidades.

—¿Por qué me humillaste? —preguntó.

—¿Qué quieres decir?

—Antes de anunciar que el Perugino me reemplazaría, ¿por qué me humillaste con todas esas tonterías de que no trabajo en la preciosa *predella* de los monjes?

—Estaba enfadado. No quería poner al Perugino.

—Ah, debí haber comprendido —exclamó el joven, sarcástico—. Se explica perfectamente.

—No estaba enfadado contigo, Leonardo, sino conmigo mismo. Pero lo desvié hacia ti.

Leonardo no respondió.

—Porque soy cobarde. Habría debido enfrentarme a todos los que te calumniaron.

—¿A Il Magnifico? —replicó Leonardo, suavizando su actitud—. No, maestro, no eres cobarde. Tienes que pensar en tu familia y en tus otros aprendices. En tu pellejo, yo tendría que hacer lo mismo.

—Gracias —dijo Andrea—. Eres como un hijo y... yo soy tan malo como tu padre. —Enrojeció. —Perdona, lo siento. No quería decir eso. Ser Piero da Vinci es amigo mío. No imagino qué...

Pero cruzaron una mirada y los dos se echaron a reír. Nicolás sonrió, desconcertado.

—¿Qué harás, Leonardo? —preguntó el maestro.

—Buscar casa.

—Quizás haya llegado el momento. Deberías tener tu propia *bottega*.

—Un pintor al que nadie le hace encargos no necesita *bottega* propia.

—Ya cambiará la suerte. Eres demasiado buen pintor como para que te falten encargos por mucho tiempo. Mientras tanto, vende esas ruidosas máquinas.

—¿A los simpatizantes de Pazzi?

Andrea se encogió de hombros.

—Tal vez yo pueda interesar a los venecianos en tu talento.

—Tal vez.

Ambos cayeron en el silencio y el pesar.

—¿Y yo, Leonardo? —preguntó Nicolás, impacientado por ese momento incómodo.

—¿Andrea? —inquirió Leonardo.

—Esa decisión corresponde al maestro Toscanelli —señaló Verrocchio.

Nicolás asintió, con la vista clavada en el piso, como si tratara de quemar el piso entre sus pies.

15
El espejo mágico

El que comprende la relación entre las partes del universo es realmente sabio; puede obtener ventaja de los seres superiores capturando, por medio de sonidos (*phonas*), sustancias (*hylas*) y formas (*schemata*), la presencia de aquellos que están lejos.

–Sinesio, *De somniis*

...es decir: "¿No ves la luz intensa que surge del sepulcro del Profeta?".

–Ludovico Vartomano, *Viajes*

*L*eonardo se mudó a la casa estrecha y destartalada que Zoroastro le había conseguido. Sus vetustos ladrillos rojos, blandos y desmigajados, debían de pertenecer a los escombros de alguna torre demolida "por razones de seguridad pública" en 1250, cuando el pueblo tomó el mando de la Signoria y del Estado. Las antiguas torres fortificadas de personas particulares habían sido, en otros tiempos, foco de mortales rencillas entre los güelfos y los gibelinos.

El alquiler era sumamente barato, como cabía esperar, dadas las condiciones de la casa. Pero, como consuelo, los techos altos de las habitaciones mantenían bien la luz; además, tenía vista al Arno, aunque limitada. Ésa sería la *bottega* da Vinci, el nuevo taller donde Leonardo crearía los milagros mecánicos de los que se había jactado.

Por añadidura, quedaba cerca del Ponte Vecchio. El maestro de Leonardo sería ahora su vecino.

Nicolás había estado visitando todos los días al maestro Paolo del Pozzo Toscanelli, acompañado por Zoroastro, que disfrutaba de establecer contactos influyentes. En realidad, la *bottega* de Toscanelli era un salón para artistas, viajeros, eruditos eminentes y los intelectuales de la nueva generación, que se rebelaban contra los escolásticos de la vieja escuela.

—Te mandan llamar —dijo Zoroastro, tras entrar sin llamar en el estudio que Leonardo tenía en el segundo piso.

Nicolás iba tras él, pero no cruzó el umbral de la puerta. Leonardo, que estaba sentado ante una tela, pintando como en sueños, dio un respingo; su pincel resbaló, borroneando los detalles de la cara tensa y agónica de San Jerónimo. Allí, encarnándolo en una pintura, Leonardo expresaba su asco y su rencor ante la vida. Utilizaba como modelo para el santo al viejo al que había disecado en el hospital: el pecho hundido, el hombro musculoso, el cuello flaco y las mejillas consumidas. Un león rugía a los pies del santo sufriente. Todo era tormento e inmolación.

Era un autorretrato... manifestación de su propio dolor.

—Bueno, por fin te has decidido a volver a los pinceles —dijo Zoroastro, echando una mirada desdeñosa a la pintura—. Pero después de tantas Madonnas encantadoras, esto no es lo que uno hubiera esperado. ¿Se trata de un encargo?

Vestía sedas multicolores, como un pavo real.

Leonardo enrojeció de vergüenza al sentirse descubierto.

—¿Por qué entras en mi habitación sin llamar siquiera? —inquirió con frialdad—. ¿Y quién me manda llamar?

—No es exactamente así, Leonardo —dijo Nicolás—. El maestro *pagholo* Medicho ha preguntado por ti. —Sólo a sus favoritos permitía Toscanelli llamarlo por su título personal. —Al fin y al cabo, en todas estas semanas lo has dejado abandonado.

—Es imposible dejar abandonado al maestro —replicó Leonardo—. Siempre tiene compañía.

—Aun así, requiere la tuya —afirmó Zoroastro.

—Todavía no estoy listo para la vida social. De lo contrario no necesitaría de tus servicios para vender mis inventos. Y tú no me robarías para vestirte con tanta riqueza de mal gusto.

Su amigo, sin ofenderse, contestó con una reverencia:

—Pero si no fuera por mis servicios, que desprecias con tanta ligereza, no tendrías esta casa para trabajar, aprendices propios, dinero y una mujer que cocine para ti.

Leonardo meneó la cabeza, sonriendo.

—¿Ves que tengo razón? —insistió Zoroastro—. Haz el favor de quitarte el delantal y acicalarte un poco, que el maestro Toscanelli tiene huéspedes interesados en conocerte.

Era obvio que estaba entusiasmado y lleno de expectación.

—Ofrécele mis disculpas, Nico, por favor.

—Me encargó decirte que está aquí el hombre que te prestó el libro sobre el secreto de la flor —dijo el jovencito—. Ése a quien llaman Cuán Yo Sí.

—Ah, Kuan Yin-hsi. Conque ha regresado.

—Estamos perdiendo el tiempo —intervino Zoroastro—. Retrasarnos es una falta de respeto al maestro *pagholo*.

—¿Estás invitado a la fiesta del maestro, Zoroastro? —preguntó Leonardo.

—Todos estamos invitados —replicó el otro, irritado.

Leonardo rió entre dientes.

—Conque no te dejará entrar si no vas conmigo, ¿no es así, Zoroastro? El maestro *pagholo* sería buen comerciante.

—¿Qué quieres decir? —preguntó Nicolás.

—Que conoce a sus clientes. Sabe perfectamente que nuestro amigo y socio no descansará hasta ser admitido en el grupo íntimo del maestro. Y tampoco me dejará descansar a mí.

Zoroastro parecía irradiar una fría cólera.

—No estés tan seguro de ti mismo, maestro artista —dijo, caminando hacia la puerta. Había un temblor en su voz, que era apenas un susurro. —No te será siempre tan fácil despreciarme, ni llevarte la fama de esos inventos que son tan míos como tuyos.

Leonardo lo miró con sorpresa. ¿Era posible que lo hubiera tomado tan en serio?

—El maestro *pagholo* también me encargó decirte que un sultán ha recorrido medio mundo para verte —le dijo Nicolás a Leonardo.

—¿A ti te dijo eso? —se extrañó Zoroastro—. Pues si el maestro Toscanelli necesita confiar en un niño, puede prescindir de mí por completo.

Dicho eso salió de la habitación.

Leonardo echó un vistazo a la atormentada figura de San Jerónimo, en la oscuridad pintada que tenía ante sí, como si Zoroastro y Nicolás hubieran sido sólo distracciones pasajeras, y sonrió al cuadro como en una broma íntima. En el fondo se veían las rocas estratificadas de la gruta que se alzaba tras la casa de su madre, en el valle del Bonchio. Por un instante casi pudo oler el musgo del suelo húmedo y las dulces medicinas de las brevas, la salvia, el tomillo y la menta. Cuando niño había sido feliz allí, en ese fresco y sudoroso refugio de piedra.

—Vamos, Nicolás —dijo al fin, rompiendo su ensoñación—. Supongo que Zoroastro ya ha sufrido lo suficiente.

—El maestro *pagholo* también pidió que lleváramos a Tista —advirtió Nicolás.

Aunque Tista era todavía un chico, Verrocchio le había permitido acompañar a Leonardo como aprendiz.

—¿Para qué?

Nicolás se encogió de hombros.

—¿Tuviste algo que ver con eso?

—No, Leonardo. Te doy mi palabra.

Leonardo, Nicolás, Tista y Zoroastro llegaron sobre la hora a casa de Toscanelli. Si bien aún no había oscurecido, ya estaba en vigencia el toque de queda de Il Magnifico. Sin que se desenvainaran las espadas ni se dispararan los cañones, Florencia se encontraba sitiada.

Era como si la fortuna hubiera vuelto la espalda a la ciudad afortunada. Persuadido de que Lorenzo se había aliado con Carlo Fortebraccio —el *condottiere* que había atacado los territorios papales de Perugia—, el papa Sixto IV conspiraba abiertamente contra Florencia. También circulaban rumores de que el rey Ferrante de Nápoles había dado su bendición a los florentinos exiliados en Ferrara para que asesinaran a Il Magnifico. Desde Milán llegaba el mismo tipo de runrunes; al menos eso informaba Giovanni Tornabuoni, asesor de confianza de Lorenzo. Y con los Pazzi aliados al Papa, la intriga no estaba muy lejos.

—Pasa, Leonardo, que llegas tarde —dijo Américo Vespucio, nervioso, al abrir la puerta principal de la *bottega* de Toscanelli.

En ese momento, tres Compañeros de la Noche viraron en la esquina.

—Alto ahí —gritó uno de los sacerdotes armados.

—Han sido convocados por el maestro Toscanelli, Venerables Eminencias —dijo Américo a los prelados. El de más edad asintió con la cabeza y retiró la mano del pomo de la espada. Por entonces todo el grupo de Leonardo estaba ya dentro de la casa. Se encontraron en un patio pequeño; en esa luz mortecina, la regularidad de las ventanas románcias y las finas columnas daban un efecto de altura.

Leonardo abrazó a Américo.

—¿Por qué nos esperabas tú? —preguntó—. Es trabajo de sirvientes, por cierto.

—No si llegan después del toque de queda.

—Ah, cualquiera de nosotros podría haber dado explicaciones a los Compañeros —adujo Leonardo—. Hasta el mismo Zoroastro.

Pese a toda su reticencia en cuanto a aventurarse fuera de su *bottega*, ahora Leonardo se sentía a gusto y hasta temerario. ¿Qué importaba nada? Quizá fuera una buena noche para embriagarse. Pasaría la mañana descompuesto y por la tarde podría volver al trabajo. Se rió de sí mismo. Nicolás lo miró con expresión preocupada.

—Estoy harto de ser víctima del humor de Leonardo —comentó Zoroastro a Américo, y salió para aventurarse otra vez por las calles.

Leonardo lo sujetó por un brazo, comprendiendo que había hecho mal en ridiculizarlo delante de Américo, a quien Zoroastro tanto deseaba impresionar.

—Lo siento, amigo —se disculpó—. Me he comportado mal. Perdona, por favor. Es culpa de mi mal humor. Entraremos juntos. —E hizo una seña a Américo para que los guiara.

—Anoche los Compañeros arrestaron y apalearon al sobrino de Sigismondo della Stufa —dijo éste, como para demorar el momento de subir la escalera—. Lo encontraron esta mañana, todavía inconsciente. Parece que ya nadie está a salvo en las calles, ni siquiera quienes cuentan con la protección de los Médicis.

—Aquí todos estamos a salvo —señaló Leonardo—. Vamos, Américo, preséntanos a los invitados del maestro *pagholo*.

—Suban, suban. Yo os seguiré en unos minutos.

—Conque todavía eres tímido. Acompáñanos. Siempre has sido el más inteligente de los aprendices del maestro *pagholo*, Américo.

El otro sonrió débilmente.

—Pero todavía me siento incómodo entre mis superiores.

No obstante, abrió la marcha. Leonardo permitió que Zoroastro lo precediera, todavía malhumorado.

Al entrar en el salón del primer piso vieron a Toscanelli de pie ante sus invitados, de espaldas a Leonardo, que se detuvo al tope de la estrecha escalera. Hacía gala de una energía que rara vez demostraba fuera de su *bottega*. Su arrobado público ocupaba sillas acojinadas. Benedetto Dei y Pico de la Mirandola saludaron a Leonardo con una sonrisa. Kuan Yin-hsi, vestido con suntuosas túnicas y una gorra cilíndrica, a la manera china, inclinó la cabeza. Benedetto y Pico fumaban unas pipas de madera que parecían medir un metro y medio de longitud, envueltas en sedas de colores y atadas con hilos de oro. Las servidoras arrodilladas junto a ellos, vestidas de caftán y turbante, se encargaban de atender las pipas.

Ocupaba el sitial de honor el hombre a quien Simonetta había señalado como lugarteniente del sacro califa de Babilonia: el Devatdar de Siria. A su lado montaban guardia unos sirvientes armados, así como varias mujeres de tez clara y oscura, ataviadas con túnicas rojizas, tocados de seda y velos ornamentados, que no hacían sino acentuar la belleza de sus ojos almendrados. El Devatdar clavó en Leonardo su mirada penetrante, como si estuviera evaluándolo.

Había allí otros invitados, italianos ricos de aspecto venerable, pero resultaban descoloridos junto a la suntuosidad del Devatdar y los suyos.

—Leonardo —dijo Toscanelli, volviéndose—, te saludo.

Luego procedió a presentarlo al Devatdar Dimurdash al-Kaitì, que inclinó apenas la cabeza y dijo:

—Conque tú eres Leonardo da Vinci. —Hablaba muy bien el italiano, sin acento alguno. Descubriendo la hermosa dentadura en una sonrisa, añadió: —Creo que he llegado a conocerte bastante bien, maestro Leonardo. Bastante bien, sí.

—Temo que en eso me llevas ventaja —contestó el joven.

—Sí, por cierto. —El Devatdar se levantó, como si quisiera ceder su propia silla a Leonardo. Era un personaje formidable, de ojos hundidos, labios gruesos, mejillas afeitadas y bigote negro con barbilla. Los oficiales y las damas veladas que lo acompañaban se levantaron también, como si fuera necesario abandonar todas las sillas a Leonardo, Nicolás y Tista.

Toscanelli aprovechó ese momento incómodo para presentarlos a sus otros huéspedes; parecía especialmente deseoso de que Leonardo estableciera relación con Cristóbal Colón, su protegido genovés, y con Benedetto d'Ábbaco, el ingeniero a quien llamaban Aritmético.

Cuando por fin Leonardo, Toscanelli y el Devatdar se sentaron juntos, el dueño de casa suspiró como si la empresa lo hubiera agotado. Después de limpiarse la nariz, observó a Leonardo con ojos blandos, en directo contraste con los del Devatdar.

—Me he tomado la libertad de mostrar a Su Excelencia algunas de tus invenciones, Leonardo... y tu carta a Il Magnifico.

—Me ha resultado muy interesante, maestro Leonardo —dijo el Devatdar.

—¿A qué te refieres, maestro *pagholo*? —preguntó Leonardo.

—A tus secretos de la guerra: vehículos blindados, flechas que estallan, máquinas que pueden volar y dejar caer bombardas sobre el enemigo, para matar e inducir el estupor —respondió el Devatdar—. Ah, sí, maestro Leonardo, es una carta muy interesante. Y si en verdad pudieras hacer tales cosas, sería más interesante aún.

—Pero ¿cómo llegó eso a tus manos? —preguntó Leonardo a Toscanelli, con desasosiego, sin prestar atención al comentario del oriental.

—La culpa es mía, Leonardo —respondió Pico de la Mirandola, con voz algo gangosa. El pintor notó que su rostro, habitualmente pálido, estaba arrebolado. —Sabía de tu carta y hablé de ella al maestro *pagholo*, quien pidió verla.

—¿Y Lorenzo?

—Te tiene por pintor, Leonardo. No te concibe ingeniero.

—Pero sabe de mis inventos.

Pico rió.

—Así es Lorenzo. Él decide qué ver y qué saber. Y desde la muerte de Madonna Simonetta...

—Leonardo, Pico —intervino Toscanelli—, esto es una grosería para con nuestros ilustres huéspedes.

—En absoluto —afirmó el Devatdar—. Veo que el maestro Leonardo está disgustado y me disculpo si he sido ocasión de alguna molestia para él. ¡A'isheh!

Una mujer velada le susurró algo al oído. Lucía un chaleco largo, cortado de modo tal que dejaba al descubierto la mitad de su amplio busto. Entre los pechos tenía un tatuaje de tres círculos azulados; los dedos, largos y elegantes, estaban teñidos de alheña roja. Usaba tocado y tenía los ojos delineados con *kohl*. Aunque no se le veía la cara —sólo los ojos, oscuros y luminosos—, Leonardo la imaginó hermosa.

El Devatdar le habló en árabe e hizo un gesto hacia Leonardo.

—El maestro Toscanelli ha tenido la bondad de permitirme agasajarlos, a él y a sus invitados —dijo—. Insisto en que se me permita devolver en parte el favor que me brinda al recibirme, junto con mi séquito, cada vez que visitamos esta encantadora ciudad. Deben probar nuestro café de El-Ladikeeyeh, perfumado con ámbar gris, y beber el humo de nuestras pipas.

—Es intoxicante —comentó Pico.

Leonardo cayó en la cuenta de que su amigo estaba ebrio. El hombre sentado junto a Mirandola, que le había sido presentado con el nombre de Cristóbal Colón, también parecía drogado y tenía las mejillas encendidas.

—Lo llamamos hachís —informó el Devatdar—. Con frecuencia veo *jinns* por el rabillo del ojo, después de llenarme los pulmones de ese humo. ¿Los ven?

—Todavía no —respondió Cristóbal, que hizo un ligero cabeceo—. Pero apenas está oscureciendo. Tal vez necesiten algunas sombras en las cuales morar. —Aunque genovés por nacimiento, Colón hablaba italiano con acento español. Parecía tener la edad de Leonardo; era bajo, musculoso y de facciones bastas. —Y tú, maestro Leonardo, ¿has visto *jinns* alguna vez?

Leonardo aceptó de mala gana la pipa y el café que le ofrecía la mujer llamada A'isheh, quien se ubicó entre él y Colón para ponerle una taza de café caliente en la mano; sólo después de acercar una vela encendida al cuenco de la piña dio un paso al costado.

Leonardo inhaló el humo resinoso, que le provocó una arcada. Por pura cortesía volvió a succionar la boquilla de ámbar y oro esmaltado. No sintió ningún cambio en sus sentidos, pero sí un calor súbito. El punto caliente de su pecho parecía expandirse...

Como si él mismo se estuviera expandiendo.

—¿Qué respondes, maestro Leonardo? —insistió Cristóbal.

—Si los he visto, no lo sé. Dime qué son, por favor.

—¿No has leído el *Murooj al-Dhahah*, maestro?

—Se refiere a un libro que contiene mil y un relatos, maestro Leonardo —intervino el Devatdar—. Son cuentos muy antiguos. Allí encontrarás la descripción de los *jinns*. Pero Messer Cristóbal debería haberte orientado hacia el sagrado Kur-án. —Eso fue dicho de un modo tal que, obviamente, era una pulla dirigida hacia Colón. —El Profeta nos enseña que los *jinns* son creados por el fuego. Constituyen una especie aparte, como los hombres, los ángeles y los demonios. Adoptan formas diferentes, formas humanas —miró a Cristóbal como si, en verdad, fuera uno de ellos. —Y pueden aparecer... y desaparecer.

—El maestro Toscanelli me ha inducido a creer que tu entendimiento no conoce límites —comentó Cristóbal—. Me sorprende que puedas ignorar...

—¡Cristóbal! —reprochó Toscanelli—. Ahora eres tú el grosero. —Y dirigiéndose a Leonardo: —Mi joven amigo está habituado a la fanfarronería de los marineros. Acaba de hacer un regreso heroico. Su barco se incendió en una batalla frente al cabo San Vicente y él se salvó llegando a nado hasta Portugal.

—¿Heroico para quién? —preguntó Kuan Yin-hsi—. Combatió por los portugueses contra Génova, su propio país.

—¿Eso te preocupa? —inquirió Colón.

Pero Kuan se limitó a mirarlo de frente, como si observara un fenómeno interesante, aunque natural: un eclipse de sol, por ejemplo.

—Dios me ha elegido para una misión divina, que trasciende los gobiernos y la política —añadió el genovés.

—¿Y cuál es esa misión? —preguntó Kuan.

—Descubrir el sitio donde acaba el mundo. Y ni la razón ni la matemática ni los mapas me serán de ninguna utilidad.

—¿Qué te será de utilidad, pues? —preguntó su interlocutor, con auténtica diversión.

—Las profecías —respondió Cristóbal, desenvuelto—. Si requieres pruebas de mi destino, puedes hallarlas en Isaías y en el primer libro de Esdras.

Nicolás se inclinó hacia Leonardo para comentar:

—Este hombre está loco.

—Calla —dijo Leonardo.

—A'isheh —llamó Nicolás en voz baja. Cuando la mujer que había preparado la pipa de su maestro se volvió hacia él, le pidió una.

—No, Nicolás, de ningún modo —ordenó Leonardo.

—¿Vas a seguir tratándome como a un niño?

—No te trato como a un niño, pero... —Se sentía vacío, hueco; sus pensamientos eran densos como la resina. El hachís circulaba por él, recubriendo y retardando su *pneuma* y su sangre, disolviéndolos en humo.

A'isheh dijo algo en árabe al Devatdar, quien a su vez se dirigió a Nicolás:

—Sí, hijo, por supuesto. Puedes consumir tanto humo y tanto café como gustes. Pero tu joven amigo Tista no debe probar otra cosa que la comida, pues lo destinamos a algo especial.

Mientras su servidora preparaba la pipa, Leonardo miró al Devatdar y se levantó para hablar con Toscanelli.

—Maestro *pagholo*...

Pero el oriental se inclinó hacia él:

—No te preocupes por tu joven pupilo, maestro. No inhalará nada que le haga daño.

En ese momento Nicolás comenzó a toser por efectos del humo. Algunos de los hombres de turbante intercambiaron comentarios en árabe, riendo; el chico enrojeció de humillación y bajó la vista al suelo. Leonardo se sentó a su lado para palmearle el hombro.

—A mí también me dio arcadas —dijo con suavidad—. Es horrible, ¿no? —Se sentía como si se le escurrieran las entrañas. Sin embargo, su vista parecía de manera desacostumbrada aguda.

—¿Tu joven amigo está preparado? —preguntó el Devatdar.

—Se dirige a ti, Nicolás —advirtió Leonardo.

El chico se volvió hacia Tista, quien asintió con la cabeza.

—Sí, pero ¿para qué debe estar listo, Shaykh Devatdar?

—Ah, jovencito, eso lo descubrirás muy pronto.

Se levantó, junto con todo su séquito, y llevó a Tista a la habitación contigua, donde estaban preparando una mesilla con un escalfador lleno de carbones y sustancias aromáticas. El Devatdar hizo un gesto a A'isheh, que encendió el carbón. Mientras tanto, él escribió algo en una hoja de papel, que luego desgarró en tiras.

En pocos momentos la habitación se llenó de humo y densos aromas a incienso y semillas de coriandro. Leonardo respiraba con dificultad; se preguntó qué otras hierbas y pociones estaría aspirando. Se sentía constreñido. Todos sus sentidos parecían haberse acentuado; percibía cada susurro, cada aliento, cada matiz de perfume o transpiración; las sombras adoptaban formas humanas.

Jinns...

Tista comenzó a toser, pues se hallaba de pie junto al escalfador. Pasado el acceso, el Devatdar dijo:

—Mi querido amigo, el maestro Toscanelli me ha informado que varios objetos importantes fueron robados de su estudio, incluido un precioso astrolabio de bronce. Prometí hacer una demostración de auténtica magia para descubrir la identidad del ladrón. Después de todo, es lo menos que puedo hacer por mi anfitrión. —Miró a Toscanelli con una sonrisa y una reverencia. —El maestro *pagholo* no es creyente... todavía.

Leonardo paseó la mirada a su alrededor. Los rodeaban, de pie, muchos de los sirvientes y aprendices de Toscanelli.

—¿Con qué finalidad necesitas al aprendiz del maestro Andrea? —preguntó Pico de la Mirandola.

—Soy aprendiz de Leonardo da Vinci —aclaró Tista.

—Perdona mi error —respondió Pico, inclinándose ante el niño.

—A fin de que el experimento tenga éxito —explicó el Devatdar—, necesito un niño varón que aún no haya llegado a la pubertad, una virgen o una mujer embarazada. ¿Hay aquí mujeres vírgenes o embarazadas? Creo que no. Maese Nicolás ha tenido la bondad de traer a su joven amigo... ¡Tista! Ahora, si alguien tiene algo que objetar...

—Adelante —dijo Toscanelli—. Si alguien tiene algo que objetar, puede hacerlo después de tu demostración.

El Devatdar ordenó a Tista que ocupara la silla preparada para él. Mientras A'isheh revolvía las ascuas del escalfador y agregaba más incienso, él sujetó la mano del niño y dibujó un cuadrado en su palma. En el centro del cuadrado vertió tinta, en cantidad suficiente para formar un diminuto charco. Sin soltarle la mano, preguntó:

—¿Puedes ver tu cara reflejada en el espejo de tinta, Tista?

—Sí, Magnificencia. —El niño temblaba.

—No debes levantar la cabeza ni toser; debes mirar ese espejo. ¿Has entendido?

—Sí.

El Devatdar comenzó entonces a dejar caer las bandas de papel en las brasas del escalfador, donde prendieron fuego, exhalando un olor tóxico. Mientras tanto murmuraba un encantamiento, una y otra vez. Leonardo sólo pudo distinguir las palabras *"tarshun"* y *"tariushun"*. Luego el Devatdar arrojó todas las tiras de papel a las ascuas y agitó la mano en el humo, desviándolo hacia la cara de Tista.

Leonardo hizo arcadas, pues el humo inundó de nuevo el salón. Aspiró lenta, cautelosamente. El perfume del incienso había desaparecido. Ahora los olores eran desagradables, desembozados. Se sentía como si soñara. En verdad, bien era posible que ahora las sombras danzaran, mudando y transformándose en espíritus, puros o impuros.

—No te angusties, Leonardo —susurró una voz, a su espalda—. Pronto se te despejará la cabeza. No es la primera vez que veo al Devatdar realizar esta magia. Está llamando a los *jinns* en su ayuda. Él asegura que son espíritus puros, pero a veces admite que no lo son.

Al volverse, Leonardo se encontró con Kuan Yin-hsi.

—¿Leíste el libro que te dejé? —preguntó el chino.

—Sí.

—¿Recuerdas nuestra conversación sobre el presente de las cosas futuras y San Agustín?

—Sí.

—Observa, entonces, el truco del Devatdar. No es sino una demostración de memoria.

—¿Ves ahora tu cara en el espejo de tinta? —preguntó el Devatdar.

—No —respondió el niño, trémulo.

—Dinos lo que ves.

—Veo luz. Muy intensa.

—¿De dónde surge?

—De una tumba.

—¿Y dónde está esa tumba?

—En un edificio. Muy lejos.

—¿Es la tumba del Profeta? —preguntó el Devatdar.

—Sí.

—¿De qué está hecha?

—No lo sé.

—¿Flota?

—No —dijo Tista, que bamboleó un poco la cabeza, en tanto se miraba la palma, que el Devatdar seguía sujetando con firmeza.

—Está poniendo a prueba al niño —susurró Kuan a Leonardo—, pues muchos creen que el ataúd del Profeta está construido de metal y pende suspendido en el aire.

—¿Cómo...?

—Por obra de imanes.

—Está influyendo sobre Tista —objetó Leonardo.

—¿Qué más ves? —preguntó el Devatdar.

—Veo a un hombre, un viejo. Viste como tú. De verde.

El Devatdar llevaba un chaleco de seda a rayas, caftán y turbante verde, lo cual identificaba a los descendientes de Mahoma, el Profeta.

—¿Es un santón?

Tista asintió con la cabeza.

—¿Qué te dice?

El chico trató de desprenderse, pero el Devatdar le retuvo la mano.

—Ya es suficiente —intervino Leonardo.

—No corre ningún peligro —le aseguró Kian—. Da un poco más de tiempo al *shaykh*.

Nicolás, ahora de pie junto a su maestro, le buscó la mano y se la estrechó con fuerza.

—Tista... respóndeme —dijo el Devatdar.

El niño balbuceó algo. Luego, en una especie de sonsonete ululante, dijo:

—Lalalailalalla illala lala illala...

—¿Quieres decir "*La ilah illa Allah*"?

Tista asintió con la cabeza.

—¿Sabes qué has dicho?

—No, Shaykh.

El Devatdar se dirigió a todos los presentes.

—El niño recita el primer artículo de fe de El-Islam. "*La ilah illa Allah*". No hay más Dios que Dios.

Todo el mundo empezó a hablar al mismo tiempo. El oriental alzó un brazo y el salón quedó en silencio.

—Ahora, Tista, siéntate ante el santón. ¿Ya estás sentado?

El chico asintió. Aunque tenía la cabeza inclinada, como si mirara el charco de tinta que tenía en la mano, había cerrado los ojos.

—Él sabe quién robó el astrolabio del maestro Toscanelli. También sabe qué más robaron al maestro. Pregúntaselo. —Hubo una pausa. —¿Y bien?

—Un florín y otras monedas... *fiorini* de plata. No sé cuántas. Y también una lente de aumento.

—Lo estaba buscando —reconoció Toscanelli—. Creía haberlo guardado en otro sitio.

—Ahora dinos quién tomó esas cosas —pidió el Devatdar.

Una vez más, Tista no respondió. Parecía dormir, encorvado en la silla.

—Respóndeme sin rodeos, Tista.

—No sé.

—¿Aún ves al santón?

—Sí.

—Pregúntaselo. Él te ayudará. —Después de una pausa el Devatdar insistió: —¿Y bien?

Entonces el niño hizo una descripción entrecortada, que habría podido responder a cualquiera de los nerviosos aprendices de en derredor.

Leonardo meneó la cabeza, pero Kuan lo tocó apenas en el hombro, diciendo:

—Paciencia, amigo mío. Aunque puede que esta vez tengas razón. A veces este tipo de magia no resulta.

—¿Qué más ves? —preguntó el Devatdar.

—Sólo al hombre. Te repetí lo que él dijo. Eso es todo.

—Pregúntale otra vez, pues no basta. ¿Sí? ¡Pregunta, Tista!

—Dice que el muchacho tiene un diente negro. Lleva una jarra y una cuerda.

Entonces Tista abrió los ojos. El oriental ordenó:

—Sigue mirando el espejo. No muevas la cabeza; todavía no. —Luego preguntó a Toscanelli: —¿Tienes algún aprendiz que responda a esa descripción?

—No —respondió el maestro—, pero sé quién es.

—¿Sí?

—No está en esta sala. Es un aprendiz de Mateo Michiel, que con frecuencia me trae herramientas e instrumentos.

—¿Cómo puedes saber eso por lo que Tista te ha dicho? —preguntó Leonardo, con voz dura.

—Todos los fabricantes de jarras y cuerdas para pozo están bajo jurisdicción de Mateo. Tista dijo que el niño llevaba una jarra y una cuerda. —Toscanelli se encogió de hombros. —Y que tenía un diente negro. —Se volvió hacia un aprendiz que estaba cerca de la puerta. —¿No es amigo tuyo, Ugo?

—Sí, maestro —reconoció el joven aprendiz.

—Bueno, ¿sabes algo de esto?

—No, señor... sólo que ha huido de su maestro. Por los clavos de Cristo te juro que no sé más. Créeme, por favor.

—Te creo, sí —aseguró Toscanelli—. No te inquietes.

—¿Alguien desea tener noticias de alguna persona, viva o muerta? —preguntó el Devatdar.

Benedetto d'Abbaco preguntó por su padre. Tista describió en detalle a un hombre en una postura extraña: con las manos apretadas a la cabeza, un pie levantado y el otro en tierra, como si fuera a levantarse de una silla.

—Sí —exclamó Benedetto, excitado—. Padece dolores de cabeza y se la aprieta exactamente así. Y tiene una rodilla tiesa por haber caído del caballo cuando era niño.

El Devatdar preguntó a Toscanelli si tenía alguna pregunta para Tista.

—Creo que ya es suficiente para ese niño —dijo el maestro.

—Sí, por supuesto —reconoció su invitado—. Pero antes de que se le nuble la visión, quizás el maestro Leonardo quiera hacerle alguna pregunta. —Miraba al pintor con desafío.

"Simonetta", pensó Leonardo.

—¿Me has escuchado, Ser? —preguntó el oriental.

—No tengo ninguna pregunta que hacer a mi aprendiz, que parece dormido.

—Te aseguro que no es así. ¿Me oyes, Tista?

—Sí.

—Piensa en Leonardo, tu maestro. ¿Qué ves en el espejo?

El niño dio un violento respingo; se ensancharon los ojos fijos en la palma, que el Devatdar sostenía con firmeza. Una vez más se lo veía asustado.

285

—¿Qué ves?

—Es borroso.

—Todo será borroso muy pronto, pero todavía no. ¿Qué ves?

—Fuego. ¡Está a tu alrededor, Leonardo! —Ahora gritaba. —Y alguien más. Allí hay alguien más. —Luego Tista se desprendió del Devatdar, sacudiendo la mano, y se levantó con los ojos dilatados para retroceder. —¡Me caigo! —aulló y agitó los brazos—. ¡Ayúdenme!

Leonardo corrió hacia él para abrazarlo y lo retuvo hasta que se tranquilizó. Después de algunos segundos Tista miró en derredor, como si despertara. Parecía desconcertado.

—¿Qué viste? —preguntó el Devatdar—. ¿Por qué caías? ¿De dónde?

—Creo que ya basta —dijo Leonardo, enfadado, mientras alejaba al niño del Devatdar—. Has hecho mal en permitir esto, maestro *pagholo* —le reprochó a Toscanelli.

El oriental inclinó la cabeza y pidió disculpas a Leonardo; sin embargo, insistió en que Tista describiera lo que había visto.

—Estoy seguro de que recuerdas el espejo —dijo—. Debes concentrarte.

Parecía con sinceridad preocupado. Tista echó una mirada aturdida a su maestro.

—No sé de ningún espejo, Leonardo.

El Devatdar esperaba a Leonardo en las habitaciones privadas que Toscanelli tenía en el piso alto, sentado ante una larga mesa cubierta de mapas y cartas marítimas.

—Acepta mis sinceras disculpas, maestro Leonardo, por favor —dijo, mientras dejaba un mapa decorado con extraños animales y monstruos—. No era mi intención alterar a tu aprendiz. Pero nunca he visto a nadie reaccionar de ese modo ante el espejo. Aunque asegura no recordar nada, ese niño vio algo. Yo lo vigilaría con atención, para que no sufra daño alguno.

Leonardo, de pie en el vano de la puerta, parecía molesto.

—¿Qué puede haber visto?

El Devatdar se encogió de hombros.

—El futuro, a no dudarlo.

El pintor inclinó con respeto la cabeza.

—Pero no es por eso que nos hemos reunido aquí —continuó el oriental, señalando la silla que tenía a su lado. Leonardo la ocupó. —Tengo una propuesta para ti.

—¿Sí?

—¿Puedes hacer todo lo que dices en tu carta a Il Magnifico? ¿Puedes construir esas máquinas de guerra? ¿O era pura jactancia?

—Todo es verdad.

—En ese caso, tengo trabajo para ti, si estás dispuesto a viajar y toleras la aventura. —Hizo una pausa. —Necesito un ingeniero militar. El maestro Toscanelli me dice que ese puesto podría interesarte.

—No, se equivoca —contestó Leonardo—. Mi trabajo y mi vida están aquí. No podría partir. Ahora no.

El otro se encogió de hombros.

—Estamos en guerra con un renegado que ha invadido nuestras provincias de frontera. Podemos pagar bien... y proporcionarte todo el dinero, los hombres y los instrumentos necesarios para construir tus bombardas y tus máquinas voladoras.

—¿Y quién es ese invasor? —preguntó Leonardo.

—Uno de los hijos del Gran Turco Mehmed, enemigo común de cristianos y árabes. Su hijo se llama Mustafá. Lo habrás oído nombrar, sin duda.

Leonardo sacudió apenas la cabeza. Estaba seguro de que el Devatdar se burlaba de él.

—¿Y dónde está esa guerra?

—En lo que ustedes llaman Cilicia. Pero es, antes bien, una escaramuza. Podrías tomarla como una especie de prueba.

—¿Y si la paso?

—Quizá llegarías a tener más poder que el príncipe Lorenzo. Pero antes debes tomar una decisión.

Leonardo no mordió el anzuelo; miraba sereno al Devatdar, que concluyó:

—Tendrías que abandonar este sitio, donde has saboreado la humillación...

16
Las conspiraciones del destino

Los hombres se sientan y, sin moverse, hablan con quienes no están presentes y oyen a quienes no hablan.

–Leonardo da Vinci

Todos estamos en deuda con la muerte.

–Simónides

Fue un invierno extraordinariamente frío. El Arno se convirtió en vidrio; todas las noches se veían fogatas a lo largo de él, como si fuera una carretera romana. También fueron malos tiempos para Leonardo, pues Zoroastro no podía vender sus máquinas y no tenía obras encargadas. Sus pocos ingresos provenían de su amigo Domenico del Ghirlandaio, que estaba pintando la capilla de Santa María Novella: Leonardo se había visto reducido a desempeñarse como su ayudante.

En verdad Il Magnifico era un enemigo implacable. Leonardo había descubierto también que Nicolini, el esposo de Ginevra, tenía más influencia de la que él hubiera pensado.

Leonardo se las había arreglado para convertirse en *persona non grata* tanto para los Pazzi como para los Médicis. Se arrepentía de no haber aceptado el ofrecimiento del Devatdar. Su corazón estaba muerto, o al menos así parecía; no obstante, no se decidía a abandonar la cristiandad.

Pero el Devatdar, a su regreso, lo buscaría otra vez, al menos para llevarse su presente. Había dejado a Leonardo una persona encargada de prepararlo para el mundo islámico y enseñarle el idioma árabe: su prostituta A'isheh.

Hacia fines de febrero, una noche en que la lluvia helada formaba carámbanos en los árboles, convertía los bosques en cristal y techaba de vidrio los trigales, A'isheh permitió que un muchachito insistente entrara en las habitaciones de Leonardo.

Éste lo reconoció de inmediato: había sido el lacayo de Simonetta.

—Traigo una carta para ti, maestro.

—¿Una carta de quién?

Pero el niño se la puso en la mano y salió corriendo como un ladrón. A'isheh lo siguió con la vista; luego miró a Leonardo como si esperara que él le describiera el contenido de la carta.

Estaba lacrada, pero sin sello.

Queridísimo Leonardo:

Te escribo con miedo, pues esta carta podría ser interceptada. Por eso he ordenado a mi sirviente Luca que la ponga directamente en tus manos, cuando acompañe a mi esposo a Florencia en viaje de negocios. Lo recordarás, sin duda, por las tardes que pasamos en el palazzo de Madonna Simonetta, cuando ambos pintaron mi retrato. Sí, Leonardo: yo sabía que ella era Gaddiano. Sabía, también, que ella era tu amante, mejor dicho, que tú eras uno de sus muchos enamorados. Me lo contó todo, pero ¿qué derecho tenía yo a los celos? Aun así la odié por decírmelo; que Dios la tenga en

su seno y me perdone por criticarla, ahora que está en la bienaven-
turanza eterna.

Ya no me preocupo por mí misma (he sido más que generosa
con la autocompasión), pero ahora me impulsa el miedo que siento
por tu vida y la de mi padre. Se está gestando algo malo, una
conspiración, y mi esposo forma parte de ella. Cuídate del odio de
los Pazzi por los Médicis. He oído mencionar tu nombre y también
el de Sandro.

Me muero por regresar a Florencia. Pasado un tiempo volveré
a enviarte a Luca. Te ruego que no me ignores. No pude evitar lo
que hice y dije. Mi esposo tiene a mi padre entre la espada y la
pared. No éramos rivales para él. Perdóname, fui una tonta.

Pero mi corazón siempre ha sido tuyo. Si pudiéramos estar
juntos ya nada me importaría. Tal como son las cosas, el dolor y
el llanto me han transformado en un río. Te amo y no puedo
evitarlo.

Ginevra

Desgarrado por emociones contradictorias, Leonardo plegó la carta
y se la guardó en la chaqueta. Hubiera querido ignorarla, no volver a
pensar en ella. Pero no podía. Ginevra lo había sepultado y ahora
deseaba exhumarlo, quizá por capricho. No obstante, a la ira muerta y
vacía que experimentaba se mezclaba ahora una esperanza incipiente. Si
en verdad ella lo amaba y estaba tan desesperada como él, aún podían
modificar el destino según sus deseos. Podrían huir de Florencia, puesto
que, en verdad, Leonardo no estaba desposado con la ciudad. Podrían ir
a Milán, donde Ludovico Sforza los recibiría de buen grado pues había
expresado interés por la obra de Leonardo.

Se sentó en la cama, lleno de enojo, esperanza y humillación. Soñó
despierto, como los niños cuando se les permite caminar solos hasta
donde los lleve el gusto.

—¿Me dirás qué pasa, maestro? —preguntó A'isheh en árabe.

Estaba de pie ante él, sin velos, con la cabellera negra sujeta en una
larga trenza. Tenía los ojos muy marcados con kohl.

—Nada —respondió Leonardo en italiano.

Le indicó con un gesto que se acercara, y ella se sentó en la cama, a su
lado. Él le abrió el chaleco, descubriendo los grandes pechos tatuados, y los
acarició con suavidad. Por un momento pareció sorprendida, pues lo había
encontrado indiferente a todos sus intentos de seducción; si la autorizaba
a dormir en el mismo cuarto era sólo para ahorrarle la vergüenza.

Por fin sonrió, como si comprendiera... como si hubiera leído la
carta de Ginevra, y le habló en susurros, en tanto Leonardo forcejeaba
con ella, besándola, mordiéndola con reciedumbre, como enojado. Ella
se debatió entre arañazos y mordiscos, y le sujetó el miembro con los

dedos teñidos de alheña, pues allí lo dominaba. Y él se le entregó. La dejó hacer, quitarle la ropa; permitió que lo montara como si él fuera la víctima, el perseguido. Miró al fondo de aquellos grandes ojos oscuros, en tanto ella se erguía a horcajadas sobre su cuerpo, y se movió dentro de la mujer hasta hacerla llegar al orgasmo con un alarido y un incontrolable espasmo. Luego la hizo rodar a un lado; sentado a horcajadas sobre ella, como si la hubiera llevado a una trampa, le inmovilizó los brazos para poseerla con violencia. No cedió esa posición, pese a todos los forcejeos. Y ella volvió a gritar; se alzó contra él y ambos pujaron, el uno contra la otra, hasta que él también llegó a la culminación. Y en ese instante fluido, contorsionado, vio a Ginevra.

Era la Impruneta, la Madonna. Le sonreía, y le perdonaba todo.

—Maestro —dijo A'isheh, con suavidad.

—¿Sí?

—Me estás haciendo daño.

—¡Basta! ¡Me haces daño! —dijo Tista a Nicolás, que lo había apartado de la nueva máquina voladora y le sujetaba un brazo a la espalda, como para quebrárselo.

—¿Prometes no acercarte a la máquina del maestro?

—Sí, lo prometo.

Nicolás soltó al chico, que retrocedió con aire nervioso. Leonardo estaba a pocos pasos de distancia; sin prestarles atención, contemplaba la ladera que descendía al valle. La neblina flotaba como un sueño por sus pendientes cubiertas de hierba; a la distancia, rodeada de colinas verdigrises, se alzaba Florencia, con su Duomo y la alta torre del Palazzo Vecchio dorada por la luz del sol temprano. Estaban a principios de marzo y la mañana era fresca, pero el día iba a ser templado.

Leonardo había ido allí para probar su planeador, que ahora descansaba a poca distancia, con las grandes alas curvas atadas al suelo. Había seguido el consejo de Nicolás: esa máquina voladora tenía alas fijas y carecía de motor. Era un planeador. Su plan consistía en dominar el vuelo; así sabría cómo dominar su aparato cuando creara un motor adecuado para impulsarlo. Y ese modelo se ajustaba más a la idea que Leonardo tenía de la naturaleza, pues usaría las alas como si en realidad fuera un pájaro: pendería de ellas, con las piernas hacia abajo, la cabeza y los hombros arriba, dominándolas con movimientos de piernas y por el equilibrio del peso. Sería como un ave en vuelo, deslizándose en lo alto.

Pero tenía miedo. Llevaba dos días acampado allí, postergando el momento de pilotear el artefacto. Había perdido el coraje, pese a estar seguro de que ese diseño era correcto. Se sentía observado por Nicolás, Tista y A'isheh, quien espiaba desde la carpa.

Nicolás dio un grito. Leonardo giró, sobresaltado, y se encontró con que Tista estaba arrancando la cuerda que sujetaba el planeador al suelo, en tanto se acomodaba en la abertura, entre las alas. Corrió hacia él, pero antes de que Leonardo o Nicolás pudieran detenerlo, Tista se lanzó desde la cumbre.

El grito del niño resonó en el aire helado, pero era un grito de júbilo: estaba cruzando a gran altura el cielo desierto. Describió un círculo en torno de la montaña, captando las columnas de aire templado, y luego descendió.

—¡Regresa! —le gritó Leonardo, haciendo bocina con las manos.

Sin embargo no podía evitar una sensación exaltada, apasionante. ¡La máquina funcionaba! A'isheh, de pie a su lado, guardaba silencio, observando, calculando.

—Traté de impedírselo, maestro —dijo Nicolás.

Pero Leonardo no le prestó atención, pues el clima sufrió un súbito cambio y un viento fuerte empezó a castigar la montaña.

—¡Manténte lejos de la pendiente! —gritó Leonardo.

Pero no podía hacerse oír. Impotente, vio que el planeador se inclinaba hacia arriba, presa de una ráfaga, y se detenía en el aire helado, para luego caer como una hoja.

—¡Lleva la cadera hacia adelante! —indicó.

Era posible dominar el planeador. El niño, con un poco de práctica, habría podido hacerlo con facilidad. Pero no la tenía. Y el planeador se deslizó de costado y se estrelló contra la montaña. Tista salió arrojado fuera del arnés. Se asió de las matas y las piedras y cayó alrededor de quince metros.

Cuando Leonardo llegó hasta él, el chico se hallaba casi inconsciente. Yacía entre dos rocas puntiagudas, con la cabeza echada hacia atrás, la espalda torcida, brazos y piernas contorsionadas.

—¿Dónde te duele? —preguntó Leonardo.

Nicolás se arrodilló junto a su amigo; tenía la cara blanca, exangüe.

—No siento dolor alguno, maestro. No te enfades conmigo, por favor.

Nicolás le tomó la mano.

—No estoy enfadado, Tista. Pero ¿por qué lo hiciste?

—Todas las noches soñaba que estaba volando. En tu aparato, Leonardo. Este mismo. No pude contenerme. Planeé cómo lo haría. —Sonrió apenas. —Y lo hice.

—Y lo hiciste, sí —susurró Leonardo.

Tista se estremeció.

—¿Nicolás?

—Estoy aquí.

—No veo muy bien. Creo que estoy viendo el cielo.

Nicolás miró a Leonardo, que desvió la cara.

—¿Leonardo?

—Sí, Tista, estoy aquí, contigo.

—Cuando comencé a caer supe qué era.

—¿Qué es lo que supiste? —Leonardo permitió que Nicolás tratara de poner cómodo a su amigo, pero no era mucho lo que se podía hacer. El chico tenía la espalda fracturada y una costilla rota había perforado la piel.

—Lo había visto en el espejo de tinta, cuando el *shaykh* me usó para ayudarlo con su magia. Me vi caer. Y te vi a ti.

Tista trató de incorporarse, pero la cara se le contrajo de dolor. Por un instante pareció sorprendido. Luego miró a través de Leonardo, como si estuviera ciego, y susurró:

—Sal de ahí. Sácalo de ahí, Nicolás. ¿Quieres quemarte?

Ese año la creciente del Arno fue muy destructiva, lo cual se interpretó como mal presagio. Sin embargo, para Leonardo parecían abrirse las puertas de la suerte. Al fin y al cabo, se encontraba allí, en la gran catedral de Santa María del Fiore, por expresa invitación de Giuliano, hermano de Lorenzo de Médicis, para hablar del encargo de una estatua de bronce que representaría a Clarise, la esposa de Il Magnifico. Además, llevaba consigo una esquela amorosa de Ginevra, que había regresado a Florencia.

Ella lo amaba, sí, a pesar de todo.

Si era verdad que la mala suerte viene por triplicado, como en secreto creía Leonardo, tal vez la muerte del pobre Tista hubiera puesto fin a un ciclo terrible.

Él y Sandro Botticelli se hallaban de pie cerca del altar, junto a otros amigos y parientes de los Médicis. Era una tibia mañana de Pascua y se estaba por iniciar la misa cantada.

—Deja de moverte tanto —lo regañó Sandro.

—No me había dado cuenta —reconoció Leonardo, que contemplaba la muchedumbre que llenaba la catedral—. Temo que Giuliano llegue tarde o no venga. Se quejó de que la espalda le dolía otra vez.

—No te preocupes; no es a Giuliano a quien debes ver, sino a Lorenzo.

Leonardo asintió.

—Es que me siento más a gusto con Giuliano.

—Todo saldrá bien, sin duda. Lo pasado, pasado está, como olvidado; Lorenzo no es capaz de albergar rencores por mucho tiempo. ¿Acaso te habría invitado a la iglesia si no fuera sincero?

—¿Le dijiste lo de...?

—¿Lo de tu carta? Sí, pero se encogió de hombros —dijo Sandro—. Se lo pasa recibiendo ese tipo de informes.

—Pues debería poner cuidado.

—¿Quieres que viva encerrado en su *palazzo*, como un prisionero?

Mientras el órgano tocaba un himno gregoriano, Lorenzo apareció con el cardenal Raffaello, que estaba allí de visita, proveniente de Roma. Era apenas un niño, sobrino nieto del Papa. Les salieron al encuentro el arzobispo de Florencia y sus canónigos, quienes los escoltaron hasta el altar. Un dulce perfume de incienso llenaba la catedral. Todo el mundo susurraba e intercambiaba rumores y comentarios sarcásticos sobre el joven cardenal, mientras esperaba que se iniciara el oficio. Leonardo miró a su alrededor; nunca había visto tanta gente en la catedral. La multitud era enorme, aun para ser Domingo de Pascua.

—Al menos podría llevar custodia —comentó Leonardo.

—¿Qué? —inquirió Sandro.

—Lorenzo. ¿Dónde están sus guardias?

—Están allí, quédate tranquilo. Lamento lo de tu muchacho, Nicolás. Deberías haberlo obligado a asistir a misa.

—No pude. —Leonardo recordó lo mucho que había llorado el chico en el funeral de Tista. —Ya superará el dolor a su modo. Se siente responsable. —Hizo una pausa. —Y el responsable soy yo.

—Ninguno de los dos —aseguró Sandro—. Aquí está Giuliano. ¿Quién es el que lo acompaña? —De inmediato se respondió a sí mismo: —Parece Francesco de Pazzi. —Meneó la cabeza. —Jamás entenderé la política.

Alguien le chistó para acallarlo, en tanto el joven y pecoso cardenal entonaba:

—*In nomine Patris, et Filii, et Spiritus Sancti. Amen.* —Con su birrete alto, la capa de brocado y las vestiduras ceremoniales, no parecía tener más de doce años, aunque en verdad había cumplido los diecisiete. Pero su voz era profunda y sonora.

—*Introibo ad altare Dei...*

Lorenzo se había acercado a un grupo de amigos, entre los cuales figuraban el joven y brillante filósofo Poliziano, Antonio Ridolfi, Sigismondo della Stufa y Francesco Nori, uno de sus favoritos; a todos se los estaba preparando para ocupar cargos públicos. Se detuvo cerca de la antigua sacristía y el altar de San Zenobio, que no estaba lejos de Sandro y Leonardo. Al ver al primero, le sonrió; luego saludó a Leonardo con una inclinación de cabeza.

—Ya ves —dijo Sandro—. ¿No te lo dije?

Las oraciones continuaban, hipnóticas, magníficas, como si cada nota llevara el peso de la eternidad y cada palabra fuera una enunciación directa de lo divino. El antífono, la recitación del Padrenuestro, el Sacramento Consagrado... Los fieles se arrodillaron.

Leonardo vio entre el gentío a Nicolini, con aspecto de rico, grandioso y satisfecho de sí mismo. Estaba de rodillas junto a varios representantes del papa Sixto y de las familias Pazzi, Vespucio y Tornabuoni: todos enemigos de los Médicis.

Ginevra no lo acompañaba. Por cierto, había escrito a Leonardo que no estaba dispuesta a exhibir en público su humillación. Aquella noche Nicolini saldría a atender ciertos negocios secretos; esa noche, por fin, Leonardo y Ginevra tendrían una cita.

—*Agnus Dei, qui tollis peccata mundi: miserere nobis.*

Tintinearon las campanillas, indicando la elevación de la Hostia.

Al mirar en derredor, Leonardo notó que el arzobispo se abría paso apresuradamente hacia la puerta, seguido por Nicolini.

—Mira eso, Botellita —susurró. Pero su compañero estaba concentrado en sus oraciones.

—*Ite, missa est...*

Leonardo vio que Il Magnifico inclinaba la cabeza y se persignaba. Dos curas se le acercaban desde atrás. Uno de ellos extrajo una daga de la negra manga de su sotana y alargó el brazo hacia el Primer Ciudadano, como para darlo vuelta, exponiendo el pecho y el cuello.

En el lado opuesto del coro estalló un súbito alboroto. Los gritos se convirtieron en pánico; el pánico, en estampida.

—¡Se derrumba la cúpula! —aulló alguien.

Sin embargo, el espléndido domo de Brunelleschi se mantenía intacto.

Leonardo ya corría hacia Lorenzo, pero éste era veloz y un estupendo esgrimista. Dio un paso atrás y, en el mismo instante, desenvainó su espada, tras envolverse el brazo izquierdo con el manto, a manera de protección. La daga del cura le rozó el cuello, arrancando sangre. Lorenzo clavó directamente la espada en el corazón de su atacante; la sangre saltó hacia todos lados. Lorenzo giró para huir, pero otro cura lo interceptó. En ese momento, Francesco Nori se interpuso entre Lorenzo y su atacante y recibió la daga del sacerdote en el vientre. Fue entonces cuando Leonardo llegó hasta ellos.

Enfurecido al ver que Lorenzo se le había escapado, el cura se arrojó contra Leonardo, pero éste retrocedió, desviando la estocada, y clavó su puñal en el grueso cuello del sacerdote. Lorenzo parecía frenético; el pintor lo apartó de un empellón y se adelantó de inmediato para interceptar a un matón de los Pazzi, que se le acercaba desde atrás. Pero Lorenzo lo derribó en persona; su mirada se cruzó con la de Leonardo y en ese momento repararon su amistad.

En derredor hervía la lucha. Los amigos de Lorenzo, incluido Leonardo, formaron un círculo a su alrededor para protegerlo de los mercenarios de los Pazzi y los españoles que acompañaban al cardenal. Así retrocedieron hacia la sacristía del lado norte, mientras los otros quedaban atrás, en combate contra los conspiradores que los perseguían.

—Pronto —gritó Lorenzo a Ridolfi y Sigismundo della Stufa, que entraban apresurados. Luego todos pujaron contra la pesada puerta de bronce, para dejar afuera a los combatientes de los Pazzi, que pedían sangre a gritos. Lograron cerrarla por el tiempo suficiente para que Poliziano hiciera girar la llave. Al cerrarse, la puerta quebró la espada de un enemigo; al otro lado se oyeron gritos de frustración.

Lorenzo se dejó caer al suelo. Ridolfi succionó la herida que su patrono tenía en el cuello, por si el puñal estaba envenenado.

—Giuliano —dijo Lorenzo, con un gemido asustado en la voz—. ¿Giuliano está bien? Lo vi entrar en la catedral y...

—Calla —dijo Poliziano—. Ha de estar bien. Era a ti a quien querían.

—No. Habrían tenido que matarnos a los dos.

—Yo vi a Giuliano —dijo Leonardo.

—¿Sí?

—Parecía estar bien. —Trataba de reconfortar a Lorenzo. No soportaba decirle que había visto a su hermano entre los Pazzi.

Il Magnifico se volvió hacia Poliziano, y dijo:

—Nori ha muerto. Yo lo quería. —Parecía haberlo descubierto en ese instante.

Su amigo asintió; su rostro largo y feo estaba tan alelado como el de Leonardo. De pronto el Primer Ciudadano se levantó de un brinco, apartando a Ridolfi, y trató de abrir la puerta. Sigismundo della Stufa se lo impidió.

—Tengo que averiguar... debo ver a mi hermano... Necesito asegurarme de que no haya...

Se le apagó la voz, como si no pudiera decir la palabra "muerto".

En la torre del Palazzo della Signoria comenzó a tañer la campana; su sonido era tan potente que Leonardo sintió su vibración en las paredes mismas.

Luego se hizo el silencio.

Prestaron atención. Les llegó el gemido apagado del joven cardenal:

—Yo no sabía, juro que no sabía...

Tal vez no había peligro; quizás el cardenal estuviera solo.

Leonardo se ofreció a trepar hasta la galería del órgano para ver en manos de quién había quedado el edificio. La escalerilla crujió bajo su peso; mientras se arrastraba por el balcón de mármol, el polvo se arremolinó en esa luz tenue.

Abajo quedaban pocas personas. Pero el cardenal estaba solo, arrodillado, llorando y trémulo de miedo. Había vomitado junto al altar. Giuliano yacía en los mosaicos rosados, verdes y blancos del suelo, rodeado de curas y canónigos de la catedral, que oraban entre sollozos. Lo rodeaba un charco de sangre que era como una sombra oscura. Tenía el cráneo aplastado, el pelo hecho un mazacote y un brazo estirado en posición extraña, como si lo alargara hacia Dios. Al mirarlo Leonardo se sintió descompuesto: quien había asesinado a Giuliano de Médicis debía odiarlo de verdad, pues su pecho era una masa de puñaladas. La blusa de seda blanca estaba desgarrada y completamente roja. El pintor no pudo dejar de tomar nota de su tono; antes que hombre, era artista. "En verdad estoy maldito", se dijo.

Pero continuaba mirando a Giuliano, como hipnotizado.

¿Y dónde estaría Sandro? ¿Se encontraría bien? ¿Y los otros? ¿Qué había pasado?

—¿Qué ves, Leonardo? —gritó Lorenzo—. ¿Giuliano está a salvo?

Él no pudo responder.

—¿Estás bien? —preguntó Sigismundo, y trepó con presteza la escalerilla. Se arrodilló junto a Leonardo para mirar hacia abajo, hacia la nave llena de cadáveres mutilados. —Dios del cielo. Giuliano... Que Lorenzo no se entere. Tenemos que sacarlo de aquí sin que vea a su hermano.

Leonardo asintió.

—¡Voy a subir! —gritó Lorenzo.

—No, ya bajamos —dijo Sigismundo—. Leonardo estaba un poco mareado. Eso es todo.

—¿Y Giuliano?

—No lo vimos.

—Gracias a Dios.

—Amén —dijo Poliziano.

Pero cuando los dos volvieron a reunirse con el grupo, Sigismundo buscó la mirada de Poliziano y meneó apenas la cabeza. Éste, al comprender, apartó la vista; en esa última hora, el joven filósofo había perdido a dos de sus mejores amigos. Fue entonces cuando Leonardo pensó en Sandro y se preguntó dónde estaría... si se había salvado.

Abrieron de par en par las puertas de la sacristía e hicieron que Lorenzo cruzara con presteza el suelo ensangrentado del Duomo; Leonardo y Sigismundo sirvieron de pantalla para que no viera el cadáver de su hermano. El cardenal imploró su atención, aduciendo inocencia, pero Lorenzo mantuvo la vista fija hacia adelante, sordo a los gritos roncos del muchacho. Curas y priores levantaron la mirada, sorprendidos. Poliziano los acalló con un gesto, y les indicó que no se movieran.

Al llegar a la puerta, Lorenzo se detuvo como si percibiera de pronto la presencia muerta de su hermano, como si el espíritu angustiado de Giuliano lo hubiera llamado. Se desprendió de Leonardo y Sigismundo y, al ver a su hermano, se arrojó sobre él. Para apartarlo fue necesaria la fuerza de todos sus amigos.

—Quienquiera que haya hecho esto lo pagará, te lo prometo. Los haré matar a todos. Lo juro por tu alma, Giuliano.

Con una calma súbita y anormal, encabezó la marcha para salir de la catedral a las calles.

Había cadáveres por doquier. Los mercenarios vestidos con los colores de los Pazzi habían sido aplastados por los guardias florentinos y los ciudadanos sedientos de sangre. Niños vestidos de harapos trajinaban entre los muertos, robando y destripando, arrancándoles los ojos y los dientes para llevárselos como recuerdos. Y la población seguía clamando por sangre, sangre de Pazzi. Cuando Lorenzo salió a la calle se elevó un clamor, como si lo vieran salir de entre los difuntos. Algunos cayeron de rodillas; otros hicieron la señal de la cruz. Luego se produjo un repentino tropel de gente que corría hacia él, gritaba su nombre y alargaba las manos para tocarlo.

Lorenzo se irguió en toda su estatura y alargó los brazos para requerir la atención general.

—Amigos míos: me encomiendo a sus buenas acciones. Debemos permitir que la justicia siga su curso, pero también es preciso que nos dominemos. No debemos hacer daño a los inocentes.

—Te vengaremos —gritó alguien, entre la muchedumbre.

—Por favor... mis heridas no son graves.

Pero no había modo de calmar a Florencia. Lorenzo había cumplido con su deber. Ahora estaba rodeado de guardias y amigos que lo protegían de sus devotos súbditos.

—¡Pico! —gritó, abrazando a su amigo Pico de la Mirandola, que había corrido a su encuentro.

—Todo el mundo estaba frenético de preocupación —dijo Pico—. No sabíamos si te habían asesinado o...

—Nos escondimos en el Duomo —explicó él.

—Será mejor que te llevemos a un lugar seguro. Tu madre está en casa. Ha mandado buscarte por toda la ciudad.

—¿Sabe lo de Giuliano?

—Nos pareció mejor ocultárselo... por ahora —repuso Pico—. En este mismo instante Giuliano tiene su venganza, amigo mío. Están aplastando a los traidores. Los ciudadanos de Florencia apedrearon al viejo Jacopo de Pazzi y a su ejército hasta obligarlos a retirarse. Aun ahora se está colgando a los traidores desde el palacio de la Signoria.

—¿Cómo?

—El arzobispo trató de invadir la Signoria con sus propios cómplices: traidores y exiliados peruginos.

—Vi que el arzobispo se retiraba temprano del Duomo —comentó Leonardo. Y recordó que Nicolini lo había seguido.

—Debemos ir a ver qué se puede hacer —dijo Lorenzo.

—Tú debes ir a casa para tranquilizar a tu madre —contestó Pico—. Florencia te necesita sano y salvo.

—Florencia nunca me ha necesitado sano y salvo.

Lorenzo llamó a sus guardias para marchar a la Signoria. Antes de que llegaran al Palazzo, Leonardo preguntó a Pico si había visto a Sandro.

—Sí. Se encuentra en el palacio de los Médicis, donde lo están atendiendo por una herida que recibió. Pero se repondrá; es una herida superficial.

—¿Cómo se la hicieron?

Pico sonrió.

—Dice que la recibió defendiéndote de un atacante.

—Ni siquiera lo vi.

—Tampoco al atacante, supongo.

Cuando llegaron a la Signoria ya era demasiado tarde: la orgía de mutilación, asesinato y venganza estaba demasiado avanzada. La enorme multitud vitoreó la llegada de Lorenzo. No podían creer que continuara con vida. Era un milagro, que agradecieron a la Virgen de viva voz. No había manera de pararlos. La voz del propio Lorenzo se perdía entre los gritos:

—Abajo los traidores, *palle, palle.*

Las *palle* eran las armas heráldicas de los Médicis.

No le quedó sino ver cómo se apresaba a los peruginos atrapados en la Signoría, para arrojarlos desnudos desde las ventanas a la playa. Cuando hallaron a Franceschino de Pazzi, pese a sus patadas y a sus gritos, lo desnudaron ante el gentío y, sangrante, lo colgaron de una ventana.

—Dicen que él era uno de los asesinos, Magnifico —informó Pico.

Lorenzo miraba fijamente a ese hombre que pendía de la cuerda, sacudido por los últimos estertores, mientras la multitud festejaba con gritos su erección. Cuando colgaron a su lado al arzobispo, Lorenzo no pudo controlarse y él también se unió al clamor.

Al caer, en su colérica frustración, el arzobispo mordió a Franceschino de Pazzi en el cuello y ambos se bambolearon juntos. Culpables e inocentes eran llevados a la rastra por las calles. En toda la *piazza* se arrancaban ojos, se cortaban orejas, se exhibían cabezas en picas. Y mientras tanto se estaba erigiendo un patíbulo adecuado frente a las puertas de la Signoria.

La orden del día era la violencia. Sin duda alguna, también sería la orden de los días venideros.

Cuando el arzobispo estaba ya frío y amoratándose, sacaron a Nicolini a la cornisa. Se dejó arrancar las ropas, muy tieso y con la mirada fija hacia adelante, aun cuando lo dejaron caer para que pendiera junto al arzobispo.

Leonardo miraba aquello como paralizado. Puesto que Nicolini había sido sorprendido con el arzobispo, también Ginevra podía correr peligro. Sintió miedo... y un júbilo horrible, bestial. Tenía que alejarse de allí, buscar a Ginevra, llevarla a lugar seguro.

—¿No era amigo tuyo? —le preguntó Lorenzo, al referirse a Nicolini.

Leonardo no pudo disimular su sorpresa. Il Magnifico debía de saber que Nicolini había sido su enemigo mortal, pero estaba fuera de sí; tenía espuma en la comisura de los labios.

—No, Magnifico. Yo lo odiaba.

—Ah —repuso Lorenzo.

Luego le volvió la espalda, distraído, pues la turba lo llamaba con insistencia.

"¡Muerte a los traidores!" se convirtió en el grito de batalla. Se lo oía desde el palacio de Médicis hasta el Ponte Vecchio. Leonardo corrió al *palazzo* de Nicolini utilizando los callejones y las calles laterales, para evitar a las muchedumbres. En el aire pendía un hedor a orina, sangre y humo. Había manzanas enteras incendiadas y niños que aullaban en las calles. Una mujer, con su bebé en brazos, saltó desde un apartamento de planta alta, con las ropas en llamas.

—¿Eres de la escoria Pazzi? —gritó un corpulento árabe callejero, que obviamente capitaneaba a su pequeña banda, mientras blandía una espada.

Leonardo huyó por una calle transversal. No tenía tiempo. Debía llegar hasta Ginevra.

Más cadáveres. Una mujer gritaba en un callejón. Leonardo sólo captó la imagen de un torso desnudo. Habría más violaciones, más asesinatos. Todavía era de tarde. ¿Qué traería la noche? El frenesí reinaba en las calles, aun en las que no estaban atestadas; aquello embriagaba. Pero Leonardo sólo sentía miedo por Ginevra.

La gran puerta de roble de Nicolini estaba destrozada.

Leonardo desenvainó la espada. Con ella en la mano izquierda y el puñal en la derecha, se escurrió por entre las columnas del patio. Un pavo real correteó por las lajas del suelo. Junto a la puerta principal, entornada, había un sirviente. A primera vista parecía estar de pie, apoyado contra el marco; en realidad, había sido atravesado por una lanza clavada en la madera.

De prisa, en silencio, se deslizó por la casa, cruzando aquellos grandes salones decorados con pinturas y llenos de instrumentos musicales, muebles y mesas de juego, en busca de Ginevra. En la oficina encontró a un sirviente muerto a golpes. En la sala, dos hombres violaban a una criada y a su hijo.

Arriba resonó una carcajada.

Con el corazón acelerado, Leonardo corrió hacia los dormitorios.

Y vio a Ginevra en su lecho, con la cara hinchada y cubierta de moretones, el brazo quebrado, las ropas desgarradas. Un hombre la estaba violando. Otro, en quien Leonardo reconoció a un aprendiz del aurífice Pasquino, se había sentado en la cama, desnudo.

Leonardo sintió que lo envolvía una bruma de sangre. El aprendiz de Pasquino levantó la mirada hacia él, sorprendido; pero lo hizo demasiado tarde: el pintor ya le estaba hundiendo el puñal en el cuello. Luego, dejó caer el cuchillo y la espada y tiró del otro hombre para arrancarlo de Ginevra. También lo reconoció: era el hermano de Jacopo Saltarelli, el mismo a quien Nicolini había pagado para que acusara a Leonardo de sodomía. Pero él no captó la horrible ironía. Con una fuerza inflamada por una ira demencial, arrojó al recio y fornido hombre contra la pared y le destrozó el cráneo. Saltarelli se deslizó hasta el suelo, y dejó en el muro un grueso rastro de sangre. Luego Leonardo se volvió hacia Ginevra. Le habían cortado el cuello, tenía los pechos amoratados y sanguinolentos y le brotaba sangre de entre las piernas.

No pudo hablar, no pudo rezar, no pudo implorar la intervención de Jesús, de María y de los santos para que intercedieran, para que corrigieran la realidad, transformándola, deshaciéndola. Tomó a Ginevra en sus brazos y la estrechó. Olía a heces y a esperma. La sangre de sus heridas le manchó la camisa y le mojó la cara, que se había convertido en una máscara. Se quedó mirando con fijeza una pluma de ganso que descansaba en el cubrecama rojo, como si al concentrarse en ese pequeño plumón, con exclusión de todo lo demás, pudiera borrar toda la existencia, toda la memoria.

Después, ya perdida la razón, evisceró con método, con destreza, los cadáveres de los asesinos. Mientras cortaba, hendía y arrancaba, recordó los tiempos en que se sentaba ante la mesa de su estudio, entre el olor del alcohol y el aceite para lámparas, con un cuenco de claras calientes donde hervían ojos de vaca. En un frenesí de dolor y depresión, había cortado esos ojos, esas esféricas ventanas del alma, trabajando, disecando, con esmero, con reiteración.

De igual manera cortaba ahora, hendía y arrancaba, casi sin respirar. "Ginevra", pensó. Pero la palabra ya no parecía tener relación alguna con la mujer a la que amaba; de hecho, todas las vinculaciones se habían transformado en fuego y humareda para purgar, purificar, sofocando, manando humo.

En verdad, la alcoba de Ginevra se estaba llenando de humo.

Se filtraba por las hendijas de la madera ampollada de la puerta. Las brigadas de borrachos habían prendido fuego al palacio de Nicolini; madera, lana y crin crepitaban, alzando llamas. Y Leonardo seguía moviéndose dentro de su sueño, su pesadilla eviscerante, que tenía el filo de un cuchillo. Una voz susurraba, cada vez más audible, dentro de su cabeza.

—Leonardo, Leonardo, ¿estás ahí?

La idea le pareció divertida. Aquí. ¿Estaba aquí? Estrelló contra el suelo lo que restaba de los ojos azules de Giovanni Saltarelli; su alma túrgida y mugrienta estaba ahora tan vacía como el claro cielo azul.

—¿Leonardo? ¡Leonardo!

Se encontró ante la ventana, de súbito recobrada la conciencia, con las manos cubiertas de sangre y trozos de carne. El calor abrasaba. Sus ropas eran como agujas contra la piel. No podía respirar. Allá abajo estaba... ¿Nicolás? ¿Sandro? ¿Y Tista? Imposible: Tista había muerto. Sin embargo, el niño levantaba hacia él una mirada ciega:

—Sal de ahí —gritó—. Nicolás, sácalo de ahí. ¿Quieres quemarte?

—Sí —exclamó Leonardo.

Pero ya estaba saliendo por la ventana, caliente el alféizar de piedra contra los brazos y la cara encostrados de sangre. Y luego cayó, cayó muy despacio, como una hoja, planeando, como Tista con su máquina voladora. Y el aire estaba fresco, húmedo, acogedor como la tierra esponjosa que rodea una tumba vacía.

¡Griegos! Dudo de que mis hazañas puedan
   ser registradas. Sin duda sabéis de ellas,
   aunque las realicé sin testigos,
   exceptuando las sombras de la noche,
   que fueron mis cómplices.
                                    –Leonardo da Vinci

Iniciad, por ende, este viaje para la remisión
   de vuestros pecados, con la seguridad
   de alcanzar "la gloria que no se marchita"
   en el reino de los cielos.
                                    –Papa Urbano II

Mientras creía estar aprendiendo a vivir, en
   verdad estaba aprendiendo a morir.
                                    –Leonardo da Vinci

Retrato de Pico de la Mirandola

Tercera parte

Mens

Busto de Giuliano de Médicis

17
Confiado
al viento

Una copa se ha ido y ahora fluye la
segunda...

–Estribillo de Gromet

Quien está ligado a una estrella no vuelve
atrás.

–Leonardo da Vinci

*F*ue una semana para la sangre y la ira.

Leonardo contemplaba a las turbas que pululaban por la calle, debajo de su estudio, veía los asesinatos y los asaltos matinales y vespertinos; escuchaba la noche, silenciosa como un bosque incendiado. Pero sus ojos estaban tan muertos como los que en otros tiempos hervía en clara de huevo y no recordaba nada. Cuando en la calle arrollaron a un niño, él vio a Ginevra. Cuando su madre gritó, él se volvió de espaldas, como si no oyera. Después de todo, Ginevra no había gritado. No podía gritar.

Sandro y Pico de la Mirandola lo visitaron para atender su salud; lo encontraron alerta, pero calmado, casi sereno. Aún sufría los dolores de la caída, que había sido detenida por un toldo: la gracia de Dios lo había acompañado. Pero Leonardo vivía la misma pesadilla eviscerante que había comenzado al descubrir que estaban violando a Ginevra, aun en la muerte.

El tiempo, las conversaciones y los hechos eran fragmentarios:

Las exequias de Giuliano de Médicis se realizaron en San Lorenzo. Una nueva Signoria asumió su mando. Los familiares de los conspiradores fueron muertos o encarcelados; se les confiscaron casas y bienes. El propio cuñado de Lorenzo debió buscar refugio en el Palazzo de Médicis. Y las ejecuciones continuaban: trescientas y más. El Papa excomulgó a Lorenzo. Muy pronto la Santa Iglesia dejaría a toda Florencia fuera de sus derechos. La guerra estaba por comenzar.

Para Leonardo, empero, Florencia acabaría con una canción.

Cobró conciencia de voces de niños y manos que golpeaban a la puerta. Como desde la ventana no podía verlos, bajó la escalera. Nicolás y A'isheh ya habían abierto la puerta. El primero los estaba maldiciendo, en tanto ella se apretaba el velo negro contra la nariz y la boca. Un abrumador vaho de podredumbre invadía la habitación, mezclado con el de la humedad. Había estado lloviendo sin pausa durante toda la semana. Nicolás cerró con un portazo.

—Espera, Nico —dijo Leonardo.

A'isheh se apartó. Él abrió la puerta con dificultad, pues habían atado una cuerda a la campanilla. En el otro extremo se encontraba el cadáver desenterrado de Jacopo de Pazzi, cabeza de su malhadada familia.

—Llama a la puerta del traidor, Messer Jacopo —gritó uno de los chicos al cadáver, que por supuesto habían arrastrado por las calles. El niño estaba empapado, con la cara reluciente de lluvia. Luego agregó, dirigiéndose a Leonardo: —Pronto serás como él.

—Jacopo trae una carta para ti —dijo otro, un pícaro de hoyuelos, que lucía una gorra de dormir roja.

Luego los niños huyeron a la carrera, y dejaron el cadáver atado a la puerta.

Leonardo empujó para cerrar.

—¿Vas a dejar eso allí? —inquirió Nicolás.

—¿A qué te refieres? ¿A la carta o a Messer Jacopo?

—A los dos.

—¿Qué quieres que haga? El cadáver está lleno de gusanos y es probable que cargue la peste. Tocar la carta sería como tocar a un leproso. Tal vez se la quitaron al mensajero del maestro Toscanelli.

—¿Del maestro Toscanelli?

—Aunque la tinta se ha corrido, ése es su sello. Y no está roto —observó Leonardo—. De cualquier modo, esos mocosos no saben leer. Pero anda, anda, que nos vamos.

—¿Nos vamos?

—Ayúdame a juntar mis notas. Debemos recoger la ropa y cargar los caballos. De prisa.

—¿Por qué dicen esos... mocosos que eres un traidor? —preguntó Nicolás—. ¿Los envió Lorenzo porque te odia? ¿Porque fuiste amante de Simonetta?

—Has estado escuchando chismorreos, Nico —lo reprendió Leonardo. De cualquier modo, el chico merecía una respuesta. —Lorenzo me ha perdonado, pero creo que tiene enemigos en su corte. Y ellos deciden quiénes serán los amigos de Lorenzo.

—En ese caso, deberíamos temer a todos.

Leonardo sonrió apenas.

—En efecto, Nicolás; haríamos bien en temer a todos.

A'isheh los ayudó a empacar, metódica y serena, como si por fin estuviera contenta.

No eran los únicos en visitar a Toscanelli, pues el *palazzo* del anciano se había convertido en alojamiento de paso para quienes se encontraban en dificultades políticas, sobre todo para los miembros de la orden franciscana, que se había puesto de parte de la Iglesia. Pero Toscanelli se las componía para sacar de la ciudad a esos clérigos y a otros "enemigos del estado florentino".

Fue el maestro en persona quien hizo pasar con rapidez a Leonardo y a Nicolás; después de saludar con una reverencia a A'isheh, regañó al joven por llegar tan abiertamente al *palazzo*. Sus aprendices se ocuparon de los caballos y la carreta, donde habían cargado todas las pertenencias que Leonardo consideraba importantes: en particular, libros, instrumentos y ropas. En la carreta estaba el enorme *cassone* de A'isheh, cerrado con llave, como siempre.

—Has recibido mi carta, ¿no? —dijo Toscanelli, agitado—. ¿Y por qué no obedeciste mis instrucciones? Podrías ponernos a todos en peligro. Mi aprendiz te entregó mi carta, ¿verdad? —Luego, como para sus adentros, agregó: —Ese niño debería haber regresado hace rato.

Leonardo le explicó entonces que su carta sellada había sido puesta en el cadáver de Jacopo de Pazzi.

El maestro parecía nervioso.

—Hiciste bien en no tocar al muerto —reconoció, mientras cruzaban el patio para entrar en la casa. —La chusma se ha estado divirtiendo mucho con el pobre viejo. Ya lo han sepultado dos veces, pero se mueve como si aún estuviera vivo.

—No deberían haber tratado de enterrarlo en suelo consagrado —comentó Américo Vespucio, al saludarlos—. Los granjeros son supersticiosos. Culpan a Jacopo por la lluvia que está arruinando los sembrados. Y se quejan de que, por la noche, en sus campos se oyen las voces de los demonios. Eso también es culpa del viejo.

Leonardo, que tenía frío, se alegró de encontrarse a cubierto de la llovizna.

—Quizá sea cierto —dijo, abrazando a Américo.

—Conque has acudido al llamado del maestro *pagholo* —dijo éste.

—¿Me llamabas, pues? —preguntó el pintor a Toscanelli.

—El ilustre Devatdar desea la compañía de su encantadora sierva —explicó el anciano, que sonrió a A'isheh—. Ha mandado por ustedes.

—Es lo que pensé al ver la carta —repuso Leonardo—. Nosotros también partiremos pronto.

A'isheh parecía nerviosa y sorprendida, como si no esperara separarse de él.

—¿Hacia dónde? —preguntó Toscanelli.

Leonardo tuvo la impresión de que su viejo maestro le estaba ofreciendo un cebo para manipularlo.

—A Vinci, quizá. Allí viven mi madre y mi padrastro.

Toscanelli meneó la cabeza.

—En Vinci no estarás a salvo. —Hablaba tan quedo que Leonardo apenas pudo oírlo.

—¿Qué sabes, pues? —preguntó.

—He oído rumores.

—¿Qué clase de rumores?

—Algunos amigos de Lorenzo, que no son amigos tuyos, por cierto, siguen hablando de la... acusación, de que se te aprehendió con cierto Tornabuoni, cuya familia estaba implicada en la conspiración. Y los franciscanos están por acusarte de haber matado a un sacerdote. Al menos, eso me han dicho. Al parecer, querido Leonardo, tienes enemigos considerables a ambos lados de la cerca.

—¿Y mi amigo Sandro? ¿Qué piensa él? ¿Sabe de estos rumores? En los últimos días no lo he visto.

—Nadie lo ha visto —dijo Toscanelli—. Según los rumores, Il Magnifico lo ha enviado a Oriente con una misión.

—¿Cuál?

—Eso es todo lo que sé.

—Me habría dicho algo —comentó Leonardo.

El maestro se encogió de hombros.

—Debes abandonar Florencia, Leonardo. Hasta que tus enemigos pierdan su sed de venganza. Hasta que Lorenzo salga de su duelo para restaurar el orden.

Ante eso el joven se echó a reír. "Que todos se tomen venganza", pensó. En aquellos momentos, lo que menos temor le inspiraba era la muerte. ¿Cómo era posible que los íntimos de Lorenzo lo tuvieran por traidor, cuando él le había salvado la vida? Pero al cerrar la puerta ante el cadáver de Jacopo de Pazzi había comprendido que él y los suyos se hallaban en peligro.

¿Y dónde estaba Sandro? No podía haber partido sin despedirse.

—Has adquirido un extraño sentido del humor —observó Toscanelli.

—Supongo que sí. ¿Sabes que Ginevra ha muerto? —Leonardo habló con indiferencia, como si ella le fuera desconocida.

—Sí, Leonardo. Me enteré de esa triste noticia. Lo siento muchísimo. ¿Tienes...?

—¿Y tú? —preguntó Leonardo a Américo—. ¿Mi maestro te ha mandado llamar también a ti?

—No hizo falta. Vine a pedir refugio. —Américo hablaba con voz tensa y parecía incómodo. Aun así, continuó: —Mi tío Piero... ¿Lo recuerdas?... ha sido encarcelado. Sólo me queda orar por que no lo ejecuten como a los otros.

—¿Tu tío? —se extrañó Leonardo—. Yo habría pensado que Il Magnifico protegería a tu familia.

Entonces fue Américo quien rió.

—En Florencia todo cambia ahora muy de prisa. Según me han dicho, Lorenzo cree que el atentado contra su vida y la muerte de su hermano fueron una venganza por la muerte de Simonetta.

—¿Qué quieres decir?

—Su muerte fue misteriosa. Francesco de Pazzi trató de convencer a mi familia de que Simonetta fue asesinada por Lorenzo. O por Giuliano. Por celos.

—Es absurdo —objetó Leonardo.

—Por eso mi familia rechazó la idea —prosiguió Américo—. Pero parece importar poco a Lorenzo, pues su hermano fue asesinado en Pascuas.

—Ah —musitó Leonardo. Simonetta había muerto en Pascuas. Si los Vespucio querían vengar a uno de los suyos, escogerían un día auspicioso, un aniversario. —Conque los Pazzi te han hecho quedar mal.

El otro asintió.

—¿Y qué harás?

—Me iré contigo, querido amigo —respondió Américo, con tristeza—. ¿Qué otra cosa puedo hacer?

Entraron en la biblioteca de Toscanelli, que era una habitación de tamaño reducido; no obstante, el hogar encendido contrarrestaba la humedad y proporcionaba una luz rojiza. Sentado ante el fuego estaba Kuan Yin-hsi, el emisario del Devatdar, que se levantó para hacer una reverencia a A'isheh. Luego dijo a Leonardo:

—Me alegra que hayas aceptado el ofrecimiento del Devatdar.

—No recuerdo haberlo hecho —contestó Leonardo.

Kuan se mostró sorprendido.

—¿Qué alternativa te queda? —preguntó Toscanelli.

—Cierto —murmuró el joven—. Cierto.

Pero no tenía ánimos para la aventura. Quería ver a su madre y a Achattabrigha. Quería volver al hogar. Y si los hombres de Lorenzo lo atrapaban, si lo descubrían los franciscanos, ¿qué importancia tenía? ¿Qué podían hacerle? ¿Matarlo? Leonardo recibiría la muerte de buen grado. La imaginaba como un sueño. Y soñaba con hallar a Ginevra en sus fríos y eternos territorios.

—Con que has aceptado el ofrecimiento del Devatdar —dijo Leonardo a Américo.

—Sí. Y también Benedetto Dei, que nos servirá de guía, puesto que ha viajado por el Oriente.

—Bien puede ser, pero yo tengo asuntos pendientes aquí.

—Se acabó, Leonardo —señaló el maestro—. Aquí sólo te esperan más tormentos, quizá la muerte.

—Y en Oriente, ¿qué me espera? —preguntó Leonardo a Kuan, con evidente sarcasmo.

—Quizá la muerte, Leonardo, pero al menos sería la muerte por una causa. Blandirías la espada de la cristiandad contra los otomanos. Los turcos no son sólo enemigos de toda Italia: también son enemigos del Devatdar. Si no detenemos al Gran Turco y a sus ejércitos, toda Italia y toda la cristiandad serán conquistadas. Caerán, por cierto, como cayó Constantinopla. No habrá lugar seguro, por lejos que esté. —Luego Kuan sonrió. —Pero eso nunca te tentaría, ¿verdad? ¿Qué es lo que te interesa?

—Nada —contestó Leonardo. Pero apretó el hombro de Nicolás, como para hacerle saber que no hablaba en serio.

—He visto tus bocetos para máquinas de muerte, y casi me sentí... en paz. Eran puros ejercicios mentales, ¿no? Ahora bien: ¿dejarías pasar esta oportunidad de convertir tus sueños en realidad, de darles carne?

—Para eso no necesito viajar al Oriente —replicó Leonardo.

—Ah, ¿es que ya has conseguido empleo como ingeniero militar?

—Mantengo algún contacto al respecto con Ludovico, el Moro de Milán.

—Leonardo —protestó Toscanelli, impaciente—, Ludovico es peor que Lorenzo. Recibirte en su corte pondría en peligro la paz con Florencia. ¿Y crees que te tomaría en serio como ingeniero? ¿Al artista de Il Magnifico?

—No sé. Más aún, no me importa. No he venido aquí para...

—¿Correr una aventura? —completó Kuan—. ¿Pero qué otra cosa te queda?

Leonardo no respondió. En realidad, no podía dejar de imaginar sus máquinas voladoras, sus proyectiles rellenos de pólvora que estallaban en medio de ejércitos inmensos para hacerlos polvo. Vio coreografías de muerte y destrucción; sus imágenes de metal y de miembros arrancados eran tan neutros y naturales como las verdes colinas y los olivares: el sagrado y perfecto mundo mecánico de la naturaleza.

Pero un insistente toque a la puerta puso fin a sus ensoñaciones. Toscanelli preguntó a uno de sus jóvenes aprendices:

—Sí, Filippino, ¿qué sucede?

—Afuera hay una conmoción, soldados por todas partes, pero son...

—¿Qué?

—Turcos, maestro. —El niño parecía asustado. —Están quemando la ciudad. ¿No percibes el olor a humo?

Todo el mundo corrió al patio. El olor a humo era en verdad fuerte, y se veían soldados por las ventanas estrechas.

Alguien golpeó con violencia la puerta.

—Abran —dijo Toscanelli, mirando hacia afuera—. Son Benedetto y Zoroastro.

—¿Zoroastro? —exclamó Leonardo, sorprendido.

Los aprendices abrieron la puerta a Benedetto Dei y Zoroastro da Peretola. Los acompañaba un oficial de turbante, que portaba una cimitarra con finas incrustaciones de oro y un escudo a la espalda. Afuera esperaban veinte o treinta soldados mamelucos y otros tantos hombres de la caballería. Los aprendices habían tomado a esos esclavos combatientes del califa de Babilonia con soldados turcos. Parecían formar parte de una caravana mercante, pues muchos de esos enormes caballos árabes iban cargados de grandes morrales, acaso llenos de damasco, terciopelo y sedas entretejidas con hebras de oro: las joyas de Florencia.

—¿Qué sucede? —preguntó Toscanelli a Benedetto.

—¡Leonardo! —dijo éste, al ver a su amigo—. Es tu casa la que se incendia.

Cuando la caravana cruzó el puente Rubiconte, Leonardo vio de nuevo a Jacopo de Pazzi, pues los jóvenes rufianes habían arrojado el cadáver hinchado al Arno y lo seguían corriendo por la orilla, entre gritos y cantos:

Messer Jacopo ha muerto y viaja a flote
Por el Arno y sin bote...

Milagrosamente, el cadáver flotaba en la superficie del agua, como si tratara de seguir el paso a la caravana. Verdaderas multitudes se agolpaban para verlo.

Y el estribillo se repetía en la mente de Leonardo.

Tardaron una quincena en llegar a Venecia; sin embargo, una vez que cruzaron las fronteras de Florencia cesó la lluvia y los fríos nubarrones desaparecieron. En la caravana había unos cuantos cristianos, todos los cuales tuvieron la sensación de que la lluvia era una señal de Dios. Florencia recibía su castigo; después de todo, la ciudad ya estaba interdicta. Y pronto la campiña florentina sería arrasada por las tropas papales, con las que la caravana se había cruzado en la ciudad de Forli.

Pero Florencia había quedado atrás.

Allí estaba Venecia, la ciudad que había desposado al mar. En los primeros minutos, al entrar en la urbe, Leonardo tuvo la sensación de ser libre. El aire era más claro; la luz, más intensa que en Florencia. En ese lugar diáfano, donde el agua se fundía con el cielo, como si ambos fueran la misma cosa, se podía pintar, pensar y escribir. Era como si bastara extender los brazos para volar por aquel aéreo mar azul de nubes.

Sin embargo, Leonardo no se quedaría en Venecia. Aun en aquel momento una parte de sí mismo palpitaba ante el estímulo de perderse en la aventura, los inventos y las tierras nuevas.

La caravana cruzó a paso rápido esa ciudad de puestos altos y canales encantadores, aunque malolientes, para llegar a las *rivas*, los muelles.

El Devatdar, flanqueado por Cristóbal Colón y sus oficiales, saludó cordialmente a Kuan y a su grupo. Parecía muy complacido de ver a Leonardo y a Benedetto Dei. Con el aplomo de un rey, tomó inmediata posesión de A'isheh, que se había apartado en silencio de Leonardo. El joven experimentó una brusca y asombrosa sensación de pérdida. Era como si A'isheh hubiera desaparecido, reemplazada por una alta y hermosa desconocida cubierta de sedas y largos velos.

Ante ellos bogaban las naves del Devatdar, que se mecían con suavidad; su gran barco insignia — una *galleassa* de tres palos, construida en Venecia, erizada de remos y baterías de cañones— acompañaba a dos recias carabelas venecianas, de popa levantada, proa grande y velas latinas. Las cubiertas estaban pobladas de marineros y soldados armados con ballestas, espingardas y falconetes; por sobre ellos flameaban coloridos estandartes, tan largos como la nave. Con esa excepción, todas las velas se hallaban arrizadas. El aire se perfumaba y contaminaba simultáneamente con olores a pintura fresca, estopa, brea y madera recién hachada calentada por el sol, sebo, aceite de ballena y el hedor imponente de las sentinas.

Leonardo sintió un escalofrío de emoción al contemplar los barcos, que parecían aherrojados en el mar por las filas de remos.

—Bien, maestro Leonardo, me alegra que te hayas unido a nosotros —comentó Colón. El sol le había puesto pecas en la cara y reflejos rubios a la melena roja.

Leonardo apartó la vista de los barcos.

—Te lo agradezco —respondió, con bastante formalidad, al recordar su último encuentro con ese hombre. La evaluación de Nicolás bien podía ser la correcta: el comandante Cristóbal Colón estaba loco.

—Tengo motivos ulteriores, amigo mío —dijo el genovés—. Verás: hemos perdido a uno de nuestros pilotos. Tú, que has estudiado con el maestro Toscanelli, entiendes de matemática y navegación, y sabes leer la efemérides.

—No soy marino —objetó Leonardo—. Creo que Benedetto Dei está más capacitado.

—Entonces ambos pilotearán el barco —resolvió Colón—. Es aquél, el *Devota*.

Señalaba la más pequeña de las naves, que tenía velas cuadradas y parecía mantenerse bien en el agua. A'isheh susurró algo al Devatdar, que sacudió la cabeza con enfado.

—No te alarmes —dijo Benedetto a Leonardo—. Nos guiará el capitán del barco. Y sacudió la cabeza, indicándole que no discutiera.

—Está decidido, pues —repuso el Devatdar—. Nos haremos a la mar en la tercera guardia.

Un harapiento montón de peones, algunos muy viejos, pululaba por los muelles, acarreando largos toneles de vino hacia los barcos, mientras los marineros se llevaban las mercancías de la caravana y las pertenencias de los pasajeros.

—Acompáñenme —dijo un oficial a Leonardo y Benedetto.

Leonardo agitó la mano para despedirse de Zoroastro y Américo Vespucio, quienes viajarían con el Devatdar. Si bien A'isheh también se quedó con él, sus ojos revelaban lo que sentía por Leonardo. Pero cuando Nicolás quiso seguir a su maestro, Colón lo llamó:

—Vas hacia el barco equivocado, jovencito.

Ante eso, oficiales y marineros rieron. El chico giró hacia Colón, furioso y enrojecido de vergüenza.

—A bordo del *Devota* no hay camarote para ti —continuó Colón—, a menos que desees dormir en cubierta, con los marineros, o en la bodega, con las ratas y las cucarachas.

Eso provocó otra carcajada.

—Ya le encontraremos espacio, comandante —intervino Leonardo.

—¿Dónde, maestro? ¿En tu cama? —preguntó Colón, con lo que provocó más risas.

Leonardo dio un paso adelante y llevó la mano a la espada, pero Benedetto lo contuvo.

—Basta ya, Leonardo.

El Devatdar habló con el genovés. Entonces a él le tocó ruborizarse. Obviamente desconocía la acusación que se había hecho contra Leonardo.

—Te pido perdón, maestro —dijo—. Era sólo una broma.

Luego el Devatdar decidió:

—De todos modos, el jovencito viajará con nosotros.

Leonardo quiso discutir, pero de nada sirvió. Entonces dio un paso adelante, decidido a que Nico viajara con él. Pero antes de que pudiera alcanzarlo, varios de los guardias se interpusieron y, sujetando al pintor por ambas muñecas, acercaron espadas insistentes a su ingle y a sus costillas. Allí mandaba el Devatdar... y no sólo en los barcos sino en la vida de todos, incluida la de Leonardo.

La canción de Jacopo volvió a repetirse en su mente. Leonardo tuvo un súbito y terrible presentimiento, que sepultó en su catedral de la memoria.

Messer Jacopo ha muerto y viaja a flote
Por el Arno y sin bote...

Muerto y a flote, pero sin bote.

El clima era como el de abril en Andalucía...
Sólo faltaban los sonidos de los
ruiseñores.

–Cristóbal Colón

18
Fuego griego

Esta noche se alegrarán tanto los vivos como
los muertos.

–Don Juan de Austria

Ponte en marcha, tú que caminas en el
viento...

–Homero, *La Ilíada*

*L*os barcos navegaron por el mar Adriático, flanqueado de estados papales y reinos italianos por un lado, las costas otomanas y mamelucas por el otro. Era un viaje simple, pues se trataba de una ruta marítima muy transitada, que se bifurcaba en el Mediterráneo: hacia el oeste rumbo a Berbería, hacia el este rumbo a Chipre, donde estaba el cobre. Pero hacia el sur se hallaba Babilonia o El-Kahireh, la gran feria. Se decía que en una sola calle de El Cairo había más gente que en toda Florencia. También decían que de ese lugar se derivaban todos los conocimientos, pues allí había vivido, antes del Diluvio, Hermes Trismegistos, también llamado Idris.

El sur era la meta del grupo y hacia el sur iban, como si los días en el mar fueran plegarias, fórmulas fijadas por los ritos constantes del Sol y las estrellas. Con buen tiempo, las horas eran definidas y puntuadas por el girar de las ampollas, los relojes de arena: ocho ampollas en cada guardia. Pero el tiempo también se contaba como en las iglesias, por los oficios de Tercias, Vísperas y Completas. El capitán y sus marineros eran profundamente religiosos; había un constante sonido de oraciones, si no entre los soldados musulmanes, entre los marineros cristianos y los jóvenes grumetes, que invertían los relojes cantando el tradicional Padrenuestro o el Ave María.

Era medianoche; Leonardo y Benedetto Dei estaban ya en sus puestos cuando los grumetes invirtieron las ampollas para la nueva guardia, entonando: *"Qui habitat in adiutorio Altissimi, in protectione Dei poseía commorabitur"*, con sus voces dulces y aflautadas.

Todos cumplían una guardia, incluido el capitán; a Leonardo y Benedetto se les permitió hacerla juntos, pues preferían la menos deseable: entre la medianoche y las cuatro de la mañana. Dei poseía experiencia como piloto; Leonardo, desde luego, cumplía funciones de navegante. A esa hora de la noche, la navegación requería poco más que avistar los Guardias de la Estrella del Norte con el nocturno, un instrumento dotado de mirilla y brazo móvil, y seguir el fulgor del brasero que pendía sobre la popa del *Apollonia*, el buque insignia del Devatdar.

La noche era clara y sin luna; estaba colmada de estrellas, como si el millón de luces de la misma Babilonia parpadeara allá arriba, y en el mar había una luminiscencia, como si las reflejara.

—Leonardo... —musitó Benedetto.

—¿Sí?

—Dependo de tu conversación para mantenerme despierto, pero ha pasado toda una ampolla sin que dijeras palabra. ¿Dormías?

Leonardo rió.

—No, amigo mío.

—¿Qué, pues?

—Observaba el mar, simplemente, y el brasero del *Apollonia*, por si transmitiera instrucciones. —El buque insignia no era sino una brasa refulgente allá adelante.

—No hemos recibido ninguna en cuatro días —comentó Benedetto. Y se dirigió al timonel, que operaba bajo cubierta, donde no podía ver las velas, con la guía de la brújula, la intuición y las órdenes del piloto:

—Timón arriba.

—Sí —dijo una vez desde abajo.

—¿Echas de menos a Nicolás? —preguntó Benedetto—. ¿Es eso? ¿O quizás a la mujer del Devatdar?

Leonardo experimentó una repentina y pasajera nostalgia por A'isheh, que le dejó un vacío desgarrante, pues también pensó en Ginevra, Ginevra tal como la veía cuando hacían el amor, Ginevra asesinada en su alcoba. Sus recuerdos se habían reducido a esas imágenes exageradas, superpuestas; la una sangraba sobre la otra. Y pasaron sobre él como una gran ola, dejándolo vulnerable y solitario en los tranquilos espacios del mar, las estrellas y el suave mecerse del barco.

—Echo de menos a Nico —respondió, después de un rato—. Pero el chico es una responsabilidad.

—¿Y te alegras de librarte de esa responsabilidad?

—La tengo aquí, esté él en nuestro barco o en otro. —Leonardo se tocó el pecho con dos dedos.

—¿Por qué accediste a las exigencias del maestro *pagholo*? Podrías haberlo dejado con el viejo, donde no corría peligro. Más aún, podría haber vuelto a su casa, con sus padres.

—Temo haber actuado por egoísmo —reconoció el pintor, que se apartó de Benedetto para mirar la fluorescente estela del barco. El agua oscura, eterna y profunda, lo asustaba y fascinaba, pero también era un consuelo. Parecía tragarse el dolor y los recuerdos, llevar fuera del tiempo a quienes la contemplaban.

Un jovencito invirtió el reloj de arena, cantando: "*Deo Patri sit gloria*"; luego apareció en la popa, llevando un pequeño saco para Leonardo y Benedetto; contenía unas galletas marineras, dientes de ajo, queso y algunas sardinas conservadas que olían a rancio. Leonardo le dio las gracias; el muchacho respondió con una reverencia y volvió a sus tareas.

Al terminar de comer, Benedetto preguntó:

—¿Por qué dijiste que habías actuado por egoísmo?

A menudo, durante las guardias, las conversaciones se iniciaban y se abandonaban como si el tiempo se pudiera estirar y comprimir. La nave crujía al mecerse; las velas se henchían ante el viento escaso; eran como grandes bolsas que jamás se tensaban. Marineros, grumetes y soldados roncaban y gruñían. Si el clima era benigno preferían dormir en cubierta antes que en la fetidez de la bodega o el castillo de proa. Todo el mundo caía exhausto, pues nadie dormía más de cuatro horas corridas.

—Necesito esa responsabilidad —explicó Leonardo—. De algún modo, Nicolás es la única hebra que no se ha roto.

Cuando resultó evidente que Leonardo no diría nada más, Benedetto comentó:

—Si Nicolás está en el barco del Devatdar es por esa mujer.

—¿Qué quieres decir?

—Uno de los marineros es duro de oído, por lo que ha aprendido a leer los labios. Vio que la mujer pedía al Devatdar que le diera al chico.

—¿Por qué lo haría? —preguntó Leonardo.

—Quizá lo deseara.

—Eres un cerdo, Benedetto. Como Zoroastro.

Su amigo se echó a reír.

—¿Sabes cómo llaman a este barco, Leonardo? "El cerdo volador". Así que estoy bien acompañado, ¿no te parece?

Rió otra vez, y alguien gritó en la oscuridad:

—¡Cállate!

Pero Leonardo, que estaba reclinado contra la barandilla, se irguió de pronto para aguzar la vista hacia el este, en la espumajosa oscuridad.

—Mira, Benedetto. A lo lejos, ¿las ves? Luces.

Dei se volvió a mirar, pero las vagas luces habían desaparecido.

—Quizá viste sólo un reflejo.

—Vi algo —insistió Leonardo. Después de un segundo: —Mira. Allá.

Señalaba hacia el buque insignia del Devatdar, que estaba haciendo señales con su brasero y, para mayor énfasis, con una antorcha de pino embreado. Se encendía, se apagaba, se encendía dos veces más...

—Arriba, a proa —gritó Benedetto.

Cuando los furiosos marineros acudieron a la carrera, mandó a uno al puesto del vigía.

—No dejes de vigilar en esa dirección, por si aparece algo extraño: luces o parpadeos, sobre todo. —Luego, a un suboficial: —Llama al capitán. Y al contramaestre.

—Por la mañana sabremos sin son barcos —dijo Leonardo—. Y si son enemigos.

—El mar suele producir apariciones extrañas —insistió Benedetto.

Le temblaba un poco la mano. Leonardo comprendió que estaba ansioso.

—Mañana sabremos si son turcos —afirmó, y maldijo a A'isheh por haberse llevado a Nicolás.

Pasó las horas restantes en preparativos para la batalla. Faltaban unas pocas ampollas para el amanecer, pero ahora estaba satisfecho, pues podía perderse en el placer familiar del trabajo.

La falsa aurora, seguida por la luz agrisada y sucia que borra las estrellas. Después las nubes se tiñeron de rojo y el amanecer fue una transformación. Era como si todas las mañanas el mundo siguiera con exactitud el texto del Génesis, como si las tempranas oraciones y los dulces cánticos de los jóvenes grumetes dieran vida al orbe, y lo crearan de nuevo. Las velas restallaron en el viento oceánico; se alzó un agudo olor a madera, a selvas verdes y fragantes, cuando el rocío se evaporó en las cubiertas.

Pero aquella mañana no existía la calma, la tranquilidad de saber que Dios estaba en Su paraíso.

Los hombres trabajaban febrilmente, pero sin hablar, sin hacer siquiera mucho ruido. Era una escena espectral, como si la nave fuera piloteada por fantasmas, por los muertos que ya no necesitaban de la amistad, la conversación, los placeres de la carne. Se los veía exhaustos y pequeños contra el fondo muy azul del mar y el cielo. Se afanaban, sudorosos, por preparar el barco antes de que los piratas turcos los cercaran para el golpe final. Tan sólo permanecían quietos los hombres de armas; tras haber pulido y revisado sus armas, se mantenían fuera del paso, movían los labios en oraciones silentes, y alargaban la vista hacia el enemigo, como si pudieran incendiar las naves turcas con las emanaciones de sus ojos entornados.

Cinco barcos, todos con la bandera carmesí de las estrellas y la media luna, viraban en diagonal hacia ellos, acercándose lenta, inexorablemente; una enorme carraca turca, erizada de cañones, como un castillo a flote en el agua agitada. Era su buque insignia. Avanzaba como si arrastrara tras de sí a las galeras, más pequeñas e impulsadas a remo, en un amplio arco apuntado hacia las naves del Devatdar.

Leonardo se hallaba de pie en la popa, con su amigo Benedetto, el capitán, el contramaestre y varios oficiales, uno de los cuales era el capitán de los soldados mamelucos. Éste usaba un turbante verde y llevaba al cinto una gran cimitarra. Al igual que Leonardo, estaba agitado y nervioso como una leona. Observó a los soldados que esperaban en el combés: un ejército vestido de blanco, con el sol que destellaba en las armaduras y los arcabuces. Algunos estaban de pie, con las lanzas en alto; otros se abrazaban a las ballestas, las mazas y las hachas de doble hoja; los demás tenían prestos sus puñales y sus cimitarras.

—Deja de moverte así, maestro Leonardo —pidió el capitán del barco. Era un hombre pequeño y fornido que, pese a su escaso tamaño, tenía aires de autoridad absoluta. En su juventud debía de haber sido apuesto, pero los ojos soñolientos y los labios gruesos le daban ahora un aspecto abotagado y decadente.

—Quedan muchas cosas por hacer —contestó Leonardo.

El capitán sonrió.

—Ya está todo hecho, joven señor. Sólo queda tiempo para la sangre y la victoria.

—Habla de sangre y victoria sólo porque no podemos huir —murmuró Benedetto.

—Calla —ordenó Leonardo, pues el capitán había oído.

Éste se volvió hacia el oficial de artillería.

—¿Tú también estás nervioso, Agostin?

El oficial, aún más joven que Leonardo, se ruborizó.

—Estamos listos, capitán. El maestro Leonardo ha sido de gran ayuda. Revisó todos los anillos de las bombardas y descubrió que...

—Muy bien. —El capitán habló al pintor, pero sin apartar la vista de la pequeña armada, a la distancia. —Me dicen que nuestra provisión de fuego griego te pareció insuficiente... y de inferior calidad. De modo que has preparado otra. No soporto el olor del alcanfor.

—Te pido disculpas, Ser. También he compuesto otras sustancias.

—Pero no usarás ningún humo mortífero sin órdenes mías. He visto morir a muchos hombres capaces por obra de sus propios venenos... por obra de un golpe de viento.

Leonardo asintió.

El capitán paseó una mirada entre sus oficiales; luego, entre los marineros, los artilleros y los soldados reunidos en cubierta. Después hizo una seña a uno de los marineros para que tocara el silbato y arengó a sus hombres. Cuando hubo terminado, el capitán del Devatdar se dirigió a sus mamelucos en idioma árabe. Todos respondieron con un grito, y alzaron las armas.

Cuando el capitán despidió a sus oficiales, Agostin, el artillero, apretó el brazo a Leonardo.

—Tú estarás abajo —le dijo—, para coordinar a los remeros. Te indicaré con una seña cuándo disparar las bombardas.

Era preciso coordinar la acción de los cañones y los remeros, para que las bombardas, que estaban inmovilizadas bajo cubierta, no destruyeran las largas varas de los remos.

—Eso puedo hacerlo yo —intervino Benedetto.

—Yo debo estar en cubierta —insistió Leonardo.

—Y yo no puedo correr el peligro de perder a mi maestro artillero —dijo el capitán—, de modo que puedes hacer tu voluntad, maestro Leonardo.

El sol trepaba lentamente hacia el cenit. El Devatdar hizo conocer sus deseos haciendo señas con banderas en un código especial. Los turcos desplegaban diferentes banderillas con el mismo objeto.

Jaque mate.

Pero el viento... si al menos hubiera llenado las velas les habría permitido escapar, ya que las galeras no podían seguir el paso a un barco velero. Sólo que los vientos mediterráneos eran caprichosos. Durante esas largas horas, el mar fue como un lago apenas rozado por leves brisas. Había buen ánimo; todos estaban nerviosos y anhelantes cuando el galeón turco hizo su maniobra. Con un vaivén de remos, acortó la distancia para disparar contra la nave del Devatdar, que devolvió la cañonada.

Lo mismo hicieron los otros barcos.

Un oficial de artillería repetía las órdenes del capitán a Agostin, que las transmitía a su vez. Era una especie de cántico, pues a las órdenes cantadas seguía la explosión de las bombardas.

En el aire se elevaban nubes de humo, liberando el olor penetrante de la pólvora y el hierro caliente. El océano estallaba y siseaba al caer sin dar en el blanco, las bolas de piedra hechas a mano. Las naves del Devatdar maniobraron para asumir sus puestos de combate, con el buque insignia en el centro.

—Arricen las velas y bajen las vergas —ordenó el capitán del *Devota*.

Ahora Leonardo tenía poco que hacer. Los marineros que operaban las pocas bombardas y los falconetes conocían su trabajo; él no habría hecho otra cosa que estorbar. Un hombre aplicaba la mecha encendida a la cazoleta del cañón, llena de pólvora; otro lo apuntaba, pidiendo a Dios que la cámara y el caño no estallaran en la descarga.

Todo estaba listo: cestos de proyectiles incendiarios, que olían a trementina (el fuego griego de Leonardo); esas mismas bombas aplicadas a lanzas, para que se las disparara con unos cortos tubos de madera llamados *trombe*. Sobre las fogatas encendidas en toda la cubierta pendían pucheros llenos de brea, y al alcance de todos los hombres había montones de piedras y frascos de cal con que cegar a los turcos. También había frascos de aceite y jabón líquido, a fin de tornar resbaladizas las cubiertas del barco enemigo. A la luz del sol ya alto, los montículos de clavos estrellados brillaban como mercurio. Leonardo también se había cuidado de que hubiera suficientes cubos de agua con que apagar los incendios.

Un oficial de artillería, desde el combés, lanzó un grito. Se levantaron los remos y ocho de los cañones dispararon; como en un eco, los dos buques insignia intercambiaron andanada tras andanada. Al principio aquello parecía sólo un juego para generar humo e impresión. Pero todo cambiaría en un segundo.

Dos galeras turcas remaban con energía hacia las carabelas que flanqueaban la nave del Devatdar, y mordían el agua con las espadillas. Eran buques grandes, esbeltos y reducidos a la mínima expresión, diseñados para la velocidad, con treinta remeros a cada lado. Como su finalidad era llevar soldados hacia el enemigo para entablar combate cuerpo a cuerpo, tenían muy pocos cañones.

—Apunten a los remos —gritó uno de los oficiales de artillería, desde cubierta.

Pero las galeras eran un blanco difícil.

Dispararon los cañones, dispararon los arcabuces y el agua hirvió alrededor de los barcos. Estaban ya tan cerca que Leonardo vio las túnicas y los turbantes de los soldados, oyó sus hurras y el toque a muerto de los tambores. Esos hombres estaban frenéticos por matar, por combatir, y el mar traía sus gritos, magnificándolos.

—¿Sientes ese hedor? —preguntó Benedetto a Leonardo—. Te llegará en un minuto. Es de los remeros, que son esclavos, tal vez italianos, pobres diablos. Como están encadenados a los remos, defecan en el mismo asiento. —Benedetto parecía estar sin aliento. —Busquemos protección, Leonardo, que se acerca la hora.

Luego sonrió. Leonardo trató de adivinarle el pensamiento, pues se lo veía a un tiempo temeroso y regocijado.

Se mantuvieron en el centro del barco, cerca de la borda, protegidos por el barandal elevado. Hasta allí les llegó el olor de los esclavos: sudor y excrementos; de algún modo, Leonardo tuvo la impresión de que también olía a sangre.

Bajo cubierta, Agostin dio la orden de disparar. Leonardo gritó a sus hombres que levantaran los remos.

Un instante después, el *Devota* disparó sus cañones.

Una de las balas de piedra astilló el casco de la galera. Otra golpeó en el flanco y los remos saltaron por el aire, como impulsados por cohetes. Se oyó un terrible alarido al estallar sangre y hueso, arrancando miembros que el mar tragó, como si la superficie color turquesa fuera la mera manifestación de un dios hambriento. Leonardo sintió que un vómito le subía a la garganta, amargo como la bilis. Y tuvo una premonición, como si una cosa fuera sólo el reflejo de la otra: al girar hacia el barco del Devatdar, vio que una cañonada estallaba en la galería, incendiando la parte de babor. El buque insignia respondió con una andanada que destrozó el palo mayor del galeón; el mástil cayó hacia adelante, rompiendo la vela de trinquete. Dos esbeltas galeras dispararon también contra el *Apollonia*, pero su misión era abordar la gran *galleassa* de tres palos cuando llegara el momento... si llegaba.

Leonardo estaba frenético por Nicolás y A'isheh; supuso que la mujer estaría en su camarote, situado justo donde había estallado el proyectil. Y Nicolás, en cubierta, listo para combatir, se sentía hombre.

Del cielo llovían flechas.

—Agáchate, Leonardo —gritó Benedetto.

Rugieron las bombardas; la galera fue alcanzada y respondió con sus propios cañones. En derredor se oían los gritos de los soldados. Muchos estaban heridos; otros disparaban sus ballestas, pero no podían medirse con los arcos de los turcos, que tenían un mayor alcance. La galera se acercó, mientras aún recibía los cañonazos del *Devota*, que no dejarían de hundirla.

Rugió un arcabuz, pero las bombardas del *Devota* quedaron de repente silenciosas: sus artilleros tenían los ojos, la frente o el corazón atravesados por las certeras flechas de los turcos.

Cayeron proyectiles incendiarios en cubierta; el fuego griego se esparció por los tubos de madera. Las llamas, al correr, lamían las tablas; el humo era tan denso que parecía de noche. Pero lo insoportable era la granizada de flechas. Los únicos ruidos parecían ser los gritos de los heridos y el palmoteo de arcos y ballestas al soltar sus dardos.

Los arqueros se derrumbaban en torno de Leonardo. Uno cayó directamente sobre él, con el pecho atravesado por una flecha a la altura de la tetilla; respiraba entre jadeos, la sangre le burbujeaba en la boca. Era apenas un niño.

Ahora todo era movimiento, rápido pero lerdo, como si Leonardo hubiera caído de pronto en un sueño, sin necesidad de dormir. Y lo olvidó todo, salvo el latido del tiempo, que parecía el rataplán de un tambor. Sin embargo, sus brazos y sus piernas sabían cómo actuar. Apagó las hogueras de la cubierta, encendió un proyectil incendiario en la punta de la vara y lo clavó en el pecho de un turco que había arrojado un garabato hacia la cubierta del *Devota*. El hombre lanzó un alarido, envuelto en llamas. Leonardo y otros compañeros arrojaron bolas incendiarias, esparciendo fuego griego por las cubiertas del enemigo. En algún lugar blando y callado, Leonardo se oyó a sí mismo: entre gritos, arrojaba recipientes de vidrio con brea, que entraban en combustión en la cubierta ardiente de la galera.

En derredor seguían cayendo hombres, pero él era veloz. Y Dios debía de estar cuidándole las espaldas, pues ningún dardo, ninguna llama pudo alcanzarlo.

Ahora la cubierta bullía como el mar, pero de hombres. Los turcos los abordaban por doquier. Y aún se oía el *tut-tut* de las flechas que susurraban en lo alto, como si no tuvieran fin, como si cada centímetro de cubierta estuviera erizado de ellas. Leonardo vio por un instante al capitán mameluco: junto con sus hombres, en lo más denso del combate, cortaba miembros y aullaba como un animal. El capitán de la nave, en cambio, permanecía a salvo en la popa, rodeado de guardias que desviaban las flechas enemigas con grandes escudos superpuestos.

Leonardo oyó gritar al capitán, pero fue una voz distante, una intromisión en ese sueño de sangre y estocadas, pues tenía en las manos la espada y el puñal y cortaba, cortaba. Cortó el brazo a un turco de ojos grises, otro niño a quien aún no terminaba de crecerle la barba... y ahora jamás le crecería. Giró mirando a su alrededor, como si estuviera en el ojo de una tormenta, protegido por un encantamiento. Derribó a otro turco, y a otro más. Ahora, en el estruendo de los gritos, las armas y el fuego, entre desechos resbaladizos, entre los ronquidos, los pedos, los jadeos de la batalla, en las convulsiones del blandir y el parar, Leonardo recordó.

Recordó lo que había hecho con los asesinos de Ginevra. Se vio a sí mismo, como si hubiera atravesado el tiempo, pues en el calor de la batalla el tiempo perdía sentido, estrujado y distendido con cada movimiento de la espada. Se vio a sí mismo en la alcoba de Ginevra, eviscerando una vez más a sus asesinos, como si fueran cerdos de los que estuviera estudiando la estructura muscular, el diseño de las arterias, la estratificación de la carne. Arrancando los ojos, a los que redujo a pasta, cerrando las ventanas del alma por medio del tormento de los cuerpos muertos.

Leonardo sintió náuseas, asqueado de sí mismo. Habría querido cerrar nuevamente las puertas de su catedral de la memoria, sepultar todo ese edificio de dolor en el oscuro Leteo del olvido. Allí estaba otra vez, bañado en sangre, pegajoso, pues era como una pasta que lo cubría.

Despertó de esa terrible ensoñación cuando Benedetto Dei recibió un dardo en el pecho.

—¡No, Benedetto! —gritó y corrió hacia su amigo, que tenía la cara ensangrentada por el tajo de un acero. Al hablar, un colgajo de piel le temblaba en la mejilla.

—Arranca la flecha, Leonardo —pidió, demudado—. Por favor.

—No ha perforado el pulmón —informó Leonardo, para reconfortarlo.

Y trabajó con la flecha, retirándola con el menor daño posible. Benedetto comenzó a gritar, pero sólo pudo emitir un gagueo antes de desmayarse, pálido como un cadáver. Entonces Leonardo purgó y vendó con destreza la herida, pues estaba habituado a trabajar con hueso, sangre y carne. Por un instante hubo sosiego; Leonardo oyó el ruido de las flechas disparadas; varias se clavaron en la cubierta, a su alrededor, casi rozándolo. Los turcos disparaban sus arcos desde lo alto del palo mayor, en el cual habían aparejado una plataforma cóncava, rodeada por un colchón, para impedir que fuera dañada por las bombas. La altura del mástil tornaba invulnerables a esos arqueros. Leonardo arrastró a Benedetto hasta un lugar más protegido; mientras tanto se le ocurrió una idea.

Cuando iba hacia popa, a fin de hablar con el capitán, resbaló en la cubierta grasosa y sanguinolenta y cayó sobre un afilado trozo de metal retorcido que le desgarró la carne de la pierna. Aunque no sentía dolor alguno, arrancó un trozo de tela y se lo ató por sobre la herida para evitar la hemorragia.

El capitán escuchó su propuesta; desesperado como estaba, lo acompañó para gritar órdenes a sus hombres. El capitán mameluco también se les unió. Entresacaron de la confusión a unos cuantos marineros y soldados, para lograr alguna apariencia de orden, y el capitán de la nave indicó a sus hombres que se trasladaran a estribor cuando él les avisara. Leonardo se preguntó si alguien podría oírlo por sobre el fragor del combate, pero, mientras él improvisaba una hamaca con lienzo y cuerdas, los marineros hicieron circular la orden.

El barco estaba en llamas y un humo negro se arremolinaba por doquier. Aunque el combate cuerpo a cuerpo era feroz, lograban rechazar a los turcos. Sus gritos eran agudos, extraños y escalofriantes. Puesto que peleaban por su dios, antes preferían atravesar a un grumete cristiano de doce años que a un árabe como ellos. Del mismo modo atacaban.

Volaban las flechas. Los hombres buscaron refugio.

Había que actuar de inmediato.

—Esto podría volcar la nave —advirtió Leonardo al capitán.

Éste asintió con la cabeza y dio orden de comenzar.

Dos hombres, protegidos por grandes escudos, treparon por los cordajes hasta lo alto del palo trasero. Uno llevaba una ballesta y la hamaca hecha por Leonardo; el otro, un tubo especial para esparcir el mortífero fuego griego.

—Esperemos que los turcos no los alcancen a tiempo —dijo Leonardo.

Se arrodilló junto al voluminoso cabrestante; cinco marineros sujetaban las sogas, ya preparados. Los soldados mamelucos que habían trepado al mástil ataron la hamaca al extremo de la verga que se proyectaba hacia la galera turca.

Los arqueros enemigos instalados en la plataforma, al verlos, empezaron a disparar.

—¡Ya! —gritó Leonardo.

Los marineros tiraron de las cuerdas para bajar un lado de la verga. El otro lado, el extremo que apuntaba hacia la galera enemiga, se levantó, alzó a los hombres de la hamaca por encima de los arqueros que disparaban desde su plataforma. Pero en ese momento el *Devota* dio un barquinazo y la verga comenzó a inclinarse hacia la nave turca.

—¡Vayan a estribor! —gritó el capitán.

Marineros y soldados corrieron hacia el otro lado de la borda, con lo cual el barco se enderezó y elevó la verga por sobre los mástiles del enemigo.

Ahora los arqueros turcos se hallaban en situación vulnerable, por debajo de la hamaca. Aun así, uno de los mamelucos recibió una flecha en el ojo, cayó y se quebró la espalda en la cubierta de la galera.

Un instante después, una llamarada brotó de la hamaca y alcanzó el palo de la nave turca. Los arqueros enemigos lanzaron un alarido, en tanto el fuego griego envolvía su plataforma y corría mástil abajo, lo que hacía llover fuego en las cubiertas de ambos barcos.

Los arqueros cayeron al agua, con las ropas y el pelo en llamas.

Los turcos montaron otro feroz ataque contra el *Devota*. Marineros cristianos y soldados mamelucos les salieron al encuentro; las cubiertas se inclinaron en forma peligrosa. Muchos cayeron al mar; cristianos, mamelucos y turcos por igual. El agua misma parecía arder. En tanto los tripulantes operaban con furia el cabrestante para equilibrar la nave, el capitán hizo una rápida señal a Leonardo y se alejó con su colega mameluco, para unirse a sus hombres y tomar la ofensiva.

El combate se invirtió. Era la oportunidad de tomar venganza y masacrar a los turcos. En vez de soltar los garabatos y alejarse, puesto que el viento era fuerte y la unión de los dos barcos resultaba peligrosa, los hombres del *Devota* abordaron la galera en tropel. La carnicería iba a ser total.

Pero el *Apollonia*, su buque insignia, estaba en problemas y hacía señales.

El capitán trató en vano de reunir a sus hombres: estaban poseídos por la sed de sangre, sordos y ciegos a la razón; sólo cuando la galera empezó a hundirse volvieron precipitadamente a su barco y arrojaron al mar los garabatos de los turcos. Éstos trataron con desesperación de ganar la cubierta del *Devota*, pero fueron empujados al mar. El aire caliente, colmado de humo, se pobló de alaridos y súplicas en árabe y en italiano, pues nadie había liberado a los esclavos de la galera, que se hundían encadenados a sus bancos.

Después de ver lo que el intercambio de disparos había hecho a los dos buques insignias, Leonardo se sentía más afligido que nunca por Nicolás y A'isheh. Aunque el galeón turco estaba muy dañado, la nave del Devatdar no podía moverse. Y en ese mismo instante la abordaban los soldados de una galera turca. Los cañones del *Apollonia* le habían destruido el *corsier* de babor y matado a los remeros, pero sus soldados se las compusieron para arrojar sus zarpas de hierro al buque insignia, a fin de abordarlo.

Antes de que Leonardo pudiera botar la pesada yola de su propio barco, el capitán dio órdenes de operar los cordajes; los remeros ya maniobraban el barco de modo tal que pudiera disparar contra la galera, pues las bombardas de estribor aún estaban en condiciones de funcionar. Pero fue el buque insignia de los turcos el que respondió, y disparó contra el *Devota*. Disparó otra vez y otro proyectil dio en el blanco, por pura suerte.

Las balas sacudieron el barco, acallaron sus cañones.

Leonardo bajó a inspeccionar los daños. Un agujero abierto exponía la bodega húmeda al sol y el mar. Las cucarachas pululaban por todas partes, densas como gusanos sobre los cadáveres y los miembros diseminados, y rodearon en tropel a Leonardo, que de pronto se aterrorizó. Al girar para iniciar la huida reconoció a Agostin, el oficial de artillería. Le habían cortado la cabeza, y Leonardo tuvo la sensación de que la boca aún se movía.

Llamó a gritos al capitán, que ordenó a su piloto acercarse al barco del Devatdar por el flanco de babor, donde los cañones turcos no pudieran alcanzarlos.

Aunque sus bombardas estuvieran inutilizadas, sus hombres aún podían combatir.

Cuando el *Devota* estuvo lo bastante cerca de la nave del Devatdar, los mamelucos arrojaron contra la cubierta sus garfios de cinco puntas. Les respondió una lluvia de flechas enemigas y el mortal chapoteo de la brea encendida. Pero Leonardo fue uno de los primeros en cruzar, a la carrera y blandiendo la espada, resbalando en las cubiertas grasientas de sangre y jabón, sembradas de cadáveres, armas y afiladísimos clavos estrellados. Los mamelucos del Devatdar gritaron de alegría al ver que la cubierta se llenaba de refuerzos; entonces, como si tomaran el segundo aliento, se lanzaron contra los turcos con renovadas energías. El humo llenaba el aire, irritando los ojos. Leonardo avanzó tambaleándose, como una sombra entre sombras, blandiendo con salvajismo la espada, como para cortar cuellos y miembros en el aire mismo. Y en verdad combatió hasta sentirse entumecido y empapado de su propia sangre.

—¡Nico! —llamaba. Su voz se perdía entre los gritos de la batalla. Se abrió paso hasta los camarotes de popa y entró, buscando a A'isheh, a Nicolás. Pero el jovencito, si aún vivía, estaría combatiendo en cubierta.

Adentro, en la húmeda oscuridad, buscó. Allí abajo encontró a dos turcos, dos muchachos de turbante que estaban violando a una mujer, a quien le habían amputado los miembros como si fuera un cerdo a carnear. Leonardo los mató de inmediato. De pronto experimentó un entumecimiento familiar, que corría por él como un licor fuerte; no sentía asco ni cólera: sólo fatiga y un pesar abrumador.

Terminada su tarea, revisó todos los camarotes. Luego tuvo que salir, pues se estaba sofocando. Las cubiertas se hallaban en llamas; tuvo que abrirse paso entre el fuego para llegar a cubierta. Una vez allí, corrió hacia proa para huir del incendio; el calor era como uñas que le arañaban la cara y los brazos. Se había alzado viento; los dioses de los elementos eran caprichosos.

Y su barco, el *Devota*, se alejaba.

Se oyó un gran crujido allá arriba. Uno de los palos cayó, quebrado; la vela se infló sobre él, lo cubrió como el sudario flamígero de un titán. Logró desprenderse en el momento en que el agua del mar caía sobre él, apagando las llamas. Con otro crujido abajo, la nave comenzó a hundirse. En derredor había hombres que corrían, entre gritos y llantos:

cristianos, mamelucos y turcos por igual. El buque insignia escoraba. Leonardo se deslizó por la cubierta; consiguió aferrarse del cordaje, pero las sogas se desprendieron. Un instante después sintió el impacto del agua fría.

Caía ya la noche cuando por fin lo izaron a bordo del *Devota*; el mar se tragaba tanto el Sol como el cielo. Su incesante oleaje estaba teñido de rojo y púrpura; unos dedos rosados se estiraban por entre el vellón de las nubes. Por doquier flotaban los restos del naufragio, que se elevaban en las olas espumosas y caían en los oscuros valles. Y en ese horizonte sangrante y oscurecido se recortaban las siluetas de tres barcos turcos. En un día futuro, el enorme buque insignia podría volver a combatir.

Leonardo había visto esos barcos desde el agua, que avistaba por sobre la cresta de las olas. Ahora, a salvo, exhausto y envuelto en mantas, aún soñaba con ellos.

Y soñó que Nicolás y A'isheh estaban a su lado.

Y Simonetta.

Y Ginevra, por supuesto.

19
El sultán rojo

¡Cuántos hay que vagan atribulados por la
tierra, despojados de sus bienes!
¡Cuántos que pasan las noches en el mar,
llorando el cautiverio y la perdición!
–Abu 'Abdallah Muhammad b.Abi
Tamim

Rojo rey de reyes, oh tú, rey de *jinns*,
convoca a tus espíritus para que
todos puedan asistir.
–Súplica

Apestando a muerte y a sudor humano, atestado como un barco negrero, el *Devota* navegó en plena noche hacia la protectora medialuna del puerto de Alejandría. Buscaba calladamente refugio, como una bestia herida. Era preciso operar sin cesar las bombas, pues el barco flotaba de modo peligroso bajo el agua; un chubasco había estado a punto de hundirlo. Sus oficiales cedieron sus camarotes al Devatdar; sólo el capitán conservaba uno, que tampoco era el suyo.

Había llovido sin cesar; no obstante, Leonardo prefería dormir sobre cubierta en vez de soportar el hedor, el encierro y las cucarachas del entrepuente.

Ahora se hallaba de pie ante el barandal, junto al Devatdar, contemplando una luz roja que brillaba a la distancia. Era como una bola de fuego que pendiera de manera imposible sobre la ciudad. Y la ciudad en sí era como mil fogatas, como el campamento de un vasto ejército. Hacia el sur de la ciudad todo era luz, pese a la falta de luna. La noche era clara y húmeda; en cada centímetro de cubierta había marineros que descansaban o dormían. En el aire fragante se oían canciones y los instrumentos que las acompañaban; hasta la cháchara soez era como un zumbido de moscas. Sin embargo, Leonardo se sentía aislado, como si él y su amo oriental se hallaran en un reducto de intimidad. Y así era, en verdad, pues nadie osaría molestar al Devatdar.

Tenía poder de vida y muerte sobre esos hombres, tanto como sobre Leonardo. Según Benedetto, había cortado la mano a un hombre por saludar en forma indebida; se decía que castigaba periódicamente a un soldado a manera de advertencia. Benedetto estaba abajo, tan debilitado por su herida que no podía subir. Pero Leonardo oyó que Américo Vespucio y Zoroastro da Peretola conversaban en susurros detrás de él. Sus amigos se habían salvado, al igual que Colón. ¿Pero por qué había sobrevivido el comandante mientras desaparecían Nicolás y A'isheh?

Tontos pensamientos. Imaginaciones.

Los largos momentos pasaron sin conversación, como si el cielo estrellado y el mar susurrante fueran demasiado profundos para permitir las palabras. Se las tragarían... igual que a A'isheh y a Nicolás.

A bastante distancia de ellos estaba Kuan Yin-hsi, siempre vigilante. Atendía constantemente al Devatdar, como si fuera su guardaespaldas... y bien podía serlo.

—¿Qué es esa luz, allá adelante? —preguntó Leonardo.

—Supuse que te intrigaría, maestro Leonardo —respondió el Devatdar—. Sin duda habrás oído hablar de la torre de Faros. Figuraba entre las siete maravillas del mundo.

—¿De eso se trata?

—El faro fue destruido, primero por las intrigas, después por los terremotos. Sólo en el piso bajo contenía trescientas habitaciones, y lo coronaba la enorme estatua de un dios falso. Gracias a ese faro Alejandría era virtualmente inexpugnable por mar. Se decía que el secreto de la torre se había perdido cuando ésta cayó.

Leonardo esperó a que el Devatdar continuara. En derredor habían callado todas las conversaciones.

—Pero no es verdad —continuó el oriental—. Alejandría aún es virtualmente inexpugnable, gracias a Alá y a mi amo. Y el secreto no se ha perdido.

—¿Qué secreto?

—Los antiguos aseguraban ser capaces de ver a los barcos antes de que aparecieran.

—¿Cómo lo hacían? —preguntó Leonardo, curioso.

El Devatdar continuó mirando la costa sin responder. Al cabo de un rato hizo una seña a sus guardias para que despejaran la cubierta, a fin de tener intimidad. Marineros y soldados retrocedieron; entre ellos iban Zoroastro y Américo Vespucio. Luego el Devatdar dijo, como sin darle importancia:

—Si el califa no te hace ejecutar, sin duda él mismo te mostrará sus secretos.

—¿Hacerme ejecutar? ¿Por qué?

—En el caso de que no cumplas con tus promesas. Tiene en su posesión tu carta a Il Magnifico. ¿Recuerdas lo que escribiste?

Leonardo asintió con la cabeza.

—Rezo por que no haya sido pura jactancia, por que seas realmente capaz de construir milagros que vuelen y naden bajo el mar.

—Puedo —aseguró él.

—Los campesinos lo llaman el Rojo Rey de Reyes. ¿Sabes qué significa eso?

Una vez más, Leonardo aguardó que el Devatdar continuara. ¿Lo estaría provocando? ¿Y por qué? Él quería terminar de una vez, quedar a solas para pensar, para tomar apuntes en su cuaderno, que llevaba aún colgado del cinturón, en un saco de cuero que protegía de los elementos la tinta y el papel.

—Creen que es un *jinn*, el Jinn Rojo, el más violento y poderoso de los espíritus. Cuando mata o castiga, convierte el hecho en un espectáculo, en una fiesta. Los pobres lo aman, por supuesto, pues les da de comer.

—¿Por qué me cuentas todo esto?

—Sólo para prepararte, maestro. El califa es gentil, generoso y encantador. Te cubrirá de honores.

—¿Sí?

—No te engañes. —El Devatdar miró por un momento la costa. Luego dijo, como al pasar: —A'isheh te ama.

Eso tomó por sorpresa a Leonardo.

—No creo que debamos...

—Yo te la di, ¿no?

—Pero yo no tenía idea de que estuvieras enamorado de ella.

El Devatdar rió con suavidad.

—Ni yo tenía idea de que ella pudiera amarte.

Leonardo no respondió. Se sentía en peligro.

—Tu joven aprendiz... ¿lo quieres?

—Soy responsable de él. Por mi culpa ha muerto o es esclavo.

—No es eso lo que te preguntaba.

—¿Deseas saber si quiero a Nicolás como un hombre ama a una mujer? En ese caso, la respuesta es no. —La voz de Leonardo sonaba tensa. —¿Por qué quiso A'isheh que estuviera con ella?

—Ah, conque estás enterado de eso. ¿Lees tan bien los pensamientos como los labios?

El pintor no respondió.

—Porque si leyeras la mente, joven taumaturgo, sabrías que ella deseaba herirte. Sabía que amabas al niño y a ella no. Es verdad, ¿no?

—No sé cómo responder a estas preguntas, ilustre señor —respondió Leonardo. "Ten cuidado", se aconsejó.

—Acabas de hacerlo.

—¿Sí?

Pero el Devatdar unió la punta del pulgar a la de los otros dedos, en un gesto que Leonardo comprendió: despacio, paciencia. A'isheh había sido buena maestra: los árabes hablan tanto con las manos como con los labios.

—Mañana partirás hacia El-Kahireh con tus amigos —dijo.

—Supuse que nos acompañarías.

El Devatdar le clavó una mirada penetrante; luego se relajó.

—Eso era antes de que nos atacaran los piratas.

—¿Y el comandante Colón?

—Se encargará de hacer reparar esta nave y volverá a Venecia. También tengo algunos asuntos que atender. Es posible que después me reúna con ustedes. —Dicho eso, se retiró.

Leonardo permaneció junto al barandal, haciendo girar nerviosamente el anillo en el dedo índice de la mano derecha. Era una joya de oro fino, con el escudo de los Médicis trabajado en piedras preciosas verdes y amarillas: uno de los regalos de Lorenzo "al mejor artista de Florencia". ¡Cómo deseaba ahora estar de nuevo allá!

Alejandría era toda luces y sombras móviles. Tan maligna e insustancial como un *jinn*.

Aunque Zoroastro y Américo Vespucio se le acercaron para interrogarlo sobre su conversación con el Devatdar, se sentía despojado. Contempló la superficie reflexiva del mar, como si mirara sus infinitas profundidades, y se encontró en su catedral de la memoria.

Una vez más caminó por habitaciones íntimamente familiares, por sus anchos corredores, dejando atrás recordatorios y puntos salientes de su vida. Y allí, perfecta como una escuadra, estrechándose a la distancia, estaba la obra del futuro. Esos cuartos vacíos... o tal vez ya colmados, meramente no descubiertos.

Por mucho que se esforzara no podía llegar a ellos. No halló respuestas para sus preguntas; sólo el pasado, los múltiples cuartos y pasillos dispuestos en exquisito detalle mnemotécnico. Allí escribió su carta. La carta dirigida al duque de Milán. La carta que ahora pertenecía a Ka'it Bay, al-Malik al-Ashraf Abu'l-Nasr Sauf al-din al-Mahmudi al-Zahiri, califa de Egipto y Siria.

<hr>

Al Mio Illustrissimo Signore Ludovico, duque de Bari:

Ilustrísimo señor: tras haber visto y considerado suficientemente las pruebas de todos los que se declaran maestros e inventores de los instrumentos de guerra, y viendo que sus invenciones y el uso de dichos instrumentos no difieren en aspecto alguno de los de uso común, me atrevo, sin prejuicio contra nadie, a ponerme en comunicación con Vuestra Excelencia, a fin de haceros conocer mis secretos, ofreciéndome desde ya a demostrar a vuestra voluntad, en el momento que os sea conveniente, todos estos asuntos que paso a enumerar brevemente.

1. Tengo planos para puentes, que son muy livianos, fuertes y de fácil transporte, con los cuales perseguir y a veces derrotar al enemigo; y otros sólidos e indestructibles a fuego o ataque, fáciles y convenientes para retirar y poner en su sitio. Y planes para quemar y destruir los del enemigo.

2. Para casos de sitio, sé cómo cortar la llegada del agua a las trincheras y cómo construir un infinito número de puentes, manteletes, escalas de asalto y otros instrumentos relacionados con la misma empresa.

3. Asimismo, si una plaza no puede ser reducida por el método del bombardeo, ya sea por la altura de su rampa o la fuerza de su posición, tengo planes para destruir todas las fortificaciones, a menos que estén cimentadas en la roca.

4. También tengo métodos para hacer bombardas de muy fácil transporte, que pueden arrojar piedras pequeñas, casi a la manera del granizo, causando gran terror en el enemigo por su humo y gran pérdida y confusión.

5. Asimismo, tengo maneras para llegar a determinado sitio por medio de cavernas y pasadizos secretos serpenteantes, hechos sin ruido, aunque sea necesario pasar debajo de trincheras o de un río.

6. Asimismo, puedo hacer vehículos blindados, seguros e inatacables, con los cuales ingresar en las filas apretadas del enemigo con su artillería, y no hay batallón de hombres de armas tan grande que ellos no puedan penetrarlos. Y detrás de éstos la infantería podrá pasar sin mayor daño y sin oposición.

7. Asimismo, si surgiera la necesidad, puedo hacer bombardas, morteros y catapultas de formas muy bellas y útiles, muy diferentes de los que están en uso común.

8. Donde no sea posible emplear bombardas, puedo suministrar catapultas, manganas, trabocchi y otras máquinas de maravillosa eficacia, desconocidas en la práctica común. En pocas palabras, según lo requiera la variedad de las circunstancias, puedo proporcionar un infinito número de diferentes máquinas de ataque y defensa.

9. Y si sucediera que el combate se lleva a cabo en el mar, tengo planes para construir muchos aparatos muy adecuados tanto para el ataque como para la defensa, y naves que puedan resistir el fuego de los cañones más pesados, y la pólvora y el fuego. Asimismo, tengo planos para naves que pueden viajar aun bajo la misma superficie del mar, para asegurar la sorpresa y el éxito.

10. Asimismo, tengo planos para cápsulas explosivas, que en sí contienen proyectiles capaces de estallar en un período no más largo que un Ave María; y estas cápsulas se pueden dejar caer desde naves que reposen en los vientos aéreos, tal como los barcos flotan en el mar.

También puedo ejecutar esculturas en mármol, bronce o arcilla. Y pinturas, disciplina en la cual mi obra soporta la comparación con la de cualquiera, fuera quien fuere.

Más aún, asumiría la construcción de un caballo de bronce, que portará con inmortal gloria y eterno honor la auspiciosa memoria de vuestro padre, el príncipe, y de la ilustre casa de Sforza.

Y si alguno de los puntos antes mencionados pareciera imposible o impracticable, me declaro dispuesto a ponerlos a prueba en vuestro parque o en cualquier otro lugar que plazca a Vuestra Excelencia, a quien me encomiendo con toda la humildad posible.

Stor. Humil.
Leonardus Vincius
Fiorentino

Cuando el *Devota* ancló en Alejandría, el Devatdar desapareció como uno de los *jinns* de los que había hablado.

Pero Kuan Yin-hsi ordenó a Leonardo, Zoroastro y Américo Vespucio que desembarcaran con la primera luz, acompañados por varios oficiales mamelucos y unos quince de los mejores soldados del Devatdar. Cosa extraña, se había vestido como los árabes de alto rango; lucía las mismas túnicas y el mismo turbante que el Devatdar. Dos de los soldados llevaban en andarillas a Benedetto Dei, afiebrado y gemebundo. Leonardo temía que su amigo no sobreviviera a la noche.

—¿Adónde vamos? —preguntó a Kuan.

—¿No te lo explicó el Devatdar?

—Sí. Dijo que se nos presentaría al califa. Pero salir tan precipitadamente, al amanecer, como si...

Kuan sonrió.

—¿Te quejas por la falta de sueño?

Leonardo sintió que le ardía la cara, pero el chino añadió:

—Es necesario. A su debido tiempo te lo explicaré todo.

—Mi amigo necesita atención médica.

—Le he aplicado unos ungüentos, pero se requiere tiempo para que hagan efecto.

Zoroastro puso cara de asco.

—Eso parece musgo y huele a entrepierna de mujer —rezongó.

—Es musgo, en verdad —confirmó Kuan—. Pero tiene unos efectos curativos milagrosos. Ya verán.

Leonardo, aunque interesado, no interrogó a Kuan. Su atención estaba puesta en otra cosa. Aunque no podía determinar por qué, percibía algo extraño en los muelles y las calles. Hacia el este, los depósitos constituían una alta muralla gris y formaban parte de un sistema de calles cubiertas: un enorme caravasar que se adentraba como una telaraña en el corazón de la ciudad, esa ciudad que era un gran laberinto, tan extraña como el interior de una colmena. Sin embargo, en las calles vecinas a los muelles abundaba el comercio: los esclavos cargaban y descargaban barcos, bajo la vigilancia de mercaderes y capataces. Mendigos y pordioseros vestidos de harapos alargaban la mano pidiendo limosna, mientras comerciantes de turbante y bastas túnicas de algodón voceaban sus mercancías. Pero la ciudad parecía hecha con la materia de las sombras; sólo la fuerte luz del día podría dar carne a los fantasmas de hombres, perros, camellos, asnos y pilluelos que jugaban a las escondidas en las estrechas calles techadas.

Densos olores a albahaca, comino y cúrcuma se mezclaban con la fetidez de las heces y la orina, tanto de humanos como de animales, y Leonardo no podía quitarse la sensación de que algo ominoso estaba por acaecer.

Por el silencio...

El bullicio de la calle se apagó al aproximarse los soldados de Kuan, como si hubiera disturbios en ciernes. Cada sombra era un presentimiento de peligro, palpable, rápido, vivo. El mismo Kuan miró a su alrededor, nervioso; luego se encogió de hombros, y dijo:

—No te preocupes por tu amigo, Leonardo.

Pero había esperado tanto tiempo que esas palabras parecían fuera de lugar.

—¿Adónde vamos? —preguntó el pintor.

—Al castillo del califa.

—¿Encontraremos allí al Devatdar?

—No, maestro. Cuando veas a tu amigo Nicolás y a la mujer A'isheh, entonces verás al Devatdar.

—¿Qué quieres decir?

—Antes de poder presentarse al califa, el Devatdar está obligado a rescatar a quienes fueron tomados como esclavos por los piratas turcos. En algunos sentidos, estos seguidores del Islam se parecen mucho a mi propio pueblo. —Sonrió, como si estuviera muy complacido consigo mismo.

—¿Y dónde está él? —preguntó Leonardo, excitado. ¿Habría esperanzas de volver a ver a Nicolás y a A'isheh? Ella le flotaba en la memoria como un fantasma; sintió una punzada de deseo, como si fuera la corporización viviente de Ginevra y Simonetta, su *pneuma*, el alma de las dos.

—Es muy probable que esté zarpando desde el puerto, mientras hablamos.

—¿Con Messer Colón?

—Con el comandante Colón —corrigió Kuan—. No: Colón regresa a la patria, por la gracia de Dios, pues el califa lo culpará por haber perdido la batalla y la vida de soldados musulmanes. Para él no hay aquí futuro alguno.

La ancha calle romana adoquinada por la que caminaban se hallaba desierta. De pronto Kuan indicó con señas a los soldados que se acercaran a los muros, para mayor protección. Pero ya era demasiado tarde.

Leonardo oyó el ruido de una flecha.

Kuan la recibió en el pecho. El impacto lo hizo retroceder, pero no estaba herido. Bajo esas túnicas llevaba una armadura.

Siguió un diluvio de flechas. Los soldados buscaron refugio, pero estaban listos para lo inevitable, que apareció como una masa de hombres de turbante, que gritaban y blandían cimitarras. Leonardo desenvainó su espada y comenzó a tajear carne; no habría podido decir si los que mataba o mutilaba eran soldados enemigos, pues en verdad combatía contra sombras: sombras de carne, hueso y sangre. Luchaba por su vida, y atacaba a todo el que se moviera delante de él. Y en la bruma sanguinaria de la batalla imaginó que los choques de espadas y armaduras eran como campanas de catedral que llamaran a Maitines y a Completas, campanas que reventaban de sangre.

Después de algunos segundos —o minutos— se acordó de Benedetto. ¿Dónde estaba? Buscó a su amigo en las andarillas, pero no pudo hallarlo de inmediato en aquel revoltijo de piernas y cuerpos.

Blandió la espada, la sintió morder carne y hueso; ante él, un jovencito que no podía tener más de catorce años lanzó un alarido; sus entrañas cayeron, llenando y manchando su túnica de lienzo virginal. En el instante previo era apenas un borrón, una sombra que amenazaba a Leonardo como una cimitarra untuosa de sangre.

Leonardo se oyó murmurar una plegaria, aun cuando no creía en Dios ni en los dioses. Sólo en ese momento, cuando el hombre-niño se derrumbaba en la calle ante él, creyó. Pero no había tiempo, pues había vuelto a trabarse en combate. Y luego...

Se acabó, como si el enemigo se hubiera evaporado, desaparecido como unas cuantas cucarachas en las pequeñísimas grietas de las paredes y las calles. Silencio, a no ser por la respiración, un jadeante coro de hombres que trataban de recobrar el aliento, con el corazón palpitando alocado, como si tratara de abrirse paso a golpes por la garganta. Había cadáveres diseminados por toda la calle; los charcos de sangre añadían color a una escena casi monocromática, pues en las arterias amuralladas y techadas de Alejandría reinaba siempre esa media luz.

Leonardo buscó a Benedetto, que estaba despierto y lúcido; los soldados que lo cargaban también lo habían protegido. Era cuestión de honor, aunque se tratara de un extranjero. Zoroastro y Américo tenían algunas heridas superficiales; por lo demás, se hallaban indemnes.

Leonardo se volvió hacia Kuan, enojado:

—Nos pusiste en peligro a sabiendas.

El chino lo miró de frente.

—El Devatdar está siempre en peligro —replicó con suavidad—. Si nos hubiera acompañado, las cosas no habrían sido distintas.

—Pero no nos acompaña. Aunque sus enemigos no podían saberlo, porque te pusiste su ropa.

—No, Leonardo. La ropa que llevo es mía.

—Y ahora me dirás que eres seguidor de Mahoma.

Kuan asintió con la cabeza.

—Fuimos usados para desviar la atención —dijo Leonardo—. Sabías que podían atacarnos, ¿verdad?

—Siempre hay rumores de ese tipo. Pero la seguridad del Devatdar es más importante que la nuestra.

—Nuestra vida no te pertenece.

Kuan se encogió de hombros.

—Ahora debemos atender tu herida. Estás sangrando.

Leonardo se preguntó si sería por algún extraño efecto de la aurora, pues todo parecía bañado en un melancólico esplendor rojizo; no podía provenir del Sol, ya que por encima de ellos había un techo de piedra. De pronto, como por efecto de la sugerencia de Kuan, sintió un dolor palpitante en el costado izquierdo de la cabeza... y sólo entonces recordó que, si bien había desviado el hacha de un sarraceno, el mango lo había golpeado al pasar.

Como en un sueño, vio crecer la cara del chino ante él, grande y suave como el cielo mismo.

Navegaron ciento cincuenta kilómetros por el Nilo, hasta El Cairo, en una caravana de *feluccas* de vela ancha. El Nilo era como un océano pardo. No hacía falta cargar provisiones, porque la distancia entre Alejandría y El Cairo era una serie de ferias. Las naves anclaban a menudo para que los hombres oraran en los ribazos, compraran vituallas y se desahogaran con las prostitutas.

Pasaron frente a pirámides envueltas en la niebla, frente a al-Rauda, el parque de jardines y avenidas, hasta llegar a El Cairo, la ciudad de los mil almenares y mezquitas, de mausoleos y monasterios. El Cairo, conocida entre sus habitantes como Misr, la madre de las ciudades, la hija del Nilo. Cien mil personas acampaban todas las noches en las afueras, porque en la ciudad no había viviendas suficientes para alojarlos. Por comparación, Florencia no era sino una aldea; parecía extenderse sin fin. Y en sus bordes estaba la Ciudadela, la gran fortaleza construida por Salah ad-Din como defensa contra los infieles.

La Ciudadela era una ciudad por sí sola; Leonardo, Zoroastro, Benedetto Dei y Américo Vespucio fueron instalados en amplios y lujosos apartamentos. Grandes ventanas de celosías, con vidrios de colores, filtraban la ardorosa luz del Sol, dándole tonos pastel. Las paredes estaban pintadas con geometrías de colores y diseños; había pavos reales que vagaban a voluntad, flores que perfumaban de aire, fuentes de música sutil y, entre el chapoteo del agua, a veces se oían voces.

Y todas las puertas estaban cerradas con llave, bajo la custodia de soldados ceñudos y callados, cuyos corseletes rojos sostenían anchas cimitarras.

Eran prisioneros.

Pasaron varias semanas para Leonardo y sus amigos: semanas de conversar, comer y beber; durante la noche, cada uno recibía en su habitación la visita de alguna belleza velada, que sólo hablaba árabe y desaparecía como el humo al amanecer. Leonardo las disfrutaba como vehículos para sus fantasías. Aún gritaba el nombre de Ginevra y soñaba con Simonetta; pero A'isheh parecía hallarse siempre allí, como si Leonardo estuviera contaminado con su fantasma, tal como Sandro había estado envenenado con el de Simonetta.

Pero practicaba el árabe con ellas, al igual que con los guardias y los sirvientes. Y volvió a la costumbre de trabajar por la noche y dormir sólo unas pocas horas durante el día. Estudiaba. Bocetaba y escribía en sus cuadernos, llenando páginas y páginas de nuevos inventos: un aparato para respirar bajo el agua; un traje para sumergirse; proyectiles dotados de aletas y hocicos ahusados, que él llamaba cuernos; un cañón de largo alcance, enfriado por agua. Y dibujaba la trayectoria de las balas, y diversas piezas de artillería con caños múltiples, para que los artilleros pudieran cargar un juego mientras se disparaba el anterior. Dibujó un enorme mortero y escribió debajo: "La máquina más mortífera existente", aunque sólo existía en su cerebro... y en el papel.

De pronto desaparecieron sus notas.

—¿Crees que van a matarnos, Leonardo? —preguntó Zoroastro, mientras contemplaba por una ventana la Ciudad de los Muertos, que era un gran mausoleo, brumoso a la distancia. Los *muezzins* llamaban a los fieles a orar, en tanto el cielo se volcaba al turquesa y el Sol poniente se convertía en un disco anaranjado en llamas; el crepúsculo convertía en un fantasma a la ciudad de fantásticas torres y cúpulas, en un sueño que podía desaparecer al despertar.

—Todos los días preguntas lo mismo —rezongó Benedetto, mientras meneaba la cabeza. No parecía haber quedado afectado por la herida; el ungüento de Kuan era milagroso.

—Todos pensamos lo mismo —repuso Leonardo—. El califa tiene reputación de violento.

—En ese caso, ¿por qué nos tiene aquí? —preguntó Benedetto—. ¿Por qué nos da comida y mujeres?

—Porque es generoso con sus huéspedes —respondió Kuan Yin-hsi, que entró con una reverencia. Vestía de seda verde y turbante; iba acompañado por dos guardias mamelucos. —*Salaam aleikum* —dijo, a modo de saludo, al mirar a Leonardo.

—*Aleikum salaam* —respondió éste—. ¿Dónde está mi cuaderno?

Kuan sonrió.

—Tu cuaderno está a salvo, en las manos del califa. Puedes ser tan descortés con él como conmigo... y pedirle que te lo devuelva.

—¿Por qué se nos retiene como prisioneros?

—En esta tierra se considera que un prisionero es un huésped de honor.

—Puesto que somos huéspedes, ¿cuándo se nos permitirá partir? —preguntó Benedetto.

—Partiremos ahora mismo —dijo el chino—. Y tendrán su audiencia con el califa.

Zoroastro se puso nervioso, como si fuera a su propia decapitación. Leonardo caminó junto a Kuan, flanqueado por guardias; tuvo la sensación de haber recorrido kilómetros enteros por un laberinto de amplios salones, corredores y departamentos.

—¿Dónde has estado en todas estas semanas? —preguntó.

Kuan lo ignoró con cortesía y les explicó las delicadezas y ceremonias de la corte.

Las habitaciones del califa estaban muy bien custodiadas. Kuan los hizo pasar a una sala de techo alto, con pisos de mármol blanco y negro; en el centro había una fuente enorme y un estanque de poca profundidad, con incrustaciones de piedras preciosas. Pasaron por una serie de arcadas y, ante ellos, en un sector elevado, se encontraba el califa con su corte, todos reclinados en alfombras y almohadones. Las lámparas emitían un fulgor cálido y mantecoso.

El califa vestía suntuosas sedas con hilos de plata, pues el Profeta no aprobaba el oro. Era flaco, cuarentón, de aspecto curtido y parecía algo fuera de lugar allí, como si fuera un jefe beduino ansioso de volver a sus camellos blancos, a sus caballos y a la libertad de la vida nómada. Miraba de frente, con firmeza, y Leonardo comprendió que no debía subestimarlo. Sentado en la esterilla, junto al califa, estaba el Devatdar. ¿Significaría eso que A'isheh y Nicolás se hallaban a salvo? No se atrevió a preguntar... por el momento.

Se efectuaron las presentaciones. Aunque el Devatdar y otros más estaban sentados en torno del califa, Kuan permaneció de pie, al igual que Leonardo, Benedetto, Américo y Zoroastro. El califa hizo un gesto afirmativo y dijo algo en árabe al Devatdar. Como hablaba con celeridad, Leonardo no pudo captar mucho de lo que decía, pero entendió que el califa hacía preguntas sobre él, en tono sarcástico.

—Conque éstos son mis ingenieros cristianos —dijo el califa—. ¿Cuál es el artista y cuál el sagaz impostor?

—El impostor puede hacer casi tantos trucos como el artista —le informó el Devatdar. Su mirada se posó en Zoroastro; luego, en Leonardo. —El califa me pide que te dé la bienvenida.

Éste les indicó por señas que se sentaran cerca de él. Un sirviente, cuyos brazos eran tan anchos como las piernas de Leonardo, llevó una enorme bandeja con potes de bronce, un cazo, un mortero con su mano y diminutas tazas de plata sin asas. Luego procedió a preparar el café a la vista de todos. Hincó una rodilla en el suelo y ofreció la primera taza al califa, que señaló a Leonardo. El sirviente obedeció y entregó la taza al pintor, pero éste la rechazó. El califa se mostró complacido. La etiqueta exigía que él fuera el primero. Luego sirvió a Leonardo con sus propias manos y dijo en árabe:

—Yo he robado tus cuadernos.

—Así me han dicho.

El califa le corrigió un error idiomático, pero de buen humor. Luego se inclinó hacia Leonardo y su talante sufrió un cambio dramático. De pronto se mostró colérico, tenso el rostro, y Leonardo no pudo menos que pensar que en él había algo de actor... o acaso estaba demente.

—Mi Devatdar ha informado que fueron atacados —dijo el califa—. Y mi prima, esclavizada.

—¿Tu prima?

—A'isheh, por arrastrada que sea —repuso el califa, que se inclinó hacia Leonardo, de modo tal que sólo sus íntimos lo oyeron.

El pintor quedó estupefacto: ¿cómo era posible que una mujer de sangre real se convirtiera en esclava de un funcionario, por encumbrado que fuera su puesto? Pero tal vez no tenía por qué horrorizarse: el mismo califa había sido esclavo en otros tiempos.

El Devatdar había enrojecido; permanecía sentado junto al califa, con la vista fija hacia adelante, como concentrado en algún punto distante.

—Y tengo entendido que mataron a tu joven amigo —continuó el monarca, mientras observaba a Leonardo como para evaluar su respuesta.

Éste tuvo la sensación de que le habían dado un golpe.

—¿Sabes con certeza que Nicolás ha muerto?

El Devatdar pareció espantado de que Leonardo se atreviera a preguntar.

—Yo mismo fui a los Dominios Custodiados, para presentar al Gran Visir una carta de mi califa, donde se pide su devolución. —No pudo mirar de frente a Leonardo, que experimentó el familiar entumecimiento del dolor, como si fuera un escudo, una droga.

Nicolás...

Benedetto Dei, que había entendido lo suficiente como para saber que Nicolás había muerto, le buscó la mano. Leonardo la retiró con aire reflexivo.

—¿Dudas de mi palabra? —preguntó el califa.

Era una amenaza, pues sus mamelucos se pusieron en guardia, listos para ejecutar a Leonardo a la primera orden. Él volvió a la realidad.

—No, señor, jamás dudaría de ti. Perdona.

Y se levantó para hacer una reverencia. Luego se arrodilló ante él.

Éste sonrió, complacido, y le indicó que volviera a sentarse junto a Benedetto.

Un sirviente entró en la sala y, después de inclinarse ante el monarca, entregó su mensaje y se retiró de prisa.

—Ha venido una delegación del emperador turco —anunció el califa a Leonardo, en árabe—. Te concederé el honor de conocerlos.

—Ya los conozco —repuso el pintor, con amarga ironía.

—Estoy de acuerdo contigo en que todos los turcos son piratas —dijo el califa—. Pero éstos son piratas a los que vas a ahogar; cuando menos, a algunos de ellos.

—¿Qué quieres decir? —preguntó Leonardo.

—Y aquí los tenemos.

Tres embajadores otomanos, flanqueados por un séquito de soldados esclavos, se presentaron ante él. Los embajadores vestían túnicas de ricos colores y grandes turbantes blancos, coronados por una especie de cuernos rojos. Los soldados llevaban cofres con presentes y portaban una litera dorada con una esclava, cubierta de seda blanca, con un velo negro transparente que dejaba entrever un rostro bellísimo. Los embajadores se prosternaron, tocaron el suelo ante el califa; su jefe, un cincuentón musculoso, dijo:

—Saludamos al Comandante de los Fieles, Defensor de la Fe, Guerrero de la causa del Señor de los Mundos; que Dios prolongue tu Majestad.

Se entregaron los regalos y la esclava se arrodilló frente al califa, quien la aceptó y entabló conversación con el embajador, aunque sin invitarlo a sentarse. Leonardo no pudo entender todo lo que decían, pues hablaban con demasiada celeridad. Miró a Kuan, pero éste lo ignoró, al igual que el Devatdar.

Sólo pudo dilucidar que el embajador ofrecía reparar los conductos de agua en el camino de los peregrinos a la Meca. El califa rechazó la propuesta sin ninguna cortesía. Se lo notaba enfurecido, pero antes de volverles la espalda les preguntó con amabilidad por su monarca, Mehmed el Conquistador, regente de los turcos, quien había aplastado a Constantinopla, trayéndola al regazo de Alá. El califa lo llamaba Padishah, Príncipe de Liberalidad y Comandante del Alto Estado. Sin embargo, cuando se retiraban con sus soldados, unos esclavos se cruzaron con ellos, llevando enormes bandejas de comida para el califa.

Así se los humilló: negándoles la invitación a comer, cortesía básica en aquellas tierras.

Una sola de las bandejas contenía dos ovejas asadas sobre una montaña de arroz y salsa de carne, rodeada de panes muy finos. Sobre la carne, como prueba de su frescura, dos cabezas de cabra. En realidad, la bandeja parecía una fantástica bestia bicéfala. Una vez que el califa comenzó a comer, todos lo imitaron al mismo tiempo, hundiendo las manos hasta los codos en el arroz, la salsa y la carne. Leonardo deseaba interrogar al califa y hablar con el Devatdar, pero no era posible. Tendría que calcular con cuidado lo que dijera... y cuándo.

Al terminar, el califa dijo a Leonardo:

—Tus dibujos son muy bonitos.

—Gracias, señor a quien todos obedecen.

Un esclavo llevó agua y una toalla al califa; otro devolvió a Leonardo su cuaderno.

—Sí, ¿y qué son estos dibujos? —Señalaba unos bocetos de un aparato para nadar bajo el agua: una bolsa se fijaba a la boca del nadador, con tubos de ingreso y salida que llevaban a una torreta flotante. Leonardo había ideado asimismo varios mecanismos para arrancar tablas, con lo que se podría trabajar bajo la superficie del agua para hundir barcos.

Una vez oída la explicación del invento, el califa dijo:

—Sí, maestro Leonardo, eso es lo que imaginaba. ¿Cuánto tiempo tardarías en construir estos artefactos?

—No sé, ilustre señor. Necesitaría herramientas, acceso a una fundición, herreros y...

El califa hizo un amplio gesto con la mano.

—¿Cuánto tiempo?

—Después tendría que poner a prueba el aparato.

El monarca sonrió.

—Tendrás tu oportunidad, maestro, pues lo probarás con los barcos del embajador. Son cuatro. ¿Te basta con una semana?

—Señor...

—Tienes que hundir las naves de modo que parezca hecho por arte de magia. Sólo uno quedará a flote, a fin de que sus hombres puedan contar a su rey lo que vieron. —El califa ordenó a su séquito que se retirara; todo el mundo se levantó. Entonces habló de nuevo en italiano:

—Y si fallas, maestro, será mejor que tú y tus amigos permanezcan... bajo el mar. ¿No te parece justo?

—¿Podrás construir esos artefactos en una semana? —preguntó Kuan, mientras salían de las habitaciones reales.

—Es posible, con la ayuda y las herramientas adecuadas.

—Tendrás todo lo necesario.

—En ese caso, comenzaré de inmediato —afirmó Leonardo—. Pero dime...

—¿Sí? —Kuan indicó por señas a Zoroastro y a los otros que permanecieran algo más atrás. Los guardias mamelucos vacilaron, pero luego hicieron lo que se les mandaba.

—¿Es cierto que Nicolás ha muerto?

—Si el califa te dice que ha muerto, ha muerto. Si no fuera verdad, él se encargaría de que así fuera. Nunca dudes de él, ni siquiera en tus pensamientos.

—Te tenía por un librepensador —replicó Leonardo, enfadado.

Kuan sonrió.

—Ah, sí, Leonardo; eso sería muy importante para ti.

—¿Y A'isheh? ¿Está bien? ¿Se ha pagado su rescate?

Kuan meneó la cabeza.

—Son asuntos de Estado, maestro. No creo que el califa te haya hecho todavía depositario de su confianza.

—¿Pero cómo es posible que una servidora del Devatdar sea...?

—Ella es lo que llamarías una librepensadora —repuso Kuan, sin que su ironía pasara inadvertida para Leonardo. Aunque era difícil que alguien lo oyera, bajó la voz. —La hermosa A'isheh siempre ha hecho su voluntad, pero en este mundo, como en el tuyo, eso es difícil para las mujeres. Por eso utilizó al Devatdar para obtener... experiencia.

—¿Y él? —Leonardo, imitándolo, hablaba en voz baja.

—¿Qué pasa con él?

—La ama.

—Ella es lo que cualquier hombre desea. Sólo tú pareces haber escapado a sus encantos.

—¿Y el califa?

Pasando por alto la pregunta de Leonardo, Kuan se detuvo ante las enormes puertas que conducían a los departamentos de Leonardo y esperó a que los otros los alcanzaran.

—Di a los guardias qué necesitas y todo te será proporcionado. No te faltará nada.

—Quédate un momento, por favor. Aún tengo preguntas que hacerte.

—No lo dudo, maestro, y tal vez te sean respondidas a su debido tiempo. Por ahora, te aconsejaría que comenzaras con el proyecto del califa.

—Necesito un estudio, herramientas...

—Díselo a los guardias. Hablan el latín a la perfección.

Con una reverencia, Kuan desapareció tras el recodo. Leonardo y sus compañeros fueron arriados hacia el interior del departamento. De inmediato el pintor presentó sus requerimientos al canoso guardia mameluco, que de veras hablaba el latín con más fluidez que él.

Después Leonardo se aisló de los otros. Sentado en su jergón, con la cabeza entre las manos, con lágrimas pegajosas como el sudor, trató de perderse en vacuos pensamientos mecánicos y matemáticos. Había un consuelo entumecedor en el pensamiento frío, una especie de gozo ultraterreno, el gozo del espíritu liberado, el gozo de los muertos y los condenados.

Para Nicolás no habría venganza.

Sólo elegantes maquinarias y un infinito vacío.

Se dice que en El Cairo hay doce mil aguateros
que transportan agua con camellos,
y treinta mil hombres que alquilan mulas
y asnos, y que en su Nilo hay treinta y seis
mil navíos pertenecientes al sultán y a sus
súbditos, que navegan aguas arriba hacia el
Alto Egipto y aguas abajo hacia Alejandría
y Damietta, cargados de mercancías y
artículos de toda laya.

–Ibn Battuta

20
Letanía
del Nilo

Somete a nosotros todos los mares que sean
Tuyos en la tierra y en el cielo, en el
mundo de los sentidos y en el mundo
invisible, el mar de esta vida y el mar
de la vida venidera...
Kaf-Ha-Ya-'Ain-Sad.

–Atribuido a al-Shadhili

Cómo y por qué no describo mi método para
permanecer bajo el agua por tanto tiempo
como pueda permanecer sin alimento; y
esto no lo hago público ni lo divulgo en
razón de la maldad de los hombres, que
practicarían asesinatos en el fondo de los
mares...

–Leonardo da Vinci

n medio de la noche, mucho tiempo después de que los esclavos y los compañeros de Leonardo se hubieran acostado a dormir (se le habían concedido todos los esclavos necesarios y una *bottega* en la cual trabajar), Kuan fue a visitarlo a solas. Como Leonardo había encargado a sus herreros y vidrieros las grandes lámparas de agua inventadas por él, la enorme *bottega*, con su aire de mezquita, estaba inundada de una luz intensa y pareja.

—Veo que has utilizado bien el tiempo establecido —comentó el chino.

En verdad, Leonardo había estado trabajando con enorme ahínco. Se veían piezas de equipo sembradas por doquier. En el centro de la habitación había unos tubos largos, conectados a una torreta que tenía, en un extremo, aberturas para los conductos de aire; en el otro, una bota para vino que se podía poner en la boca del nadador. Junto al aparato había una mesa larga, cubierta de bocetos, una botella de vino vacía, alguna fruta a medio comer que se había puesto parda y una máscara de cuero con lentes de vidrio salientes.

Kuan levantó la máscara.

—¿Y esto?

—Permite ver bajo el agua.

—Se puede hacer sin máscara.

—Pero no con claridad —aclaró Leonardo, en voz baja, pues Zoroastro dormía en un jergón. Pese a todas sus pretensiones, era buen trabajador y mucho más talentoso que los otros compañeros de Leonardo. —¿Quieres probarla?

Eso pareció tomar a Kuan por sorpresa, pues se echó a reír.

—¿De noche?

Leonardo se encogió de hombros, como si lo desafiara.

—Por cierto —aceptó el chino—. ¿Y eso qué es? —Señaló el aparato que ocupaba el centro.

—Permite respirar bajo el agua.

Pasó a explicar la razón de las válvulas de la boquilla, que se conectaban con tubos de entrada y salida. Mientras recogía su equipo y una lámpara, el visitante observó:

—Podemos llamar a un par de esclavos para que ayuden.

—No será necesario —contestó Leonardo, al tiempo que cargaba los tubos al hombro.

Pero cuando se encontraron fuera de la habitación, en los corredores oscuros, cuando Kuan hubo ordenado a los soldados mamelucos encargados de custodiar a Leonardo que permanecieran en la *bottega*, el pintor sintió que volvía su dolor por Nicolás.

—Me parece que la "prisión" te sienta bien —comentó Kuan, como para provocarlo.

—¿Qué quieres decir?

—Al parecer, trabajas noche y día.

—El califa ha pedido lo imposible.

—Quizá —reconoció el chino—. Pero éste es tu ritmo de trabajo regular, ¿no?

—No con exactitud.

—Bueno, das la impresión de estar en tu elemento en esa *bottega*, bajo vigilancia. Y sólo se te ve afligido ahora que hemos salido.

Leonardo no pudo discutir. Kuan era incómodamente perceptivo. En realidad, era cierto que podía perderse en el trabajo, cerrar su catedral de la memoria, vivir en el presente absoluto.

Al pasar frente a la mezquita de Al Nasir Mohammed, que quedaba cerca de su destino, preguntó:

—¿Dónde has estado en estas últimas semanas?

La noche era fresca, iluminada por una luna creciente; las gráciles cúpulas y los almenares de la fortaleza lucían vaporosos, insustanciales, como si el legendario Salah ad-Din los hubiera modelado con la materia de las nubes. Aun así habría sido imposible huir de aquel lugar.

—¿Rescató el Devatdar a Nicolás y A'isheh?

—¿Preguntabas por qué no te visité?

Leonardo asintió.

—Porque estuve con el Devatdar en los Dominios Custodiados.

Turquía. Leonardo se desconcertó.

—Pero el Devatdar viajó antes y fuimos atacados...

—Piensas sólo en líneas rectas, Leonardo —se burló Kuan—. ¿Es preciso que dos viajeros partan al mismo tiempo para llegar al mismo destino?

—No, por supuesto. Pero dime lo que sabes, por favor.

—¿Lo que sé? —musitó Kuan, jugando.

—Sobre A'isheh... y la suerte corrida por Nicolás. Necesito saber.

—Fui acompañando al Devatdar y a los otros embajadores. Tratamos de negociar el rescate de A'isheh y otros capturados.

—¿Sí?

—Pero ellos sabían que A'isheh era familiar del califa, y quisieron enviar a sus embajadores aquí para negociar.

—¿Cómo pudieron saber que era familiar del califa... a menos que ella misma lo dijera?

—Su *cassone* fue tomado como botín. Allí guarda ella sus ropas, sus diarios, su vida pasada. Al menos, eso me han dicho.

Leonardo sintió que se abrían sus glándulas, acelerando el corazón. ¿Qué podía haber escrito en sus diarios?

—No se nos dio más alternativa que volver a El Cairo a bordo de naves turcas. Las nuestras han sido retenidas por el emperador, que también pide rescate por ellas. —Kuan hablaba con lentitud, con cautela; le temblaba la voz. —Fue una experiencia humillante. Me maravilla que el califa no nos haya hecho pasar a todos por la espada. Yo lo habría hecho...

—Eres demasiado exigente contigo mismo.

—No me trates con esa condescendencia —pidió Kuan, con frialdad—. Esa bazofia es digna de esclavos.

Leonardo, zaherido, guardó silencio por un rato. Luego volvió a preguntar por Nicolás.

—¿Lo viste?

—Sólo vimos a A'isheh.

—Entonces no estás en absoluto seguro de que Nicolás haya muerto, ¿verdad?

—Aún no estás preparado para renunciar a él, maestro —observó Kuan—. ¿Recuerdas lo que te dije sobre la palabra del califa?

Al ignorar la pregunta, Leonardo dijo:

—No es cuestión de estar preparado, sino de... —Pero se interrumpió. —No, no estoy preparado.

Llegaron a una torre situada en el lado sur de la mezquita. Junto a ella había un pozo, el Pozo del Caracol, construido por los cruzados prisioneros de Salah al-Din. Una escalera de caracol descendía en forma abrupta por él hasta la altura del Nilo.

—Tenía la sospecha de que me traerías aquí —dijo Kuan—. ¿Puedo confiar en que no me mates?

—Mira en tu catedral de la memoria. O en tu ciudad de la memoria, como creo que la llamas. ¿No puedes ver "el presente de las cosas futuras"?

El chino, sin responder, se desvistió hasta quedar en calzoncillos y descendió él primero.

—¿De qué me servirán tus antiparras cuando esté respirando bajo la superficie del agua? —inquirió—. Estará oscuro.

—Podrás ver la lámpara. Basta con que mires hacia arriba.

Sus voces sonaban huecas, cargadas de eco. Leonardo explicó con exactitud cómo funcionaba el aparato, cómo flotaría la torreta con los conductos de aire en la superficie, cómo fijar la máscara y las antiparras para respirar de la forma debida. Gracias al peso de un cinturón del que pendían varias piedras, Kuan se sumergió en el agua fresca.

Para Leonardo era difícil verlo, pues la luz se reflejaba en el agua. La torreta se bamboleaba en la superficie, que se fue serenando poco a poco; al cabo de algunos segundos, Kuan volvió a subir por la escalera, chorreando agua. Se quitó las antiparras y el aparato para respirar; parecía estar sin aliento.

—Funciona —dijo, entusiasmado—. Pude respirar y ver que me mirabas, aunque veía mis propias manos con más claridad que a ti. Era como levantar la vista... al cielo. No te veía a ti, Leonardo, sino a la luz.

—Estaba temblando. —Se lo diré al califa.

Aunque complacido, Leonardo sugirió:

—Quizá fuera mejor esperar.

—Al califa lo impacienta tener que agasajar a los turcos.

—¿Qué quieres decir?

Kuan habló con suavidad, en tanto subían las escaleras para salir del pozo.

—Quiere guerra, maestro.

—¿Eso significa que no rescatará a A'isheh?

El chino empezó a vestirse.

—El príncipe de los turcos no acepta ninguna suma de dinero. ¿No entendiste la exigencia que su embajador presentó al califa?

—Me pareció que ofrecía reparar los conductos de agua para beneficiar a los peregrinos.

—Oíste bien. Pero ése es un privilegio del califa, pues sólo él controla y mantiene La Meca y Medina, los sitios más sagrados. El Regente de Mundos y el Protector de la Fe es Ka'it Bay, no Mehmed, por muy poderoso que crea ser.

—Pero el califa seguiría gobernando sus propios territorios, ¿no? —preguntó Leonardo, mientras regresaban al taller.

—Sí, pero Mehmed sería legitimizado como protector de todo el Islam.

Leonardo meneó la cabeza.

—¿Te parece diferente de los intentos del Papa por dominar Florencia, con la amenaza de excomulgar a todos sus habitantes? —señaló Kuan.

—Conque el califa sacrificará a A'isheh y a los otros.

—No será como piensas, maestro.

—¿Qué quieres decir?

Como el chino no respondió, Leonardo insistió:

—¿Otra mirada al presente del futuro?

Pero Kuan no mordió el anzuelo. Después de dar las buenas noches al pintor, se retiró. Una vez solo, Leonardo sintió de pronto una gran nostalgia por Florencia. Era como si el aire mismo estuviera hecho de pesares. Ansiaba estar sentado a la mesa de Verrocchio, con Nicolás a su lado. Ansiaba ver a Sandro, a Simonetta... Simonetta, rubia y frágil, la que había vuelto a reunirlo con Ginevra. Pero el recuerdo de Ginevra estaba invadido por el recuerdo de su muerte.

Dio un respingo, como si saliera de una pesadilla.

Los fantasmas que casi se materializaban ante él eran sus guardias, que habían estado buscándolo. Al verlo con el aparato para inmersión, uno de ellos dijo, con una gran sonrisa:

—*Mun shan ayoon A'isheh.*

"Por los ojos de A'isheh."

Sólo al día siguiente podría entender Leonardo qué significaba aquello.

El califa ordenó que la destrucción de las naves de los enviados turcos se produjera a la luz del día, estuvieran los barcos anclados o con las velas desplegadas. Se ordenó a los embajadores abandonar la Ciudadela y embarcarse hacia el amanecer: habían llegado a El Cairo en cinco modernas galeras de combate, esbeltas, estrechas y erizadas de remos y cañones. Los barcos permanecían quietos en el agua serena del Nilo, rosada por la aurora, inmóviles como piedras en la corriente honda de la temporada.

Leonardo, Zoroastro y Kuan partieron hacia los navíos turcos a bordo de una *felucca* medio podrida, que había sido habitada por tres familias antes de que Kuan Yin-hsi la confiscara. Sus marineros vestían harapos y llevaban las armas bien ocultas. Anclaron la embarcación a la vista de las galeras, rodeada de otras similares, pues el Nilo era, en sí, una aldea. A lo largo de las costas, las mujeres y los niños *fellahin* gritaban: "*Mun shan ayoon A'isheh*". Y desde las *feluccas* se les respondía con idénticas palabras. Pero la frase se perdía en el ruido del viento, el parloteo y el reclamo de los pájaros: golondrinas rojas, ánades rabudos, cercetas, milanos y chorlitos. Como si invocaran la creación del día, cantaban y piaban desde árboles y mástiles, desde el aire mismo.

Los artefactos submarinos de Leonardo se hallaban en la cubierta, tapados por lonas; había tres boyas conectadas a los tubos de respiración y a largas barras; de las cuales pendían leznas y taladros —diseñados por el mismo Leonardo—, que se movían libremente sobre pivotes. El herrero del califa había entregado los taladros, las leznas y los tubos articulados apenas una hora antes; Leonardo no estaba siquiera seguro de que funcionaran.

—Debería hacer esto yo solo —insistió, al tiempo que retiraba la lona de los mecanismos—. Ninguno de ustedes tiene experiencia.

—Yo tengo tanta como tú —afirmó Zoroastro, enrojecido por su obvia excitación.

—Y yo, aún más —intervino Kuan. Leonardo lo miró con sorpresa.

—He matado a más hombres, maestro. Eso pesa más que tu porción de pericia técnica. Tú has matado sólo como defensa. ¿Soportas matar a inocentes?

—Las riberas están cerca —observó Leonardo. Pero aun mientras lo decía se preguntó por qué se estaba defendiendo.

—Aun así, muchos se ahogarán y otros serán devorados por los cocodrilos. Y los que lleguen a la costa serán pasados por la espada... o esclavizados.

—¿Qué? —exclamó Zoroastro—. ¡No me digas que en estas aguas hay cocodrilos!

—No temas, pequeño mago —contestó Kuan—. Te daré un ungüento; los reptiles no se te acercarán. Y bajo el agua estarás a salvo, pues sólo atacarán en la superficie. —Se volvió hacia Leonardo. —Bien, ¿aún deseas quedarte con toda la gloria?

—Sólo deseo terminar con esto —respondió el artista, que observaba las naves turcas—. Lo haré solo.

—¿Por qué?

—Porque el invento es mío.

—¿Como tu máquina voladora, la que mató al jovencito?

—Exacto.

—Ah, conque preferirías salvarnos la vida —dijo Kuan—. ¿Y cuántos barcos crees poder hundir sin que se den cuenta? ¿Crees que permanecerán amarrados hasta que termines?

Leonardo pasó por alto el sarcasmo.

—Puedo pasar de prisa de uno a otro antes de que noten nada raro.

Hablaba como si pensara en voz alta, elaborando su estrategia. Se preguntó cuándo zarparían los turcos; una vez que los barcos se pusieran en marcha sería difícil aferrarse a sus tablas para abrir las bodegas al agua.

Pero Leonardo no podía hundirlos por sí solo. Lo sabía.

¿Cómo llamaba el Devatdar al califa? El Jinn Rojo, el que convierte la matanza en una fiesta.

Ahora Leonardo sería el Jinn Rojo.

Se volvió hacia Zoroastro.

—¿Recuerdas todo lo que te dije acerca del mecanismo?

—Sí, Leonardo.

—¿Y el taladro?

—Sí.

—¿Y recuerdas cómo utilizar el mecanismo para arrancar las tablas?

—Sí, por supuesto —contestó Zoroastro, enfadado.

—Esto es importante. Acuérdate de practicar varias aberturas en el casco, pero ten cuidado, pues el agua entrará con una fuerza terrible. Y no olvides mantener despejadas las líneas de respiración; es fácil enredarlas... y romperlas. —Giró hacia Kuan. —Y tú, ¿entiendes todo esto?

—Sí, maestro —afirmó Kuan, de buen humor y con algo de condescendencia, como si le encantara que Leonardo se preocupara más por su amigo que por sí mismo.

—Bien. Yo iré primero. Hundiré las galeras que están más próximas a la isla Gezirah. —Observó las naves desde lejos. Era una mañana despejada y luminosa. Los colores del follaje, el cielo y el río tenían una intensidad casi artificial. —Tú y Zoroastro, ocúpense de los otros.

—Así lo haremos —repuso Kuan, cediendo el mando a Leonardo—. Pero la galera grande, el buque insignia donde viajan los embajadores, debe quedar intacta. Que vuelvan junto a su emperador con todo el peso de la humillación.

Luego entregó a Leonardo el ungüento para protegerlo de los cocodrilos.

Después de frotarse con esa poción maloliente, el pintor se puso la bolsa de respiración sobre la boca y las antiparras sobre los ojos; probó las líneas, se colocó un cinturón con pesas y, mientras tomaba en la mano la lezna conectada con la boya, saltó al agua. Vio árboles iluminados por el sol en riberas distantes, una mata de vegetación; luego, el impacto del frío. Aspiró con brusquedad y exhaló; las válvulas que conectaban la boca a los tubos de entrada y salida de aire funcionaban bien. Sintió contra los labios el gusto acre del cuero. La visibilidad era muy mala; no llegaba a ver a dos metros de distancia. Sin embargo, al levantar la vista hacia la superficie, que ahora parecía un espejo líquido, reverberante y lechoso, se sintió de pronto vivo y lleno de energías. Su invento funcionaba. Algún control podía tener sobre la naturaleza, aunque no sobre el destino.

Se dirigió hacia las naves turcas; era como nadar por una niebla luminiscente. El limo se arremolinaba abajo, como la arena agitada por el viento. Sujetando la lezna, pateó con fuerza para impulsarse hacia adelante. El mundo subacuático parecía silencioso, pero sólo por un momento; al aclimatarse empezó a oír crujidos apagados, suspiros: las voces del río. Su boya, conectada a los tubos de aire, lo acompañaba allá arriba, pintada de modo que resultara invisible en el agua.

No fue tan fácil hallar las naves, pues los numerosos cascos de barcos egipcios eran como sombras en la palidez de arriba. Leonardo tuvo miedo de que se le taparan los tubos de respiración con el detrito que flotaba en el agua; era como si la basura hubiera hallado su nivel y flotara por toda la eternidad, sin hundirse jamás. Como había perdido el sentido de la orientación, Leonardo se arriesgó a emerger para orientarse. Las galeras no estaban lejos, pero a no ser por el cambio de dirección habría pasado de largo.

De pronto uno de los cascos apareció ante él: un muro curvo de madera con percebes incrustados. Pateó con fuerza, y se sumergió tan hondo como pudo; luego apretó la punta del taladro en el casco y, con movimientos rotatorios de ambos brazos, perforó entre dos tablas. Después utilizó la lezna para arrancar el madero. En esa tabla no había podredumbre, pero cedió al forcejeo de las herramientas. Leonardo arrancó una tras otra y el agua entró a torrentes; fue preciso sujetarse con fuerza para no ser arrastrado al interior de la bodega. Luego nadó a popa y repitió el procedimiento, hasta que el barco empezó a crujir y bambolearse. No tardaría en hundirse.

Nadó hasta el barco siguiente: otro barranco cargado de percebes. A cada instante miraba hacia la superficie para no arruinar sus tubos de respiración. Una vez más taladró entre dos planchas y las desprendió con la lezna. Todo era repetición, hasta que el agua entró en el casco por varios agujeros. Sintió la succión que tiraba de él, en tanto oía, a la distancia, los gruñidos de la madera: la otra galera ya estaba hundiéndose.

De pronto no pudo respirar. En un pánico momentáneo, tiró de los tubos de respiración para liberarlos, por si se habían atascado en algo; de nada sirvió: habían sido cortados o arrancados. Soltó las herramientas, y nadó hacia la superficie y, al emerger, aspiró una gran bocanada de aire. Algo lo rozó al pasar, áspero como la grava, y una flecha se hundió en el agua, a su lado. El río estaba ensangrentado; hervía de turcos, blanco fácil para quienes disparaban flechas o blandían cuchillos desde las *feluccas*. Era obvio que lo habían tomado por turco.

Los cocodrilos nadaban entre las embarcaciones, tan largos como las mismas *feluccas*, a dentelladas, dándose un festín, como antiguos dioses egipcios en un sacrificio. Leonardo oyó gritos y algo que parecía un cántico.

Se sumergió de nuevo en el silencio y nadó con furia en dirección a su propia *felucca*, hasta que sintió los pulmones a punto de estallar. ¿Y si estuviera nadando en dirección equivocada? Imaginó a los grandes cocodrilos allá arriba, esperando que emergiera. Tenía la sensación de estar nadando por un paisaje onírico, como si sus pesadillas hubieran adquirido forma. Emergió para tomar aliento y, mientras miraba a su alrededor, oyó su nombre en un grito. Nadó hacia la voz, hacia su *felucca*, y lo izaron a bordo. Por pura suerte se había orientado hasta su barco, que ya estaba en movimiento.

La voz era la de Kuan.

—No me pareció prudente buscarte. Hundí mi barco y regresé, al igual que Zoroastro.

Éste abrazó a Leonardo y se volvió a mirar al buque insignia de los turcos, que se alejaba impulsado por un viento leve, entre las maldiciones y las burlas de la muchedumbre; su tripulación arrojaba cabos a quienes estaban en el agua. El gran río, la madre de El Cairo, se veía hinchado y sanguinolento.

Por doquier había *feluccas* de vela ancha, pintadas con tonos vivos, donde se arracimaban los *fellahin*; estaban bien armados y se divertían mucho matando cocodrilos y turcos por igual, mientras cantaban con la multitud que se había congregado en las orillas: hombres de turbante blanco, mujeres veladas que vestían por completo de negro, como si llevaran luto, y niños de voces tan agudas como un coro de *castrati*.

—*Mun sha ayoon A'isheh.*

Por los ojos de A'isheh.

—¿Qué es lo que dicen? —preguntó Leonardo.

—Es una gloriosa canción de guerra y romance —explicó Kuan. Aunque sonreía, la suya era una expresión de tristeza y cinismo, la sonrisa de un hombre que ya lo había visto todo. —El califa ordenó a sus trovadores que la cantaran al pueblo. Habla de A'isheh y el poder de la magia. Fue profecía pura, pues el califa les dijo que hundiría a los barcos enemigos por arte de magia, como señal. Y hemos cumplido. Hemos inmortalizado a A'isheh. Tanto los *fellahin* como los guerreros pedirán a gritos luchar y morir por ella. Por la belleza. Por la perfección. Es todo muy platónico.

—Es una locura —dijo Leonardo.

—¿Una locura, como la de tu amigo Sandro? ¿No estuvo él a punto de morir por la mujer de Lorenzo?

—No hables así de ella —le espetó Leonardo.

Kuan hizo una leve reverencia.

—Te ofrezco mis disculpas, maestro.

—No entiendo qué interés puede tener esta gente. ¿Conocen siquiera a A'isheh?

—Eso no importa. La crearán. Ella se convertirá en una mártir viviente y la leyenda crecerá al correr de boca en boca. Los trovadores la divulgarán; la llaman Hormat Dima y Hormat Hamra.

Mujer de sangre. Mujer roja.

—Su nombre se convertirá en grito de batalla —continuó Kuan, reflexivo—. Ella será como el mismo Egipto. Por ella se levantarán los hombres para aniquilar a los turcos. Correrá la sangre. Los turcos nadarán en ella, como ahora.

—Y la matarán —apuntó Leonardo.

—No, está a salvo. Más segura que tú en estos momentos. Si la entregan se acabará la guerra. Será utilizada para negociar.

—¿Y si le hacen daño?

—Entonces la gente de esta tierra enloquecerá de verdad, se entregará a la matanza. Quienes la tienen cautiva cargan con una gran responsabilidad. —Tras una pausa Kuan añadió: —Lo que ha sucedido aquí debería preocupar a Mehmed. Es un hombre religioso... y supersticioso.

Leonardo miró al chino, pero no pudo detectar humor ni ironía en esa cara serena.

—Entonces es posible que entregue a A'isheh.

—No me parece probable —opinó Kuan—. Tanto Mehmed como nuestro califa necesitan probar sangre. Ya verás, maestro.

—¿Y tú? —preguntó Leonardo, con curiosidad—. ¿Cómo te sientes?

El oriental se encogió de hombros.

—Matar no me complace ni me disgusta.

—¿Qué es lo que... te complace?

—Ya te lo mostraré. Algún día. Pronto.

Luego Kuan le volvió la espalda y ambos contemplaron la matanza en silencio.

Y Leonardo creyó ver el cadáver de Nicolás flotando bajo la superficie del agua verde, moteada de sol.

Como si todas las caras de los jóvenes muertos fueran la de Nicolás.

21
Reflejos
en el desierto

Primero estudié las fortificaciones que
   permiten resistir a un enemigo poderoso
   y luego las apliqué a las esferas aéreas.
                        –Francesco Zambeccari

Dije a los campesinos: "Amigos míos,
   retroceded todos al mismo tiempo desde
   el borde del vehículo a la primera señal
   que yo dé, y entonces volaré". A un gesto
   de mi mano, ellos retrocedieron y yo me
   elevé como un pájaro. En el curso de diez
   minutos había alcanzado una altura de
   mil quinientas brazas y ya no distinguía
   los objetos en el suelo; no veía más que
   las formas inmensas de la naturaleza.
                        –Jacques Alexandre Charles

Allí se le mostró un camello volador.
                        –Petachia de Ratisbon

Ahora asciende el gallo a los cielos.
                        –Lema del aeróstato

un tras el milagro de haber hundido las naves turcas en el Nilo, Leonardo seguía prisionero en sus habitaciones y en su taller, llenos de máquinas y armas forjadas y construidas según sus especificaciones. Pero ahora era realmente un prisionero, pues le habían quitado a sus amigos. Kuan lo visitó una sola vez, para decirle que debía producir más inventos. El califa quería uno por día. Estaba muy satisfecho con Leonardo: ésa era la recompensa del inventor. Leonardo se quejó con amargura a Kuan de haber sido engañado; él no era una Sheherazada de mil y una invenciones.

—La vida es una prueba —contestó el chino, después de felicitarlo por su buen gusto en cuestiones de libros—. Recuerda, Leonardo, que tus amigos dependen de ti... y te esperan.

—¿Dónde están? —quiso saber Leonardo.

Pero Kuan le reveló apenas lo suficiente para mantenerlo en suspenso: que el califa había abandonado en secreto los lujos de El Cairo para cabalgar con sus beduinos por el desierto, y que había llevado consigo a Américo Vespucio: a Vespucio, el tímido, el que temía a las muchedumbres y a las mujeres. Ahora estaba con el Jinn Rojo, el califa capaz de matarlo por capricho. En cuanto a Zoroastro y a Benedetto, quedó sobre ascuas.

Leonardo no veía sino a sus guardias y a las prostitutas que lo visitaban como sueños en la noche; pero hasta esas mujeres le eran desconocidas: todas las noches aparecía una diferente. Él les permitía quedarse, pues estaba desesperado por tener compañía. Y soñaba que eran Ginevra, Simonetta o A'isheh. Algunas noches les hacía el amor, inhalando su almizcle y su perfume como si fuera el humo sofocante de la hoguera que había consumido a Ginevra en su dormitorio.

Ginevra, prometida en matrimonio a la muerte.

A'isheh. Ella entraba en sus pensamientos, en sus sueños y fantasías, una y otra vez, y Leonardo reflexionaba sobre el tiempo que pasaron juntos. Recordaba los momentos mundanos, las duras cópulas, y se preguntaba cómo y cuándo se había introducido ella en su mente. No podía decir que sintiera interés por ella, mucho menos amor. Sin embargo, ella le había robado a Nicolás por celos. Recordó cómo gritaba de dolor cuando él la poseía... lleno de ira. Como si A'isheh no fuera el objeto de su deseo ni un dulce bálsamo, sino simplemente una bella herramienta de carne.

Y recordaba siempre a Nicolás, su pupilo, su responsabilidad, su fracaso.

Después de haber compartido su lecho con una delgada prostituta llena de granos, Leonardo compuso una carta a la luz de su lámpara de agua. El *mullah* no tardaría en llamar a los fieles a la oración; la aurora teñiría los almenares de rosa y oro. Escribió lentamente en latín.

Queridísimo maestro pagholo:

Es con gran tristeza y dolor que te escribo esta carta, pero ya he vacilado, demorado demasiado tiempo. Estoy, y con razón, seguro de que Nicolás Maquiavelo ha muerto. Las circunstancias que llevaron a...

Leonardo arrancó la hoja de su cuaderno y la arrugó entre las manos, con lo que volcó la tinta sobre la mesa. Mojó la pluma en un charco para volver a comenzar, pero Kuan, que había entrado en su apartamento silencioso como un espíritu y estaba a su espalda, dijo:

—Bien, Leonardo, veo que por fin estás dispuesto a renunciar a tu amigo.

Vestía de manera suntuosa, con ropas del califa.

—Bienvenido, Kuan —saludó Leonardo con frialdad, y echó un vistazo a la puerta para verificar que estuvieran solos—. Es tarde. ¿O temprano, quizá? ¿A qué se debe tu visita?

—¿No bastaría con que te visitara por pura amistad? —preguntó el chino.

—Eres un carcelero muy bien puesto.

—Buen juego de palabras —sonrió Kuan—. Has aprendido bien el árabe. Supongo que pronto escribirás poesía en la lengua sacra.

—Tal vez ya haya comenzado —contestó Leonardo. Y preguntó, mientras señalaba el diván: —¿Gustas una pipa?

—Ah, conque te has hecho adicto a los placeres del hachís.

—He descubierto que esa sustancia me estimula las ideas. ¿No lo llaman acaso "el amigo del prisionero"?

—Tenía la impresión de que eras muy meticuloso con tus costumbres. Más aún, que tenías pocos vicios o ninguno.

—¿Es ése el propósito de tu visita? ¿Interrogarme sobre mis costumbres?

—No, Leonardo. He venido a sacarte de aquí.

—¿Y qué hay de...?

—¿De tus amigos?

—De mis amigos, sí.

—Están sanos y salvos, lejos de aquí.

—¿Dónde?

—Aquel cuya vida salvé, y Zoroastro, el prestidigitador, están con el Devatdar.

—Sí, ¿y dónde está el Devatdar?

—Te llevaré allá, Leonardo. Es menos peligroso que decírtelo. —Señaló las paredes, como si estuvieran rodeadas de espías. —¿Te impresionaron mis trucos de memoria en la fiesta de Messer Neri?

—Sí, supongo que sí, pero...

—Bueno, esta noche tengo otra cosa con que impresionarte, Leonardo. Quizá no seas el único hombre capaz de volar. Hagamos una mascarada, como en Florencia.

—No comprendo de qué me hablas —dijo Leonardo, impaciente.

—¿Estas cansado, amigo mío?

—No.

—Partamos, entonces.

—¿Ahora?

—Sí. No tenemos mucho tiempo.

—Debo preparar el equipaje. En la *bottega* tengo mis inventos y mis anotaciones.

Kuan abrió una mochila.

—He aquí las notas que estaban en el taller. Toma las que tengas aquí y pongámonos en marcha.

—Necesito ropa.

—Sigues siendo un elegante, Leonardo. Pero adonde vamos no necesitarás tu ropa. Y no te preocupes por tus máquinas. Te serán entregadas.

Kuan abandonó la habitación. Los guardias, a la puerta, esperaron a que Leonardo lo siguiera.

—Una vez me preguntaste qué me complacía —dijo Kuan a Leonardo, cuando estuvieron en la amplia azotea de una de las murallas orientales de la Ciudadela—. Helo ahí.

No tenía necesidad de señalar la enorme masa de lienzo y papel que se henchía y ondulaba por sobre un horno de ladrillos, más o menos con la forma de una pirámide. Aun a esa distancia (a más de seis metros), Leonardo percibió el olor del humo denso y acre que entraba en ese sobre cosido de lienzo y papel. Una red de sogas se curvaba sobre el hemisferio superior; a ellas se conectaba una base de mimbre.

—¿Qué es? —preguntó. Serían necesarios más de trescientos codos de tela para fabricar esa esfera, ya inflada en toda su extensión. Doce esclavos se colgaban de las cuerdas con todo su peso para impedir que saliera flotando por los aires. La aurora tocaba el gris de la Ciudadela con toques de rosado, como si unos largos dedos de luz peinaran la piedra. Leonardo levantó la mirada a la esfera, que ahora se veía con claridad; estaba decorada con un camello rojo y dorado; se trataba de un efecto visual, pues el camello estaba hecho con cintas cosidas en diamante sobre el exterior.

Kuan corrió hacia el globo y gritó a los hombres:

—¡Cubran el fuego! El camello ya tiene suficiente humo adentro. Eso va a incendiarse.

Por sobre el hornillo asomaban las puntas de las llamas. Los esclavos lo cubrieron con una pieza de hierro y, a una orden de Kuan, arrojaron baldes de agua a la manga de tela y la base de mimbre del globo.

—Ven, Leonardo —gritó el chino—. Ya es hora. ¡Ya!

Leonardo, fascinado, subió tras él a la base de mimbre, en tanto el globo se balanceaba, tironeando en el aire. La canastilla en la que se encontraban medía unos seis metros de diámetro exterior y unos cinco por adentro. A cierta altura, donde se lo alcanzaba con facilidad, pendía un brasero.

—¿Cómo funciona? —preguntó Leonardo, entusiasmado. Sin duda se trataba de una máquina voladora, distinta de cuanto él hubiera concebido nunca, aunque no tan diferente, quizá, de su paracaídas: una carpa de lienzo con todas las aberturas cosidas. Vio que las multitudes, allá abajo, lanzaban su clamor contra las murallas de la Ciudadela.

Kuan ordenó a los esclavos que soltaran las sogas para liberar el globo, y ellos obedecieron.

—Recoge las sogas —indicó a Leonardo.

—¿Por qué no se las cortó?

—Más adelante nos serán útiles —explicó Kuan, impaciente. Luego, como si hablara consigo mismo, añadió: —El viento es adecuado.

De pronto se elevaron. Por un instante el florentino imaginó que los edificios y la gente se habían reducido por milagro, pues apenas había sensación de movimiento: sólo el balanceo del cesto, hacia atrás y hacia adelante, como una hamaca tendida entre los postes de un barco. Era como si el globo se mantuviera estacionario mientras el mundo se apartaba de él, pues El Cairo retrocedía, se alejaba. Por un instante de vértigo Leonardo tuvo la sensación de estar cayendo hacia arriba. Pero ese miedo se esfumó en seguida, para ser reemplazado por una suerte de fascinación, pues le era posible ver y oír todo lo que sucedía abajo, como si algo aumentara el volumen de las conversaciones. Oía el ladrido de los perros, los gritos agudos de los niños, hombres que discutían y peleaban; cada palabra, golpe y bofetada eran nítidos, como si él fuera omnisciente, como si estuviera en todos los lugares al mismo tiempo: junto a los mercaderes, los tenderos itinerantes, las mujeres de velos negros, los niños, los mendigos, los derviches, los dignatarios, los esclavos, los encantadores de serpientes y el mar de la turba, ojos, oídos, alma y mente de El Cairo. Y en tanto el globo se elevaba aún más, ellos se arrodillaban para orar.

Tranquilizado al ver que todo marchaba bien, Kuan se inclinó por sobre el borde de la canastilla y lanzó al gentío el grito de guerra:

—*Mun shan ayoon A'isheh.*

Aunque tenía la cara cubierta, sus ropas decían a todos quién era él. Y la gente levantaba la vista con terror y estupefacción, pues allá estaba el califa con su túnica roja, flotando en el aire: el Jinn Rojo, el demonio hecho carne cuya mera mirada podía matar, el que destruía a voluntad, pero también protegía la verdadera fe, para defender a los fieles. Era el alma del guerrero, manifiesta.

De rodillas, esos miles de esclavos y ciudadanos respondieron a su grito, como a una sola voz, obedientes, atrapados por el milagro que pendía sobre ellos. Ahora veían con sus propios ojos la promesa del Paraíso. ¿Acaso el rey, el califa, el Comandante de los Fieles y Defensor de la Fe, no estaba ascendiendo al cielo por el poder de su propia magia? ¿Qué otro podía hacerlo en carne y hueso y retornar de allá?

—Conque una vez más fingimos ser lo que no somos —observó Leonardo.

—Te prometí una mascarada.

De pronto el cesto empezó a balancearse en forma peligrosa. Kuan gritó:

—Pasa al otro lado, Leonardo, de prisa.

El gentío aulló de horror, pero el cesto se enderezó por sí solo. Y luego la Ciudadela quedó muy abajo, transformada en un castillo de arena: cúpulas en miniatura, torres, baluartes, parapetos y almenares. Y el mundo seguía empequeñeciéndose: las calles se convirtieron en las líneas de un mapa; las ferias y los mercados, en hormigueros del tamaño de una uña. El Cairo, la ciudad más grande del mundo, la más poblada, la más civilizada, se transformó en un borrón de ladrillo y cemento, que se podía describir con el pulgar y el índice: una forma geométrica gris que no era sino una erección de la tierra, infinitamente extendida, capaz de empequeñecer a todas las obras humanas, aun las pirámides azules grisáceas de Giza, al oeste. El Nilo, la gran arteria azul de Egipto, estaba salpicado de *feluccas* de vela ancha; en sus riberas se extendían fértiles sembrados que semejaban amplias pinceladas pardas. Leonardo vio bosquecillos de palmeras y sicomoros, rocas afiladas, islas y templos pintados, aldeas y laderas de montaña. Y el globo seguía ascendiendo, hasta que el horizonte se convirtió en un círculo perfecto y el desierto se impuso aun al cielo, cuyo borde, hacia el norte, era el Mediterráneo.

Hacia el este había colinas, montañas y desierto: la geometría de la arena.

En esa dirección los llevaba el viento.

Kuan agregó combustible al brasero, que ya relumbraba con un rojo feo. Aquello hedía al quemarse.

Leonardo estaba sobrecogido; volaba, en verdad, y flotaba en el algodón húmedo de las mismas nubes, pero se encontraba en un aire cortante de frío y no en la región de fuego que esperaba con temor.

—Es muy veloz —comentó, arrebatado.

—¿Qué cosa? —preguntó Kuan, mientras filaba con cuidado unas velas, más parecidas a grandes remos, al costado del cestillo y a la red de soga que rodeaba el globo.

—Es como si de pronto hubiéramos abandonado la tierra para entrar en las nubes. Sin movimiento alguno. Sólo... —Recobrando los sentidos, Leonardo preguntó: —¿Así que puedes pilotear esta máquina como si fuera un barco?

—No —respondió Kuan—. La vela y el remo sirven de poco, en realidad. Pero son mejor que nada. La máquina está a merced del viento. Por eso escogimos ese momento para partir.

El pintor lo miró con aire interrogante.

—Debemos viajar hacia el este —explicó su compañero, despreocupado—. El viento era el adecuado.

—¿Adónde vamos?

—A reunirnos con el califa, como te dije.

—No, no fue eso lo que dijiste, sino que iríamos a reunirnos con el Devatdar.

—Te dije la verdad, maestro. Te encontrarás con ambos, por supuesto.

—¿Y por qué en esta máquina?

—Para impresionar a la chusma... para inducirla a pelear. Créeme: la noticia de que el califa ha volado por el cielo viajará más de prisa que nosotros. —Kuan rió con suavidad.

—Pero la verdad es que el califa permanece en la Ciudadela.

—No, Leonardo, no te mentí. Nos está esperando.

—¿Dónde?

—Allá abajo, en el desierto.

—¿Y cómo lo encontraremos si, como dices, estamos a merced de los vientos?

—Tendremos ayuda, te lo aseguro. ¿Habrías preferido viajar con una caravana?

Abajo, a la distancia, una larga caravana de beduinos avanzaba por guijarrales y piedra arenisca, rumbo a un océano de arena esculpida.

—No —susurró Leonardo—. ¿Pero por qué debes simular ser el califa? Kuan rió.

—Porque el califa tiene miedo, maestro. Se pone nervioso hasta en las torres del palacio. Tanto podría haber ascendido con nosotros como aleteando con los brazos. —Después de un segundo continuó: —Se te ve muy sorprendido, maestro. No hay motivo. Estamos en el cielo. ¿Qué aplicación tienen aquí las reglas y las conductas de la tierra? Ésta es la región de la verdad. Aquí no hay formalidades. Aquí somos realmente hermanos; quizá más que eso: aquí somos lo mismo. Uno y el mismo. —Su expresión cambió. —Pero cuando volvamos al mundo, maestro, todo será como antes. Y yo podría matarte con la misma facilidad con que avivo este fuego.

Leonardo no respondió. Se limitaba a mirar hacia adelante, hacia el éter azul cobalto. Kuan dijo:

—Supuse que quizá se te ocurriría alguna idea para mejorar mi invento.

—¿El invento es tuyo?

—Bueno, estas cosas no son desconocidas en mis tierras, pero allá eran sólo juguetes para que los niños jugaran junto al fuego. Como ves, lo he perfeccionado.

—No del todo.

Kuan enarcó las cejas.

—Como has dicho, está a merced de los vientos —explicó Leonardo.

—Aun así, ¿te imaginas qué arma podría ser ésta?

Leonardo lo imaginaba, sí. Pero ésa no era la máquina voladora que él había visualizado. No había alas por sobre sus brazos. Era la máquina la que tenía el control, no el hombre... o ambos, mejor dicho, se hallaban a merced de los elementos. Pero tal vez si hubiera un casamiento entre su máquina y la de Kuan, entonces las alas móviles y el timón direccional arrebatarían el control a los elementos.

Cuando el globo comenzó a descender, Kuan agregó combustible al brasero. El humo se elevó en el sobre de tela y papel. Cuando estuvieron lo bastante arriba, el chino pidió:

—Deja caer las cuerdas.

—¿Para qué?

—Como lastre. Hice que las recogieras cuando nos elevamos, para evitar que alguien se aferrara a una de ellas y nos hiciera caer de la cestilla. Cuando estemos cerca del suelo, reducirán la cantidad de lastre, y así nos salvarán de estrellarnos contra la tierra. Y por la noche, cuando no hay visión, se pueden palpar las sogas para saber cuándo se acerca el suelo.

—¡Qué ingenioso! —exclamó Leonardo, mientras arrojaban las sogas por sobre el costado de la plataforma. Se preguntó cuánto tiempo de vuelo llevaban. Parecían unos pocos minutos, pero debía de ser mucho más, pues El Cairo había desaparecido, tragado por el desierto, y no llegaba a ver la gran cuerda del Nilo. La bruma le nublaba la visión; el mundo estaba envuelto en niebla. —¿Cómo funciona este globo volador?

—Lo eleva la acción del humo negro, según creo —explicó Kuan—. Por eso utilizamos lana y paja en el hornillo que llena el sobre.

—¿No podría ser el calor lo que lo eleva?

Kuan se encogió de hombros.

—La lógica habla más en favor del humo.

Leonardo garabateó en su cuaderno. Era el calor, estaba seguro, pero ya lo comprobaría después... si vivía lo suficiente para pisar otra vez el suelo. Sentía el ambiente húmedo, como si él y la máquina estuvieran envueltos por una niebla cada vez más densa.

Kuan extendió los brazos con los puños apretados, como sujetando la neblina.

—Desilusiona descubrir que las nubes están hechas de nada. —Se encogió de hombros. —Cuando niño pensaba que, si de algún modo lograba elevarme hasta su altura, podría caminar por su blanda superficie. Imaginaba que eran como países y no deseaba otra cosa que explorarlos.

Leonardo no supo qué decir. Siempre se sentía azorado cuando otra persona lo hacía objeto de confidencias. Nunca hubiera esperado esas ideas románticas de Kuan, pero en verdad habían dejado atrás el mundo de las reglas y los remordimientos.

No había viento; aquello parecía más un sueño que una experiencia real. Las horas daban la impresión de transcurrir abajo, como si el tiempo fuera geológico y arquitectónico, pero para Leonardo todo era una ensoñación. No tenía noción del paso del tiempo: sólo el desierto infinito, tan blanco que hacía mal mirarlo por demasiado rato, y el cielo, un mundo en sí: luminoso por un momento o una hora, brumoso y nublado al siguiente. Pero de la neblina surgió una aparición, tan clara como una imagen en el espejo.

Había otro globo flotando a la distancia.

—Mira —dijo a Kuan—. Allá.

El chino siguió la dirección de su dedo y asintió con la cabeza.

—Se diría que alguien más ha inventado lo mismo que tú. Sería mejor que tratáramos de alejarnos.

Leonardo iba a ajustar los remos, pero Kuan dijo:

—No, maestro, no tienes nada que temer. Es sólo un espejismo.

—¿Qué?

—Una ilusión óptica. También las encontrarás en el desierto. Si yo fuera supersticioso pensaría que es un mal presagio.

Leonardo observó el globo a la distancia.

—Saluda a la figura que ves en la máquina —dijo Kuan—. Verás que te devuelve el saludo, pues en verdad eres tú mismo.

Leonardo lo hizo; la figura imitó todos sus movimientos.

—Ya ves —repuso Kuan.

En ese momento el globo fue sacudido por una fuerte ráfaga del oeste y la aparición se disolvió, como si el viento se la hubiera llevado, literalmente. La plataforma se bamboleó en forma peligrosa. Kuan le gritó que pasara al otro lado de la cestilla para equilibrarla, pero el viento continuaba castigando con violencia al globo, hasta que se desgarró la tela del hemisferio superior, abriendo la cabeza pintada del camello. El aparato comenzó de inmediato a descender. Kuan y Leonardo arrojaron combustible al brasero, que se puso rojo y alzó llama. Las súbitas ráfagas los sacudían de un lado a otro; caían con demasiada celeridad. Sin embargo, aun en esos momentos Leonardo tenía la sensación de que la canastilla permanecía estacionaria. Era el desierto lo que parecía moverse, elevarse a su encuentro en una enorme y blanda caída mortal.

—Arroja todo, menos el agua —gritó Kuan.

Pero al parecer ya era demasiado tarde, pues las sogas que sostenían la plataforma estaban en llamas. Kuan apagó lo que pudo, mientras

Leonardo trepaba por la red, como si lo hiciera por el cordaje de un barco, para apagar el fuego. Pero su peso desequilibró gravemente al aparato y fue preciso que descendiera.

El globo caía, envuelto en llamas. Leonardo percibió un olor a hierro caliente de incienso: el perfume del brasero y la tela. Sin embargo, si eso era caer, era caer con lentitud, como en un sueño. Y Leonardo recordó la habitación de Ginevra, las llamas y el calor. Una vez más creyó oír al fantasma de Tista que lo llamaba, por entre el humo y el fuego: "¿Leonardo? Leonardo, ¿quieres quemarte?".

Mientras, el desierto se alzaba, enceguecedor, blanco. Leonardo vio un movimiento hacia el este... sombras oscuras que se deslizaban en el fulgor.

Avanzaban hacia el sitio donde iba a posarse el globo... o a estrellarse.

El viento dibujaba sus trazos en la arena, arremolinando esa materia blanca para dejarla caer como si fuera lluvia dura. El globo tocó tierra, dañado y en llamas; su sobre de tela se infló, sólo para ser arrastrado hacia adelante, por entre la arena removida que cubría filos de roca. Kuan fue arrojado fuera del canasto, pero Leonardo cayó contra la red de sogas, que le enredó una pierna al elevarse de nuevo el aparato, arrastrando el brasero y la canastilla. El primero dejó un rastro de chispas y fuego antes de desprenderse, y la cesta dio algunos tumbos más antes de hacerse pedazos en el suelo rocoso. Por fin el globo se detuvo. La tela cayó sobre Leonardo, que tironeó frenéticamente de las sogas hasta liberarse e hizo un túnel bajo la montaña de lienzo; fue sólo por un segundo, antes de recobrar el tino y abrirse paso a tajos de daga. Algunas partes se quemaban; el colorido camello geométrico estaba chamuscado.

Cuando se apartaba del lienzo, unos beduinos a caballo (aquellos cuyas sombras había avistado mientras el aparato caía) se lanzaron a la carga hacia él, hacia lo que restaba del globo. Eran diez o doce, todos con turbantes de tela enroscada y mantos negros de pelo de camello: oscura la cara, sucia y harapienta la ropa, como si fueran descastados de alguna tribu desértica, tal como los Beni Sakhr, los Sirdieh o los Howeitat. No había hacia dónde huir. Leonardo temió por su vida, pero esperó como un árabe, con la daga ante sí, para caer luchando. ¿Qué otra cosa podía sucederle? ¿Que lo masacraran como a Ginevra? Lo inundaron los recuerdos, como al hombre que se ahoga, y sintió que la cólera le abría las glándulas. Era como si se viera rodeado por los asesinos de Ginevra: homicidas y violadores todos ellos. Los llevaría consigo al morir, los haría pedazos antes de que lo cubriera la oscuridad. Ahora temblaba, pero no de miedo —al menos, no con el miedo que conocía— sino con una hambrienta expectativa, como si allí, en aquel sitio olvidado de Dios, en las entrañas del mundo, y en ese día luminoso, más claro de lo que el aire sería jamás en tierras cristianas... como si el aquí y el ahora fueran el mejor sitio y el mejor lugar para morir.

Al fin y al cabo, ¿no había muerto con Ginevra en su casa incendiada? ¿No había una cámara mortuoria para él en su catedral de la memoria? ¿Y no podía casi recordar el medio y el momento de su muerte?

Los beduinos gritaron: "¡*Thibhahum bism er rassoul!*". Cabalgaban a su alrededor, tajeando el aire con sus cimitarras, pero mantenían una buena distancia. Leonardo entendió lo que decían; era el grito de batalla, el de la santa Jihad: "¡Matad en nombre del Profeta!".

No obstante, parecían tenerle tanto miedo como él a ellos. Se acercaban al borde de la tela humeante del globo, se inclinaban desde las altas monturas para golpear con las espadas el lienzo que se inflaba al viento, como si el globo fuera algo vivo, un monstruo henchido que era preciso matar antes de que matara.

¿Y qué era Leonardo, pues? ¿Sólo un sirviente del monstruo humeante?

Cuando amainó el viento y la tela volvió a posarse, los hombres se tornaron aún más amenazadores. Sin desmontar, fueron acercándose hasta pisar el lienzo con los cascos. Viendo que no recibían daño alguno, pisotearon la tela en derredor de Leonardo.

—¿Eres un *jinn*, que puedes transformar la vulgar muselina en un monstruo que vuela por los cielos? —preguntó el más alto de los beduinos, era obvio, el jefe. A diferencia de los otros, usaba la barba recortada en punta, a la manera árabe, y se mantenía erguido en la silla. Tenía una profunda cicatriz que le atravesaba la mejilla y terminaba en la mandíbula.

Leonardo se encontró en un dilema. Si respondía que no a esa pregunta, ¿los beduinos lo matarían?

Si decía que sí, ¿lo matarían?

Que lo intentaran.

—No. Soy un hombre —respondió.

—No estás vestido como un hombre —advirtió el jefe.

—¿Osarías matar a un *jinn*? —gritó Kuan. Estaba fuera del círculo de jinetes, con los brazos en jarras, y no parecía intimidado.

El jefe lo miró, desconcertado por lo rico de sus vestiduras.

—Ningún hombre puede matar a un *jinn*. Por ende, si mato a éste —señaló a Leonardo encogiéndose de hombros—, tendré la seguridad de que no es un *jinn*.

—Pero si es un *jinn* acarrearás la muerte y el deshonor a tu grupo, tu familia y tu tribu. —Kuan se acercó. —Si es que tienes familia... y honor.

Ante eso, los jinetes se volvieron al unísono, como si fueran a atravesarlo con las cimitarras.

—Estoy bajo la protección de Ka'it Bay al-Mahmudi al-Zahiri, califa de califas. Y también este... *jinn*. Es huésped del califa y está protegido por las leyes de la hospitalidad. Si le tocas un solo pelo habrá sangre.

El líder parecía inseguro.

—Pueden conservar sus cantimploras y ropa suficiente para cubrir su desnudez, pero todo lo demás es nuestro, incluido el monstruo que vuela.

—Tú mismo dijiste que era tela vulgar —apuntó Kuan.

—Y nos la llevaremos —replicó el jefe, que indicó a sus hombres que comenzaran a enrollar la tela. Los beduinos eran un pueblo romántico, pero práctico como un hacha de carpintero.

—¿No quieres saber del monstruo que vuela? —preguntó Kuan.

—Desvístanse y dejen sus joyas en el suelo. Mis hombres se volverán de espaldas.

El jefe parecía nervioso, como si comprendiera que Kuan trataba de ganar tiempo. Gritó a sus hombres que tomaran la tela del globo, pero ellos se rehusaban a desmontar.

—¿Son mujeres? —chilló. Y se deslizó desde el caballo para tironear él mismo de la tela. Viendo que no sufría ningún daño, sus compañeros lo imitaron, humillados. Leonardo se arriesgó a cruzar por sobre el lienzo para reunirse con Kuan, y se apartó de ellos.

Una vez que los hombres pusieron manos a la otra, el jefe ordenó:

—Ahora desvístanse, si no quieren que los mate yo mismo.

Kuan se encogió de hombros y sacó de su ropa interior una carta que llevaba el sello del califa.

—¿Violarías a quien porta esto? —preguntó al tiempo que ofrecía la carta al líder, que la aceptó a regañadientes—. ¿Sabes leer?

El hombre enrojeció. Después de leer la carta, la devolvió a Kuan. Intercambiaron una mirada, casi como si fueran viejos camaradas. Luego el beduino hizo un gesto afirmativo y ordenó a sus hombres que montaran a caballo.

—Dejen el botín —gritó.

Y partió sin mirar atrás. Los otros lo siguieron hasta desaparecer tras una colina.

Kuan volvió a esconder su carta con una sonrisa.

—¿Podían matarnos? —preguntó Leonardo.

—Eso depende de que fueran descastados o estuvieran de *ghrazzu*.

—¿*Ghrazzu*?

—Es un juego que consiste en robar pertenencias de otra tribu. Pero en él se puede morir con tanta facilidad como en combate. —Kuan hizo una pausa, caviloso. —Bueno, quizá...

—¿Sí, Kuan?

—Si eran descastados, sin duda alguna habrían jugado con nosotros para luego matarnos. ¿Qué podían perder? Si estaban de *ghrazzu* obedecerían la ley de los beduinos.

—Es evidente que obedecieron alguna ley, puesto que estamos vivos.

El chino volvió a sonreír.

—Creo que estamos vivos porque el jefe presintió que pronto llegaría más gente. O...

Hizo una pausa. Miró en la dirección que habían tomado los beduinos y luego señaló con la cabeza hacia el este, donde estaba el sol. Entonces Leonardo vio jinetes a la distancia.

—No, Leonardo, ellos no son de temer. Son tropas del califa. Rescatemos de aquí lo que se pueda. —Señaló el globo. —Esa tela haría rica a cualquier tribu del desierto.

—Pero no podemos llevarla —objetó Leonardo.

—No te preocupes, maestro. No será necesario. Pero convendría sujetarla con cosas pesadas para que el viento no se la lleve.

Cuando terminaron, Kuan dijo:

—¿Viste la cicatriz que el hombre alto tenía en la cara?

—Sí.

—En Akaba, cerca del Mar Rojo, conocí a un hombre que tenía una cicatriz como ésa. Estaba comiendo con uno de los jefes del califa, no en la ciudad, sino en el desierto. —Kuan hablaba como si comer en la ciudad fuera una especie de desgracia; parecía haberse convertido en un verdadero beduino. Sin embargo se movía a sus anchas en Florencia, en compañía de la gente civilizada. —El hombre se atragantó con un trozo de oveja y, antes que insultar a su anfitrión con el silencio, se cortó la mejilla y la abrió para mostrar que tenía carne atascada detrás de los dientes.

—¿Era el mismo hombre? —preguntó Leonardo.

—El que yo conocía sufrió una tragedia terrible. Abandonó a su propia gente y ninguna otra tribu quiso darle refugio. Al menos, así cuentan la historia —añadió Kuan, como para dar a entender que sabía más de lo dicho.

—¿Qué tragedia era ésa?

—Un amor prohibido.

—¿Por otro hombre?

—Por su hermana. Eran primos del califa... y de A'isheh.

—¿Eran?

El chino hizo un gesto con la mano.

—Es como si hubieran muerto.

Mientras hablaban, el califa Ka'it Bay avanzaba hacia ellos montado en un enorme camello blanco. Vestía *abba* y *gumbaz* blancos, el manto y la ropa interior de los beduinos, como si fuera un miembro cualquiera de alguna tribu. Lo acompañaban veinte hombres, todos a lomo de camellos blancos, preciadas posesiones del califa. Esos hombres de aspecto recio eran sus guardaespaldas. Kuan había dicho a Leonardo, cierta vez, que eran capaces de cabalgar y combatir por más tiempo y con más valentía que nadie, salvo el mismo califa, por supuesto. Y Leonardo había descubierto también que Kuan era el jefe de los guardaespaldas del monarca; de hecho, era un esclavo. Pero eso no representaba deshonor en ese mundo, ya que el mismo Ka'it Bay había sido esclavo. Desde hacía varias generaciones, el reino de los mamelucos era gobernado por esclavos.

Ka'it iba a la vanguardia. Leonardo se sorprendió al descubrir que estaba aún más delgado de lo que él lo recordaba, como si se hubiera entonado con el sol, el desierto y la batalla. Ésa debía de ser su manifestación auténtica. En verdad, el califa había estado formando un ejército y estableciendo escaramuzas con los turcos de Mehmed. Sus claros ojos azules parecían reflejos en una cueva, pues el turbante le sombreaba la cara.

Pero Leonardo se sorprendió aún más al ver allí a su viejo amigo, Américo Vespucio. Su rostro fino y delicado estaba moreno y reseco; el sol le había desteñido las cejas hasta dejarlas blancas; también el pelo era claro. Vestía a la manera árabe, que le sentaba bien. Lucía robusto, fibroso. No se parecía en nada al elegante que Leonardo había conocido en Florencia.

Pero lo mismo podía decirse del beduino que lo acompañaba, sentado en una silla lateral a lomo del gran camello. Sandro Botticelli había perdido la grasa y lucía barba. Estaba negro como un nubio.

Leonardo lo reconoció de inmediato.

—¡Botellita! —gritó, y corrió hacia él.

Sandro tocó a su camello con una vara de bambú, diciendo:

—*Ikh.* —"Arrodíllate."

En cuanto el camello flexionó las patas delanteras y se dejó ir hacia adelante, él se deslizó desde la montura y, sin prestar atención a las formalidades — ni al rey, que lo observaba con aire divertido—, trituró a Leonardo en un abrazo, mientras le susurraba al oído:

—Tengo novedades.

22
La oveja
blanca

Pero es de lamentar que algunos reyes
orientales, grandes en poder e intelecto,
no hayan tenido historiadores que
celebraran sus actos, pues entre los
sultanes de Egipto y los reyes de Persia
han existido hombres excelentísimos
en la guerra y dignos de comparación,
no sólo con los antiguos reyes bárbaros,
famosos en las armas, sino hasta con los
grandes comandantes griegos y romanos.
— Prefacio a Caterino, de Ramusio.

¡Matad, matad! Si conquistáis, recibiréis
grandes recompensas de nuestro
gobernante.
— Sinan Bassà

*T*odo El Cairo ha visto la máquina que flota en el cielo, al igual que quienes estaban en los bosques, en el río y en el desierto —dijo Kuan al califa—. Y han visto al Rey del Siglo de pie en su plataforma, mirando hacia abajo como un fiero ángel.

—O un *jinn* —interrumpió el califa, divertido. Su gran camello blanco se arrodilló a su lado, como si hasta las bestias supieran rendirle pleitesía.

—Con la velocidad de los barcos que se hagan a la mar y los caballos al galope, se divulgará la noticia de que Ka'it Bay, regente de los mundos, puede en verdad... volar como un *jinn* —continuó el chino—. Estoy seguro de que Mehmed y todos los otros turcos se enterarán muy pronto.

Hablaba con una voz artificiosa, como si estuviera recitando poesía al estilo épico, pero el califa parecía complacido y obviamente feliz de ver a su sirviente y amigo.

—¿Acaso no han visto y oído ya sus armas, las que multiplican cadáveres?

Ante eso Ka'it Bay asintió con la cabeza, y rió.

—Y eso debemos agradecérselo al maestro Leonardo. Confiemos en que su obra impresione a nuestros enemigos y nuestros aliados por igual.

Leonardo miró a Kuan, para buscar una explicación, pero el califa dijo:

—No pongas esa cara de extrañeza, maestro. ¿Pensabas que no haríamos nada con tus bocetos? Pronto verás el fruto de tus creaciones.

Y le volvió la espalda.

—¿Qué quiere decir? —preguntó Leonardo.

Sandro estaba por responderle cuando el chino dijo:

—Sé paciente y contén tus preguntas.

Un fornido guardia kurdo, de cara ancha y pecosa, pelo trenzado y párpados pintados, llevó uno de los camellos blancos para Kuan; era un animal enorme, de tenues marcas pardas. Sólo el camello del califa era más alto. El guardia dedicó una gran sonrisa a Kuan, que, complacido, lo saludó con la cabeza y reconoció a la bestia como propia. El califa en persona llevó un camello para Leonardo, que lo aceptó con donaire; pero cuando trató de acariciarle el mentón, el joven animal dio un tímido brinco al costado.

—Entabla amistad con ella —indicó el monarca—. Es tuya.

Kuan dio a Leonardo un pan para que se lo ofreciera. El camello lo tomó con los dientes, con suavidad. Había algo de características humanas en ese animal. Leonardo cayó en la cuenta de que tenía pestañas en los párpados. Su pelo era como la mejor de las lanas.

—¿Sabes algo de camellos? —preguntó el califa, casi provocativo—. Son estúpidos, traicioneros y feos, y odian como ningún otro animal. Son capaces de pagar tu bondad escupiéndote un vómito verde a la cara, y se arrastran kilómetros enteros para morir en una vertiente, a fin de envenenar las aguas con sus restos. Son criaturas de Shaitan. Salvo éstos: blancos como los ojos de Dios y dulces como una madre.

Enseguida, montó su camello y, después de dialogar con Kuan y con algunos de sus guardias, agitó el brazo. Los hombres lo siguieron, con excepción de los que estaban ocupados en plegar la tela del globo, como si en verdad el aparato fuera una gran bestia que carnear y transportar.

Américo marchó con el califa, pero se volvió para saludar a Leonardo, como si le dijera que más tarde hablarían.

—Ven —dijo Sandro.

—Nunca he montado un animal de éstos —objetó Leonardo.

—Tendrás que aprender. El califa viaja sin detenerse hasta trescientos kilómetros, como si no necesitara comer ni beber. Es como sus camellos. Te mostraré cómo se hace.

—¿Cómo llegaste aquí, Botellita?

—Antes deja que te ayude a montar.

—¿Qué novedades tienes? Necesito saberlas. No puedo esperar. Verte aquí es como... un milagro.

—No lo es —contestó Sandro—. Milagro sería que llegaras a destino sin saber montar esta bestia. Ahora préstame atención, y prometo contártelo todo. —Echó un vistazo a los hombres que habían cortado la tela del globo y la cargaban en sus camellos. —Están listos para partir y no podemos perder de vista la caravana. Solos en estas tierras no sobreviviríamos por mucho tiempo.

—¿Qué caravana?

—Ya verás.

Sandro le demostró cómo hacer que el camello se arrodillara. Leonardo trepó a la silla, que era una armazón de madera cubierta por una alfombra, y enganchó la pierna en el pomo delantero, siguiendo la sugerencia de su amigo. En el pomo trasero habían atado un odre de agua, ropas y una cimitarra que pendía de un paño improvisado: ¿otro regalo del califa? Leonardo se mareó cuando el camello se elevó en toda su considerable estatura, comenzando por las patas delanteras, con lo cual estuvo a punto de arrojar a Leonardo de la montura. Había sentido menos miedo a bordo del globo.

Luego Sandro montó su propio camello, que dejó escapar un gruñido patético, casi humano, y lo puso a la par de Leonardo.

—No se queja por mi peso, como se podría pensar —comentó—. A menudo grita cuando desmonto.

—Y ahora, ¿qué debo hacer? —preguntó Leonardo, con la sensación de estar en la cima de una montaña que respiraba, se bamboleaba y olía a leche agria. Pero acompañó esa pregunta con otra, pues ya no podía contener la impaciencia. —Dime, ¿qué noticias tienes?

—Nicolás Maquiavelo está vivo —dijo Sandro—. Eso te aliviará la carga, amigo mío.

—¡Gracias a Dios! —exclamó Leonardo.

El gozo y el alivio que lo embargaban se convirtieron en una nostálgica tristeza y acabó por echarse a llorar como una criatura. Casi no podía respirar. Y de pronto se sintió muy cansado, como si la noticia lo hubiera dejado exhausto.

—¿Te sientes bien, Leonardo?

Se dominó para preguntar.

—¿Dónde... dónde lo viste? ¿Y cómo? Debes decirme cuanto sepas.

Mientras él hablaba, los últimos guardias del califa se pusieron en marcha, con los camellos cargados de tela.

—Lo vi en Constantinopla.

—¿Está bien? ¿Está...?

—Está a salvo, Leonardo —afirmó Sandro, y señaló a los guardias que partían—. Ahora debemos avanzar.

Enseñó a su amigo a tocar con un palo el cuello del animal para indicarle la dirección y a regular el paso con los talones. Los camellos iniciaron la marcha. Leonardo se sintió como si estuviera otra vez a bordo del *Devota*, pues el bamboleo se parecía al movimiento de un barco. No estaba cómodo, por cierto, pero no le pareció necesario aferrarse de la silla.

—Sandro...

—Vas bien, Leonardo. Al califa le resultará divertido.

—¿Divertido?

—Sí, tú lo diviertes mucho, Leonardo. Quizá sepa ver a través de tu actitud grave y vanidosa. —Sandro sonrió con fingida inocencia. —¿Sabes que Lorenzo...?

—No es Lorenzo el que me interesa —protestó Leonardo—. Deja de jugar conmigo y dime ya todo lo que sepas.

Sandro miró directamente hacia adelante, como si hablar le resultara doloroso.

—La prima del califa, la que fue concubina tuya, recibe en la Sublime Puerta el trato debido a los huéspedes de honor. Me recibió como si fuera la misma reina de los turcos. —Hizo una pausa. —Pero Nicolás está en la prisión de la Puerta, como si fuera un asesino o un vulgar ladrón, y A'isheh no puede hacer nada por ayudarlo. —Sandro suspiró como si se hubiera quitado un peso de encima.

—No sé si se habrá esforzado mucho.

—Creo que hizo todo lo posible, Leonardo. ¿Por qué no? Ah, supones que, como la desdeñaste...

—No, no, por supuesto.

—Dijo a Mehmed que Nicolás era un favorito del califa, que podría pedir un buen rescate por él.

—¿Y Mehmed le creyó?

—Puede que sí, puede que no. ¿Pero quién entiende los motivos de los reyes?

Cuidaban de no perder de vista a los guardias mamelucos, aunque a veces éstos desaparecían tras alguna lomada. Iban cruzando un páramo de arena y estratos de piedra arenisca. No había allí rastros visibles de vida: ni gacelas, ni lagartijas, pájaros o ratas; sólo las formas grotescas de la arena y el inmenso cielo vacío, tan seco como la cáscara rota de un huevo de petirrojo.

—Dime, ¿qué aspecto tiene Nicolás? ¿Le dan de comer? ¿Está enfermo o herido?

—Está vivo, Leonardo. Eso es todo cuanto sé. Confórmate. Es inútil que te tortures.

Sandro tenía razón. Leonardo trató de no obsesionarse con las circunstancias de Nicolás, pero le acudían a la mente imágenes horribles, como si el chico estuviera sufriendo todos los tormentos de Cristo.

—Yo mismo hablé con el rey —continuó su amigo— para intentar rescatarlo en nombre de Lorenzo.

—¿Tenías autorización suya?

—No. Él no sabía de la captura de Nicolás. Pero habría pagado un rescate razonable, por cierto.

—¿Y cuál fue la respuesta del rey turco?

—Me advirtió que no abusara de mi buena suerte.

—¿Tu buena suerte?

—Sí, pues me dio a Bernardo de Bandini Baroncelli.

Leonardo sacudió la cabeza; el nombre no le resultaba familiar.

—Fue Baroncelli quien mató a Giuliano en la capilla; los Pazzi lo contrataron para el atentado. Lorenzo no podía descansar mientras no se lo capturara. Baroncelli será ahorcado, como los otros. —Después de una pausa, Sandro continuó: —Lorenzo no es el de antes. Se ha convertido en un ángel de la muerte. Ahora sólo viste de negro.

Hizo la señal de la cruz.

—¿Baroncelli logró escapar a... Turquía?

—Sí, por cierto, pero Lorenzo tiene el brazo largo. Por intermedio de sus espías se enteró de que el hombre estaba en Constantinopla y envió a una delegación de embajadores, con su primo Antonio a la cabeza, para que ofrecieran rescate por él. Pero el rey no quiso rescate. Nos entregó a Baroncelli como presente para cimentar la alianza de Florencia con la Sublime Puerta. Aunque Mehmed es su enemigo, Lorenzo nunca dejó de comerciar con los turcos. Los beneficios son demasiado grandes. Una alianza sin dios.

—Deberías haberte metido de cura, Botellita —comentó Leonardo—. ¿Pero por qué te enviaron a ti para rescatar a Baroncelli? Supongo que...

—El Gran Turco me invitó personalmente.

—¿Sí?

—Parece que conocía mi obra. Aunque me dicen que está prohibido por su fe, tiene una gran colección de estatuas y pinturas. Así que Lorenzo me envió con un cuadro para él, como muestra de buena voluntad.

—¿Y qué cuadro le llevaste?

—Lo llamo *"Palas sometiendo al Centauro"* —dijo Sandro, con una sonrisa—. Prometí a Lorenzo hacer otro para él.

—Ah, y el Gran Turco es el centauro.

—Si así lo quieres... Vamos, Leonardo. Tenemos que darnos prisa si no queremos perdernos.

Azuzaron a los camellos para ponerlos al trote, con lo cual Leonardo casi cayó de la montura. Pero una vez que las bestias establecieron un trote largo, aquello fue más o menos como cabalgar. Ante ellos se extendía una planicie de arena amarilla, salpicada por algunas matas verdes. Por un rato fue difícil conversar, pero cuando los guardias que los precedían aminoraron la marcha, ellos los imitaron.

—No montan como el califa —comentó Sandro—. Él lo hace siempre como si se lanzara al ataque.

—Creo que es loco —repuso Leonardo.

—No. Cualquier cosa, menos loco.

Leonardo asintió.

—¿Cómo llegaste hasta aquí? ¿No deberías ir acompañando a tu prisionero, Baroncelli?

—No sirvo para guardia, Leonardo, y Antonio de Médicis tenía cincuenta hombres con los que vigilar a Baroncelli. Me dio licencia y me cedió a uno de sus mejores custodios para que me guiara por Persia y Arabia, para buscarte. Y el rey me entregó un salvoconducto con su sello. Ya ves que yo también me he convertido en aventurero.

—Ya lo veo —dijo Leonardo—. ¿Pero por qué te dio el Gran Turco un salvoconducto para que visitaras a su enemigo?

—Es un hombre de honor —explicó Sandro—. Eso debo reconocérselo, aunque bien podría ser la encarnación de Satanás. Quería que yo describiera al califa su poderío militar. No es tonto, Leonardo. Tiene más hombres que... que granos de arena. Es invencible, sin duda. Temo que los reinos cristianos tendrán que tratar con él, si no queremos aceptar todos a Mahoma como nuestro Profeta.

—Se diría que tú ya lo has hecho.

—No blasfemes.

—En tu lugar, me cuidaría mucho de elogiar al turco delante del califa.

Sandro asintió, como si comprendiera que el consejo era bueno.

—Sin embargo, el Kur-án respeta a Cristo y, en ciertos aspectos, es muy interesante. He fortalecido mi propia fe, Leonardo. Estos pueblos, tanto los turcos como los árabes, se entregan a su Dios como nosotros no lo hacemos. Temo que los Últimos Días estén sobre nosotros. No habrá escapatoria ni tregua, ni...

—¿Qué son esas armas que multiplican cadáveres? —preguntó Leonardo.

—¿Qué?

—Kuan habló de eso con el califa y éste hizo referencia a mis bocetos. Tú ibas a decírmelo, pero Kuan te lo impidió.

—Están equipando un ejército con tus inventos, Leonardo —dijo Sandro—. Muy impresionante. Te felicito. Lorenzo cometió un error al ignorar tu talento como ingeniero militar.

—¿Y quién mejor que yo para fabricar mis propios inventos? —inquirió Leonardo.

—Tu aprendiz Zoroastro, al parecer.

—¡No es aprendiz mío! ¿Por qué el califa lo escogió a él para esa tarea, si es...?

—Muy talentoso —dijo Sandro—. Tú mismo lo dijiste.

—¿Qué ha hecho?

—El califa está especialmente encantado con tu cañón de repetición y tu arcabuz serpiente.

—Tengo una idea mejor que la serpiente —afirmó Leonardo. La serpiente era un mecanismo que sujetaba la mecha, de modo que se encendiera al tirar del gatillo; Leonardo había hecho bocetos de una pistola que disparaba por medio de una traba en forma de rueda. —¿Dónde está?

—¿Zoroastro? —Sandro se encogió de hombros.

Leonardo sonrió al imaginar a Zoroastro al dar vida a sus bocetos, pero no respondió a las preguntas de su amigo. En forma deliberada había introducido errores en todos los diagramas, agregando ruedas y cilindros. Eso debía de haber causado algunas frustraciones a Zoroastro.

—¿Y qué hay de mis máquinas voladoras?

Sandro volvió a encogerse de hombros.

—¿Para qué quieres una máquina con alas, si puedes construir una que flota como las nubes?

—Porque las alas son el mecanismo de la naturaleza.

—¿Y las nubes no?

Frustrado, Leonardo pidió:

—Háblame de Florencia. ¿Qué ha sucedido allí?

—¿No sabes nada?

—Me han tenido en una botella —respondió Leonardo, que miró a su amigo con las cejas enarcadas, como para ver si comprendía su doble significado. Si Sandro había leído el Kur-án, sabría de los *jinns*. —No tengo noticia alguna de la patria.

—Son malas, muy malas. Florencia está en guerra con el Papa, que ha excomulgado a toda la Toscana. Para empeorar las cosas, nuestros obispos se reunieron en el Duomo y excomulgaron al Papa.

—¿Qué? ¿Cómo es posible eso?

—Aseguran que la *Donación de Constantino* y la *Donación de Pépin* son falsificaciones. —Sandro hizo la señal de la cruz. —Los obispos han repudiado la legitimidad del papado, que Dios nos perdone a todos, y lo han publicado para distribuirlo por doquiera.

—¿Y la guerra con Sixto?

Tras una pausa, Sandro dijo:

—La estamos perdiendo.

—Háblame de A'isheh —pidió Leonardo.

Pero su amigo respondió:

—Lorenzo te envía sus saludos, Leonardo. Me solicitó que te pidiera disculpas en su nombre.

—¿Por qué?

—Porque no cumplió con el pedido de Simonetta. Estaba dolido y furioso. Te manda decir que serás bien recibido en Florencia y que buscará un lugar para ti.

—Si eso fuera verdad, Botellita, me habría escrito directamente —observó Leonardo—. Estoy seguro de que no traes ninguna carta.

—Mi palabra debería bastarte... al igual que la suya.

—¿Y A'isheh? —insistió Leonardo.

—¿Qué quieres saber?

—¿Preguntó por mí?

Sandro inquirió:

—¿La amas, Leonardo?

Su amigo, sin responder, le echó una mirada fría.

—¿Te interesa, al menos?

—Sí, Botellita, me interesa.

—Me encargó decirte que te ama, aunque teme que la desprecies por haberte robado a Nicolás. Se humilla ante ti.

—No es eso lo que quiero.

—¿Qué quieres, pues?

Leonardo no respondió. A la distancia se veían cientos de carpas negras, caballos y palmeras que mascaban el pasto del desierto y unas pocas palmeras que formaban mechones, como hierbas malas en un marchito jardín invernal. Allí parecía haber alboroto.

Sandro lanzó un juramento.

—¿Qué pasa? —preguntó Leonardo.

—Están levantando las carpas. Supuse que podríamos descansar al menos una noche.

—¿Adónde vas?

—Adónde vamos, debes preguntar. Y eso no lo sé.

Cabalgaron toda la noche hasta llegar a una aldea en las afueras de Akaba, que estaba sobre el brazo nordeste del mar Rojo. A lomos de caballos y camellos, el millar de guardias cruzó la población como en un ataque. Allí acampaba una legión de guardaespaldas del califa; sus fogatas de espinillo crepitaban en el aire seco.

Amanecía; el cielo estaba gris y rosado; el territorio era plano, aunque a la distancia se veía una cadena de colinas bajas, difusas como la neblina, apenas más grises que el cielo. Sin embargo, el sol pronto daría definición a las vaguedades de la aurora, dejando el cielo claro, transparente y azul.

Leonardo percibió el olor penetrante del café y el aroma dulzón del cordero asado y del arroz, que era como un leve perfume. Los camellos bramaban, escupían y trataban de liberarse de los postes, pero la llegada no había tomado por sorpresa a los soldados, que se levantaron para recibir al califa con las espadas desenvainadas. En un santiamén montaron camellos y caballos; todo el mundo gritaba y hacía girar las cimitarras en el aire, provocando un ruido similar al *tut-tut* de las flechas en vuelo. Desde las carpas negras asomaban mujeres veladas para observar el juego de los hombres; las prostitutas de manos alheñadas, que no llevaban velo, corrían al descubierto, dispuestas a sacrificar a los negocios el cuerpo hinchado por el sueño; todavía estaban pegajosas de transacciones anteriores, pues en el campamento mameluco había visitas importantes: tres mil *gholaums*, soldados del rey Ussun Cassano, amo de toda la Persia, jefe de los *akkoinlu*, la tribu de la Oveja Blanca.

Ellos también tenían su parte de ganado, sirvientes y mujeres. Sin embargo, se decía que las esposas persas combatían junto a sus esposos, como las antiguas amazonas, y eran aún más feroces, si se podía creer en las leyendas.

Así que las prostitutas se andaban con cuidado.

Había diez mil hombres acampados en el valle de datileros, incluidos partos, georgianos y tártaros, que debían fidelidad a Ussun Cassano.

En el centro del barullo se erguía un hombre de tez clara, con los brazos en jarras; miraba a su alrededor como si disfrutara inmensamente de los gritos y las espadas que pasaban a centímetros de su cabeza. En el meñique de la mano derecha centelleaba un anillo de plata y cornalina, que reflejaba la luz de una hoguera cercana.

Leonardo nunca había visto a un hombre de esa estatura; medía dos metros diez, por lo menos, y parecía entrecerrar con permanencia los sesgados ojos grises; semejaba más un enorme mongol que el rey de los persas. Vestía fina seda roja y un jubón tan acolchado que ninguna flecha habría podido atravesarlo. Usaba un turbante verde, pues él también aseguraba ser *shereef*, descendiente del Profeta; portaba cimitarra y un par de pistolas. Lo rodeaba su propia caballería, cuyas sillas de montar eran las más pequeñas y livianas que Leonardo hubiera visto nunca, así como los estribos eran más cortos que los utilizados por los egipcios. Pero esos hombres montaban como nadie, salvo los mongoles, quizá. Eran capaces de detener a sus caballos en un instante... y así jugaban alrededor de Ussun Cassano. Leonardo se preguntó si Goliat habría sido tan alto como él.

Montados en sus camellos, los dos pintores observaban la escena desde lejos. Sandro dijo que había oído rumores sobre el rey persa; ese gigante no podía ser otra persona.

—El propio Mehmed me habló de Ussun Cassano. Él y sus hijos derrotaron por completo a los persas; yo vi con mis propios ojos la cabeza de Zeinel, hijo de Ussun Cassano, a quien un soldado de infantería mató en combate. El Gran Turco la tiene en un frasco de vidrio. Debe de estar embalsamada, pues se la ve sana, casi viva. Los ojos son vidrio pintado, muy realistas.

Leonardo meneó la cabeza.

—En tu lugar, no se lo mencionaría a ese gigante.

—Se lo he contado al califa. Él sabrá cómo utilizar la información. Sin embargo, el Gran Turco puede ser muy civilizado —insistió Sandro—. Lo he visto perdonar la vida a sus enemigos. No le resultó fácil triunfar sobre los persas. Éstos ganaron varias batallas y masacraron a los turcos cuando cruzaban el río Éufrates. Pero Ussun Cassano quería humillarlos y los persiguió hasta las montañas. —Sandro se encogió de hombros, en uno de sus gestos característicos. —Mehmed y sus hijos reagruparon a sus ejércitos y pusieron a los persas en fuga. Según el relato de Mehmed, eso fue más que una masacre: fue una humillación para Ussun Cassano, que abandonó el campo de batalla como un cobarde. —Sandro hablaba en voz baja y en italiano, por si alguien lo oía. —Mehmed asegura haber perdido sólo a mil hombres, pero dicen que la cifra se aproxima a catorce mil.

—¿Y los persas? ¿Qué pérdidas sufrieron?

—Las mismas, creo. Por eso hemos cabalgado toda la noche, Leonardo, estoy seguro. Y temo que aún falta mucho para que podamos dormir unas cuantas horas.

—Pareces verlo con más claridad que yo, Botellita.

—Nicolás comprendería, si estuviera aquí —afirmó Sandro—. Persas y egipcios tienen un enemigo común. Es lógico que combatan juntos.

—Pero fue Ussun Cassano el que viajó hasta aquí; se diría que el califa está en una posición de mayor poder.

—Conque tú también has aprendido algo de nuestros paganos anfitriones. Ya ves que hemos salido ganando con esta experiencia. —Sandro soltó una risita nerviosa, como si se avergonzara del lugar común.

Pero Leonardo no lo escuchaba; estaba exhausto y perdido en sus pensamientos; recordaba, soñaba con Ginevra y Simonetta, con Nicolás y A'isheh. Su amigo parecía incómodo.

Los gritos y el blandir de sables habían terminado; los camellos y los caballos volvían a sus postes de amarre; las prostitutas habían conseguido clientes y todo estaba en movimiento: los esclavos alimentaban las fogatas, los soldados instalaban las carpas, conversaban y discutían, las ovejas balaban segundos antes de ser degolladas. En menos de una hora se serviría un festín para diez mil personas.

———※———

El califa Ka'it Bay y sus huéspedes se arrojaron de cabeza sobre el desayuno de cordero, arroz y salsa de carne. Dos reses de oveja humeaban sobre una enorme bandeja de arroz caliente con salsa: una típica comida beduina. Leonardo, que estaba famélico, se arrodilló para hundir la mano en la comida caliente y sacó un puñado de arroz y carne, el exceso de jugo le goteó entre los dedos y cayó de nuevo en la bandeja. El califa escogió sabrosos bocados de hígado para Ussun Cassano, que estaba sentado entre el pintor y él; luego hizo lo mismo por Leonardo, como si éste fuera igual a un rey. Nadie habló durante esa comida, que se sirvió en la gran tienda negra del califa; tal era la costumbre, antítesis de los hábitos florentinos; Leonardo se sentía incómodo sentado allí, en cuclillas ante esa masa de salsa y carne, aromatizada con cebollas. La comida era deliciosa, aunque pesada; Leonardo se sentía como si hubiera bebido una botella entera de recio vino tinto; pero todo aquello no podía ser sólo para Leonardo, Ussun Cassano, Kuan y el califa. Sin duda, ya les tocaría el turno a los oficiales y a los otros huéspedes de Ka'it Bay.

De vez en cuando, el gigante persa echaba una mirada a Leonardo y luego apartaba la vista. Al principio Leonardo le respondía con una inclinación de cabeza, pero su expresión le erizaba la piel. Era odio puro. En el instante en que sus ojos se encontraban le era posible imaginar que lo estaban quemando vivo; experimentaba la misma presión indagatoria, casi una invasión visceral, que cuando su padre había presenciado su acusación de sodomía en juicio abierto.

Cuando hubo terminado, inclinó la cabeza y pidió al califa autorización para retirarse. Éste le dijo, en árabe:

—¿No compartirás con nosotros un café y una pipa?

Leonardo estaba deseoso de reunirse con Américo y Sandro, pues no habría querido separarse de ellos. El solo verlos le despertaba nostalgias de la patria, de los paisajes, los olores, los sonidos de Florencia: las colinas y los caminos serpenteantes, el río y sus puentes, el suave *staccato* de las palabras toscanas y el olor del vino y la comida familiar. Pero no podía rechazar la invitación. Siguió al califa hasta el lado oeste de la carpa, donde las cortinas de pelo de cabra estaban descorridas; hacia el este permanecían tendidas para impedir el calor del sol; la carpa larga, amplia, era como un pabellón en penumbras.

El califa se frotó las manos con arena; Ussun Cassano, Kuan y Leonardo lo imitaron. El rey persa, que ya se había limpiado las manos en el pelo, se limitó a hacer un somero ademán de frotarse con la arena. Todos esperaron en silencio a que el esclavo preparara el café. Sólo se oían las voces de las esposas del califa, que conversaban y reían suavemente tras las alfombras y los tapices que separaban el harén del resto de la carpa. Cuando el café estuvo servido, Ka'it Bay despidió al esclavo con un gesto y le ordenó que corriera las cortinas.

Se sentaron en círculo a fumar las pipas y a sorber el café, fuerte como un licor.

—"¿Así que confías en este *kâfir* para que mate a mi hijo?" —preguntó Ussun Cassano al califa, sin rodeos, mientras observaba a Leonardo.

El florentino, horrorizado por la pregunta, dio un respingo; Kuan le estrechó el hombro, pero él no pudo guardar silencio.

—¿Qué está diciendo?

El califa se encogió de hombros y preguntó:

—¿Ya no entiendes nuestra lengua?

—¿Por qué deseas que yo mate a tu hijo? —preguntó Leonardo al rey, directamente.

—Porque no importa que tú ardas en el infierno, maestro —respondió el califa, como si su huésped hubiera perdido la lengua—. Y porque es en el aspecto político aconsejable. Para nosotros... y para ti.

—¿Para mí?

—Yo diría que la muerte del maestro Botticelli tendría ciertas ramificaciones políticas. ¿No es embajador de Il Magnifico ante la Sublime Puerta?

Leonardo sintió un escalofrío en la espalda, pero mantuvo la serenidad.

—¿El maestro Botticelli? Es amigo de los Médicis, un artesano, nada más. ¿Por qué hablar de su muerte?

El califa alzó una mano, como si pidiera paciencia. Luego hizo un gesto a Kuan, que salió de la carpa, sólo para volver un momento después acompañado por Sandro. Sin percibir que corría peligro, éste se inclinó ante el califa y Ussun Cassano; luego echó un vistazo a la comida, que aún estaba caliente y aromática.

—Corta el cuello al maestro Botticelli, Kuan —ordenó el califa.

Kuan, que ya había desenvainado la cimitarra, oprimió el afilado acero contra el cuello de Sandro, e hizo correr sangre. El pintor quedó petrificado de sorpresa y espanto.

—¡Espera! —exclamó Leonardo, mientras se ponía de pie—. ¡Por favor! ¿Por qué ordenas matar a Sandro? ¿Qué puede él...?

—Se diría que te has criado en un harén, maestro. Sin embargo, me han dicho que sabes matar con gran eficacia.

—No logro imaginar quién pudo habértelo dicho, pero ¿qué tiene que ver Sandro con todo esto? Por favor, ilustre señor, no le hagas daño.

Kuan aún mantenía la hoja contra el cuello de Botticelli.

—Podría matar al maestro Botticelli como simple demostración —repuso el califa, con indiferencia. Luego pasó al italiano. —Para incentivarte a obedecer mis órdenes, maestro. —Después de sonreír a Leonardo, se volvió hacia Sandro. —¿O bastará con que te corte las orejas y la nariz? ¿No es así como devuelve el Gran Turco a los embajadores de otras tierras?

—No lo sé —respondió Sandro.

—Pero tú tienes en gran estima a Mehmed. Consideras que su ejército es invulnerable. ¿No es eso lo que dijiste a mi esclavo y consejero?

Kuan hizo un gesto afirmativo, e hizo saber a Botticelli que se referían a él.

—Eres embajador del propio Mehmed, por lo que parece —continuó el califa.

—Soy...

—¿Qué, maestro? Dime qué eres, por favor.

—Un ciudadano de Florencia. Nada más.

—Sólo por eso podría matarte —afirmó Ka'it Bay. Una leve sonrisa le cruzó la cara, como si estuviera haciendo un chiste o jugando con las palabras. —Pues tu magnífico amigo Lorenzo comercia con sus enemigos y manda a espías como tú para fomentar disturbios entre sus aliados. —Luego se volvió hacia Leonardo.

—Déjalo en libertad, gran soberano. Haré lo que me pides.

Pero Ka'it Bay alzó la mano; si la bajaba, era seguro que Kuan degollaría a Sandro.

—Haré todo lo que pidas, Amo de los Mundos —suplicó Leonardo.

Ante eso, el califa dijo a Kuan, con una sonrisa:

—Creo que nuestro invitado, el maestro Botticelli, tiene hambre.

El chino retiró la espada, pero Sandro no se movió. Miraba a Leonardo, que asintió con la cabeza para tranquilizarlo.

—¿Quieres llamar a mis generales —continuó el califa— y preguntarles si me harían el favor de compartir el resto de nuestra comida?

Kuan hizo lo que se le pedía.

—Cuando ellos hayan terminado —dijo el califa a Ussun Cassano—, he preparado unos juegos en tu honor. Y una sorpresa.

Pero el rey persa apenas parecía escuchar. Chupaba con fuerza la boquilla de ámbar de su pipa, que medía un metro veinte de largo y era de plata sobredorada; mantenía los ojos clavados adelante, como en un punto que sólo él podía ver.

—Si fallas en algo, te mataré yo mismo —amenazó a Leonardo—. En forma lenta y dolorosa. —Su voz era baja y dura; los ojos bien separados, ojos de soñador, no revelaban emoción alguna. Eran como una fogata que hubiera consumido todo su combustible: grises y muertos como la ceniza. —Debes matar a mi hijo de prisa y con misericordia.

El persa miró a Ka'it Bay, que asintió, como si confirmara el acuerdo de combatir juntos contra los turcos.

—*Bi-smi-llah* —dijo.

Lo cual significaba: "En el nombre de Dios".

Leonardo encontró a Kuan cerca del lecho de un río seco; preparaba a una gran yegua ruana para los *furusiyya*, los juegos de guerra. Cientos de hombres, la mayoría guardias de Ussun Cassano, practicaban con sus lanzas a poca distancia. Kuan estaba enjaezando a su caballo con el equipo persa: silla ligera, bridón y un corto estribo de hierro, que le brindaría mayor dominio sobre el caballo que ningún equipo egipcio.

—Estuve buscándote —dijo Leonardo en toscano.

Kuan lo ignoró; luego, como si lo pensara mejor, advirtió:

—No hables aquí a tontas y a locas, ni siquiera en tu propia lengua.

Y lo condujo a un bosquecillo de datileros, donde estarían solos.

—Explícame, por favor, por qué el califa me ordena a mí matar al hijo del gigante.

—Si el califa te pide que mates a alguien, no puede haber vacilaciones. No puedes preguntar ni cuestionar sus órdenes, por cierto. Me extraña que no me indicara matarte allí mismo.

—Y tú lo habrías hecho.

—A no dudarlo —afirmó Kuan—. Y si te hubiera pedido que me mataras a mí, habrías debido hacerlo sin pensar.

—Tal vez eso es lo que diferencia nuestras maneras de ser. Yo no mataría sin pensar.

—Pues será mejor que aprendas a hacerlo. No eres responsable sólo de tu vida. Si me hubiera visto obligado a matar al maestro Botticelli, te habría culpado a ti por eso, aunque reconozco que no me gustan mucho, ni él ni sus pinturas. —Después de un segundo continuó: —¿Crees que él dudaría un momento en matar a todos tus amigos para dejar en claro sus intenciones? Pero no, Leonardo; tal vez tengas razón.

—¿Cómo...?

—No los habría hecho matar de inmediato. Los habría desfigurado de un modo horrible. Y luego no te habría permitido asesinar al hijo del persa para salvarles la vida, por mucho que imploraras.

—¿Dejándome a mí con vida?

Kuan se encogió de hombros.

—El hecho de que estés vivo después de interrogarlo delante del persa es prueba de que te ama, maestro.

—¿Por qué me eligió a mí? Cualquiera podría matar al príncipe persa.

—Pero el califa quiere que lo hagas tú, Leonardo.

—¿Como examen? ¿Para poner a prueba mi lealtad?

385

—Te lo dijo, pero no lo escuchaste.

—Porque yo no ardería en el infierno. Eso fue lo que dijo.

Kuan asintió.

—Porque tú no crees en la fe verdadera. Para un creyente sería pecado matar a un príncipe de la fe. "El que mate a un creyente con intención arderá para siempre en el infierno. Incurrirá en la ira de Dios, que echará Su maldición sobre él, preparándolo para una triste purga."

—Sí, he leído el Kur-án —dijo Leonardo, impaciente—. Por lo que sé, es algo que se hace todos los días.

Kuan se encogió de hombros.

—Pero el persa pasó al califa la responsabilidad de matar a su hijo. Ussun Cassano podría ser un aliado poderoso en nuestra guerra contra los turcos. Y ha cedido esta delicadísima tarea al califa, que ha demostrado su amplitud de recursos confiándote a ti.

—Hay aquí otros que...

—Te ama. Y sabe lo que pueden hacer los hombres. Ha visto que puedes matar con facilidad.

—¿Qué?

—Ha visto los bocetos de tus inventos para la guerra. Tú mismo reconocerás que son... platónicos. Representas soldados hechos pedazos como si dibujaras flores.

Eso acorraló a Leonardo, hizo que se sintiera asqueado de sí mismo.

—No es verdad —refutó, casi en un susurro—. Son sólo bocetos.

—Nuestro capitán del *Devota* hizo al califa un buen relato de tus proezas en la batalla. Y yo he visto tu habilidad con mis propios ojos, por cierto. Creo que eres muy diferente de tus amigos, sobre todo del maestro Botticelli, quien haría bien en no abandonar su *bottega*. —Hizo una pausa antes de añadir: —El persa conoce tu valor, Leonardo.

—¿Qué quieres decir?

—¿No has notado que usa una pistola en el corselete?

—Sí, pero...

—¿No viste que era uno de tus diseños, Leonardo? ¡Qué vergüenza!

—No puedo asesinar —dijo Leonardo con suavidad, como si sus inventos no le interesaran—. Sólo he matado en defensa propia.

Hablaba para sus adentros, aunque lo hacía de modo ostensible ante Kuan, pero algo lo carcomía: un recuerdo asociado con la muerte de Ginevra. Algo relacionado con espejos del alma. Oscurecidos. Triturados en... La imagen se esfumó hasta desaparecer.

—Te ayudaré, maestro. O tendré que matarte, a ti y a tus amigos. —Luego le dio una palmada en el hombro. —¿En verdad crees que somos tan diferentes?

—Sí, eso creo —afirmó Leonardo, que intentaba dilucidar qué había pasado.

—Quizá no tanto como piensas, pues ni siquiera preguntaste por qué quiere el persa matar a su propio hijo. ¡Crees saberlo! Babilonia o Florencia, las diferencias son leves. Leves entre tú y yo... entre Lorenzo y el califa... o entre tú y el califa, en verdad.

Leonardo, perturbado, preguntó por qué quería Ussun Cassano matar a su hijo.

No se sorprendería al conocer la respuesta.

Aunque los juegos eran rudos, sólo murieron tres hombres, dos de los cuales eran súbditos persas. Los tártaros que acompañaban a Ussun Cassano eran los más feroces de los combatientes y podían manejar sus caballos con las piernas; al terminar cada una de esas polvorientas carreras, mamelucos y persas se hallaban por igual a merced de sus adversarios. Fue una justa bárbara, sin la pompa de las ostentosas competencias de Lorenzo; pero aquello no era una exhibición cívica, sino una preparación para la batalla. Ni Ussun Cassano ni Ka'it Bay hacían gala de su habilidad, pese a que, según rumores, no había hombre que pudiera igualarlos con lanza o espada. Las mujeres presenciaron los ejercicios a cielo abierto, tras una barricada de coloridos tapices colgados. Las esposas e hijas de los egipcios, enclaustradas lejos de los hombres, usaban velos y largas túnicas de color negro rojizo; las persas, en cambio, lucían sedas carmesíes, brazaletes y monedas de oro trenzadas en el pelo. Eran tan vocingleras y naturales como las prostitutas que escupían, gritaban y azuzaban a los hombres.

Sandro y Américo, que habían estado buscando a Leonardo, lo encontraron de pie detrás de la multitud, elaborando mentalmente lo que sería preciso hacer. Ideas, imágenes y recuerdos parecían arremolinarse en su mente, como solía sucederle antes de quedarse dormido. Pero estaba más allá del sueño y la fatiga; se había derrumbado la frontera entre la vela y la pesadilla. Observaba, observaba a los soldados que se abalanzaban unos contra otros, para estrellarse y arrojarse unos a otros al suelo. El polvo ascendía como vapor. El día era caluroso y seco. Jovencitos vestidos de soldados, con corazas de hierro cubiertas de sedas coloridas, se mantenían de pie en las sillas de sus caballos lanzados al galope, hacían girar las lanzas. Un joven esclavo mameluco hacía equilibrio en una herradura de madera, que dos jinetes en movimiento sostenían con las hojas de sus espadas.

—¿Estás bien, Leonardo? —preguntó Sandro.

—Sí, Botellita. Sólo cansado. —Leonardo saludó a Américo con una sonrisa y una inclinación de cabeza.

—Gracias... por salvarme la vida —dijo Sandro, aunque sin mirarlo a los ojos—. —Yo creía que el califa era un buscador de la verdad. Un humanista, como nuestro Lorenzo. Lo asesoré como a Leonardo; le dije todo lo que había visto. Esperaba, cuando menos, estar bajo su protección.

Leonardo le clavó una mirada aguda.

—Ya lo sé; hay oídos por doquiera —reconoció Sandro—. Pondré cuidado.

—Por tu franqueza y tu credulidad te metes siempre en problemas —le advirtió Américo.

Sandro sonrió como si se sintiera avergonzado.

—Como embajador resultas inigualable —añadió Leonardo, con ironía.

Sandro trató de reír.

—Es cierto. Pero mi misión está cumplida. Vuelvo a Florencia.

Leonardo, sorprendido, preguntó:

—¿Se lo has dicho a alguien? —Estaba seguro de que el califa retendría a su amigo hasta que él hubiera asesinado al hijo de Ussun Cassano.

—Kuan, el esclavo del califa, ha hecho todos los preparativos. Me ha dicho que partes esta noche.

Leonardo asintió; sólo podía seguirles el juego. Tal vez hubiera alguna posibilidad de que no se lo obligara a asesinar al príncipe.

—Yo iré con él, Leonardo —dijo Américo—. Lorenzo me ha prometido protección; en la patria estaré a salvo. —Suspiró; sin duda Sandro le había contado la suerte corrida por su familia en la estela de la conspiración de los Pazzi, con quien los Vespucio tenían vinculaciones. —Y tú, ¿puedes salir adelante?

Leonardo volvió a asentir. Entre ellos parecía haber una espada. Sandro y Américo no se atrevían a pasar de la charla más liviana. Lo que ellos sabían, Leonardo sólo podía suponerlo. Y así pasaron una melancólica hora mirando el último juego, el *kabak*. En el terreno se erigieron postes altos, cada uno coronado por una calabaza de oro o plata; en realidad, las calabazas eran jaulas; dentro de cada una había una paloma. Los jinetes, de a uno por vez, galopaban hacia el blanco y disparaban sus flechas al pasar junto al poste. Cuando el arquero daba en el blanco, la asustada ave escapaba de la jaula y alzaba vuelo. Ka'it Bay obsequió a los ganadores la tela de su "máquina que flota" y las calabazas de oro y plata.

Los espectadores aplaudían y gritaban, pero luego las festividades amenazaron con terminar en reyerta; entonces aparecieron los guardias personales de Ka'it Bay y la muchedumbre retrocedió, aterrorizada.

Un siseo de espadas cortó el aire.

—Allí tienes, Leonardo —dijo Américo—. Han sacado a relucir tus inventos para impresionar a los persas.

—Y a los soldados del propio califa, también —añadió Sandro.

Américo le echó una mirada espeluznante, pues en verdad había oídos por doquiera. ¿Quién sabía cuáles de esos soldados y esas prostitutas entendía la lengua toscana?

Parecía improbable... tanto como la espada contra el cuello de Sandro.

Leonardo se adelantó para ver mejor.

Era cierto. Zoroastro había dado vida a sus bocetos. Los caballos, montados por mamelucos vestidos de seda negra, tiraban de unos carros de asalto dotados de guadañas. Se lanzaron a la carga a través del campo, con los jinetes inclinados hacia adelante, como espectros. Los carros tenían cuatro grandes hoces, movidas por tornillos y conectadas a ruedas dentadas por medio de varas curvas. Las hoces eran todas curvas pulidas con gracia, y a la vez feas, bellas y aterradoras, pues esas máquinas no habían sido construidas para segar trigo sino hombres, para cortar brazos, piernas y cabezas como si fueran los frutos del suelo.

Leonardo no pudo disimular su entusiasmo, pero apartó la cara, disgustado, cuando el califa demostró la precisión asesina de las maquinarias arrojando un perro a su paso.

Seguían a los carros de asalto otros dos caballos que tiraban de un cañón liviano sobre ruedas, diseñado como un juego de tubos de órgano. Esos jinetes desmontaron para apuntar la pieza de artillería hacia un gran palmar de datileros y aplicaron fuego a la pólvora. Once cañones dispararon a la vez, haciendo volar las copas de las palmeras. La muchedumbre lanzó gritos de júbilo. Un artillero operó una manivela para bajar la trayectoria, mientras el otro preparaba la siguiente hilera de cañones. Otros once dispararon... una y otra vez.

Los soldados cayeron en un silencio antinatural.

Los datileros estallaron en trocitos quemados de corteza y pulpa.

El cañón de tubos múltiples volvió a disparar.

Estalló otro palmar, que echaba humo.

Entonces Leonardo se volvió y, como un sonámbulo, se alejó del ruido hacia las tiendas. Parecía, por cierto, que todo aquello no podía ser sino un sueño. Como desde muy lejos, oyó la voz de Sandro que lo llamaba.

Asesino...

Todo era un sueño...

No podía encontrarse allí, en esas tierras de los sarracenos. No era posible que Ginevra hubiera muerto. Nicolás no podía estar en prisión. Sus bocetos no podían haberse hecho para segar vidas. ¿Y cómo era posible que hubiera aceptado asesinar al hijo de un rey?

Leonardo, exhausto, durmió a la sombra de las tiendas. Y en sus sueños afiebrados flotó en la máquina de Kuan, por sobre todo el fragor, el movimiento y la muerte.

23
La prerrogativa de los reyes

> El hijo contra el padre, el padre contra el hijo...
>
> —Dante Alighieri

> ¿Eran ésos mis crímenes ya cometidos o mera preparación para hechos mayores; pues qué podrían lograr manos no adiestradas para el crimen?
>
> —Séneca

> ¿Acaso la serpiente llamada "lamia" no atrae hacia sí con la mirada fija –tal como el imán atrae al hierro– al ruiseñor, que corre en luctuosa canción hacia su muerte?
>
> —Leonardo da Vinci

*L*as caravanas de mamelucos y persas viajaron hacia el nordeste durante tres días, cruzando colinas, mesetas de basalto negro, valles de grotescos pilares de piedra arenisca, altos como mezquitas, y el desierto llamado La Desolación. Familias y tribus de mamelucos, persas, partos, georgianos y tártaros cabalgaban codo a codo, intercambiaban gritos, y avanzaban como un pequeño ejército. Sus flancos eran anchos, cortas las columnas de caballos y camellos. Tomados en conjunto, los guardias de Ka'it Bay y los *gholaums* de Ussun Cassano se parecían más a una lenta ola que nunca hacía cresta que a una caravana tradicional.

Su destino era Nebk, pues allí podrían apacentar a sus animales y el agua sería abundante. Pero durante la marcha acampaban alrededor de pozos mohosos, en estériles oasis de palmeras y maleza, marchitos por el sol. No habría comida caliente hasta llegar a destino, aunque todas las noches el aroma del café y el hachís pendían, densos, en el aire del desierto.

Leonardo, que acompañaba al califa y a Kuan, tenía la sensación de estar viajando hacia su propia muerte. Sin embargo no soñaba ni pensaba más que con armas: bombardas y gigantescas ballestas, proyectiles con aletas que parecían dardos, catapultas y, sobre todo, refinamientos para el globo de Kuan. Las horas pasaban con celeridad; más de una vez pensó en Caterina, su madre, y en su padrastro Achattabrigha, el de las manos ásperas. En esos días y noches del desierto anhelaba sus rudos abrazos. En verdad era como si se estuviera preparando, una vez más, para saltar desde la montaña, como lo había hecho en Vinci para demostrar su valía ante Lorenzo.

Cuando preguntó por Sandro y Américo, Kuan no hizo sino reírse de él. Se les permitiría volver a la patria, sí... en cuanto el califa quedara satisfecho con Leonardo. Mientras tanto cabalgarían con las mujeres.

Al fin y al cabo, desde los juegos *furusiyya* a todos se los mantenía custodiados.

Nebk estaba plagado de víboras.

Los guardias declararon que era mal presagio. Los delegados de la aldea, que llevaban como regalo huevos de avestruz, pasteles, camellos y caballos de aspecto consumido, dijeron que las serpientes habían aparecido de la nada, como las cresas en un cadáver. La aldea había perdido ya a cuarenta personas, víctimas de los áspides cornudos, las víboras negras y las cobras. Todo lo que se podía hacer por las víctimas era envolver la carne con un yeso de piel de serpiente, recitar pasajes del Kur-án y aguardar que Alá hiciera conocer Su decisión.

En realidad, eso era en esencia cierto.

Quince persas y siete u ocho mamelucos murieron entre grandes dolores por mordeduras recibidas en la primera noche de campamento. Kuan salvó a unos pocos amputando los miembros afectados, pero la mayoría de las víctimas rechazó ese remedio, ya que optó por ponerse en manos de su dios.

Leonardo hacía lo posible por ayudar a Kuan.

Como tenía un miedo mortal a las serpientes, resolvió pasar toda la noche levantado y dormir unas pocas horas durante el día; no quería dejarse sorprender en la oscuridad por un áspid o una víbora. Pero unos gritos agudos lo despertaron de un descanso sudoroso y sin sueños. Las mujeres emitían los ruidos más penetrantes que él había oído jamás; al principio creyó estar oyendo algo espectral, de ultratumba. Se oían voces de hombre que repetían, una y otra vez: "Oh, amo mío".

Al salir corriendo de su carpa, a fin de averiguar a qué se debía la conmoción, descubrió que a Ussun Cassano lo había picado un áspid.

Acababa de morir.

Ya habían partido jinetes para convocar a sus hijos varones.

Para Leonardo fue un alivio; ahora no tendría que matar a Unghermaumet, el hijo favorito del rey. Y se abrió paso a través del campamento, entre los leales guardias de Ussun Cassano, que se golpeaban el pecho y se desgarraban las finas túnicas de muselina, entre los chillidos de las mujeres veladas, para buscar a Sandro y a Américo.

Pero no pudo hallarlos.

Al caer la tarde del día siguiente, Leonardo fue invitado a presentar sus respetos al difunto rey. Ante la negra carpa funeraria oraban los santones, que se golpeaban el pecho y la cara. Las concubinas y las servidoras domésticas batían tamboriles, llorando: "¡Ay de él!" Así habían pasado el día, unos y otras. Aunque la costumbre dictaba que el rey fuera sepultado al día siguiente, no hubo procesión fúnebre, profesión de fe ni entonación del "Soorat el An'ám" (el sexto capítulo del Kur-án), pues el campamento esperaba a que los hijos de Ussun Cassano acudieran a reclamarlo para sepultarlo en su propia tierra.

Siguiendo a Kuan, Leonardo atravesó la abertura de la tienda, donde se había instalado una plataforma que era, en realidad, un largo banco improvisado. El enorme cadáver estaba cubierto por un chal de cachemira roja. En la carpa grande y penumbrosa se olía vagamente a alcanfor, agua de rosas y descomposición.

También había un vago olor a café.

Kuan llevó a Leonardo hasta el harén, y cruzó una gruesa cortina de tapices persas. Ussun Cassano no llevaba a ninguna de sus esposas: sólo a sus concubinas, que habían sido trasladadas a la carpa de Ka'it Bay.

Allí encontraron al califa, que estaba sentado de espaldas a los tapices, fumando una pipa y tomando café, como si nada malo sucediera.

A su lado se hallaba Ussun Cassano, lleno de vida.

El califa observó con atención a Leonardo, quizá para evaluar su reacción. Pese a su sorpresa, el pintor hizo una reverencia y dijo a Ussun Cassano:

—Me complace ver que has resucitado, Gran Rey.

Ka'it Bay sonrió apenas, como aprobación.

—Esperarás aquí a mi hijo —ordenó Ussun Cassano—. Te haremos preparar un escondite adecuado.

—¿Cuándo llegará, Ilustre Señor? —preguntó Leonardo.

—Ya viene en camino. Debería llegar aquí pasado mañana por la noche.

—¿Cómo lo sabes?

—Se lo dijo un pajarito —respondió el califa, que aludió a las palomas mensajeras.

Pero no acompañó el chiste con una sonrisa. Tanto él como el persa miraban con atención a Leonardo, como si esperaran la respuesta a una pregunta no formulada. Afuera los llantos eran un muro de ruido que cubría cualquier conversación, tan constantes que parecían disolverse en un rumor susurrante, como el del océano que castiga las rocas en una tormenta.

—Veo que se notificó al príncipe antes que a nadie del campamento. ¿Eso no provocará sospechas?

El califa asintió, complacido; Leonardo estaba haciéndolo quedar bien.

—Nos gustaría actuar con decoro, puesto que nuestras creencias no nos permiten retener a los muertos fuera de la tierra —dijo—. El príncipe dará crédito a este pequeño ardid, pues si mi querido amigo, el Señor de Toda Persia, se hubiera ido realmente al cielo, Alá otorgaría una pequeña dispensa para que pudiera ser sepultado en su propio suelo consagrado.

Hizo un gesto en el aire y murmuró una plegaria, como si con ello pudiera impedir que esa bendición cayera sobre Ussun Cassano sino dentro de muchos años.

—Permanecerás aquí hasta que llegue mi hijo —indicó el rey persa a Leonardo, que sólo pudo asentir—. Yo estaré aquí contigo.

El florentino sintió un escalofrío, porque pronto se le ocurrió que el rey lo asesinaría en cuanto su hijo hubiera muerto.

Kuan y el califa hicieron una reverencia y los dejaron a solas.

Leonardo percibió el olor mohoso del rey, que continuaba fumando y bebiendo café como si estuviera solo. Él no cometió el error de buscar conversación.

—Yo mismo estaré en el catafalco, pues mi hijo querrá verme la cara. —El rey sonrió débilmente. Luego continuó: —Más tarde te explicaré cómo se hará eso.

—¿Qué cuerpo es el que yace ahora allí? —preguntó Leonardo.

El rey sacudió con aspereza la cabeza, como si no aceptara contactos con la estupidez.

—Está allí para quienes deseen presentar sus respetos. Ellos no notarán la diferencia. Huele a muerto y con eso basta, ¿no? Pero mi hijo querrá verme la cara. Se quedará aquí, conmigo. Querrá estar solo. Y tú lo matarás mientras duerma. Oirás a un niño cantando una dulce canción fuera de la carpa. Ésa será la señal para que sus guardias sean pasados por las armas. Mi hijo no debe levantarse de su jergón.

—¿Cómo haré para ver? —preguntó Leonardo.

—Verás. —Pasaron largos minutos antes de que el rey agregara: —Amo a mi hijo.

Leonardo lo miró de frente e hizo un gesto afirmativo. Se sentía atrapado, como el loco que no puede distinguir un asesinato de una buena noche de sueño, y empezó a temblar. Pensó que actuaba como un cobarde.

Y como un cobarde asesinaría.

Apartó esas ideas de la mente, se dijo que debía pensar en Sandro y en Américo, lo cual era cierto. En aquel momento no temía por su propia vida, sino por la perspectiva de asesinar, de planear sin apasionamiento algo tan terrorífico. Y algo más parecía reptar en su catedral de la memoria, algo que era mejor dejar sepultado. Mientras contemplaba al rey, como si lo hiciera a lo largo de un túnel estrecho, pensó: "Los ojos son las ventanas del alma".

Eso lo llevó a otro pensamiento, clausurado para él. En ese momento no podía entrar en su catedral de la memoria.

—Es muy valiente en la batalla —dijo Ussun Cassano, al referirse a su hijo—. Mi pueblo aún lo llama El Valiente. Es mejor que sus hermanos.

Leonardo guardó silencio.

—Su coraje y su estrategia nos serían muy útiles, pues la guerra hace estragos desde Erzurum hasta el Éufrates. Y en las tierras de tu califa es aún peor. ¿Sabes de esas cosas?

Leonardo confesó que no.

—¿Sabes por qué debes matar a mi hijo?

Asintió con la cabeza, pues Kuan le había contado el caso.

Aun así, Ussun Cassano volvió a relatárselo, como si hacerlo constituyera una expiación.

Eran los kurdos, que vivían en las montañas, quienes habían hecho que Unghermaumet humillara a su padre.

Ellos odiaban a Ussun Cassano. Le envidiaban su poderío y su tribu, que imperaba sobre toda Persia. El año anterior habían divulgado el rumor de que el rey había muerto. Unghermaumet, que siempre había sido demasiado crédulo, se apresuró a ocupar el trono antes que sus hermanos. Al mando de su ejército, que custodiaba Bagdad y toda Diarberkr, conquistó la ciudad amurallada de Shiraz, la más importante de Persia. Al enterarse de eso, los kurdos se le unieron en número aún mayor, saqueándolo todo a su paso.

Pero Unghermaumet descubrió que los kurdos lo habían engañado, que su padre, al mando de su ejército, estaba en marcha para recuperar Shiraz. Aunque varios jefes trataron de interceder por él ante Ussun Cassano, el hijo temió que lo traicionaran como lo habían hecho los kurdos; entonces se pasó al enemigo: al Gran Turco Mehmed, que lo recibió como a un hijo, le dio un acceso sin precedentes a su serrallo y le proporcionó tropas con las cuales derrotar a los ejércitos de su padre.

Aun en esos momentos ambos ejércitos asolaban el país.

De ese modo, los turcos podían concentrarse en el territorio mameluco y consolidar sus conquistas persas.

—He enviado tropas de caballería e infantería a esas fronteras —dijo Ussun Cassano a Leonardo—, pero contra las fuerzas de mi hijo no puedo triunfar. Sus debilidades son el orgullo, la credulidad y la impaciencia. Caerá en el mismo ardid que le prepararon los kurdos. Y me atrevo a decir que llegará aquí acompañado por ellos. Yo cuidaré de que no mueran de manera tan piadosa como mi adorable hijo. —Y luego entonó: —Gracias sean dadas y loor al que no muere.

Después de una pausa agregó:

—Me sorprendería que mis otros hijos llegaran antes que él. De un modo u otro, será una buena lección para ellos. Pero mientras no hayamos terminado, no te apartarás de mí, aunque para eso debas verme copular. —Eso lo hizo reír. —Temes que te mate, ¿no, maestro? Hace bien no estar seguro. Y si llega el caso, quizá seas tú quien me mate.

Leonardo sonrió. Por un extraño instante se sintió a gusto con ese hombre, como entre pares.

Habían pasado dos días, pero con excepción de las magras comidas tomadas a la luz de las velas funerarias, cuando todos en el campamento se habían retirado, el rey permanecía solo día y noche, orando con total concentración. Al parecer, no necesitaba dormir.

Esa noche se esperaba la llegada de Unghermaumet con sus guardias. El cadáver del catafalco (uno de los guardias de Ussun Cassano, que había sido mordido por una serpiente), fue retirado en silencio, como por sombras o fantasmas.

—¿Cómo puedes pasar tanto tiempo inmóvil, Gran Rey? —preguntó Leonardo cuando por fin el persa dejó de orar. No soportaba permanecer en silencio un minuto más.

Ussun Cassano lo sorprendió hablándole como un sacerdote a un niñito:

—Ejercicios devocionales, maestro. La Letanía del Mar. Es la oración que nos pone a salvo entre las olas del océano. —Rió con suavidad, pero sin desprecio. —Esta vida es un océano, maestro. Oro por mi hijo, por que pueda cruzarlo hacia el cielo. —Y recitó: —"Borraremos su vista y ellos se precipitarán, unos con otros, hacia el puente que cruza el Infierno".

—¿"Borraremos"? ¿Quiénes? —preguntó Leonardo, mientras reunía valor.

—Dios.

—¿Y a quiénes se les borrará la vista?

—A los enemigos de Dios —respondió Ussun Cassano, enigmático—. "Y dios te bastará contra ellos, pues Él es el Oído, el Saber. La cortina del Trono se extiende sobre nosotros... el ojo de Dios nos observa."

Habría continuado su recitación, hablando con Dios, sin prestar atención al infiel que escuchaba de modo indebido sus plegarias, si no se hubiera presentado una de sus concubinas. Usaba un largo velo negro y vestía de modo tan decoroso que se veía muy poco de su carne. Después de una reverencia, se quedó esperando. Cuando él se dio por enterado de su presencia, la mujer sacó de la túnica un bolso enjoyado que contenía pigmentos y un espejo pequeño. Arrodillada frente a él, le fue aplicando pociones a la cara y el pecho, hasta que su piel quedó tan pálida como la de un cadáver. Luego aplicó una sombra de *kohl* a los ojos. Al terminar, la cara del rey tenía la pátina característica de los cadáveres y su mismo aspecto pétreo. Antes de que ella desapareciera, de manera tan silenciosa y secreta como había entrado, él le ordenó que le dejara el *kohl* y se lo entregó a Leonardo, dándole instrucciones para que se aplicara en el rostro esa tinta espesa.

—Ahora yo estoy muerto, maestro, y tú no eres sino una sombra.

Esperaron.

Leonardo volvió a su cuaderno, que había llenado de bocetos y notas atormentadas. Después de limpiarse las manos en la arena, para quitarse en lo posible el residuo de *kohl*, fue pasando las páginas: diagramas y más diagramas de aparatos, cañones y artillería.

Y mientras contemplaba su obra se le ocurrió que la racionalidad era como el odio y el dolor: así de perfecta, concentrada y muerta. Aún pensaba que había muerto con Ginevra, que había saltado a través del fuego hacia su muerte.

Había saltado al infierno, a los gritos de Nicolás.

Un infierno que imitaba la vida, así como el camaleón imita el color.

Pero cuando llegó a sus bocetos de globos aéreos se sintió inundado de placer, al recordar su viaje flotante con Kuan. Había llenado páginas enteras de inventos que, pese a su gran detalle, tenían también algo de sueño, de sublime, pues erguirse sin peso entre las nubes y mirar hacia abajo, como

Dios, los diminutos rasgos de la tierra, era algo que sólo podía suceder en los sueños. Una de sus naves aéreas (él las llamaba *galleggiante*, balsas flotantes) tenía la forma de un ave; la idea consistía en hacer el vehículo de madera liviana, con ventanas, y colgarlo debajo del globo. Adentro había controles para operar, con las manos y los pies, seis alas y una cola-timón. Había dibujado con cuidado un mecanismo a resorte por el cual los tres metros de ala se podían desplegar con celeridad. Sus dibujos, prácticos o no, eran bellos, cuando menos. Diseñó una rígida armazón de costillas que daría al globo una forma elíptica; diseñó globos propulsados por hélices; dibujó timones de velas. En cada sector de cada página se podía ver cómo cada idea iba alimentando a la siguiente. Había dibujado planeadores, que eran muy fáciles de dominar: el piloto colgaría bajo las alas como un artista de un trapecio. Y allí estaba desarrollada su idea del paracaídas. No obstante, todos los dibujos eran maquinarias de guerra, y sus notas al margen se referían, en especial, a tácticas y consejos: "Los cuernos que sobresalen de los proyectiles explosivos ayudarán a dar en el blanco y deberían contener una pólvora que entrara en ignición con el impacto. Los proyectiles se pueden disparar con una catapulta o dejar caer desde una balsa flotante. Para confundir y matar al enemigo por medio de proyectiles arrojados desde balsas flotantes, se debe formar una flotilla de cinco *galleggiante* conectados con soga de esparto y soltarlas cuando el viento sea favorable. Es preciso tener cuidado con la altura, para que no se derribe a disparos. Los pilotos deberían llevar carpas de lienzo, para poder flotar hasta el suelo sin daño alguno antes de que el viento los lleve demasiado lejos".

Pero varias páginas más adelante sus notas tomaban el cariz de rabiosos delirios, que reflejaban sus verdaderos sentimientos.

"Muchas cosas muertas se mueven con furia; se apoderan de los vivos y los entrampan para los enemigos que buscan su muerte y destrucción... Hay hombres que surgen de sus tumbas y se convierten en seres voladores que atacan a otros hombres, robándoles la comida, como las moscas, de las manos o de la mesa."

Mientras Leonardo miraba esas notas, un grito se elevó en el campamento, y señaló la inminente llegada de Unghermaumet.

Sólo entonces el asunto del asesinato pareció mecánico; se habría dicho que ya estaba cometido, que Unghermaumet ya había muerto.

Leonardo esperó tras una falsa cortina de la tienda que, a su vez, estaba detrás de un gran *cassone*, lleno de ropas y objetos personales del rey. Éste, empero, yacía envuelto en su sudario, inmóvil en su catafalco, con los ojos cerrados, las manos en el pecho y los orificios de la nariz y las orejas rellenos de algodón, según la costumbre; tenía los tobillos atados, pero el nudo se podía desatar con facilidad tirando de la pierna.

Por una diminuta desgarradura en la tela de la carpa, que definía en sus estrechos límites lo que se podía ver del exterior, Leonardo vio que la avanzada de Unghermaumet entraba a caballo en el campamento. Ardían antorchas y fogatas, pero la noche era oscura, sin rastros de luna: ese tipo de tiniebla intensa y casi palpable, que parece tragarse al mundo y convertirlo en fantasma. Y era tarde, más cerca del alba que de la medianoche. Luego vio que algunos de los guardias se alejaban a caballo para informar a sus jefes; después los quinientos guardias personales de Unghermaumet —la *porta*—, ingresaron en el campamento como un ejército invasor, pero entre grandes gritos de júbilo. Llevaban los estandartes medio enrollados, como muestra de respeto por Ussun Cassano.

Pero el príncipe se mantenía aparte, acompañado por santones que entonaban la Profesión de la Fe. Entró caminando, como un mendigo, aunque vestía como rey y era tan alto como su padre.

Pocos minutos después, cinco guardias entraron en la carpa, hablando en voz alta, como si temieran encontrarse con un *jinn* o un espectro. Leonardo contuvo el aliento, tan inmóvil como la hoja que apretaba contra su regazo. Revisó de modo automático su escondrijo con la vista, por si había serpientes venenosas; la luz era apenas suficiente para distinguir un movimiento. Pero desde que estaba allí no había visto una sola víbora; tal vez los perfumes de la muerte no las atraían.

La inspección del guardia fue somera; no tocó el sudario del rey, pues ésa era prerrogativa de Unghermaumet.

Luego entró el príncipe, acompañado por dos santones y un *muezzin*; más tarde Leonardo se enteraría de que éste era ciego, para que no pudiera mirar a las concubinas y las esposas del príncipe en el harén. El *muezzin* cantó algo en voz baja, bella y sonora, mientras Unghermaumet apartaba el lienzo que cubría el rostro de su padre.

El príncipe lanzó un grito gemebundo y Leonardo oyó un forcejeo: los santones trataban de apartarlo de su padre. Unghermaumet se repuso y ordenó a los otros que salieran de la tienda. Luego comenzó a pasearse alrededor del catafalco, hablando con el padre, al que creía muerto; le pedía perdón y oraba por él. Uno de los santones volvió para llevarlo a su propia carpa, pero Unghermaumet no quiso alejarse de allí.

Ussun Cassano conocía a su hijo, sin duda.

Y Unghermaumet continuó paseándose a lo largo de la tienda negra, hablando con el padre, haciéndole preguntas y promesas, como si creyera poder recuperarlo de entre los muertos a fuerza de pura voluntad. Cada pocos minutos le cubría la cara, llorando, y se mecía hacia adelante y hacia atrás. Un instante después tornaba a pasearse. Aquello se prolongó por una hora, hasta que Leonardo comenzó a temer que el príncipe no se acostara.

¿Pero cuánto tiempo más podría Ussun Cassano mantenerse inmóvil? Tarde o temprano, Unghermaumet recuperaría su sano juicio y descubriría el ardid; sin embargo Leonardo percibía el dolor y la pena que irradiaba, tal como un animal irradia calor después del ejercicio. Si tocaba otra vez a su padre, ¿podía dejar de notar que estaba tibio? Pero no, no retiraría el paño que lo envolvía. No le faltaría el respeto, pues en ese momento, en esa carpa, los reinos de la vida y la muerte eran uno y el mismo. Así como el vivo parecía estar ciego, así el muerto podía ver.

Leonardo se sintió entumecido. Se le había dormido la pierna y no podía frotarse para quitar las agujas que parecían vibrarle en el hueso y bajo la piel. Si el príncipe no venía a la cama, Leonardo tendría que matarlo cara a cara.

Aunque el pensamiento lo estremecía, se consoló. Sonrió sin regocijo, pues sus pensamientos divagaban, al igual que antes de la oscuridad del sueño, y se preguntó dónde lo pondría el divino Dante, en qué círculo de su infierno. ¿La cuarta y última agua? Fijo en el hielo con...

Fuera de la tienda, un niño comenzó a cantar en voz alta y aguda:

—Su perfección, qué abundante es.

"Su perfección, cuán clemente es.

"Su perfección, cuán grande es.

Unghermaumet, de pie junto a su padre, escuchaba.

Había que actuar de inmediato.

Leonardo se levantó, probó apoyar el peso en la pierna entumecida, y calculó cómo derribaría al príncipe.

Si hubiera podido esperar un instante más, quizás Unghermaumet hubiera empezado a pasearse, acercándose a él. Pero no había tiempo. Pronto comenzaría afuera el tumulto y el derramamiento de sangre. Si Leonardo fracasaba...

Le cortaría la tráquea; caería sobre él por la espalda para arrastrarlo hacia atrás, y lo alejaría de su padre. Un momento después, como el pensamiento mismo, Leonardo se puso en movimiento, contó los pocos pasos que lo separaban de Unghermaumet como si estuviera sentado a la entrada de la tienda, y dirigiera a otra persona para que cometiera el homicidio.

Como desde muy lejos, oyó un susurro, un rumor, un gorgoteo: ruidos de acero cortando carne y hueso, de vida que escapaba a borbotones de las gargantas. Y luego, el clamor de las espadas y los gritos, a medida que el ejército de Unghermaumet despertaba a su propia matanza.

¿O acaso Leonardo oía sólo el torrente de su propia sangre en la cabeza?

Se detuvo ante el catafalco, con los brazos en alto y el cuchillo apretado en la mano.

Ussun Cassano se había levantado de entre los muertos, con los ojos abiertos para mirar los de su hijo, que reflejaban la luz de las velas. Quizá se vio a sí mismo. Pero sus manazas estaban cerradas en torno del cuello y la cara de Unghermaumet. Luego Leonardo oyó un crujido terrible, nauseabundo, seguido por un gemir.

Ussun Cassano abrazaba a su hijo sacudido por los espasmos de la muerte.

Ambos estaban en el catafalco: el rey, sentado, con el peso apoyado en el codo, con el brazo derecho que rodeaba la cintura de Unghermaumet. El hijo, arrodillado en la muerte, como para profesar su eterno dolor.

Ussun Casano gemía. Leonardo reconoció ese canto sepulcral de absoluta desesperación. Y en ese terrible corredor de un momento —una astilla de tiempo tan helada como el lago que contenía al mismo Satanás— Leonardo cruzó su mirada con la del rey. Afuera el combate continuaba, pero eso estaba a un mundo de distancia. Era el pasado o el futuro. El presente se hallaba encerrado entre Leonardo y el monarca persa.

Y el monarca miraba a Leonardo, que recordó el momento en que había encontrado a Ginevra.

Recordó haber matado a sus asesinos. Y que los evisceró, los golpeó contra el suelo, los cortó con mortal frialdad, hasta quedarse con los ojos, que redujo a charcos cristalinos.

"Los ojos son las ventanas del alma."

Pero Leonardo no se había perdido en los recuerdos. Sentía todo el peso de lo que había hecho Ussun Cassano, de su propio hecho. A la luz parpadeante de las velas, parecía un icono ennegrecido, inmóvil como la estatua de David hecha por Verrocchio, con la cara surcada por las lágrimas, que trazaban líneas carnosas en el rostro pintado de *kohl*.

—A mí me correspondía hacerlo, maestro —dijo Ussun Cassano, al quebrar el hechizo.

Leonardo siguió sin moverse.

—No morirás por mi mano, ni tampoco tus amigos. —Se levantó del catafalco y, cargando al hijo muerto sobre el hombro, añadió: —Una última humillación.

Aunque miraba a Leonardo, sus palabras eran para Unghermaumet.

Dicho eso, el rey salió de la tienda, hacia la masacre del exterior.

———

Bramaba el fuego; era como si el campamento entero estuviera en llamas, aunque sólo ardían las carpas de Unghermaumet. En el aire pendía un acre olor a carne quemada, al pelo de cabra de las tiendas, como la grasa en las cocinas. Muchos hombres fueron liquidados con misericordia de un solo golpe por los guardias de Ussun Cassano; fue como si un millar de cabezas hubiera rodado de inmediato en un millar de tablas para picar. Otros se rindieron enseguida; pero aun así se oían el clamor de las espadas, los aullidos y las súplicas de los hombres, el susurro de las flechas. La matanza tenía su propio impulso, su propia mente.

El agudo chillido del cuerno de Ussun Cassano cortó el estruendo. Ussun Cassano se apostó, dramático, a la luz del fuego, para que se lo viera con facilidad. Sus guardias exhibían la cabeza de Unghermaumet. Estupefactos, sus hombres cayeron de rodillas ante la aparente resurrección del rey. Él levantó con suavidad la cabeza de su hijo por los cabellos, dio a todos un momento para captar quién era y luego gritó que ése era el pago de la traición, por muy alta que fuera la cuna del culpable. Recitó la profesión de fe:

—No hay más dios que Dios, Mahoma es Su Apóstol, que Dios lo favorezca y lo conserve.

Sus guardias respondieron con las mismas palabras. Él, a su vez, exigió misericordia para los guardias de Unghermaumet; luego desapareció para unirse a los *mughassil*, los lavadores de muertos, que prepararían a su hijo para el entierro, al día siguiente.

Pero no hubo misericordia para los kurdos.

Se los había sacado a la rastra de sus carpas para que murieran en medio de tormentos. Para horror de Leonardo, entre los restos de sus filas circulaban caballos que tiraban de los carros con guadañas inventadas por él. Los vehículos estaban provistos de antorchas, que iluminaban a los conductores, los caballos y los miembros lanzados por el aire, como si esos guardias draconianos fueran la muerte en persona, los cuatro jinetes del apocalipsis. Los carros segaban cuerpos como si fueran trigo; luego, los conductores perseguían a los que habían conseguido escapar, derribando las carpas a su paso, con guardias, mujeres y niños adentro, pues las hoces eran fuertes y estaban bien balanceadas. Los alaridos sonaban en sordina, como ahogados por la noche, que comenzaba a cambiar, a aclararse de modo casi imperceptible al este, la dirección de las plegarias.

Pronto sonaría la primera llamada a la oración, para quienes conducían lo carros y quienes los seguían: un ejército de segadores que recorrían las sementeras de la muerte, cortando cabezas, amputando dedos para quitarles los anillos. Aquello no se diferenciaba mucho de una procesión de antorchas. Leonardo no pudo sino seguirla, atraído como un clavo hacia el imán. Con asco y horror, aterrado, caminaba en la oscuridad como una sombra. Y parecía un espectro, un demonio, un *jinn* sin cara, sin cabeza; el *kohl* todavía le escondía el rostro.

No podía cerrar los oídos a los gritos de los kurdos heridos y mutilados, que aun así imploraban por la vida, por una postergación, en tanto los soldados iban detrás de los carros, cortando cabezas para arrojarlas dentro de un saco, con los labios todavía en movimiento. Como si no pararan mientes en el tormento humano que hervía a su alrededor, parloteaban entre sí mientras golpeaban y hendían y recogían abalorios ensangrentados. De ahí sus gritos de alegría, cada vez que encontraban algo de valor... gritos que se mezclaban con las oraciones de sus víctimas y sus gemidos mortales.

Y mientras caminaba por aquella carnicería, seguía la estela de sus máquinas, entre cuerpos fragmentados y los aleteos de las carpas rotas, y chapoteaba en la sangre y las tripas que fertilizaban el suelo reseco, Leonardo trataba de rezar, de llamar la atención de Dios.

Pero sabía que no habría respuesta, pues en ese momento él mismo era Dios.

Lo que tenía ante sí era suyo, producto de su pensamiento.

Lacrimae Christi.

24
El castillo
del águila

Ningún pájaro que no desee morir debería acercarse a su nido.

–Leonardo da Vinci

Como un viento arremolinado que se precipita por un valle hueco y arenoso y, en su apresurado curso, atrae hacia su centro todo lo que se opone a su furiosa trayectoria.

–Leonardo da Vinci

No habría modo de dormir, pues ya iba a amanecer. Aunque en el campamento imperaba el caos, todo el mundo hablaba en susurros. El cielo era una panoplia de estrellas; la luz estelar y la del fuego daban a la escena de esa madrugada un aspecto ultraterreno. Leonardo había estado buscando a sus amigos; aturdido, vagaba por el campamento, y absorbía las grotescas partes del campo de batalla: todo el que estaba en movimiento o inmovilizado por el dolor o la fatiga, todo y todos se convertían para Leonardo en un constante cuadro vivo, una pintura que vivía y cambiaba, que podía crecer, corromperse y hasta morir en el tiempo, pero sólo como se marchitan y mueren las hojas de las plantas, dejando el todo vivo, aunque enervado. Veía esa pintura viva como si se la hubiera terminado a la manera flamenca: barnizada, con capas de pigmentos oleosos, brillante y profunda como la glacial prisión del Anticristo.

Una y otra vez volvía a eso, como si Dante le estuviera dando instrucciones, y se ensañara con él, castigándolo por todo aquello: por sus máquinas de destrucción, por esos campos de hermoso hueso y muerte de ébano. Las estrellas eran el barniz; la luz parecía emanar de los cadáveres dispersos y atrapados en el campo de batalla. Leonardo hubiera querido adecentarlos a todos: enderezar los miembros contorsionados, cerrar los ojos extrañados, llenos de estrellas, cubrir su desnudez, pues en verdad parecían desnudos, sorprendidos en algún acto doloroso y contra natura. Leonardo conocía la muerte, pero no en sus múltiples disfraces; en la *bottega* donde cortaba carne y tendones para investigar la naturaleza, nunca se había sentido así abrumado. Conque eso era la muerte sin tapujos: desgarrada, desmembrada, un ladrón; así habían sido despojados los caídos, como si fueran restos de comida. Muchos yacían a medio vestir, pues entre los beduinos era señal de honor tomar la ropa del enemigo derrotado.

Pero esos hombres eran todos hermanos, *ak-koinlu*, miembros de la tribu de la Oveja Blanca...

Los pensamientos de Leonardo parecían tener vida propia, pues visualizó un gran festín: grasa ardiente, cráteres de arroz reluciente de salsa, el apetitoso aroma de la carne asada, las cabezas hervidas de oveja coronando las montañas de arroz, carne y salsa, con las fauces abiertas y las lenguas humeantes, ennegrecidas, colgando sobre los dientes tan blancos como la luna.

Volvió la espalda, asqueado, pero estaba rodeado por la muerte... y ni siquiera se había aventurado en la masa de kurdos masacrados con sus máquinas. Recordó el Ponte Vecchio de Florencia, el puente de los carniceros, donde uno caminaba entre charcos de sangre medio coagulada, entre los cadáveres recién cortados que serían las cenas de esa noche.

—¿Nunca duermes, Leonardo? —preguntó Kuan.

El pintor, sobresaltado, buscó automáticamente la daga, cosa que divirtió al chino.

—No soy el único —respondió Leonardo—. No hay aquí nadie que duerma, salvo los muertos. —Echó una mirada a los cadáveres, hacia adelante.

—Lo lamentarás cuando iniciemos la marcha. Entonces desearás el sueño bienaventurado.

—En ese caso, deberías tomar tu propia medicina.

Sin prestarle atención, Kuan contempló a los sepultureros que iniciaban su trabajo, excavando tumbas de poca profundidad. Leonardo, por su parte, pensó en la peste y se estremeció.

—¿Has hallado a tus amigos? —preguntó Kuan.

—Revisé todo el campamento —dijo Leonardo—. No están por ninguna parte. ¿Los han enviado a casa?

—Habrías debido visitar mi carpa. Están a mi cargo, y así seguirán.

—¿Eres tú quien va a llevarlos de regreso? —preguntó el pintor. Deseaba con desesperación ir con ellos, volver a su casa, pero el califa le ofrecía la mejor oportunidad de reunirse con Nicolás y A'isheh. No podía retornar a la patria sin Nico y, aunque no lo admitía ante sí mismo, no podía partir sin ver qué había hecho Zoroastro de sus invenciones.

—No. El Regente de los Mundos no está dispuesto a separarse de ellos, mucho menos de tu amigo Sandro. Los ha invitado a acompañarnos.

—¿Adónde? —quiso saber Leonardo, sorprendido.

Kuan se encogió de hombros.

—A la guerra.

—¿Por qué, si ninguno es guerrero? Muy por el contrario.

—Porque Ka'it Bay podría necesitar de alguien que actúe como embajador, alguien conocido del enemigo y que simpatice con el Gran Turco. —El chino rió por lo bajo. —Y ha escogido a tu artista, el menos diplomático de los diplomáticos.

—¿Y Américo?

—Lo hemos retenido para que les haga compañía a ambos, pero puede marcharse cuando quiera. —Kuan sonrió apenas. —No obstante, aquí, bajo nuestra protección, está más seguro.

—Temo por ellos.

—Harías bien en temer por ti mismo y dejar que el destino se ocupe de tus amigos.

—¿Qué quieres decir?

—Ussun Cassano jamás se habría dejado atrapar así —comentó Kuan, y abarcó a los muertos con un gesto de la mano. —Las prostitutas sabían. Ellas tienen sus propias... líneas de comunicación.

—¿Sabían qué cosa?

—Que las tropas de Unghermaumet iban a ser masacradas. Unghermaumet debió de haber notado que las rameras no se habían lanzado sobre sus hombres como cresas a la carne, pero era demasiado sentimental; estaba demasiado ocupado en lloriquear junto a su padre como una mujer.

Los *muezzines* hicieron sonar el llamado a la oración; por algunos momentos todo pareció detenerse, como si hasta la naturaleza —las bestezuelas escurridizas, el pesado mar de la atmósfera, las piedras y la arena, las colinas veladas por la distancia— estuviera esperando el rejuvenecimiento de la plegaria; pues si el verbo pudo crear el universo, bien podría, por cierto, reavivar un nuevo día. Como a manera de respuesta, las estrellas se esfumaron hacia el este, en tanto la luz gris se volcaba en esa esquina de la noche, deshaciendo la oscuridad como un solvente.

Unghermaumet fue sepultado con la pompa y la ceremonia debidas a un príncipe caído en combate.

Las fosas comunes se cerraron.

Ka'it Bay se reunió con Ussun Cassano.

Y sus ejércitos se pusieron en marcha por separado, en el calor matinal, por monotonías de arena ardorosa, chispeante, y planicies de lodo tan lisas como la piedra pulida.

A Leonardo se le permitió cabalgar con Sandro y Américo, pero sus amigos sabían tan poco como él del destino que los llevaba hacia el noroeste.

¿A Jerusalén?

Leonardo habría querido ir a Damasco, para ver a Zoroastro y Benedetto, para ver la *bottega* que estaba produciendo sus inventos.

———

El desierto fue un castigo por tanta matanza y mutilación, por el robo y la profanación de los muertos recién caídos.

Un vendaval sofocante cruzaba las dunas y la maleza. Se inició en ráfagas y remolinos, como un *khamsin* egipcio, pero fue ganando en potencia hasta dar la sensación de que se caminaba contra la exhalación inexorable de una caldera. Leonardo sentía el sudor como hielo en las mejillas; saboreaba con la lengua esa humedad salada, como para contrarrestar la sequedad granulosa de los labios resquebrajados, la cara y las manos escamadas. Aunque se cubriera la boca y la nariz con la tela que le envolvía la cabeza, a la manera árabe, tenía los ojos irritados. La arena quemaba como ácido.

Todo era un fulgor blanco. Había poca visibilidad. Era como flotar en un sueño, un doloroso sueño de olas golpeadoras. Los camellos continuaban esforzadamente la marcha, y avanzaban con lentitud en esa atmósfera humeante, que parecía ir solidificándose a su alrededor. De vez en cuando Leonardo daba un respingo, como solía ocurrirle cuando estaba profundamente dormido. Apenas podía tragar; eso le daba pánico, pues sentía la garganta tan cerrada que temía morir sofocado. Aunque había aprendido el recurso de los beduinos, que bebían como camellos en todos los pozos (en verdad, antes de la partida había bebido a reventar), ya tenía sed. Sólo a metal sabía su boca.

Se detuvieron apenas por una hora, para acurrucarse bajo la protección de las mantas. Luego Ka'it Bay reanudó la marcha forzada. Sus soldados no intentaban siquiera hablar contra el viento ni gritar "Por los ojos de A'isheh", como lo habían hecho incontables veces. A'isheh era una presencia desértica. Los hombres hablaban de ella como si la conocieran, como si fuera la perla inapreciable, el Grial, la encarnación misma de las bellezas que encontrarían en el Paraíso, su recompensa por morir en el nombre de Dios. Ella era filosofía, meta y destino. Era idea, bandera y país.

Y ésa era la magia de Ka'it Bay.

Por intermedio de sus trovadores y sus santones, por el milagro de la palabra que iba de boca en boca, la había transformado de carne en espíritu, de prostituta en diosa.

Así como los florentinos hablaban de sus santos como si fueran amistades íntimas o parientes ricos, aunque lejanos, así hablaban esos hombres de A'isheh.

Pero a Leonardo le resultaba insondable que ese pueblo, trabado en constantes luchas internas, que no podía ponerse de acuerdo sobre el más tangible de los temas, pudiera aceptar la idea del amor y sacrificarse por ella.

El viento sopló durante todo el día y hasta bien entrada la noche.

A Leonardo le ardía la cara ensangrentada; estremecido de fiebre, se acurrucó bajo la manta en posición fetal para descansar algunas horas, antes de que Ka'it Bay ordenara a sus guardias volver a montar. Faltaba mucho para el amanecer. Leonardo seguía a Kuan en la lobreguez de la arena arremolinada, que parecía humo en un cuarto a oscuras; la luna era apenas una mancha en la distorsión del espacio causada por la tormenta. Después de dos horas, el vendaval cobró nuevas fuerzas; la arena caliente golpeaba con tanta violencia que arrancaba sangre. Era menester acicatear a los caballos, pues se alejaban de la columna, como si pudieran volver grupas a la furia del viento.

A un lado de Leonardo viajaba Américo; al otro, Sandro. Como la tormenta les impedía hablar, marchaban igual que el día anterior: con los ojos semicerrados y la cara cubierta, meciéndose sobre los camellos en algo similar al sueño: pensaban pensamientos vacíos y soñaban. Leonardo entraba y salía de su catedral de la memoria, iba y venía por el tiempo como un viejo que contempla el pasado creyéndolo presente; se deslizaba por las grutas que había cerca de la casa de Caterina, el lugar donde había nacido y crecido, fondo de tantos cuadros suyos. En esas pinturas se veían sus recuerdos por las ventanas, como si el pigmento y el aceite de lino pudieran refrescar los ojos cansados, para que vieran las perfecciones de la niñez.

Los ojos le ardían, doloridos; tenía la sensación de estar viendo la blanca tempestad a través de un visillo, la luz cegadora a lo largo de un corredor oscuro. Sus compañeros aparecían y desaparecían, en tanto la tormenta los empujaba a la realidad y los sacaba de ella. Leonardo se preguntó si sería la fiebre o la arena.

—Sandro —gritó Leonardo contra el vendaval—. ¡Sandro! ¿Dónde está Américo?

Américo había desaparecido, minutos u horas antes.

—¡No sé! —respondió Botticelli, también a gritos—. Yo...

Pero el viento se llevó sus palabras; en cuanto a su expresión, era invisible, pues tenía la cara y la nariz cubiertas por el albornoz.

Leonardo recorrió las filas hacia adelante; luego, hacia atrás. Por fin encontró el camello de Américo, sin jinete, atado con los animales de carga. Un escalofrío le recorrió la espalda. Si Américo se había perdido en esa tormenta, en ese desierto, ya podían darlo por muerto.

—¿Dónde está el hombre que montaba este camello? —preguntó al velado beduino que conducía a los animales de carga.

El hombre se encogió de hombros, pero Leonardo insistió.

—Necesito saberlo. —Si se hubiera perdido un hombre de su propia tribu, el beduino no se habría mostrado tan impertérrito.

—No he tomado nada —dijo éste—. Puedes comprobarlo tú mismo. —Y señaló el camello cargado.

—Jamás acusaría de ladrón a un hombre elegido por Ka'it Bay —dijo Leonardo—. Sólo quiero saber qué ha sucedido.

Sandro, que lo había seguido, iba a su lado, pero no tan cerca como para inquietar al beduino. Como si las corteses palabras de Leonardo lo hubieran apaciguado, el hombre dijo:

—Este camello se reunió con los otros como si estuviera perdido. Lo até para que no sufriera daño.

—Y serás recompensado —dijo Leonardo.

El hombre asintió, pero luego el viento puso fin al diálogo. Esperó a que amainara para decir:

—El jinete pudo haber caído.

—¿Caído?

—Suele suceder. Uno se duerme y... cae. También sucede cuando uno monta por demasiado tiempo a una mujer. —Rió. —En esta tempestad sería fácil perder el rumbo.

El beduino tenía razón. La visibilidad era de tres metros escasos.

Leonardo se adelantó para avisar a Kuan, seguro de que éste organizaría un grupo de búsqueda. De inmediato, el chino revisó personalmente el camello de Américo e interrogó al beduino encargado de los camellos de carga, en un dialecto del que Leonardo entendió muy poco. El beduino parecía muy animado, pero la conversación fue breve. El mismo Leonardo apenas podía mantenerse en la silla; olas de fiebre ardorosa se abatían sobre él, como llevadas por el viento. Y con la fiebre habían llegado las ampollas.

El viento amainó, como si tomara aire para la próxima exhalación de polvo, arena y aire caliente, pútrido.

—Lo lamento —dijo Kuan.

Leonardo quedó atónito.

—¿Cómo?

—No puedo hacer nada.

—Pero la tempestad se ha calmado, ya lo ves —objetó Sandro.

—No me atrevería a pedir al califa un grupo para regresar en busca de tu amigo —dijo Kuan—. Conozco su respuesta. Y no está de buen humor.

—No creo que sus guardias se extraviaran —adujo Leonardo.

—No presumas saber lo que ignoras —replicó el chino—. A diferencia de tu amigo —se refería a Sandro—, el otro no es importante.

Y volvió a su puesto, más adelante; dejó a Leonardo y Sandro junto al beduino que cuidaba de las bestias de carga.

Leonardo había percibido la fría cólera de Kuan, su furia. Entonces cayó en la cuenta de que el chino odiaba a Sandro.

Era la fiebre... o un sueño de afiebrado.

Leonardo iba cabalgando con Sandro; un momento después estaba solo, perdido, atrapado en una pesadilla de viento arremolinado y arena, una crisálida gris, un torrente de calor y fuego seco. Y cuando el viento amainaba se oía gemir al camello, como por desesperación. Leonardo sentía en forma simultánea dolor y alivio: alivio en cuanto al pensamiento y la memoria, pues ahora sólo había movimiento... viento, movimiento y un dolor insistente, demoledor.

Minutos —o quizás horas— después, el viento se calmó, y comenzó a revelar un mundo liso, muerto, esculpido. La tormenta había pasado. La intensidad del Sol, en apariencia súbita, le hirió los ojos, pues la arena centelleante reflejaba la luz y el calor. Había imágenes que aparecían y desaparecían adondequiera que Leonardo mirara: planicies y valles pulidos como la piedra, móviles como el agua. Y con cada movimiento del caballo bajo él, las punzadas de la sed, cada vez más intensa.

Si en el delirio anterior había pensado en buscar a Américo por sí solo, ahora dudaba de la naturaleza misma de la dirección. Sólo había un rumbo: adelante. Veía siluetas, negras reverberaciones que parecían ser Kuan y un grupo de guardias o quizás una ciudad... no, un castillo... o una catedral que flotaba en el aire lejano. Y ahora recordaba. El calor y el vacío se habían convertido en la tela misma de la memoria; los objetos del pasado aparecían con tanta facilidad como los remolinos del viento, que transformaban puñados de arena en cosas vivientes. El desierto había imaginado y reproducido la catedral que Leonardo pintó en la esquina superior de su retrato de Ginevra, el castillo luego borrado.

Aun en esos momentos oía la voz de Ginevra, veía su rostro, luminoso como el sol; su voz, plateada como el agua; su lengua, rápida y resbaladiza como el mercurio, reflejando, reflejando...

—Leonardo, ¡Leonardo! Te repondrás. Silencio ahora, no hables. Trata de incorporarte y toma este odre de agua.

Kuan se resolvió en un borrón de sol. Leonardo tuvo la sensación de estar mirando por una lente de aumento: la herida del chino era un cardenal rojo que cortaba la mejilla sin afeitar, pero ni siquiera ese poco de barba crecida podía disimularla; la piel estaba oscura y escamada; en el labio tenía una grieta perfectamente recta, como si la hubieran abierto adrede con un filo; pero los ojos parecían frescos y oscuros, tan fríos e impresionantes como el agua que estaba vertiendo del odre a la boca de Leonardo.

Fría como el aire de los climas superiores, bajo las nubes.

—Da a la balsa flotante una forma elíptica y...

—Silencio, Leonardo —dijo Kuan, sonriente—. He visto tus notas.

—¿Américo?

—Lo hallamos antes que a ti.

—¿Está bien?

—Lo rescatamos antes de que empezara a hervirle el cerebro como a ti. Se había caído del camello; tiene un buen chichón en la cabeza. Al caer se golpeó con algo y estaba inconsciente. No hacía falta permanecer desmayado por mucho tiempo para perderse en esa tempestad.

La fiebre de Leonardo pareció ceder, como los vientos antes de que el vendaval recomenzara.

—Debo confesar que no sé cómo llegué hasta aquí.

Kuan se encogió de hombros.

—Fue un ardid estúpido y brillante, maestro. Debes de querer mucho a tu amigo.

—¿Qué quieres decir?

—Bueno, sabías que Américo era prescindible. Si hubiera sido tu compatriota Sandro el que cayera del caballo, el califa lo habría hecho buscar por un grupo... tal como hizo cuando Sandro informó que tú mismo habías desaparecido. Por eso, aunque corriste el riesgo de que no te halláramos, estabas seguro de que iríamos por ti.

—Y el hecho de que vinieras por mí, ¿en qué se relaciona con la búsqueda de Américo? —preguntó Leonardo—. Si se te ordenaba buscarme, no necesariamente debías buscarlo a él.

—Tal vez no, pero yo suponía que mi afecto por Américo era bastante obvio.

—No tanto como tu antipatía hacia Sandro —replicó Leonardo, sorprendido por esa confesión.

Kuan lo reconoció con un gesto.

—Me halaga que me atribuyas semejante estrategia. —Leonardo habría creído a Kuan demasiado frío como para encariñarse con alguien. Después de todo, Américo nunca hablaba de él. ¿Había florecido ese afecto durante el tiempo pasado en el desierto? ¿Era posible que fueran amantes? —Si Américo te interesa, ¿cómo pudiste mostrarte tan... tan tranquilo cuando te dije que había desaparecido?

—Quizá no seas perceptivo —repuso Kuan—. No estaba nada tranquilo, en verdad.

—Pero lo habrías dejado morir.

Kuan sonrió. Ante esa sonrisa Leonardo sintió frío, pues le hizo pensar en Ginevra.

La fiebre se reavivó dentro de él; los ojos ardidos se perdieron hacia arriba, en la oscuridad de la carne, y Leonardo perdió el sentido.

Al despertar se encontró avanzando por un territorio de colinas. El aire olía a sal y a humedad. Cuidando mucho a los camellos, cuyas delicadas pezuñas estaban quebradas y ampolladas, la falange de guardias mamelucos cruzaba un anfiteatro natural de roca; los rodeaban barrancos que parecían bloques cortados en la piedra y amontonados con precipitación. Más allá había más colinas, que a los ojos resecos de Leonardo semejaban siluetas de mujeres reclinadas, de pechos y vientres pesados, definidas por el valle y la cuesta, por la hierba y los árboles.

Se percibía el aroma vago y distante de la artemisa, los olores y las formas de la vida, la humedad, la podredumbre.

Sandro se afanó por Leonardo; Américo seguía inconsciente o dormía, atado a su camello en una posición que parecía muy incómoda. Mientras lo miraba, Leonardo sintió un dolor sordo en la parte baja de la espalda, que parecía radiar hacia los muslos, las pantorrillas, el pecho y el cuello, para culminar en una cuña de dolor sobre los ojos.

—¿Dónde estamos? —preguntó.

—Cerca del mar Muerto —respondió Sandro.

—¿Sabes qué destino llevamos?

—He oído decir que vamos al estanque de Ziza, pero sólo me llegan rumores.

Leonardo observó a Américo.

—¿Estás seguro de que se repondrá?

—Hablas como los niños, Leonardo. Quizá Kuan tenga razón cuando dice que te hirvió el cerebro. —Como Leonardo no respondía siquiera con una sonrisa, añadió: —Kuan me asegura que está bien. Viene a verlo cada vez que puede. Ese hombre no es como tú crees.

—¿Y qué creo yo, Botellita?

—Que carece de sentimientos. Ya salvó a Américo con sus cuidados en otra ocasión, ¿recuerdas?

Leonardo iba a decir: "La habilidad y el talento no tienen nada que ver con los sentimientos", pero se limitó a asentir con la cabeza, pues sentía que el peso del sueño lo doblaba otra vez, lo derrumbaba, hasta que toda luz, todo ser, se redujeron al camello y al jinete de adelante, como si todos sus estudios de perspectiva estuvieran confusos, pues el espacio y la visión se habían transformado en tiempo. Y el día se deslizó junto a él, líquido y distante, hasta que los rayos del sol se alargaron, y tiñeron de púrpura las sombras de las colinas.

Hacia adelante se alzaba Al-Karak: el Castillo del Águila.

Enormes torres medio cuadradas, cónicas en el extremo, se elevaban unas dentro de otras; al menos, eso parecía desde lejos. La única entrada había sido abierta en la piedra maciza; un río describía un círculo completo a su alrededor. Estaba rodeado de precipicios.

Leonardo lo reconoció de inmediato; lo había visto antes como espejismo en el desierto; en su delirio, lo había confundido con su catedral de la memoria.

Kuan (y San Agustín) estaban en lo cierto: había un presente de las cosas futuras y era posible verlo de modo fugaz, como en un recuerdo. Pero ese esclarecimiento fue de súbito tragado por la fiebre de Leonardo, un Leteo hirviente que aún circulaba por él.

Por fin, en respuesta a nuestras plegarias,
el tiempo nos ha traído ayuda, aun
a nosotros...
La ayuda de un dios.

–Virgilio

25
La lengua
de hierro

Por *quastio* se debe entender el tormento
y el sufrimiento infligidos al cuerpo
a fin de obtener la verdad.

–Domicio Ulpiano

Sabed también esto: que en los últimos días
sobrevendrán tiempos peligrosos.

–II Timoteo 3:1

*L*a cámara de torturas era hermosa.

Estaba situada en la parte occidental del castillo, cerca de la cocina, y se parecía más a la sala abovedada de un príncipe italiano que a un instrumento de expiación. El muro más alejado, dividido por pilastras, contenía frescos que representaban grandes batallas, pintadas al estilo europeo (Leonardo reconoció la mano de Filippo Lippi, Marco Zoppo y Petrus Christus); a la luz polvorienta, las figuras parecían tener un leve movimiento, como si el fragor de la guerra se hubiera acallado y la muerte se detuviera por un instante. En todas las paredes había pinturas, tanto religiosas como seculares, que habrían sido dignas del mismo Lorenzo; los retratos y las representaciones de la Crucifixión y la anunciación eran luminosos. El suelo era de mayólica pintada; el revestimiento de madera tallada que decoraba los muros sobresalía formando bancos.

Leonardo evaluó el salón de un vistazo, pero su atención se centraba en los instrumentos de tortura: un potro para separar los huesos de las articulaciones, una prensa que reducía el cuerpo a pasta. Había una plataforma colgante cuyo interior contenía hileras de picas y una máquina para elevarla en el aire; horcas, picotas y mesas cubiertas de pinzas, hierros, todo tipo de cuchillos, serruchos, hachas, garrotes y aparatos para quemar, aplastar y cortar. Todo ese mobiliario de muerte se hallaba distribuido alrededor de una pequeña hornalla encendida, con un saliente sobre el cual se veían varios hierros al rojo. De la pared pendían diversos aparatos de hierro; algunos parecían máscaras; otros, ganchos de abordaje o jaulas con picas. Unos pesados tapices dividían la cámara de tortura, ocultando a una víctima de otra y a cada una de los espectadores. Había allí un aplastante olor a sudor rancio, carne chamuscada, miedo, heces y vómito. Leonardo y Sandro se cubrieron la boca.

El gesto pareció divertir a Ka'it, el anfitrión, que se volvió hacia Botticelli.

—Tómalo en cuenta, maestro; no vayas a olvidar tú también quiénes son mis enemigos.

Leonardo pensó que la advertencia había sido formulada de una manera extraña. ¿Sería una amenaza velada destinada a él? Aún no estaba repuesto de la fiebre, que sólo había cedido un par de días atrás, aunque las dolorosas llagas que le cubrían el pecho, los brazos y las nalgas ya habían desaparecido.

Luego el califa ordenó a uno de los torturadores que apartara una cortina; atrás apareció un hombre que en apariencia se hallaba de pie, aunque en realidad se encontraba tendido en un potro ensangrentado. Tenía el cuerpo consumido, mugriento y violáceo por los moretones.

Acaso hubiera sido en otros tiempos musculoso y apuesto: era alto, de ojos rasgados y mostacho. Tenía los dientes quebrados y las manos vendadas con trapos manchados de sangre. Resultaba obvio que le habían cortado los dedos.

—Éste era uno de los oficiales del Gran Turco, un embajador como tú, maestro. —Una vez más Ka'it Bay se dirigía a Sandro, que no disimulaba estar alterado.

—¿Por qué nos has traído aquí, Regente de los Mundos? —preguntó Leonardo.

Kuan lo tocó apenas en el hombro, para indicarle que tuviera cuidado con lo que decía.

—No puedes regañarme por ser impaciente, Leonardo. Esperé a que tú y tu amigo estuvieran sanos y vigorosos para mostrarles mis preciosos objetos. —Movió el brazo para señalar las pinturas y los frescos. —Sin duda esto es prueba de que los honro, a ustedes y a su arte, a tal punto que, por poseer estas imágenes, tendré que sufrir en el mundo venidero.

Leonardo guardó silencio.

—¿Aprueban esto? —preguntó Ka'it Bay. Señaló a un clérigo en silencio, sentado junto a él. —Mi imán no lo aprueba en absoluto.

Leonardo dijo:

—Es difícil apreciar la belleza de tus obras de arte cuando...

—¿Supones que te traje aquí sin motivo?

—No, por cierto, maestro —repuso Leonardo, descompuesto por la presencia del pobre diablo que tenía ante sí.

—Tengo noticias que te alegrarán el corazón, pero debes aceptar mi bendición en su verdadero marco. —Entonces habló directamente con el prisionero, en voz suave: —¿Estás dispuesto a morir?

El hombre del potro asintió con la cabeza.

—Entonces cuenta tu historia una vez más y te permitiré morir con honor.

El prisionero se limitó a balbucear en varios idiomas que Leonardo no entendió, hasta que susurró:

—A'isheh.

La retenían en una fortaleza de montaña, cerca de Erzingan, que quedaba a pocos días de viaje desde allí. ¿Pero qué motivos tenía el Gran Turco para llevarla tan cerca de Persia?

—¿Y Nicolás? —preguntó Leonardo, que olvidaba su lugar.

El embajador prisionero se limitó a mirarlo fijo. Ka'it hizo un gesto afirmativo.

El torturador, un individuo blando y carnoso, que habría podido pasar por clérigo o escribiente, indicó a dos hombres que retiraran al hombre del potro. Con una fuerza y una ferocidad que sorprendieron a Leonardo, decapitó al *janissary* con un hacha de hoja ancha. Luego colocó la cabeza cortada en un cesto, con los labios que aún se movían.

Sandro palideció y, sin poder contenerse, volvió la espalda al califa para vomitar. Leonardo apartó la cara por reflejo; al hacerlo le llamó la atención el techo de estuco: los frescos representaban ángeles y dioses paganos sonrientes, que contemplaban los procedimientos desde las blanquísimas alturas del paraíso.

El califa respetaría su palabra; en vez de exhibir la cabeza del embajador en un poste, a la vista de todos y a merced de los buitres, haría enterrar al hombre en una tumba sin identificación. "Frío consuelo para él", pensó Leonardo.

Gracias a Cristo, A'isheh aún continuaba con vida, muy cerca... Tal vez Nicolás estuviera con ella.

Sólo cabía pedir a Dios que así fuera.

Pero aquello estaba lejos de ser el final. El califa había preparado esa exhibición como si fuera una obra teatral. A un ademán de su mano se descorrió otra cortina, que reveló a una segunda víctima. El hombre se mantenía con cuidado en cuclillas, y se apoyaba en las manos, dentro de una plataforma metálica erizada de pinchos, colgada de una viga por una cadena que se podía operar con una polea. Tenía la cabeza cubierta por una máscara de hierro que lo amordazaba como el bozal a un perro, con una lengua de hierro metida en la boca. Los ojos, de un azul muy particular, parecían vidriosos y muertos.

La plataforma era copia de la que Leonardo había visto al entrar en la sala. El califa ordenó que la bajaran.

El prisionero sólo pudo emitir un sonido ahogado ante las sacudidas que lo apretaban contra las picas.

La plataforma quedó suspendida a un par de metros del suelo. Mientras uno de los torturadores trababa el mecanismo de polea, otro abrió la jaula bamboleante para quitar al prisionero la máscara de hierro. La lengua metálica salió mojada y sanguinolenta; Leonardo notó que el hombre tenía los dientes rotos; probablemente se los habían roto al forzar esa "corona" sobre su cabeza.

La plataforma fue cerrada con llave.

Leonardo tardó un instante en notar, horrorizado, que el prisionero era Zoroastro. Estaba negro de sangre seca y moretones, con el pelo brillante de mugre y sudor. Gemía, como si el solo respirar fuera una tortura.

Leonardo corrió hacia la jaula, pero dos torturadores le cerraron el paso.

—Déjenlo pasar —ordenó Ka'it Bay.

Al principio Zoroastro lo reconoció; se habría dicho que estaba en trance. Sin embargo, luego reaccionó.

—Leonardo —dijo, asombrado—, ¿es posible que seas tú?

Apenas podía susurrar.

—Sí, amigo mío, y Sandro también está aquí.

Botticelli, que había seguido a Leonardo, metió la mano en la jaula para estrechar la de Zoroastro.

Leonardo se volvió hacia el califa, furioso.

—¡Abran esa jaula y déjenlo salir!

—Cuando haya hablado te permitiré juzgarlo —repuso Ka'it Bay—. Si eso no te parece satisfactorio, tengo otra plataforma y ayudantes en número suficiente para mecerte junto con tu amigo.

—Por esto te llaman el Jinn Rojo —dijo Leonardo, y levantó la cabeza con desafiante furia, para indicar que se refería a todos aquellos instrumentos de tortura.

Kuan quiso interceder por él, pero el califa no le dio importancia.

—Zoroastro da Peretola, di a tu amigo Leonardo cómo me traicionaste —ordenó en italiano.

El prisionero trató de hablar. Por fin susurró:

—Acepté un ofrecimiento...

—¿Cuál fue ese ofrecimiento que aceptaste?

—Fue...

El califa aguardó con paciencia. Como Zoroastro no continuaba, inquirió:

—¿Quién te hizo el ofrecimiento?

—El Gran Turco.

—Ah, nuestro enemigo, el mismo que tiene cautivos a mi prima y a tu amigo Nicolás Maquiavelo, ¿no es así?

El prisionero no respondió a la pregunta; era como si algo más importante hubiera atraído su atención: miraba sin expresión el techo y los ángeles. Tal vez imaginaba que de pronto habían cobrado vida y lo convocaban a reunirse con ellos en las alturas del fresco.

—Ahora di a tus amigos lo que te ofreció el emisario del Gran Turco.

Después de una pausa, sin siquiera mirarlo, Zoroastro respondió:

—Un puesto de... capitán de ingenieros.

—¿Y tú mostraste al espía turco los bocetos de Leonardo?

—Sí.

—¿Y le dijiste que eran tuyos?

—Sí.

—Entonces eres un traidor, ¿no?

—Soy un florentino —contestó Zoroastro.

—Casi hemos terminado —dijo el califa—. Sólo quedan algunas preguntas. Cuenta a tu maestro Leonardo lo de Ginevra.

—¿Ginevra? —repitió Leonardo—. Ha muerto. —Y añadió con un suspiro: —Todo eso es... sangre bajo el puente.

—Cuenta —ordenó el califa a su prisionero.

De pronto, casi por milagro, Zoroastro pareció recobrar los sentidos.

—Leonardo, perdóname.

—¿Por qué?

—Por haberte hecho sufrir.

—¿Qué tuvo que ver Ginevra contigo y con todo esto, Zoroastro? —Leonardo señaló con la mano la jaula en que su amigo se hallaba prisionero.

Zoroastro bajó la vista.

—Yo estaba a sueldo de Luigi di Bernardo Nicolini.

—¿Qué? —exclamó el otro, espantado.

—Los espiaba a ambos. Lo mantenía informado de sus citas. Le hacía conocer tus intenciones.

—La mataste, Zoroastro —murmuró Leonardo, y le volvió la espalda con ira y asco; no soportaba mirarlo.

—Voy a morir. Debes perdonarme.

—¿Por qué ayudaste a Nicolini para que me robara a Ginevra? —Se estremeció al recordarla en la cama, con la cara hinchada y violácea, el cuello cortado, las ropas arrancadas. Entonces recordó. Recordó haber aplastado los ojos de los ladrones que habían ido a saquear el palacio de Nicolini, los que habían violado y matado a Ginevra. Si ella no hubiera estado casada con un simpatizante de los Pazzi no habría perdido la vida. —¿Por qué, Zoroastro? ¿Por qué me traicionaste?

—Tenía dificultades financieras. Me amenazaban unos malhechores; mi familia corría peligro.

—¿Cómo pudo suceder? Yo te pagaba lo suficiente.

Zoroastro sacudió la cabeza.

—Eso no importa. Pero esto sí, Leonardo. En cuanto me libré de las deudas traté de ayudarte contra Nicolini. Traté de deshacer el mal que había causado. Nunca le dije que te encontrabas con Ginevra en casa de Simonetta. Traté de ayudar. Yo...

Leonardo dio un paso atrás, como si lo hubieran empujado, como si no soportara la proximidad con la fuente de esas palabras. Y en su estado de ánimo imaginó que cada sonido —cada quejido, cada susurro, cada jadeo— era como bombardas que estallaban y arrancaban a Zoroastro los miembros del torso, como si el tiempo mismo hubiera aminorado su marcha para aumentar el dolor de todos los participantes. El prisionero miró de frente a Leonardo, como si toda su conciencia y su dolor ardieran con intensidad; en verdad parecía emitir rayos por los ojos, la cisterna del alma; en ese instante quemó a Leonardo y se consumió a sí mismo.

—Conque habéis juzgado —dijo Ka'it Bay.

Antes de que Leonardo pudiera hablar, los hombres del califa izaron la jaula.

Se elevó a sacudidas.

Los gritos de dolor de Zoroastro eran apenas susurros.

—¡No! —gritó Leonardo, que trató de detener a los torturadores.

Pero era demasiado tarde, pues el califa ordenó: *"Yalla"*, que significa: "Continúen". Y la jaula cayó, atravesando a Zoroastro con sus picas de hierro.

Kuan sujetó con fuerza a Leonardo, pues había querido embestir contra el califa.

Sandro oraba. Años después contaría a su amigo que fue entonces cuando decidió convertirse en clérigo laico. Y ese momento selló su destino, que lo condenó a seguir en el futuro a Savonarola, el fraile loco.

Pero en aquel instante Leonardo estaba perdido. Contra la oscuridad de la memoria se encendían imágenes de Ginevra, masacrada en su casa.

Sus plegarias eran de sangre y asesinato; no obstante, lloraba por Zoroastro, aunque los ángeles de los frescos sonreían a las maquinarias de la fatalidad que operaban abajo.

Ese mismo día, algo más tarde, dos atezados esclavos bajaron a Zoroastro a la tierra perfumada de marga. Pero los asustó el repentino tronar de los cañones, que hizo que dejaran caer dentro de la tumba el tosco féretro y el cadáver envuelto en muselina. Sandro, que rezaba por el alma eterna de Zoroastro, también dio un respingo y gritó algo en lengua toscana. Los esclavos, sin prestarle atención, comenzaron a rellenar con método la sepultura con un montón de piedras y polvo.

—No te entiendo, Botellita —señaló Leonardo con suavidad, casi en un susurro.

Allí, a la sombra del bastión, el aire era húmedo y fresco; la hierba, alta; las laderas, tan empinadas como acantilados de piedra. Colina tras colina rompían como olas contra las nubes de almidón; aquí y allá centelleaban arroyos que serpenteaban hacia los valles cubiertos de brezos. La campiña era tibia y fragante, un lugar que podría haber traído a Zoroastro recuerdos de su propio país.

Estalló otra andanada de disparos; les siguieron otros, en rápida sucesión.

—Termina tus plegarias —dijo Leonardo, aunque no tenía lágrimas para Zoroastro. Estaba tan seco como la arena que había cruzado para llegar allí.

—He terminado —repuso Sandro, mirando hacia el castillo.

Se produjo otra cañonada.

—Será mejor que volvamos al castillo —añadió Botticelli, después de persignarse y de echar un último vistazo a la tumba—. Apuesto a que el califa te está buscando.

—¿Para qué? —preguntó Leonardo.

—Para exhibirte ante sus eunucos.

Leonardo echó una mirada hacia el más joven de los sepultureros, que se delató al desviar la vista.

—Sandro, parece que estos... informantes te entienden, sí.

Su amigo enrojeció, pero cuando estuvieron bien lejos de los esclavos Leonardo preguntó qué motivos podía tener el califa para buscarlo.

—El cañón es diseño tuyo.

—¿Y...?

—¿Crees que un mameluco de sangre plebeya puede respetar un artefacto así? Sólo un castrado gusta de esas máquinas. El hombre de verdad, no.

En esas palabras Leonardo percibió el enojo de su amigo.

—Voy a atender a Américo —dijo Sandro—. Puede que la fiebre haya cedido.

<hr />

La habitación se hallaba a oscuras; sus altas ventanas de vidrio y celosías estaban cubiertas de gruesos tapices; el aire viciado tenía el olor acre del humo y un denso aroma a incienso y a semillas de coriandro. El califa presidía una reunión de doce o trece mamelucos de alto rango, todos eunucos, que vestían suntuosos caftanes de color escarlata, verde y violeta, bordados en oro y plata. Estaban sentados en blandos divanes, recostados contra los fríos muros de piedra, fumando pipas de metro y medio; todos fijaban la atención en el Devatdar, que permanecía de pie en el centro de la sala, y sostenía la mano abierta de un niño no mayor de doce años. La criatura tenía la cara pintada como las prostitutas y los dedos teñidos de alheña.

Aunque el decorado era diferente, Leonardo reconoció la escena, pues la había visto antes. Ese hermoso niño pintado miraría dentro del mágico charco de tinta puesto en su palma, espiando el mundo sobrenatural para interrogar a todos los ángeles, demonios, *jinns* y santos disponibles. Para el florentino todo aquello era superstición, por supuesto, aunque recordaba que su joven aprendiz Tista había visto el incendio que luego estuvo a punto de consumirlo en la alcoba de Ginevra.

Luego Tista había muerto al caer, como Ícaro, por culpa de su máquina voladora.

Leonardo recordó: Tista había visto su propia muerte. Se apartó con brusquedad del Devatdar, que le sujetaba la mano, y había gritado: "¡Me caigo! ¡Ayúdenme!"

El Devatdar convocó a sus genios, sus espíritus familiares. Si Leonardo no había entendido los encantamientos árabes aquella primera vez, en el *palazzo* de Toscanelli, ahora los comprendía.

Tarshun y Taryooshun, descended, jinns.
Venid y estad presentes, pues ¿adónde han ido

el príncipe y sus tropas? ¿Dónde están El-ahmar
el príncipe y sus tropas? Estad presentes,
servidores que así os llamáis.

Ésta es la retirada. Y hemos retirado el velo
de ti, y hoy tu vista penetra.

En el brasero, junto al niño, se quemaban hierbas aromáticas sobre el carbón. Leonardo sintió que sus pulmones se expandían y que un escalofrío le quemaba el pecho; se sintió embriagado y, después, tan concentrado como la única astilla de luz que entraba a raudales por una abertura, entre los tapices de la pared del oeste, miró a Kuan, que lo había llevado hasta allí, pero el chino desvió la mirada como para rechazarlo.

El niño se miraba con atención la palma, como si tuviera experiencia en eso de buscar a los dioses y los santos que habitaban todos los charcos de tinta.

—Veo a un califa y a su ejército —dijo.

—¿Quién es ese califa y qué sabes de su ejército? —preguntó el Devatdar.

—Es el ejército de Dios.

—¿Y el califa?

El niño se encogió de hombros, y dijo:

—El califa de Dios.

—¿Responderá el califa una pregunta? —quiso saber Ka'it Bay.

El niño volvió a encogerse de hombros.

—¿Dónde concentra el Gran Turco a su ejército? ¿En las montañas de Tauro o al oeste? ¿Se imagina marchando hacia el sur, contra Halab? ¿Piensa apoderarse de Damasco y hasta de El Cairo? ¿Dónde lo... dónde puedo encontrarlo y devorar a sus ejércitos?

—Bastante difícil es ya persuadir al *jinn* de que responda a una sola pregunta, amo —dijo el Devatdar—. ¿Quieres confundir a estas criaturas de fuego con tantas preguntas a la vez?

El niño dejó caer la mano, por lo que volcó la tinta, y se la limpió en la túnica blanca.

—El califa se ha ido —dijo—. Todos se han ido.

—¿Te habló? —preguntó el Devatdar.

—Citó el Kur-án.

—¿Sí...?

—"Cuando la tierra se rompa y estalle, entonces preguntarás qué significa."

Ka'it Bay sonrió ceñudo, pues el niño había citado una línea del *surah Al-Zalzalah*: El terremoto.

El experimento había sido un fracaso.

El Devatdar pidió disculpas al califa y fue en persona a retirar los tapices de las ventanas; la sala se inundó con la pálida luz de la tarde avanzada. El niño, que parecía sentirse cómodo entre aquellos eunucos, emires de elevadísimo rango, se sentó en el diván de un viejo corpulento y formidable, de cara ancha y aplanada, que usaba plumas de avestruz en el turbante. Éste le acarició el cuello, en tanto observaba a Leonardo con curiosidad.

Leonardo sintió una extraña presión y se volvió para enfrentarse a los ojos del anciano. El eunuco sonrió y lo saludó con una inclinación de cabeza. En ese instante el pintor creyó ver toda la habitación, como si pudiera distinguir todos los puntos al mismo tiempo, el interior de todos los corazones. Esos hombres no eran femeninos ni carentes de vida; aunque blandos de cuerpo y rostro, exudaban fuerza y reciedumbre. Sus ojos eran vivaces; sin embargo, Leonardo no pudo sino sentir miedo ante esos *castrati,* que hablaban con voces suaves y agudas. Los más jóvenes podrían haber servido como modelos para los ángeles de Sandro; el mayor parecía un patriarca oriental. Pero si eran ángeles, eran los ángeles de la muerte: de eso Leonardo estaba seguro. Y eran las personas con quienes Ka'it Bay se sentía más a gusto. Había invitado a Leonardo a entrar en su santuario interior para presentarlo a sus familiares. Y ahora, allí sentado, aspirando la tibia luz del sol y los olores penetrantes de las hierbas embriagadoras, imaginó que el califa lo había castrado, así como lo había hecho, sin duda, con el niño que hablaba con los *jinns.*

—Bueno, maestro —preguntó el emir que acariciaba al niño—, ¿cómo interpretas el recitado de Mithqal?

Mithqal era el niño.

El califa, sentado junto al viejo eunuco, observaba a Leonardo como si se sintiera impaciente por conocer la respuesta. Él también acariciaba al niño.

—No lo sé, claro —respondió Leonardo, sorprendido—. No me corresponde a mí decir...

—Se te preguntó —dijo el califa—. Di lo que piensas.

—No tengo idea. Lo que el niño dijo debería ser interpretado por alguien que conozca a la perfección el Kur-án. Debo confesar que no creo en esas necromancias.

—¿Te refieres al Kur-án? —preguntó el eunuco.

—Perdona —repuso Leonardo, cauteloso—. He hablado más de lo que me correspondía, pero sólo me refería a la magia.

—¿Pero si debieras escoger...? —insistió el Devatdar, que permanecía de pie en el centro de la habitación, como antes.

—Supondría que los turcos atacarían desde el oeste. Eso depende, por supuesto, de la información que pueda tener de tus ejércitos, Rey de los Mundos —dijo Leonardo, al dirigirse al califa.

—¿Por qué lo supones? —preguntó el eunuco.

—Porque los persas se están agrupando en las montañas, ¿verdad? —Como nadie respondió, Leonardo continuó: —El turco no querría enfrentarse a dos ejércitos.

—¿Cómo estás tan seguro de que en las montañas se enfrentaría a dos ejércitos? —inquirió el califa.

—Si el hombre a quien torturaste te dijo la verdad, ellos tienen a A'isheh en las montañas. ¿Esta guerra no va a librarse por ella?

Ante eso el eunuco rió.

—Así que Mehmmed utilizaría a A'isheh como cebo para alejarnos de sus ejércitos.

—Lo cierto es que se está esmerando en mostrar que hace la guerra en las montañas —apuntó otro emir, un hombre sin barba, que aparentaba alrededor de treinta y cinco años... aunque todos ellos eran lampiños.

—Sí, Fâris, tengo entendido que ha cruzado el territorio a fuego y espada —dijo el Devatdar—. Pasó por Arsenga y Tocat, incendió todas las poblaciones que encontró a su paso, e hizo pedazos a hombres, mujeres y niños por igual. Se apoderó de Carle. Los persas no pueden detenerlo.

—Es Mustafá, su hijo —dijo el mayor de los eunucos. Aunque estaba sentado junto al califa, no se volvió a mirarlo. —A él deberían llamarlo Jinn Rojo. —Luego dio una palmada en el hombro al califa, tratándolo como a un niño. —Pero es evidente que el turco puede resistir bien en las montañas, donde unos pocos hombres resultan tan formidables como todo un ejército. Ese tipo de guerra, que quizá resulte atractivo a los turcos y a los persas, no es para ti, querido Ka'it Bay. Aunque soy tu íntimo amigo, el Gran Turco es tu enemigo. Y a veces los enemigos nos conocen tanto como quienes nos aman.

Dedicó una sonrisa al califa; en su expresión había una suave burla.

De pronto Leonardo comprendió que, para Ka'it Bay, esos emires eran su familia; lo trataban con respeto, pero sólo con el respeto que un hermano debe a otro. La excepción era el anciano, a quien el califa llamaba Hilâl, que parecía cumplir la función de un padre. Incómodo por presenciar esa interacción antinatural, Leonardo bajó la vista a la alfombra, que representaba el Paraíso: un jardín entretejido de canales, estanques llenos de peces, arbustos, flores, patos y, entre la maleza, diversos pájaros.

—¿Tan interesante te resulta la alfombra? —preguntó Hilâl—. Siéntate, maestro. Allí, junto a Kuan.

Uno de los otros emires entregó al viejo un grueso volumen encuadernado en pergamino. Mientras lo hojeaba, Hilâl dijo:

—Nuestro amo ha tenido la bondad de mostrarnos tu obra. Todos estamos muy impresionados, sobre todo con tu receta para la pólvora.

Tus proporciones de carbón, azufre y salitre crean una descarga más potente que las nuestras. Pero tus cañones, querido muchacho... Allí es donde brillas. ¿Viste nuestra demostración?

—Oí las explosiones mientras estaban sepultando a mi amigo —respondió Leonardo.

—Ah, sí, el traidor. Una lástima. —Hilâl hizo una pausa. —Temo que hoy habrá nuevos entierros. Tu bomba fue muy efectiva.

—¿Qué quieres decir?

—Disparamos una de tus cápsulas explosivas; los proyectiles que contenía cayeron sobre nuestros propios soldados, que se habían acercado demasiado al blanco. Culpa de ellos, por supuesto, pero aun así...

—Lo siento —se disculpó el pintor.

Hilâl lo observaba.

—Fue una demostración eficaz, aunque yo me andaría con cuidado, maestro. —Ante la perplejidad del florentino, el anciano continuó: —Los otros emires no te mirarán con buenos ojos.

—Por la masacre de sus hombres.

—En apariencia, sí. —Hilâl sonrió. —Pero te odian por tu asociación con nosotros.

—¿Con ustedes?

—Nosotros comprendemos la importancia de la artillería y las armas de fuego. Nuestros enemigos también, sin duda, pues hace años que compran cañones a tus compatriotas. Pero los vigorosos hombres que están fuera de esta habitación no conocen más que la caballería y las tácticas de la guerra franca. Defecan, copulan y componen poesía en la silla de montar. Tus armas los bajarían de sus caballos... para bien, pues no es posible enfrentarse a los vehículos blindados de los turcos. Y ellos lo saben.

Leonardo había oído decir que los turcos creaban fortificaciones portátiles atando varias carretas pesadas y reforzándolas con cañones y arcabuces. Sentía curiosidad por verlas.

—También han visto tu poesía —continuó el anciano—. Hiciste mal en firmar tus piezas de guerra, maestro.

—¿Qué significa eso? —preguntó Leonardo, que se volvió hacia Kuan.

—Las piezas de guerra tenían inscripciones en el caño —explicó el chino—. Cortesía de tu amigo Zoroastro. Sin embargo, creo que no lo hizo para perjudicarte, sino para ensalzarte.

—¿Qué escribió? —quiso saber el pintor.

—"Soy Dragón, el espíritu del humo y el fuego, escorpión que desea alejar a nuestros enemigos con trueno y plomo" —recitó Kuan, como si estuviera leyendo las palabras del aire—. "Leonardus Vincius, Maestro de Máquinas y Capitán de Ingenieros, me fabricó en 1479." —Kuan hizo una pausa. —Dio a cada cañón un nombre diferente.

—Todo instrumento necesita un nombre —observó Hilâl—. Pero los hombres llaman a esas máquinas por tu apellido y no por el nombre adecuado. —Se encogió de hombros, con una sonrisa. —Puede que tu amigo te haya dado la inmortalidad.

—Estoy decidido —dijo el califa, que interrumpió la conversación—. Combatiremos en Anatolia, en las montañas. Todos mis informantes dicen que Mehmed está en las montañas. Y donde él esté, allí estará el cuerpo principal de su ejército.

—¿Dejarás abierto el camino a Damasco? —preguntó Hilâl.

—No haré semejante cosa. Si él hiciera tal movida, lo interceptaríamos. Nuestros datos de inteligencia al respecto son excelentes. Lo sacaremos a fuego de las montañas, pues allí tendremos el apoyo de nuestro amigo Ussun Cassano. El Gran Turco ha traído a A'isheh para negociar. Quizá podamos destrozar su fortaleza antes de que él nos envíe a sus delegados.

—No obstante, las negociaciones garantizarían la seguridad de tu prima —advirtió Hilâl.

—Debemos recuperarla.

—Podrían hacerle daño.

—Y eso pondría en frenesí a cada uno de mis soldados. Entonces sí que combatirían. No creo que Mehmed sea tan corto de vista.

—Mehmed es cualquier cosa menos corto de vista, amo —señaló Hilâl.

Ka'it Bay no se ofendió, pero tampoco cambió de opinión.

—Aprovecharemos a fondo sus inventos —dijo, al referirse a los artefactos de Leonardo—. Ellos nunca han visto nada como tus máquinas para sitio —añadió, y se dirigió a él—. Los tomaremos por sorpresa. Los haremos pedazos, los envenenaremos con tus cápsulas explosivas, los destrozaremos con tus carros blindados y tus guadañas. —Echó un vistazo a Hilâl. —Siempre que el terreno permita moverlos. —Clavó la vista en Kuan. —Y dejaremos caer las bombas desde tu máquina, esa que flota en el cielo.

—Ah, sí —musitó Hilâl, con suave burla en la voz—. Creerán que eres un *jinn* capaz de volar por el aire. Hemos oído los relatos.

El califa se inclinó apenas.

—Kuan creó esas leyendas al vestirse con mis ropas.

—Sí, el parecido es notable —observó el eunuco.

El califa no se mostró divertido.

—El efecto de estos inventos será milagroso. Lo demostraré a todos.

—No necesitas convencernos de la importancia de la artillería, amo —replicó Hilâl.

—El miedo derrotará por completo a los hombres de Mehmed. Vengan, tengo una demostración para ustedes. —Se inclinó ante Kuan, diciendo: —A mí me toca ahora hacer de taumaturgo. Primero, una lección de... deslumbramiento religioso. Esto te gustará, Hilâl, puesto que sientes tanta antipatía por los dotados de testículos.

—No por todos, amo.

El califa se volvió hacia el niño pintarrajeado, que salió corriendo de la habitación, y entregó a Leonardo el volumen encuadernado en pergamino.

—Esto te pertenece, maestro.

Dicho eso, salió en compañía de los eunucos.

Leonardo hojeó el libro. Cada página contenía un dibujo detallado a la perfección. Observó una máquina para hacer cañones demasiado grandes para la forja, con sus diversos ángulos trazados con meticulosidad. Otra página: detalles de un tanque de combate cónico, rotulado "tortuga"; escalerillas con garfios para atacar fortalezas; plataformas sobre pilares con ruedas, más altas que las murallas de las ciudadelas; una gigantesca ballesta de disparo rápido sobre un carro con ruedas inclinadas. Cada página era una revelación: bombardas que se cargaban por una recámara, cañones de vapor, tornos para elevar cañones, catapultas gigantescas con carga por contrapeso, catapultas de doble resorte, ballestas diversas, clavos estrellados, carros con guadañas, máquinas para disparar proyectiles, mosquetes, diversos proyectiles explosivos, otros ahusados y con aletas de pez, detalles para balas incendiarias, bombas de metralla y cañones montados; artefactos para defender murallas y casamatas, aparatos para derribar escalerillas de asalto, varios puentes desarmables, diseños arquitectónicos para fortificaciones y armas defensivas. Por último, quizás el más hermoso: un diseño para una nueva máquina voladora. Ese artefacto parecía tan frágil como esos insectos delgadísimos que rondan la superficie de los estanques. Era un monoplano; su única ala, tensada con tripa, como si una enorme araña hubiera hilado su hebra desde un extremo al otro, era levemente arqueada y con una cola fija. El piloto colgaría debajo del planeador, como si lo llevara puesto: con las piernas que pendían abajo; la cabeza y el torso, por encima.

La página siguiente abundaba en instrucciones detalladas para dominar la máquina.

—Esto es mucho mejor que cuanto yo haya ideado, Kuan —elogió Leonardo, maravillado ante el dibujo del planeador. Hizo una pausa mientras pasaba las páginas, como si pudiera leerlas tan pronto como caían. —Él reelaboró por completo mis dibujos originales; algunos son en exclusividad suyos. Ignoraba que tuviera tanto talento. Parecía... sólo un imitador.

—Yo mismo lo subestimé —reconoció Kuan—. Nunca habría imaginado que era capaz de comerciar con el turco en la casa del califa. Después de todo, se las compuso para hacerse nombrar maestro inventor y fabricante de bombardas y cañones.

—Pero deseaba ser capitán de ingenieros.

—En la práctica, lo era.

—En ese caso, ¿por qué se me dio el título a mí? —preguntó Leonardo, que sentía que la cara le ardía de súbita humillación.

—El califa quería los frutos de tu imaginación, maestro, pero también quería mantenerte vigilado. Tienes reputación de no concluir jamás tus encargos.

—Esto no era un encargo.

—Creo que Zoroastro conquistó la confianza del califa... por un tiempo —dijo Kuan—. Y te retrató como una persona creativa, pero nada práctica.

—Mientras que él era... —Leonardo no pudo terminar la frase. El chino asintió con la cabeza. —Pero estos diseños son estupendos. Y él había logrado instalarse en un puesto de poder. ¿Por qué arriesgarlo todo por trabajar para los turcos?

—Quizá por la misma razón que lo llevó a mejorar tus diseños.

—¿Cuál?

—¿Remordimientos? —sugirió Kuan.

Leonardo sintió nostalgia. En aquel instante hubiera querido estar en Florencia; ansiaba la ligereza de la juventud que había tenido apenas meses atrás. Podía ver la expresión de Zoroastro cuando él lo humilló delante de Benedetto Dei. Sintió los remordimientos como si fueran agua caliente sobre la piel. Entonces anheló poder hablar de nuevo con Benedetto.

—Bueno, tal vez fue por envidia —añadió Kuan.

—¿Envidia?

—Si trabajaba para Mehmed podría probar su temple contra el tuyo y demostrar que era el mejor.

Leonardo no tuvo conciencia de haber asentido, pero en verdad Kuan tenía razón. ¿Cómo podía haber estado tan ciego? Zoroastro no había vuelto a traicionarlo por dinero, pero sí para superarlo, para calmar su propio corazón herido.

—¿Y Benedetto? —preguntó.

Kuan sonrió.

—Si el califa pensara que Benedetto participó en ese plan, a estas horas lo habrías enterrado junto con Zoroastro.

—Sandro se muere de preocupación por él. Y yo también.

—Bueno, no hay por qué preocuparse. Está a salvo.

—¿En Damasco?

—No, Leonardo. Está aquí. Pero creo que el califa quiere darte una sorpresa. No dejes traslucir que estás enterado.

—¿Está aquí? —Después de una pausa Leonardo dijo: —Lo torturaron junto con Zoroastro, ¿no?

—No, maestro. No hubo necesidad. Zoroastro confesó. Créeme: el potro es el instrumento de la verdad.

—Para evitar la tortura, uno es capaz de decir cualquier cosa.

—Nos restas méritos —replicó Kuan—. Zoroastro fue interrogado con respecto a Benedetto después de confesar su propia parte. Puedes estar seguro de que dijo la verdad. —Kuan tomó a Leonardo del brazo. —Pero no hagamos esperar al califa.

Mientras subían la escalera de piedra hacia el baluarte de la torre más alta, Kuan dijo:

—Ese libro de Zoroastro que el califa te dio... fue quitado a un espía turco.

—¡Pobre Zoroastro! —murmuró el pintor.

—¿Qué dijiste? —inquirió Kuan, mientras se acercaban al califa y a sus emires eunucos, que esperaban de pie en el ancho baluarte, con las ropas agitadas por el viento.

—Nada —respondió Leonardo.

⁂

El niño Mithqâl se mantenía de pie en la muralla del sur, que era sólo una extensión de un barranco a pico. Llevaba puesta la máquina voladora de Leonardo, en la versión de Zoroastro, como si fuera algún disfraz fantástico diseñado para alguno de los fabulosos torneos de Lorenzo de Médicis. Daba la impresión de ser poco más que una construcción de traslúcidas alas de gasa; el niño semejaba un torpe ángel con alas de pasta, sostenidas en su sitio con puntales de madera y trozos de cordel. En verdad el planeador era blanco como el cielo y Mithqâl vestía una túnica blanquísima. Imposibilitado de mantenerse en un mismo sitio, pues el viento llegaba en ráfagas, el niño corrió a lo largo de la muralla, aprovechando el viento para saltar al vacío. Leonardo oyó el chasquido del aire al golpear la parte inferior de las alas, que tensaban los puntales y los cordeles.

Cayó. Y Leonardo se acordó de Tista.

Los emires que se agolpaban contra el borde de la muralla lanzaron un grito de aflicción al verlo caer, llevado de lado por un instante, luego hacia abajo, como una hoja desprendida del árbol. Leonardo no pudo mirar; por eso no vio el momento en que el niño encontró una corriente de aire cálido. Pero cuando los emires lanzaron gritos de alabanza a Dios, él se dio vuelta y lo vio ascender, raudo. El niño navegó por sobre el castillo como un pájaro por sobre una chimenea. Era como si las alas y la carne se hubieran fundido en una sola cosa, para formar un ángel cuyas manos alheñadas, cuyo rostro pintado, sólo eran conocidos de quienes se arracimaban en torno del califa: esos que, por carecer de testes, se aproximaban también a los ángeles.

Leonardo siguió al califa y a sus acompañantes, que corrían a lo largo del muro para no perder de vista a Mithqâl, pero el niño volaba a

428

buena altura, y se alejaba del castillo; volaba sobre colinas y sembrados, lejos, más allá de las fortificaciones, como si se dirigiera al Sol. Y Leonardo, fascinado, vio que los soldados caían al suelo, por miedo o por respeto abrumador, y oraban. En la campiña acampaban veinte mil hombres que, al unísono enervados, se convirtieron en niños temerosos y deslumbrados. El muchachito parecía complacerse en hacer vuelos rasantes por sobre ellos, y les gritaba frases del Kur-án.

Así las tropas mamelucas vislumbraron un milagro.

Los cielos se habían abierto para darles una señal, así como lo habían hecho para los hebreos en el Sinaí.

Pero habría más, algo que sorprendería al mismo califa, pues al volar Mithqâl por sobre un campamento bordeado por agudos salientes rocosos, dejó caer una frágil cápsula que estalló al impacto y quemó hierbas y matas y arrojó metralla al aire. Los soldados huyeron, despavoridos; los caballos se desbocaron. El califa lanzó un juramento.

—No te preocupes, amo —dijo Hilâl, inclinado hacia adelante. Leonardo temió que la piedra se derrumbara bajo su peso. —No parece haber ningún herido.

—¿Sabías que él tenía planeado esto? —interpeló el califa.

Los emires menearon la cabeza, y juraron que no estaban enterados. Por fin, Hilâl dijo:

—Debo confesar que yo lo sabía, Regente de los Mundos.

Mithqâl volaba hacia el castillo, exhibiéndose, pero subestimó el carácter caprichoso de los vientos y de pronto cayó como una piedra hacia el abismo, en el lado sur de las fortificaciones. Movió con desesperación las caderas, y cambió de posición para recobrar altura. Pero al parecer Dios lo acompañaba, porque una corriente cálida lo alzó como un remolino, lo elevó en soplos de aire tibio.

Más cauto ahora, navegó hacia las tierras más seguras de occidente.

—Envíen a algunos hombres a recibirlo donde aterrice. Que me lo traigan —ordenó Ka'it Bay a Hilâl—. Que cubran a los hombres con fuego de cañones, si es preciso. —Y añadió, mientras miraba a los soldados que colmaban el campo como hormigas: —Lo van a destrozar.

Hilâl desapareció por una escalera, acompañado por varios de los emires. Kuan permaneció con el califa, que se mantenía a distancia de los otros, y caminaba a lo largo de la muralla, hacia el costado oeste del castillo. Desde allí lanzó un grito hacia abajo, para llamar la atención a un joven soldado; momentos después, un millar de hombres lo miraban con callado sobrecogimiento, a la espera de que hablara.

—Si desciende el ángel, cosa que hará, vuélvanse de espaldas para no morir —gritó Ka'it Bay. Hizo una pausa para permitir que sus palabras fueran repetidas, a fin de que todos se enteraran. —Fórmense... allí. —Señaló un terreno al otro lado del castillo.

Hubo un parloteo confuso. Luego los emires mamelucos —no la elite de castrados, sino los comandantes— se hicieron cargo del mando y condujeron a sus hombres hacia el otro terreno. También las prostitutas fueron puestas en lugar seguro.

Leonardo, Kuan y el califa observaron a los hombres de Hilâl, que recibían al jovencito y le quitaban con rapidez las alas, para escoltarlo luego a una entrada secreta.

—Bajo a arengar a los soldados —anunció Ka'it Bay—. Como Moisés. Después de todo, han presenciado un milagro. —Se volvió hacia Kuan. —Pero te he desdeñado utilizando la máquina del maestro.

—Yo, amo...

El califa lo interrumpió:

—Aunque Hilâl ha tratado de hacer una demostración al dejar caer bolas de fuego sobre mi ejército, aún tengo una gran opinión de tu invento. Esas máquinas que flotan pueden llevar una carga de muerte más pesada para arrojar sobre nuestros enemigos.

Leonardo estaba a punto de decirle que se podían agrandar las alas del planeador para llevar más peso, pero dominó la lengua.

—Pero mis máquinas son difíciles de pilotear, amo —señaló el chino—. Están expuestas y a merced de los vientos. No ocurre lo mismo con el invento de Leonardo.

—Con el invento de Zoroastro —corrigió Leonardo.

—Ah, conque reconoces méritos al traidor —apuntó Ka'it Bay—. Es reconfortante ver que respetas a los muertos.

Leonardo ignoró el comentario.

—Las máquinas de Kuan se podrían amarrar al suelo. De ese modo podríamos observar desde el cielo todos los movimientos de las tropas turcas. En tal caso, la navegación no sería problema.

—Buena idea —reconoció el califa.

—No fue mía, señor. El mérito corresponde a Kuan.

El chino lo miró con extrañeza, pues la idea era de Leonardo, por supuesto, pero aceptó los cumplidos del califa.

—Bien, maestro —dijo el monarca, que tomó a Leonardo por el brazo—, ¿me amas o me odias por haber quitado la vida a tu amigo, el traidor?

Kuan no dijo nada, pero el pintor sintió la tensión en el aire.

—Bueno, ¿me amas o me odias? —insistió el califa.

—Ambas cosas —respondió Leonardo, al cabo de un momento.

Y el califa pareció complacido, pues no aflojó la presión de los dedos.

Y Leonardo hubiera podido jurar que Kuan suspiraba de alivio.

Aquella noche despertaron a Ka'it Bay para que recibiera a un mensajero enviado por el mismo Ussun Cassano. Los persas habían sido vencidos con estrépito cerca del Éufrates, por debajo de Erzican, pero se habían replegado y aún combatían contra el ejército de Mehmed, lo cual, según el mensajero, era "como combatir contra el propio mar".

Horas después se iniciaban los preparativos para una marcha forzada que llevaría al ejército mameluco más allá de la frontera norte de Egipto, más allá de Cilicia y Armenia Mayor, hacia el interior de Persia.

La fortuna es ciega.

–Cicerón

De ahí esas lágrimas.

–Terencio

Oh, hechos extraños como nunca antes
sucedieron en el mundo.

–Nicolás Maquiavelo

Retrato de Maquiavelo

Cuarta parte
Fortuna

Cabeza del padre de Leonardo

26
Por los ojos
de... Ginevra

Como de un vidrio pulido y transparente
   o como del agua clara y luminosa
Cuyos bajíos dejan el fondo sin sombras,
   La imagen de un rostro vuelve a nos...
                –Dante Alighieri

Por esto (es decir, por recordar los lugares
   del Infierno) la ingeniosa invención
   de Dante nos ayudará mucho. Eso es
   por diferenciar los castigos de acuerdo
   con la naturaleza de los pecados.
   Exactamente.
             –Johannes Romberch

*L*os días pasaban sin descanso.

Mientras el ejército marchaba, la convocatoria a las armas se divulgaba por todo el país. Los mamelucos del califa pasaron de ser una columna de veinte mil hombres a cinco columnas. Treinta mil de ellos eran la crema y nata de su nación: su caballería pesada, bajo el mando de los emires, que usaban grandes turbantes decorados con plumas de avestruz en vez de yelmos. Estos soldados curtidos portaban lanzas, arcos y sables damascenos; sus jubones estaban tan acolchados que podían repeler las flechas arrojadas desde lejos. Cuarenta mil hombres componían la caballería feudal: miembros de tribus que usaban lanzas de cuatro metros y medio, pequeños escudos de cuero crudo y hondas enroscadas a la cabeza, a la manera de turbantes, hasta que las necesitaban para el combate. Los demás, con casquetes rojos sobre los turbantes, marchaban a pie; eran cincuenta mil, sin contar los esclavos, hambrientos, coléricos y deseosos de botín; no era tarea fácil impedirles violar y quemar cuanta granja, aldea o ciudad cruzaran.

Hasta Leonardo se dejó atrapar por el entusiasmo, pues eso era más que un ejército; semejaba una urbe en movimiento, como si El Cairo o Florencia fueran móviles. Se podían contar ochenta mil tiendas y tantas fogatas que habrían podido pasar por reflejos de las estrellas en el cielo claro. Resultaba imposible decir cuánto había crecido el ejército con el agregado de las nuevas columnas, pues por doquier había hombres codo contra codo, multiplicando pedos, palabrotas y sudores, revolcándose con las rameras y apostando por las noches, quejándose, con gritos de éxtasis durante la marcha, y con rezos cuando el *muezzin* los convocaba a hincarse: un gran enjambre rapaz que oscurecía la campiña como la migración estacional de las langostas. Todos parecían arder con la fiebre de la misión religiosa. Era como si comprendieran alguna difícil cuestión filosófica que estaba fuera del entendimiento de Leonardo y sus amigos: que A'isheh era una trinidad de Dios, sexo y estado. Veneraban la idea de A'isheh; durante la marcha la invocaban en una sola voz que no requería inhalaciones, un constante ulular de "*Mun shan ayoon A'isheh*".

—Por los ojos de A'isheh...

Gran belleza, ojos de Dios, aliento del Kur-án, esencia del espíritu.

El ejército marchaba sin dormir, marchaba en la oscuridad como un rebaño nocturno. Y en el día apretaba el paso, como si reuniera nuevas fuerzas con la luz del sol, extrayéndola de las colinas, los valles y la arena blanca. El ejército reptaba hacia el norte, por entre campos de espinillos, por pasos abismales y barrancos resbaladizos de humedad, a través de arroyos, pasturas y brumosas montañas que olían a humedad, como el pelaje de un lobo; dejando atrás Ammán y Ajlûn, llegando a Eski Sham, que era un caravasar, un centro para las caravanas de especias. Eski

Sham también era un lugar sagrado, pues allí era donde el monje Bahira profetizó a Mahoma; allí el Profeta supo que triunfaría en la misión encomendada por Dios.

Fue allí donde la caballería voluntaria de Ka'it Bay (bandidos que recibían el botín como único pago y sólo sabían incendiar, saquear y masacrar) cortó a un santón en pedazos, en la mezquita donde estudiaba las Escrituras. Ka'it Bay los detuvo antes de que pudieran aplicar antorchas a la ciudad; mandó cortar las manos a los líderes y los colgó del cuello. Luego rezó y ayunó en la mezquita y, tras pagar al imán una enorme suma de dinero, se marchó, habiendo hecho la fortuna de todos los habitantes de la población.

Aun así, era un mal presagio.

Leonardo cauterizó las heridas de los hombres que habían perdido las manos, pues los médicos de Ka'it Bay se negaban a suministrarles ayuda alguna y tampoco Kuan quería auxiliarlos. Pese a todo lo que Leonardo hiciera, morirían, si no por obra de la fiebre, por la de un puñal musulmán. En verdad murieron a las pocas horas. Leonardo, que viajaba con el eunuco Hilâl y Benedetto (Benedetto, convertido en una persona distinta, un desconocido), cabeceaba, se dormía por segundos o minutos pero caía instantánea y profundamente en un sueño que se repetía con cada somnolencia, un sueño tan real como el aire caliente de la noche y los sirvientes pedorreros y sudorosos que lo rodeaban.

Al despertar se encontraba en su catedral de la memoria; ante él, en el suelo lustrado, estaban las manos cortadas del muchacho que había profanado la estatua de Nuestra Señora, allá en el Duomo. Pero Leonardo sabía, con desesperada certidumbre, que eran las manos de Nicolás, que era Nicolás el muchacho castigado por la turba. Trémulo, recogía las manos y las envolvía en su pañuelo, sintiendo su contacto bajo la tela: tibias, apenas palpitantes. Luego percibía la presión de unos ojos fijos, ojos ardientes, los ojos de su padre al ser él acusado de sodomía. Y cuando se volvía, allí estaba eso: un demiurgo de tres cabezas que se acercaba a él, bloqueándole el paso, tal como él esperaba.

—Leonardo... despierta, hijo.

Hilâl le sonreía, pulido el rostro como los mosaicos de la catedral de la memoria. Montaba un enorme caballo blanco, al igual que Leonardo: presentes del califa, los mejores de su plantel. Benedetto iba junto a Leonardo, con la vista clavada adelante, como absorto en sus pensamientos, como si su amigo no estuviera allí y nunca hubiera existido. Detrás de ellos, a los lados, había cien cañones en carretas y carros atados con cadenas; los cañones más livianos iban sujetos a sus propias ruedas. Unas cuantas de esas armas habían sido diseñadas por Leonardo. También había cañones de disparo rápido, todos ellos con la marca "Vincius". Iban también varios vehículos de guadaña y una variedad de bombardas, morteros y ballestas. Las armas más modernas viajaban lado a lado con las más primitivas:

cañones que disparaban proyectiles de ballesta cuando se los tocaba con un hierro caliente y máquinas arrojadizas que estaban en uso desde la época de los romanos.

—Acabo de hablar con el califa —continuó Hilâl—. Debemos adelantarnos hasta Damasco.

—¿Sí? —dijo Leonardo.

Benedetto se volvió hacia el eunuco con obvio interés.

—Nos reuniremos con el califa al norte de la ciudad. Después de lo que pasó en Eski Sham, no quiere a sus hombres cerca de ningún lugar habitado.

—Pero yo pensaba quedarme. El califa dijo que podía trabajar en...

—¿Desobedecerías al califa? —inquirió Hilâl, en voz baja y amenazadora—. Lo que se acabó, se acabó. No hay tiempo para inventos. Llevaremos todos los cañones y las máquinas que podamos, pero el califa desea que te reúnas con él. Eres su ingeniero. —Sonrió. —Según parece, tu hermano muerto se quedará con la última palabra, al fin y al cabo.

Se refería a Zoroastro.

***

Leonardo cabalgaba con Hilâl, quien llevaba sólo dos regimientos de sus propios Mamelucos Reales, que tenían la reputación de ser los mejores guardias y jinetes del califa, y sus artilleros. Todos iban bien montados, pues la velocidad era esencial: dos mil hombres, casi todos de caballería ligera. Ka'it Bay había cambiado de idea: se encontrarían en el campamento de Ussun Cassano, pues, aun si Hilâl llegaba antes que su amo, las máquinas de Leonardo podrían brindar ventaja al rey persa sobre los turcos.

Junto a Hilâl cabalgaba el niño Mithqâl, a quien Leonardo equiparaba a Nicolás, aunque algo más joven y de obvio origen oriental. Era la vida y la energía personificadas; se lo pasaba tironeando de la túnica al emir para señalar un enramado, una montaña, un curso de agua, una flor. Las montañas relumbraban de anémonas escarlatas y asfódelos; los claros arroyos eran como espejos fundidos que cayeran por barrancos volcánicos. Atravesaban pasos donde un puñado de hombres habría podido hacer frente a los dos mil de Hilâl; seguían rutas vetustas, a través de páramos llenos de sombras purpúreas y rocas brillantes. Era un territorio de luces o sombras; sólo al amanecer y al ocaso el mundo perdía levemente el foco; entonces el aire claro se tornaba suave y diáfano como el de Florencia... Florencia, que desde la perspectiva de Leonardo no era sino un sueño.

Pero Benedetto Dei también viajaba con ellos, ceñudo y silencioso recordatorio de que Leonardo había tenido su propia vida antes de llegar a aquel sitio.

Sandro, Américo y Kuan permanecían con el califa, así como el Devatdar. El chino había dado a Leonardo su palabra de vigilar a Sandro. Leonardo no se preocupaba por Américo, pues estaba seguro de que era amante de Kuan, pero éste miraba con antipatía a Sandro, quizá por verlo tan mercurial y flojo de lengua como Zoroastro. Pero si Zoroastro había sido siempre taimado y egoísta, Sandro era un inocente que se reprochaba sin cesar el ser débil; se tenía por un pobre conducto del puro espíritu religioso que volcaba en sus pinturas.

Sólo cuando llegaron a los olivares y naranjales de Katana, una aldea cercana a la gran ciudad, Bendetto comenzó por fin a hablar. El crepúsculo y, hacia adelante, sobre la planicie penumbrosa, se extendían los jardines de Damasco. La llanura rocosa y estéril cedía paso a los sembrados. En pocos momentos, las ondulaciones purpúreas y anaranjadas del ocaso se volvieron grises; después todo fue oscuridad y sombra, densa como los olores a aceituna, granadas, ciruelas, damascos, nueces y naranjas que se mezclaban con los hedores de la soldadesca: un ejército resonante de susurros, gruñidos, quejas, toses, palabrotas, gargajos y jadeos.

Benedetto apareció junto a Leonardo como un espectro y continuó la marcha a su lado. Leonardo tuvo la prudencia de no iniciar la conversación, pues varias veces lo había intentado en vano. Esperó. Ese espectro no se parecía siquiera al Benedetto que Leonardo conocía: los ojos soñolientos se habían vuelto duros y avispados; la cara regordeta estaba flaca como la de un hurón; la piel oscurecida por el sol y la definición de los pómulos altos le permitían pasar con facilidad por árabe. Sólo el pelo rubio seguía siendo el de antes, pero él lo mantenía escondido, tal como las mujeres ocultan la cara bajo los velos.

—"Si existe el paraíso en la tierra, sólo puede ser Damasco" —citó Benedetto.

—Eso he oído decir —dijo Leonardo.

—Cito a un seguidor del poeta Abu'l-Hassan Ibn Jubair. —Su amigo se encogió de hombros. —Pero su nombre se ha perdido, tal como se perderá el de Zoroastro, pues todos sus inventos llevan tu nombre.

Leonardo respondió con cautela:

—No me había dado cuenta de que tuviera ese talento. Hace apenas unos días descubrí que había firmado con mi nombre todas las máquinas.

—Bueno, Leonardo, si hemos de ser justos, eran ideas tuyas. Zoroastro era sólo un elaborador.

Hubo un silencio largo e incómodo, magnificado por la oscuridad y el resonar de los cascos contra ramillas y piedras. Por fin Leonardo dijo:

—Pero un elaborador brillante.

Benedetto rió.

—Sí, es verdad. —Otra pausa. —¿Leonardo?

—¿Sí?

—¿Por qué lo mataste?

—¿Sandro te dijo eso? —preguntó Leonardo.

—Sí.

—¿Qué más te dijo?

—Me lo contó todo: que el califa los convocó a ambos para que vieran a Zoroastro en la cámara de torturas. Me repitió lo que Zoroastro había dicho, cómo te imploraba perdón, cómo...

—¿Sí?

—Cómo le diste la espalda cuando el califa ordenó a su verdugo que elevara y dejara caer la jaula de la muerte.

—Le... le volví la espalda cuando me reveló su traición, es cierto —reconoció Leonardo—. Pero traté de impedir que el califa lo matara.

—No, fue Sandro quien trató de impedirlo. Tú esperaste hasta que fue demasiado tarde, hasta que elevaron la jaula, hasta que el califa dio la señal de... matarlo.

—No es verdad —insistió Leonardo, tratando recordar con desesperación. Pero el episodio era difuso, como esforzarse por recordar un sueño.

¿Y si fuera cierto? ¿Y si él había permitido que el califa matara a su amigo? ¿Y si sólo había tratado de impedirlo cuando supo que ya era demasiado tarde? De ese modo podía apaciguar su culpa y tomar venganza.

—Así que no estás seguro, ¿eh? —preguntó Benedetto con suavidad; de su voz había desaparecido el filo duro del enojo.

Leonardo no respondió; no podía responder. La oscuridad misma parecía estar hecha con el material de los sueños. Y tenía la idea, aunque fuese muy irracional, de que si podía azuzar a su caballo y volver grupas a la caravana, lograría sencillamente regresar al pasado y encontrar el mundo sin cambios. Encontraría a Ginevra, a Nicolás, a Zoroastro, a Simonetta... y a A'isheh. La dulce A'isheh, que le había robado a Nicolás.

—Leonardo, ¿estás perdido en tus pensamientos o no deseas responder a mi pregunta?

—Disculpa. ¿Qué preguntaste?

—Te pregunté si amabas a A'isheh.

"Basta", pensó Leonardo, sintiendo de pronto que la ira le quemaba el pecho como un líquido caliente.

—Basta ya, Benedetto. Quizá sea otra de mis faltas, pero no me gustan tus pullas y tu manera de humillarme. No puedo cambiar lo que piensas... ni lo que piensa Sandro. Los dos pueden creer de mí lo que gusten, pero déjenme en paz.

Se adelantó para ponerse a la par del niño Mithqâl y de su amo Hilâl. Pero tampoco pudo viajar junto a ellos, pues lagrimeaba y se sofocaba como un niño que hubiera sido abofeteado en público.

Se aislaría de todos.

"Sí, Zoroastro, te maté. No quise perdonarte." Y no obstante, muy perverso, aun mientras rezaba pidiendo el perdón de su amigo —un gesto hueco, vacío—, sus pensamientos volvían a A'isheh, como si la idea de matar a Zoroastro hubiera reavivado su necesidad. Recordó que él había rechazado todos sus intentos de seducción, pues estaba obsesionado por Ginevra; sin embargo, cuando vio la posibilidad de apartar a Ginevra de su marido, cuando ella le escribió que su corazón seguía perteneciéndole, él había tomado a A'isheh. La había poseído con violencia. Pero ella se le resistió, aun mientras avanzaban sudando hacia el orgasmo, aun mientras él clamaba por Ginevra, mientras imaginaba que ella era la Impruneta, la propia Madonna abierta a él, vulnerable, bendecida. Y luego, de repente lejana, tan lejana como las estrellas, pues A'isheh lo había recibido. Sabía que él estaba soñando con Ginevra. Pero en aquel momento, en esa oscuridad física y emotiva, la deseaba; ella sería Ginevra, sería Simonetta. Y él se arrodillaría ante ella para implorar el fin, la muerte. Pensó en sus manos alheñadas, en sus ojos delineados con *kohl*, en los círculos azulados tatuados con delicadeza entre los pechos de pezones rosados. Y se oyó llamar por ella con la voz de Nicolás; llegó a distinguir su contorno, que se mecía ante él en la oscuridad.

Pero no la amaba.

Hacia adelante se alzaba Damasco, cargando la atmósfera con sus miles de lámparas, iluminando los alrededores, como si abarcara sembrados y huertas en una nube de tenue luz. Y Leonardo y su ejército avanzaban desde la oscuridad hacia la luz, que era en sí un Grial.

—El poema dice la verdad —comentó Benedetto.

Se había puesto junto a Leonardo como una aparición, no más que una sombra. Si descontaba el agrio olor de los caballos, Leonardo habría podido tomarlo por un fantasma.

—Lo que ves adelante es el Paraíso, pese a sus calles mugrientas y sus cloacas. "Bella ciudad y Dios clemente... disfrútala; veloces volarán las horas."

—Si puede hacer de ti un poeta, Benedetto, entonces ha de ser cuanto dices.

—Transformó a Zoroastro en inventor.

Leonardo se apartó de Benedetto, pues quería estar solo y dialogar consigo mismo, pero Mithqâl lo alcanzó para charlar de Damasco, de máquinas voladoras y de sí mismo. Dijo a Leonardo que había sido escogido por Dios para la batalla venidera.

Leonardo sonrió, pensando en Cristóbal Colón.

—Sí, sé de otro que se creía elegido por Dios para una misión divina.

—Pero lo mío es verdad —insistió Mithqâl.

—Ah, sí, él pensaba lo mismo. —Viendo que el niño no se dejaría disuadir, Leonardo preguntó: —¿Cómo sabes que fuiste elegido por el mismo Dios, soldadito?

Eso pareció complacer a Mithqâl.

—Me lo dijo Hilâl, mi benefactor.

—Ah...

—Él me compró en un sitio donde castran a los esclavos negros.

—Pero tú no eres negro, joven soldado.

—Aun así, Hilâl me encontró allí. Verás: el regente era cristiano y no permitía que se castrara a los de piel negra. Pero hay una cochambrosa ciudad llamada Washalaw, poblada por salvajes que no adoran al Dios verdadero. Allí hacen esas operaciones ilegales, pero los que allí son cortados suelen morir.

—¿Por qué? —preguntó Leonardo.

—Por la ignorancia de quienes practican las artes médicas —explicó Hilâl, poniéndose a la par de Leonardo—. Todos los niños castrados en Washalaw deben ser llevados a otra ciudad donde hay monjes que conocen una técnica para abrir el canal del pene y drenar el pus. Aun así, todos los esclavos que compramos en Washalaw murieron en el camino o poco después de la segunda operación; todos, menos Mithqâl. Le dije que era prueba divina de su destino el hecho de ser blanco, de que fuera llevado a Washalaw y de que sólo él hubiera sobrevivido.

Leonardo asintió por cortesía.

—Y Mithqâl pronto servirá a Dios —continuó el emir—. Lo adiestró el traidor Zoroastro en persona. Y Mithqâl enseñó a otros a pilotear tus máquinas, maestro.

—¿A niños?

—Preferimos llamarlos soldados jóvenes. ¿Pondrías a un hombre de cien kilos en tu aparato, cuando dispones de gente como Mithqâl, que te permite compensar la diferencia de peso con bombas?

—Estamos preparados, ¿sabes? —dijo Mithqâl—. Tenemos muchas máquinas voladoras.

—¿Y cuántos son? —preguntó Leonardo.

—Casi una tropa.

—No —corrigió Hilâl—. Son sólo veinte.

—¿Y tienen veinte máquinas voladoras? —quiso saber el pintor.

—Sí —respondió Mithqâl—. Y yo soy el capitán.

El eunuco le sonrió como se sonríe a un niño.

En verdad Mithqâl era capitán, un capitán de ángeles que irían a una muerte segura... si acaso podían elevarse en el aire. Y en ese instante Leonardo se perdió en sus recuerdos, recuerdos tan presentes y palpables como el niño que cabalgaba a su lado.

Leonardo recordó a Tista.

Un ángel gritando al caer...

La armería de Zoroastro estaba situada en un *khan*, con un techo de nueve domos, a poca distancia de las ferias, de modo que se pudieran comprar con facilidad las mercancías necesarias; además, estaba cerca de la Ciudadela y protegida por sus soldados. Las ferias o bazares eran una ciudad de calles cubiertas, pobladas de *fellahs* y beduinos: durante el día, un laberinto a media luz, perforado por espadas de sol que entraban por las aberturas del techo, y por la noche un titilante circo de lámparas y velas. Olían a jabón y perfume, a pan horneado, café, orines y desperdicios; en esas calles amuralladas y techadas se podía comprar de todo: metales, joyas, telas, especias, municiones, espadas y las mejores armaduras del mundo, libros que nunca habían sido vistos en Occidente, productos químicos, amuletos, prostitutas, esclavos y todo tipo de elementos mágicos. Mientras Hilâl se ocupaba de alojar a sus hombres, dentro de la Ciudadela y a su alrededor, por las pocas horas que podrían descansar, Benedetto llevó a Leonardo a la *bottega* de Zoroastro.

La *bottega* se hallaba custodiada por un pequeño ejército.

Zoroastro había ocupado un palacio: sus portales y sus patios interiores eran de mármol esculpido; hasta las fuentes estaban techadas con cúpulas. Un arroyo cruzaba burbujeante un patio iluminado por lámparas; árboles bien cuidados, que Leonardo hubiera creído posibles sólo en las representaciones del Paraíso, conformaban parques separados y esculturales. Desde afuera parecía una casa de placer, uno de los edificios más suntuosos e imponentes que se podían hallar en Oriente; en el dintel de la puerta ornamentada estaban inscriptas las palabras de un antiguo proverbio árabe: "*El mà, wa el khòdra, wa el widj el hàssan*".

"Agua, verdor y una cara hermosa son tres cosas que deleitan el corazón."

Leonardo siguió a Benedetto por estrechos pasillos y suelos de mármol en mosaico, por salas provistas de nichos en las paredes, como las iglesias florentinas, hasta que llegaron al taller en sí, que se conectaba con la casa. La parte superior tenía ventanas, pero sus muros lo asemejaban a una fortaleza y era oscuro como una cueva. Contenía otros cuartos, pues Leonardo oyó el golpeteo apagado de obreros que trabajaban.

Cuando los sirvientes y los soldados encendieron las lámparas en el estudio de Zoroastro, Leonardo paseó la vista maravillada por esa habitación angosta, aunque de techo alto. Por doquier había máquinas o modelos; se había utilizado hasta el techo, pues de alambres fijados a ganchos pendían máquinas voladoras y modelos de las *galleggiante* diseñadas por Leonardo, las balsas flotantes inventadas por Kuan. Había globos con forma de salchichas, dotados de armazones en costilla y hélices propulsoras. Había globos con velas y timones, como los barcos. En realidad, los diversos modelos de Leonardo estaban presentes allí, bajo la forma de modelos colgados del techo, como si en realidad flotaran en un cielo oscuro. Aquí, allá y en todos los rincones de la habitación se veía el proceso mismo del pensamiento de Leonardo, como si su mente contuviera objetos y esos objetos estuvieran puestos a la vista, gozosa, ofrecidos con temeridad como exquisiteces en la mesa del banquete, para asombro de todos.

Pero era Leonardo el asombrado. Asombrado por los planeadores, del mismo diseño que el que había utilizado Mithqâl: el aparato de una sola ala que convertía a los niños en ángeles. ¿Eran un invento suyo? No, pero aun así le pertenecían. Era como si la *bottega* fuera de Leonardo. Había papeles esparcidos en el suelo, en las mesas, libros abiertos o apilados, como si fueran tan baratos y abundantes como el lienzo en Florencia.

Benedetto cruzó la habitación para abrir una puerta que conducía a un corredor de piedra. El ruido de los talleres se tornó más potente; se percibía el siseo jadeante de una forja.

—Hay mucho que hacer —dijo Benedetto—. Pronto vendrá Hilâl para ver cómo marchan las cosas.

—¿Habrá tiempo para regresar... aquí? —preguntó Leonardo.

—Sí. Puedes quedarte a pasar la noche, si quieres.

—¿Qué es eso, Benedetto? —Leonardo señaló un artefacto instalado junto a un modelo de cañón de vapor, derivado de un boceto suyo. Consistía en un vehículo de dos ruedas, pedales, manubrio y un complejo mecanismo de ruedas dentadas.

—Quieres ver el mundo entero en un momento —observó su amigo.

—Es... mi mundo, Benedetto —dijo Leonardo, sorprendiéndose a sí mismo al decirlo, pues en verdad se tornaba obvio que no era así.

—Era de Zoroastro. —Benedetto esperó a que Leonardo mordiera el anzuelo, pero no hubo respuesta. —Él llamaba "caballo" a esto. Comenzó como aparato para impulsar las máquinas voladoras, pero no funcionó.

Y de pronto Leonardo comprendió que Zoroastro debía de haber pensado en conectar el mecanismo de ruedas dentadas a una hélice, como las de los juguetes; al fallar eso, le había instalado dos ruedas de ocho rayos para crear su "caballo" de madera.

—¿Por qué no funcionó?

Benedetto se encogió de hombros.

—Se monta como un caballo, pero es un carro. Si el terreno es parejo, funciona bastante bien. Es rápido.

Leonardo, sin poder contenerse, montó a horcajadas en el vehículo biciclo, probó los manubrios y los pedales y arrancó. Avanzó por algunos segundos, pero antes de que pudiera operar los pedales perdió el equilibrio y cayó de costado.

—Se requiere práctica para mantenerse arriba —señaló Benedetto, sonriendo—. Pero una vez que le tomas la mano, es bastante simple. Ahora te dejaré en... tu mundo.

Giró en redondo y salió al pasillo, acompañado por la mitad de los guardias; el resto permaneció junto a Leonardo, que se quedó para contemplar el caballo con ruedas, al tiempo que trataba de recordar los últimos momentos de Zoroastro en la cámara de torturas. Pero era un sueño, y cada vez que trataba de recordar, el sueño cambiaba.

En un sueño mataba a Zoroastro.

En otro no.

Se levantó para seguir a Benedeto y los soldados, a su vez, lo siguieron.

Era otra vez un prisionero.

Y también Benedetto, sin duda.

———

Leonardo recorrió las artillerías: patios de fundición, donde todo era hombres, movimientos y metal caliente; almacenes donde se amontonaban las cápsulas explosivas de Leonardo, sus cámaras de rueda, sus balas incendiarias, bombas de metralla, bombardas y cañones múltiples, formando altas pilas a lo largo de las paredes y en hileras estrechamente espaciadas. Aquélla era una fábrica que producía y almacenaba cañones, proyectiles y culebrinas de cámara giratoria; cada cañón era igual al que tenía arriba; cada bombarda, cada proyectil, iguales a los vecinos.

Leonardo trató de entablar conversación con el maestro de pertrechos, pero ese mameluco castrado, fornido y de cara cerrada, que vestía de gala aun en las calurosas fundiciones, no le prestó atención.

—Te presento a Abd al-Latif, Leonardo —dijo Benedetto, en árabe.

Cruzaron un depósito que daba a las forjas y las fundiciones; esclavos y soldados forcejeaban con palancas para elevar varios cajones enormes, mientras los herreros y los maestros supervisaban el transporte de las pesadas bombardas y los cañones múltiples a un patio central, bajo fuerte custodia.

—Abd al-Latif no es muy confiado —explicó Benedetto a su amigo, en italiano—. Pero sabe quién eres.

—¿Y qué sabe de mí?

—Te conoce como asociado de Zoroastro.

—O sea, como aprendiz suyo, ¿verdad? —preguntó Leonardo, sin poder disimular el sarcasmo.

—No sabría decírtelo, pero según me ha dicho, los considera traidores a ambos y se alegra de que Zoroastro haya muerto torturado, aunque lo echará de menos. Es muy sentimental.

—¿Como tú?

—Oh, más, Leonardo.

El pintor volvió la espalda a Benedetto.

—Maestro de Máquinas, ¿por qué hay tan pocos tipos de cañones y pistolas? —preguntó al eunuco en árabe.

—¿No hay suficientes para satisfacerte?

—Estuve en el taller del maestro Zoroastro y vi muchas máquinas que serían muy eficaces contra los enemigos del califa.

—Lo que hemos hecho no se puede construir en el terreno —explicó el maestro—. Los herreros harán los puentes y las máquinas para sitio; los artilleros mezclarán la pólvora.

—Llevaremos las guadañas, que se pueden adosar a carretas, si hacen falta —añadió Benedetto—. Todo lo demás se puede construir a medida que sea necesario.

—¿Todo esto fue idea de Zoroastro? —preguntó Leonardo.

—No —respondió Abd al-Latif—. Mía y del emir Hilâl. La fuerza reside en la sencillez. La mayoría de los inventos de Zoroastro eran... desaconsejables.

—¿Y éstos? —preguntó Leonardo, señalando los cañones que se estaban montando en vehículos por medio de poleas.

—Ésos no los inventó del maestro Zoroastro —dijo Abd al-Latif—. Fui yo.

Los pertrechos serían cargados al amanecer, hora en que los regimientos de Hilâl debían abandonar Damasco para viajar hacia el norte, hasta Persia.

Como no tenía nada que hacer en las artillerías, Leonardo se puso a revisar el estudio de Zoroastro. Leyó sus notas y examinó sus modelos y sus máquinas en escala normal. En pocos minutos pudo moverse dentro del estudio como si fuera el suyo... y en cierto sentido lo era. Zoroastro había tratado de convertirse en Leonardo y casi lo consiguió, pues a éste le resultaba difícil separar las ideas de su amigo de las propias. Zoroastro había desarrollado ideas originales para catapultas, mandrones y proyectiles puntiagudos; diseñó máquinas para arrojar piedras y ballestas de resortes múltiples; pero lo que fascinó a Leonardo fue un carro autopropulsor, escondido en un armario que Leonardo descubrió sólo por casualidad. La concepción correspondía por completo a Zoroastro, pero el engranaje de transmisión diferencial le resultaba tan familiar como si lo hubiera diseñado él mismo.

En verdad allí Zoroastro se había encontrado a sí mismo; Leonardo lo comprendía sólo ahora. Había perdido a un alma afín; los bocetos e inventos que contenía ese cuarto no eran la obra de un imitador. Se habría dicho que Leonardo había vuelto la espalda para permitir su propio asesinato. Y mientras él —en exceso fatigado, y murmurando como si soñara— visualizaba a su amigo y recordaba diversos incidentes, se descubrió con una mirada crítica hacia sí mismo.

Era como si los ojos ardientes de su padre estuvieran observándolo.

Zoroastro era tan feo como Leonardo hermoso. Pero Zoroastro era un espejo del alma de Leonardo. Lo que éste había visto de taimado y egoísta en su amigo, ahora lo veía en sí mismo. Al arrodillarse ante la máquina, rodeada de iconos de madera y hierro y por diversas estatuas de la Santa Virgen, se quedó dormido.

Al soñar oyó el ruido de la jaula llena de pinchos al caer, que atravesaba los pulmones y el corazón de Zoroastro.

Al despertar se encontró en la habitación de Zoroastro y en su cama. Los guardias debían de haberlo conducido hasta allí por órdenes de Benedetto. Las velas chisporroteaban en sus candeleros. Alguien tocaba a la puerta: tal vez era la lanza del guardia. Leonardo volvió a quedarse dormido y soñó.

Acaso el golpeteo de la lanza dio forma al sueño, pues vio abrirse la puerta y Ginevra entró en la habitación. Se desvistió junto a la cama para deslizarse entre los cobertores de seda, junto a Leonardo. Pero cuando se metió en el lecho, oliendo a rosas y a sudor, Leonardo despertó.

—¿Ginevra?

Se echó hacia atrás, incrédulo y asustado, pues no creía en fantasmas, espíritus ni *jinns*; sin embargo allí estaba Ginevra, en carne y hueso. Alargó una mano para tocarle la cara. Era bien real; no obstante, al observarla a la luz inconstante de las velas, Leonardo vio que no se trataba de Ginevra. La cara era algo más suave; las caderas, más estrechas, menos voluptuosas; los ojos, negros en vez de verdes. Pero el contorno de la cara, el tamaño de los ojos en proporción con la boca y la nariz, eran los mismos. En realidad las facciones eran muy diferentes y el pelo, aunque teñido con alheña, era castaño. Sin embargo, a primera vista era Ginevra. Aun después de haber descubierto la pobre imitación, a Leonardo le palpitaba el corazón con tanta fuerza que creyó poder oír el eco en los oídos.

—El maestro Zoroastro me encontraba parecida a su mujer —dijo ella en árabe, como si respondiera a una pregunta de Leonardo.

—¿Su mujer?

—Ah, sé que ella te amaba a ti; él me lo dijo. Me lo contó todo, lo mal que se portó con ustedes. Pero él también la amaba. Eso es lo que me dijo. Sin embargo creo que tal vez me amaba también a mí.

—Estoy seguro —contestó Leonardo, sarcástico.

—¿Lo dices por crueldad o con sinceridad? —preguntó ella.

Leonardo notó que temblaba.

—¿Por qué tienes miedo? —preguntó.

Lo miró con ojos firmes, sin decir nada.

—¿Benedetto te mandó venir?

Ella asintió con la cabeza.

—¿Y él también te amaba?

La mujer apartó la vista.

—¿Por qué te mandó venir a mí?

—Para que respondiera a tus preguntas.

—¿Sobre Zoroastro?

Ella se encogió de hombros.

—Benedetto dijo que no volverían a verse, salvo quizás en Florencia.

—¿Por qué?

—Él ha terminado de cumplir sus obligaciones.

—¿Obligaciones para con quién?

—Para con el emir Kuan, que le salvó la vida.

—¿Y Benedetto sabe cómo volver a la patria?

—Sí, maestro. ¿Desearías ir con él?

—Puedes decir a tu amo que tengo responsabilidades aquí.

—Mi amo no es él, sino tú. —Se le acercó y posó la cara en el hueco de su brazo, como una criatura, revelando la curva de la espalda y el largo cuello, las sombras de las vértebras contra la piel pálida. —¿Me llevarás contigo?

—¿Sabes adónde voy?

—Sí —respondió ella mientras levantaba la cabeza para mirarlo directamente. Le acarició el pecho y el vientre con dedos alheñados; tal vez a Zoroastro lo excitaba ese color.

—Si lo sabes, ¿por qué quieres abandonar este palacio?

Ella pasó por alto la pregunta.

—¿Corres peligro aquí? —insistió él.

—He sido esclava de un traidor.

—¿Y serías esclava mía?

Ella asintió.

—A mí también se me considera traidor, ¿no? Conmigo no estarías a salvo.

—¿Me llevarás?

—Sí —aceptó Leonardo.

Sin Zoroastro ni Benedetto, era probable que ella corriera peligro. Decidió hacer que la cuidaran; tal vez Hilâl la protegiera. La mujer lo acarició hasta excitarlo y al fin lo montó, como si ella fuera Leonardo, y él, Ginevra, como si tuviera la misma necesidad que él había sentido por Ginevra; pero eso parecía haber sucedido años atrás, en un pasado distante que no tenía importancia en aquel lugar. Inhaló sus olores: la dulzura de los perfumes combinada con el sudor penetrante, que se convertía en almizcle, como si hubiera corrido por entre campos de flores. La cabellera áspera le rozó la cara. Leonardo miró al fondo de sus ojos pintados, buscando. No podía ni quería fingir que aquella mujer era Ginevra. Mientras ella sostenía en equilibrio su cuerpo por sobre él, pues tenía brazos fuertes, él le encerró los pechos en las manos, la acercó con suavidad, sepultó la cara en esa blandura esponjosa, sintió la reciedumbre de los pezones erectos, en tanto ella se mecía allí arriba. Era el olvido, el socorro, escondidos recuerdos de leche y caricias: la memoria invertida. Se sintió nuevo otra vez, *tabula rasa*, limpio y mojado como si se disolviera en un torrente de agua fresca. Y entró en ese mismo sueño, tocando la carnosidad de esas nalgas y esos muslos, acercándolos a sí, en tanto el pene se le entumecía de placer. Luego, exhausto, se quedó dormido. Se habría dicho que Ginevra era un sueño, que esta otra Ginevra era un sueño. Y pasó a otros sueños, cayó, aturdido, paralizado; y él...

Caminó por entre la carnicería del combate, tras el asesinato del hijo de Ussun Cassano.

Gimió al ver que sus carros de guadañas mutilaban la carne y cortaban el hueso.

Y contó los cañones con Abd al-Latif, el maestro de máquinas... todos los cañones amontonados, todos con su nombre grabado y cubiertos de sangre, tripas y heces.

Y Zoroastro, cayendo dentro de su jaula.

Él lo había asesinado, tal como había asesinado a Ginevra y cortara en pedazos a los soldados persas con sus guadañas.

Luego vio a Ginevra arrodillada ante él, en el estudio de Simonetta, arrebolada de deseo; estaba dentro de él, tal como Simonetta había estado dentro de Sandro, tal como... Y entonces los sueños se endurecieron, se transformaron en cortinas, cortinas tan sólidas y texturadas como esas que Verrocchio solía sumergir en yeso, para que sus aprendices las pintaran como estudio.

Al despertar, con una sacudida, Leonardo recordó que su esclava había pronunciado el nombre de Zoroastro cuando al fin se entregó al éxtasis. Y mientras yacía en la oscuridad que pronto daría paso al alba, se preguntó cómo se llamaría.

¡Oh, hijo de puta, qué océano!

—Ussun Cassano

27
Quebrando
el centro

Fuerza que defino como poder espiritual, incorpóreo e invisible, que con breve vida se produce en esos cuerpos que, como resultado de una violencia accidental, son sacados de su estado y su condición naturales.

—Leonardo da Vinci

Habían dejado atrás los sitios donde antiguos reyes y dioses nacidos de mujer se habían entronizado en la cima de las montañas; atrás quedaban las grandes ciudades persas. Se encontraban ahora en una tierra desolada que Odiseo habría reconocido, sin duda: una tierra privada de vida, ardida y chamuscada, un país donde sólo se movían las sombras. El territorio era una planicie de barro. Las aldeas habían sido arrasadas; algunas humeaban todavía. Hasta el color había sido quitado a ese lugar. Todo era polvo o cieno: grumosos ríos de cieno, colinas, casas y aldeas... y más allá de la vista, tal vez ciudades enteras de cieno. El aire era un miasma, como si el barro se hubiera transformado en un gas, en bruma. A menudo Leonardo creía ver movimiento en las aldeas muertas; sentía la presión de ojos que lo observaban por doquiera, el ardor de esas miradas en la nuca; imaginaba fantasmas que parpadeaban en el éter, entre la vida y la muerte. La distancia y el tamaño se convertían en espejismo: una garza, inmóvil como un palo, parecía enorme; cuando se movía era como si redimensionara el suelo mismo que pisaba. La masa gris de la montaña Tauro, a la distancia, semejaba una nube inamovible, nubes suavizadas por la distancia y surcadas de vetas parduscas. Era como si los ejércitos hubieran incendiado, saqueado y destruido esa tierra un millar de años atrás y, desde entonces, el tiempo se hubiera tornado inerte, secándose como un cadáver, convirtiéndose en materia de la tierra misma.

Pero todo eso era alucinación, pues Leonardo oyó los leves ruidos de los tambores y *naccare*; luego, un suave tronar, seguido por las apagadas ovaciones de una multitud. El tronar era un cañón lejano; la ovación, los gritos de hombres que se lanzaban a la carga, apuñalando y muriendo.

Los soldados que rodeaban a Leonardo empezaron a conversar con nerviosismo, excitados. La esclava que cabalgaba a su lado (la mujer que se parecía a Ginevra) se mantenía serena. Miró a Leonardo y luego apartó la vista, como si hubiera completado toda una conversación en un vistazo. Se llamaba Gutne. No conocía su nombre cristiano, pues los soldados de Ka'it Bay la habían capturado cuando era bebé.

Leonardo se adelantó en busca de Hilâl, que se encogió de hombros y dijo:

—Puede que lleguemos demasiado tarde para ayudar a tu amigo, el persa.

—¿Mi amigo, el persa? —repitió el pintor.

—Mi amo, que Dios lo bendiga doblemente, me dijo que había un vínculo especial entre tú y el rey persa.

Leonardo esperó, con la esperanza de que Hilâl revelara sus pensamientos.

—La persa es una raza extraña —continuó el eunuco—. ¿Cómo puede alguien amar al hombre que mató a su hijo? Aunque lo haya hecho por orden suya. —Hablaba en voz baja, como en meditación, distraído.

—¿Cómo sabes que es Ussun Cassano? —preguntó Leonardo—. Podría ser...

—Si conozco la manera de pensar del Gran Turco, querrá atacar al mismo rey. Una vez que tenga su cabeza empalada en una lanza y alzada a los cielos, el pánico se apoderará de los persas. Sus tropas serán derrotadas de un solo hachazo, pues cuando se corta la cabeza, el cuerpo muere.

—Y si mataran a tu amo, Dios no lo permita, ¿tus tropas también caerían en el pánico? —preguntó Leonardo.

—Nosotros no somos persas —respondió Hilâl. Su cara gorda, sin arrugas, estaba tan dura como el marfil. —Si lo dudas, observa cómo combaten los hombres sin bolas.

Mithqâl, que cabalgaba tras ellos, como es obvio atento, se ubicó entre los dos y dijo con displicencia:

—Mejor que tú, maestro Leonardo, mejor que tú.

Hilâl, riendo, ordenó al niño que guardara distancia y se ocupara de sus asuntos.

—Bien, maestro de máquinas y capitán de ingenieros, ¿qué decidirías hacer? ¿Debemos esperar a nuestro califa o arriesgarnos al peligro y la aniquilación para ayudar a los persas?

—Se nos envió para ayudar a los persas. ¿Desobedecerías las órdenes de tu amo?

—Tengo la obligación de impedir que nuestra preciosa carga caiga en manos enemigas. Permitiré que tú decidas.

Leonardo meneó la cabeza.

—No hay nada que decidir. El califa nos ordenó trabar combate con los turcos.

—Has hablado como soldado.

—¿Qué esperabas que dijera? ¿Que debemos permanecer aquí? Si hubiera dicho eso, ¿me habrías...? —Leonardo vaciló.

—¿Si te habría obedecido? Te obedecería si me conviniera. Si no, no. Sólo obedezco a Dios. Ni siquiera a mi hijo.

—¿Tu hijo?

—Sí, maestro de máquinas y capitán de ingenieros. El califa.

Les llegó el olor de la batalla antes de que pudieran verla.

Ante ellos se alzaba una pared de humo: polvo, henchido en forma de nubes. Allí imperaban los olores a sangre y tripas, el resonar de espada contra espada, el *fut-fut* de las flechas, el rebote de las ballestas, hombres que chillaban al ser heridos y hombres exaltados por la matanza, oficiales que daban órdenes a gritos y un chapoteo de... agua. Sintió el palpitar en la garganta, como una avecilla atrapada que luchara por escapar. Los ojos le ardían por el polvo, pero no podía contenerse: ansiaba ver lo que estaba sucediendo, atravesar el velo de polvo, como para hallar vida, color y realidad, pues ahora era un soldado, un guerrero atraído por la refriega tal como el perro se excita ante la hembra en celo.

Era repelente, pero lo tragaba.

Mithqâl llamó a Leonardo y le indicó por señas que avanzara, cabalgando junto a Hilâl. Un contingente de los mejores hombres del emir se apartó para un reconocimiento. Leonardo pidió a uno de los hombres que cuidara de Gutne y se lanzó a la batalla con los eunucos. Mientras galopaba hacia la nube de polvo, pensó en el sabor dulzón y metálico que tenía en la boca y se preguntó si en verdad era el gusto del combate; pensamiento curioso para un instante como aquél.

Un velo se había abierto; de pronto se encontró blandiendo el sable en defensa de su vida. Un oficial de la caballería turca se lanzó hacia él, con un hacha en alto; su cota de malla reforzada tintineaba como un montón de campanillas baratas. Su uniforme era de paño azul, por supuesto, como el de todos los soldados turcos, para demostrar que sólo servían a un hombre: Mehmed, el Conquistador. Pero, a diferencia de otros turcos, los *janissaries* se afeitaban la cabeza y la cara, con excepción del enorme mostacho. Ése no era diferente: casi tan corpulento como Ussun Casano, la violencia personificada. Usaba un gorro tubular de fieltro blanco, decorado con una pluma de ave del paraíso. Leonardo registró todo en un instante, viéndolo —según se dice— como los moribundos.

Agachó la cabeza y blandió la espada con fuerza. La hoja resonó contra el peto del turco, y casi lo derribó de la silla. Pero el otro sofrenó su caballo y giró para ir tras Leonardo. Éste lo reconoció como los animales se reconocen entre sí: por el sudor, por el olor.

Era como si el turco estuviera frenético por hacerlo pedazos, pues se lanzó otra vez contra él, moviendo la espada en arco. Leonardo volvió a blandir la espada, apuntando esa vez al sobaco, que no estaba protegido por la armadura. Sintió la suave penetración en el músculo y luego...

El caballo se derrumbó debajo de él y Leonardo cayó hacia atrás, golpeando el suelo junto a su gran yegua blanca, que sufría los estertores de la muerte. El turco le había cortado la cabeza con el hachazo destinado a su jinete; el cuello manaba a chorros. Cubierto de sangre, Leonardo se concentró en el turco; parecía increíble pero venía una vez más con intenciones de partirlo en dos, con la espada de Leonardo sobresaliendo entre el brazo y el pecho, como si no la tuviera clavada en lo profundo de la carne, sino que la sostuviera allí por propia voluntad.

El florentino se levantó, resbaló en unas vísceras y miró con rapidez a su alrededor en busca de un arma. En ese instante apreció los detalles del combate como si, en verdad, el tiempo se hubiera detenido y él, omnisciente, se hallara por encima de la muerte, el dolor y el miedo. Miles de soldados combatían cuerpo a cuerpo; las falanges adversarias se ensartaban mutuamente con lanzas de tres metros y medio, se hacían pedazos con hachas y cimitarras, mientras la caballería aplastaba y pisoteaba a la infantería, amigos y enemigos por igual; señores y nobles buscaban a sus pares para aniquilar; las flechas, tan neutras y mortíferas como la Peste Negra, caían como granizo en el viento.

El oficial llegaba a él.

Era como si la vida entera de ese militar turco hubiera sido sólo una preparación para matar a Leonardo. El pintor corrió unos pocos pasos, arrancó la espada a un turco herido, lo mató de un solo golpe y luego levantó la espada para derribar al caballo que montaba el oficial. Sintió una oleada de calor y fuerza; luego, entumecimiento; una vez más el tiempo se congeló. Aunque hubiera querido deslizarse en la fresca penumbra de su catedral de la memoria, pues sin duda la muerte pendía sobre él, se preparó para el contacto.

Hilâl apareció de pronto junto al turco y le hundió la cimitarra en el cuello como un experto; luego le arrancó el yelmo para decapitarlo y arrojó la cabeza hacia Leonardo, que se apartó de un brinco.

El eunuco sujetó por las riendas el caballo del oficial y dijo:

—Deberías cuidar mejor los regalos del califa, maestro. —Se refería a la yegua muerta. —Toma éste como un regalo de menor valía. De prisa.

Mithqâl apareció junto a su amo y miró a Leonardo con una gran sonrisa.

Humillado, el italiano montó el caballo del turco; aunque más pequeño que su yegua, respondía de un modo estupendo. Siguió a Hilâl; juntos abrieron una senda entre los lanceros como entre la maleza, matando y mutilando a quien se les interpusiera. Se habría dicho que la sangre derramada se había transformado en algo ordinario y neutro, que Leonardo habitaba uno de sus dibujos de maquinarias guerreras. Y Mithqâl, menudo y joven como era, combatía mejor que muchos hombres, cosa que ahora demostraba. Blandía una lanza de punta doble, que hundía con destreza en la cara de los jinetes que trataban de derribarlo.

Adelante estaba el río, dividido en arroyos por bancos de cieno. Los turcos lo cruzaban en gran número, sin que nadie los detuviera, pues a los arqueros, antes que enfrentar al enemigo allí donde era más vulnerable, les preocupaba salvar la vida. Escuadrones y más escuadrones de jinetes e infantes cruzaban el río, cubiertos de cieno hasta la cintura, como si fuera parte del uniforme. Al verlos Leonardo sólo quiso retroceder, ya que eran una gran masa de carne aullante y precipitada, decidida a destruirlo, como si cargaran sólo contra él. Los persas los combatían en el río, pues habían sido obligados a retirarse del ribazo, donde habían derribado a miles de turcos con doble número de flechas. Los dardos seguían volando, aterrizaban delante de Leonardo, y zumbaban como un gran enjambre de insectos. Pero eran los turcos quienes las disparaban. A medida que éstos cruzaban los bancos de lodo, el centro persa comenzó a derrumbarse.

Los persas sufrían una masacre; el suelo estaba atestado de cadáveres amontonados, pisoteados por hombres y caballos, cubiertos de lodo y sangre. Con rapidez se convertían en parte del suelo, ya sin contorno propio; sangre e intestinos pasaban a integrar la tierra, como los fósiles de la roca.

—¿Adónde me llevas, Hilâl? —gritó Leonardo, despavorido, pues no pasaba un segundo sin que debiera permanecer en guardia, blandiendo la espada. Le dolían los brazos, le zumbaban los oídos; la pasión palpitante del primer encuentro había sido reemplazada por el miedo. Sólo deseaba huir, pues tenía la sensación de que la suerte se le había acabado de pronto, dejándolo vulnerable a cualquier hombre o niño que blandiera una lanza o una espada.

—Hacia Ussun Casano, a menos que prefieras retroceder y combatir con las mujeres —respondió Hilâl.

En verdad las mujeres persas participaban en la refriega, luchaban junto a sus hombres, pero las habían empujado hacia atrás, para reemplazarlas por hombres que las protegerían o recibirían primero la punta de la espada.

—Allí está. —Hilâl apartó su caballo de un atacante, y permitió que el joven Mithqâl se arrojara contra el tártaro que se había lanzado hacia él; el niño le atravesó el ojo. Luego miró a Leonardo con una sonrisa de oreja a oreja, como si aquello fuera sólo un juego.

Leonardo vio adelante a Ussun Cassano, montado en un gran caballo. Trataba de acicatear a sus hombres, se adelantaba a sus guardias y abandonaba su protección, para demostrar mediante el ejemplo que era posible rechazar a los turcos hacia el río. Metía a su caballo en la refriega como si no fuera una bestia de carne, sino de metal, y atacaba a los enemigos matándolos de a uno y de a dos por vez: un gigante matador de hombres, un corpulento pelirrojo del Olimpo que saboreaba la sangre de los mortales. Tenía una espada en la mano izquierda y un hacha en la derecha, que movía en un arco extraño, desde el hombro izquierdo hacia afuera. Dirigía y alentaba a su ejército desde la vanguardia, y en verdad su muerte sería la derrota total de los persas. Su guardia especial se pegaba a él, para formar una cortina a su alrededor. Al ver a Leonardo y a Hilâl se detuvo y enfiló su caballo hacia ellos.

—Tu amo, ¿dónde está? —preguntó a Hilâl, con voz ronca.

Estaba cubierto de sangre y cieno, con la cara casi negra; por contraste, los labios parecían carne muerta. Vestía un jubón bien acolchado, capaz de rechazar las flechas, y una cota de malla finamente trabajada, pero no llevaba escudo ni arco, aunque del hombro le colgaba un carcaj vacío. Leonardo lo recordó en el catafalco del campamento, con la cara pintada por su concubina, aguardando a su hijo. Ahora se parecía aun más a un ángel de la muerte.

—Debemos reunirnos con él aquí —respondió Hilâl.

—¿Cuántos hombres traes?

—Dos mil, Gran Rey.

—¿Dos mil? ¿Eso es todo lo que tu califa pudo enviar?

—Él trae a un ejército que supera los cien mil hombres. Pero nosotros traemos cañones y las armas de caños múltiples inventadas por Leonardo. Nuestro amo supuso que, si por casualidad llegábamos primero, esas máquinas podían ser de utilidad. Por eso nos ordenó adelantarnos, con gran peligro...

—Sí, sí —dijo Ussun Cassano—. El Amo de los Mundos ha acertado, como siempre. ¿Cuándo debe llegar?

Hilâl meneó la cabeza, indicando que no lo sabía.

—Supongo que mañana o pasado mañana, o...

—Como ves, Emir de Diez Mil Hombres, nuestro centro está cediendo —dijo el rey, con evidente impaciencia—. Si perdemos aquí, los flancos huirán por pánico. Todo se habrá perdido. Debes apuntar todos tus cañones al centro, aquí. Y disparar cuanto tengas en una gran andanada.

—Pero morirán tus propios hombres, Gran Rey —objetó Hilâl.

—Morirán de cualquier modo. Ya he perdido un ejército. —Miró con amargura a Leonardo. —Pero apunta sólo al centro. ¿Puedes hacerlo ahora mismo?

—En momentos —respondió el eunuco.

Leonardo se volvió a mirarlo, sorprendido.

—¿Quieres cabalgar conmigo, Leonardo? —preguntó Ussun Cassano—. Aquí tienes una oportunidad de cumplir con tu obligación alejando el acero turco de mi cuello. —Luego miró a Hilâl. —A menos que su talento reciba mejor empleo a tu lado, emir.

—Nuestra tarea es sólo cuestión de apuntar, Gran Rey.

—¿Bien, pues? —preguntó Ussun Cassano, girando hacia Leonardo.

Leonardo decidió ir a la batalla con Ussun Cassano y mantenerse a su diestra, pues el rey había dicho a sus guardias que el italiano ocuparía el puesto de honor. En realidad, era un sitio más o menos seguro, pues estaba dentro del anillo que formaban los guardaespaldas. Pero no era fácil seguirle el paso. Cruzaba al galope las líneas de la infantería pesada y ordenaba a sus hombres que huyeran del centro, pero siempre listos a avanzar y atacar. Y reunía a su alrededor a los jinetes para que lo siguieran en su retirada hacia el oeste.

Al ver esto, los turcos se lanzaron en persecución a través del río, suponiendo que los persas se hallaban en plena retirada. En verdad Ussun Cassano había entregado a muchos de sus hombres a las espadas enemigas, pues no podía estar en todas partes y no había tiempo para que sus órdenes fueran comunicadas a todas las filas. Muchos cayeron en el pánico, abrumados por los turcos; otros fueron masacrados por la caballería enemiga que trataba de llegar hasta Ussun Cassano.

El rey sólo pudo observar aquello con la cara tensa, como si padeciera un dolor físico.

Pero los persas ya corrían al centro.

Se inició el bombardeo. Estallaron cápsulas rellenas de pólvora y metralla, que colmaron el aire de trueno, fuego y fragmentos mortíferos. Era una música estruendosa, ensordecedora, terrible, un batir de truenos que no sólo sacudía la tierra, sino que se estrellaba en el aire mismo, como piedras en el vidrio; luego se produjo un destello de luz antinatural, como si en ese odioso mundo de estiércol, muerte y entrañas resonara el trueno antes de que cayera el rayo. Al explotar las cápsulas, los hombres caían en grupos; algunos perdían miembros —manos, pies, brazos, piernas— o, sin dolor alguno, como cortados por un cordón de tripa, un dedo o una oreja. Algunos quedaban hendidos en dos, mientras que otros, alcanzados directamente, se convertían en la pasta humana que habían estado pisando un momento atrás. A cada estallido seguía otro. Los cañones múltiples, al disparar, derribaban a filas enteras, como si en verdad la gente fuera sólo trigo que segar, turcos y persas por igual.

Los turcos, que sufrieron las mayores bajas, estaban tan aterrorizados como sus caballos, que huían en todas direcciones, para caer, a su vez, por obra de las mortíferas semillas de metal que volaban por el aire.

Sin embargo sólo habían pasado segundos, o quizá minutos. Leonardo no habría podido decirlo, pues hasta el tiempo se había echado a perder. Y Ussun Cassano no podía esperar más. Aunque los cañones tronaban todavía, castigaban el centro, pero dio la señal de avanzar. Varios batallones de su infantería pesada atacaron el flanco izquierdo de la línea turca, que aún no había sido bombardeada.

De repente el cañoneo cesó.

Al parecer, el comandante *janissary* había reunido a todos los jinetes que pudo para enfrentar el ataque de la infantería persa contra su flanco. Mientras las unidades de arqueros formadas por Ussun Cassano disparaban contra la infantería turca, el rey persa condujo a su caballería a través del frente de batalla, rodeando a la caballería enemiga (tal como lo había hecho Alejandro el Grande al derrotar al ejército persa, en la batalla del Gránico), y masacró a los turcos por la izquierda debilitada. Lo seguían la infantería ligera y la pesada.

Leonardo había hecho todo lo posible para proteger al rey, que cabalgaba como si no conociera el miedo y alentaba a sus hombres con su valor. Iban derrotando a los turcos, empujándolos al río, que ahora estaba teñido de un color más oscuro que el lodo; todo era gritería, conmoción y sed de sangre. Todo había estado perdido y ahora, de modo milagroso, todo se podía ganar. Y el rey persa no podía ser mortal, no podía ser de carne y hueso, no podía sufrir daño alguno. No: era el ojo de la tempestad, el viento a lomo de caballo, aun cuando derribaron a su corcel. Entonces Leonardo le entregó su yegua turca; pero fue sólo por un instante, pues Ussun Cassano le llevó en persona otra.

No había tiempo para pensar. Los turcos rodeaban a Leonardo por todas partes, tratando en ese momento —ahora más que nunca— de matar a Ussun Cassano, que se negaba a abandonar lo más denso del combate, a descansar mientras observaba la retirada del enemigo, pues estaba más allá de toda razón, más allá de lo humano. Estaba atrapado en el sueño del combate donde no hay sensación de tiempo, donde la causa y el efecto son tan sólo blandir y cabalgar.

Tal vez algo como el hachís del Devatdar impregnaba el aire, ya que Leonardo había pasado a formar parte del sueño de Ussun Cassano; se hallaba más allá del pensamiento y la razón. Sólo existían los sonidos, las escenas y el terrible gozo de matar y beber la vida. Ése era el sitio de luz descrito por el librito de sabiduría china que le había prestado Kuan; allí estaba la base del pensamiento y la memoria, el lugar sin pensamiento, el suelo que absorbía la vida, que sólo se podía aprehender por los ojos de la muerte. Y Leonardo cabalgaba a través de esa luz, contemplaba la carne que se hacía espíritu y disfrutaba de la terrible neutralidad de todo aquello.

Todo allí vibraba de luz, vivo y tangible: almas y espíritus, hombres, caballos, aire, agua, madera y metal, todo la misma materia. Y la función de Leonardo era, sólo, hendir y cortar. Era la muerte, estaba poseído, estaba dormido y, no obstante, completamente despierto. Y la luz se tornaba más intensa con cada alma liberada, más intensa con cada grito y cada aliento susurrante, más y más intensa con la luz difuminada de una lámpara en la niebla. La luz se tornaba tan intensa como el sol, aclarando, dispersando, hasta que...

—Es un precepto de valor y estrategia que uno debe pavimentar las rutas con oro y tender puentes de plata al enemigo que huye —dijo Hilâl a Ussun Cassano.

Ésas fueron las primeras palabras que Leonardo oyó al despertar. Desorientado, preguntó dónde se encontraba. La cabeza y el brazo derecho le palpitaban de dolor. Yacía sobre una manta, con la cabeza apoyada en almohadas, y Gutne rondaba y lo atendía. El lugar estaba oscuro y fresco; por un instante Leonardo se preguntó cuándo llegaría el hijo de Ussun Cassano, cuándo tendría que matarlo. "Cuando oscurezca más", pensó, respondiendo a su propia pregunta.

—Estás en mi tienda, Leonardo —dijo el rey—. Después de portarte como un valiente al protegerme... y me salvaste la vida una, dos, tres veces, ¿quién podría contarlas?... Luego te...

—¿Sí? —preguntó Leonardo, ya del todo consciente. Trató de incorporarse sobre el codo, pero le dolía demasiado, así que se conformó con permanecer tendido, volviendo la cabeza hacia el rey. Tenía la cara, los brazos y el pecho cubiertos de cortes y moretones, al igual que la rodilla derecha. Había ruido: alaridos de hombres, gritos, chillidos y hasta voces que cantaban, y todo sonaba demasiado cerca. Pero el agua, desde luego, aumenta los sonidos tal como un espejo curvo aumenta una imagen.

Los gritos se acercaron; los hombres clamaban por Ussun Cassano, y entonaban su nombre.

—Te derribaron del caballo —completó Ussun Cassano, sin prestarles atención—. Combatiste como no he visto combatir a otro cristiano. Sabes luchar como los persas, pero no montas igual, por cierto.

Humillado, Leonardo desvió la vista. El rey se encaminó hacia la abertura de la tienda.

—¿No esperarás al califa? —preguntó Hilâl.

—Cualquiera diría que el califa eres tú —respondió Ussun Cassano. Pero en su voz había humor.

—Era sólo una pregunta, Gran Rey —aclaró Hilâl con suavidad.

—Escúchalos, emir. ¿Saldrías tú a decir a mis oficiales que no perseguiremos al enemigo? ¿Cuánto tiempo crees que me dejarían... con vida?

—Eres el rey —señaló Hilâl.

—Quizá dentro de algunas horas, mañana. Ahora no. —Hizo una pausa. —Los detendré tan pronto como pueda.

—No harás sino empujarlos a los brazos de Mehmed —advirtió el eunuco.

—Quizá cuando hayamos terminado no queden tantos que empujar.

—Y a Mehmed, ¿cuántos hombres le quedan?

Ussun Cassano suspiró; por un instante se mostró vulnerable.

—¿Podrías contar las gotas de un océano? Espero verte pronto, con tu amo. Los esperaremos en las colinas. Entonces libertaremos juntos a la prima del califa. —Miró a Leonardo. —Y tal vez también a tu amigo.

—¿Está allí? —preguntó el italiano, perceptible la desesperación en su voz—. ¿Tienes información?

—Alguna, pero ¿quién puede confiar en lo que diga un turco, aun bajo tortura?

Afuera se oyó una gran ovación al abandonar el rey la carpa. Leonardo iba a ponerse de pie para seguirlo cuando...

Despertó otra vez. Aún le dolía el brazo, pero se le había despejado la cabeza. Ya no le dolía; en verdad la sentía ligera. Había silencio, pero la tienda parecía inundada por una luz roja y parpadeante. Leonardo reconoció el ruido de la maquinaria: los soldados accionaban engranajes para operar la moledora. Estaban triturando pólvora.

—¿Qué luz es ésa? —preguntó a Gutne, que seguía a su lado.

—Están quemando a los muertos.

—Se diría que están incendiando todo.

—Así parece.

Leonardo distinguió sus facciones a la luz que entraba por la abertura. En ese momento no le pareció un pobre reflejo de Ginevra; tal vez una hermana; no, antes bien una prima, una prima que tuviera las facciones de la familia, pero en una versión tosca, sin delicadeza. Sintió deseo, sintió un calor palpitante en la ingle. Sin embargo, algo andaba mal.

—Algo hiede —dijo, como para sus adentros—. Y la pólvora... ¿No es peligroso mezclar los ingredientes para hacer pólvora cuando...?

—No creo que el emir haya autorizado nada que no fuera necesario —dijo Gutne.

—¿Lo conoces?

—Es un hombre respetado.

—Pese a ser eunuco.

—Sí. —Gutne mantenía la vista gacha, como si temiera mirarlo.

—¿Por qué? —preguntó Leonardo—. ¿Por su parentesco con el califa?

—Sé que el califa dice a todos que Hilâl es su padre. Tal vez porque es su favorito. Pero el respeto no es algo que se pueda ordenar. Se da en libertad. Tú, amo, has recibido respeto.

—¿Sí?

—Del rey persa. Te ha dejado su tienda.

—Para consolarme por mi humillación.

—No lo creo —respondió Gutne.

Leonardo la acercó a sí. Pero vacilaba, aunque ella se estrechó de buena gana contra él; la apartó; luego volvió a estrecharla con tanta fuerza que apenas le permitió respirar. En ese momento no veía a Ginevra, a Simonetta, ni siquiera a Gutne. Sentía una necesidad ardiente, entumecedora, que lo consumía. Y supo que era el matar y el herir a otros hombres lo que despertaba su deseo. Se sentía brutalizado y brutal, como quien está por hacer algo de lo que se arrepentirá, pero no puede contenerse. Si Gutne no hubiera estado dispuesta, él la habría violado, tratándola más o menos como a los hombres a los que había matado por acto reflejo, en forma tan mecánica y automática como los engranajes en su movimiento. Y ella cerró los ojos cuando él le peinó el vello púbico con los dedos, cuando hundió en ella el índice para probarla, pues el deseo aún no la había lubricado. Ella sabía, sabía. Y Leonardo se sintió enfadado, como si lo rehuyera. Su deseo tomó la forma de un calor que radiaba hacia las piernas y el estómago; el pene estaba entumecido. Cuando trató de poseerla cayó en la cuenta de que estaba fláccido. Su deseo no había menguado; era un animal en celo, consumido por él. No obstante, por mucho que Gutne tratara de ayudarlo, estaba muerto... neutro... tan distante como el fuego que incendiaba el campo de batalla, a lo largo del río.

La apartó de sí, ahora con suavidad, como si recobrara el tino, y se levantó para vestirse con gestos mecánicos. Gutne trató de retenerlo con halagos. Leonardo le indicó que durmiera y le aseguró que regresaría, que no pensaba abandonarla. Ya sereno, abandonó la carpa y caminó hasta dejar atrás el ancho círculo protector de cañones, morteros y carros, rumbo a las hogueras, las cenizas y la carne chamuscada.

Ahora comprendía que había perdido ante la violencia, ante la sed de sangre que aún pendía en el aire, como la ceniza y los trozos de ropa quemada que ascendían como almas ardientes, para desaparecer antes de subir al cielo. Veinte mil cuerpos quemados como un enorme grito sin fin. Y mientras Leonardo recordaba, recordaba visceralmente la sensación de la hoja al penetrar en la carne, comprendió... y se deslizó en la marmórea penumbra de su catedral de la memoria, para ocultarse allí.

Pero los llameantes trozos de carne y alma flotaban aún en aquel sitio, ascendiendo, convirtiéndose en ceniza gris, cayendo al enfriarse, flotando como hojas a uno y otro lado. Y Leonardo se sintió también en llamas, sintió que subía y subía en la negrura vacua, impotente, resonante.

28
Cabezas

Entré en la ciudad de Calindra, cerca de nuestras fronteras. Esta ciudad está situada en la base de esa parte de las montañas Tauro, que está separada del Éufrates y mira hacia los picos del gran monte Tauro hacia el oeste. Estos picos tienen tanta altura que parecen tocar el cielo, y en todo el mundo no hay parte de la tierra más alta que su cumbre.

–Leonardo da Vinci

Hijo, ahora estoy perdida. ¿Puedo soportar mi vida tras la muerte de sufrir tu muerte?

–Homero, *Ilíada*.

*H*allaron a Ussun Cassano desolado, en una ciudad de cadáveres y cabezas exhibidas en picas. Lo hallaron en una pequeña mezquita, diezmado su ejército. El hedor de la carne putrefacta era abrumador; ni aun las hogueras que rugían en lo que fuera el mercado de la ciudad podían consumir el olor amargo y nauseabundo. Prostitutas y soldados, mujeres persas que habían combatido junto a sus esposos, niños y burgueses, todo se hacía humo. La ciudad había sido incendiada con antorchas, pero resultaba imposible saber quiénes eran culpables de la quema, las puñaladas, las violaciones y los saqueos: ¿persas o turcos?

Ka'it Bay ordenó de inmediato que se retiraran de las picas todas las cabezas y se las enterrara como correspondía. Para obedecer, los hombres tuvieron que matar a los perros que les lanzaban dentelladas para defender sus agusanadas presas. Era el mediodía; el ambiente se hallaba denso de cenizas que borroneaban el sol y aumentaban el calor. Era difícil respirar ese aire... un aire que convertía todo en blandos espejismos, como si el lugar fuera sólo una fantasmagoría, una aparición de pesadilla soñada por algún soldado que moría de sed en el desierto.

Pero aun mientras el ejército se instalaba en torno de la ciudad, los aristócratas y los capataces persas hicieron instalar mercados donde los granjeros de ciudades vecinas intactas pudieran vender sus productos, a fin de acoger bien a Ka'it Bay. Proveedores de pertrechos, carniceros, panaderos, cocineros y nuevos regimientos de prostitutas traficaban ya para hacer su ganancia. Y así enriquecieron los mercaderes, pues el ejército de Ka'it Bay se había expandido hasta contar ciento treinta mil hombres.

—El rey pide por ti —dijo Kuan a Leonardo, que estaba con Hilâl y Mithqâl, trazando un gran círculo de cañones y artillería alrededor del campamento, que incluía hasta a los soldados que aguardaban nerviosos en las colinas. Los mamelucos, que marchaban en falanges no muy distintas de las de la Grecia antigua o la Macedonia, ansiosos y a punto para el combate; que rezaban con gozo a Alá, el Dios Único y Verdadero, invocando Su Nombre; que clamaban por: la diosa de la guerra, la diosa de vida, muerte, sexo y salmo — *"Mun shan ayoon A'isheh"*—, se mostraban ahora espantados y sobrecogidos ante las auténticas y recientes caras de la muerte que los rodeaba.

Leonardo hizo un gesto de asentimiento y acompañó a Kuan hasta el centro de Calindra.

—He sabido que andas mal con tus amigos —comentó Kuan.

—¿Cómo está Américo?

—Acampa conmigo. Has tenido abundantes oportunidades de verlo, pero pareces preferir la compañía de los eunucos.

—Y Américo... ¿está de acuerdo con Sandro? —Leonardo no quiso ser explícito; aún no estaba dispuesto a expresar la posibilidad de haber sido, en verdad, responsable por la muerte de Zoroastro.

—Tienes que hablar con los dos. Sandro no está seguro de lo que vio.

—¿Que no está seguro?

—No tiene nuestra suerte. No cuenta con un sistema para recordar.

Leonardo rió con evidente amargura.

—En semejantes momentos no hay sistema que sirva.

El solo discurrir de esas cosas parecía una profanación; allí, con el aire cargado por la sustancia de las almas y los restos cenicientos de lo que había sido carne viva, ellos conversaban de penas baladíes; cara a cara con lo eterno, discutían lo más craso de lo efímero. Y sin embargo era importante, sí, pues el frágil vínculo del amor y la amistad equilibraba incluso toda la muerte y la carnicería que allí eran tan familiares como para haberse vuelto, por segundos, minutos y horas, invisibles.

—¿Sabes cómo sucedió esto? —preguntó Leonardo.

—Es como dicen los soldados persas. Los aplastaron por la noche; la mayoría recibió muerte en sus tiendas.

—No tiene sentido. El rey nunca habría sido tan negligente como para...

—Sí, maestro. Hay ocasiones en que todos nos quedamos dormidos.

—Bien sabes lo que quiero decir —replicó Leonardo, irritado.

Kuan apartó la vista con una sonrisa, pero su gesto era irónico.

—Además, lo superaban en número y se enfrentaba a los mejores soldados de Mustafá.

—¿Mustafá?

—El hijo favorito del Turco. Es el más parecido a su padre, así como Zeinel era el más parecido a Ussun Cassano. Estaban escondidos en las colinas.

—Entonces el rey lo subestimó.

Kuan se encogió de hombros. En ese momento pasaban junto a una tumba abierta. Con las prendas rasgadas, la cabeza sangrante allí donde se había arrancado los cabellos, un hombre arrodillado junto a la fosa gritaba y lloraba, estremeciéndose en forma incontrolable, como si fuera presa de convulsiones. De pie a su lado, una mujer alternaba entre el llanto y un gemido agudo. Leonardo sabía que no era prudente mirar dentro de la tumba, pero no pudo contenerse. Todos los cadáveres eran de mujeres y niños.

Continuaron por el camino hasta dejar atrás a los guardias persas y a los mamelucos, para entrar al fin en la mezquita. El gran salón estaba fresco y penumbroso. Había ornamentadas alfombrillas para rezar esparcidas por el suelo de mosaicos; la luz de unas ventanas altas y estrechas penetraba entre las columnas. Ussun Cassano se hallaba sentado cerca del centro. Tenía el pelo grasiento; el jubón acolchado y el turbante verde estaban tan ensangrentados y mugrientos como sus manos. Leonardo reparó en el anillo de plata y cornalina, el mismo que él había contemplado durante aquellas horas en que esperaba con el rey, en la tienda; de alguna manera incongruente, identificaba ese anillo con la oración. Ante el rey, en el suelo, había un frasco de vidrio.

Contenía la cabeza de su hijo Zeinel.

—¿Dónde está el califa? —susurró Leonardo a Kuan, con súbito miedo de quedarse a solas con el rey.

Pero el chino le había vuelto la espalda.

No tuvo más remedio que seguir adelante, pues Ussun Cassano levantó la vista hacia él. Tenía los ojos dilatados e inyectados en sangre, como si pudieran ver el infierno, como si sus fuegos internos hubieran iluminado la rasgadura del mundo y le mostraran su propia muerte.

—Amo de los Mundos... —dijo Leonardo, tratando de no fijar la vista en el frasco que el rey tenía adelante; pero en un vistazo había apreciado todos los detalles: la cara joven, tersa, los ojos fríos y azules como el vidrio (y en verdad, de vidrio eran), la espesa melena roja atada en un nudo apretado detrás de la nuca, los labios gruesos, pero muy cerrados, los pómulos altos y el mentón apenas hendido. Con excepción de la piel, que estaba amarilla como un pergamino viejo, el rostro era el de Ussun Cassano: más joven, más suave, pero su imagen en un espejo. El efecto era espectral.

—Ahora has visto a dos de mis hijos, maestro.

—Los he visto a todos, Gran Rey... en el funeral de Unghermaumet.

—Ah, es cierto —musitó Ussun Cassano, clavando los ojos vacuos en el frasco—. Ahora sí, pues aquí tienes a mi hijo Zeinel, como regalo del Turco. Se lo retribuí devolviéndole a sus embajadores en pedazos. —El rey hizo una pausa, meditabundo. —Según parece, guardaba la cabeza de mi hijo para divertirse. Como decoración de su carpa.

—Tú sabías, sin duda...

—Hace menos de un año. Rezaba por que estuviera vivo. Suponía que el Turco lo tenía como rehén, pues cuando envié mis embajadores a su capital Mehmed no lo negó. —Ussun Cassano rió. Luego, en voz apenas audible, preguntó a Leonardo: —¿Recuerdas lo que te dije cuando maté a mi propio hijo? —Por un momento miró hacia el frente, como si escuchara voces distantes, ángeles... o jinns. —Pero he matado a dos hijos. —Recogió el frasco para contemplar los ojos de vidrio de Zeinel. —Ahora a ti te toca ver, atestiguar.

Luego miró a Leonardo, como si aguardara con impaciencia la respuesta.

—No, amo, no recuerdo.

—Busca en tu catedral de la memoria, pues, y no me mientas.

—Dijiste: "Una última humillación" antes de sacar a Unghermaumet de la carpa fúnebre.

—Ya ves.

Ante eso no había nada que decir. Leonardo se arrodilló junto a Ussun Cassano, pues era una falta de respeto estar a más altura que el rey.

—Estaba equivocado, muy equivocado. Pero ahora... Te lo diré otra vez: ésta sí será la última humillación... para mí.

—¿Qué quieres decir, Regente de los Mundos? —preguntó Leonardo, nervioso. Recorrió la mezquita con la mirada. Estaban solos, aunque podía haber alguien (es probable que así fuera) de guardia junto al pórtico tallado.

Ussun Cassano pasó por alto la pregunta.

—Conque mi único confidente es un *kâfir* —dijo— a quien salvé de asesinar a mi hijo. ¿No fue así, maestro?

—Sí, Gran Rey, así fue.

—Y a quien cedí mi tienda.

—Eso fue muy amable.

—Quiero que mi hijo Calul sea rey. Él no caerá en gimoteos ni en duelos. Luchará. Los ejércitos se agruparán a su alrededor.

—Pero el rey eres tú.

—No, no es así. Te lo dije cuando salí de nuestro campamento.

—Dijiste: "Quizá dentro de algunas horas, mañana; ahora no".

—Sí que tienes memoria —dijo Ussun Cassano—. Debes transmitir mis deseos a Calul.

—¿Por qué deseas que sea yo quien se los transmita?

—Porque confío en ti. —Después de entregarle una carta lacrada con su sello real, desenvainó la espada y la dejó en el suelo. —Me debes una muerte. Hazla ahora.

Leonardo se levantó para retroceder un paso.

—Quiero que se me entierre con mi hijo, pero nadie debe poner los ojos en él. Era mi favorito, mi posesión más preciada, mi amor, yo mismo... si es que un padre puede poseer a un hijo.

—No puedo hacer eso. Y tú tampoco puedes hacerlo, Gran Rey. Tu camino es la venganza. Castiga a los turcos por lo que han...

—No tengas el atrevimiento de discutir conmigo, o serás tú el que se encuentre entre dos espadas.

—No te mataré —dijo el pintor—. Ya he pagado mi deuda por fallarte una vez.

Le volvió la espalda y comenzó a alejarse, temeroso, preguntándose si en algún momento sentiría el filo de un acero o la punta de una flecha por su desobediencia. En cambio oyó un gemido y un suspiro. Y al volverse vio que Ussun Cassano se había clavado una daga debajo del ombligo y trataba de llevarla hacia arriba.

Por un momento se miraron con fijeza: Leonardo, espantado; Ussun Cassano, bizqueando en su tormento. Luego, sin pensar, el joven corrió hacia el rey y recogió la espada que yacía sobre la alfombrilla; en cuanto el rey se inclinó hacia adelante, lo decapitó. Y oyó su propia voz rezando, como si él, el incrédulo, sólo pudiera hallar a Dios en la sangre y el castigo.

Un momento después, Ka'it Bay en persona apareció junto a él; lo había presenciado todo.

—Ahora la deuda está saldada, maestro. —Tomó la carta de manos de Leonardo y lo llevó al exterior. —Él estaba muerto antes de clavarse el puñal, antes de que lo ayudaras a llegar al cielo. Te amaba tanto como yo.

Y el califa explicó todo a ese italiano que era como un hijo para él: un esclavo que podría gozar los privilegios de un emir.

Leonardo, que un momento antes había hallado a Dios... por un instante... sintió entonces el goteo caliente de las lágrimas en las mejillas. Y lloró en silencio por ese rey bárbaro, que lo había convertido en asesino, que lo había convertido... en él mismo.

La imagen era la de Leonardo.

Así como Simonetta había visto los ojos de los ángeles, así Leonardo acababa de atisbar su propia alma.

Cuando llegó Calul, el príncipe de los persas, Ka'it Bay le mostró el cadáver decapitado de su padre y mintió, diciendo que los turcos se habían llevado la cabeza como botín. Luego condujo al campo funerario a ese hombre grotescamente alto, medio calvo y de tez clara.

Calul, de pie entre el califa y Leonardo, con la carta de su padre apretada en el puño, contempló aquella tumba margosa como si fuera un problema que calcular. Parecía ser todo apasionamiento y cólera fría; sus ojos azules, bien hundidos en el marco oscuro de las cejas, brillaban como prueba de que eran espejos del alma. Detrás de él, apenas visible, esperaba muy nervioso un ejército suyo de diez mil hombres, como si no supieran si debían considerar al califa y a sus tropas como aliados o como enemigos.

—¿Y qué más dijo mi padre? —preguntó Calul a Leonardo.

—Te lo he dicho todo.

—¿Y no sabes nada de mi hermano Zeinel, que los turcos tenían...?

—Sólo sé lo que vi —mintió Leonardo. Pese a sentirse incómodo, sostenía la mirada al príncipe.

—¿Encontraste a mi padre con la espada en la mano?

—No lo encontré; estaba en el campo de batalla —contestó Leonardo—. ¿Me crees capaz de mentirte?

—Por supuesto que no, maestro Leonardo. Pero uno de mis oficiales cree haber visto a mi padre vivo en la mezquita.

El pintor se encogió de hombros.

—Tú sabrás qué pensar, amo.

—Mi padre confiaba en ti. —Calul le entregó la carta.

Leonardo la leyó, aunque ya lo había hecho antes, cuando Ka'it Bay la abrió y volvió a cerrarla, aplicándole el sello del rey. ¡Cuánto detestaba aquello! No sabía mentir, pero no tenía alternativa.

Formaba parte del plan del califa.

El joven Nicolás le habría dicho que todo era para bien, que el mismo Ussun Cassano habría aprobado el ardid del califa, pues si los persas descubrían que el rey se había suicidado, eso los desmoralizaría tanto que no serían eficaces en el combate. Con ese fin Ka'it Bay ordenó la ejecución de cualquier persa que pudiera haber sospechado algo.

Por lo visto, Hilâl o su secuaz no habían sido muy concienzudos.

Los ejércitos persas se reunieron en torno de Calul, que tenía la estatura de su padre, aunque la sostenía con un físico más esbelto. Era afecto a los libros y no poseía rastros de la pura energía física ni de la belleza de su padre; su espíritu era estrecho, concentrado como un rayo de luz que cortara la penumbra de una catedral, y tan fuerte que casi le hacía temblar las manos. Sus lugartenientes le tenían miedo; sin embargo, el odio hacia los turcos parecía ser la llama que atraía a su pueblo.

Persas y árabes marcharon juntos, trabando combate con el enemigo dondequiera lo encontraban, masacrando e incendiando las regiones altas y salvajes, como si todo ese territorio no fuera persa, sino turco. Se adentraban en las montañas siguiendo signos y señales, rastreando a los millares de Mustafá, y entraban en valles cerrados por barrancos que parecían catedrales con ventanas a la luz amarillenta del alba, y seguían caminos que serpenteaban y se bifurcaban en forma peligrosa entre las montañas; combatían con hombres y cañones en los pasos, destrozaban las rocas con proyectiles, como si el califa pudiera crear truenos y rayos para rivalizar con la ira de la naturaleza. Así se aproximaron a los campos de batalla donde aguardaba el numeroso ejército de Mehmed. Los turcos habían asolado esa tierra en busca de comida. Era suelo muerto, aunque las montañas azules, los pinares, sus bosquecillos, valles y planicies lucían prístinos, como si náyades y sátiros, centauros y ninfas moraran allí, en albergues naturales, sólo con temor a los dioses que recogían las noches y cerraban los días. Pero cruzaron suficientes aldeas y ciudades incendiadas, hediondas de carne podrida, como para despejar cualquier ilusión bucólica.

Leonardo veía rondar las águilas en torno de sus nidos, en cavernosas bóvedas de la altura, como si esperaran el momento de llevarse a los retrasados para alguna proteica merienda.

Sandro se reunió con él, que cabalgaba con Hilâl y Mithqâl, y marchó en silencio junto a su viejo amigo, como si nada se hubiera interpuesto entre ellos. Pero parecía no cansarse de Gutne, que viajaba detrás de Leonardo. De vez en cuando se quedaba atrás para cabalgar junto a ella y mantener breves conversaciones. En esos ratos echaba constantes miradas a Leonardo, como para asegurarse de que su amigo no estuviera enfadado ni celoso... como si temiera estar haciendo algo malo.

Sandro había adelgazado aun más. Aunque se quejaba sin cesar de ser desdichado, se lo veía robusto. El infierno parecía sentarle bien. Había trabado amistad con el imán de Ussun Cassano, que le estaba enseñando la filosofía coránica. Leonardo no se hubiera sorprendido si su amigo, pese a toda su nostalgia, decidía quedarse en esas tierras, vidente que ya no podría capturar sus visiones ni sus alucinaciones religiosas con pintura y tela. ¿Pero qué podía importarle? La plegaria sería su pan.

No mencionaban a Zoroastro.

No hablaban de Florencia.

Simplemente cabalgaban juntos, siempre a punto de quebrar el silencio, que se adhería a sus charlas esporádicas como neblina en el aire cargado, hasta que acamparon en una cañada, junto a un arroyo y una vertiente natural.

Allí Ka'it Bay recibió a cuatro embajadores de Mehmed. Los recibió a cielo abierto, bajo la llovizna que caía desde hacía horas. Calul, el rey persa, presenció los procedimientos con aire impasible.

Los turcos vestían de manera suntuosa, como corresponde a la guardia de elite que rodea al califa; esos hombres, armados de mazas y hachas, eran *peyks*, mensajeros. Pese a su condición de oficiales, se los veía asustados. Tenían el aspecto embotado del soldado que ha visto una masacre excesiva; se habría dicho que Mehmed enviaba cuatro campesinos al encuentro del califa, como si hasta sus caras debieran ser un insulto para el Rey de los Mundos, el Amo de Todos los Árabes.

Los turcos se inclinaron en una reverencia. Tres de ellos llevaban regalos. El portavoz abrió una carta marcada con el sello azul del gran turco y leyó. Al parecer tenía dificultades con la respiración y su voz sonaba ahogada, como si sólo pudiera exhalar. Le temblaban las manos. Por supuesto, todos ellos tenían certeza de estar condenados a la muerte o, por lo menos, a la mutilación, una vez completada su tarea.

—Mehmed Çelebi, gran soberano de los turcos, te envía, Ka'it Bay, estos presentes equiparables a tu grandeza, pues valen tanto como tu reino.

El portavoz hizo un gesto acobardado al decir eso, y no levantó la vista. Como respondiendo a una señal, dos de los *peyks* depositaron a los pies del califa un bastón de oro, una silla de montar y una espada con incrustaciones de piedras preciosas.

—Si eres un valiente —continuó el portavoz—, guarda bien estos regalos, ya que pronto te los quitaré. Tomaré todo cuanto posees contra todo derecho, pues va contra el orden natural que los hijos bastardos de campesinos gobiernen sobre un reino como tú lo haces.

Ka'it Bay desenvainó la espada, enrojecido de ira y humillación. Calul se apartó un paso para abrirle espacio.

Pero el turco prosiguió, temblorosas las manos, quebrada la voz. Los otros mantenían la vista clavada en el suelo, como si pudieran desaparecer por pura voluntad, quemar sus propios ataúdes con el calor de la mirada.

—Mehmed Çelebi, gran soberano de los turcos, envía otro regalo para ti, Ka'it Bay: éste, de carácter personal, pero para que todos lo vean. Así como te damos esto, así Mehmed Çelebi tomará la tuya con su propia mano, para entretenimiento y satisfacción suyos.

Entonces el tercer mensajero puso ante el califa algo cubierto con un paño purpúreo. Cuando retiró el paño, sus compañeros cayeron de rodillas al suelo, con la cara en el polvo y el trasero en el aire. Luego fue el portavoz quien cayó de rodillas, esperando la muerte.

Era un frasco similar en un todo al que contenía la cabeza cortada de Zeinel.

Ése contenía la cabeza de A'isheh.

Los ojos fijos, azules como porcelana; el rostro sereno, la boca cosida, el pelo cortado y atado a la nuca, como el de Zeinel; la piel, parda y suave, como lustrada.

Ka'it Bay dio un paso atrás, ahogando una exclamación, pero se recobró de inmediato y alzó el objeto en alto para que todos lo vieran.

—¡Ya ven! —gritó—. ¡Esto es lo que han hecho! Ahora miren y recuerden. Recuerden.

Los mamelucos empezaron a gritar: *"Mun shan ayoon A'isheh"*. Las mujeres rompieron en un ulular agudo; los hombres gritaban, desgarrándose las vestiduras como si hubieran visto a sus propias hermanas, esposas o hijas mutiladas y expuestas. Los soldados amenazaban con desmandarse. Todo eso ocurrió con la celeridad de una tormenta en un cielo segundos antes claro y azul. Leonardo, al percibir esa creciente energía histérica, permaneció junto a Hilâl y a Sandro, absorbiéndolo todo.

Estaba frío y muerto; sus pensamientos eran claros, pero extraños, como si pertenecieran a otra persona: un testigo o un escriba, que funcionaba sólo para registrar. Y sin darse cuenta, miró a su alrededor; vio el espanto en la cara de Sandro: los labios fruncidos, las cejas enarcadas. Vio a Gutne mirar aquello con serenidad, pues ella también era una observadora. Y memorizó las caras que lo rodeaban, como si las atrapara en ese instante para siempre, pintura sin pincel ni pigmento; ése, ése era el momento del arte, el sofocante segundo antes del dolor y la pena, la vibrante, reverberante apertura, como si uno pudiera ver desde todos los ángulos, desde todas las perspectivas, a través de todos los ojos. Y Leonardo oyó su propio gemir, lo oyó como un balido en sus oídos; después, como una especie de tronar interno. Y recordó a A'isheh; la recordó en detalle: los momentos mundanos pasados con ella, su contacto, su *cassone*; recordó el odio en sus ojos cuando se llevó a Nicolás en el barco.

Unas lágrimas ardientes le quemaron la cara.

Sin embargo tenía la cara seca.

Ahora jamás lo sabría. Jamás sabría si la amaba, pues él era piedra viva, como al encontrar a Ginevra.

Pero en realidad no conocía a A'isheh.

Ella lo había amado y lo convertía en piedra.

Leonardo repitió su nombre para sus adentros. Mejor dicho: el nombre pareció repetirse solo en su mente. Y vio a Ginevra, Ginevra... pero no: era Gutne, Gutne la que yacía mutilada, sangrante, blanca la carne en su cuarto mientras él, Leonardo, evisceraba, cortaba y destruía. Todos desaparecidos. Todos muertos. Todos, menos Nicolás. Leonardo ahogó un grito al pensar en Nicolás.

¿Qué habría sido de él? ¿Habría corrido el mismo destino que A'isheh?

Luego todo cedió paso a un solo pensamiento: tenía que descubrir si Nicolás continuaba con vida. Era preciso. Al menos de eso estaba seguro: de que amaba al chico.

Los mamelucos del califa pujaban por acercarse. Ka'it Bay les indicó por señas que se detuvieran y ellos obedecieron. Él comenzó a pasearse frente a los acobardados *peyks*, sosteniendo en alto la cabeza de su prima; sus lágrimas se mezclaban con la lluvia que le brillaba en la cara como grasa.

—Tú —dijo al portavoz—. Levántate y mírame.

Cuando el *peyk* reunió valor para mirarlo a los ojos, Ka'it Bay continuó:

—Te cambio tu vida por la de un traidor.

Entregó el frasco a Kuan, que lo recibió haciendo señas a sus guardias para que lo rodearan, ocultando el contenido a la soldadesca al borde de la histeria. Pero el califa daba la impresión de saber lo que hacía, pues todos lo observaban en silencio.

—No soy tan ingenuo como para creer que Mehmed no tiene ningún espía entre nosotros. Entrégamelo y te concederé la vida... y quizá también la de tus compañeros. ¿Deben la vida a Mehmed? ¿Para que se la arranque miembro a miembro? Sin duda sabes que por eso los escogió. No por amor, pues sabe lo que voy a hacer, ¿verdad?

Ka'it Bay miró en dirección al portavoz, que era alto y desgarbado. Leonardo notó que tenía un grano en el cuello, inflamado e infectado; eso definía al mensajero como si se tratara de un nombre propio. Ahora lo veía todo como si fuera ajeno a la escena y la observara desde muy lejos, desde cumbres donde el aire era seco y frío como el pensamiento racional. El dolor y las emociones formaban parte de una trama de sueños, de la que por fin había despertado. Sintió un entumecimiento cosquilleante; sí, hasta podía sentir la presión en los dedos, como si el cuerpo hubiera captado el mismo frío que el alma.

Pero debía hallar a Nicolás.

No debía pensar que pudiera haber...

No. Lo hallaría.

—¿Y bien? —preguntó el califa.

El *peyk* hizo un gesto afirmativo y caminó alrededor de los soldados, cuidando de no acercarse demasiado por temor a que lo destriparan. Le escupían y lo abofeteaban, pero él continuaba, tambaleante. Varios de los guardias de Ka'it Bay lo acompañaban para apartar a los soldados y abrirle paso entre ellos. El hombre se detuvo ante Hilâl, Sandro y Leonardo.

Miró a Sandro como si lo reconociera. Luego dio un paso atrás y lo señaló.

El califa se le acercó por atrás.

—Conque te has decidido por un artista florentino.

El turco inclinó la cabeza, temeroso de mirar. Sandro parecía haber echado raíces en su sitio.

—¿Sabes quién es? —preguntó Ka'it Bay.

—Lo he visto.

—Ay, ¿y dónde lo has visto?

Pero el califa, sin aguardar respuesta, alzó la espada. Sandro se echó atrás, rezando, sin duda convencido de que ésas serían sus últimas palabras en la tierra, pero el califa descargó su espada en la cabeza del turco, que cortó literalmente en dos.

Leonardo quedó cubierto de sangre y vísceras; Hilâl, lo mismo.

Los soldados enloquecieron; entre ovaciones, entonaban el nombre de A'isheh y pedían la cabeza de los otros tres turcos. El califa ordenó a los otros *peyks* que se levantaran. Obedecieron, listos para morir, y él se plantó ante ellos y preguntó:

—¿Hay un traidor en mi seno?

Los mensajeros permanecían rígidos.

—¿Y bien?

—Sí —susurró uno de ellos. Era bajo y de pecho amplio; le faltaba un incisivo y los otros dientes estaban ennegrecidos cerca de las raíces, como pintados.

—¿Quieres tú señalarme al traidor?

El turco se miró los pies. Ka'it Bay se echó a reír.

—Ah, ¿crees correr el mismo destino que tu hermano? ¡Bueno, respóndeme!

—No puedo cuestionar la decisión de un rey.

—Señala a tu hombre, pues.

—No puedo. Él... me son desconocidos.

—¿Conque hay más de uno?

—No lo sé, amo. Sólo que...

—¿Sí?

—Se nos dijo que seríamos observados y que, si fallábamos, se nos mataría.

—¿Y tú? —preguntó Ka'it Bay al otro *peyk*.

—Es tal como te ha dicho mi compañero. —Ese hombre era el más joven; por su aspecto no podía tener más de veinte años.

—¿Por qué los eligió el Regente de los Turcos?

—Como prueba.

—¿Qué debías probarle tú?

—Me jacté de ser capaz...

—Continúa.

—De que podría mirarte a los ojos sin...

El califa soltó una carcajada aguda, cargada de nerviosismo, pero no tardó de dominarse.

—¿Sin qué, joven audaz?

—Sin temblar, amo.

—Pero estás temblando... y mintiendo, ¿no es así?

—No, no...

—¿No te jactaste de que me cortarías la cabeza? —El califa balanceó la espada de un lado a otro, como practicando.

El joven turco vaciló. Luego dijo:

—Sí. —E inclinó la cabeza, cerrando los ojos con resignación.

—Bien, no seré yo quien corte la tuya, joven soldado —repuso Ka'it Bay—. Quizá lo haga tu propio amo cuando le entregues mis regalos y mi agradecimiento.

Dicho eso, recogió el arma enjoyada del suelo e indicó a sus guardias que retiraran el bastón y la silla. Luego susurró algo a Hilâl, que a su vez habló con uno de sus lugartenientes; un momento después aparecieron varios hombres, llevando grandes bolsas a la rastra. El olor a putrefacción era sofocante, aun allí, a cielo abierto.

—Muestren a nuestros huéspedes lo que regalaremos al más grande de los turcos —ordenó Ka'it Bay.

Los guardias abrieron los sacos y los sacudieron, haciendo rodar cabezas. Cabezas de turcos. Los soldados lanzaron un grito de júbilo; uno se abrió paso entre los guardias para patear una hacia la multitud; los guardias arrojaron otra a las filas, y otra más, hasta que hubo más de veinte volando en arcos por el aire. Había gritos y palabrotas, pero nadie reía; las tropas no perderían su actitud mortífera, no olvidarían a A'isheh, su Madonna; en verdad, la llevarían consigo como una sacra ofrenda de muerte.

Como si sus ojos ciegos pudieran indicarles el camino.

—Digan a su ilustre soberano que pronto tendré más presentes como éstos para obsequiarle. Las multiplicaré por mil y en lo alto de todas pondré la suya propia. —Después de una pausa, el califa dijo al más joven de los *peyks*: —Te conviene ser valiente, joven soldado, pues si tú o tus compañeros pierden el coraje, o mis regalos, sus cabezas irán también. ¿Crees que sólo Mehmed tiene espías?

Luego les ordenó retirarse y los vio pasar por entre los furiosos mamelucos y los soldados persas, sufriendo sus golpes. Tras ellos envió a sus mejores exploradores, para que obtuvieran datos sobre el paradero y la distribución de las tropas de Mustafá... y Mehmed.

Dos días después encontraron a los exploradores cerca de un paso rocoso que conducía a un valle largo y estrecho. Los veinte estaban desnudos y empalados en postes.

Como era de esperar, faltaban las cabezas.

Aquél era territorio difícil para Ka'it Bay; su ejército resultaba vulnerable en razón de su mismo tamaño. Y ahora los turcos empezaban a atacar de verdad, con tácticas de guerrilla y escaramuzas, mordiendo los flancos del ejército para luego desaparecer en las colinas, montañas y bosques, amenazaban con transformar la marcha conquistadora del califa en una guerra de agotamiento. Los regimientos se abrían en abanico, siguiendo a los turcos... y con frecuencia terminaban masacrados; la artillería de Hilâl era una carga para un ejército en movimiento y no prestaba ninguna utilidad contra esa estrategia turca de ataque súbito y desaparición. El territorio en sí parecía estar contra el califa: las sendas de montaña, los barrancos a pico, los pasos estrechos, donde cincuenta hombres podían contener a diez mil. Calul, por su parte, desplegó mensajeros con un llamado a las armas que incrementó su ejército, hasta que persas y árabes, mamelucos y tribus, *gholaum* y partos, georgianos y tártaros, tuvieron que cruzar la tierra en regimientos y compañías separados, como grandes sombras lanzadas por las montañas al atardecer.

Pero soldados y animales pasaban hambre, pues los cereales escaseaban. Los turcos quemaban todo a su paso y, a menos que Ka'it Bay pudiera abrirse paso por entre sus líneas, que parecían cambiar de posición y disolverse como barro en el agua, su ejército sería derrotado por el hambre antes de que los turcos se adelantaran para humillar a egipcios y persas con espadas y lanzas.

Los turcos montaron un ataque nocturno y fueron rechazados hacia el bosque circundante. Entre los árabes hubo cinco mil muertos y el doble de heridos; los mamelucos diezmaron de gravedad las tropas de Mustafá, pero la carne era barata y el hijo del Gran Turco desapareció, dejando atrás a los suyos. Volvería a atacar, pero... ¿cuándo?

Así como César dividía y conquistaba, Mustafá dividía, se ocultaba, se convertía en parte de la tierra, mordía y escapaba.

Colérico, nervioso, hambriento, exhausto, el ejército marchaba día tras día, hasta bien entrada la noche.

Ya no clamaban el nombre de A'isheh. Ya no pedían a gritos sangre turca. Estaban vigilantes, peligrosos; pasado el límite de la frustración, se volvieron contra el califa; su caballería feudal, la que había asesinado al santón en su propia mezquita, exigió raciones y paga dobles, y amenazó con regresar a la patria. Otros se unían a él, aunque los mamelucos del califa se mantenían aparte, como muestra de que sus sentimientos acompañaban a los amotinados.

Los rebeldes dispararon flechas y arrojaron sus lanzas contra la carpa de Ka'it Bay; luego lograron apoderarse de un cañón y lo dispararon contra el califa. Eso electrizó a sus guardias, los impulsó a la acción, pero Ka'it Bay los detuvo y montó a caballo para recorrer las filas, espada en mano, se mostró vulnerable ante sus hombres, los arengó, llevando en alto el recipiente de vidrio que contenía la cabeza de A'isheh. Los humilló a voz en cuello:

—Los cobardes tienen permiso para volver a casa. No quiero cobardes a mi lado. Me vengaré de los turcos aunque deba enfrentarlos solo. ¡Solo!

Y se alejó al galope, a la vez que efectuaba el más dramático de los mutis.

Siguieron gritos, tumulto, esporádicas reyertas entre los mamelucos y la caballería tribal. Se pasó por la espada a un centenar de amotinados; otros volaron en pedazos por obra del mismo cañón que habían disparado contra Ka'it Bay. Después sonaron las trompetas y se produjo una gran arremetida: esclavos, arqueros de gorros colorados, lanceros, beduinos curtidos, mamelucos, los heridos y hasta las mujeres se volcaron detrás de su rey, se volcaron detrás de A'isheh, como si la masacre de los compatriotas traidores los hubiera curado, y los ayudara a recobrar el gusto por la sangre y la venganza.

Leonardo se apresuró a montar, para que no se lo acusara de cobardía, y cabalgó con Hilâl y sus mil guardias.

El califa marchaba como si nada hubiera sucedido; con el tiempo sus guardias ocuparon los lugares debidos detrás de él y a ambos lados; sus falanges marchaban y sus mamelucos cabalgaban en una gran procesión sudorosa, decidida a matar.

—Leonardo.

Sandro estaba a su lado con Gutne, que se retrasó para permitirles conversar.

—He notado que sientes un afecto más que pasajero por mi esclava —observó Leonardo.

—Si quieres me mantendré a distancia. Pero tú la dejaste atrás.

Él sonrió con resignación.

—No; confiaba en que tú cuidarías de ella.

—¿No te... interesa?

—Por supuesto. ¿Por qué? ¿Me estás pidiendo su mano?

Sandro enrojeció; la pulla de Leonardo había dado en el blanco, pues su enamoramiento era obvio.

—Tu amigo Mirandola no está aquí para exorcizarte —continuó Leonardo—. En tu lugar, sería cauteloso con mis afectos.

—Lamento lo de A'isheh —dijo Sandro, mirando hacia adelante al hablar, como para disimular su perturbación. Como su amigo no respondió, continuó: —No tenía idea de que la amaras.

—¿Así que ahora sabes leer la mente, Botellita?

—Sé leer la tuya.

Una vez más, Leonardo sonrió.

—Ah, entonces sabías que el califa partiría al turco por la mitad. ¿Por eso retrocediste, casi desmayado?

Eso hirió a Sandro, que hizo la señal de la cruz, arrebolado.

—Leonardo, yo...

—¿Me estabas leyendo la mente cuando dijiste a Benedetto que yo había matado a Zoroastro?

Guardó silencio por un instante. Luego dijo:

—Sí, le dije eso. Y me equivoqué.

—¿Te equivocaste?

—Cuando te apartaste pensé que... —Sandro parecía medir sus palabras, mientras analizaba lo que podía decir, inseguro. —Le he dado mil vueltas en la mente, Leonardo. Cuando te apartaste de él me enojé y el enojo me cegó. Hice mal en acusarte.

—Tal vez tenías razón —repuso Leonardo—. Yo también le he dado muchas vueltas. Quizá lo maté.

—No, no lo hiciste.

—¿Por qué no viniste a mí antes?

—Lo intenté, pero estabas tan... frío y distante... Supuse que habías cambiado, que todo lo sucedido...

—¿Y es así?

—No lo sé —respondió Sandro—. Pero sufrí por ti cuando los mensajeros turcos descubrieron a A'isheh. Sólo una vez había visto esa expresión en tu cara.

Leonardo se volvió hacia él. El camino por el que viajaban se abriría pronto en una honda cañada. A su derecha se extendía un bosque de altos pinos. En tanto descendían a tierras más bajas, el bosque oscuro y las escarpadas montañas los envolvieron en una luz crepuscular; sin embargo, allá arriba el cielo estaba brillante y claro como una cinta reluciente.

—¿Qué expresión era ésa? —preguntó Leonardo.

—Cuando estabas en la alcoba de Ginevra, mirando por la ventana. Antes de que saltaras para escapar del incendio. Cuando nos miraste desde arriba tenías la misma expresión.

—Recuerdo que creí ver a Tista contigo y con Nicolás. Pero Tista había muerto, el pobre.

—Lo siento.

Leonardo asintió con la cabeza y le estrechó el brazo. Luego, sin mirarlo, dijo:

—Pero creo que tenemos público.

Hablaba en voz alta para los oídos de Gutne, que los seguía de cerca. Aminoraron un poco la marcha para que ella se les pusiera a la par. Como tenía la cara cubierta por un velo, era imposible saber si estaba azorada.

—Si mi amo sufre, no es por A'isheh —dijo ella, dirigiéndose a Sandro como si ya le perteneciera... o como si fuera su igual... o quizás alguien que jamás tendría amos.

—¿Por quién, pues? —preguntó él.

—Por tu amigo... Nalico —respondió Gutne, dirigiéndose a Leonardo.

—¿Nicolás?

—Niculá, sí.

—¿Y cómo lo sabes? —preguntó Leonardo, conmovido.

—He escuchado tus sueños.

—¿Mis sueños?

—En tus sueños hablas de él, maestro.

En ese instante Leonardo vio la cara de Nicolás; la vio de manera absoluta, aunque fuera con el ojo de la mente; la vio con la claridad auténtica de la vista, antes que de la memoria.

Con la claridad de los sueños.

Y se preguntó, dolorido, si habría mirado más allá de la muerte.

———

Más tarde, en su angustia, buscó a Mithqâl para conversar mientras cabalgaba, como siempre. Le brindaba placer y consuelo, pues Mithqâl tenía tanto apetito de conocimiento y experiencia como Nicolás. Por eso Leonardo le hablaba de su catedral de la memoria y de la historia de Plinio; le enseñaba álgebra, los atributos de la vista y el sistema musical de Guido d'Arezzo.

Enseñaba a Mithqâl tal como había enseñado a Nicolás.

Pero Mithqâl estaba obsesionado con Valturio y Alejandro Magno; lo obsesionaban la guerra y su teoría, pues Mithqâl era engañoso.

A diferencia de Nicolás, él era un chico sólo de aspecto.

29
Ardid de ángeles

I saw the aungellys mounte into huen on hye.

–Charles Caxton

...y el aire lleno de alaridos, de sollozos y suspiros.

–Nicolás Maquiavelo

*L*os ejércitos de Mustafá atacaban una y otra vez, como hurones que se ensañaran con bandadas de gansos, y Ka'it Bay azuzaba a sus ejércitos como si se batieran en retirada. Pero el califa estaba decidido a trabar combate con Mehmed, que acampaba en la orilla nordeste de una gran planicie, al terminar un corredor de valles largos y estrechos. Era en las cumbres que se elevaban por sobre esa planicie, en una fortaleza capturada en las negras montañas, donde habían tenido prisionera a A'isheh.

Tal vez en esos momentos Nicolás estaba allí... si aún vivía.

O tal vez el rey de los turcos lo había vendido a alguno de sus lugartenientes: Basaraba, que encabezaba a doce mil valacos, o Beglergeg, que comandaba a sesenta mil rumanos, o el jefe de los *acangi*, que sin duda habría puesto a Nico frente a las flechas y las lanzas persas o árabes.

Al amanecer, el califa mandó que Leonardo acudiera a su tienda. El día era luminoso, como de otoño, y el centro del cielo aún se hallaba salpicado de estrellas. Leonardo estaba cansado hasta los huesos tras haber pasado la noche en pie con Hilâl. Los turcos habían vuelto a atacar en la oscuridad, sin antorchas, lanzando una mortífera lluvia de flechas como única advertencia. La artillería resultaba inútil, pues sólo era posible disparar contra las sombras y los bosques, contra el movimiento de las ramas en el viento. Pero en esa ocasión los turcos habían atacado a los artilleros y se estaban llevando los cañones de repetición en sus carros de combate: un buen regalo para Mustafá. No obstante, la caballería mameluca de Ka'it Bay aniquiló hasta el último de ellos.

Todo el mundo sabía que volverían a atacar: por la mañana, por la tarde o en medio de la noche. Esos guerrilleros vencían a los soldados del califa antes de que llegaran al campo de batalla. No siempre eran codiciosos; a veces mataban y huían. Los soldados que formaban los flancos de las columnas sabían que iban a morir, con tanta seguridad como si el califa hubiera mandado hendirlos por la mitad. A su modo de ver, los turcos no eran soldados, mortales de carne y hueso, sino *jinns*, creados de fuego y de humo. La falta de sueño y la pesadilla de una muerte súbita habían debilitado la fibra de los soldados más curtidos. Ka'it Bay no permitía a sus hombres salir en busca de alimentos, ni siquiera a su caballería voluntaria, que estaba compuesta por asesinos, para no encontrar a más de ellos empalados en pulcras filas.

Hilâl había acertado al decir que el califa no estaba hecho para ese tipo de guerra.

—Pese a todos tus inventos, maestro, pese a tus carros de guadaña, pese a todas tus máquinas de guerra, estoy indefenso.

Ka'it Bay estaba sentado entre sombras que tenían un tinte azulado, como si fuera el atardecer y no la mañana, bebía café y fumaba una pipa, como si fuera mediodía. Kuan acompañaba a Leonardo; junto al califa se encontraba Hilâl, con varios ministros eunucos y generales mamelucos escogidos. Allí el aire estaba viciado, como si lo saturaran los miasmas del odio y la bilis, pues esos hombres se odiaban mutuamente, así como debían de odiar a su amo, Ka'it Bay, el que los había convocado.

—Lamento que mis máquinas no presten mayor utilidad, Amo de los Mundos —dijo Leonardo.

—Bien, ¿y qué piensas hacer al respecto? —preguntó el califa.

—El maestro Leonardo sabe tanto de estrategia como de ingeniería —apuntó Hilâl, mientras miraba hacia Kuan.

—En verdad, el gran emir tiene razón —afirmó el chino.

Hilâl pareció aliviado.

—Ah, conque mi padre y mi hermano, mis dos consejeros, están por fin de acuerdo. —Ka'it Bay miró a Hilâl y luego a Kuan, que eran, por supuesto, esclavos suyos. —Parece que su amor por ti, Leonardo, es mayor que su odio mutuo.

—Así parece —respondió el pintor, y se preguntó qué se traerían entre manos.

—Te he oído relatar las hazañas de Alejandro de Macedonia a Mithqâl, a quien amo como a un hijo —dijo el eunuco—. ¿No le dijiste que sabías lo que Alejandro hubiera hecho en la situación de nuestro califa?

—No hacía más que entretener al niño —respondió Leonardo—. Ignoraba que mis reflexiones e inventos tuvieran tanta fascinación para quienes, de modo furtivo, escuchaban.

—Dinos qué haría el gran Alejandro —ordenó Ka'it Bay.

—Para conquistar a Clito, rey de los ilirios, que se había alzado en rebelión, Alejandro utilizó un ardid —explicó Leonardo—. Otra tribu iliria atacaba al macedonio durante su marcha, tal como Mustafá nos atacaba a nosotros. Alejandro tenía que avanzar a marcha forzada para llegar a la fortaleza ocupada por Clito. Hasta el terreno era similar, Amo de los Mundos, pues el Magno debía recorrer valles y planicies bordeados por montañas. Pero sus provisiones estaban casi acabadas y los ilirios lo atacaban sin cesar desde tierras altas. Jamás llegaría a la fortaleza de Clito, a menos que pudiera atraer a su enemigo a la llanura, donde podría utilizar sus falanges y su disciplina superior.

—Y eso es lo que nosotros debemos hacer —apuntó Ka'it Bay—. Debemos atraerlos abajo, donde podamos combatir con ellos. —Después de una pausa preguntó: —¿Y cuál fue la táctica de Alejandro?

—Montó para ellos un espectáculo, un ejercicio de combate. Los soldados ilirios se reunieron a ver cómo giraban y marchaban las falanges y corrieron por las laderas para contemplar el despliegue. Se reunieron al pie de las colinas, deslumbrados por la disciplina y la elegancia de esas maniobras. Alejandro los había seducido, reuniéndolos en un suelo que lo favorecía. Cuando ordenó atacar, tomaron a los ilirios por entero de sorpresa. Los hizo masacrar con lanzas y máquinas de guerra.

—¿Nos pondrías en exhibición ante Mustafá? —preguntó Ka'it Bay, sarcástico.

—No, Amo de los Mundos.

—¿Y qué nos sugiere el espíritu de Alejandro, pues?

Leonardo percibía la impaciencia del califa, pero la aprovechaba como si estuviera actuando en la corte de Leonardo, mientras recreaba una vez más un alma con intestinos de cerdo, pues también a Ka'it Bay le encantaba lo dramático. ¿Por qué otra razón había llevado a Leonardo a la cámara de tortura, para que visitara a Zoroastro?

—Alejandro habría reunido a los ángeles del cielo para que descendieran sobre sus enemigos —dijo.

El califa asintió, sonriente.

—Ya hemos visto una demostración de ese descenso angélico sobre nuestros ejércitos, ¿no? —Miró a Hilâl, que había programado el vuelo de Mithqâl en la máquina voladora de Leonardo, en el castillo del califa. —Y ahora Mustafá verá la suya.

<hr>

—Te felicito —dijo Kuan, al salir de la carpa del califa en compañía de Leonardo.

—¿Por qué? —preguntó Leonardo, con amargura en la voz—. ¿Por enviar a esos niños a la muerte, cuando caigan sobre las lanzas de los turcos?

—Diste un consejo al califa y él lo aceptó. No es poca cosa.

—Tiene suficientes consejeros.

Kuan sonrió.

—Más que suficientes, sí, pero ése es sólo un modo de ser... gentil. Se guía por sus propias ideas.

—¿Qué me dices de Hilâl y de ti?

—A veces el califa escucha a uno. A veces, al otro.

—Pero esta vez los escuchó a ambos.

—Te escuchó a ti, maestro.

Leonardo forzó una carcajada.

—¿Estaba el califa en lo cierto, Kuan? ¿Odias a Hilâl?

—El califa, por definición, no puede equivocarse.

—Por supuesto.

—Digamos que desconfío muchísimo de él.

—Hoy confiaste bastante.

—No teníamos alternativa. ¿Querrías vernos perder ante los turcos?

—No permitiré que Mithqâl y los otros niños piloteen solos esas máquinas mías —reflexionó Leonardo—. Yo los guiaré.

—Temo que no sea posible, Leonardo.

—¿Por qué?

—Porque el califa te asigna un gran valor.

—Iré.

—No, Leonardo. No irás, te lo aseguro. Si esos niños mueren sirviendo a su amo, su recompensa será el Paraíso. Hilâl no te permitirá menguar su destino tratando de salvarlos. Por otra parte, no harías sino estorbar. Ellos están adiestrados; tú no. —Sonrió con tristeza, como si disfrutara del chiste antes de hacerlo:

—El paraíso no es para ti, Leonardo, pues no se puede llegar allí por medio de la razón. Pero no te preocupes, maestro. Habrá muerte en cantidad suficiente para mantenernos ocupados, a ti y al resto de nosotros.

Ese día los ejércitos no marcharon. Se estaba tendiendo la trampa.

Ka'it Bay llegó al extremo de aceptar la idea de Leonardo, en cuanto a montar un espectáculo a la manera de Alejandro, a fin de que los turcos, acicateada su curiosidad, se acercaran. Leonardo se hallaba en su elemento, pues eso era como un festival, un circo o un torneo. Si en verdad los niños estaban destinados a morir ese día, lo mismo podía decirse de los turcos. Leonardo decidió asegurarse de que fuera así. A su modo de ver, cada turco era la encarnación de Nicolini, su némesis... Nicolini, que se había apoderado de Ginevra, capturándola con tanta crueldad como Mehmed a A'isheh. Era como si necesitara fabricar odio para distraerse, como si ese ardid casi consciente sirviera para erradicar el recuerdo y la culpa. ¡Si al menos no se hubiera obsesionado tanto con las aves, el vuelo y la mecánica de la guerra! ¿Por qué necesitaba descubrir los secretos de Dios, mejorar las ideas y las máquinas de los antiguos? ¿Por qué no había podido parecerse más a Pietro Perugino, que no tenía más ambición que pintar y vivir en una buena casa? Sobre Pietro no pesaría la muerte; sólo florines.

Para Leonardo sólo existían las distracciones narcóticas de la ira y la actividad.

Era seguro que los turcos matarían a los niños, esos mortíferos querubines que dejarían caer fuego sobre ellos. Y Leonardo se aseguraría de hacerles pagar: por A'isheh, por Ginevra, por...

Por Nicolás.

De algún modo era como si los niños ya hubieran muerto.

Mientras se instalaban y camuflaban los cañones, para crear un fuego cruzado sobre las probables posiciones de los turcos, Leonardo creaba voluminosos pabellones con mástiles y la colorida tela de los globos de Kuan. Se preparó un festín, para lo cual se agotaron las provisiones del ejército. Se erigieron altos postes en lugares visibles, con manzanas de oro y plata en la punta de cada uno. Hacia el mediodía, mamelucos vestidos con uniformes de gala lanzaban sus caballos a toda velocidad, tratando de derribar a flechazos todas las manzanas posibles.

Los turcos mordieron el cebo y bajaron por las colinas para ver mejor, hasta quedar bien a la vista de quienes estaban en el campamento del califa. Llegaron al extremo de vitorear a los héroes capaces de lanzar veinte flechas a todo galope y derribar veinte manzanas de oro y plata. Eran juegos perfectos, pues tenían origen turco, y habría bastado el olor a carne asada para inducir al ejército de Mustafá al ataque.

Todos, árabes y persas, sabían que pronto correría la sangre; hasta los animales parecían percibirlo, pues estaban nerviosos como antes de una tormenta. Pero Leonardo no podía hacer otra cosa que mirar los juegos y esperar. Había tratado de seguir a los niños hasta el barranco desde donde se lanzarían las máquinas voladoras, pero los guardias de Hilâl lo detuvieron aun antes de que abandonara el campamento. Llamaron al emir, que parecía enfurecido con él, como si Leonardo hubiera dado la orden de enviar a esos niños a la muerte.

Sandro y Américo se le aproximaron. Ambos estaban flacos, morenos y cansados, como los beduinos.

—El califa te quiere a su lado, Leonardo —dijo Américo.

—¿Y te envió a ti para que me lo dijeras? —se extrañó Leonardo—. No sé por qué, pero no lo creo. ¿Y Botellita?

—Me envió Kuan —aclaró Américo.

—¿Y quién envió a Sandro?

—Estás dificultando mucho las cosas —dijo Sandro—. Deberías dirigir tu enojo contra mí, no contra Américo.

—Lo siento. No estoy enojado con ninguno de ustedes. ¿Para qué me quiere el califa?

Hablaban en toscano sin pensarlo, como si cuanto pudieran decir fuera secreto.

—Está por comenzar —dijo Vespucio.

Leonardo se echó a reír.

—Hasta las prostitutas y los esclavos lo saben. Todos están excitados por los "milagros" que van a producirse, aunque tal vez sea su sangre la que va a empapar el suelo.

—Y el califa quiere que lo acompañes para protegerlo, si fuera necesario —dijo Américo, como si completara una frase que su amigo hubiera interrumpido—. Queríamos estar juntos antes de...

—¿Por qué ahora? —preguntó Leonardo.

Américo puso cara de azoramiento.

—He tratado otras veces de hablar contigo, pero me ignoraste. —No es posible.

—¡Pero si esta misma mañana pasaste a mi lado sin mirarme!

—No recuerdo haber... —Leonardo se contuvo y suspiró. —Te echaba de menos, Américo.

—Y yo a ti. Al igual que Sandro, yo... —Se limitó a menear la cabeza, como si no hallara palabras para describir lo que sentía.

—Hemos dejado que todo esto se interponga entre nosotros —dijo Sandro—. Aun después de haber hablado. ¿Por qué?

—Quizá porque sentimos algo diferente de lo que desearíamos —repuso Leonardo.

—Soñé que jamás volvería a verte —confesó Américo. Se lo veía incómodo, cosa que le sucedía con frecuencia en público. —Creo que fue una advertencia.

—No creo en los sueños, pero me alegro de que hayas tenido ése, si ha servido para unirnos. —Leonardo abrazó a sus dos amigos. —Supongo que tú combatirás junto a Kuan.

—Sí —respondió Américo—. Pero Sandro protegerá a las mujeres. De ese modo estaremos seguros de que uno de nosotros, al menos, sobrevivirá.

Las mujeres estaban escondidas cerca de los cañones y protegidas por la caballería.

—Yo me ocuparé de los cañones —dijo Benedetto, con el cuello y las mejillas rojos de vergüenza—. Quería estar contigo, pero el califa te ha ordenado asistirlo.

—Bueno, aun así puedes acompañarnos.

Sandro sacudió la cabeza.

—Según me dice Kuan, el califa dio crédito al turco que me acusó de ser espía.

—¿Y por qué mató al turco? —se extrañó Leonardo.

—Para apaciguar a sus tropas —explicó Américo—. Tenía que quitar la vida a ese turco.

—Si el califa hubiera creído eso, a estas horas Sandro ya no estaría con vida —objetó Leonardo.

—Dice Kuan que la vida de Sandro fue un regalo que te hizo el califa. —Pero en ese momento Américo se volvió hacia las colinas del este, al igual que todos, como si lo empujara y dirigiera el susurro que los rodeaba. Era como si todo el mundo se hubiera sobresaltado por la sorpresa; luego se produjo una gran oleada de murmullos y voces bajas, tan palpable como el viento, como el contacto.

Los sonidos claros del respeto religioso, seguidos por las explosiones.

Mithqâl y los otros niños habían saltado desde un barranco del oeste, donde se hallarían más protegidos de la vista de los turcos; volaban en un amplio arco para alcanzar al enemigo desde atrás, por el flanco oriental. Las tropas de Ka'it Bay los vieron antes de los turcos, al parecer, pero éstos se percataron en cuanto la primera de las cápsulas de Leonardo estalló entre ellos, podando cabezas, brazos y piernas con metralla y prendiendo fuego a los hombres.

—¡Es demasiado prematuro! —gritó Leonardo.

Los tres amigos se separaron para correr cada uno al puesto que le había sido asignado, pero los otros contemplaban aquello como hipnotizados, aun cuando la caballería bajó entre ellos para prepararlos.

—¿Quién no habría observado el milagro que se estaba desarrollando? Los niños volaban en círculos, como gavilanes, por sobre las tropas de Mustafá. Sus alas nervadas eran tan blancas como sus túnicas. No podían ser otra cosa que ángeles que flotaban en las corrientes cálidas uno tras otro, y eso debía de ser prueba de que Alá no estaba con el Turco, sino con Ka'it Bay. ¿Quién podía dejar de mirar a los ángeles que descendían hacia los turcos, dejando caer terribles presentes de fuego y metal?

La retaguardia de los turcos fue la primera en dejarse dominar por el pánico, pues allí cayeron las primeras bombas. Unos cuantos cayeron de rodillas para orar, lo cual quizá los salvó, ya que sus camaradas corrieron hacia el cuerpo principal del ejército e irrumpieron allí como si fueran el enemigo. Y los ángeles, con destreza, dejaron caer más cápsulas para impulsar a los turcos hacia adelante, fila tras fila, como celestiales pastores que arrearan a sus ovejas, hasta hacerlos huir de cabeza colinas abajo, hacia la planicie.

Leonardo encontró a Ka'it Bay cerca de su carpa. Aún no había montado y uno de sus guardias sujetaba al caballo. A su lado estaban Hilâl y el Devatdar.

—¿Recuerdas a mi Devatdar? —preguntó a Leonardo.

El pintor asintió, aunque lo veía rara vez desde que el hombre se había unido a Ka'it Bay en el campo. Según insinuaba Hilâl, había perdido el favor real; era cierto que no participaba en ninguna reunión, pero ¿quién podía confiar en Hilâl? Parecía odiar a todos, salvo a Mithqâl y a sus propios guardias.

—¿Doy ya la señal, amo? —preguntó el Devatdar.

Ka'it Bay observó a los turcos que se volcaban en la llanura: una gran masa de hombres fuera de control.

—Sí. Ahora.

El Devatdar se limitó a girar la cabeza y un guardia partió a todo galope. Un momento después los cañones comenzaron a disparar contra los turcos: un tronar constante. Y la caballería del califa, con sus falanges de soldados de infantería, apareció en masa en el borde oriental de la planicie y avanzó hasta ponerse codo a codo con Leonardo, el Devatdar y el califa. Ka'it Bay sólo tenía que montar a caballo y adelantarse para llevar a sus hombres a una victoria de matanza.

Pero ésa era sólo una porción de sus tropas; las otras convergerían desde el norte y el sur, hasta aplastar a los hombres de Mustafá por la pura fuerza del número.

Ka'it Bay montó su caballo. Leonardo lo imitó: el esclavo del califa le tenía el caballo preparado. Cuando el califa alzó la espada, los cañones cesaron de disparar y una gran gritería pareció impulsarlo hacia adelante. El florentino se mantuvo cerca de él. Ka'it Bay se lanzó al galope directo hacia el enemigo, impasible el rostro, apasionado. A Leonardo le preocupaba la posibilidad de que resultara atravesado por una flecha o una lanza. Por sí mismo no se afligía, aunque tenía el corazón acelerado. Había descubierto que el miedo se transformaba en una conciencia realzada; sólo percibía el ruido del aire en los oídos y el gusto a metal seco en la boca. En pocos momentos entraría en el reino de la muerte. En la batalla no había lugar para el tiempo ni la memoria. Sólo para esa danza de combate, de agotamiento y exaltación; la susurrante música de quienes suspiraban y suplicaban; los himnos de los alaridos, las estocadas, el romper de huesos y tendones.

Fue un baño de sangre y duró hasta que oscureció.

Después de arrasar el campo con los carros de guadañas y recolectar las cabezas; tras apoderarse de las provisiones y los pertrechos de los turcos; cuando ya los mamelucos caían exhaustos para dormitar entre la sangre y las tripas, el califa aún azuzaba a sus hombres. Estaba decidido a que ninguno de los hombres de Mustafá llegara a Mehmed. Estaba decidido a llevar a Mehmed la cabeza de Mustafá.

Pero a Mustafá no se lo encontró por ninguna parte.

En la oscuridad estrellada, a la sombra de la montaña, donde se chapoteaba en sangre Leonardo encontró a sus amigos.

—Ya ves, Américo, que tu sueño se equivocaba —dijo.

—Y tú —replicó Sandro— pensabas que los niños morirían en tus aparatos. Pero están vivos, todos ellos.

—Están vivos, sí.

Luego Leonardo cayó en un silencio aturdido que era como una fiebre. Sólo se repuso al divisar el castillo en el que Nicolás podía estar prisionero.

30
La montaña negra

Tan alto por sobre el mundo y tan imponente,
este pequeño castillo es inexpugnable
para todos, salvo para la mirada del
Todopoderoso...

–Meister Eckhart

Y sobre nosotros cayó todo tipo de cosas
que volaban por el aire; por fin estalló
un gran incendio, no traído por el viento
sino llevado, al parecer, por diez mil
demonios...

–Leonardo da Vinci

*L*as propias montañas parecían moverse mientras marchaban; aunque la vibración de los terremotos lejanos era apenas perceptible, se habría dicho que la tierra misma perdía su equilibrio y estaba por hendirse, cayendo en las hogueras y las glaciales planicies del infierno. El suelo gemía como si sufriera y, en verdad, de los barrancos se desprendían rocas que estallaban como las bombas de Leonardo. Las noches se hicieron calurosas y oscuras, pues un techo de nubes ocultaba las estrellas y los planetas. Hasta Gutne, que parecía no conocer el miedo ni la preocupación, rezaba al único dios verdadero, mientras Sandro dirigía sus plegarias a María y a los santos, para que intercedieran ante el Dios de sus padres. Gutne pertenecía ahora a Sandro... podía ser su mujer y eso era todo. Dormía en su carpa. Ahora Botticelli se mantenía cerca de Leonardo, como si comprendiera que se aproximaba el momento de la atadura... o la escisión. Hasta Américo se apartó de su amante Kuan para estar con Leonardo, como si temiera que su propio sueño de separación pudiera todavía hacerse realidad.

El mundo estaba en llamas.. y el califa se mostraba espléndido.

Explicaba esas terribles señales y augurios como si fueran mandamientos escritos en el cielo encapotado, hasta hacer creer a sus soldados que el suelo y las montañas se estremecían de impaciencia, a la espera de que árabes y persas llegaran a los turcos para masacrarlos. Prometía que quienes cayeran serían de inmediato transportados al Paraíso, un paraíso de la carne sin sus tormentos, un jardín de éxtasis físico y gozo espiritual; allí los aguardarían exquisitas huríes, un millar de A'ishehs para un millar de bravas almas, de pronto cortadas del fibroso cordón de la vida. Exhaustos, mugrientos, adelantando a conciencia cada pie en una marcha forzada, a cualquiera le resultaba fácil tener por deseable a la muerte. El paraíso comprado por un instante, un neumático destello, de agonía. Hasta Leonardo podía visualizarlo y esa imagen numinosa, iluminada desde adentro y desde afuera, se convertiría en una sala dentro de su catedral de la memoria.

Ka'it Bay hizo poner la cabeza de A'isheh sobre un alto estandarte, para que todos los soldados pudieran verla.

Ella marcaba el camino y los hombres la seguían.

La tierra rugía. Cuando por fin acamparon a la vista de los ejércitos turcos, la lluvia caía a torrentes.

Ante ellos, en el borde occidental de la planicie, se alzaba el alto castillo fortificado que coronaba un abismal risco de piedra caliza, de ciento cincuenta metros de altura: la montaña negra. La fortaleza se encontraba en un punto estratégico para dominar la floreciente llanura y los terrenos boscosos de abajo.

Pero todo era silencio, como si ambas partes comprendieran que muy pronto reinaría la muerte a la sombra de la montaña.

Los turcos habían tendido una trampa.

Leonardo se percató de ello al trepar los barrancos del oeste, con Hilâl y Mithqâl, a fin de mirar mejor el castillo. Habían comenzado a escalar al amanecer; aunque el aire todavía era frío, llegaron sudorosos a la cima del risco desde el que se veía el único acceso al castillo: un istmo de roca con forma de silla de montar. Más allá de la roca desaparecía, tras la curva de una colina, un estrecho sendero que conducía a una aldea arrastrada por los turcos. Hilâl jadeaba; Mithqâl ni siquiera se había agitado; los castigaban fuertes golpes de viento.

Leonardo miró por un telescopio de plata, con bellos grabados, que le había obsequiado el sultán; en realidad era un invento del propio Leonardo. Ajustó el tubo hasta que el castillo pareció alzarse a dos codos de distancia. Sintió desesperanza, pues ese castillo no era como los otros que conocía. Sus fortificaciones habían sido reconstruidas en tiempos recientes, sin duda. Las altas torres rectangulares habían sido reemplazadas por grandes bastiones de piedra, no más altos que las murallas, que brindaban claras líneas de fuego a los enormes cañones. Barrancos y empinadas cuestas actuaban a la manera de foso para proteger las murallas. Aunque la fortaleza parecía tan natural como la montaña misma, era geométricamente perfecta. Círculos de fortificación dentro de otros círculos, barrancos tallados para formar escarpas, fosos y terraplenes.

—¿Qué ves, Leonardo? —preguntó Mithqâl.

—Más que suficiente, pero no lo suficiente.

—Déjame ver —pidió Hilâl. Leonardo le pasó el telescopio. —Nunca he visto cañones tan grandes.

—Tampoco yo —dijo Leonardo. Así como detectaba los movimientos sutiles en las alas de las aves lanzadas al vuelo, así también Leonardo podía ver los detalles de las fortificaciones sin necesidad de lentes. —Debemos decir al califa que es preciso mudar el campamento. Sin duda, está al alcance de los cañones de los turcos.

—Pero podrían haber disparado antes contra nosotros —observó el niño.

—Es mucho mejor permitir que los pollos construyan su propio gallinero y se acomoden para pasar la noche —señaló Leonardo.

—No podemos retroceder así no más —objetó Hilâl—. El califa no querrá saber nada. Tenemos que hacer algo... aquí mismo.

Leonardo contempló la ruta que conducía al castillo; sería imposible llevar las piezas de artillería por allí, pues el camino estaba muy expuesto. Tal vez fuera posible izar cañones por el otro lado de la montaña, pero se requerirían semanas enteras, a menos que... Hizo un rápido esbozo de un novedoso sistema de aparejos y poleas, con el que, por etapas, podría levantar los cañones a la gran altura del barranco más próximo.

—¿Qué piensas, Leonardo? —preguntó Hilâl.

—Debemos darnos prisa y poner nuestros cañones a resguardo; de lo contrario no habrá oportunidad. Si retiramos nuestras filas hacia atrás, Mehmed tendrá que venir a nosotros. El castillo sólo le brinda una retirada segura. Si disponemos de tiempo podemos entrar en él.

—Ya sé qué se puede hacer —dijo Mithqâl.

Su apasionamiento era tal que Leonardo no pudo sino ablandarse.

—Sí, no lo dudo. Y tal vez sea lo correcto.

—¡Pero si todavía no te lo he dicho!

—No hace falta —repuso Leonardo, al tiempo que paseaba la mirada entre el niño y el castillo, como si pudiera atravesar sus murallas con el fuego de la mirada, hasta hallar a Nicolás.

Pero tal vez sólo encontraría en él otro de los regalos de Mehmed: la cabeza de Nicolás, exhibida en cristal, aumentada fuera de toda proporción.

Su piel olivácea, blanca como la tiza.

Sus labios, oscuros y veteados como los riscos de piedra de ese desolado lugar.

Antes de que pudieran llegar al campamento se inició el cañoneo, desde el castillo y desde el campo, acompañado por los disparos silenciosos, pero mortíferos, de mandrones y catapultas: máquinas para sitio que arrojaban piedras de hasta ciento cincuenta kilos en el recinto de Ka'it Bay. Leonardo sintió el impacto de los choques. Uno alcanzó una excavación que contenía barriles de pólvora, lo hizo estallar, arrojando a los hombres por el aire como si fueran pedazos de trapo. Al principio fue simplemente una carnicería, pues el ejército del califa había sido tomado por sorpresa y los hombres no sabían hacia dónde huir; era como si la tierra misma hirviera, como si del cielo lloviera una granizada de piedras y metal calientes. Hilâl miró aquello con horror; Leonardo lo oyó rezar, y entonó las palabras como si no tuviera conciencia de estar pronunciándolas.

Desde lo alto del barranco era posible verlo todo como desde el aire; había una sensación de distancia mezclada al espanto de lo que estaban presenciando, como si los hombres que se dispersaban, caían y morían no fueran reales. Aquello era casi como presenciar un festival: las bombas y los disparos parecían fuegos artificiales que estallaran en inofensivas lluvias de chispas.

Vieron que las empalizadas, los carros de carga y las carpas estallaban en fuego; vieron que el califa cabalgaba entre el caos, y convocaba a sus hombres para la retirada hacia terrenos más seguros.

Pero un momento después aparecieron los turcos en el campo.

Leonardo los vio antes que Ka'it Bay; por un momento, el califa vería sus plumas y sus yelmos como si salieran de la tierra, pues la caballería de Mehmed se acercaba de atrás de un riachuelo donde no era visible. Los hombres montaban en formación de combate. Una elite de jinetes *spahis* del Asia Menor y de la caballería europea flanqueaba las falanges de soldados turcos. Otros cincuenta mil infantes marchaban dentro de una formación cuadrada de carretas y, en el centro de las cuatro filas de soldados y jinetes —una enorme falange que cubría todo el campo—, iban los pertrechos de batalla: trescientos cañones encadenados entre sí. Eran ciento cincuenta mil hombres en marcha, que se movían como una sombra por la planicie desierta. Con ayuda de sus lentes, Leonardo reconoció a Mehmed y a Mustafá, como aves de colorido plumaje, a salvo en el seno de sus tropas.

Pero no había necesidad de actos heroicos. El poderío estaba en la masa; es obvio que el Gran Turco había planeado un día entero de masacre.

—Los cañones —dijo Hilâl—. Y mis hombres. Miren, allá abajo; los turcos van a destruirlos a todos.

Y como si corriera a salvar a sus propios hijos, bajó a grandes pasos por el barranco; ese gordo eunuco era más ágil de lo que Leonardo habría pensado. Pero llegar a la planicie pareció exigirles horas enteras y, a medida que descendían, era cada vez menos lo que podían ver de lo que sucedía, pues el polvo se había levantado en el aire como una nube, velándolo todo. Sin duda alguna, la caballería turca atacaría, pues Mehmed no restringiría a la flor de su ejército, los *akindjis* y los kurdos que tratarían de capturar la artillería del califa, como para arrancarle los dientes.

En eso Hilâl tenía razón.

Leonardo lamentó no estar con Sandro y Américo; aunque se concentraba en sofrenar sus pensamientos cargados de miedo, imaginó a sus amigos sufrir las muertes más espantosas: los imaginaba estallar, desgarrados, atravesados por espadas o lanzas; los imaginaba implorar misericordia mientras él miraba, sin poder salvarlos. En cuanto llegaron a la base del risco corrieron juntos hacia su propia artillería. Pero entonces, como si la imaginación de Leonardo hubiera teñido la realidad, así como su pincel coloreaba la tela, un proyectil de cañón estalló ante ellos, diseminó esquirlas, y mató a un soldado que, en su carrera, se encontró de frente con la metralla. En un instante quedó hecho pedazos y su alma se transformó explosivamente en neblina roja, en tanto él pasaba a formar parte de los miasmas de la batalla.

Podría haber sido Sandro, Américo, Mithqâl.

491

Ya a salvo tras un carro volcado, Leonardo soltó el aliento y estrujó el brazo a Mithqâl como lo habría hecho con Nicolás.

***

Los lugartenientes de Hilâl tuvieron la presencia de ánimo de llevar los cañones hacia atrás y en torno de las falanges de caballería e infantería; lo que hacían, en efecto, era flanquearlos, a fin de poder disparar hacia la masa de los turcos y destruir los cañones. La táctica fue eficaz sólo en parte, pues los turcos habían diseminado su artillería por entre las filas y masacraban a persas y árabes. Pero su artillería no podía igualarse a los cañones de repetición de Leonardo, que derribaba al enemigo en gran cantidad, hasta que la planicie quedó empapada de sangre y cubierta de cuerpos y miembros: un gran tapiz tejido sin diseño ni perímetro. Los turcos trataron de tomar los cañones con una carga de caballería, pero los jinetes de Ka'it Bay les salieron al encuentro y los derrotaron. Leonardo permanecía junto a Hilal, dirigía sus propios cañones, observaba las explosiones de metal, madera y carne, en tanto los hombres se entrechocaban a un metro de él, partiendo espadas y lanzas contra metal, derribándose con frenesí. No le era posible retroceder hacia esa entumecedora euforia de adrenalina que brinda el combate cuerpo a cuerpo. Estaba solo, aislado, y por entero consciente, de modo casi sobrenatural, de la matanza que se desarrollaba a su alrededor. Y con cada muerte, con cada estallido de la carne y transformación en la sustancia del alma, se sentía más pesado, como si cada pérdida fuera su terrible ganancia, hasta que sintió que él también caía. Pero el ojo de la culpa no se podía cerrar. Y se vio a sí mismo, fascinado, aterrorizado, avanzando de cañón en cañón, ayudando donde fuera necesario, dirigiendo el ruido y la muerte como si fuera el Jinn Rojo, grueso como Hilâl, emasculado, implacable como los dioses de piedra de los antepasados de Ka'it Bay. Pero esa batalla no se podía ganar por medio de cañones o armas de repetición, pues los persas y los árabes se enfrentaban con los turcos lanza a lanza, espada a espada y, como amantes, se convertían en uno solo. Disparar contra los turcos sería matar a otros tantos persas y árabes. Por eso, después de bombardear las últimas filas enemigas, Hilâl ordenó a sus mamelucos castrados que se retiraran a lugar seguro, con la artillería. Rodeaban a Leonardo y sus cañones los cascos inquietos de las yeguas de la caballería, una muralla de sudorosa carne de caballo.

Más allá, ante ellos, como una gran ola al romper, la caballería chocaba con la caballería. Y en tanto los gritos y los gemidos se confundían en un solo estruendo de catarata, las tropas de Ka'it Bay se replegaban hacia las filas árabes, pues aunque sus soldados combatían con bravura, al igual que los persas, estaban en retirada. Los ejércitos cubrían la planicie como una gran falange, como una bestia erizada de púas. En la retirada, Leonardo gritó a Hilâl, por sobre el fragor:

—¿Dónde tienes a las mujeres?

El eunuco se encogió de hombros.

Leonardo, preocupado por Sandro, se preguntaba dónde estaría, si en verdad se encontraba con las mujeres. Lo más probable era que las hubiesen escondido en algún lugar de las colinas; Leonardo, Hilâl y Mithqâl podían haber pasado junto a ellas al descender del barranco.

—¿Y Mithqâl? —preguntó—. Hace un momento estaba aquí.

Hilâl miró en derredor, preocupado.

—No me imagino...

—Yo sí. ¿Dónde están los otros ángeles?

—En las montañas, supongo.

—¿Serían capaces de incorporarse al combate por sí solos?

—Sin órdenes, no.

—¿Obedecerían a Mithqâl?

—Por supuesto —afirmó Hilâl—. Él es su jefe.

Al oír eso Leonardo abandonó la protección del emir. Unos pocos pasos lo pusieron en el centro de la batalla. Buscó una espada y la arrancó de la mano de un mameluco muerto; también montó la yegua del hombre, que permanecía obediente junto al árabe, como si el hombre hubiera decidido echarse una siesta, seguro de que su pequeña e inteligente bestia lo esperaría allí.

Los ángeles estarían acampados en los barrancos, sin duda. ¿Pero dónde?

Cabalgó a través del combate. Sólo un lancero estuvo a punto de derribarlo, pero Leonardo lo dejó pasar, pues su objetivo era hallar a Mithqâl.

El niño, a pie, retrocedía ante un turco que contaba con la doble ventaja de su tamaño y de poseer un arma. Mithqâl había perdido la suya y miraba hacia todos lados, aterrrorizado; de pronto volvía a ser niño. Debajo de él sólo había pasto ensangrentado y barro; y a su alrededor, hombres que combatían, gruñían, mataban, ajenos al niño que buscaba un arma, demasiado abstraídos con sus propios adversarios como para ocuparse de él.

Leonardo degolló al turco con una sola estocada. Al mirar a Mithqâl sintió súbito asco por lo que acababa de hacer, aunque hubiera salvado la vida al niño. Era como si se viera sorprendido, descubierto, denunciado. Por un instante recordó al juez en su estrado, que lo sermoneaba por su sodomía.

Extendió la mano a Mithqâl, que saltó a lomo del caballo y se aferró de Leonardo como si fuera una criatura; jadeaba. El pintor trató de llegar al perímetro sur de la batalla, el borde de sus propias filas, donde se hallarían a salvo. Pronto, sin embargo, regresaría a la refriega, pues si quería ver de nuevo a Nicolás debía buscar a Ka'it Bay, conservar su confianza, revelarle su plan.

—Leonardo.

—Todavía no —dijo—. Aún no estamos a salvo.

—No me importa —adujo Mithqâl.

—¿Quieres que te baje aquí?

El chico, sin contestar, ciñó los brazos a su cuerpo. Aun allí, en la retaguardia, donde los soldados persas de Calul y los mamelucos luchaban por igual contra los turcos, el entrechocar de espadas, los gritos de hombres y mujeres, el silbido de las flechas y el estallido de los arcabuces eran tan fuertes e inmediatos que se los sentía en la piel. Sin embargo, las nubes de polvo daban al campo de batalla una cualidad irreal; en verdad, el infierno concebido por Dante parecía provenir de experiencias como ésa. Leonardo inhaló el humo e hizo una arcada ante el olor acre de la carne quemada. Y vio a Ginevra a lomo de una yegua persa, como un hombre, blandiendo una espada como si estuviera preparada para eso, matando con la misma decisión de los hombres y las mujeres que la rodeaban. Las persas combatían como hombres o quizá mejor, pues habían llevado en el vientre a los hijos por los que combatían.

Pero era Gutne, por supuesto, la que había sido Ginevra, la que había sido la esclava de Leonardo por unos cuantos segundos antes de que descubriera a Sandro.

Ella vio a Leonardo y cabalgó hacia él; juntos abandonaron el palpitante corazón de la batalla y, como si atravesaran un velo, cruzaron las nubes de polvo hacia terreno abierto y limpio. Aliviado al verse fuera del peligro inmediato, siquiera por unos instantes, Leonardo los condujo a la seguridad de un bosquecillo. Detrás de ellos se alzaban los barrancos estriados. Mithqâl desmontó de inmediato, como si permanecer en la grupa de Leonardo representara una humillación. Gutne observaba al pintor, con la cara marcada de polvo como surcos de lágrimas, sucios y mojados de sangre los brazos y la ropa. No llevaba velo ni turbante; se había atado hacia atrás el pelo, teñido de rojo intenso como cuando él la viera por primera vez. Era la Medusa, con la cabellera retorcida como una víbora de coral, e irradiaba un odio pasivo tan natural como el calor.

—¿Por qué no estás con las otras mujeres? —preguntó Leonardo—. ¿Y por qué...?

Ella lo interrumpió con una risa y preguntó:

—¿Crees que sólo las mujeres persas saben combatir? No todas nos hemos pasado la vida en un harén.

Sorprendido por su agresividad, él dijo:

—No quise faltarte al respeto.

—He sido yo la irrespetuosa. —Ella bajó los ojos y, como si recién cayera en la cuenta de que iba a cabeza descubierta, se levantó el pañuelo de muselina pintada. Luego le sonrió, como si se deslizara en otro disfraz. —Conque por eso me reconociste. —Hizo una pausa. —Pero yo te reconocí a ti, amo, como si el mismo Dios te señalara.

—¿Sandro te pidió que te tiñeras el pelo como...?

—¿Como Ginevra? No, pero fue ella quien me inspiró la idea de hacerlo otra vez.

—¿Qué quieres decir?

—Yo quería a Calul.

—¿Al hijo de Ussun Cassano?

Ella asintió.

—Me teñí el pelo y fui en su busca. Él, al verme, se vio a sí mismo. Ahora soy suya. —Hizo un gesto de sorpresa. —¿Te opones? Puesto que me diste a Sandro... —Dejó morir la frase, pero lo miraba con cuidado, como tratando de detectar si él quería recuperarla.

—¿Y qué opina Sandro?

—Me dijo que no podía quedarse en estas tierras.

Entonces fue Leonardo el sorprendido.

—Dijo que me amaba —continuó Gutne—, pero que no podía hacerme el amor. Que llevaría mi imagen en su corazón. ¿Sabes qué pudo querer decir con eso?

Leonardo lo sabía demasiado bien, pero no dijo nada.

—Me explicó que se había consagrado a Dios. Quería ocuparse de mí, pero me negué. Y cuando descubrió lo de Calul se puso furioso.

—¿Dónde está ahora? —preguntó Leonardo, preocupado.

—No lo sé. No quiso decírmelo.

—¿Dónde tienen a las mujeres?

—¿Está con ellas? —preguntó Gutne.

—Creo que sí.

—No sé. Nadie lo sabe, salvo los que las protegen. —Dicho eso, ella montó su caballo, pero se volvió para añadir: —¿Lo quieres de verdad?

Leonardo sólo pudo mirarla.

—Creo que sólo quieres a Nikolá. Y él debe de haber muerto.

De inmediato volvió a la batalla, a los soldados de Calul; desapareció en la nube de polvo como si estuviera hecha de humo.

—Te odia, ¿verdad, amo? —preguntó Mithqâl. Pero en realidad era una aseveración. Después de una pausa añadió: —Yo sé dónde están las mujeres, amo.

Leonardo encontró al califa a lomo de su caballo, conferenciando con Kuan, el Devatdar y otros altos funcionarios, todos emires. Formaban un grupo cerrado, rodeados por los guardias mamelucos, en las márgenes de la refriega. Al ver a Leonardo, el califa lo llamó con un gesto e hizo señas a sus soldados para que lo dejaran pasar.

—Veo que estás vivo mientras mis hombres son masacrados —dijo.

—Han muerto más turcos que árabes y persas, Regente de los Mundos —observó Leonardo.

—Gracias a tus máquinas, maestro. ¿Pero de qué sirven ahora?

—Tal vez vuestro ejército estaba demasiado deseoso de combatir.

Kuan parecía preocupado, pero al califa se lo veía exhausto, física y emocionalmente. Sin embargo replicó:

—Los soldados sólo pueden dejarse matar sin moverse por un tiempo limitado. ¿Crees que podríais haber retenido nuestras filas por más tiempo?

—No, amo, por supuesto que no.

—¿Qué piensas, pues? ¿Somos nosotros los victoriosos, o los turcos? —Sonrió, pues estaban como en el medio de un matadero; el olor a muerte era más potente que el perfume. —¿Y bien?

En su voz había un filo peligroso.

—No podemos triunfar mientras no nos apoderemos del castillo —afirmó Leonardo—. Las tropas de Mustafá estarán a salvo en su protección.

—Podríamos hacerlos salir por hambre —observó el califa.

Leonardo paseó la mirada por entre los otros. Nadie habló.

—¿Pasarías el invierno aquí? —preguntó—. ¿Para morir de hambre junto con el enemigo?

—Los aplastaremos, aunque perezca hasta el último de nosotros.

—Tengo un plan, Amo de los Mundos —dijo Leonardo—. ¿Te gustaría...?

—Tal vez tú seas mi heraldo, maestro —repuso el califa, pasando por alto lo que el italiano acababa de decir.

—Temo no comprender.

—Te llamaré más tarde, maestro, si no morimos todos —lo despidió el califa—. Tu deber es estar junto a tus máquinas, si es que no han sido destrozadas por los cañones turcos. Más tarde enterraremos a Hilâl. Con honores.

¿Hilâl, muerto?

Leonardo hizo una reverencia y se retiró, seguro de que el califa había detectado su sorpresa y su consternación.

—¿Sabes guardar un secreto, Mithqâl? —preguntó Leonardo.

—Por supuesto, maestro. ¿No te he demostrado mi lealtad?

—Si pudieras aniquilar al Turco y lograr la gloria por medio de mañas y astucias, ¿lo harías?

Mithqâl pareció vacilar.

—Depende, maestro.

—¿De qué? —lo azuzó Leonardo.

—No sé, pero jamás traicionaría a mi califa —advirtió el chico, cauteloso.

—Jamás te pediría que traicionaras a tu rey. ¿Pero mentirías a tus superiores para ayudarme?

—Sí.

—¿Por qué? —preguntó Leonardo, asombrado de que el niño no vacilara.

—Porque me salvaste la vida.

Entonces Leonardo explicó su plan a ese precoz ángel de la muerte.

La noche hablará, la noche dará su consejo,
la noche te dará la victoria.

−Plutarco

31
El plan

Espera, oh ave de negrura;
Allí encontrarás abundancia de carne
humana.

−Plutarco

*P*or fin Ka'it Bay llamó a Leonardo a su tienda, para cuya instalación habían hecho falta treinta soldados. Un esclavo le entregó café y una pipa; los olores a café fuerte y esencias resultaban deliciosos; fue entonces cuando el pintor cayó en la cuenta de lo fatigado y hambriento que estaba.

—¿Sabes interpretar sueños? —le preguntó el califa.

—No, amo.

—¿No? Mi Devatdar sí.

Leonardo saludó con la cabeza al Devatdar, que estaba sentado en un diván frente al califa y junto a Kuan, con aspecto de sentirse muy incómodo.

—Justo antes del amanecer tuve un sueño pavoroso —continuó el califa—. Llamé a mi imán y a mi Devatdar. Pero uno no sabe responder y el otro me da una respuesta que no puedo aceptar.

Miró al Devatdar y a su imán; el santón aparentaba unos ochenta años; estaba encorvado, marchito y envuelto en sus ropajes como si se escondiera en ellos, pero su mirada era directa y algo amenazadora.

Luego el califa se volvió hacia Leonardo.

—Soñé que una enorme serpiente se enroscaba a mi alrededor. Llegaba a mi cuello y empezaba a estrangularme, pero en tanto me miraba con ojos como piedras preciosas, de pronto se transformó en un águila. Abrió las alas, me elevó en el aire y me llevó en sus garras por una larga distancia, hasta que vi un bastón reluciente como ascuas en la arena del desierto. Era un bastón de heraldo. Luego el ala me depositó con suavidad junto al bastón. Cuando lo toqué me sentí libre del terror y la duda. —Después de una pausa añadió: —Dime cuál es tu interpretación, maestro Leonardo.

—No creo en la necromancia —contestó el pintor, tratando de no delatar su excitación. En realidad, si hubiera creído en supersticiones, el sueño del califa le habría parecido un presente de los dioses.

—Eso no importa. Kuan tampoco.

El chino bajó la mirada.

—Mi esclavo y hermano están de acuerdo con la interpretación de mi Devatdar —dijo Ka'it Bay. Luego hizo un gesto al último. —Di cuál es.

—La serpiente representa la derrota —dijo el Devatdar—. Pero no estamos derrotados. Somos victoriosos.

—Uno sabe cuándo es victorioso —objetó Ka'it Bay—. Aunque diga a mis soldados que la victoria es nuestra, la victoria siempre es decisiva. Sin duda alguna, Mehmed está diciendo a sus ejércitos que la victoria es de ellos.

—Pues aunque seamos derrotados —continuó el Devatdar—, sólo podemos ser aniquilados por completo si nos quedamos aquí. Pues la serpiente es el turco que nos estrangulará.

—Me estragulará a mí —dijo Ka'it Bay—. Así era en mi sueño.

—Los sueños no son literales, amo.

—Tal vez sí, tal vez no. Pero continúa.

—Si te repliegas ahora, con honor... y con esto me refiero al honor del más grande de los generales... tu nación estará a salvo. Si obedeces a los dictados de tu sueño, la derrota se convertirá en victoria, representada por el águila, y te llevará a casa, a Egipto. Si lo haces, quedarás libre de terrores y dudas. Ése es el presente del heraldo.

—¿Y quién es ese heraldo?

—Tú mismo, Gran Rey —respondió el Devatdar.

—¿Ves? —dijo el califa a Leonardo.

—No creo que pongas en duda las intenciones y la bravura de estos hombres —dijo el pintor.

—Por mucho que se odien entre sí, combatirían a mi lado hasta la muerte.

—Somos hermanos, Gran Rey —afirmó el Devatdar—. Entre nosotros no hay enemistad.

—Aunque esa interpretación se adecua perfectamente, amo, no estoy de acuerdo con ella —dijo Leonardo.

—¿Por qué no? —preguntó el califa.

—Porque no creo que debas abandonar estas tierras sin conquistarlas. Y tengo un plan.

Ka'it Bay asintió, riendo.

—Por lo menos eres sincero. Pero antes de escuchar tu plan, quiero escuchar la interpretación de mi sueño.

—Son la misma cosa, califa. Has soñado con mi plan. —Leonardo hizo una pausa para lograr un efecto dramático. Luego continuó: —Tus capaces asesores estaban acertados al decirte que la serpiente de tu sueño representa la derrota. Pero el sueño te indica que puedes convertir la derrota en una victoria absoluta.

—¿Cómo es eso?

—Tienes águilas, Amo de los Mundos. Tienes a tu disposición máquinas voladoras. Ellas pueden abrirte el castillo... esta noche.

—¿Esta noche?

—¿Esperarías el ataque enemigo?

—Preferiría que mis hombres tuvieran unas cuantas horas de descanso —dijo el califa—. ¿Has perdido la fe en tus máquinas y cañones?

—Estamos preparados, amo... para un sitio largo. ¿Es eso lo que deseas? Mehmed jamás esperaría un ataque esta noche, pero incluso ahora disponemos de poco tiempo.

—¿Y el bastón, Leonardo? —preguntó Ka'it Bay.

—¿Amo?

—En mi sueño...

—Tenías razón en pensar que yo era el heraldo —repuso Leonardo—. Yo voy a darte el bastón. —Tendió una mano al califa, que asintió pero no hizo ademán de tomarla.

—¿Por qué deberíamos utilizar los ángeles y tus máquinas voladoras, maestro? —quiso saber Ka'it Bay—. Kuan, ¿por qué no podemos volar en tus naves por sobre el enemigo y arrojarles fuego? ¿Eso no les quemaría la carne y rompería sus filas, así como hicieron las máquinas de Leonardo cuando los niños volaron encima de sus tropas y arrojaron fuego y hierro?

Antes de que Kuan pudiera hablar, Leonardo advirtió:

—No podemos estar seguros de que funcionara otra vez, amo. Sin duda Mustafá ha advertido a su padre y sus ejércitos...

—Perdimos todas las naves flotantes en el combate, menos una —dijo Kuan—. Los carros de carga que contenían el lino fueron alcanzados por los cañones y se incendiaron.

—Además, Amo de los Mundos, las naves flotantes dependen en grado sumo de los vientos —señaló Leonardo—. Y aunque los cañones de los turcos no las hubieran destruido, no podríamos controlar...

—Maestro, no tienes por qué proteger a Kuan de mí —dijo el califa—. Mejor será que te cuides tú, y a tu amigo Sandro, que ha sido acusado por el Turco.

—Si te propones seguir tu sueño con exactitud, Amo —repuso Leonardo, ignorando la amenaza del califa—, podrías observar los engranajes de la nave de Kuan, que debería ser amarrada al suelo. Podrías observar...

—¿Que preparativos has hecho tú?

—Las máquinas voladoras y tus ángeles están a salvo, en lo alto de los riscos.

—¿Con las mujeres? —preguntó el califa.

Leonardo no podía hacer otra cosa que responder con honestidad.

—Sí. —Luego añadió: —Y también soy el responsable de haber trasladado una cantidad de los cañones a una posición en la que puedan disparar de manera eficaz contra el castillo.

—¿Cómo lo hiciste? —preguntó el Devatdar.

—Ideamos un sistema de avíos y poleas para tirar de los cañones colina arriba.

—¿"Ideamos"? —preguntó el califa.

—Lo hice yo, amo.

—¿Y Hilâl sabía de esto?

—No.

—¿Retiraste del campo de batalla las máquinas de sitio?

—Sí, Amo de los Mundos, porque en ese momento no servían de nada, y ahora sí podrían ser de utilidad. —Leonardo se preparó para la furia del califa.

—Debes de haber tenido ayuda en tal empresa —observó Ka'it Bay—. ¿Quién tomaría semejante iniciativa sin mi permiso?

Leonardo bajó la cabeza, sin responder.

—¿Cuál es tu plan? —susurró el califa.

—Los ángeles aterrizarán en los terraplenes del norte del castillo, que no estarán muy custodiados.

—¿Utilizarás niños para hacer el trabajo de hombres? —preguntó el Devatdar.

—Una vez que se quiten las alas, no es probable que los turcos reparen en ellos —explicó Leonardo—. Después de todo, son... niños.

—Pero éstos luchan como hombres —señaló el chino—. Yo mismo he visto cuán veloces y mortales pueden ser... como las mujeres persas que combaten junto a sus hombres.

—Nos abriremos paso hasta el portón y lo abriremos a tus soldados —continuó Leonardo, dirigiéndose al califa.

—¿Irás tú también?

—Sí. Yo iré a...

—No irás —dictaminó el califa. Al cabo de un instante agregó: —Ahora, continúa.

Leonardo recobró la compostura y prosiguió:

—Una vez que el portón esté abierto, nuestras tropas tomarán el castillo. Cuando disparemos con los cañones de los propios turcos contra el campamento de Mehmed, será la señal para que tu ejército ataque.

—Está muy oscuro —objetó Ka'it Bay—. No hay luna que pueda guiarnos. ¿Crees que los que siguen a Alá son gatos?

—Se han preparado faroles —contestó Leonardo—. Los carros con guadañas avanzarán primero, mientras mis armas y cañones aguardan en una barrera de fuego, delante de ellos. Las explosiones de mis misiles darán luz suficiente para guiar a los carros y a los hombres. Cuando estés sobre ellos, podrás encender los faroles, pues si no tenemos el control de los cañones del castillo, los turcos no dispararán contra su rey. Pero de un modo o de otro, las tropas de Mehmed se encontrarán en un fuego cruzado de cañones, Amo de los Mundos. El Gran Turco saboreará la misma sorpresa que nos dio esta mañana.

—¿Qué quieres decir con "de un modo o de otro"? —preguntó Ka'it Bay—. Si no logras tomar el castillo, no habrá señal alguna, y tampoco razón para que nosotros carguemos contra su fuego de cañones.

—Si los niños no consiguen cumplir con su parte, nosotros dirigiremos una barrera de fuego contra la fortificación turca para destruir sus cañones —explicó Leonardo—. Desde nuestro nuevo y ventajoso punto de ubicación, creo que podemos destruir casi todos los cañones de ellos, porque mis máquinas pueden apuntarse con precisión. Y también tendremos en el lugar artillería para disparar contra el campamento de los turcos, abajo. El alcance será limitado, pero mortal, te lo aseguro.

—Si no es posible entrar con sigilo e invadir sus fortificaciones, no arriesgaré a mi ejército.

—¿No lo arriesgarías ahora, que puedes tomar al enemigo por sorpresa y vencerlo en forma definitiva? —insistió Leonardo—. Recibirás tantos honores como Alejandro; serías el rey que conquistó a los turcos.

—¿Conocías el plan de Leonardo, Kuan? —preguntó el califa.

—No, amo; él no me pidió consejo. —Sin embargo, después de hablar, el chino miró con calma a Leonardo, como si en verdad lo hubiera sabido.

—¿Y tú? —Se dirigía al Devatdar.

—No, por cierto, Gran Rey.

—¿Qué piensas de él?

—Una locura —contestó el Devatdar—. ¿Apostarías tu ejército al éxito de unos pocos niños que volaran con esos aparatos? Y si los niños fracasaran, como sin duda ocurriría, Leonardo pondría inmediato sitio al castillo y nos haría invadir su campamento. Según mi experiencia, un sitio requiere varios meses, pero nuestro ilustre y brillante florentino te dirá que puede tomar esta fortaleza en una noche.

Cuando Leonardo estaba por contestar, el califa se volvió hacia Kuan.

—Y tú, consejero mío, ¿estás de acuerdo con mi Devatdar?

—Sí —respondió Kuan—. La cabeza me dice que debo estar de acuerdo con nuestro astuto asesor, pero el corazón ansía seguir el curso indicado por Leonardo. Es tan audaz que podría poner fin a la lucha en un día. Si un plan así tuviera éxito, se te cantarían alabanzas por un milenio entero. Eso demostraría tu poder, ¿y qué país se atrevería a enfrentarte? ¿A un rey que vuela por el aire y aplasta a sus enemigos en un solo día?

—¿Dudas de que se me canten alabanzas sin el plan de Leonardo?

Kuan inclinó la cabeza.

—Por supuesto que no, amo.

El califa sonrió.

—Si el plan fracasara, Kuan, ¿estarías dispuesto a morir con tus guardias?

—Siempre estaría dispuesto a morir... por ti, amo.

—No me has respondido.

—No, Regente de los Mundos.

—¿Estarías dispuesto a asegurarte de que Leonardo corra el mismo destino que mis soldados, en el caso de que falle?

Kuan echó un vistazo al florentino. Luego dijo al califa:

—Si ése es tu deseo, amo.

—Bueno, ¿has encontrado palabras? —preguntó el califa al santón.

—Alá plantó ese sueño en tu descanso. Síguelo.

—Ésa no es respuesta —replicó Ka'it Bay, enfadado.

—Es todo lo que Alá nos da. —Y el imán dirigió a Leonardo una sonrisa desdentada.

Un regimiento de mil soldados, entre los mejores de Kuan, abandonó el campamento en forma tan subrepticia como le es posible a un soldado en movimiento; partieron antes del anochecer, en unidades de cuarenta hombres. Kuan les había enseñado a moverse como si fueran invisibles, como si no tuvieran peso. Vestían de negro, para recibir a la noche inminente, y llevaban la cara cubierta de barro; Leonardo percibió en ellos el terrestre olor a sangre del campo de batalla, como si transpiraran muerte.

El cielo se había puesto gris y hasta el aire parecía azulado, sobre todo a la distancia; pronto se tornaría azul oscuro; después, negro como las sombras. Debían escalar los riscos de roca a pico para llegar a una posición desde donde pudieran ver bien. Aprovecharon una empinada escalera cortada en la piedra del lado occidental, pero los peldaños estaban muy dañados. En otros tiempos esa escalinata se prolongaba alrededor de los riscos, para que los aldeanos pudieran utilizarla a fin de llegar al castillo, pero la mayor parte de los escalones había sido demolida por los turcos, que no necesitaban facilitar el paso a los pobladores.

El ejército de Kuan se instaló cerca del lado sur de la fortaleza para aguardar allí.

Por encima de ellos había roca y castillo; una luz como gasa emanaba de las troneras y de las murallas de la fortaleza; el cielo estrellado era tan claro que parecía una noche de invierno. Hacia el oeste había barrancos, ríos y colinas boscosas, pero en esos momentos era territorio oscuro, carente de contraste y demarcación. Abajo, en el campamento de los turcos, se veían diez mil fogatas.

La oscuridad no era tanta; la luz era suficiente para ver. Y así pasaron las horas, con lentitud.

La tierra misma dormía. Había cedido la ira de los terremotos distantes y sus molestias.

—No deberías haber venido —dijo Leonardo a Sandro. Estaba sentado en un saliente rocoso, entre dos de sus cañones, y observaba con su telescopio el campamento de los turcos. Sus cañones tenían una clara línea de fuego sobre una parte de las tropas de Mehmed; si los barrancos no hubieran sido tan verticales, Leonardo habría podido situar sus cañones de manera de devastar todo el campamento de Mehmed. Sus cápsulas explosivas podían convertirlo en una hoguera. También había suficientes cañones apuntados hacia la fortaleza, que era apenas más alta que el emplazamiento de cañones de Leonardo. El castillo ardería. Ojalá Nicolás no resultara herido.

Ojalá estuviera vivo.

—¿Quieres que me pase el día entero con las mujeres? —protestó Sandro.

—Están demasiado lejos como para que llegues con facilidad hasta allí.

—Te aseguro que están muy bien protegidas. ¿Y por qué te preocupas?

Leonardo se encogió de hombros.

—No estás con las tropas. ¿Vas a operar los cañones?

—No. Entraré al castillo con Kuan —dijo Leonardo.

—¿Y Américo?

—Está con la guardia del califa.

Sandro se mostró sorprendido.

—Yo habría pensado que acompañaría a Kuan.

—Supongo que Kuan quiere asegurarse de que esté a salvo —conjeturó Leonardo—. Américo estará bien protegido por los guardias.

—Una vez se jactó de que los amantes que combaten juntos son los mejores combatientes. —Sandro hizo una pausa reflexiva—. Algo anda mal.

—Creo que estás demasiado nervioso.

—Puede ser. ¿Seguimos de acuerdo?

—Sólo si encuentro a Nicolás.

—Si él ha muerto, Leonardo, ¿te quedarás en este país de paganos?

—No hace mucho tiempo parecías cautivado por las enseñanzas de Alá, Botellita.

—Estaba equivocado. La Madonna me llamó a la patria.

—¡Caramba! —exclamó Leonardo—. ¿La Madonna?

—Tuve un sueño tan real como esto. —Movió el brazo a su alrededor. —Yo dormía y ella estaba sentada a mi lado hasta que desperté... en mi sueño. Su aspecto es muy diferente del que imaginábamos, Leonardo. Es... —Sandro se interrumpió, como si hubiera dicho demasiado sobre su aspecto. —Me preguntó si pensaba seguir siendo un apóstata y me dijo que mi destino estaba en Florencia. Dijo que su propio fraile me buscaría aquí para enseñarme a hacer su voluntad.

—No tengo gran fe en los sueños. Parece que tienes mucho en común con el califa. Él también permite que los sueños gobiernen su vida.

—¿Y tú nunca has soñado, Leonardo? ¿No viste a Tista, no lo oíste llamarte para que salieras de entre las llamas que incendiaban el cuarto de la pobre Ginevra?

Leonardo no respondió. Pero Kuan, que como es obvio escuchaba, salió de la oscuridad, y dijo:

—Todos los florentinos son soñadores. Hasta mi Américo.

Sorprendido y desconfiado, Leonardo preguntó por su amigo.

—Estaba inquieto por no haber podido abrazarte, Leonardo —dijo Kuan.

—También yo. Lo busqué, pero... —Leonardo se encogió de hombros para indicar que no había tenido tiempo de hallarlo.

—Me pidió que te diera esto. —Kuan sonrió, cosa que hacía rara vez, y dio a Leonardo un fuerte beso en los labios. —Américo me habló de tu plan.

Como ni Leonardo ni Sandro dijeron nada, el chino prosiguió:

—Conozco tu plan para huir.

—Él me dio su solemne palabra —dijo Sandro en un susurro, como si él mismo hubiera revelado el secreto.

Leonardo sintió un escalofrío de miedo, como si una fría gota de sudor le hubiera corrido por la espalda. Conque Américo sería la perdición de todos. Pero no tenía sentido que Kuan se lo dijera en ese momento, a menos que...

—Ah, ¿crees que voy a traicionarlos? —preguntó Kuan.

—¿Qué deseas? —preguntó Leonardo—. Si no pudieras ganar algo con esto no habrías esperado tanto... ni nos habrías dejado vivir hasta ahora.

—Tienes razón, Leonardo —respondió Kuan—, pero te has vuelto demasiado cínico. —Le entregó una carta. —Esta carta tiene el sello del califa. Te asegurará un pasaje seguro a través de todas nuestras filas, en cualquier punto de nuestro territorio.

—¿El califa firmó esto? —preguntó Leonardo, atónito.

—Lo firmé yo por él. También deberías estar seguro en territorio turco. —Miró a Sandro. —¿No es verdad?

Botticelli no respondió.

—Él retuvo una carta de Mehmed —apuntó Kuan—. Ya ves, Leonardo, que no es tan idiota como nos quiere hacer creer.

—Yo nunca he creído que fuera un idiota —replicó Leonardo, recobrando la compostura—. Pero ¿por qué nos ayudas?

—¿Tan seguro estás de que es así?

Leonardo distinguió la sonrisa del chino.

—Mi nave flotante está escondida abajo, en un sembrado. Ese barranco que parece una herradura apunta directamente hacia allí; bastará con que caminen en línea recta, aunque la distancia es larga —dijo Kuan. Leonardo conocía ese barranco. —Cuando estén dispuestos, el globo también lo estará.

—Creo que sería más seguro viajar a pie o a caballo —objetó Sandro, asustado por la idea de flotar encima de la tierra.

—Estoy de acuerdo con Sandro —reconoció Leonardo, extrañado de que Kuan sugiriera la idea—. Como le dije al califa, estaríamos a merced de los vientos y nos convertiríamos en un espectáculo. Ésa no es manera de ejecutar una fuga.

—Los sueños parecen haber adquirido poder en estas últimas noches —dijo Kuan—. Hasta el imán ha revelado un sueño suyo al califa.

Le dijo que, si la victoria era suya, Dios aparecería bajo la forma de un fuego en el cielo, así como ha hecho temblar y gruñir la tierra. Pero si resultamos victoriosos y la señal no aparece, será un presagio de muerte para el califa y para Egipto.

—¿Y el califa lo creyó? —preguntó Leonardo.

—Por supuesto, maestro, pero también comprendió que el presagio se podía efectuar lanzando la nave flotante. Hasta pensó en vencer su miedo. —Kuan se echó a reír. —Pero aunque fabricaras una cuerda de hierro para conectarlo a la tierra, el califa no se sentaría en esa máquina. Ni aunque Mahoma se apareciera en persona a decírselo, como quizás haya hecho en el sueño del imán. —Hizo una pausa. —Por ende, el califa espera ver esa señal.

—¿Quién se supone que tripulará la nave? —preguntó Leonardo.

El chino sonrió.

—Cualquiera de nosotros o ambos, maestro. Pero lo primero es masacrar a los turcos, por supuesto. El califa no es tan supersticioso que me aparte de mis funciones para cumplir con un presagio. De modo que te encomiendo el trabajo.

—¿El califa me permitiría tripular tu máquina, aunque me impide pilotear mi propio invento?

—Aunque no desea siquiera acercarse a mi globo, piensa que es por completo seguro.

—¿Por qué haces esto? —preguntó Sandro.

—¿No es obvio?

—¿Es por eso que Américo no está ahora contigo? —inquirió Leonardo.

—Me rogó que te ayudara, aun a riesgo mío. Y así debe ser, pues uno debe amar sobre todo a sus amigos más antiguos. Pero yo no quisiera ponerlo ante la tentación, pues siente nostalgia de su patria.

—O sea que ha cambiado su libertad por la nuestra.

—No. Es libre de hacer lo que guste —contestó Kuan—. Decidió quedarse conmigo. Pero no pongan esas caras sombrías, amigos míos, pues ésta no será la última vez que nos veamos. Volveremos a tus tierras, y entonces, ¿quién sabe si yo mismo no me quedaré a vivir allá?

Leonardo y Sandro guardaron silencio. El viento silbaba en las rocas como un ejército de hombres sin aliento. Era posible oír el vago susurro de mil voces, una lejana tempestad de sonidos cuyas lenguas se mezclaban en el idioma de Babel, una suave agitación, como si la guerra y las voces levantadas no fueran visibles en lo denso de la noche.

—Ha llegado la hora —dijo Kuan—. Enviaré el mensaje a los ángeles.

—Lo haré yo —dijo Leonardo.

—El califa dijo que debías permanecer conmigo. No debes volar en esos aparatos.

Leonardo no pasó por alto la ironía del chino.

—¿También te dijo el califa que escribieras esta carta y le pusieras su sello?

———————

Leonardo encontró a Mithqâl con cinco jóvenes eunucos, esperando nerviosos al mensajero. Vestían atuendos turcos, a fin de pasar inadvertidos una vez dentro de la fortaleza. Unos cuantos guardias esperaban sentados, inquietos; cuando los planeadores hubieran sido lanzados, ellos se reunirían con el ejército de Kuan. Había seis planeadores cubiertos y amarrados a las piedras, para que el viento no los rompiera ni se los llevara.

—¿Qué haces aquí, Leonardo? —preguntó Mithqâl.

Complacido de verlo, el pintor le hizo una reverencia.

—Soy tu mensajero. Ha llegado la hora.

Al oír eso, los guardias y los ángeles comenzaron a destapar los planeadores, que habían sido frotados con *kohl* o alguna otra sustancia similar para dejarlos tan negros como el cielo. Leonardo ayudó a los eunucos a prepararlos; luego informó a uno de ellos que él iría en su lugar. El niño aparentaba trece o catorce años; era desgarbado y hosco, aunque tenía las facciones delicadas y suaves de una mujer hermosa.

—Debo volar yo —dijo, mirando a Mithqâl.

El pequeño jefe aún estaba discutiendo cuando el niño desenvainó un puñal para lanzarse contra Leonardo. El florentino ya se había puesto el arnés y luchaba contra el viento, pues pensaba ser el primero en saltar desde las rocas. Mientras retrocedía, uno de los guardias interceptó al muchacho y lo arrojó desde el acantilado. Otros dos guardias sujetaron el planeador de Leonardo, para que no se lo llevara el viento. Los jóvenes eunucos escogidos para la misión vieron con horror la muerte de su camarada. Uno de los ángeles dejó su máquina sin amarrar y sacó su puñal, como si pudiera compararse al recio y curtido guardia. Leonardo estaba a punto de intervenir cuando Mithqâl ordenó:

—Déjalo. —Hablaba mirando al guardia. —Lo mataremos después. ¿Lo dudas? —El guardia sonreía, burlón. —¿Dudas de que seamos tus pares?

—El viento es adecuado —dijo Leonardo—. ¿Mandas tú, Mithqâl, o lo hago yo? —Decidió ocuparse más tarde de que el guardia recibiera su merecido.

Mithqâl hizo un gesto al ángel que se hallaba más lejos en el barranco. Con la ayuda de dos guardias, el niño se calzó el planeador, que usaba como un carapacho, aunque en el aire él quedaría colgado hacia abajo. Luego saltó hacia el viento, descendió de prisa y describió un arco hacia arriba, como si una hoja en caída se transformara en un ave. Los otros saltaron a intervalos largos; cada uno voló hacia una muralla diferente de la fortaleza, que se alzaba como una sombra vacía detrás de ellos.

Cuando sólo quedaron Mithqâl y Leonardo, el niño hizo un gesto. Era el turno del pintor. Los guardias se retiraron para abrirle espacio, pero él dijo:

—No. Iré el último. —No quería dar a los guardias la oportunidad de vengarse de Mithqâl, que los había humillado.

Mithqâl saltó.

Leonardo hizo lo mismo, sin perderlo de vista.

Se impulsó en la oscuridad; el corazón le palpitaba como un puño apretado en la garganta; sintió húmedo el viento en la cara, en tanto le chillaba en los oídos. Y cayó como había caído a la vista de Lorenzo el Magnífico, su padre y todo el pueblo de Vinci. Cómo le habría gustado estar entonces allí, en los brazos de su madre, y sentir el fuerte abrazo de Achattabrigha; cómo le habría gustado ver las torres familiares, las calles y los puentes de Florencia sólo una vez más... Entonces encontró la corriente cálida y se elevó dentrás de Mithqâl, cerca de la imponente y peligrosa faz del barranco, arrastrado hacia las estrellas como por el aliento de Dios. Y planeó en torno de las escarpas, permitiéndose volar en un arco amplio, más alto de lo que habría debido. Pero al mirar hacia abajo, hacia las fogatas y las sombras contra sombras, se sintió de repente liberado; quiso detenerse en medio del aire y cayó más veloz que el pensamiento.

Más abajo iba Mithqâl, como un murciélago que volara por una cueva techada de estrellas.

Eso era la libertad, la bienaventurada libertad, por un instante antes de la muerte, que eran las murallas de la fortaleza, allá abajo. Voló en círculos, siguiendo a Mithqâl en su espiral hacia el bastión del noroeste. El plan consistía en que los niños llegaran a la barbacana del sur. Leonardo sospechaba que, tras el puente levadizo que había visto tenderse para las tropas turcas, había dos puertas de reja con poleas y cadenas. Los niños tendrían que justificar su reputación de sigilo y destreza para el puñal; estaban preparados por Kuan, que a su vez había sido discípulo de Hilâl.

El aire negro se hallaba poblado de fantasmas.

Las murallas de piedra se lanzaron hacia arriba cuando Leonardo trató de aterrizar. Encontró tantas dificultades como Mithqâl, pues el aire era como olas rompientes en torno del castillo: empujaban y tiraban como la marejada. Se deslizó a lo largo de la piedra, despellejándose brazos y piernas, pero se quitó con rapidez el planeador y lo arrojó a patadas por sobre el borde exterior: cayó como una gran ave hasta estrellarse calladamente en el fondo del barranco.

—¿Estás herido? —preguntó Mithqâl en un susurro. Sin duda alguna, había aterrizado con más destreza que Leonardo. Él también arrojó sus alas desde el borde, pues no se podía permitir que cayeran en manos de los turcos y los alertaran.

—¿Dónde están los otros? —inquirió Leonardo.

El chico se encogió de hombros.

—Es probable que ya hayan llegado al portón.

Leonardo no los había visto; tampoco a sus planeadores. En el patio interior había campamentos y fogatas; ese lugar era más grande de lo que él había imaginado. El humo de las fogatas le irritó los ojos; había varias abajo y varias más en los parapetos. La luz surgía a torrentes por ventanas y troneras; las sombras se escabullían como animales. El emplazamiento de cañones estaba bien custodiado. Pese a su curiosidad, Leonardo no se atrevió a detenerse en la escalera, cerca de ellos, sino que pasó agazapado, sin respirar. Por no matar a un turco que parecía estar estudiando el cielo, esperaron a que descendiera la escalera. Allá abajo los soldados, sentados en grupos, bebían, cantaban y narraban cuentos sucios: la eterna ocupación del guerrero.

Leonardo y Mithqâl llegaron hasta la barbacana del sudoeste, caminando entre sombras; Mithqâl iba del lado exterior, pues su vestimenta era menos visible que la del pintor. Pasaron junto a las paredes encaladas del salón grande, que lindaba con los apartamentos, frente a las barracas. Leonardo habría querido detenerse en una vetusta torre que no había sido reparada. Era la torre de la capilla. Si Nicolás continuaba con vida, si Nicolás se encontraba allí, estaría en esa torre, en la mazmorra de abajo.

Hacia adelante se alzaba la caseta de guardia, negros y profundos sus arcos en la sombra. Pero la puerta de rejas estaba levantada, y las de madera, abiertas. Las tropas de Kuan entraban a torrentes, como humo negro. Aunque no se veían cadáveres en la penumbra, Leonardo percibió el olor a heces de los hombres recién muertos. Lo habían logrado. Los niños, esos bebés, esos asesinos eunucos, habían entrado en forma subrepticia, abriéndose paso a fuerza de palabras y puñaladas. Y ahora los guardias de Kuan tomaban por asalto las murallas desde adentro y ponían fuego a las barracas, matando a cuanto turco encontraban en una silente sed de sangre, más terrible para Leonardo que cuantas luchas y masacres había presenciado hasta entonces.

Vio a Kuan, que lo invitó a unirse a los artilleros que ya se habían desplegado en las murallas. Como él se negó, el chino ordenó a sus propios guardias que lo protegieran en tanto buscaba a Nicolás. Mithqâl insistió en acompañarlo. Hallaron el modo de entrar en la torre y los guardias se adelantaron de prisa, lanzando estocadas a las sombras, derribando a quienquiera se les pusiese delante, hombres y mujeres por igual.

El castillo se estremeció con la primera cañonada disparada contra el campamento turco. Aun allí, en la húmeda oscuridad, cortada sólo por la luz de las antorchas, Leonardo imaginó sus carros de guadañas que cruzaban el campo... seguidos por el ejército de Ka'it Bay, en la oscuridad. En su mente los veía encender sus lámparas y rodear el campamento de Mehmed, que estallaba como si la tierra misma se hubiera abierto para tragar a todos los turcos. Cada vez que se disparaba uno de los cañones turcos, Leonardo lo sentía además de oírlo, como si estallara con cada disparo.

Siguieron los peldaños hasta el sótano, donde encontraron una puerta trampa abierta en el suelo. Por ella bajaron a la mazmorra, que estaba iluminada por estrechas aberturas en las gruesas paredes, cerca del techo. Grises espadas de luz cortaban la negrura hacia adelante, de modo que les permitían caminar por los cuartos vacíos, con pisos de tierra, del ancho de un corredor. Cosa curiosa, todas las puertas se hallaban abiertas. Mientras se adentraban en las mazmorras (los guardias los precedían con antorchas que crepitaban como si hasta las llamas estuvieran furiosas), Leonardo sintió olor a carne podrida. Hizo una arcada al aproximarse al último cuarto, poco más que un hoyo grande, al que se habían arrojado cadáveres en diversos estados de deterioro. Le quemó la nariz el olor acre de la cal viva, que se había arrojado sobre los cadáveres en vez de tierra.

Los guardias, murmurando encantamientos, se dieron a la fuga, despavoridos.

—Déjenme una antorcha —pidió Leonardo, en voz casi susurrante, pues había perdido las esperanzas. Estaba seguro que allí había terminado la vida de Nicolás: en un cubo de basura lleno de carne podrida.

Los guardias les dieron antorchas y desaparecieron.

—¡Aj! —exclamó Mithqâl, al tiempo que levantaba la antorcha para contemplar los cadáveres—. ¿Por qué no los quemaron?

—Sospecho que iban a ser regalos para el califa —dijo Leonardo—. ¿Reconoces a alguno?

Mithqâl sacudió la cabeza. Leonardo se obligó a buscar a Nicolás entre los cadáveres.

—Morirás si los tocas, maestro —le advirtió Mithqâl—. La enfermedad... la peste.

—Moriré, pues, soldadito.

Para gran alivio suyo, no halló a Nicolás entre las ruinas de hueso y carne.

Tampoco lo encontró en sitio alguno del castillo.

32
El sendero
del recuerdo

Al ascender por los aires, el hombre cambia verdaderamente.

–Ludolph von Sudheim

Ved ahora la esperanza y el deseo de volver al propio país o retornar al caos primordial, como el de la polilla por la luz...

–Leonardo da Vinci

*L*eonardo miró por sobre las almenas hacia abajo, hacia el campo de batalla. Lámparas y antorchas parecían echar un embrujo, como si el vago mugido del combate —los gritos, los gruñidos, los jadeos de la muerte— fuera el vitorear lejano de las multitudes en un festival. Cielo y tierra se fundían en la oscuridad, puntuados por las estrellas arriba y las lámparas abajo. La matanza era completa. Los cañones habían cesado de disparar. Se combatía cuerpo a cuerpo. Mehmed estaba derrotado por completo. La aurora revelaría la verdad: cien mil hombres muertos... demasiada podredumbre para todas las aves carroñeras de Persia. Y Nicolás no estaba allí.

Pero si se hallaba en el campo de batalla, con Mehmed o Mustafá (y así era, con seguridad), eso significaba que estaba muerto: muerto y sepultado bajo un deshoje otoñal de turcos, que pronto serían quemados de manera tan anónima como un mendigo caído en un camino. Leonardo se sentía clavado en aquel lugar, pétreo, como atrapado en un lúcido sueño en el cual pudiera desarrollar las diferentes consecuencias. Se vio descendiendo por el barranco en menos tiempo del que en verdad se requería, apretando de algún modo el tiempo para que, por esa vez, por esa única vez, funcionara a su favor, pero...

Bajaría, lo enfrentaría, lo había enfrentado, estaba cubierto de muerte, había excavado en la mazmorra entre esos hombres, mujeres y niños. Y al pensarlo se dio cuenta de que habría debido quemarlos, dejar que sus almas se mezclaran con el fuego, permitir que el *jinn* se los llevara por la chimenea, porque había una chimenea. Pero no había podido, tal como ahora no podía moverse. Saltaría, por supuesto, y por un instante, por una eternidad, flotaría en la oscuridad, en el aire, como si tuviera alas, como si él fuera su propia máquina voladora, para descender luego, con el viento silbándole en los oídos, las canciones de los niños, las canciones de...

Y un momento después estaba corriendo por terraplenes y baluartes, bajando escaleras, bajo los arcos del portal; atravesó una puerta de reja, luego otra, y pasó por la plataforma de madera del puente levadizo hacia la rampa tallada en el barranco, por el sendero escalonado que lo llevaría hacia abajo, peligrosamente en la oscuridad, hacia el foso del barranco en forma de herradura donde lo esperaría Sandro.

—Espera —gritó Mithqâl, con una voz que a Leonardo le sonó como la de sus propios pensamientos, como el balbuceo de los sueños, que repetía "Esperaperapera" en árabe, *"Wakkaf..afafafaf"*, música sin letra, pensamiento sin razón. Entonces Mithqâl le tiró del brazo. Al salir de su sueño, sobresaltado, reparó en el niño.

—¿Adónde vas, maestro? Te busqué por todas partes. Y cuando te encuentro... sigues caminando y luego huyes a la carrera.

—Kuan cuidará de ti —dijo Leonardo—. Búscalo. Él te protegerá.

—No necesito su protección. Estás enfermo, Leonardo. Te dije que no tocaras esos cadáveres.

—Busca a Kuan —repitió Leonardo con suavidad. Luego bajó a tientas por los peldaños cortados, resbalando pese a su cautela. —Debe de estar con el califa.

—Quiero estar contigo.

—Tu amigo quería volar con su máquina y lo arrojaron al vacío. ¿Es eso lo que quieres?

—Si lo hicieras tú, sí, eso es lo que deseo.

—Adonde voy no puedo llevarte.

—¿Abandonas este lugar?

—Sí... No.

—¿Buscas a Nicolás?

—No —dijo Leonardo. Y eso lo dejó pensando, como si sus propias palabras pudieran indicarle qué buscaba su alma. Pero en verdad estaba buscando a Nicolás.

—¿Entonces por qué no puedo ir contigo?

—¿Abandonarías este país? ¿Abandonarías a tu califa?

—Mi amo Hilâl ha muerto —dijo el niño—. Los que son como yo lo pasarán mal, de eso estoy seguro. Sí, maestro, abandonaría este país... para siempre.

—Bueno, pero yo no me voy.

—Entonces yo también me quedaré.

"¿Qué importa ya?", pensó Leonardo, mientras descendía, acercándose al pie del barranco donde se encontraría con Sandro, donde...

¿Se marcharía o le diría adiós?

Pero Sandro no estaba allí.

⁂

Leonardo vio a la distancia el resplandor de una fogata. Ese lugar estaba aislado, por cierto, pues cuando llegaron al sitio, oculto entre árboles por todos lados, un *palazzo* natural de tierra, troncos y acebo, vio llamear el fuego. A su lado estaban los aparejos del globo y el globo mismo: un campo de tela teñida dentro del campo de olivos salvajes y viburnos. Los esclavos holgazaneaban, esperando la orden de elevar el globo. Y allí, formando un grupo a cierta distancia de los esclavos, se hallaban Sandro y tres hombres más.

Uno de ellos era Américo. El otro, un hombre mayor, a quien Leonardo no había visto nunca; por su ropa y su sombrero, parecía un comerciante italiano.

Y junto a ellos estaba Nicolás Maquiavelo.

Las llamas les iluminaron la cara, haciendo bailar sus facciones, como si la sustancia fuera humo, y todos los hombres, *jinns*.

514

—Leonardo —dijo Américo, mientras corría a su encuentro—. Mira a quién hemos encontrado.

El pintor abrazó a Nicolás, que parecía mayor, más alto y, por cierto, más reservado... tal como era un año antes, cuando él lo tomó a su cargo. Una vez que Leonardo lo soltó, el muchachito hizo una reverencia, y dijo:

—Maestro, quiero presentarte a Messer Giovan Maria Angiolello, embajador de Venecia ante el imperio de los turcos.

Leonardo se inclinó cortésmente. Luego se volvió hacia Nicolás para preguntarle:

—¿Y cómo viniste a parar aquí, Nico?

—Nicolás —corrigió él.

—Tu hijo me salvó la vida —dijo el embajador a Leonardo. El veneciano era un hombre moreno y apuesto. —El Gran Turco se fue sin nosotros; nos abandonó sin un caballo, siquiera, dejando que nos enfrentáramos —se estremeció al decirlo— a los mamelucos, que estaban masacrando a todos a su paso.

—Nicolás habló con uno de los oficiales del califa y lo convenció de que los llevara ante el mismo Ka'it Bay —completó Américo—. Kuan los interceptó y me los trajo. Los he traído a ambos, pues Nicolás no quería abandonar a su amigo.

—Pensábamos correr el riesgo de someternos a la generosidad del califa —dijo Nicolás—. Tal vez nos hubiera perdonado la vida, tal vez no. Es posible que hubiera torturado a Messer Giovan. O no. Pero una vez que encontramos a Américo, no pude correr el riesgo de dejarlo. Y Kuan fue muy generoso.

Leonardo sólo podía escuchar... y sentir el golpe aturdidor de ver el objeto de su deseo y descubrir a un extraño. Como si la tierra misma fuera sólo una extensión suya, el suelo se estremeció apenas, pero de un modo nauseabundo, y se oyó un retumbo lejano.

Y así flotaron hacia arriba, desde la oscuridad hacia el alba: Leonardo, Sandro, Nicolás y su amigo, y también Mithqâl, todos de pie en la base de mimbre, cada uno apartado de los otros para mantener el equilibrio. Leonardo alimentó el brasero y el globo se elevó en el aire quieto, húmedo, en el gris imperante por sobre los barrancos, por sobre el castillo. Él contempló el campo de batalla, las pirámides y avenidas de cadáveres, las trincheras todavía humeantes. Y miró a Nicolás, que se mostraba cortés, lejano y vacío. En verdad Nicolás había aprendido bien de reyes y embajadores, pero sobre todo de Leonardo. Y en esa terrible revelación, Leonardo imaginó que él y Nicolás eran uno y el mismo, capaces de hablarse mutuamente, pero ya no de comunicarse. Sí, había enseñado a Nicolás, le había enseñado al perderlo. El niño se había convertido en hombre y el hombre estaba muerto.

Tan muerto como aquellos de abajo.

Leonardo buscó a tientas el cuaderno que llevaba colgado contra la pierna. Habría debido arrojarlo desde el borde, hacia las montañas, pero lo sujetó con fuerza, pues aún no podía desprenderse de él.

Aunque la carnicería de allá abajo fuera sólo culpa suya.

Sin duda alguna, el ángel de la muerte era él, no Mithqâl. ¿Acaso no yacían todos muertos a su alrededor? ¿Esos montones de cadáveres no habían sido creados con sus cañones, sus cápsulas explosivas y sus carros de guadañas, con tanta seguridad como con su pluma?

¿Acaso no había creado a Nicolás, que ahora lo examinaba todo sin la pasión del niño?

Mithqâl le tomó la mano, como en otros tiempos lo había hecho Nicolás. Mithqâl, que sabía de muerte, de matanza, de vacío.

La muerte buscando la muerte, buscando a Leonardo, que miraba hacia adentro, hacia sus recuerdos, hacia el gran edificio que era su catedral de la memoria, que parecía pender transparente y sin peso en el aire, ante él, como las constelaciones. Y Leonardo recordó... recordó lo qué San Agustín llamaba los tres tiempos: el presente de las cosas pasadas, el presente de las cosas presentes y el presente de las cosas futuras: todos eran habitaciones y galerías, un laberinto de capillas y ábsides, la sustancia de la memoria.

. Como tantas otras veces, Leonardo entró en la catedral.

Una vez más se detuvo frente al demiurgo de tres cabezas: la estatua de bronce que era su padre, Toscanelli y Ginevra; pero la cabeza de Ginevra apartó la cara, para no abrumarlo de dolor. Sus gruesos párpados estaban cerrados, como en la muerte. Pero la cabeza de Toscanelli y la de su padre lo miraron. Y el maestro sonrió como para darle la bienvenida. Luego el demiurgo se apartó y señaló con un gesto los lejanos cuartos oscuros, las galerías y los penumbrosos corredores del futuro, que ahora parecían refulgir como iluminados a través de vitrales. Toscanelli hizo un gesto de asentimiento, dándole licencia, y Leonardo no se detuvo al cruzar las bien iluminadas salas de su pasado reciente, las habitaciones de califas y reyes, el amor y el miedo, los tormentos de millares. Y tuvo la prudencia de no detenerse justo ahora en Florencia, donde vivía Ginevra, intacta en el recuerdo. Siguiendo el ejemplo de ella, desvió la vista para no mirar dentro de su alcoba, donde la mataban, y quedar atrapado allí; Toscanelli le había advertido sobre los peligros del pasado. Pasó frente a asesinatos y conspiraciones; dejó atrás cavilaciones, pinturas y frescos, inventos y entusiasmos, y sintió las punzadas de la pérdida y la soledad al pasar junto a Simonetta, que una vez más lo confundió con un ángel al contemplar, más allá de su cara, la rosa perfecta del paraíso.

Cruzó pasillos divididos en plazas abovedadas... cruzó puertas de bronce que conducían a los baptisterios de Vinci, donde divisó a su madre, Caterina, y a su padrastro, Achattabrigha. Pudo sentir las toscas manos trabajadoras de Achattabrigha, percibir el olor a ajo y guisos que impregnaba las ropas de su madre, ver, sentir y oler las grutas y los bosques que había descubierto cuando niño. Pero ahora avanzaba con celeridad por entre ambientes oscurecidos, corredores, capillas y coros. Por fin se encontró en la iluminación de vitrales del presente de cosas futuras, como lo llamaba San Agustín. Allí, en ese suave y difuso resplandor de contemplación, vio el interior de un cuarto cuyas paredes encaladas tenían vetas de hollín; una débil luz se filtraba por las ventanas altas y estrechas, refractadas por los paneles centrales del ojo de buey como si fueran prismas mal construidos. Contra los muros y en largos escritorios se apilaban libros, papeles y láminas enrolladas; dispersos en las mesas y en el suelo había mapas, papeles, instrumentos y lentes.

Un anciano, sentado frente a una pequeña hoguera, dejaba caer las páginas de uno de sus cuadernos más preciosos en las llamas veteadas de anaranjado. El fuego siseaba por efecto de las gotas transpiradas por la leña verde, que se evaporaban crepitando en el calor. Y las páginas se curvaban como flores que se cerraran, para luego ennegrecer al estallar en llamas.

Cuando Leonardo apartó la vista de la sombra que algún día sería él mismo, la oscuridad empezó a llenar los cuartos, corredores y galerías desiertos de su catedral de la memoria.

Y mientras el portento del califa se elevaba hacia las nubes retorcidas, coloreadas por la aurora, moviéndose por milagro hacia occidente; mientras los lejanos terremotos destruían ciudades lejanas; mientras la tierra se estremecía como si fuera presa del frío, Leonardo cayó en la cuenta de que todo eso, todo lo que le había sucedido en esas tierras extranjeras, debía ser relegado al sueño y a la pesadilla. Lo alegró cerrar esas puertas al mundo, como si esas aventuras nunca hubieran sucedido. Aunque seguía aferrado a su cuaderno, supo que algún día lo entregaría a las llamas. Pero por el momento podía sentirse satisfecho, pues había echado un vistazo a su obra mayor, creada con amor, placer y tormento, con culpa, soledad, genio y penumbra.

Había visto entera su catedral de la memoria.

La había visto tres veces.

Ahora podía cerrar con llave las puertas al mundo.

Epílogo

Leonardo existe como leyenda, mito y acertijo, del que diversos historiadores y escuelas de historiografía reclaman una u otra pieza. Aún no tenemos un cuadro bien coherente de él. La historia, sobre todo la historia de los grandes personajes, es una especie de fabricación de mitos colectivos, una extrapolación de lo conocido en narrativa. He tejido mi relato entre las grietas de la historia conocida, para explorar el carácter de Leonardo y las ramificaciones morales de sus brillantes ideas e inventos.

Comencé con la ciencia y la invención del propio Leonardo para crear un sueño ficticio en el que, a su debido tiempo, alcanza su objetivo de volar. Sabemos que Leonardo inventó submarinos, ametralladoras, granadas, paracaídas y hasta tanques, todo lo cual podía funcionar. (Gran parte de esto está explícitamente detallado en la famosa carta que escribió a Ludovico Sforza, gobernador de Milán.) Sabemos que Leonardo vivió fascinado por el vuelo desde que era niño, como lo atestigua su sueño de la Gran Ave. Era un observador agudo y astuto, que dedicó unos veinticinco años al estudio de los pájaros (tenemos sus notas en el Manuscrito Benedetto, iniciado en 1488, y en el documento "Sobre el vuelo de las aves", escrito cerca de 1505). Se decía que compraba aves enjauladas a los vendedores callejeros sólo para dejarlas volar, para darles la libertad. En realidad era para estudiarlas. Leonardo escribió que "el genio del hombre puede hacer varios inventos, abarcando con diversos instrumentos un fin que es siempre el mismo; pero jamás descubrirá una manera más bella, más económica ni más directa que la de la naturaleza, puesto que en sus inventos no falta nada ni hay nada superfluo". Es por este razonamiento (y algunos otros errores de observación) que detestaba buscar otra modalidad de vuelo, tener en cuenta el ala fija. Literalmente, quería volar como los pájaros; el concepto de los ornitópteros lo fascinó hasta sus últimos años (aunque, desde luego, dibujó una máquina que es el antepasado del helicóptero). Pero en verdad había hecho una serie de bocetos que se pueden ver en el *Codex Atlanticus*, que, según todos los expertos, es el primer concepto europeo del vuelo con planeador.

Por ende, pudo haber ido en la dirección del vuelo con ala fija para crear un planeador que funcionara, tal como lo hicieron en años posteriores Lawrence Hargrave y otros. Sin embargo, se debería hacer notar que efectuar ese salto imaginativo a la idea de un ala fija fue tan difícil para Lawrence Hargrave en 1890 como lo fue para Leonardo da Vinci en mi universo ficticio de la Florencia del siglo XV.

Para dar vida a mi visión he dado algunos codazos a la historia. Extrapolando, utilizando lo que Leonardo y sus contemporáneos sabían, hice que llegara de manera natural a la idea del aeroplano de ala fija.

También codeé un poco la historia dando a Nicolás Maquiavelo algunos años más y convirtiéndolo en aprendiz de Leonardo (en realidad se conocieron en años posteriores). No dudo de que muchos lectores habrán descubierto otros "codazos" históricos.

En cuanto a la sexualidad de Leonardo, adopté el convincente punto de vista minoritario. La difundida creencia de que Leonardo era homosexual sufre la fuerte influencia de la obra de Sigmund Freud sobre su psicosexualidad, específicamente, *Leonardo da Vinci y un recuerdo de su infancia*. En esa obra Freud proyectó su propio pensamiento sobre Leonardo. El libro se inicia con el famoso sueño de la gran ave, en el que un gavilán baja en picada del cielo y lo golpea en la cara con su cola. (Existe, por supuesto, la obvia vinculación con éste, su primer sueño recordado, y su eterna fascinación por el vuelo.) Pero Freud leyó las notas de Leonardo en una traducción no muy buena, que habla de un buitre y no de un gavilán. Freud pasó a detallar que el buitre representaba a Mut, la diosa madre egipcia, símbolo femenino, y la cola simbolizaba el pezón, cuando en realidad *nibbio*, "gavilán" en italiano, era un símbolo masculino, como el halcón o el águila. Más aún: Freud no tuvo acceso al *Codex Trivulzianus* de Leonardo, que contiene copiosas listas de palabras que iluminan en parte el oscuro territorio de su inconsciente.

Raymond S. Stites, autor de un estudio psicoanalítico, *The Sublimations of Leonardo da Vinci*, escribe que "Leonardo había dispuesto de la técnica que el mismo Freud desarrolló para descubrir complejos insalubres, y su diagnóstico (el de Freud), por carecer de esta prueba importante, es por supuesto defectuoso". Tras un riguroso examen del *Codex Trivulzianus* de Leonardo, Stintes llega a la conclusión de que

"Leonardo, a juzgar por todas las evidencias, era un hombre completo, con deseos heterosexuales normales".

Stites me dio la idea de que Leonardo pudo haberse enamorado de la hermosa Ginevra de Benci, hija de Amerigo de Benci, mercader florentino de considerable fortuna. Esto es muy posible, pues Leonardo era un viejo amigo de la familia; en 1481, al mudarse de Florencia a Milán, les dejó en custodia el panel sin terminar de *La Adoración de los Santos Magos*. Ginevra se casó en realidad con un hombre mayor, el viudo Luigi di Bernardo Nicolini; en Washington se expone un retrato suyo absolutamente sublime, hecho por Leonardo. Se dice que, en cuanto a técnica, es equiparable a su famosa *Gioconda*, aunque no es una obra tan madura.

Pero fue por esa época, en 1476, cuando Jacopo Saltarelli, de diecisiete años, modelo de artistas, acusó a cuatro jóvenes florentinos de sodomía, dejando su denuncia por escrito en el *tamburo*, una caja instalada ante el Palazzo Vecchio. Leonardo fue uno de los acusados; la humillación y el juicio le cambiaron la vida. Aunque fue declarado inocente, quedó deshonrado y lo perdió todo. Hasta su padre, horrorizado por el escándalo, interrumpió su comunicación con él. En un solo golpe aplastante, Leonardo cayó en desgracia; cuando los vástagos de la sociedad florentina lo llevaban en hombros, alabando su obra, fue derribado por la acusación de un muchacho campesino. Sólo su tío Francesco y su maestro Verrocchio continuaron apoyándolo.

A los veintiséis años Leonardo tuvo que recomenzar a vivir, atormentado, cínico y más informado sobre las costumbres del mundo. Se dedicó de lleno a su trabajo: dibujaba sus famosas caricaturas, en tanto aprendía las costumbres de las calles y su gente; escribía, bocetaba, pintaba, experimentaba, inventaba modelos de ornitópteros que pudieran volar... ¡y esas miniaturas en verdad volaban! Tal como había dicho: "No hay escasez de modos y medios para dividir y medir estos miserables días nuestros, que deberíamos tratar de no vivir en vano y derrochar sin dejar fama alguna, recuerdo duradero nuestro en la mente de los mortales. De ese modo nuestro pobre paso por la vida no habrá sido en vano".

Pero yo aún no había terminado de revisar el mito de Leonardo, pues tomé sobre mí la tarea de relatar la mayor de sus aventuras: su viaje a Oriente, que habría de cambiar su vida y, no obstante, jamás apareció en sus cuadernos... ni en la miríada de libros que sobre él se escribieron.

Gran parte de mi relato se basa en las cartas que Leonardo escribió al Devatdar de Siria cuando estaba en Medio Oriente. La mayoría de los historiadores no las toman en serio y las descartan como leyendas y fábulas exageradas.

En una biografía titulada *Leonardo the Florentine*, que en realidad es un himno al mito y el romance de Leonardo, Rachel Annand Taylor escribe:

"Resulta imposible creer que Leonardo pueda haber ido a servir a un sultán y vagado por Oriente sin que algún episodio aparezca en su leyenda".

Pero en verdad es posible. Jean Paul Richter, que recopiló una obra definitiva en dos volúmenes, (*The Notebooks of Leonardo da Vinci*), escribió: "No tenemos información en cuanto a la historia de Leonardo entre 1482 y 1486; no se puede demostrar que haya estado en Milán ni en Florencia. Por otra parte, el tenor de esta carta (una de las que escribió al Devatdar) no requiere una ausencia más prolongada que uno o dos años. Pues aunque su nombramiento como ingeniero en Siria hubiera sido permanente, podría haber resultado insostenible (quizá por la muerte de su protector, el Devatdar, o por su retiro del cargo); al regresar a la patria, Leonardo puede haber guardado silencio sobre el tema de un episodio que acaso acabó en el fracaso y la desilusión".

En mi versión del mito, Leonardo, empleado por el califa Ka'it Bay, utiliza sus inventos para derrotar a las fuerzas de Mehmed, gobernante de los turcos. En verdad había hecho dibujos y notas de carros blindados, puentes transportables para sitios, varas con las que tumbar escaleras de escalamiento, un instrumento similar al moderno lanzallamas, proyectiles esféricos llenos de pólvora y metralla, planos para el desvío de arroyos en perjuicio del enemigo (el primer empleo conocido del agua para fines destructivos), bombas hechas de estopa y cola de pescado que arrojaban láminas de fuego, proyectiles llenos de gas sulfuroso para "producir estupor" y muchas cosas más. Con excepción de la máquina voladora de Leonardo y el globo de Kuan, todos los inventos de mi novela han sido tomados en forma directa de los cuadernos de Leonardo.

Mientras escribía su carta a Ludovico Sforza, Leonardo dibujó muchas de sus máquinas de muerte y representó víctimas hechas pedazos y retorcidas de dolor. Sin embargo, como lo comenta la autora Antonia Vallentin en *Leonardo da Vinci: the Tragic Pursuit of Perfection*, "hay en el dibujo una atmósfera de paz y armonía tales que se diría que el artista no puede, ni por un momento, haber tenido conciencia de lo que significaba en realidad la escena dibujada".

Es evidente que Leonardo era bastante neutral —o, más específicamente, amoral— con respecto a sus propias máquinas de destrucción. Era como si no existieran en ningún mundo real, pues cuando uno mira los estallidos de sus bombas y la gente que muere, los dibujos son tan serenos y bellos que, si bien representan la violencia, su carácter es casi platónico.

Quise poner a Leonardo frente a la prueba moral. Él deseaba ser elevado al cargo de maestro de máquinas y capitán de ingenieros, pero ni Lorenzo el Magnífico ni el duque Sforza de Milán tomaron en serio sus máquinas guerreras.

En mi novela he dado a Leonardo esa posibilidad. Quizá fue para eso que él viajó a Siria en la vida real.

Si, en verdad, sus cartas son ciertas.

Sobre el autor

Jack Dann es autor de varias novelas, incluida *The Man Who Melted*. Vive en Nueva York y en Australia. Está trabajando en un nuevo libro que se desarrolla durante la Guerra Civil norteamericana, titulado *The Silent*.

EL SUEÑO DEL HACEDOR DE MAPAS

James Cowan

Desde los muros de su celda, un monje del siglo XVI lucha por crear un mapa del mundo que contenga todo lo existente.

Un apasionante relato donde confluyen la recreación histórica, la intriga filosófica y la búsqueda espiritual.

En la Venecia del siglo XVI, en un monasterio de la isla, un monje enclaustrado vive la aventura de su vida, encerrado entre los muros de su celda.

En parte ficción histórica y en parte misterio filosófico, EL SUEÑO DEL HACEDOR DE MAPAS relata la historia de Fra Mauro y su lucha por completar su obra: un mapa perfecto que represente todo el conjunto de la Creación.

Las noticias del trabajo del monje atraen a exploradores, peregrinos y viajeros ansiosos por contribuir con sus relatos sobre pueblos y lugares lejanos.

Al escuchar las historias de las cosas extrañas y fantásticas que han visto, Fra Mauro adquiere una visión del mundo que abarca mucho más que continentes y reinos: se abre ante él un paisaje interior igualmente vasto y real.

Mientras brega por conciliar la fe y la razón y al mismo tiempo dar cuenta de la inmensa diversidad de lo creado, su mapa cobra dimensiones extraordinarias, llevándolo a cuestionar la naturaleza misma de la realidad.